Richard Schwartz
Der Herr der Puppen

SERIE PIPER

Zu diesem Buch

Der Krieger Havald und seine Gefährten befinden sich in der exotischen Wüstenstadt Gasalabad, um den Weg in das alte Königreich Askir zu finden. Dort hoffen sie auf Unterstützung im Kampf gegen den Tyrannen von Thalak, der Krieg und Zerstörung über ihre Heimatlande gebracht hat. Doch ihr Feind hat von der Expedition erfahren und spinnt Intrigen. Die Gruppe, die eben noch den Thronfolgestreit in Gasalabad geschlichtet und die Verschwörer enttarnt zu haben glaubte, sieht sich mit neuen, noch gefährlicheren und unberechenbareren Feinden konfrontiert. Die Nachtfalken – Anhänger des Dunklen Gottes –, machtgierige Fürsten und finstere Nekromanten ersinnen tödliche Fallen, damit Havald, die Halbelfe Leandra und die übrigen Gefährten niemals in Askir ankommen ... Der vierte Band des atemberaubenden Abenteuers um das Geheimnis von Askir.

Richard Schwartz, geboren 1958 in Frankfurt, hat eine Ausbildung als Flugzeugmechaniker und ein Studium der Elektrotechnik und Informatik absolviert. Er arbeitete als Tankwart und Systemprogrammierer. Der passionierte Rollenspieler schreibt gern in der Nacht, so auch seinen fesselnden Zyklus um das Geheimnis von Askir. Die Askir-Romane, alle bei Piper erschienen, brachten Richard Schwartz viel Lob von Kritikern und Lesern ein. Der erste Band wurde für den Deutschen Phantastik Preis nominiert.

Richard Schwartz

Der Herr der Puppen

DAS GEHEIMNIS VON ASKIR 4

Piper München Zürich

Mehr über unsere Autoren und Bücher:
www.piper.de

Von Richard Schwartz liegen in der Serie Piper vor:
Das Erste Horn. Das Geheimnis von Askir 1
Die Zweite Legion. Das Geheimnis von Askir 2
Das Auge der Wüste. Das Geheimnis von Askir 3
Der Herr der Puppen. Das Geheimnis von Askir 4

Originalausgabe
Mai 2008

Umschlagkonzeption: Büro Hamburg
Umschlaggestaltung: HildenDesign, München – www.hildendesign.de
Umschlagabbildung: Markus Gann, Sindelfingen – www.begann.de
Satz: Uhl + Massopust, Aalen
Papier: Munken Print von Arctic Paper Munkedals AB, Schweden
Druck und Bindung: CPI – Clausen & Bosse, Leck
Printed in Germany ISBN 978-3-492-26666-6

Für Barbara

Was bisher geschah

Havald und seine Gefährten suchen in der sagenumwobenen Kaiserstadt Askir Hilfe gegen das tyrannische Imperium von Thalak, das ihre Länder zu überrennen droht. Auf dem Weg nach Askir gelangen die Helden in das Wüstenreich Bessarein und werden in finstere Intrigen um die Thronfolge des Landes verwickelt. Mehr und mehr stellt sich jedoch heraus, dass das Reich von Thalak auch in dieser Weltgegend die Fäden zieht und dass der Machtkampf, der in der Stadt Gasalabad ausgetragen wird, ebenso Havalds Kampf ist.

Als die Nekromanten Thalaks sich des Throns von Gasalabad bemächtigen wollen, können die Gefährten in letzter Minute die Gefahr abwenden: Havald, Leandra, Zokora und ihre Mitstreiter entlarven die magisch manipulierte Prinzessin Marinae und verhelfen ihrer Schwester Faihlyd auf den Löwenthron. Aber dadurch werden sie nur noch tiefer in die Wirren verwickelt und sind nun selbst Ziel der mörderischen Nekromanten und Nachtfalken, der Diener des Dunklen Gottes. Die Mission, die sie nach Askir führen soll, könnte für die Gefährten bereits in Gasalabad tödlich enden …

1. Freunde

»Guten Morgen, Esseri!«, ertönte eine fröhliche Stimme. »Haben die Götter das nicht wunderbar eingerichtet? Kaum hat man eine Nacht lang geschlafen, ist das, was vergangen ist, in die Ferne gerückt, der Kummer und die Sorge des Vortags sind gemildert. Das sanfte Licht der Sonne gibt einem neue Kraft und neuen Mut. Was war, ist vorbei, und ein neuer Tag beginnt!«

Armin.

Ich hätte ihn erschlagen können. Ich war geneigt, die Decke über meinen Kopf zu ziehen und mich auf die andere Seite zu drehen, aber ich kannte diesen Quälgeist, das würde ihn nicht abhalten.

»Warum bist du nicht im Palast bei deiner Verlobten?«, fragte ich, während mein ehemaliger Diener mit den hölzernen Läden der raumhohen Fenster zum Innenhof unseres Hauses klapperte und helles Licht in mein Zimmer strömen ließ.

»Weil Ihr, Esseri, mich mehr braucht als meine Liebste. Ihr habt es weit gebracht, aber ohne meine Hilfe seid Ihr in dieser Stadt verloren wie ein kleines Kind, das sich im Wald verirrt.«

Ich richtete mich im Bett auf, öffnete ein Auge, um Armin vorwurfsvoll anzusehen. Er war wieder als mein Diener gekleidet: eine blaue seidene Hose, Stiefel, die eine seltsam geschwungene Spitze hatten, ein weißes Hemd und eine blaue Weste mit goldenem Brokat. Zu bunt, wenn man mich fragte. Was sein farbenprächtiges Erscheinungsbild anging, hatte mein Diener jedoch bislang wenig Rücksicht auf meine Meinung genommen. Mit solchen Dingen, meinte er, kannte ich mich nicht aus. Über alldem trug er ein locker fallendes, weißes Gewand, einen Burnus mit einer leichten Haube, die im Moment zurückgeschlagen war und nur dem Zweck diente, das Licht der Sonne abzuhalten. So ähnlich wie Fensterläden – wenn sie nicht gerade zur Seite geschoben wurden.

»Also das hältst du von deinem Herrn, ja?«, fragte ich, gähnte dabei und warf einen bedauernden Blick auf die linke Seite des Betts, wo das zerknitterte Laken immer noch nach Leandra roch. Ich erinnerte mich vage daran, dass sie aufgestanden war und vergeblich versucht hatte, mich ebenfalls dazu zu bringen. Ich weiß nicht, wie lange es her war, dass ich hatte ausschlafen können, und wenn Armin nicht gekommen wäre, hätte ich es bestimmt noch länger im Bett ausgehalten.

Dieses Haus war ein Geschenk des alten Emirs, Erkul des Gerechten, des Vaters von Faihlyd, die vor wenigen Tagen zur Emira gekrönt worden war. Es war ihr sechzehnter Geburtstag gewesen, und da sie in der ganzen Stadt beliebt war, gab es ein großes Volksfest; für einen Tag lang schien es, als hätte die Goldene Stadt nur diese eine Seite: fröhlich, ausgelassen und frohgemut. So prachtvoll sich Feier und Krönung auch anließen, genau an Faihlyds Freudentag hatte sich eine finstere Intrige offenbart: Ihre ältere Schwester Marinae war unter den Einfluss eines Nekromanten geraten – oder eines Seelenreiters, wie man diese abscheulichen Diener des Namenlosen hier in Bessarein nannte –, und hatte den Thron des Emirats für sich beansprucht.

Wer immer Marinae beherrscht hatte, besaß große Macht, trotzte dem Emir und seinem Wunsch, Faihlyd zur Emira zu ernennen, und hatte dabei fast den gesamten Thronraum in seinem Bann gehalten, bis die Götter selbst eingriffen, zum einen, indem sie ein deutliches Zeichen gaben, wer ihre Gunst besaß, zum anderen durch die wundersame Wiedergeburt eines jahrhundertealten Geistes.

Dies war wohl das größte Wunder, das ich je gesehen hatte. Helis, die Schwester Armins, war in die Fänge eines solchen Nekromanten geraten, er hatte ihr die Seele gestohlen und damit auch das Talent, mit Tieren zu reden. Was von Armins Schwester übrig blieb, war eine junge Frau mit einfachstem, aber liebevollem Gemüt. Da man ihr auch das neugeborene Kind genommen hatte, war sie als Faraisas Amme im Thronsaal zugegen gewesen.

Dort hatte sie Eiswehr berührt, eine magische Waffe, ein

Bannschwert, das einst von Askannon geschmiedet worden war, dem mächtigen Magier und Herrscher über ein legendäres Reich. Und in jenem Schwert war auf unerklärliche Art und Weise der Geist von Serafine gebunden, der Zeugmeisterin des Ersten Horns, mit dem alles seinen Anfang genommen hatte.

In dem Moment, da Helis das Schwert berührte, fand der Geist dieser Soldatin ein neues Zuhause in dem entseelten Körper der jungen Frau, und Serafine wusste sehr gut, wie man mit Seelenreitern zu verfahren hatte. Ihr Eingreifen hatte das Emirat gerettet und wahrscheinlich auch uns, selbst wenn es dazu führte, dass Faihlyd ihrer eigenen Schwester den Kopf abschlagen musste. So verlor die Emira ihren Vater, dessen krankes Herz all das nicht verkraftete, und eine geliebte Schwester im gleichen Moment. Dabei hätte es der bedeutsamste und schönste Augenblick ihres Lebens sein sollen.

Armin – Diener, sprachgewandter Witzbold und Führer einer Schaustellertruppe, Fürst des verbotenen Hauses des Adlers – war zugleich auch der heimliche Verlobte, wahrscheinlich sogar Gemahl der Emira. Auf der Suche nach seiner geraubten Schwester Helis hatte sein Weg den ihren gekreuzt. So waren Armin, ein Gaukler, und Faihlyd, die Tochter eines Emirs, Verbündete und nun auch Liebende. Denn kurz vor der Krönung hatten sie sich, von allen unbemerkt, an Bord meines Schiffes, der *Lanze des Ruhms*, getraut. Das letzte Mal hatte ich die Emira Faihlyd vor zwei Tagen gesehen, als die Krönungsfeierlichkeiten, die wegen des Zwischenfalls vom Vortag abgebrochen worden waren, einen Tag später ihre Fortsetzung fanden. Ihre Trauer war spürbar, und auch Armin war niedergeschlagen, weil es ihm nicht gelang, seine Liebste aufzumuntern.

Ihn jetzt so wohlgemut zu sehen, war schön, aber dass er solch gute Laune ausgerechnet an diesem Morgen zur Schau stellte, war mir nicht ganz so willkommen.

Das Gebäude war einst die Münzerei des Alten Reichs in Gasalabad gewesen. In vielerlei Hinsicht war der Baustil unverkennbar, die präzise gesetzten Steine brauchten keinen Mörtel, schienen für die Ewigkeit gebaut. Es war, wie oft bei imperialen Bauten, von achteckiger Struktur, mit einem Innenhof. Die Fenster an der Außenwand waren klein und wehrhaft; schwere Läden, stabil verschlossen und verriegelt, erschwerten den Zugang. Die Außenmauer war, wie bei vielen Gebäuden der Goldenen Stadt, mit glasierten Ziegeln verziert, sie war hübsch anzusehen – und bot zugleich keinerlei Halt für ungeladene Gäste mit Kletterkünsten.

Der Innenhof hingegen war weit und luftig, ein Brunnen plätscherte dort im Sonnenlicht, umgeben von einem Ziergarten, dessen Rosen die Luft mit einem süßen Duft erfüllten.

Die Fenster meines Raums führten in eben jenen sonnendurchfluteten achteckigen Innenhof. Vor wenigen Tagen war dort alles verdorrt gewesen, der kleine Brunnen ausgetrocknet, aber durch das Wort des Emirs hatte sich eine wundersame Wandlung vollzogen: Eine Geste des Herrschers hatte das Haus in erstaunlich wenigen Tagen von einem verfallenen Gemäuer in ein herrschaftliches Domizil verwandelt.

Unser Haus lag am Platz des Korns, unweit des Hafens. Gasalabad schlief nie, und außerhalb unserer Mauern wurde das Korn verladen, das die Goldene Stadt am Leben hielt. Doch das Rollen schwerer Wagenräder, die Rufe der Händler oder die wortreichen und blumigen Beschwerden über den Preis der Waren drangen nur als ein fernes, gedämpftes Rauschen an mein Ohr.

Sonnenlicht fiel in den Raum und zeigte mir eine Pracht aus polierten Bodenhölzern, kostbaren Möbeln aus Rosenholz, einen kleinen Schreibtisch an der Seite sowie einen reich verzierten Schrank, in dem sich kostbare Gewänder befanden, die meisten von ihnen aus Seide, einem Stoff, den sich in meiner Heimat nur Könige und reiche Handelsherren leisten konnten.

Gähnend erhob ich mich, wickelte mir die leichte Decke um die Lenden und trat durch die geöffneten Fenster auf den umlaufenden Balkon des Innenhofs, wo auch Armin stand. Für den Moment war er still und hielt den Blick hinab in den Innenhof gerichtet.

Ich trat neben ihn und folgte seinem Blick. Dort unten auf der Bank saßen Leandra, die Liebe meines Herzens, und Faihlyd, die Emira von Gasalabad, und unterhielten sich leise, Faihlyd mit vielen schnellen Gesten, blitzenden Augen und schnellem Lächeln, Leandra ruhiger, aber nicht minder eindringlich. Hier, in der Abgeschiedenheit des Innenhofs verzichtete Leandra auf die Perücke, die sie sonst in der Stadt tragen musste. Kurzes Haar war in diesem Land ein Zeichen von Schande, und Leandras schönes langes Haar war im Kampf gegen einen Nekromanten und Verräter verbrannt. Weit weg von hier, in einem alten Tempel, in den eisigen Höhlen unter den Ausläufern der Donnerberge. Auch sie selbst war verbrannt, aber die Macht des alten Wolfsgottes hatte ihr die Gesundheit wiedergegeben und ihre schweren Wunden spurlos verschwinden lassen, nur ihr Haar war lange nicht nachgewachsen.

Jetzt war es wie ein weißer Helm, nicht mehr als einen Fingerbreit lang, ein leichter, feiner Flaum, den ich gerne unter meinen Händen spürte. In Leandra floss das Blut der Elfen, sie war groß und schlank, ihre Ausbildung als Maestra und Schwertkämpferin hatte ihr Haltung und Muskeln verliehen. Faihlyd hingegen war eher klein und zierlich, mit langem pechschwarzen Haar und durchdringenden dunklen Augen, die lachen oder weinen konnten und denen währenddessen doch nichts entging.

Sechzehn Jahre war sie alt, hatte den Bruder, die Mutter und nun auch den Vater durch einen Anschlag verloren und stand selbst unter ständiger Bedrohung, ermordet zu werden. Dennoch hatte sie stets ein warmes Lächeln für jeden, und obwohl sie von stürmischem Wesen war, strahlte sie eine Freundlichkeit und zugleich Verlässlichkeit aus, die selten bei jemandem ihres Alters zu finden war. Auf den Straßen von Gasalabad nannte man sie die Hoffnung Bessareins, und wenn die Götter es fügten, dann war sie in wenigen Wochen nicht nur Emira des größten Emirats, sondern Kalifa des ganzen Reiches. Wenn die anderen acht Emirate ihrer Wahl zustimmen würden. Dies war nötig, weil der alte Kalif vor wenigen Monden ohne Erben verstorben war. Wo es eine Krone zu gewinnen gab, waren Intrigen, Verrat, Lüge und Mord nicht weit. Gerade als ich zu ihr hinab sah, lachte sie, einen Moment später folgte Leandras glockenhelles Lachen: Die beiden Frauen verstanden sich. Beide trugen sie eine enorme Verantwortung auf ihren Schultern.

»Ich freue mich, die Emira Faihlyd so wohlgemut zu sehen«, sagte ich leise zu Armin.

Er warf mir einen Blick zu und ein leichtes Lächeln. »Das hat einen Grund, und der hat uns auch hierher geführt.«

»Was ist das für ein Grund?«, fragte ich und streckte mich. Es knirschte und knackte vernehmlich. Mein verfluchtes Schwert, ebenfalls ein Bannschwert aus dieser unheimlichen Schmiede Askannons, gab mir mit jedem Leben, das es nahm, einen Teil meiner Jugend zurück, dennoch fühlte ich mich manchmal noch älter, als ich es ohnehin schon war.

Er seufzte und wandte sich mir ganz zu. »Esseri«, begann er leise. »Wisst Ihr, was ein gekröntes Haupt am meisten vermisst?«

Ich konnte es mir denken und nickte nur.

»Freundschaft ohne den Dolch im Ärmel«, fuhr Armin fort. »Leben zu können, wie es das Herz gebietet und nicht, wie die Krone es verlangt. Auch die Blume Eures Herzens, Essera Leandra, verfolgt ein Ziel, auch sie handelt nicht ohne Eigennutz, doch ihr Ziel und ihr Handeln stehen nicht im Widerspruch zu dem meiner schönen Löwin. Eure Freundschaft ist mir mehr wert, als Ihr es denken könnt, und so ist es auch bei meiner Blume. Allein diese Freundschaft ist schon genug für sie, und auch für mich. Die Ruhe dieses Gartens zu suchen, zu wissen, dass man unter Freunden ist und hier niemand einen Dolch im Ärmel trägt – ein weiteres Geschenk von unschätzbarem Wert.« Armins hageres Gesicht war ernst, als er mir tief in die Augen sah. »Freundschaft und Liebe sind Güter, die man nicht kaufen kann, selbst für all das Gold nicht, das in ihren Schatzkammern liegt.«

»Also wollt ihr etwas von uns«, sagte ich mit einem Lächeln, um meinen Worten die Spitze zu nehmen.

Er seufzte. »Musstet Ihr es so auf den Punkt bringen?«, fragte er mit leichtem Vorwurf in der Stimme, aber auch er lächelte. Manche Dinge waren eben so.

Aber das, was er vorher gesagt hatte, fühlte sich wahr an, und er hatte damit auch recht. Freundschaft allein ist schon ein hohes Geschenk. Armin war ein Mann mit vielen Gesichtern. Im Vergleich zu mir war er drahtig, sein Kopf war bis auf einen Zopf rasiert, er trug Tätowierungen und einen kleinen Spitzbart, der lustig zuckte, wenn er sprach. Ein kleiner Mann, der einen leicht zum Lächeln brachte und den man noch leichter unterschätzen konnte. Hinter diesen dunklen Augen lag ein wacher Geist, der mindestens so wendig war wie seine Zunge.

In einem Ritual war er von seiner Familie für tot erklärt worden, um allein aufzubrechen, seine entführte Schwester zu suchen. Er wusste, wen er jagte: ein Ungeheuer, einen Nekromanten und Seelenreiter. Jemanden, der vom Namenlosen verführt und von allen anderen Göttern verflucht worden war, einen Gegner, gegen den er kaum gewinnen konnte. Dennoch war es letztlich Armin gewesen, der den Nekromanten Ordun besiegt hatte. Dieser hatte seiner Schwester die Seele geraubt und auch mich beinahe mit einem schrecklichen Kuss bezwungen.

Mit meinem Schwert Seelenreißer hatte er Ordun gezwungen, die geraubten Seelen freizugeben, darunter auch die Seele seiner Schwester, die so endlich den Weg zu Soltars Toren fand, dem Gott, dem ich doch recht widerwillig diente und der die Seelen der Toten in ein neues Leben führte.

In Armin steckte so viel Unterschiedliches, dass ich ihn wohl kaum jemals richtig kennenlernen würde. Aber ich spürte, dass er wirklich mein Freund war.

»Was ist es, Armin?«

»Es geht um eure Mission, eure Ziele und um unsere Bestrebungen. Es geht um Feinde und Freundschaft, um Vertrauen und Verrat. Eure Freundin Sieglinde macht vielleicht eine Ballade daraus, und es wäre eine spannende Geschichte.« Er seufzte erneut. »Wir wissen, dass ihr nicht gerne hier in unsere Fallstricke verwickelt seid. Ihr bleibt, weil wir euch baten, unserer Hochzeit beizuwohnen, ihr habt meiner Löwin mehrfach das Leben gerettet, euer eigenes riskiert, und doch wollt ihr nur eines: so schnell wie möglich mit eurem Schiff nach Askir reisen.« Er sah mich offen an. »So habt ihr unsere Feinde zu den euren gemacht und vielleicht eure Feinde zu den unseren. Vielleicht ist es einerlei, und es sind ohnehin unser beider Feinde. So scheint es zumindest. Was meine Löwin mit Eurem Greifen bespricht, ist genau das, was ich Euch sagen will: Es gilt eine Allianz zu schmieden zwischen dem Greifen, dem Einhorn und der Rose, dem Löwen und dem Adler.«

Er schwieg und sah mich fragend an. Ich nickte nur leicht und lächelte beruhigend, ich fand nichts an seinen Worten, gegen das ich mich verwahren wollte.

»Gasalabad ist die Perle Bessareins. Kein anderes Emirat kommt ihr an Größe, Schönheit, Reichtum und Macht gleich – und an Schatten. Selbst wenn Faihlyd in ihrem Streben scheitern und nicht Kalifa werden sollte, so ist sie dennoch eine Macht und auch außerhalb der Grenzen ihres Reichs nicht ohne Einfluss.« Er sah zu mir. »Was sie Eurer Liebsten gerade verspricht, ist, diesen Einfluss und diese Macht an die Seite der Rose von Illian zu stellen. Eine Allianz zwischen unseren Häusern und eurem Königreich. Ob sie nun Kalifa sein wird oder nicht, auch Faihlyd wird nach Askir reisen und im Kronrat ihre Stimme für Euch erheben. Esseri, Havald, Freund. Sie hält immer ihr Wort. Es ist von Gewicht.«

»Ich führe kein Haus, Armin. Aber ich begrüße diese Allianz.«

»Das wird sie erfreuen. Aber es kann nicht stimmen, dass Ihr kein Haus führt. Die Maestra erzählte mir etwas anderes. Ihr seid ein Graf, Ihr führt die Rose und das Einhorn als Wappen. Ihr dient der Rose von Illian, Eurer Königin Eleonora, seit ihrer Geburt. Ihr tragt Titel, alte Titel, die auch in unserem Reich noch bekannt und anerkannt sind, ehrenhafte Titel, die, würdet Ihr sie nutzen wollen, Euch viele Türen öffnen würden. Bewahrer des Reiches …«

Ich schüttelte den Kopf. »Wenn jemand der Paladin unserer Königin ist, dann ist es Leandra. Sie trägt Steinherz, das Reichsschwert, und sie ist es, die für unsere Königin spricht.« Ich legte meine Hände auf das sonnenwarme Geländer aus kunstvoll bearbeitetem Stein und sah in den Garten hinunter. Dort schaute Leandra auf, begegnete meinem Blick und lächelte. Ich lächelte zurück und genoss diesen kurzen, vielsagenden Blickwechsel. Auch Faihlyd schaute auf, sah uns am Geländer stehen, schenkte uns beiden ein strahlendes Lächeln und Armin einen speziellen Blick. Sie winkte sogar, und ich hob die Hand zum Gruß.

»Ohne Leandra wären wir nicht hier«, sprach ich leise weiter. »Sie ist es, deren Mission wir folgen. Sie ist es, die das Unmögliche will: Hilfe gegen Thalak und die Befreiung unserer Reiche. Vielleicht ist das sogar möglich. Niemand weiß, was die Zukunft bringt. Aber wenn es gelingt, dann ist es ihr Werk.« Ich seufzte. »Was sie nicht wahrhaben will, ist, dass Roderic von Thurgau gestorben ist. Er starb in einer Schlacht, umgeben von guten Männern und loyalen Freunden.« Ich machte eine hilflose Geste. »Ich kann es nicht anders sagen, nicht anders erklären. Graf von Thurgau starb mit den vierzig Getreuen an jenem Pass. Es ist undenkbar, dass er überlebte. Es wäre ein Verrat an jenen, die mit ihm fielen.«

Armin sah mich lange an. »Schämt Ihr Euch zu leben, Herr?«, fragte er dann leise, und ich lachte bitter.

»Eines kann man dich nicht nennen, Armin. Du bist nicht blind.«

»Nein. Ihr irrt«, antwortete er. »Manchmal bin auch ich blind. Männer, so sagt mir meine Löwin, sind es oft. Aber in diesem Moment sehe ich sehr klar. Ich sehe, dass man vor allem weglaufen kann, nur nicht vor sich selbst. Auch Ihr könnt es nicht.«

Darauf gab es keine Antwort. Er wartete einen Moment. Ich sagte nichts, also sprach er weiter. »Wenn es Eurer Maestra gelingt, ein Bündnis gegen Thalak zu schmieden, dann nur, weil sie Hilfe hat. Und Gleiches gilt für die Löwin von Gasalabad und auch für mich. Wir brauchen eure Hilfe, so wie ihr unsere braucht.«

»Armin«, sagte ich. »Wir sind Freunde. Freunde helfen einander. Mehr braucht es für mich nicht. Was die Geschicke von Reichen und Königshäusern angeht, sprich mit Leandra. Mir jedoch genügt es, wenn du mir endlich sagst, wie ich helfen kann.«

»Zuerst gilt es, etwas herauszufinden. Etwas, das wir über Euch vermuten. Dazu müssen wir Euch etwas zeigen, von dem wir denken, dass Ihr es sehen könnt.«

»Ich bin gerade erst wach.« Ich sah zum Himmel, es schien mir kurz nach Mittag. »Es ist der erste ruhige Tag, seit wir unsere Reise begonnen haben, und du, mein Freund, hast mich zu früh geweckt und sprichst seitdem in Rätseln.«

Er nickte. »Es ist schwierig, es anders auszudrücken. Herr, stärkt Euch für den Tag, und wenn Ihr bereit seid, begleitet uns zurück in den Palast. Es ist vor allem Essera Falah, die Euch sehen möchte. Ihr Glauben an Euch, Esseri, ist so unerschütterlich wie ein Fels im Wind. Sie sagt, Ihr werdet die Antworten sehen können, die wir nur vermuten.« Er zuckte hilflos mit den Schultern. »Behält sie recht, ist es ein Zeichen und der erste Schritt auf einem Weg, den zu gehen man sich wohl überlegen sollte.«

»Geht es noch etwas verworrener, Armin?«, fragte ich.

»Essera Falah wünscht, dass Ihr sie in das Reich der Toten begleitet, um Euch Marinae und ihren Sohn, den Emir, anzusehen.«

Ich blinzelte, und Armin lächelte verlegen. »Genauer kann ich es Euch nicht sagen, Herr.«

»Das … ist unerwartet«, sagte ich dann. »Ich glaube, jetzt brauche ich wirklich erst einmal ein Frühstück.«

Unser Haus war groß und besaß neben dem Erdgeschoss zwei weitere Stockwerke mit etlichen kleinen und insgesamt sechzehn großen Zimmern. Mehrere von ihnen dienten repräsentativen Zwecken. Die meisten Zimmer hatte ich mir noch gar nicht angesehen, seit der Emir das Haus wieder hatte herrichten lassen. Ohne nachzusehen, wusste ich, dass jeder einzelne Raum prächtig eingerichtet war, mit Gold, Seide und edlen Bodendielen, kostbaren Möbeln und anderem Wertvollen und Schönen.

Die Küche jedoch war anders: ein großer Raum ohne jeden Schnörkel, auf ganzer Breite zum Innenhof offen. Auch von hier aus konnte ich Leandra und Faihlyd sehen, die sich noch immer am Brunnen unterhielten. Der Boden war mit Steinplatten gefliest, die Wände aus unverkleidetem grauen Stein. Die großen Herde kannte ich noch vom Gasthof *Zum Hammerkopf*. Eine stabile Tür führte von der Küche zum umlaufenden Gang im Erdgeschoss, der zu beiden Seiten in der großen Eingangshalle endete. Zwei weitere Türen führten zu kühlen Räumen mit dicken Mauern, die der Vorratshaltung dienten. Eine weitere schwere Tür gab den Weg in eine Räucherkammer frei, die hinter dem schweren Herd lag, und eine letzte Tür führte hinab in den Keller, wo ein anderes Geheimnis des Hauses verborgen war.

Die Küche war groß, einst mochte hier ein Koch sein Regiment über ein Dutzend Küchenhilfen geführt haben. Sie war mit Bedacht eingerichtet worden. Der große alte Tisch aus Eichenholz war vielleicht das einzige Möbelstück, das sich bereits im Haus befunden hatte, als wir es kauften. Er war einfach zu schwer, um ihn zu stehlen. Als das Haus restauriert wurde, hatte man den Tisch neu abgeschliffen und gesäubert, ließ ihn aber stehen, mit all seinen Kerben, den Zeichen und Worten, die gelangweilte Hände über die Zeiten in seine Oberfläche geritzt hatten. Er besaß Charakter und war groß genug für mindestens zehn Stühle. Es war wohl üblich, dass die Dienerschaft in der Küche aß.

Wir hatten keine Dienerschaft, jedoch einen kostbar ausgestatteten Speiseraum – mit Vasen, Blumen, kunstvollen Deckengemälden, einem verzierten Tisch aus Rosenholz und gepolsterten Stühlen. Und doch schien es mir, als hätten wir unabhängig voneinander entschieden, dass es diese einfachen Küchenräume waren, die uns am besten gefielen.

Hier brauchte ich wenigstens keine Angst zu haben, dass der Stuhl unter meinem Gewicht zusammenbrach. Außerdem musste ich mich hier nicht auf Kissen setzen, etwas, an das ich mich noch nicht so ganz gewöhnt hatte.

Ich fand Sieglinde vor, die mich mit einem freundlichen Lächeln begrüßte, während sie vergnügt an einer Arbeitsplatte neben dem großen steinernen Herd werkelte. Es machte ihr augenscheinlich Freude. Sie war die Tochter von Eberhardt, dem Wirt des Gasthofs *Zum Hammerkopf*, wo alles seinen Anfang genommen hatte. Auch sie war Trägerin eines Bannschwerts, Eiswehr, eines Schwerts, das in Bessarein legendär war. Mittlerweile war sie weit mehr als die Tochter eines Wirts oder eine Schankmagd, dennoch gefiel es ihr, uns zu bekochen oder zu bewirten. Es machte ihr nichts aus, hatte sie mir erklärt, sie finde eine innere Ruhe dabei, und es sei ein Unterschied, ob man etwas tun müsse oder zum Vergnügen tue.

Dass Eiswehr mit der Spitze auf eben jener Arbeitsplatte stand, ohne irgendwo angelehnt oder befestigt zu sein, war ein Beweis dafür, an was man sich alles gewöhnen konnte. Ich schenkte dem ungewöhnlichen Anblick keine Beachtung.

Am oberen Kopfende des Tisches saßen Zokora und Varosch, in ein leises Gespräch vertieft. Beide trugen die hier üblichen weiten und dunklen Gewänder von Leibwächtern, und speziell bei Zokora wirkten diese Kleider mehr als bedrohlich. Zokora war eine Dunkelelfe und stammte aus einem Volk, das in unserer Heimat einen Ruf legendärer Grausamkeit besaß; allein ihr Anblick konnte tapfere Männer flüchten lassen. Ihre Haut war schwarz wie Ebenholz, doch dass sie eine Elfe war, war leicht an ihren anmutigen Bewegungen und feinen Gesichtszügen zu erkennen. Anders als die Elfen, deren Blut in Leandras Adern floss, war sie klein und zierlich, vielleicht einen Hauch größer als Faihlyd, jedoch noch schlanker. Sie war eine Priesterin oder ein Paladin von Solante, der dunklen Schwester Astartes, wie die Dunkelelfen die Göttin nannten, die sie in ihren tiefen Höhlen verehrten. Auch ihr schwarzes Haar war kurz, sie hatte es ebenfalls beim Kampf gegen Balthasar verloren. Ich wusste von Varosch, dass er das bedauerte, denn er hatte ihr oft das Haar gebürstet oder zu langen Zöpfen geflochten. Varosch war ein Adept des Boron und befand sich auf den vorgeschriebenen Reisejahren. Wenn er zu seinem Tempel zurückkehrte, konnte er sich entscheiden, ob er ihm dann als Priester beitreten und im Tempel des Gottes der Gerechtigkeit dienen wollte, oder ob er ein Leben außerhalb des Tempels anstrebte. Boron war der einzige mir bekannte Gott, der es seinen Dienern erlaubte, Waffen zu tragen und zu benutzen. Varosch war ein sehr präziser Schütze mit seiner Armbrust und hatte sich ursprünglich dem Händler Rigurd als Wächter für dessen Handelszug angeschlossen.

Jetzt war er Zokoras Liebhaber... eine mehr als ungewöhnliche Bindung, die offenbar jedoch zu beiden passte. Varosch sah freundlich auf und nickte Armin und mir zur Begrüßung zu, Zokora beachtete uns nicht. Wir waren nur Männer.

Ich selbst hatte mich unauffällig gekleidet, sehr zum Missmut von Armin, der bunte Farben liebte und manchmal den Vergleich mit einem Pfau nicht zu scheuen brauchte. Ich trug meine Stiefel, eine weite, lockere Leinenhose, ein Hemd und eine Weste sowie den hier üblichen Burnus. Um meine Hüfte lag Seelenreißers Schwertgurt. Das Schwert hielt ich in der Hand und stellte es neben mich, als ich mich setzte.

In der Küche roch es angenehm, denn Sieglinde hatte bereits verschiedene Kräuter zum Trocknen aufgehängt. Es duftete aus dem Ofen nach frischem Brot, und aus dem Garten kam der Geruch der vielen Blumen, die dort gepflanzt worden waren. Die Menschen von Bessarein liebten Blumen, gelegentlich fand sich vor der ärmlichsten Hütte eine einfache Kiste mit Erde und den schönsten Blumen. Die meisten kannte ich gar nicht, aber eines hatten sie gemeinsam: Sie blühten farbenprächtig und überlagerten mit ihrem kräftigen Duft oft auf dankbare Weise die anderen Gerüche der Stadt.

Es war warm, aber nicht zu warm. Oben unter der Decke hatte der längst verstorbene Baumeister des Alten Reiches mehrere Öffnungen in die Wand zur Halle gesetzt: So strömte kühle Luft aus dem Inneren des Hauses durch die Küche nach außen, auch dann, wenn der Herd in Gebrauch war. Die Temperatur blieb stets angenehm. Solche Kleinigkeiten waren es oft, die mich an diesem legendären Alten Reich beeindruckten. Sie legten Zeugnis über das Wissen ab, das in meiner Heimat verloren war, obwohl unsere Vorfahren selbst aus diesem Reich gekommen waren, um die neuen Kolonien zu besiedeln.

Dies war die Basis von Leandras Mission: dass die Neuen Reiche, unsere Heimat, Kolonien des Alten Reiches waren und wir somit Anspruch auf Schutz durch eben dieses Reich besaßen.

Janos, Natalyia und auch Serafine waren heute Morgen nicht anwesend. Serafine. Ich konnte mich noch immer nicht daran gewöhnen, dass das ehemals so glatte und leere Gesicht von Armins Schwester Helis nun Ausdruck und Charakter einer Frau besaß, die vor fast siebenhundert Jahren hier in Gasalabad als Tochter des damaligen imperialen Gouverneurs geboren worden war. Eine Frau, um die sich hier noch immer Legenden rankten.

Es war eine seltsame Mischung von Gefährten, die sich Leandras Sache angeschlossen hatten. Janos war entweder ein Agent der Königin oder aber der Brigant, der uns damals im Gasthof in Angst und Schrecken versetzt hatte, um von der wahren Gefahr abzulenken. Natalyia war eine ausgebildete Attentäterin des Herrschers von Thalak. Wenn ich daran dachte, spürte ich noch immer das eisige Brennen ihrer Stilette, die sie mir beim Angriff im Wolfstempel in die Seite gerammt hatte. Nur Zokoras Eingreifen hatte verhindert, dass Natalyia mich zu Soltars Hallen beförderte. Es mochte zwar längst überfällig sein, dass ich mich dort einfand, aber damals, wie auch im Moment, hatte ich es nicht so eilig.

Natalyia war Zokoras Gefangene gewesen und hätte beinahe die legendäre Grausamkeit der Dunkelelfen am eigenen Leib erfahren. Aber sie erhielt Gelegenheit, den Mord an Rigurd zu sühnen, und vor Kurzem hatte sie sich zwischen mich und einen Armbrustbolzen geworfen, der sie beinahe getötet hatte.

»Wo sind die anderen?«, fragte ich, als ich am Tisch Platz nahm und dankbar nickte, als Sieglinde mir einen heißen Becher Kafje hinstellte.

»Natalyia und Janos sind auf dem Markt, sie rüsten sich für unsere Reise zurück zum *Hammerkopf* aus«, antwortete Sieglinde mit einem Lächeln. »Serafine ist unten im Keller, sie sagt, sie müsse ihren Körper stählen.«

Im Keller war es mittags am kühlsten, es gab dort einen großen Raum, der sich zum Üben hervorragend eignete, auch wenn das Licht, das in mit Spiegeln versehenen Schächten vom Innenhof her hineinfiel, mitunter etwas dürftig war. Jetzt jedoch nicht, denn die Sonne stand hoch am Himmel und leuchtete die Schächte gut aus.

Ich dankte ihr und schaute zu Armin hinüber. Er sah, verstand meinen Blick und lächelte. Es war noch nicht so lange her, dass der Geist der Zeugmeisterin den Körper seiner Schwester beseelt hatte, und ich wusste noch nicht so recht, wie er dazu stand.

»Es ist ein Wunder, Esseri, eines, das ich diesem alten Geist, der dennoch schon immer Euer Freund war, nicht verüble. Helis ist bei Soltar sicher, die Tochter des Wassers und Helis sind sich so ähnlich, dass ich mir erlaube zu vergessen, dass sie nicht Helis ist. Manchmal tut es weh, sie zu sehen, aber meist spüre ich, dass es noch immer meine Schwester ist, die ich liebe, und will nicht hinterfragen.« Er lächelte leicht. »Es ist wie eine Gnade, sie zu sehen, lachend oder ernst, klug weit jenseits ihres Alters und doch in vielen Dingen Helis so ähnlich.«

Helis und Armin entstammten dem nach den Wirren um Askannons Abdankung verratenen und verbotenen Haus des Adlers, wie auch Serafine selbst, die den Beinamen Tochter des Wassers trug. Schon als ich Helis das erste Mal gesehen hatte, war mir die Ähnlichkeit zwischen ihr und Serafine aufgefallen, die ich zuvor einmal als geisterhafte Erscheinung in den Eishöhlen erblickt hatte.

Serafine selbst sagte, es gebe keinen erkennbaren Unterschied: Helis hätte sie selbst sein können, nur um Jahrzehnte jünger. Oder Jahrhunderte …

Helis war Zirkusartistin gewesen, und auch wenn ihre Entführung nun fast ein Jahr zurücklag, konnte man nicht behaupten, dass sie schlecht in Form war. Bei dem Gedanken musste ich lächeln: Nach Serafines Maßstäben waren höchstens Zokora oder Natalyia in guter Verfassung, und an den meisten Tagen übten Sieglinde und ich uns morgens nach Serafines Vorgaben. Manchmal schloss sich Janos uns ebenfalls an. Jedenfalls schienen die Übungen zu wirken, ich bewegte mich leichter und flüssiger als in den letzten Jahren, und auch Sieglinde wurde immer sicherer im Umgang mit ihrem Schwert. Ich sah hin zu ihr, unter ihrer Haut spielten schlanke Muskeln, die man dort zuvor nicht hatte sehen können.

Sie hatte in meinen Augen die größte Wandlung von uns allen vollzogen – von der Tochter eines Wirts hin zu einer Kämpferin, die unerschrocken den Gefahren ins Auge sah und in ihrer Bescheidenheit gar nicht merkte, dass sie so selbst zu einer Frau wurde, die anfing, ihre eigene Legende zu gestalten.

Armin hatte recht. Jeder meiner Gefährten verdiente eine eigene Ballade. Über mich gab es schon welche, aber ich mochte sie nicht hören.

Auch Armin erhielt einen Becher mit dem dampfenden Gebräu und lehnte sich in seinem Stuhl zurück. Er sah zufriedener aus, als ich ihn bisher kannte. Die Traurigkeit, die Faihlyd in den letzten Tagen umgeben hatte, schien vergangen, und das tat auch ihm gut.

»Wird die Essera Falah etwas dagegen haben, wenn Serafine mich in den Palast begleitet?«, fragte ich ihn.

Er sah überrascht auf und schüttelte den Kopf. »Warum?«

»Sie weiß vieles, vor allem über Nekromanten«, erklärte ich ihm. »Sie sieht die Dinge anders als ich oder du. Sie ist in anderen Bereichen aufmerksam, vielleicht bemerkt sie etwas, das wir übersehen würden.«

»Meint Ihr, sie ist mutig genug, um diesen Ort zu betreten?«, fragte er leise.

»Ich glaube, sie war schon näher an meinem Gott als jeder andere, den ich kenne. Sie wird sich nicht scheuen.«

Das Reich Soltars, in das ich der Essera Falah, Faihlyds Großmutter, folgen sollte, war, wenn ich das richtig verstanden hatte, ein Reich der Toten, das die Priesterschaft des Gottes hier im Palast des Mondes mit Gebeten und priesterlicher Magie aufrechterhielt. Dort war man dem Gott und dem Tod näher, als es sonst auf dieser Welt möglich war.

Mehr konnte oder wollte mir auch Armin nicht sagen, er hatte diesen Ort auch noch nie betreten, er wurde gefürchtet, und dies mit Grund. »Der Leibarzt der Essera, der Gelehrte Perin da Halat, erklärte es mir«, sagte Armin, als ich mich ankleidete. Er hielt mir eine leuchtend rote, bestickte Weste hin und schien enttäuscht, als ich eine andere aus einfachem hellen Leinen auswählte. »Er sagt, es sei ein Ort, an dem die Lebenden Antworten von den Toten erhielten, obwohl man nicht direkt mit ihnen sprechen kann. Dennoch greift der Tod nach einem.« Er schüttelte sich leicht. »Esseri, Ihr wisst, wie sehr uns hier die Sonne verwöhnt, doch dort ist es so kalt, dass Ihr Euren Atem sehen könnt. Es gibt ihn, diesen Ort, aber man spricht nicht darüber, und mir ist nicht wohl bei der Sache.« Jetzt sah er mich an. »Wenn Ihr erlaubt, werde ich Serafine selbst fragen, ob sie uns begleiten will«, sagte er leise und etwas scheu.

Ich nickte zustimmend, er trank noch einen Schluck Kafje, stand dann auf, zögerte einen Moment und verschwand im Abgang zum Keller.

»Das muss schwer sein für ihn«, sagte Varosch leise, als er zusah, wie sich die Tür hinter Armin schloss. »Serafine zu sehen …«

»Warum?«, fragte Zokora mit ihrer rauchigen Stimme. »Sie ist seine Schwester. Er tut gut daran, sie aufzusuchen.«

»Es ist der Körper seiner Schwester, aber der Geist Serafines«, sagte Varosch. »Das ist ein Unterschied.«

Zokora zog eine Augenbraue hoch. »Ich sehe keinen.«

Sie wandte sich mir zu und griff zugleich unter ihr Gewand. Sie nahm ihren Beutel heraus und ließ ein längliches Siegel aus Gold an einer feinen Kette in ihre Hand gleiten. Ich erkannte es wieder, es gehörte der Dunkelelfe, die wir auf dem Weg vom

Gasthof zur Donnerfeste in diesen dunklen Höhlen im Eis eingefroren gefunden hatten.

»Wenn wir Sieglinde und Janos durch die Eishöhlen zurück zum Gasthof führen, hast du Zeit herauszufinden, ob jemand hier etwas über diesen Clan weiß.« Sie sah mich an. »Für die Menschen hier ist meine Art ungewöhnlich, aber nicht unbekannt. Ich will wissen, wo ich meine Schwestern finden kann. Wenn sie diesem Askannon dienten, wissen sie mehr über Menschen als ich.«

Ich nickte. »Ich werde mich darum kümmern und danke dir für das Vertrauen, das du mir mit dieser Bitte erweist.«

Ihre Augenbraue hob sich noch höher also zuvor.

»Das war keine Bitte«, korrigierte sie mich. »Es ist etwas, das du tun kannst, nicht mehr.«

Varosch und ich tauschten einen Blick aus und schmunzelten. Sieglinde lachte leise.

Zokora sah uns neugierig an. »Habe ich einen Witz gemacht?«

»Es war eine Bitte«, versuchte Varosch ihr zu erklären. »Du hast ihn gefragt, ob …«

»Es war keine Frage«, unterbrach sie ihn. »Es ist etwas, das er tun kann. Wenn er es nicht tun will, kann er es sagen.« Sie schüttelte irritiert den Kopf. »Menschen sind kompliziert.«

»Warum sollte er es tun, wenn es keine Bitte ist?«, fragte Varosch. Ich erkannte, dass dies die Fortführung eines längeren Gesprächs zwischen ihnen war.

»Weil er es kann«, sagte sie in der Art von jemandem, der geduldig einem Kind etwas erklärt. »Und auch, weil er es will.«

»Warum sollte er es wollen?«

»Wenn er es will, dann weiß ich, dass er es tut. Tut er es nicht, kümmere ich mich selbst darum.«

»Also tut er es, damit du weißt, dass er es tut?«, fragte Varosch, und Zokora verdrehte die Augen.

Sie sah zuerst mich an, dann Varosch, schließlich Sieglinde. »Weißt du, was ich meine? Schließlich bist du eine Frau und kannst denken.«

Sieglinde lächelte. »Nein, auch ich halte es für eine Bitte, Zokora.«

Zokora nickte und wandte sich dann wieder Varosch und mir zu. »Es ermüdet mich«, sagte sie, griff ihr Schwert und ging zur Tür hinaus. Wir sahen ihr nach.

»Ist sie verstimmt?«, fragte Sieglinde überrascht, doch Varosch lächelte und schüttelte den Kopf.

»Nein, ist sie nicht«, sagte er und lachte leise. »Sie gibt sich solche Mühe zu verstehen, wie wir denken, aber manchmal habe ich das Gefühl, dass sie einfach die Geduld verliert, wenn wir derartig langsam begreifen.« Er grinste. »Sie nimmt es uns nicht übel. Eher wäre sie überrascht, wenn wir etwas schnell verstehen würden. Sie erwartet kein hohes Denkvermögen von Menschen, erst recht nicht von Männern.« Er grinste noch breiter. »Tatsächlich ist sie oft erstaunt, wenn das, was wir tun, einen Sinn ergibt.«

Sieglinde lachte.

»Die Argumentation werde ich mir merken«, sagte Leandra vom Garten her. Sie stand amüsiert da, Faihlyd neben ihr. »Sie ist nützlich.«

Sie kam zu mir, schmiegte sich an mich und sah verschmitzt zu mir hoch.

2. Das Urteil der Rose

Bevor ich mit Faihlyd und Armin ging, suchte ich noch einmal das Gespräch mit Leandra. Sie war in ihrem Zimmer.

»Was hältst du davon?«, fragte ich sie.

Sie musterte mich. »Ich weiß, dass du die Frage anders meinst, aber *so* kannst du nicht in den Palast.«

Ich sah an mir herab. »Was ist falsch daran?«

»Nichts. Aber für den Palast ist es ungeeignet.«

Ich seufzte. »Die Kleider sind frisch. Und sauber. Sie sind neu.«

»Du zeigst Essera Falah nicht den Respekt, den sie verdient«, erklärte Leandra mir. Ich sah es an ihrem Blick, sie meinte es ernst.

»Ich werde mich umkleiden«, seufzte ich. »Also, was hältst du davon? Ich habe das Gefühl, dass sich, wenn ich mit Faihlyd und Armin gehe, alles ändern wird und wir noch tiefer in die Geschicke des Emirats verstrickt werden.«

Diesmal seufzte sie. »Das wird sich wohl nicht mehr verhindern lassen. Ich verstehe nur nicht so genau, was sich die Essera Falah eigentlich von dir wünscht«, sagte sie.

Ich zuckte mit den Schultern. »Ich habe auch nicht die geringste Ahnung.« Ich trat an das Geländer zum Innenhof. »Es ist gerade im Moment und gerade heute vielleicht etwas zu viel verlangt, auf Ruhe zu hoffen.« Ich drehte mich zu ihr um. »Es ist nur Tage her, dass der Emir vor seinen Gästen und Freunden, vor den Augen seiner Tochter und seiner Mutter von einer Nekromantin ermordet wurde. Ich will mir gar nicht vorstellen, wie das auf die Menschen in dieser Stadt wirkt und was in Faihlyd alles vorgehen mag. Wenn wir ihr und ihrer Großmutter helfen können …«

»Ich verstehe ja. Nur …«

Ich sah sie fragend an, und sie schüttelte den Kopf. »Nichts«, sagte sie dann. »Es ist, wie es ist. Ich fühle mich nur eingezwängt von alldem. Und ich finde nicht die richtigen Worte, all das zu beschreiben, was uns widerfahren ist.«

Sie saß am Schreibtisch im Arbeitszimmer, das Armin auf unser Geheiß hin hatte einrichten lassen. Vor ihr standen Tuscheglas und Federkiel, mehrere fein geschabte Pergamente lagen bereit, eines trug zur Hälfte ihre feine, sorgfältige Schrift. Es war geplant, dass Janos und Sieglinde bald durch das Tor im Keller dieser Botschaft zur Feste am Donnerpass zurückkehren sollten, um von dort aus durch die unterirdischen Höhlen zum Gasthof zu marschieren.

Dann sollten sie mit dem Pferd weiterreisen, die Kronburg in Illian erreichen und Königin Eleonora eben diese Nachricht, für die Leandra im Moment noch keine Worte fand, überbringen.

»Es ist ungewiss, ob sie überhaupt noch lebt«, fuhr Leandra leise fort. »Aber sie muss noch leben, muss festhalten, denn keiner der drei, die ihre Krone erben könnten, ist dieser Ehre würdig.« Sie sah mich verbittert an. »Nicht einer würde sich Thalak in den Weg stellen. So unterschiedlich ihre erbärmlichen Laster auch sind, darin sind sie sich einig: Sie würden Thalak das Tor öffnen und auf Gnade hoffen. Lieber Hund eines Hundes sein als aufrecht sterben!«

Von Kindheit an durch einen schweren Sturz ans Bett gefesselt, hatte die Königin keine eigenen Erben. Ich kannte die drei Cousins flüchtig. Als ich sie das letzte Mal gesehen hatte, waren sie kaum mehr als unerzogene Kinder, aber soweit ich wusste, hatten alle drei seitdem nur noch mehr Arroganz und Überheblichkeit entwickelt. Jasfar, eines der Drei Reiche, war bereits gefallen, die Kunde hatte mich durch Leandras Mund erreicht, bei unserer ersten Begegnung im Wirtshaus *Zum Hammerkopf*. Kelar, der Ort meiner Geburt, war geschleift und mit Salz bedeckt worden. Letasan, das zweite verbliebene Reich, war die Heimat meiner Wahl. Lange Jahre hatte ich dort glücklich gelebt, ich kannte es gut. Reich durch den Handel und die Silberminen, besaß es vielleicht die besten Gelehrten und Handwerker der

Neuen Reiche. Suchte man ein gutes Schwert oder eine neue Rüstung, suchte man sie in Letasan. Besseren Stahl gab es nirgends, aber der König war mehr den Künsten und der Wissenschaft zugetan als dem Kampf. Er war ein guter Mann im Frieden, bedächtig und überlegt, hatte stets das Wohl seines Volkes vor Augen. Zugleich war er der denkbar schlechteste Befehlshaber: Bevor er zu einer Entscheidung kam, war die Schlacht bereits verloren.

Also lasteten Widerstand und Stolz der drei Reiche allein auf den Schultern von Königin Eleonora.

Ohne den Willen zum Widerstand halfen selbst die mächtigsten Mauern nicht gegen einen entschlossenen Feind.

Wie alt mochte die Rose Illians jetzt sein? Drei Dutzend und zehn? Vier Dutzend Jahre? Ein Alter, in dem manch anderer, der sein ganzes Leben lang gesund gewesen war, oftmals schon von allein starb.

»Wie fandest du sie vor, als du sie das letzte Mal gesehen hast?«, fragte ich leise. Ich erinnerte mich nur an ein kindliches Gesicht mit großen Augen, in denen ich Glauben und Vertrauen in das Unmögliche sah… und Leid und Trauer darüber, jemanden in den sicheren Tod zu schicken. Ihr war es niemals vergönnt gewesen, Kind zu sein.

»Schwach«, antwortete Leandra und sah auf das halb fertige Schriftstück hinunter. »Sie ist kaum mehr imstande zu essen, die ewigen Suppen ekeln sie an.« Sie wandte sich wieder mir zu, sah mit feuchten Augen zu mir hoch. »Wie kann sie dieses Leben nur ertragen? Muss sie sich nicht mit jeder Faser wünschen, endlich loslassen zu können, endlich die Ruhe zu finden, nach der sie sich sehnt?«

»Sie wird nicht gehen, bevor ihre Pflicht getan ist«, sagte ich. Es war so. Ich konnte nicht sagen, woher ich das wusste, aber etwas anderes erschien mir nicht möglich. »Schreib, was auch immer du schreiben willst. Janos wird die Botschaft persönlich überbringen.«

»Du glaubst an ihn?«, fragte Leandra.

Ich trat an sie heran und fuhr mit der Hand über ihr kurzes weiches Haar. »Ja, das tue ich.« Ich fasste einen Entschluss und zog einen Stuhl heran, um mich neben sie zu setzen. »Ich weiß nicht, ob ich wieder hier sein werde, bevor die beiden aufbrechen.«

Ich sah hinüber zu Steinherz, der mich aus unbarmherzigen rubinroten Drachenaugen zu mustern schien. Nein, dieses Schwert konnte mich nicht leiden.

»Du führst das Schwert des Reiches. Du hast der Königin deinen Eid geschworen. Gilt dieser Eid ihr oder dem Reich?«

»Es war ein seltsamer Eid«, sagte sie leise und schaute an mir vorbei ins Leere, als sie sich erinnerte. »Es war tiefste Nacht, als es an der Tür meiner Kammer klopfte. Zu meiner Überraschung war es die Hohepriesterin der Astarte, die vor meiner Kammer stand und mich bat, ihr zu folgen. Ich trug kaum mehr als ein Nachthemd, doch es blieb keine Zeit, mich passender zu kleiden. Durch geheime Gänge, die selbst ich nicht kannte, führte sie mich in das Gemach der Königin. Draußen vor der Tür standen die Wachen, doch auch die wussten nicht, wer sich in dieser Nacht um das Lager der Königin versammelt hatte. Es war eine erlauchte Gesellschaft, der Diener Soltars kniete neben ihrem Lager und betete für sie, bat seinen Gott, ihr die Kraft zu geben, weiter am Leben festzuhalten. Still und leise, mit grimmigem Gesicht und blutigem Gewand stand der Diener Borons daneben und musterte mich aus Augen, die tief in meine Seele zu blicken schienen, in seinen Händen eine alte, staubige und blutbeschmierte Reliquienkiste, die ich noch nie zuvor gesehen hatte.« Ihre Hand fand meine und nahm sie fest in den Griff, fast so stark, dass es wehtat, aber ich achtete nicht darauf. »In dieser Nacht waren Bewaffnete in das Heiligtum Borons eingedrungen und begingen das Sakrileg, sich gegen den Gott der Gerechtigkeit zu erheben. Sie kämpften sich blutig bis an den Reliquienraum heran. Alle Priester stellten sich ihnen in den Weg, unbewaffnet oder nicht, alle wurden erschlagen bis auf diesen einen. Sein Blut war Teil der Spur, die diese Unnennbaren hinterließen. Kennst du die Statue Borons im Tempel zur Kronstadt?«

Ich nickte nur. Ich hatte den Tempel nie betreten, aber er war nicht groß, vom Tor aus konnte man die Statue gut erkennen. »Dort trägt Boron keine Keule, sondern ein Schwert. Der oberste Diener Borons nahm genau diese Waffe und stellte sich den Tätern in den Weg ... Und der Gott selbst führte seine Hand.« Sie schluckte. »Außer diesem überlebte keiner der Diener Borons den Angriff.« Borons Diener waren die einzigen Priester, die Waffen führen durften, doch die Priester, die im Tempel selbst dienten, trugen nie welche.

»Was war mit den Tempelwachen?«, fragte ich leise.

Sie schüttelte den Kopf. »Heimtückisch gemeuchelt, viele von ihnen im Schlaf. Niemals hätte man erwartet, dass es jemand wagen würde, den Zorn Borons so direkt herauszufordern.«

Auch wenn man das Wirken der Götter oftmals nicht direkt erkannte, hatte ich doch keinen Zweifel an ihrer Existenz und ihrer Macht. Zu oft hatte ich schon die schwere Hand Soltars auf meinen eigenen Schultern gespürt ... Mich fröstelte. Boron stand für Gerechtigkeit, aber nicht für Gnade. Diese Männer, wer auch immer sie waren, konnten selbst im Tod dem Urteil des Gottes nicht entgehen. Soltar würde ihre Seelen seinem Bruder nicht vorenthalten. Es war warm hier drinnen, im Moment aber fror ich.

»Weiß Varosch davon?«

Sie schüttelte nur den Kopf. »Ich wollte es ihm nicht erzählen. Ich bin sicher, dass er einige der Brüder im Tempel kannte.«

Ich nickte. Ich fand ihre Entscheidung falsch, aber ich konnte sie verstehen.

»Wie ging es weiter?«

»Die Unnennbaren hatten ihr Ziel nicht erreicht, aber es offenbart: eine Reliquie, die selbst bei den Priestern Borons in Vergessenheit geraten war. Es war das Schwert, das früher in der Hand der Statue geruht hatte, bis man es im sichersten Raum des Tempels verwahrte.« Sie sah hinüber zu Steinherz, dessen rote

Augen kalt funkelten; fast konnte ich den Zorn des Schwertes fühlen. Steinherz war anders als Seelenreißer, deutlicher in seiner Präsenz. Fast kam es mir so vor, als wäre es mit einem eigenen Willen ausgestattet. Dafür, dass es seine Aufgabe war, dem Träger die Gelassenheit eines steinernen Herzens zu gewähren, wenn dieser ein Urteil sprach, schien es mehr an Gefühlen in sich zu tragen als jedes andere Bannschwert, von dem ich je gehört hatte. Selbst ohne Seelenreißer hätte ich dieses Schwert nie an mich genommen. Wenn ich ehrlich war, fürchtete ich mich vor Steinherz mehr als vor meiner eigenen Klinge.

»Steinherz lag in jener Kiste, die der Priester neben dem Bett der Königin hielt?«, fragte ich.

Sie nickte bloß.

»Ich dachte, es wäre das Schwert des Reichs?«

»Das dachte ich auch. Doch das Schwert, das über dem Thron an der Wand hängt, ist nur eine Kopie.« Sie hielt die Hand in die Richtung ihres Schwertes und berührte den Knauf. Sachte, fast zärtlich, fuhr sie über den kunstvoll geschmiedeten Drachenkopf, dann sah sie mich an. »Ich weiß, warum«, sagte sie dann leise. »Man darf es nicht leichtfertig aufnehmen. Es ist ... unbarmherzig, wenn man es aus seiner Scheide ruft. Es kennt keine Gnade, nur Wahrheit und Gerechtigkeit. Es sieht keine Fehler nach und ist voller Zorn auf eine Welt, die nicht geordnet ist. Und sieht es als seine Pflicht an, diese Welt zu ordnen.« Sie hielt kurz inne. »Keine Gnade zu spüren, in den kalten Bahnen der Gerechtigkeit und der Vernunft zu denken ist ... befreiend. Man ist im Recht und weiß es, Zweifel sind nicht möglich. Kaum etwas gibt mehr Kraft, als zu wissen, dass es so ist. Wenn es mich danach wieder loslässt, erinnere ich mich daran, wie es ist, keine Gnade zu fühlen, ein Herz aus Stein in meiner Brust zu tragen. Es hüllt meine Seele in das tiefste und dunkelste Eis, macht sie unberührbar für jede Art von Einfluss oder Zauber ... und es kennt nur ein Ziel, einen Wunsch, und in diesem sind wir gleich.«

Sie holte tief Luft. »In jener Nacht kniete ich vor unserer Königin, und sie nahm meinen Schwur entgegen, aber es waren ihre Worte, die ich sprach. Es war nicht der Eid des Paladins, den du kanntest, nein, dieser Schwur war besonders. Ich schwor auf ihr Leben, auf ihre Ehre, auf ihren Willen und auf ihren Glauben, das zu tun, was für die Reiche am besten ist.«

Sie sah mich mit weiten Augen an. »Hörst du? Sie ließ mich auf alle Reiche schwören, bei ihrer Ehre, aber nicht als ihre Weisung. Sie überließ mir die Entscheidung, was ich für gut befinden würde! Wie kann man einen solchen Schwur fordern? Wie konnte ausgerechnet sie es tun? Sie weiß doch, welche Last solche Worte bedeuten!«

Ich schloss die Augen, als ich mich an eine andere Zeit erinnerte, an ein kleines Mädchen, das mit angezogenen Knien unter einem Apfelbaum saß und neugierig beobachtete, wie Ser Roderic seine Rüstung flickte. Ein Gesandter aus Melbas hatte an diesem Tag ihrem Vater, dem König, einen wortreichen Schwur des dortigen Fürsten überbracht, zusammen mit Gold und Geschmeide. Mit Grund, denn es gab Anlass, an der Treue dieses Fürsten zu zweifeln. Der Schwur war lang und wortreich, kunstvoll in der Komposition und schmeichelnd in der Wortwahl, ein Meisterwerk der Diplomatie.

»Was hat der Fürst geschworen, Ser Roderic?«, hatte sie mich gefragt, und ich konnte mich an ihre Stimme noch sehr gut erinnern, an die Neugier in ihren Augen und das Lächeln, als sie in den Apfel biss. Es war der Tag, bevor sie stürzte, aber noch lag ein ganzes, unbeschwertes Leben vor ihr.

»Er schwor, sich nicht wieder ertappen zu lassen«, sagte ich, vielleicht etwas bissiger, als ich es hätte tun sollen. Ser Roderic hatte seine eigene Meinung zu solchen Schwüren, und wenn es nach ihm gegangen wäre, wäre er dem Fürsten auf seine Art begegnet. Direkter und eher wortkarg.

»Das ist kein guter Schwur«, sagte sie. »Ich dachte mir schon so etwas. Ich traue Menschen nicht, die zu viele Worte machen, damit suchen sie einen nur zu verwirren. Sie wollen alle etwas stehlen … und wenn es Gedanken sind.«

Wie alt war sie damals? Acht? Ich wäre für sie gestorben. In gewissem Sinne tat ich es später auch. Ich nickte nur. Was sollte ich sagen? Sie hatte recht. So viel Weisheit …

»Was ist ein guter Schwur, Roderic?«

»Das Beste zu tun, was möglich ist«, gab ich ihr Antwort. »Mehr kann man nicht verlangen.«

»Schwören, das Beste für das Reich zu tun?«

Ich nickte.

»Das sind nicht viele Worte, Roderic. Ich habe erst letzte Woche Euren Eid gelesen. Der war viel länger.«

Ich erinnerte mich, dass ich lachen musste.

»So, habt Ihr den Eid gelesen, Hoheit? Es mögen mehr Worte gewesen sein, aber er sagt das Gleiche aus.«

»Wenn Ihr so etwas sagt, klingt es einfach«, sprach sie und spuckte die Apfelsamen in ihre Hand. »Hier, Roderic, ich weiß, dass Ihr diese Samen mögt.«

Ich nahm sie mit einer Verbeugung an. »Danke, Hoheit.« Ich steckte die Samen sorgfältig in meinen Beutel zu den anderen, als sie weitersprach.

»Roderic, sagt, ist es wirklich so einfach?«

»Nein, manchmal ist es schwer. Doch ich denke nun mal so.« Ich widerstand dem Impuls, ihr durchs Haar zu fahren. »Aber ich bin auch ein einfacher Mann.«

Ihren Blick werde ich wohl nie vergessen.

»Täuscht Ihr nun mich, Roderic, oder Euch selbst?«

»Was ist?«, fragte Leandra. »Du bist auf einmal so weit weg.« Ich schüttelte den Kopf und sah zur Seite. »Nichts. Erinnerungen. Es ist nicht wichtig.«

Ich spürte ihren zweifelnden Blick, als ich aufstand und zum Balkon ging. Der blaue Himmel über uns schien mir wie ein Hohn und der Duft der Rosen aus dem Garten im Moment fast unerträglich.

»Sie tat es wohl, weil sie keine andere Wahl hatte«, gab ich ihr Antwort auf ihre Frage von vorhin. »So ist es ja meistens. Man hat keine Wahl.« Ich wandte mich wieder ihr zu und zwang mich, in ihre Augen zu sehen. Sie waren seltsam weich. »Wie ging es weiter?«

»Wie du dir denken kannst«, sagte sie leise. »Ich wurde von den Priestern gesegnet und an der Stirn gesalbt, dann öffnete der Diener Borons die Reliquienkiste und darin lag Steinherz. Ich zog es aus der Scheide, weckte es aus seinem Traum und gab ihm mein Blut… und das der Königin.«

»Wie…?«

Sie sah mich lange an, bevor sie weitersprach. »Es schien das Richtige. Wir hielten das Schwert gemeinsam, unser beider Blut auf der Klinge, als sie das Urteil über Thalak sprach.«

»Sie… ihr… ihr habt mit Steinherz in der Hand das Urteil über Thalak gesprochen?«, fragte ich, und ich spürte, wie etwas in mir zerbrach.

Sie sah, dass ich verstand, und ihre Stimme wurde noch weicher.

»Havald…« Sie schüttelte den Kopf. »Nichts…« Sie holte tief Luft, bevor sie weitersprach. »Danach gab sie mir den Ring und sandte mich aus, Ser Roderic zu suchen. Noch in derselben Nacht brach ich auf. Du hast recht, Havald. Es ist so. Ich kann weder rasten noch ruhen, bis Steinherz Thalak die Gerechtigkeit gibt, die er verdient.«

Ich sah auf die Klinge in ihrer Hand hinab, die rubinroten Augen lachten spöttisch. Was war Liebe gegen einen Schwur mit steinernem Herzen?

Ich setzte mich und stützte den Kopf schwer auf beide Hände. Ich erinnerte mich an die Karte aus dem Gasthof, die Leandra so liebevoll abgezeichnet hatte. Sah vor meinem geistigen Auge diese kleine Insel, das Wort *Thalak* daneben, sah die vielen Reiche, die zwischen uns und dem kleinen Ort lagen, alle nun unterworfen, alle dienten sie jetzt dem dunklen Herrscher. Auch von diesen Reichen waren wohl einige wehrhaft gewesen, hatten geglaubt und gehofft, gegen den eisernen Griff Thalaks bestehen zu können…

Ich hatte Leandra maßlos unterschätzt. Wenn ich zuerst noch gedacht hatte, es wäre ein unmögliches Unterfangen, die Reiche von der Bedrohung Thalaks zu befreien, wenn ich bezweifelt hatte, dass wir uns seiner Macht überhaupt erwehren, ihm überhaupt Widerstand leisten könnten, so fand ich Leandras Ziel nun weitaus erschreckender. Sie suchte nicht nur den Widerstand gegen den Gegner, sondern die vollständige Zerstörung seines Reiches. Sie wollte den Imperator selbst auf den Knien vor sich, wenn sie Gericht hielt.

Vielleicht entrang sich mir ein Stöhnen, ich weiß es nicht.

Leandra trat neben mich, legte eine Hand zärtlich in meinen Nacken, mit der anderen hielt sie das verfluchte Schwert. »Ich habe Zeit, Havald«, sagte sie leise. »Jahrhunderte, wenn es sein muss. Aber ich werde das Urteil vollstrecken. Ich glaube daran, und du selbst hast gesagt, dass mit Glauben alles möglich ist. Selbst wenn die Reiche untergehen, wird Thalak die Gerechtigkeit der Rose Illians erfahren.«

Sie beugte sich vor und gab mir einen Kuss auf meine Hand. »Glaube einfach an mich, Havald. Denn ich folge ebenfalls meinem Herzen.«

Ich schaute hoch und versank in diesen violetten Augen, die ich selten so weich und zugleich so entschlossen gesehen hatte. »Ich weiß das, Lea, ich weiß.« Ich erhob mich und hielt sie so fest ich konnte, atmete ihren Geruch ein. »Ich weiß, dass du deinem Herzen folgst.«

Einem Herzen aus Stein, vor langer Zeit in verfluchten Stahl geschmiedet.

»Schreib, was du willst, Leandra, sag ihr alles, was dir wichtig ist. Hab keine Sorge, dass deine Worte an ein falsches Ohr gelangen«, sagte ich dann leise, noch während ich sie eng umschlungen hielt. »Wenn Janos die Rose nicht mehr unter den Lebenden vorfindet, dann soll er die Nachricht zerstören. Wenn der Erbe das Reich verraten hat, soll Janos zurückkehren. Er ist bei uns von größerem Nutzen, als wenn er das tut, was er sonst tun würde.«

»Was würde er denn tun?«, fragte sie. Ich spürte ihren Atem an meiner Brust.

»Das, was er gelernt hat. Als Freischärler dem Feind ein Dorn in der Seite zu sein. Nächtliche Angriffe, zerstörter Proviant, vergiftete Brunnen …«

Ich konnte ihn sehen, Janos, wie er mit rußgeschwärztem Gesicht durch die Nacht schlich, ein mörderischer Schatten, an seiner Seite Sieglinde, die ihm folgen würde, bis das Unvermeidliche geschah.

»Andere werden das tun. Dafür brauchen sie ihn nicht. Gib ihm den Auftrag, nach Coldenstatt zu reisen. Was auch immer geschieht, es wird dauern, bis Thalaks Truppen den Norden erreichen. Selbst wenn die Krone verraten ist, wird es Zeit brauchen, bis seine Armeen den Ländern seinen Frieden aufgezwungen haben. Janos soll in Coldenstatt den Schmied Ragnar aufsuchen und ihm seine Axt zurückgeben. Sie gehört dem Schmied und ist sein Erbe. Und wenn Janos kann, soll er Leute finden, treue Leute, die für das Reich die Festung am Pass besetzen. Danach soll er versuchen, zu uns aufzuschließen, vielleicht haben wir bis dahin andere Tore gefunden.« Ich zögerte einen Moment. »Er soll Ragnar und vielleicht auch seiner Familie den Weg hierher weisen, auch durch das Tor. Man kann Ragnar vertrauen, er ist ein guter Mann. Du wirst ihn mögen.«

»Du gehst davon aus, dass dein Freund Ragnar Hof, Haus und Schmiede, vielleicht auch seine Familie und sein Glück verlassen wird, um sich uns anzuschließen?«

»Er wird es tun. So ist er. Wenn er seine Axt erhält, muss er so handeln.« Ich zog Leandra fester an mich. »Aber vielleicht muss er seine Familie nicht entwurzeln. Coldenstatt ist die jüngste und kleinste unserer Städte, doch das Land im Norden ist frei, die einzige Bedrohung dort ist die Kälte. Wenn die Feste am Pass geschlossen und besetzt ist, wird auch Thalak den Pass nicht bezwingen können, und solange die Feste selbst steht, wird Coldenstatt ein freier Ort für jene sein, die sich Thalaks Knute nicht beugen werden.«

»Und der Gasthof? Er liegt vor den Toren der Donnerfeste. Von ihm führt der Weg zum Wolfstempel! Wie sollen wir verhindern, dass Thalak die Macht des Tempels für sich nutzt?«

Ich sah zu ihr hinunter. »Wir? Wir können das nicht verhindern. Aber vielleicht jemand anders.« Ich löste mich widerstrebend von ihr. »Schreib, was du sagen willst und was ihr Kraft geben wird.«

Auf einem kleinen Tisch stand eine Schale mit Obst, dort lag auch ein Apfel. Ich nahm einen, schnitt ihn entzwei und löste mit der Spitze meines Dolches ein Samenkorn aus dem inneren Gehäuse.

»Wenn du deine Botschaft siegelst, drücke diesen Samen in das Wachs.«

Sie sah das Samenkorn in ihrer offenen Hand an und dann mich.

Ich küsste sie. »Es ist eine lange Geschichte, ich erzähle sie dir ein anderes Mal.«

Ich schloss ihre Tür leise und lehnte mich schwer dagegen. Von Hoffnung und Glauben zu sprechen war einfach. Selten hatte ich meine Worte so sehr bereut, aber bisher hatte ich auch nicht gewusst, wie unmöglich die Aufgabe war, die Leandra sich gestellt hatte. Liebe, so predigten die Dienerinnen Astartes, ist die größte Macht auf Erden. Doch gegen ein Herz aus Stein ist sie verloren.

Für meinen Geschmack waren die Gewänder hier zu leicht und zu bunt, solch kräftige Farben kannte man in meiner Heimat gar nicht. Ich hatte die Befürchtung, darin wie ein bunter Pfau auszusehen, also zog ich gedeckte, dunkle Farben vor.

Das letzte Mal hatte mir Leandra geholfen, die Gewänder für »Saik Havald« zusammenzustellen, Armin hatte ebenfalls seinen Anteil daran, auch wenn ich ihm in dieser Beziehung nicht ganz vertraute. Was ihn selbst betraf, schien er durchaus dazu bereit, mit einem Pfau in Konkurrenz zu treten.

Als unsere Gefährten vor einiger Zeit zu uns aufgeschlossen

hatten, waren die Dienste eines Schneiders vonnöten gewesen. Ein paar Worte zu ihm, und er versprach mir, das zu liefern, was ich wollte. Irgendwann war ein großes, sorgsam verschnürtes Paket eingetroffen. Ich war nicht dazu gekommen, es zu öffnen, aber jemand hatte es ausgepackt und die Kleider sorgsam in dem großen Schrank verwahrt. Als ich die Türen des Schranks öffnete, konnte ich wieder nur den Kopf schütteln. Ich lebte ja nun wahrlich lange genug, aber eine solche Auswahl an Kleidern hatte ich noch nie besessen.

Ich fand, was ich suchte: dunkle weite Hosen aus feinem gewebten Leinen; ein dunkles Hemd mit weiten Ärmeln aus dem gleichen Stoff, der mir lieber und vertrauter war als Seide; neue weiche Stiefel, die tatsächlich wie versprochen auf Anhieb passten; eine weiche, aber schwere Lederweste aus drei Lagen, die mittlere aus überlappenden Stahlplättchen gefertigt – kaum der gleiche Schutz wie mein Kettenpanzer, aber besser als nichts –, darüber zog ich einen dunklen Wappenrock, allerdings ohne Wappen. Ich hatte das Recht, ein Wappen zu führen, die Rose und das Einhorn, aber das würde zu viele Erinnerungen wecken. Außerdem entschied ich mich für einen neuen breiten Gürtel mit Waffengehänge, Armschützer aus weichem, wie bei der Weste mit Metallplättchen verstärktem Leder, dazu kam ein strahlend weißer Burnus, der mich daran erinnerte, dass ich Armin fragen wollte, wie es möglich war, ein solches Weiß zu erschaffen. Bis ich nach Bessarein kam, war die hellste Farbe, die ich kannte, ein helles Grau. Eine verstärkte Stoffkappe aus dem gleichen dunklen Leinen wie Hemd und Hose, mit einem weich fließenden Nackenschutz und einem Schleier, der hier auch für Männer Benutzung fand, vervollständigte meine Kleidung und verwandelte mich in Saik Havald, einen Fürsten aus fremden Landen …

Der kleine Handspiegel aus poliertem Silber reichte nicht aus, mich in meiner ganzen Pracht darzustellen, dafür musterte ich mein Gesicht, das mir zurzeit seltsam fremd erschien.

Seelenreißer hatte mir meine Jugend wiedergegeben, dennoch hatte das Alter Spuren hinterlassen, mein Antlitz war schmaler und härter als zuvor, die tiefen Nasenfalten betonten eine zu große Nase, gegen die mir noch der Schnabel eines Adlers vorteilhaft erschien, und der kantig gestutzte Bart, der hier für Männer Mode war und ohne den man leicht für einen Eunuchen gehalten wurde, war pechschwarz, wenn auch mit Grau gesprenkelt, die Augen anders, als ich sie in Erinnerung hatte, mit schwereren Lidern und dunklen Pupillen. Ich versuchte mich zu sehen, wie es andere vielleicht taten, und konnte es nur erahnen.

Ich wirkte hart. Weitaus härter, als ich mich fühlte. Ich zuckte mit den Schultern. Die Götter gaben einem das Gesicht, man konnte es nur selbst leben. Trotz der Honigkuchen, die es hier gab und die mir viel zu gut mundeten, hatte ich abgenommen. Ich nahm einen Beutel, gab ein paar Silberstücke hinein, hängte ihn mir um den Hals und verstaute ihn unter dem Burnus. Einen anderen Beutel mit ein paar Kupfermünzen tat ich an meinen Gürtel, griff Seelenreißer und ging hinunter in die Küche.

»Ihr seht stattlich aus«, sagte Faihlyd mit einem Lächeln, bevor sie ihren Schleier vorhängte und in die Sänfte stieg. Ich sah ihr nach und schüttelte den Kopf. Serafine kletterte zu ihr in die Sänfte. Sie trug das dunkle Gewand einer Leibwächterin, und ich sah, wie sie hinter ihrem Schleier grinste, bevor sich der Vorhang schloss.

Armin zog mich am Ärmel, und ich machte es mir mit ihm zusammen in der anderen Sänfte bequem.

»Was amüsiert Euch, Herr?«, fragte Armin neugierig.

»Ich bin nicht mehr dein Herr«, sagte ich abwesend und zum wiederholten Male, als die Sänfte angehoben wurde und sich die Träger in Bewegung setzten. »Ich frage mich, über was die Frauen miteinander reden.«

»O Esseri, hätte der Tag hundert Stunden und ein Mann die Muße, all diese Zeit darauf zu verwenden, bräuchte er ein Jahr, den Sinn eines Blicks zu verstehen, den seine Frau mit einer anderen tauscht.« Er schüttelte den Kopf. »Wenn ich den Vorhang zur Seite schiebe und hinaussehe auf die Welt, ist es eine andere als jene, die eine Frau sieht.« Er zuckte mit den Achseln. »Die Götter haben es so eingerichtet, es wird seine Gründe haben.«

Damit hatte er wohl recht. Ich lehnte mich in den Kissen zurück. »Ich kann mich nicht daran gewöhnen, Sänften zu verwenden«, sagte ich dann. »In meinen Augen gehört es sich nicht, von anderen getragen zu werden.«

»Es ist eine der wenigen Möglichkeiten, mit denen sich die Sklaven vieler Häuser die Freiheit erkaufen können«, erklärte Armin. »Sie sind stolz darauf, dass ihre Herren sie diese Arbeit verrichten lassen. Esseri, schaut genauer hin, wenn Ihr das nächste Mal Sänftenträger seht. Sie gehen immer mit nacktem Oberkörper, tragen ihr Haupt erhoben, sind mit Knüppeln bewaffnet, sie sind stolz. Sie sind Sklaven, aber jeder Schritt bringt sie der Freiheit näher. Sie wissen es, jeder andere weiß es auch. Sie werden ihren Gast bis zum Tod verteidigen, auch das weiß jeder. Sie sind Männer, denn sie dürfen eine Waffe tragen, selbst wenn es nur ein Knüppel ist.« Armin lächelte. »Zudem genießen sie die Blicke der Frauen auf ihren Muskeln …« Er lachte leise. »Das ist eines dieser Dinge, die ich meinte. Wenn eine Frau einen Mann ansieht, können wir froh sein, dass die Frauen die Welt und die Männer mit anderen Augen sehen als wir.«

Außerdem war die Sänfte, wie Armin mir erklärte, eine sehr diskrete Art, sich in den Straßen Gasalabads zu bewegen. »Sänften sind ein häufiger Anblick«, sagte er mit einem Grinsen, das seinen Bart zittern ließ. »Man sieht die Sänfte, aber nicht, wer darin sitzt. Man weiß noch etwas anderes: Die Träger sind auch mit Knüppeln bewaffnet, um die Neugier anderer gar nicht erst aufkommen zu lassen. Es ist, als ob man unsichtbar wäre. Will man hingegen gesehen werden, muss man nur den Vorhang zur Seite schieben.«

Was ich mich fragte, war, ob ich Faihlyds Leibwache wohl erkennen konnte, wenn ich den Vorhang zur Seite schob. Die Emira bewegte sich öfter frei in den Straßen der Stadt, manchmal auch selbst in Verkleidung, ihre Leibwächter jedoch waren gewiss Meister darin, in den Menschenmassen unsichtbar zu werden. Wenn ich an Gasalabad dachte, dann dachte ich an diese unendlich vielen Menschen, die sich unter der ewigen Sonne durch die engen oder auch weiten Straßen der Stadt schoben, ein jeder von ihnen mit einer eigenen Absicht. Wie konnten nur so viele Menschen in einer Stadt wohnen?

Der Palast des Mondes war nicht weit vom Platz des Korns. Da man Sänften Platz machte, kamen sie oft schneller durch das Gewühl als ein Mann zu Fuß, auch deshalb dauerte es nicht lange, bis ich die Stimme eines Soldaten der Palastwache hörte. Faihlyd gab leise Antwort, und dann zog eine gewappnete Hand den Vorhang der Sänfte zur Seite, ein Soldat sah kurz mit einer Verbeugung hinein, um den Vorhang wieder zufallen zu lassen.

»Kennen sie jeden, der hineinkommt?«, fragte ich Armin. »Vielleicht nicht kennen«, antwortete er. »Aber jeder, der am Tor Wache steht, hat ein gutes Gedächtnis. Dieser Soldat wird Euch in jedem Detail beschreiben können. Wenn wichtige Gäste erwartet werden, gibt es in den Wachstuben an den Toren Mappen mit Zeichnungen von Gesichtern, die ein jeder Soldat studiert, bevor er den Dienst antritt.« Armin sah mich ernst an. »Am Tor des Palasts zu wachen ist eine große Ehre, Fehler sind nicht vorstellbar. Dieser Soldat wird nun in den Büchern nachsehen, ob er eine Zeichnung von Euch findet. Findet er keine, wird er Euch einem Zeichner genau beschreiben. Zudem weiß dieser Mann noch mehr, denn Ihr seid in Begleitung der Emira gekommen, ohne dass es offiziell gewesen wäre, somit seid Ihr jemand, der in hohem Maße das Vertrauen meiner Löwin besitzt.«

»Als wen kennt er dich, Armin?«, fragte ich lächelnd, und er seufzte theatralisch.

»Ich glaube, die Wachen machen sich einen Spaß daraus, mich nicht zu beachten.« Auch von Armin wusste ich, dass er sich gern verkleidete.

Ich sah ihn überrascht an, doch er schüttelte den Kopf. »Im Ernst, er wird mich als Euren Diener kennen, Herr. Ich bin selten im Palast, noch ist nicht alles sicher, und wenn man zu viel von mir wüsste, könnte das einiges gefährden. Wenn wir uns sehen, dann oft außerhalb dieser sicheren Mauern, ein Grund, weshalb ihr Vater über unsere Verbindung nicht erfreut war.« Er sah mich direkt an. »Es war die Essera Falah, die ihn vom Gegenteil überzeugte.« Er sah zur Seite weg. »Ihr könnt Euch nicht denken, wie sehr ich die Essera achte, denn sie hat unser Glück geschmiedet.« Er machte eine nachdenkliche Pause. »Meine Löwin ist schwer getroffen vom Tod ihres Vaters. Würde der Essera etwas zustoßen, sie würde es nicht überstehen. Mögen die Götter die Tage der Essera ewig währen lassen und ihr Licht in dieser Welt noch lange leuchten lassen.« Er beugte sich vor und berührte mich an der Hand, eine Geste der Vertraulichkeit, die er sich selten gestattete. »Dass die Essera Falah sich in das Reich Soltars begibt, macht meiner Faihlyd Angst, Herr. Gebt Ihr auf sie Acht? Soltar braucht sie nicht so sehr, wie wir sie und ihre Weisheit brauchen. Könnt Ihr es ihm sagen, solltet Ihr ihn sehen?«

»Es ist nicht das Reich des Todes, Armin«, sagte ich beruhigend. »Das hast du mir selbst gesagt.«

»Näher wird man ihm nicht kommen können, ohne durch seine Pforten zu gehen. Und wo es ein kleiner Schritt ist…«

Die Sänfte hielt an, und der Vorhang wurde zurückgeschlagen. Vor uns stand Hahmed, der Hüter des Protokolls, und musterte mich wie üblich missbilligend. Dennoch bildete ich mir ein, es wäre nicht so missbilligend wie sonst. Armin und ich verließen die Sänfte, gemeinsam gingen wir zu Faihlyd hinüber, die uns ernst ansah, während Serafine die Sänfte verließ.

»Wir müssen weiter«, sagte Faihlyd leise, ohne ihren Schleier zu lösen. »Hahmed wird Euch sicher zu meiner Großmutter geleiten und Euch auch erwarten, wenn Ihr fertig seid.« Ich erahnte unter dem Stoff ihres Schleiers ein schnelles Lächeln. »Ich jedenfalls danke Euch für Eure Mühe. Der Götter Schutz und Weisheit mit Euch«, sagte sie formell und deutete eine leichte Verbeugung an. Sie schaute auch zu Serafine hinüber, die ebenfalls zu lächeln schien. Es war Serafine, die vor wenigen Tagen Faihlyd die Möglichkeit gegeben hatte, sich der Nekromantin in Marinaes Körper zu erwehren. Was auch immer die beiden Frauen in der Sänfte besprochen hatten, es hatte sie einander näher gebracht. Sie ließ den Vorhang fallen, als die Träger die Sänfte anhoben.

3. Soltars Gnade und dunkles Kronskrager

Serafine schaute sich mit wachen Augen um, zum größten Teil war ihr Gesicht vom Schleier verborgen, dennoch konnte ich erahnen, was sie empfand. Vor siebenhundert Jahren war dieser Palast – oder ein anderer, früherer an gleicher Stelle – ihr Zuhause gewesen, der Sitz des letzten imperialen Gouverneurs, dessen Tochter sie war. Was war geblieben von damals, was hatte sich verändert? Nur sie wusste es, und ich fragte mich, was es für ein Gefühl sein musste, diesen Ort wiederzusehen.

Hahmed wartete, bis die Sänften etwas Abstand hatten, dann wandte er sich mir zu und verbeugte sich so tief, dass seine Stirn beinahe den gepflegten Kiesweg berührte, auf dem wir uns befanden.

»Havald Bey«, sagte er ernst und wirkte sogar etwas verlegen. »Ihr seht mich beschämt. In meinem Stolz erkannte ich nicht, was meine Herrin sofort in Euch erkannte. Ich hielt Euch für respektlos, dabei war ich es, der den Respekt vermissen ließ. Verzeiht mir, Saik.«

Er hätte nichts Unerwarteteres sagen können; ich sah ihn mehr als überrascht an. Neben mir amüsierte sich Serafine über meinen Gesichtsausdruck.

»Hahmed, Hüter des Protokolls…«, begann ich und stockte, als ich nach Worten suchte. Wo war Armin, wenn ich ihn brauchte? »Es war ein unglücklicher Tag, ich war nur müde. Ihr habt Euch nichts vorzuwerfen, in Wahrheit war ich es, der es an Respekt mangeln ließ.«

»O Hüter des Protokolls und der Türen, was ist es, was Ihr meinem Herrn sagen wollt?«, half mir Serafine aus der Klemme, und ich bemerkte, wie Hahmed sie überrascht musterte. In meiner Heimat gab es die gleiche Sprache wie hier, doch sie hatte sich verändert, seit der Kontakt zum Alten Reich abgebrochen war.

Außerdem gab es vielerorts noch andere Sprachen und lokale Dialekte. Was wir benutzten, war die Hochsprache des Alten Reiches. Für Hahmeds Ohren sprach ich wahrscheinlich einen brutalen Dialekt, und auch ich musste mich noch immer anstrengen, damit ich alles verstand.

Serafine sprach üblicherweise nicht sehr viel anders, als man es in meiner Heimat tat, ähnlich wie Leandra. Armin war weit herumgekommen, und wenn Faihlyd zugegen war, sprach er anders als dann, wenn er uns begleitete. Ich hatte Zeit genug gehabt, die Hochsprache zu lernen, dennoch würde man immer hören, dass ich aus Kelar stammte. Doch jetzt gerade sprach Serafine wie Faihlyd, mit der klaren Diktion, die manche Priester besaßen, und dem weichen Sprachklang von jemandem, der in dieser Stadt geboren war, einer Stadt, in der man an jedem Tag an jeder Stelle Dutzende Sprachen hören konnte.

Mit diesem einen Satz hatte sie sich, die hier die dunkle Kleidung einer Leibwächterin trug, als ein Mitglied der obersten Führungsschicht des Landes etabliert, als jemand, der mehr war, als es den Anschein hatte. Hahmed hatte dies sofort erkannt.

Er sah überrascht von mir zu ihr und deutete dann eine leichte Verbeugung an. »Es fällt mir schwer, über solcherlei zu sprechen«, sagte er dann langsam. »Ich diene der Essera Falah von Kindheit an, und sie ist das Licht, das mein Leben leitet. Ich leide, wenn sie leidet, und ihr Glück ist das meine. Der Emir war mein Herr. Wären die Geschicke anders, hätte ich ihn Freund und Bruder genannt. Wo Saik Havald sich auch befindet, er wendet das Schicksal der Menschen. Er war zugegen, als die Priester Soltars ein Wunder wirkten, das die Emira von schweren Wunden genesen ließ, er war zugegen, als die Götter die arme Amme von Faraisa, der Blüte des Baums, berührten und den ruchlosen Plan einer üblen Nekromantin vereitelten.« Er zögerte. »Es ist so, dass ich ihm von ganzen Herzen meinen Dank aussprechen will, dass er zugegen war, um unser Schicksal zu wenden … doch ich finde einfach nicht die Worte.«

»Ich finde, dass Ihr es gut gesagt habt.« Serafine lächelte unter ihrem Schleier.

Hahmed stutzte und sank dann langsam vor ihr auf die Knie. »Seid Ihr jene, die einst Tochter des Wassers war und zurückgekehrt ist?«, fragte er andächtig.

Ich sah mich um, in Sichtweite befand sich gut ein halbes Dutzend Soldaten der Palastwache, doch sie taten alle, als wäre nichts dabei, wenn der Hüter des Protokolls vor einer Leibwächterin niederkniete. »Ihr habt uns alle vor der Dunkelheit gerettet, ganz wie es vorhergesagt wurde!«

Ich konnte mit Mühe ein Stöhnen zurückhalten. Ich hasste Prophezeiungen.

»Erhebt Euch, Hahmed«, sprach Serafine und berührte den älteren Mann leicht an der Wange.

Er stand auf, wirkte aber noch immer erschüttert. Diesmal wandte er sich hilfesuchend an mich. »Seht Ihr, Havald Bey, ich kümmerte mich um Helis und Faraisa und sah die einfache Freude in ihrem Herzen, wenn sie mit dem Säugling beschäftigt war. Mein Herz blutete, als ich sah, wie viel Güte noch in ihr zu finden war, selbst nachdem ein Ungeheuer ihr die Seele geraubt hatte.« Er schniefte und wischte sich eine Träne aus dem Auge. Dass die Menschen hier ihre Gefühle so offen zeigten, war noch etwas, das mir ungewohnt war. »Ich hörte, dass die Tochter des Wassers zurückgekehrt sei … *in* ihr … und die Tochter des Wassers verehren wir hier«, sagte er fast entschuldigend. Er wandte sich wieder Serafine zu. »Ich war gut zu Helis, wir alle waren es.«

Sie lächelte. »Ich weiß, o Hüter des Protokolls. Ihre Erinnerungen sind ein unverhofftes Geschenk für mich«, fügte sie leise hinzu. Mit einem Blick zu mir sprach sie weiter. »Somit weiß ich, wie treu ergeben Ihr der Familie seid. Mein Herr, Havald, weiß das auch. Denn es wird immer so sein, dass er mehr weiß, als er zugeben wird.«

Ich räusperte mich unbehaglich. »Hört mich, Hahmed. Es ist alles richtig und gut, wie es ist, und ich bin froh darüber, dass die Essera Falah und die Emira in Euch einen treuen Freund haben.« Ich erlaubte mir ein leichtes Lächeln. »Hinzu kommt, dass ich Euch verspreche, dass ich das Protokoll mehr achten werde, wenn ich das nächste Mal offiziell geladen bin.«

Er sah uns dankbar an und sammelte sich wieder, auch wenn er weitere scheue Blicke zu Serafine warf. »Wir gehen in den alten Teil des Palasts. Dort erlangt selten jemand Zutritt, der nicht zur Familie gehört. Bitte folgt mir.«

Er ging voran, wir folgten, und ich beugte mich zu Serafine hin. »Ich bin nicht dein Herr«, sagte ich.

Sie lächelte. »Ich weiß.«

Der Palast des Mondes war ein großes Areal mit hohen, mehrfach gestaffelten Mauern und stabilen Toren und Türmen, Palast und Festung zugleich. Hahmed führte uns auf einem Weg zu einer kleinen, sehr stabilen, mit Eisenbändern verstärkten Tür nicht weit vom Hafen entfernt. Sie befand sich in der Ecke zu einem der großen Wachtürme, die hier die Palastmauer in regelmäßigen Abständen säumten. Zwischen Mauer und Turm war ein Garten angelegt, mit einem kleinen künstlichen Teich, der irgendwo einen Zufluss haben musste, sonst wäre er in der Hitze schon längst ausgetrocknet. In ihm schwamm ein träger, seltsamer Fisch, und in einer kleinen Gruppe Dattelsträucher stand eine Bank, auf der ein alter Mann seine Pfeife rauchte und uns beobachtete. Ungewöhnlicherweise war die Wehrmauer genau an dieser Ecke mit Efeu bewachsen. Dahinter verbarg sich die Tür, und die Bäume und Sträucher des kleinen Gartens versperrten aus diesem Winkel die Sicht darauf.

Der Hüter des Protokolls bemerkte meinen Blick und lächelte, als er einen kunstvoll gearbeiteten Schlüssel von einer Silberkette um seinen Hals löste.

»Der alte Emir, der Vater meiner Herrin, ließ diesen Garten und diese Tür einrichten«, teilte er uns mit einem verschmitzten Lächeln mit. »Er war es leid, seine Wachen bestrafen zu müssen, weil die junge Essera Falah immer wieder über die Wälle kletterte.«

»Er ließ sie tatsächlich bestrafen?«, fragte Serafine neugierig, während ich mich durch die niedrige Tür duckte. Die Mauer war dick, es war eher ein Durchgang oder kurzer Tunnel, mehr als einen Kopf zu niedrig für mich. Ein Fallgitter versperrte uns den weiteren Weg. Als Hahmed die Tür hinter uns zuzog, beschlich mich ein Gefühl des Misstrauens. Ich muss gestehen, dass ich erleichtert war, als sich das Fallgitter mit einem leichten Rasseln hob.

»Nur formell«, antwortete Hahmed. »Es ist den Wachen ja auch nicht gestattet, Hand an die Familie zu legen, was sollten sie also tun? Mehr als den Emir zu unterrichten, dass seine Tochter wieder auf Abwegen war, konnten sie nicht.«

»Verstehe ich es richtig, dass die Essera Falah die Krone selbst trug?«, fragte Serafine, als wir ins Licht des Gartens auf der anderen Seite der Mauer traten. Ich war froh, mich wieder aufrichten zu können. Hier hielt der Hüter des Protokolls kurz inne, um eine schwere eiserne Tür, die offengestanden hatte, wieder zu schließen, zwei schwere Riegel vorzulegen und sie mit dem gleichen Schlüssel in dieser Position zu arretieren. Es war eine bemerkenswerte Konstruktion, denn so waren auch von dieser Seite die schweren Riegel nicht mehr zu bewegen. Er befestigte den Schlüssel wieder sorgsam an der Kette um seinen Hals, während er weitersprach.

»Nein. Sie suchte sich einen jungen Prinzen, der sie liebte. Er stammte aus einer Nebenlinie des Hauses des Baums und war bereit, dem Haus des Löwen beizutreten. Ihn verlangte nach nicht mehr, als der Essera Falah ein guter Gemahl zu sein. Das gelang ihm, denn es war eine glückliche Verbindung, und meine Herrin trauert noch immer um ihn. Auch wenn er die Krone trug, wusste doch jeder, wer die Geschicke der Menschen wirklich lenkte. Der Emir, die Götter mögen seine Seele gnädig aufnehmen, hatte viel von seinem Vater, die Ehre und die Geduld, auch die Weitsicht, sich klug beraten zu lassen, und die Schläue der Füchsin, wie man meine Herrin einst nannte. Ihr kennt die Geschichte unseres Lands und dieser Stadt noch nicht so gut, aber lasst Euch sagen, dass es Jahrhunderte her ist, dass ein solch weiser Mann wie mein

Herr, der Emir, diese Stadt regierte.« Er sah zu mir auf. »Hättet Ihr die Stadt gekannt, wie sie zu Zeiten meiner Jugend war, so könntet Ihr erahnen, was das Haus des Löwen in nur wenigen Generationen hier geleistet hat.« Seine Miene verdunkelte sich. »Zu sehen, wie er von dieser Kreatur ermordet wurde … Jene Nacht war zugleich die dunkelste und die hellste Stunde der Goldenen Stadt … Hätte das Auge von Gasalabad für die Emira nicht so strahlend geleuchtet, hätten die Götter nicht ein solch deutliches Zeichen gesetzt, wäre es gut möglich, dass sich die Goldene Stadt heute in Angst, Aufruhr und Panik befände, unregierbar außer durch Waffengewalt.« Er schaute zur Seite. »Es wäre nicht das erste Mal«, fuhr er dann leise fort. »Hier entlang, Esseren.«

Ich sah Serafines nachdenklichen Blick, als wir uns hinter einem Rosenstrauch durchduckten und dann einen weiten, gepflasterten Weg betraten, der unweit der Stallungen zu den eigentlichen Palastgebäuden führte.

»Einen Moment, bitte«, sagte sie und hielt inne.

Hahmed und ich sahen sie überrascht an, dann verstanden wir, als wir sahen, wie sie durchatmete und sich umschaute. Ich bemerkte, wie sich Tränen in ihren Augen sammelten.

»Das ist der alte Palast, der meines Vaters«, sagte sie leise. »Hier bin ich aufgewachsen, dies war mein Zuhause. Dort drüben standen große Stallungen, zu meiner Zeit gab es dort sogar Sandkuhlen für die stolzen Greifen. Dort lernte ich Jerbil kennen, er versuchte einen der Greifenreiter zu überzeugen, ihn beim nächsten Flug mitzunehmen. Wir waren Kinder, und es ist alles so schrecklich lange her.« Sie lächelte scheu. »Ich weiß, wie viel Zeit vergangen ist, aber hier ist es, als wäre es erst gestern gewesen. Es mögen nicht die gleichen Rosen sein … aber dieser Teil des Gartens wurde von meiner Mutter neu gestaltet … und nun nennt man ihn wahrscheinlich den alten Garten.« Sie seufzte und schloss die Augen. »Verzeiht, es ist ein seltsames Gefühl«, sagte sie, als sie ihre Augen wieder öffnete.

»War es sehr viel anders damals?«, fragte Hahmed leise und

ehrfürchtig. »Das Leben hier, meine ich. War es die goldene Zeit, von der die Legenden sprechen?«

Serafine lächelte leicht. »Nein, Hahmed. Es war einfach nur anders. Die Menschen bleiben gleich ... Ich vermisse nur so viele von denen, die ich kannte und liebte.«

Ich wusste nicht, was ich sagen sollte, doch Hahmed fand die richtigen Worte. »Das wird auch immer gleich bleiben«, sagte er, wartete einen Moment und ging dann weiter. Wir folgten ihm wortlos. Es ging den Kiesweg entlang, bis wir an einen kleinen Platz kamen, an dem ein Brunnen stand.

Dort winkte der kleine Mann einen der patrouillierenden Wächter heran und flüsterte ihm etwas ins Ohr, woraufhin sich der Mann mit der Faust auf der Brust tief verbeugte, uns einen kurzen, neugierigen Blick zuwarf und davonrannte.

Hahmed sah zu mir auf. »Er wird die Essera Falah benachrichtigen«, sagte er dann knapp und ging weiter. Von einem zum anderen Moment war er wieder Hahmed, der Hüter des Protokolls, ein kleiner schmächtiger Mann mit einem spärlichen Bart und übertrieben stolzgeschwellter Brust, ein Mann, der sich selbst wohl doch zu wichtig nahm.

Doch für eine kurze Zeit hatte er uns einen anderen gezeigt, seine Seele nicht verborgen gehalten, als er von seiner Herrin sprach. Dieser kleine Mann liebte die Essera Falah, und wenn es nötig wurde, würde er für sie sterben. Ich folgte ihm nachdenklich, wie er vor uns den gepflasterten Weg entlangstolzierte. Das, was ein Mensch zu sein schien, und das, was er wirklich war, war nie dasselbe. Ich folgte ihm mit einer neuen Achtung, einer Achtung, die wenig mit seinem hohen Amt zu tun hatte. Vielleicht war ich auf meine alten Tage in mehr als einer Hinsicht erblindet.

Ich schloss zu Serafine auf. »Sag, wie wichtig ist das Amt des Hüters des Protokolls? Kennst du es?«, fragte ich sie leise.

Sie musterte mich aus unergründlichen Augen. »Wie wichtig ist jemand, der bestimmt, wer welchen Vorkoster erhält?«, fragte sie zurück. »Das Protokoll ist ein Werkzeug. Wenn er jemandem den Zugang verwehren will, wird ihm ein Protokoll einfallen, das es, zu seinem großen Bedauern, nicht ermöglicht, eine Audienz zu gewähren. Und je nachdem, welches Protokoll das ist, werden die Wächter dann mehr oder weniger sorgsam mit dem Gast verfahren.« Sie wirkte nun amüsiert. »So war es zu meiner Zeit, als dieser Palast nur ein Viertel seiner Größe hatte. Ich denke, über die Jahrhunderte fanden an vielen Stellen Ergänzungen und Verfeinerungen statt, sicherlich auch im Bereich des Protokolls. Aber eines ist bestimmt gleich geblieben. Er entscheidet, wer Zugang zur Emira erhält. Hast du damit deine Antwort, Sergeant... Havald?«

Ja, die hatte ich. Ich erinnerte mich an meine erste Begegnung mit dem Hüter des Protokolls, als er mir acht Soldaten als Ehrengarde zur Verfügung stellte, weil ich nicht gewillt war, mein Schwert abzulegen. Die Essera Falah selbst hatte zur rechten Zeit interveniert, doch ohne ihr Eingreifen... Wohin hätten mich die Wächter geleitet?

Der Rasen links und rechts des Weges war grün und satt, trotz der sengenden Hitze, und nicht weit entfernt scheuchte ein Wächter in einer polierten Schuppenrüstung gerade einen frei herumlaufenden Fasan zur Seite. Das Gebäude, auf das Hahmed zuhielt, war in einem hellen Pastellton getüncht und mit einem Mosaik aus Palmen verziert, zur Linken plätscherte ein Brunnen, an dem eine junge Frau in feinen Gewändern ein paar Worte mit einem respektvoll Abstand haltenden Soldaten der Palastwache wechselte. Unter blauem, wolkenlosem Himmel erschienen die Gärten des Palasts als eine paradiesische Oase der Ruhe, doch auch hinter diesen pastellfarbenen Mauern lauerten Gefahren, Gefahren anderer Art, für die ich kein Auge hatte. Serafine schien meine Gedanken zu erraten und lachte leise.

»Mach dir keine Gedanken, Havald, du hast es bislang gut verstanden, mit ihm umzugehen. Du hast heute einen Freund gewonnen.«

Ich sagte nichts weiter dazu, als Hahmed uns eine Tür in dem Gemäuer öffnete und uns einen langen kühlen Gang entlang führte. Wenn es so war, dann war es wohl weniger mein Verdienst als das Serafines.

Die Wände hier waren überraschend dick, und Licht fiel nur durch Schächte in der Decke, die ebenfalls von massiverer Bauart war als vermutet. Es war kühl hier, fast kalt, doch das war nicht der einzige Grund, weshalb ich fröstelte: Dieser Gang endete an einer Tür aus Stein, die das Symbol des Stundenglases trug, das Symbol Soltars. Es war kein Schrein, das spürte ich, aber sehr wohl ein Ort, der dem Tod geweiht war.

Hahmed verharrte vor der Tür aus Stein und wandte sich uns zu. »Nur wenige kennen diesen Ort, noch weniger haben Zugang zu ihm. Meine Herrin wies mich an, Euch hierher zu führen, sie gestattete mir, diesen Ort nicht betreten zu müssen.«

Er bemerkte meinen Blick und deutete ein Kopfschütteln an. »Es besteht keine Gefahr… Es ist nur so, dass ich meinen Herrn, den Emir, möge seine Seele in den Augen der Götter Gnade und Gefallen finden, in anderer Erinnerung behalten möchte. Meine Herrin ist um vieles stärker als ich, sie wird Euch erwarten.«

Er legte eine Hand leicht auf die Tür. »Näher will ich Soltars Reich so bald nicht kommen«, sagte er leise, verbeugte sich tief vor uns, um sich dann ruckartig umzudrehen und mit schnellen Schritten in den langen Gang zu fliehen.

»So genau will ich nun auch nicht mehr wissen, was sich hinter dieser Tür verbirgt«, sagte Serafine mit hochgezogener Braue, als sie dem kleinen Mann nachsah. »Mir fallen gleich mehrere Protokolle ein, die er soeben verletzt hat.«

Ich legte nun ebenfalls die Hand auf die Tür und fühlte eine Kälte in dem Stein, die ich kaum mit der Hitze, die sonst so brütend über Gasalabad lag, vereinbaren konnte.

Obwohl ich sie kaum berührt hatte, schwang die Tür lautlos auf und gab den Blick frei auf eine lange Halle, die an Boden, Wand und Decke weiß gekachelt war. Große polierte Spiegel, die das Licht, das durch einen tiefen Deckenschacht fiel, bündelten und verteilten, tauchten den Raum in gleißendes Licht; nur die Stirnwand, auf die wir schauten, war schwarz gekachelt. In einem kunstvollen Mosaik war dort Soltar abgebildet, der in einer geöffneten Hand eine Feder wog, in der anderen einen gequälten Leichnam. Die Augen des Gottes waren fast unter der dunklen Kapuze verborgen, unergründlich und voller Sterne. An der Stirnwand stand ein kleiner Altar, dort lagen frische Opfergaben. Sechs große Tische aus weißem Marmor waren im Raum verteilt, und jeder dieser Tische enthielt Blutrinnen, die zu silbernen Wannen führten. Es roch nach Blut und Seife.

Zwei der Tische waren belegt, unter weißem, zum Teil blutigem Leinen waren die Konturen menschlicher Körper zu erkennen. Ins Gespräch vertieft, warteten in diesem seltsamen Vorhof zu Soltars Reich drei Personen auf uns. Da war Essera Falah, ganz in Schwarz gekleidet und unter ihrem Umhang mit dem offenen Schleier um Jahre gealtert. Neben ihr stand ein älterer Mann mit schlohweißem Haar, den ich bereits kennengelernt hatte: Perin da Halat, ein Gelehrter aus fremden Landen, Leibarzt von Faihlyd und wohl auch der restlichen Familie der Emira. Sowie ein weiterer Mann. Im ersten Moment und wegen seiner kleinen, eher rundlichen Statur und dem offenen, neugierigen Gesichtsausdruck wirkte er nicht wie jemand, den ich hier erwartet hätte, doch er trug eindeutig die Roben eines Soltarpriesters.

Die Kälte war nicht nur körperlicher Natur, hier war Soltars Hand deutlich zu spüren und lastete auf den Seelen der Lebenden.

Als sie uns gewahr wurden, neigte Essera Falah das Haupt, der Leibarzt verbeugte sich leicht, doch zu meiner Überraschung war es der Diener Soltars, der sich am tiefsten verbeugte.

Neben mir hörte ich, wie Serafine einen Laut von sich gab, der einem leisen Stöhnen ähnelte.

»Seid willkommen, Havald Bey«, ergriff zuerst der Priester des Todes das Wort. Er musterte mich und Serafine mit einem neugierigen und offenen Blick. »Seid ohne Furcht, denn es ist meine Aufgabe, die Grenzen des Todes zu halten und Euch sicher wieder in das Licht des Lebens zu führen. Achtet das Leben, zeigt Respekt und Ehrfurcht vor jenen, die hier liegen, und bedenkt, dass am Ende jeder vor ihm stehen wird und er jede Seele führen wird in das Reich, über das er gebietet, und in das neue Leben, das auf uns wartet, treten wir durch seine geheiligten Hallen ein.«

»Ehre den Göttern«, flüsterte Serafine neben mir.

»Ehre den Göttern«, wiederholte ich und sah zu ihr hinüber. Ihre Augen waren groß und rund, und ich überlegte, ob es wirklich eine gute Idee gewesen war, sie mitzunehmen. Ich überlegte nebenbei auch, ob es eine gute Idee war, dass ich selbst hierhergekommen war.

Ich machte einen langen Schritt und betrat den Raum, Serafine folgte mir, hinter uns schloss sich die Tür aus Stein lautlos. Als sie zu war, schien die Kälte weiter zuzunehmen.

Der Priester trat an uns heran. »Verharrt bitte so«, sagte er leise. »Ich muss ein Ritual vollführen, auf dass ihr sicher dem Tod gegenübertreten könnt. Denn ist die Seele erst einmal sicher in Soltars Hallen, nimmt der Tod vollends Besitz von sterblichen Überresten, und selbst an geweihten Orten wie diesem greift der Tod mit unsichtbaren Fingern nach allem, was lebt.«

Er hielt jedem von uns eine silberne Kette hin, an der in einer schwarzen Perle das Symbol Soltars schimmerte. »Legt diese Ketten um, so wird euch nichts geschehen.«

Schweigend taten wir, wie geheißen.

Er kreuzte die Hände vor seiner Brust und schloss die Augen. »Herr, schütze die, die dein Reich besuchen, vor dem unsichtbaren Tod, banne Krankheit und Unbill, halte ab die Gifte der Verwesung, halte deine schützende Hand über die lebenden Seelen in deinem Reich und führe uns sicher zurück ins Licht des Lebens.«

Er atmete tief durch und öffnete die Augen wieder, für einen Moment schienen sie mir schwarz wie die Nacht selbst. Dann schenkte er uns ein schmales Lächeln.

»Ich habe es euch versprochen, also wird euch nichts geschehen. Wenn ihr jene kennt, die dort aufgebahrt sind, trauert nicht um ihre Körper, ihre Seelen sind frei und sicher in der Hand meines Gottes. Nichts wird sie mehr berühren, nichts ihnen schaden, keine Krankheit sie lähmen, und jedes Gebrechen ist, als wäre es nie gewesen. Wenn sie in seinen Augen Gnade finden, mag es sein, dass in diesem Moment neues Leben das Licht erblickt, ein erster Schrei ertönt und der, der euch einst geliebter Freund, Vater, Bruder, Frau, Sohn oder Tochter war, in neuem Gewand ins Licht des Lebens tritt. Vielleicht begegnet ihr ihnen noch einmal, dann werdet ihr sie erkennen.«

Mit einer letzten Verbeugung trat er zurück, ging gemessenen Schrittes hinüber zu dem kleinen Altar, um dort niederzuknien.

Die Essera Falah brach das Schweigen mit ihrer weichen Stimme. »Verzeiht, Havald, dass ich Euch an diesen Ort bat, aber es scheint, als wäre ich auf Eure Hilfe angewiesen.«

Ich nickte, fand zuerst meine eigene Stimme nicht. Zu deutlich spürte ich die Kälte der silbernen Kette, die auf meiner Brust lag. So stark wie hier hatte ich die Macht meines Gottes selten gefühlt, er war in jedem Atemzug präsent, der wie eisige Klingen in meine Lungen fuhr. Selbst mein Atem wurde hier zu kaltem Nebel.

»Sofern ich helfen kann, werde ich es tun«, sagte ich leise. Laut zu sprechen war hier nicht angebracht.

»Ihr habt meine Tochter Marinae aus den Händen von Sklavenhändlern befreit, nicht wahr?«, fragte sie dann, und jedes ihrer Worte schien ein besonderes Gewicht zu haben.

»So ist es, Essera.«

»Habt Ihr sie unbekleidet gesehen?«

Ich zögerte kurz und suchte in ihren Augen zu ergründen, worauf sie hinauswollte. In solchen Dingen war die Wahrheit immer ein guter Rat.

»Ja, kurz. Ich bot ihr sofort Kleidung und Nahrung an.«

»Würdet Ihr ihren Körper erkennen?«

Ich schluckte. Ich war noch nicht so alt, dass ich weibliche Reize übersehen würde. »Vielleicht.«

Sie gab dem Leibarzt ein Zeichen, und er trat an eine der Bahren heran und zog dort das Leinentuch herab. Dankbarerweise gab es ein zweites Tuch, das die Tote vom oberen Brustansatz bis zum Kopf bedeckte, Faihlyd hatte ihrer Schwester mit Eiswehr den Kopf vom Hals getrennt. Es wäre nicht das erste Mal, dass ich eine solche Wunde erblickte, aber nach Möglichkeit wollte ich mir den Anblick ersparen.

Ich musterte den Körper. Er gehörte zu einer jungen Frau, auch im Tod noch eine Schönheit, mit schlanken Beinen und einem schönen Busen – doch dem Tod fehlt die Seele, und ich wandte meinen Blick rasch wieder ab. Es erschien mir mehr als unschicklich, diese Blöße weiter zu betrachten.

Schweigend legte der Gelehrte das Leinen wieder über den toten Körper.

»Nun?«, fragte die Essera Falah. »Erkennt Ihr meine Enkelin in ihr?«

Ich schüttelte den Kopf. »Sie ist es nicht.«

»Seid Ihr sicher?«, fragte sie, eine seltsame Spannung in ihrer Stimme.

»Ich bin sicher. Eure Enkelin war hier« – ich machte eine ungelenke Geste im Brustbereich – »nicht so sehr … gesegnet.«

Überraschenderweise lächelte die Essera Falah. »Die Götter segnen die Frauen unserer Familie mit anderen Gütern«, sagte sie dann, und für einen Moment wirkte sie durch ihr Lächeln jung.

»Marinae war nur vier Jahre älter als meine andere Blume, Faihlyd.« Sie wies auf die Bahre. »Wie alt schätzt Ihr denn diese Frau, Havald?«

Ich räusperte mich. »Sie ist in meinen Augen auch noch jung, aber älter als Marinae. Auf gute zwei Dutzend und sechs, vielleicht etwas älter«, gab ich leise Antwort.

Sie und der Leibarzt tauschten einen Blick, während ich hinter mir hörte, wie Serafine den Atem einzog. Die Essera Falah sah an mir vorbei.

»Serafine, nicht wahr? Oder … Helis?«

Vor seinem Altar merkte der Priester bei diesen Worten auf und schaute Serafine neugierig an.

Serafine verbeugte sich vor der Essera.

»Wie seht Ihr das?«, fragte die Essera meine Begleitung.

»Jung und schön«, kam Serafines feste Antwort, »deutlich jünger, als Havald sie schätzt.«

»Hhm«, sagte die Essera Falah mit einem nachdenklichen Blick hinüber zu dem Priester Soltars, der sich wieder erhoben hatte und nun zu uns trat. Er musterte mich. »Würdet Ihr Euer Schwert ablegen, Ser Havald?«, fragte die Essera, und ich nahm Seelenreißer vom Waffengehänge und hielt es wortlos dem Priester hin. Er zögerte einen Moment und nahm es dann ehrfürchtig entgegen. Ich spürte, wie Seelenreißer protestierte – es waren die falschen Hände, die ihn trugen –, aber er war Soltar geweiht, also hatte er keinen Grund, sich zu beschweren.

Wortlos hob der Gelehrte das Laken wieder an. Ich schüttelte den Kopf, denn ich sah noch immer die gleiche Frau. Es lag wohl nicht an meiner Klinge, da hatte ich eher anderes im Verdacht: einen Ring zum Beispiel, der schwer um meinen Finger lag.

»Darf ich fragen, worum es geht?«, fragte ich leise und hielt die Hand in Richtung des Priesters. Seelenreißer sprang mir fast erleichtert in die Hand, und ich hängte ihn wieder an meinem Gürtel ein.

»Dies«, sagte Essera Falah langsam und deutete mit einem Ausdruck des Abscheus auf den Körper vor mir, »ist der Körper der Frau, die meinen Sohn ermordet hat und die durch die Hand meiner Enkelin die gerechte Strafe erhielt. Dies müsste also der Körper von Marinae sein, meiner ältesten Enkelin und Mutter von Faraisa, der Erbin des Baums, die Ihr selbst aus einem Grab in der Wüste gerettet habt.«

Ich sah sie ungläubig an. Der Leibarzt räusperte sich. »Ich sehe nicht, was Ihr seht, Havald Bey«, ergriff er dann zum ersten Mal das Wort. »Doch ich bin Arzt und nicht alle meine Sinne werden durch diesen Zauber getäuscht. Eure Augen bestätigen, was ich mit meinen Händen fühle. Noch eines... Ich habe seit vielen Jahren die Ehre, der Essera Falah als Leibarzt zu dienen, und meine Hände waren es, die zuerst Marinae und dann auch

Faihlyd ans Licht der Welt holten. Ich war es auch, der die Tränen der jungen Essera Marinae trocknete, als sie sich das linke Fußgelenk brach, ich war es, der ihre Tapferkeit sah, als ich eine lange und schmerzhafte Operation ausführen musste, deren Narben sie bis an ihr Ende tragen musste. Seht hierher, Esseri, und sagt, ob Ihr solche Narben an diesem Knöchel seht.« Er schaute mich bedeutsam an. »Ich sehe diese Narben zwar, aber ich spüre sie nicht unter meinen Fingern.«

Mich fröstelte. Das, wovon er hier sprach, war eine Art von Magie, an die ich nicht denken wollte. Ich nickte, und er hob das Laken erneut an. Ein kurzer Blick reichte, ich schüttelte wiederum den Kopf. Dort waren keine Narben.

»Das ist nicht Marinae«, sagte ich. Ich trat ohne zu fragen an das Kopfende der Bahre und hob das Laken an. Jemand, wahrscheinlich der Arzt, hatte den Kopf mit groben Stichen wieder angenäht, dennoch war es kein angenehmer Anblick. Das Gesicht war mir vollständig fremd. Hätte man mir nur den Kopf gezeigt, hätte ich es gleich sagen können.

Es kostete mich Überwindung, aber ich fuhr mit den Fingerspitzen über die klamme Haut dieses toten Gesichts. Was ich mit meinen Fingern fühlte und was ich sah, deckte sich.

»Sie ist es ganz sicher nicht.« Ich ließ das Laken wieder sinken und war erleichtert, als mir da Halat eine silberne Schale mit Seifenwasser und ein kleines frisches Tuch hinhielt. Ich wusch mir die Hände.

»Dann ist es bestätigt«, sagte Essera Falah, als ich dem Arzt mit einem dankbaren Nicken das Tuch zurückgab. »Die Frage ist, ob Ihr die echte Marinae aus dem Sklavenlager befreit habt oder diese.« Sie sah mich direkt an. »Ich hörte von meinem Sohn, was geschehen war. Es ist nie klug, den Gegner zu unterschätzen, genauso falsch ist es, ihn zu überschätzen. Welche verteufelte Weitsicht müsste unser Gegner besitzen, wenn er solche Winkelzüge planen könnte … Habt Ihr bei der Marinae, die Ihr aus dem Lager der Sklavenhändler befreit habt, eine Erinnerung an Narben an ihrem linken Fußgelenk?«

Ich versuchte mich zu erinnern, schüttelte dann aber den Kopf. Ich sah Serafine fragend an. »Kannst du dich an etwas erinnern?«

Sie lächelte leicht. »An nicht viel. Ich erinnere mich nur vage an eine schreckliche Furie, die mir mein Kind entriss«, antwortete sie. »Ich war nicht ganz bei Sinnen, wisst Ihr?«, erklärte sie der Essera Falah mit einem verlegenen Lächeln.

»Ich bin froh, dass Ihr es heute seid«, antwortete die Essera. Sie wandte sich wieder mir zu. »Vielleicht könnt Ihr Eure anderen Gefährten im Vertrauen befragen.«

»Das wird nicht nötig sein«, gab ich zerknirscht Antwort. »Ich verstehe auch nicht, wie ich so unachtsam sein konnte! Seht Ihr, als Marinae Helis ihre Tochter entriss, hörte diese sofort auf zu schreien«, sagte ich mit einem Lächeln in Essera Falahs Richtung. »Eure Großenkelin verfügt über gute Lungen und übte sie bei jeder Gelegenheit, bis wir Eure Enkeltochter fanden. Kaum hielt Marinae Faraisa in ihren Armen, verstummte sie, und wenig später lachte sie glücklich, denn als Erstes stillte Eure Enkelin sie.« Ich sah zu der Toten unter dem Laken. »Damit dürfte es klar sein, dass es nicht diese Frau war. Keine Zauberkunst der Weltenscheibe könnte eine stillende Mutter vortäuschen.«

»Und was war Eure Unachtsamkeit, wenn sie Euch doch nicht täuschte?«, fragte Essera Falah mit einem seltsamen Glanz in den Augen.

»Wir brachten Marinae während einer Nacht an einen sicheren Ort, weil wir sie nicht gefährden wollten. Als wir sie dort abholten, nahm Marinae Faraisa aus Helis' Armen entgegen, doch Faraisa fing sofort an zu schreien, wehrte sich und strampelte, woraufhin Marinae sie kommentarlos wieder Helis zurückgab.«

»Ich erinnere mich, dass Helis froh war, dass Faraisa die böse Mama nicht mochte.« Serafine sah stirnrunzelnd an mir vorbei ins Leere.

»Böse, weil sie Helis am Anfang das Kind entriss?«, fragte ich leise nach, doch Serafine schüttelte den Kopf.

»Nein, als Helis verstand, dass es die Mama war, war das richtig, sie konnte nicht mehr denken, aber fühlen, und es fühlt sich richtig an, dass eine Mutter ihr Kind will.« Sie sah entschuldigend in Essera Falahs Richtung. »Sie … ich … es war einfach so. Es sind keine rechten Gedanken oder Gefühle, an die ich mich heute erinnere und die ich in Worte fassen kann, Helis … ich … ich konnte es damals nicht.« Serafines Augen weiteten sich. »In der Nacht kamen zwei Männer und die böse Mama und nahmen die richtige Mama mit, und die böse Mama blieb … Als Faraisa schrie, schlug die böse Mama Faraisa … deshalb war sie ja böse.« Sie lächelte etwas wehmütig. »Es wird Armin vielleicht freuen zu hören, dass viel von ihr geblieben ist. Sie spürte den Unterschied zwischen Gut und Böse, und es war ihr wichtig genug, dass sie von selbst hinging und Faraisa der bösen Mama abnahm.«

Einfache, seltsam klingende Worte aus Serafines Mund, aber zu schwierig für das, was Ordun von Armins Schwester übrig gelassen hatte. Dennoch …

Es war nun Serafine, die vor mir stand. Ihre Erfahrung, ihr Leben, ihr Charakter zeigten sich in Helis' Gesicht. Aber ich erinnerte mich auch noch an die Helis, die immer mit einem Lächeln für Faraisa da war, immer glücklich schien, wenn sie das Kind in den Armen halten konnte, wortlos Lieder summte, deren Text sie vergessen hatte, und ihr über das Haar strich und sie liebkoste. Ich hätte Helis gerne kennengelernt.

»Ich glaube«, sagte ich laut, »dass die Seele doch mehr ist, als selbst diese Nekromanten ahnen können.«

»Aber niemals hat jemand, der ihnen zum Opfer fiel, seine Seele zurückgewonnen«, sagte der Priester Soltars leise und trat vor Serafine, die unwillkürlich zurückschreckte. »Ihr seid Helis, Armins Schwester, der von Ordun dem Nekromanten in Fahrds Hof die Seele geraubt wurde, nicht wahr?«, fragte er sanft.

»Ja«, antwortete Serafine, aber ihre Augen waren geweitet und hilfesuchend auf mich gerichtet.

»Diener des Soltar, ich …«, begann ich.

»Ihr braucht nicht einzugreifen, Ser Havald«, unterbrach

mich der Priester sanft, ohne den Blick von Serafine zu nehmen. »Ich versuche nur das Wunder zu erahnen, das vor mir steht.«

»Es gibt eine Erklärung …«, begann ich erneut, denn ich spürte Serafines Angst. Auch ich befürchtete, dass der Priester in Serafines Wiedergeburt Blasphemie sehen würde, und wenn das geschah, waren die Folgen nicht auszudenken.

»Haltet still, mein Kind, vertraut mir und Soltar«, sagte der Priester leise und legte sanft seine Hände auf Serafines Schläfen. Ihre Augen weiteten sich erst, dann schlossen sie sich. Ganz still stand sie zwischen seinen Händen.

Ich hatte wenig Vertrauen in Soltars Gnade und verfluchte meine Idee, Serafine als meine Begleitung auszuwählen.

»Priester …«, begann ich wieder, doch in diesem Moment ließ er die Hände sinken und trat einen Schritt zurück. Serafine öffnete die Augen und sah erst ihn, dann mich erleichtert an. Sie war noch da. Einen Moment lang hatte ich die verrückte Idee, dass der Priester ihre Seele aus dem Körper lösen und in Soltars Reich schicken könnte …

Der Priester atmete tief durch, während Serafine uns alle unsicher anblickte. Essera Falah und der Gelehrte da Halat sahen aufmerksam zu, der Leibarzt eher neugierig, die Essera mit einem Funkeln in den Augen, das mir gar nicht gefiel.

»Es ist wahrlich ein Wunder.« Er trat zurück, sodass er uns nun alle betrachten konnte. »Es ist eine alte Seele in diesen jungen Leib zurückgekehrt. Zurückgekehrt, sage ich, denn es ist die gleiche Seele, die Ordun diesem Körper entriss, es ist in jede Faser ihres Seins geschrieben, diese Seele ist dafür bestimmt, in dieser Hülle zu leuchten.« Der Priester sprach so leise, dass wir ihn selbst in diesem stillen Raum kaum verstehen konnten. Tränen liefen über seine Wangen, und er sah so ergriffen aus, als habe er das Antlitz seines Gottes selbst gesehen.

»Ich verstehe nicht«, stammelte Serafine. Damit war sie nicht allein.

»Mein Gott erwies mir die unendliche Gnade, die Größe seines Wirkens zu sehen«, flüsterte der Priester. »Ihr habt eine weite Reise hinter Euch gebracht, Helis«, fuhr er dann sanft fort. »Ordun entriss Euch Eure Seele und knechtete sie, Havald entließ sie aus Orduns Gefangenschaft, und sie kehrte heim zu meinem Gott. Und Soltar, dessen Gnade unendlicher ist, als wir Menschen uns denken können, entließ sie in den Körper, der mit Eurer Seele geboren wurde …«

»Das ist nicht möglich«, hauchte Serafine.

»Weil jene Geburt so lange her ist? Weil Generationen vergingen, seitdem Ihr das Licht des Lebens erblicken konntet? Deshalb soll es nicht möglich sein? Kind, was ist Zeit für einen Gott außer einem Blinzeln? Fürchtet Soltar nicht und auch nicht seine Diener. Niemand wird antasten, was der Gott selbst so gefügt hat.« Seine Tränen erstickten fast seine Stimme, je länger er sprach, und langsam sank der Priester auf die Knie. »Es ist alles wahr!«, schluchzte er, während ihm die Tränen immer schneller flossen, doch der Ausdruck in seinem Gesicht war euphorisch. »Hört Ihr? Es ist alles wahr, die ganzen Schriften, die Worte unseres Gottes, es ist wahr, hört Ihr? Eine Seele, die Einkehr nimmt in Soltars Reich, ist ewig, und sie kehrt, wenn es eine reine Seele ist, wirklich wieder zurück!«

Essera Falah trat an den Priester heran und legte ihm sanft die Hand auf den Kopf. »Habt Ihr daran gezweifelt?«, fragte sie dann mit sanfter Stimme.

Schluchzend nickte der Priester. »Ich wache über diesen Raum schon so lange«, fuhr er mit tränenerstickter Stimme fort. »Ich sah so viel Leid, das Menschen angetan wurde, solchen Schmerz … Und ich hoffte und betete und glaubte, Soltar, Herr, verzeih mir, und wie ich glaubte, so fest und so stark ich konnte, ich war Euch immer treu, Herr, und wollte nie zweifeln, ich glaubte so fest … und es war nie genug, denn ich zweifelte noch immer …«

»Also habt Ihr um ein Zeichen gebeten?«, fuhr die Essera Falah sanft fort.

Der Priester nickte wieder.

»Darin seid Ihr nicht allein. Aber Euer Herr erwies Euch die

Gnade, ein deutliches Zeichen zu senden. Andere sind schwieriger zu deuten.« Die Essera sah zu Serafine hinüber, die bleich geworden war, als ihr die Bedeutung der Worte des Priesters klar wurde.

»Wenn dies der Plan Soltars war«, sagte Serafine mit geballten Händen, »dann verfluche ich ihn. Denn dann sind wir nichts anderes als ein Spielball der Götter und nichts, was wir erschaffen, nichts, was wir vollbringen, hat eine Bedeutung, keine Entscheidung einen Sinn! Dann ist dies eine Existenz, die verfluchter ist als alles, was je hätte sein können!« Sie sah zu dem Mosaik Soltars, und ihre Augen brannten. »Hörst du!«, rief sie. »Ich verfluche dich, weil du mir meine Liebe nahmst, meine Ehre, meinen Willen, mein Leben, all das, wofür ich litt, liebte, schrie, bettelte und kämpfte! Wie kann ein Gott so grausam sein?«

Nicht nur ich war erschreckt und fassungslos, sie plötzlich so wütend zu sehen, obwohl ich ihre Gedanken schon oft selbst gedacht hatte... Aber bislang hatte der Beweis gefehlt...

»Nein!«, rief der Priester und sprang auf. »Nein, so ist es nicht! Er hat es so gefügt, aber nicht bestimmt! Er hat Euch nicht gezwungen und hierhergeführt wie einen Spielstein, nein, es ist anders herum, versteht Ihr denn nicht? Helis, so wie ich sie fühlte, war frei von jeder Sünde, unschuldig auch in den Augen der anderen Götter. Und ebenso fand Euer Leben Gnade in den Augen der Götter! Hättet Ihr anders gehandelt, an jeder Wegweiche Eures Lebens, wärt Ihr auch nur einen falschen Schritt gegangen, Euer Weg hätte Euch nicht hierhergeführt. Es ist Eure Belohnung, versteht Ihr, Ihr habt Gnade gefunden, weil Ihr getan habt, was Ihr getan habt! Die Götter bestimmen nicht das Schicksal der Menschen, das tun nur wir selbst! Aber sie sehen es. Und manchmal... manchmal gewähren sie uns die Gnade der Einsicht!« Er erhob sich mühsam, fast schwankend und trat erneut vor Helis/Serafine und sah sie aus feuchten Augen eindringlich an. »Glaubt das nicht. Mein Gott gab Euch nur die Möglichkeit, zu Euch selbst zurückzukehren... Ob und wie Ihr sie genutzt habt, lag allein bei Euch. Euer Wille ist frei...

Bitte glaubt mir, denn ich weiß es! Das Leben ist keine Strafe, sondern ein Geschenk, und der freie Wille des Menschen muss sein, damit wir wachsen können in unserem Leben, in diesem und in anderen!«

»Serafine«, sagte ich und legte ihr die Hand auf die Schultern. Sie sah mich aus feuchten Augen an. »Ich habe ähnlich gedacht wie du eben. Und ich folgte dem Pfad meiner Gedanken, bis ich zum gleichen Schluss kam wie dieser Priester. Wir haben einen freien Willen, weil wir sonst nicht wären.«

»Das«, meinte Essera Falah, »ist ein anderer Schluss.« Sie lächelte Serafine an. »Aber Ihr könnt auch ihm glauben. Denn es ist die bessere Alternative, nicht wahr? Also, warum sollte es nicht so sein? Auch Götter hätten viel zu tun, jeden unserer Schritte zu lenken. Wäre ich ein Gott, fände ich es spannender zuzusehen, was wir hier so treiben. Zuzusehen, wie wir dem Wissen, das uns so sorgsam vorenthalten wird, versuchen näher zu kommen. Doch ich bin kein Gott, also brauche ich noch immer Eure Hilfe.«

Serafine sah mir tief in die Augen, schluckte und nickte dann. »Mir geht es gut«, sagte sie leise, als Antwort auf meine unausgesprochene Frage. »Und Euch, Priester, und Euch, Essera Falah, danke ich. Denn Ihr habt recht, nur so ergibt es einen Sinn. Andernfalls wären die Götter selbst sinnlos.«

Ich warf einen skeptischen Blick zu Soltars Antlitz hinüber, entschied jedoch, nichts weiter zu sagen.

Serafine schaute ebenfalls zu dem Mosaik hinüber. »Ich hoffe, der Herr des Todes verzeiht mir meinen Ausbruch«, sprach sie leise.

Der Priester lächelte, er schien wahrhaft glücklich, dass sie diese Worte fand. »Er sieht in Euer Herz, Kind«, sagte er, was ihm einen seltsamen Blick von ihr einbrachte und mich fast wider Willen schmunzeln ließ.

Ich wandte mich der Essera zu. »Wir wissen nun, dass es nicht Essera Marinae ist, die Opfer eines Nekromanten wurde. Wenigstens war sie kein Opfer dieser Frau, denn ich sah ihr Gesicht nicht, als diese Kreatur hier starb. Die hier hat nur ihre Gestalt angenommen, auf magischem Wege. Ihr habt das vermutet, nicht wahr? Ihr hofft, dass Eure Enkelin noch lebt. Und wir sollen sie suchen.«

Sie nickte. »So ist es.« Sie warf einen Blick in Serafines Richtung. »Obwohl hier heute schon etwas sehr Wichtiges geschehen ist. Ihr beide solltet mich bei anderer Gelegenheit in meinen Gemächern besuchen, es gibt dort etwas, das ich euch zeigen will.«

Ich stöhnte leise, und sie lächelte. »Auch wenn ich glaube, dass Ihr es nicht sehen wollt.« Sie wurde wieder ernst. »Mein Herz ist erleichtert, dass ich gestern nicht zwei meiner Liebsten verloren habe, aber es besteht kein Zweifel, dass mein Sohn von dieser Nekromantin ermordet wurde. Kein Zweifel in meinen Augen, doch ich bat Euch aus genau diesem Grund hierher, Ser Havald. Ich brauchte Euch als Zeugen.«

Ich musterte sie vorsichtig. Für mich hatte dieser Tag schon genug Unerwartetes gebracht, mich verlangte nach Ruhe.

»Es wurden Stimmen laut, dass Faihlyd eben nicht die rechtmäßige Erbin sei, denn kaum jemand von den Gästen hat gesehen, was wir sahen, konnte erkennen, welchen Bann diese Kreatur um uns alle webte. Sie sahen nur, dass Faihlyd das Auge von Gasalabad zum Leuchten brachte und dann, in einem Anfall von Wahnsinn, ihre Schwester erschlug. Und Erkul, mein Sohn … Es ist bekannt, dass sein Herz schwach war.«

Ich nickte vorsichtig.

»Ich bitte Euch einfach nur, einen Eingriff zu bezeugen, den mein Freund und Leibarzt, der Gelehrte da Halat, nun vornehmen wird. Euch alle und auch Euch, Diener des Soltar, bitte ich.«

Ich tauschte einen Blick mit Serafine, sie war noch etwas bleich, wahrscheinlich war es bei mir nicht anders.

»Das werden wir«, sagte ich dann.

Die Essera Falah gab dem Gelehrten ein Zeichen, und dieser zog das Laken von dem zweiten Toten. Dort lag, frisch gewaschen, der Emir. Er sah aus, als ob er nur schliefe.

Der Leibarzt nahm ein scharfes Skalpell zur Hand, und als ich in das versteinerte Gesicht der Essera schaute und das Geräusch hörte, wie der scharfe Stahl die Haut durchtrennte, wurde mir fast übel. Hinter mir hörte ich einen erstickten Laut. Selbst der Diener meines Gottes atmete tief durch.

Aber wenn die Essera Falah den Anblick ertrug, so konnte ich es auch.

Da Halat setzte das Skalpell erneut an, und ich zwang mich zuzusehen. Ich schaute zu, wie er sein Werk fortführte, wie er mit Zangen hantierte, wie der Blick freigelegt wurde in das geheiligte Innere eines Menschen, in das, was die Götter schufen. Ich wünschte mich weit fort von diesem kalten Ort.

Der Gelehrte trat einen Schritt zurück, er selbst atmete auch schwer, sein Handwerk kostete ihn Kraft. Langsam legte er die schwere, blutige Zange ab.

»Was ist es, das wir sehen sollen?«, fragte ich gepresst.

»Das«, gab er mir leise Antwort. »Seht Ihr?«

Ich erkannte nicht viel. »Was soll ich sehen?«, fragte ich vorsichtig.

»Habt Ihr schon einmal ein menschliches Herz gesehen?«

Ich nickte. Ja, einmal – einmal zu viel.

»Das hier ist das Herz des Emirs.« Er deutete mit einer blutigen Fingerspitze in den geöffneten Brustkorb. Es war kein Herz. Es war eine blutige Masse. Als ob jemand …

»Ooh«, sagte Serafine, die schneller verstand als ich.

»Ich sehe, was Ihr meint«, sagte ich dann knapp. Ich sah es tatsächlich. Schaute man genau hin, konnte man in dem zerquetschten Gewebe die Spuren von fünf Fingern sehen, als ob eine unheilige Hand das Herz des Emirs zwischen den Fingern zerdrückt hätte. Und genau das war auch geschehen.

Die Essera Falah nickte und wandte sich ab. Hastig zog der Gelehrte das Leinen über den Leichnam ihres toten Sohnes. Wenn Faihlyd auch nur halb den Stahl ihrer Großmutter besaß, dann wäre es mehr als ein Fehler, sie zu unterschätzen, es wäre töricht.

»Auch ich werde im Namen meines Tempels Zeugnis hiervon

ablegen können«, sagte der Priester. »Nekromantie ist die größte Blasphemie für meinen Glauben.« Er warf einen Blick zu Helis hinüber. »Denn unsere Seelen gehören in Soltars Hand und nicht in die Fänge unheiliger Nekromanten.«

Ich schluckte und zögerte einen kurzen Moment. »Priester«, sagte ich dann und spürte, dass auch meine Stimme belegt war. »Ist es gestattet, den Toten zu berühren? Im Inneren?«

»Dieser Raum ist ein Schrein Soltars, ihm gewidmet, damit der Mensch vom Tod lernt – auch, um Verbrechen zu beweisen. An jedem anderen Ort, ohne die Rituale und den Schutz unseres Gottes, wäre es eine frevelhafte und üble Tat, einen menschlichen Körper zu öffnen, um die wundersame Schöpfung der Götter zu studieren, doch hier ist es gestattet«, antwortete der Priester.

Nun, ich hatte schon öfter gesehen, wie ein Körper geöffnet wurde, aber er hatte recht, es war meist eine frevelhafte Tat. Auch Krieg ist Frevel.

Der Gelehrte sah fragend zur Essera hinüber, und diese nickte. Er zog das Leinen zurück, und ich stählte mich für das, was ich tun musste, aber nicht tun wollte. Langsam legte ich meine Hand in den Brustkorb des Emirs, eines Mannes, den ich sehr geachtet hatte, griff tiefer, bis ich das spürte, was jener Nekromant gespürt hatte … das Herz des Emirs zwischen meinen Fingern. Es war, wie ich dachte. Und schlimmer. Ich spürte den Druck an den Schläfen, das Kribbeln im Nacken, wie immer, wenn ich mit Magie in Berührung kam, und diesen Geschmack auf der Zunge. Langsam zog ich meine Hand wieder heraus und war dankbar, als das Laken die schreckliche Wunde bedeckte und der Gelehrte mir wortlos eine Schale mit Seifenlauge reichte. Was ich eben gefühlt hatte … Der Geschmack von Eisen trocknete meinen Mund aus, und ich merkte, wie ich zittern wollte. Wie sollte ich der Essera nur mitteilen, was ich eben gespürt hatte? Es war wohl besser, nur das offen Sichtbare zu nennen, doch der Geschmack von Eisen blieb.

»Was … was hatte das für eine Bewandtnis, Ser Havald?«, fragte die Essera gepresst.

»Die Maestra de Girancourt lehrte mich etwas vom Wesen der Magie«, versuchte ich zu erklären. Selbst für meine Ohren klang meine Stimme fremd. »Es scheint so, als wäre es einfacher, das zu verwenden, was vorhanden ist. Auch in der Vorstellung, dem Willen, welcher die Magie lenkt. Die Maestra ist kein Nekromant, aber vielleicht ist das Prinzip trotz allem gleich.«

Der Priester nickte. »Man stellt sich im Kleinen vor, was im Großen wirkt«, sagte er. »Es ist ein altes Prinzip und gilt für jede Form der Magie.«

Ich trat an die Tote auf der anderen Bahre heran, schlug das Laken leicht zurück und zwang mich, meine Hand an die der Toten zu halten. »Seht, wie klein ihre Hand ist«, sagte ich. »Wer auch immer Euren Sohn durch solch üble Magie ermordet hat, sie war es nicht«, teilte ich der Essera leise mit. »Es war ein Mann und seine Hand nur wenig kleiner als meine. Er stellte sich eine Hand vor, seine Hand… Wäre es diese Frau gewesen, wäre die magische Hand eine kleinere gewesen.«

Ich ließ die kalte, klamme Hand sinken und war froh darum. Erneut wusch ich mir die Finger.

»Was ich von Nekromanten weiß, ist, dass sie ihre Gaben stehlen müssen. Eine Maestra muss lange lernen, vieles üben, sie lernt und übt, und vielleicht gelingt ihr mit Glück und Ausdauer vieles. Ein Nekromant hingegen stiehlt eine Gabe nach der anderen, wie ein Rabe die Perlen. Diese Frau hier muss die Gabe besessen haben, sich in andere zu verwandeln. Dass sie zugleich auch die Gabe besaß, mit Händen in die Ferne zu greifen, scheint mir unwahrscheinlich. Es war ein Mann. Und er muss genau gesehen haben, was geschah, sonst hätte er nicht im passenden Moment handeln können. Unter den Gästen bei der Krönung befand sich nicht nur diese Kreatur, sondern auch ein anderer. Er ist der Mörder Eures Sohns.«

Ich begegnete dem Blick der Essera so offen ich konnte. »Ihr wolltet den Beweis für diese Schandtat. Hier habt Ihr ihn. Und wir wissen jetzt etwas über ihn, doch er weiß nicht, dass wir es wissen. Auch wenn er über noch so viele Gaben verfügt, er wird nicht wagen, in diesen Raum, der Soltar geweiht ist, hineinzureichen.«

»Faihlyd trug das Auge von Gasalabad«, widersprach die Essera. »Sie hätte einen Nekromanten erkannt.« Sie sah auf die Tote herab. »Umso erstaunlicher ist es…«

»Ihr vergesst, es war nicht das echte Auge«, unterbrach ich sie und verfluchte meine eigene Dummheit. Der Plan des Gegners schien mir nun von größerer Dichte als zuerst gedacht. »Denn das Auge wurde ja gestohlen und durch eine Kopie ersetzt, auch deshalb, damit der Nekromant der Sicht Eurer Enkelin verborgen blieb. Das wahre Auge befand sich in Gewahrsam eines anderen, der diesen Plan von langer Hand vorangetrieben hatte. Und nur ihm kann daran gelegen gewesen sein, nicht nur das Auge auszutauschen, sondern auch Marinae. Und so ist er…«

»…derjenige, der weiß, was mit Marinae geschehen ist«, beendete die Essera den Satz.

Ich nickte. »Aber er muss nicht der Nekromant sein. Dies gilt es herauszufinden. Was ich aber mit Sicherheit weiß, ist, dass derjenige, der das falsche Auge schuf und vielleicht auch Marinae entführen ließ, im Auftrag handelt und mit mehr als einem Faden strickt. Wir müssen ihn dazu bringen, alles zu verraten, was er weiß, und das wird nicht einfach werden. Vor allem, wenn er tatsächlich der Nekromant ist.«

»Ich verstehe langsam, worauf Ihr hinauswollt, Ser Havald«, sagte die Essera nachdenklich, und zugleich sah ich in ihren Augen gerechten Zorn aufflackern und den Willen, diesen Frevel zu ahnden.

»Faihlyd trägt wieder das echte Auge«, fuhr ich fort. »Vielleicht wird sie den Mörder ihres Vaters erkennen können. Doch sie darf nicht zeigen, dass sie ihn erkennt, sie muss so tun, als wäre das Auge blind.«

»Aber wenn Faihlyd das falsche Auge trug, wieso hat es dann geleuchtet?«, fragte die Essera zweifelnd.

»Weil es der Wille der Götter war«, gab ich ihr die einzige Antwort, die ich kannte.

Sie sah mich lange an, bevor sie bedächtig nickte. Sie hatte sich wohl entschlossen, meinen Worten Glauben zu schenken. »Warum habt Ihr uns das nicht früher gesagt?«

»Essera Falah, wir wussten es nicht. Wir wussten nur, dass etwas geplant war, und das teilten wir Euch mit. Erst als ich sah, welche Rolle das Auge in der Zeremonie spielen würde, ahnte ich, was geschehen war. Es war ein hinterhältiger Plan. Nicht nur, dass das falsche Auge den Anspruch der falschen Marinae auf den Thron Eures Sohns bekräftigen sollte, zugleich verbarg die Fälschung auch die Nekromanten vor dem Blick Eurer Enkelin. Und da sich diese Kreatur hier im Palast aufhielt und so jederzeit dem Auge begegnen konnte, war es umso wichtiger, es so schnell wie möglich auszutauschen. Ich denke, das Ungeheuer fand keine ruhige Sekunde, bis es ihm gelang, das Auge durch die Kopie zu ersetzen. Denn ich habe meine Zweifel, dass sein Talent gegen das Auge hätte bestehen können. Ein riskanter Plan sicherlich, aber einer, der beinahe große Früchte getragen hätte. Doch erst Natalyia lieferte den Beweis dafür. Sie war es, die das echte Auge bei dem Dieb fand und es zurückstahl, vielleicht sogar zeitgleich mit der Zeremonie, doch sie wusste nichts von dem, was im Kronsaal vorging. Sie brachte es erst, als wir von der Krönung zurückkehrten. Es war ein anstrengendes und gefährliches Unterfangen. Und in der Nacht darauf brachte sie dem Dieb das falsche Auge zurück, sodass dieser denken muss, dass Faihlyd noch immer die Kopie besitzt und er das Original.«

Die Essera musterte mich scharf. »Ist das möglich?«

Ich nickte. »Ja. Er muss es sicher aufbewahrt glauben, und Natalyia hinterließ keine Spuren.« Ich lächelte. »Sie hat ein besonders Talent dazu.«

»Das«, sagte die Essera mit einem grimmigen Lächeln, »glaube ich gern. Einen Nekromanten zu bestehlen, dazu gehört schon etwas.«

»Wir wissen nicht, ob er es ist«, erinnerte ich die Essera.

»Wir werden sehen«, sagte sie und wischte sich über die Augen. Sie schaute uns eindringlich an. »Ich danke euch. Euch,

Havald, für das was Ihr getan habt, was sich mir durch Euch offenbarte. Dir, Helis, denn zum einen hast du meiner Großenkelin durch deine Liebe das Leben gerettet, sie sicher vor dieser Kreatur behütet, zum anderen hast du als Serafine hierher zurückgefunden, um uns in dieser dunklen Stunde das Licht zu zeigen, das in Soltars Gnade leuchtet.« Sie sah den Priester an, dann legte sie sachte eine Hand auf das Laken, dort, wo es den Kopf ihres Sohns bedeckte. »Denn es gab noch jemanden hier im Raum, der glauben wollte, aber nicht konnte.« Sie lächelte sanft. »So habt Ihr auch mich in meinem Glauben bestärkt, mir das Leiden erleichtert und Hoffnung gegeben, dass auch mein Erkul das Licht des Lebens neu entdeckt, denn wenn jemand ehrenhaft war und es in Soltars Augen verdient, dann war es mein Sohn.«

Hahmed, der Hüter des Protokolls, wartete auf uns, als wir endlich diesen langen Gang verlassen konnten und in das Licht des Tages traten. Er bemerkte unsere bleichen Gesichter und sah uns erschreckt an. »War es fürchterlich? Geht es der Essera ...«

»Entschuldigt, o Hüter des Protokolls«, sagte ich hastig, schob ihn grob zur Seite und eilte mit großen Schritten zum nächsten dichten Busch. Es traf mich noch, bevor ich ihn erreichte, und machte mich so zu einem hoffentlich seltenen Spektakel für die Wächter, die überrascht und auch besorgt zu mir hinübersahen. Nicht dass ich viel davon mitbekam. Ich denke, dass nur Hahmed sie davon abhielt, sich zu nähern, es war so schon peinlich genug.

Serafine reichte mir ein Tuch und säuberte meinen Umhang an einer Stelle, die ich beschmutzt hatte. Ich war in solchen Dingen nicht sonderlich geschickt, selbst in all den Jahren hatte ich darin keine besondere Übung erlangt.

»Danke«, krächzte ich, und knapp vier Dutzend weitere Schritte und einen erschreckten Fasan später fand ich mich auf Knien an einem Brunnen. Keine Milch diesmal und auch keinen Wein, nur klares kühles Wasser, und ich war dankbar dafür. Und noch immer konnte ich nicht das Knirschen der Knochen unter der Zange des Gelehrten vergessen oder das Gefühl, meine Hand dort zu haben.

»Ich frage wohl besser nicht weiter«, sagte Hahmed leise.

Ich hatte gar nicht gemerkt, wie er mir gefolgt war. Ich schüttelte nur den Kopf. »Es war … nicht schön«, sagte Serafine einfach nur. Hahmed sah sie an, dann auf mich herab, den starken Kriegerfürst aus fremden Landen. Ich konnte seine Gedanken fast lesen.

»Ich musste nicht tun, was er getan hat«, erklärte Serafine.

»Das ist es nicht«, sagte ich mit rauer Stimme. »Doch als ich meine Hand dort liegen hatte, spürte ich irgendwie … ihn. Den Nekromanten. Er hinterließ etwas von sich dort, und ich fühlte es. Ich habe so etwas schon einmal gespürt, als Ordun mich berührte.«

»Dann danke ich den Göttern, dass ich keine Erinnerung daran habe, was er mit mir getan hat«, sagte Helis/Serafine leise.

Ich spülte meinen Mund ein letztes Mal aus, schämte mich nicht, auf den grünen Rasen zu spucken, und richtete mich auf. »Sagt, Hahmed, gibt es in dieser Goldenen Stadt eine anständige Wirtschaft?«

Er sah mich überrascht und fragend an. »Selbstverständlich …«

»Ich meine ein Wirtshaus, wo ich richtiges Bier bekomme, stark, golden und dunkel, mit einem Schaum so fest, dass er eine Münze trägt, solches Bier?«

Er nickte. »Eines. Nahe der Botschaft der Nordmänner. Aber kein vernünftiger Mann trinkt solches Bier. Nur die Nordmänner sind so verrückt, und selbst sie haben mit der Hitze …«

»Das glaube ich gern, Hahmed, Hüter des Protokolls. Würde es sehr gegen jenes Protokoll verstoßen, wenn Ihr uns jemanden mitgebt, der uns den Weg dorthin zeigt?« Ich sah hoch zur Sonne, es sollte noch Zeit genug sein. »Denn jetzt brauche ich genau das«, fügte ich hinzu. »Ein richtiges Bier!«

Der Hüter des Protokolls erlaubte sich ein Lächeln. »Es wird sich einrichten lassen.« Er sah mich an. »Und vergesst, was eben geschehen ist. Niemand hat es gesehen.«

Letztlich war es mir einerlei, aber ich war dankbar für die Geste.

»Haltet Ihr das wirklich für eine gute Idee?«, fragte Serafine, als sich die Tür der Wirtsstube hinter uns schloss. Eine Tür, die noch zwei Köpfe höher war als mein Scheitel, und der Blick in den Gastraum offenbarte mir, warum.

»Vielleicht nicht«, räumte ich ein, während ich den Blicken der anderen Gäste begegnete. Der Raum war groß, mit hohen Deckenbalken, bei denen ich mir endlich keine Sorgen machen musste, dass ich mir den Kopf anstieß. Es war warm hier und roch nach altem Bier und saurem Wein, nassem Fell und Körpern, die einem Bad erfolgreich aus dem Weg gegangen waren. In Illian wäre dies eine der übelsten Spelunken gewesen, die man sich hätte denken können, einen solchen Ort in Gasalabad zu finden war schlicht eine Überraschung. Wären nicht die Blicke der anderen Gäste gewesen, ich hätte mich sofort wohlgefühlt.

Sie waren eine bunte Mischung aus Fremden, die es vermutlich wie uns aus der Ferne hierher verschlagen hatte. Die meisten von ihnen hatte etwa meine Größe, trug Lederrüstung und viel Metall, lange Bärte, die zum Teil wie das Haupthaar in Zöpfe geflochten waren. Ihre Blicke waren misstrauisch, und sie schauten nicht gerade freundlich drein. So viel rotes und zugleich zottiges Haar hatte ich selten an einem Ort gesehen… Und kaum einer war merklich kleiner als ich, vielleicht war ich um Haaresbreite größer, doch gut drei oder vier gaben noch ein Deutliches an Breite hinzu.

»Barbaren«, sagte Serafine an meiner Seite. »Bessere Rüstungen, bessere Schwerter… aber Barbaren.« Sie schüttelte sich leicht. »Ich hatte gehofft, nie mehr einen zu sehen.«

»Es sind keine Barbaren«, gab ich leise zurück, während ich wartete, bis sich meine Augen an das Halbdunkel gewöhnten. »Es sind Nordmänner«

»Ich weiß. Soll mich das jetzt beruhigen?«, fragte sie, sah sich zweifelnd um und zog die Augen zusammen, als ein rothaariger Riese an der Theke ihr unverhohlen auf die Brust starrte.

»Nein«, antwortete ich. »Sie sind schlimmer.«

Ich konnte mir vorstellen, wie wir auf diese Leute wirkten. Außerhalb der Mauern dieser Kaschemme wurden sie mit Sicherheit angestarrt, durchaus mit angewiderten Blicken bedacht. Ich hatte sie schon selbst erhalten. Sie ließen einen spüren, dass man in der Fremde war. Hier jedoch, in diesen Räumen, waren diese Männer zu Hause, und alles, was durch diese Tür trat und so aussah wie wir, eine Frau in Schwarz und ein Mann in so etwas wie Frauenkleidung...

Ich ging beherzt voran und erreichte ungeschoren die Theke. Der Hüne dahinter sah mich gelassen und gelangweilt an, genauer: Er würdigte mich keines Blickes. Sein dichter schwarzer Bart war zu drei Zöpfen geknotet, in deren gewachsten Enden jeweils der Eckzahn eines Wolfes eingeflochten war. Sein kahl rasierter Schädel zeigte eine kunstvolle Tätowierung zweier Wölfe, die sich ineinander verbissen hatten. Die mächtigen Oberarme umspannten Ringe aus Stahl, die von seinen Muskeln fast gesprengt wurden, er trug nur schwarze Leinenhosen, und sein muskelbepackter Oberkörper zeigte neben der Abbildung eines Wolfskopfs mit gebleckten Zähnen noch zahllose Narben: Spuren von Kämpfen. Ohne Zweifel hatte er sich auch ein paar dieser Narben hier verdient. An der Wand hinter ihm, über den Bierfässern, hing eine Axt, ganz in dem Stil, in dem Ragnar seine Äxte fertigte.

Ein Stück rechts von ihm stand die einzige Frau in dem Raum, eine große Blondine mit fülligen Formen und mit mehr Muskeln als ich. Ihr Lächeln war nicht freundlich zu nennen, eher hungrig.

Als wir hereingekommen waren, war die Unterhaltung verstummt, sie wollte auch jetzt nicht wieder aufkommen. Viel reizvoller war es, sich dieses Spektakel anzusehen. Ich hätte vernünftig sein sollen und gehen. Aber ich hatte wirklich Durst auf ein Bier.

Irgendwo in einer Ecke meiner Erinnerung hörte ich Ragnar lachen, als er von den Bieren seiner Heimat erzählte und davon, wie man einen Nordmann am besten behandelte. Ich hoffte zudem, dass ich die Tätowierungen richtig auslegte... Also knallte ich die flache Hand auf die Theke und erhielt die Genugtuung, dass mindestens einer der Gäste zusammenzuckte und der Wirt sich zu einem Blinzeln herabließ.

»Hast du mehr als Pferdepisse, Wolfsbart?«, fragte ich so laut, dass es jeder hören konnte. »Nicht so ein dünnes Zeug wie das Kantenbräu, das es in Berkstein gibt und einem dort als Bier verkauft wird, sondern was Anständiges – richtiges Bier, so was wie dunkles Kronskrager? Etwas, das dir Haare auf dem Kopf wachsen lässt und die Zehennägel so lang wie die Krallen deines Geistbruders?«

Stille.

»Bist du verrückt geworden?«, zischte Serafine leise. »Jetzt bringen sie uns um, und ich habe nicht mal ein Schwert zur Hand!« Sie hatte bereits ihre Hände in den Öffnungen ihrer Ärmel.

Stille.

Der Wirt musterte mich einen ewig währenden Moment, streckte schließlich einen langen Arm aus und nahm einen großen Holzhumpen in die eine Hand. Er trat an ein kleineres schwarzes Fässchen heran, dessen Zapfhahn er öffnete und eine dunkle schaumige Flüssigkeit in den Humpen laufen ließ. Sachte schloss er den Hahn und stellte den Humpen mit der aufwachsenden braunen Schaumkrone ganz sanft genau vor mir ab. Dass der Schaum überlief, machte nichts, die Theke zeigte mehr als genug Spuren von ähnlichen vergangenen Geschehnissen. Er sah mich an, sogar seine Augen schienen einen Moment lang gelb. Seine Zähne waren es jedenfalls. Die zwischen den Lücken.

Ich nahm den Humpen in eine Hand, sah dem Wirt in die Augen, setzte an und trank. Ich wusste, ich würde es bereuen, aber, bei den Göttern, genau das hatte ich gebraucht. Ich trank weiter. Es war Jahre her, dass ich so getrunken hatte, einen lachenden Ragnar neben mir, der sich bei jedem Schluck, den ich nahm, klatschend auf die Schenkel schlug, während er ein Trinklied sang, das niemand außer ihm kannte. Hier kannten sie wahrscheinlich jeden Vers davon. Ich trank weiter. Der Humpen wollte nicht leer werden, aber dies war jetzt eine Frage des Stolzes. Dummheit gehörte bestraft. Dennoch, das Dunkelbier tat seinen Zweck, der bittere Geschmack und der Blick in diesen gelben Augen schoben alle Gedanken an den kalten Schrein Soltars zur Seite. Ich trank weiter. Der Boden hob sich, ich nahm einen letzten tiefen Schluck…

Und setzte den Humpen mit einem Knall ab.

»Das ist ein richtiges Bier!«, sagte ich so breit grinsend, wie es mir nur möglich war, und wischte mir den Schaum vom Mund ab. Der Wirt nickte.

»Kronskrager. Ein halbes Silberstück.«

Neben mir hörte ich, wie Serafine sich verschluckte.

»Und das ist es allemal wert«, antwortete ich und warf eine Silbermünze auf die Theke.

Stille.

»Und jetzt?«, flüsterte Serafine.

»Gehen wir«, sagte ich, und wir taten genau das. Niemand stellte sich uns in den Weg, keiner sagte etwas. Wir gingen einfach.

»Warst du zu lange in der Sonne?«, fragte Serafine empört, als wir weit genug weg waren, um sicher zu sein, dass nicht doch noch etwas geschehen würde. »Die hätten uns umgebracht!«

»Wahrscheinlich«, sagte ich und blinzelte hinauf zu dem gleißenden Ball, der noch immer hoch am Himmel stand. »Sehr wahrscheinlich sogar.«

»Dass sie uns umbringen würden, oder dass du zu lange in der Sonne warst?«, fragte sie spitz.

»Beides«, antwortete ich. »Jetzt sollten wir sehen, dass wir nach Hause kommen, bevor du mich tragen musst.«

Sie schüttelte den Kopf und lachte. »Als ob ich das könnte!«

Ich fühlte mich nicht besonders schwer. Eher leicht. Ich hielt die Hand vor den Mund und rülpste so dezent wie möglich. Auch etwas, das manchmal nicht ging. Es war ein Fehler gewesen, ja. Aber … bei den Göttern, wie hatte ich anständiges Bier vermisst.

Sie sah mich sprachlos an und wirkte sogar leicht bewundernd.

»Selbst schuld, wenn du umfällst«, sagte sie dann und lächelte, um gleichzeitig den Kopf zu schütteln. »Ihr Männer seid alle gleich. Der Sergeant hat manchmal auch verrückte Dinge getan.«

»Ich bin immer vernünftig«, gab ich zurück und ging schneller. So weit war es ja nicht zum Platz des Korns. »Nur manchmal nicht. Sag es nicht weiter.«

»O doch. Ich sage es einfach Leandra. Sie wird dann schon die richtigen Worte finden.« Serafine lachte. »Hast du das Gesicht des Wirts gesehen? Er hätte nie geglaubt, dass du den Humpen leerst!«

»Ich auch nicht«, sagte ich und ging noch etwas schneller. Ich merkte, wie ich anfing zu schwitzen. »Es war ein Fehler, Serafine, eine Dummheit.«

»Ich weiß nicht, ob es wirklich ein Fehler war«, sagte sie.

Ich sah sie überrascht an und wäre beinahe gestolpert. »Warum?«

»Hast du nicht erwähnt, dass ihr auch bei den Nordmännern vorstellig werden müsst?«

Ich nickte nur. Da vorn war der Platz der Ferne. Es war nicht mehr weit. Ich ging wieder schneller.

»Es wird sich herumsprechen. So etwas spricht sich immer herum. Und wenn herauskommt, dass du es gewesen bist, ist es ein Anfang.«

»Ein Anfang für wasch … was?«

»Ein Gespräch, Havald, ein Gespräch.« Serafine lachte erneut. »Du bist jetzt ein Diplomat. Und ich muss sagen, dass ich deine Art der Diplomatie für überzeugend halte.«

»Und das soll gut sein? Leandra reisch … reißt mir den Kopf ab!«

Sie lachte jetzt offen. »Diese Nordmänner werden herumfragen. Wir sind hier schon bekannt. Saik Havald mit einer weiblichen Leibwächterin … Es wird ihre Neugier wecken. Und irgendwann steht einer vor der Botschaft und klopft an unsere Tür.«

»Warum sch … sollten sie das tun?«

»Weil niemand glauben wird, dass du das gemacht hast, nur weil du mal wieder ein anständiges Bier trinken wolltest!«

»Es war wirklich gutes Bier!« Es war mir wichtig, dass sie das verstand.

»Warum hast du das getan?«, fragte mich Leandra, als sie mir die Stiefel auszog.

»Es war gutes Bier. Das beste!«, teilte ich ihr mit. Wo kam sie denn auf einmal her?

»Du trinkst so gut wie nie Bier«, gab sie zurück. »Meist nur gewässerten Wein und immer in Maßen. Warum Bier?«

»Ich wollte den Geschmack loswerden«, erklärte ich ihr ernsthaft. Sie klemmte meinen zweiten Stiefel zwischen ihre Beine, und ich setzte den Fuß auf ihren wohlgerundeten Hintern und drückte, endlich ging der Stiefel ab. Meine Füße schmerzten. Bequem oder nicht, es waren neue Stiefel.

Sie ließ den Stiefel fallen und sah lächelnd auf mich herab. »Glaub nicht, dass ich dir immer so helfe«, sagte sie dann. »Serafine hat mir gesagt, es sei hart gewesen.«

»Das ist es nicht. Ich hab Ordun geschmeckt …«

Ihr Lächeln verschwand. »Ordun, den Nekromanten?«

Ich nickte.

Sie seufzte. »Ich hoffe, das Bier war gut genug.« Sie schüttelte den Kopf. »Trotzdem, es war kein guter Zeitpunkt.«

Ich *weiß*, wollte ich sagen. Doch dazu kam ich nicht mehr.

4. Abschied und dunkle Gedanken

Ich öffnete die Augen. Erst eines, dann das andere. Es ging eigentlich, ich lebte noch, und selbst als ich meinen Kopf bewegte, blieb alles an seinem Platz. Anstelle des erwarteten Hämmerwerks gab es nur einen milden Druck auf die Schläfen. Der Humpen hatte gut anderthalb Maß gefasst... Und Ragnar hatte die besonderen Qualitäten von Kronskrager wohl auch richtig beschrieben. Kein Wunder, dass er es die Königin der Biere nannte.

»Ich sehe, du lebst noch«, sagte Leandra von ihrem Schreibtisch aus und lächelte zu mir herüber. Ich richtete mich auf – die Welt blieb immer noch an ihrem Ort – und sah hinaus in den Innenhof. Es war noch hell, wenn die Schatten auch deutlicher waren. Ich konnte kaum mehr als eine halbe Kerze lang geschlafen haben.

»Überraschenderweise ja.« Ich stand auf, trat an die Waschkommode und wusch mir das Gesicht. Wasser mit Rosenduft... Wer kümmerte sich zurzeit um solche Dinge? War es Leandra? Unwahrscheinlich. Sie wusste, dass ich den Duft an ihr mochte, aber nicht an mir. Sieglinde? Es würde ihr ähnlich sehen.

Leandra musterte mich sorgfältig. »Serafine erzählte mir, was geschehen ist. Und wie viel du getrunken hast. Bei dieser Hitze, Havald, du bist ein Idiot. Und die Götter müssen es gut mit dir meinen, andere lägen jetzt wohl im Sterben.«

Ich schüttelte den Kopf. Vorsichtig. Er fiel mir nicht von den Schultern. Langsam war ich wirklich beeindruckt. »Ich erwähnte Ragnar, meinen Freund aus dem Norden. Der, von dem Janos dachte, er wollte mich betrügen.«

Sie nickte.

»Er erzählte mir von einem ganz besonderen Bier, das die Nordmänner brauen, eines, mit dem angeblich sogar die Zwerge handeln.«

Sie zog eine Augenbraue hoch. Ich hatte noch nie einen lebenden Zwerg gesehen, sie wohl auch nicht, aber die Balladen waren in dieser Beziehung mehr als deutlich: Zwerge tranken nur ihr eigenes Bier. Nun, jetzt glaubte ich an die Ausnahme.

»Dunkles Kronskrager. Es hat keine Nachwirkungen.« Ich trat zu ihr, legte eine Hand auf ihre Schulter und wollte mich zu einem Kuss vorbeugen, doch sie setzte mir eine Hand auf die Brust, mit der anderen wedelte sie vor meiner Nase herum.

»Wenn du meine Nase hättest, würdest du das jetzt nicht sagen. Du stinkst nach Bier!« Sie lächelte, bemerkte meinen Blick und lachte schallend. »Schau mich nicht so an!«, sagte sie und schubste mich zurück. »Du bist selbst schuld.«

»Da hast du recht, aber glaub mir, es war die bessere Wahl.« Ich fuhr mir übers Haar und setzte mich wieder auf das Bett. »Ich habe so etwas noch nie gemacht.«

»Bier getrunken?«

Ich schüttelte den Kopf.

»Das andere?«, fragte sie leise.

Ich nickte. »Gestern noch hat dieses Herz geschlagen. Es zu berühren … Hast du während deiner Studien schon einen geöffneten Körper gesehen?«

Sie nickte knapp. »Es ist alles wundersam gefügt. Alles dicht an dicht gepackt, und so unverständlich es mir auf den ersten Blick schien, es hat alles seinen Sinn, es ist eine ordnende Hand darin zu sehen, der Götter Wille und Schöpfung. Ein Wunder … und ein schrecklicher Anblick zugleich.«

Ich schloss die Augen. »Ich habe gelernt, mit der Spitze meines Schwertes den Weg zwischen den Rippen zum Herzen zu suchen, und oft genug habe ich diesen Weg gefunden. Ich sah den Blick des Gelehrten, des Leibarztes, als er den Brustkorb öffnete. Er wusste, was er tat, so brutal es auch wirkte, seine Augen zeigten Ehrfurcht. Da war ein Mann, den ich bewunderte, jemand, der sein Leben dazu verwendet, zu heilen, was andere zerstören, der wohl noch niemals ein anderes Leben beendet hat. Ich kann mich erinnern, wie ich mich fühlte, als ich das erste Mal ein Leben nahm… Doch an das Gefühl der Unschuld vorher vermag ich mich nicht mehr zu erinnern.« Ich sah zu ihr hinüber. »Wir haben freien Willen, denn es kann nicht der Götter Wille sein, dass ihre Schöpfung sich selbst zerstört…«

Ich schaute auf meine Hand herab, an einem Finger schimmerte ein breites goldenes Band. Der Ring. Ich zog daran, doch er saß fest. Aber er ließ sich drehen. also drehte ich ihn, bis die Siegelplatte, die ich meist innen trug, zu erkennen war. »Dieser Ring bewirkt etwas. Ich habe nicht das gesehen, was die anderen sahen, und ich habe etwas gespürt, als ich das Herz des Emirs berührte. Du hättest die Essera Falah sehen sollen, wie sie dastand, mit steinernem Gesicht, die Muskeln so angespannt, dass ich dachte, ihr Kiefer würde gleich zerspringen, als da Halat den ersten Schnitt tat.« Ich sah gequält zu Leandra hoch. »Wie hätte ich ihr sagen sollen, was ich in jenem Moment spürte?«

»Was hast du gespürt, Havald?«, fragte sie leise.

»Der Nekromant hat dem Emir nicht nur das Leben genommen, sondern auch die Seele. Wie Ordun sie Helis genommen hat. Wie es auch mir beinahe ergangen wäre!«

Leandras Augen weiteten sich. »Aber nur die falsche Marinae hat dort gestanden, niemand hat ihn berührt. Und heißt es nicht, dass Nekromanten einen berühren müssen, um die Seele zu rauben?«

»Genau das ist es«, sagte ich schwer und ließ mich nach hinten auf das Bett fallen. »Der hier vermag aus der Ferne zu töten und die Seele zu nehmen. Unsichtbar, unbemerkt. Als mir das klar wurde, suchte ich nach einem anderen Gedanken, sonst hätte ich jeden dort im Raum beschämt. Dunkles Kronskrager.« Ich lachte leise und schüttelte den Kopf. »Das war der einzige Gedanke, den ich zuließ. Ein legendäres Bier. An mehr wollte ich nicht denken, mehr nicht sehen, ich wollte nicht diesen Geschmack von Eisen in meinem Mund spüren, nur diesem einen Gedanken ließ ich Raum. Als ich die Spur des Nekromanten berührte, war dieser Gedanke der einzige, der mich bei Sinnen hielt. Ich wollte nur ein Bier.« Ich sah zu ihr hoch, sie hatte sich mir halb zugewandt. »Verrückt, nicht wahr?«

»Das dachte ich, als Serafine es mir erzählte. Jetzt denke ich anders.« Sie beugte sich vor und küsste mich. Ich erwiderte den Kuss und sah sie überrascht an, als sie sich löste. Sie lachte etwas und rümpfte dabei die Nase. »Manchmal kann man kleine Opfer bringen.«

Sie stand auf und ging hinüber zu dem kleinen Sekretär, nahm zwei Bögen dicht beschriebenes Pergament und hielt sie hoch. »Ich bin gerade damit fertig geworden. Willst du es lesen?«

Ich nickte, nahm die beiden Pergamente und begab mich mit ihnen auf den Balkon. Die Schatten lagen fast waagerecht, der Abend stand bevor.

Ihre Schrift war fein und sauber, gut zu lesen. Nicht dass dies meine beste Gabe wäre. Ich beherrschte das Schreiben, damit war ich schon zufrieden. Es stand wenig Persönliches in dem Brief, nur dass wir tatsächlich einen Weg nach Askir gefunden hätten und vorhatten, dort eine Legion aufzustellen. Leandra war realistisch, hielt es für unwahrscheinlich, dass die Legion vor Jahresfrist Illian verstärken könnte. Was ich zwischen den Zeilen las, war noch etwas anderes: das bittere Eingeständnis, dass Hilfe zu spät kommen würde und es nur eine Hoffnung war, das Land wieder zu befreien. Hoffnung war das falsche Wort. Es war ein Versprechen. Sie erwähnte die magischen Tore nicht, auch nicht die Bergfeste, und blieb vorsichtig in der Wortwahl.

Ich sah sie über den Rand der Pergamentbögen an und reichte ihr die Papiere zurück. Sie seufzte, entzündete mit einer Geste eine kleine Kerze, die unter einer kleinen Konstruktion mit einer Messingschale obenauf auf ihrem Schreibtisch stand. In der Schale lagen ein paar Stücke Siegelwachs. Eine gute Idee, so würde das Wachs beim Siegeln nicht rußig, und da sich seitlich an der Schale ein kleiner Griff befand, verbrannte man sich nicht die Finger.

Sorgsam faltete sie die Bögen zusammen, rollte sie entgegen der Faltung zusammen und verschnürte sie mit einem feinen weißen Streifen aus Seide, den sie in einem komplizierten Knoten band. Ich sah mit ihr gemeinsam zu, wie das Wachs zu schmelzen begann, dann griff sie nach dem Samenkorn, das auf einem Papier auf dem Sekretär lag.

»Nein«, sagte ich. »Ich siegele selbst auch noch, wenn du nichts dagegen hast.«

Sie nickte nur, goss das Wachs auf den Knoten und drückte ihr Siegel hinein, um mir die Schriftrolle zu reichen.

»Hast du schwarze Seide da?«, fragte ich sie leise.

Sie zog eine Schublade auf, griff nach dem Seidenband und erstarrte, als sie meine Finger an ihrem Hals spürte, wo ich sanft ihre Kette hervorzog, an der sie einen anderen Ring trug. Sie sagte nichts, als ich die Kette über ihren Hals streifte. Ich band mit schwarzer Seide meinen Signaturknoten schräg über Leandras, legte sorgsam das Samenkorn so, dass es aus dem Wachs ragen würde, goss das Wachs darüber und siegelte mit ihrem Ring, das erste Mal seit langen Jahren mit dem Einhorn und der Rose.

Genauso sanft legte ich ihr die Kette wieder über.

»Warum?«, fragte sie leise.

Ich dachte an ein junges Mädchen unter einem Apfelbaum.

»Weil sie noch immer an Ser Roderic glaubt«, gab ich ihr Antwort und erhob mich. »Sind die anderen vom Markt zurück?«, fragte ich etwas barsch, während ich mir meine Stiefel wieder anzog. Der linke drückte etwas, aber das würde sich geben.

»Ja«, sagte sie.

Ich band mir meinen Schwertgürtel um und hängte Seelenreißer ein, dessen Durst langsam wieder erwachte. Die verfluchte Klinge bekam wohl nie genug. Ich versuchte es nicht weiter zu beachten. »Wenn sie fort sind, haben wir ausreichend Zeit, uns um das zu kümmern, was hier zu tun ist«, sagte ich.

»Haben wir denn nicht genügend eigene Schwierigkeiten?«

Ich spürte wieder den dunklen Schatten, der um das Herz des Emirs lag, und schüttelte den Kopf. »Das ist es, was wir nicht rechtzeitig verstanden haben«, erklärte ich ihr leise. »Es *sind* unsere Schwierigkeiten.«

»Ausgeschlafen?«, fragte Janos mit einem breiten Grinsen. Er nickte Leandra zu, die hinter mir die Küche betrat. »Ihr müsst mir zeigen, wo diese Wirtsstube ist«, fuhr er amüsiert fort. »Ich glaube, ich würde für ein anständiges Bier sterben!«

»Ich glaube, dort wird man Euch den Gefallen tun«, meinte Serafine.

Es waren alle da, auch Zokora und Varosch. Zokora hatte sich wie üblich in eine Ecke zurückgezogen und beobachtete von dort das Geschehen, Varosch stand hinter ihr, eine Hand auf einer ihrer zierlichen Schultern. Natalyia kniete ganz still neben Zokora auf dem Boden.

»Waren die Leute dort wirklich so groß, wie Serafine behauptet?«, fragte Janos.

»Mir wäre lieber, wenn ihr mich alle Helis nennt«, unterbrach sie ihn, während sie dankbar nickte, als Sieglinde ihr einen Becher gekühlten Wein hinstellte. Die anderen sahen sie überrascht an.

»Gerne, aber warum?«, fragte Sieglinde, während sie einen dicken Braten auf einen langen eisernen Spieß schob und dann mit einer würzigen Paste einschmierte. »Ich bin doch froh, dich so zu kennen.«

»Weil Serafine in eine andere Zeit gehört«, antwortete die Zeugmeisterin des Alten Reiches und stand auf, um Sieglinde zu umarmen. Sieglinde wirkte überrascht.

»Wir sind uns näher als Schwestern, Linde«, sagte Serafine sanft. »Das wird nie anders sein. Aber Helis ist der richtige Name.«

»Ein passender«, sagte ich, während Sieglinde verlegen lächelte und dann den Spieß in die offene Feuerstelle einhängte. »Sagte ich nicht, dass du uns nicht bedienen sollst?«, fragte ich sie dann.

»Mir macht es Freude. Und heute ist es das letzte Mal für lange Zeit.« Sie richtete sich auf, wischte die Finger an ihrer Schürze ab und sah uns nacheinander an. »Es wird bestimmt zwei Monde dauern, bis wir wieder vereint sind. Ich habe euch alle lieb gewonnen, aber niemand weiß, ob wir uns überhaupt wiedersehen. Deswegen … seid heute Abend bitte meine Gäste.«

»Danke, gerne!«, sagte ich, und die anderen nickten.

»Darauf trinke ich!«, rief Janos lachend und nahm einen tiefen Schluck aus seinem Becher. In Anbetracht dessen, dass ich heute schon mein Maß hatte, in mehr als einer Hinsicht, hielt ich mich zurück und füllte meinen Wein mit mehr Wasser auf als sonst.

»Um auf deine Frage zurückzukommen, Janos: Die meisten in dieser Gaststätte waren nicht viel kleiner als ich, besaßen aber eher deine Statur.« Ich erinnerte mich an den Wirt. »Manche waren noch breiter.«

»Sie sahen wirklich aus wie Barbaren, nur größer«, fügte Serafine hilfreich hinzu. Ich war gerne bereit, sie Helis zu nennen, aber für mich würde sie immer Serafine bleiben.

Sieglinde legte ein paar Scheite Holz in die Feuerstelle und legte Reisig nach. »Leandra?«, fragte sie.

Leandra sah von der Schriftrolle auf, die sie in den Händen hielt, dann verstand sie, was Sieglinde wollte. Sie griff in einen der Beutel, die an ihrem Gürtel hingen, nahm eine kleine Menge Asche heraus und zerrieb diese zwischen ihren Fingerspitzen. Als die Asche aufstaubte, glühte sie kurz, und mit einem fauchenden Geräusch entzündete sich das Reisig und mit ihm der kleinste Scheit in dem Haufen. Leandra klopfte sich die Finger ab und lachte, als sie meinen überraschten Blick bemerkte. »Küchenmagie. Bei der Hitze ist es leicht«, sagte sie mit einem Lächeln.

Leicht. Ich hatte noch immer meine liebe Mühe, wenn ich eine Kerze entzünden wollte!

»Zumindest ist es nützlich«, sagte Serafine und setzte sich wieder an den Tisch. »Wie weit geht deine Ausbildung?«, fragte sie.

»Sie könnte gegen Balthasar nicht bestehen«, sagte Natalyia aus der Ecke heraus, wo sie neben Zokora kniete. »Niemand von uns vermöchte das. Ich bin froh, dass ihr ihn habt besiegen können. Ich hoffe, ihr habt seinen Kopf abgeschlagen und getrennt von ihm begraben. Ich will diesem Bastard nie wieder begegnen.«

»Balthasar ist vollständig verbrannt«, sagte ich. »Es blieb kein Körper zum Begraben. Ich dachte, das wüsstest du.«

»Kein Körper?«, fragte sie fassungslos und sah mich aus weiten Augen an. »Dann ist er noch am Leben!«

»Ich sah, wie er verbrannte«, erklärte ich ihr. Auch die anderen, Leandra und Zokora eingeschlossen, schauten Natalyia nur ungläubig an.

»Er verbrannte? Vollständig?«, fragte Natalyia. »Also habt ihr sicher Reste seines Kettenpanzers, seiner Ringe und der Gürtelschnalle in der Asche gefunden?«

»Er brannte so heiß, dass keine Asche zurückblieb. Die Magie hat ihn vollständig verzehrt«, sagte Leandra in bestimmtem Tonfall.

»Und es ist gut so! Möge Soltar diesen Verräter ewig richten für das, was er getan hat«, bekräftigte Serafine mit geballten Fäusten. »Seine Kameraden so zu verraten. Und einst hat er uns einen guten Freund vorgeheuchelt! Wir haben ihm unser Leben anvertraut!«

»Du hast ihn brennen sehen, Havald«, meinte Leandra. »Das stimmt doch, oder?« Alle sahen mich an, auch Janos, in der Bewegung erstarrt, mit einem Apfel in der Hand, von dem er gerade einen Bissen genommen hatte.

»Ich war etwas … verstört in dem Moment«, sagte ich langsam. »Er schrie laut genug. Die Qualen müssen fürchterlich gewesen sein. Er brannte nicht nur, er leuchtete von innen heraus und zerfaserte dann. Nichts blieb übrig von ihm außer dem Wolfsfokus.«

»Der Wolfsfokus blieb, aber sonst nichts?«, fragte Natalyia und schien plötzlich zu frieren. Sie schloss die Augen und schüttelte den Kopf. Sie hörte nicht auf damit und fing nun auch noch an, in ihrer knienden Position vor und zurück zu wippen. Dabei gab sie leise, winselnde Geräusche von sich. Wir sahen sie sprachlos an, und ich spürte, wie auch mir ein Frösteln über den Rücken lief.

Zokora brach den Bann, indem sie Natalyia leicht im Nacken

berührte. »Shhhh«, meinte sie überraschend sanft, als sie ihr über das Haar strich. »Er ist vernichtet.«

»Kein Zweifel daran«, sagte ich so bestimmt, wie es mir möglich war. »Er ist nicht mehr.«

Es war gewiss ein Todesschrei gewesen, den ich von ihm gehört hatte ... Und ich hatte gesehen, wie die Magie ihn buchstäblich zerriss ... Er musste tot sein. Kein Zweifel daran, wiederholte ich für mich selbst.

»Nun, wenn er wiederkommt, habe ich wenigstens die Chance, ihm noch mal in die Eier zu treten«, sagte Janos und biss herzhaft in den Apfel. Er kaute. »Das letzte Mal hat das nicht so ganz geklappt«, sagte er dann mit vollem Mund und schluckte. »Und wenn er nicht auf so einem Wolfsaltar herumsteht, hilft auch die beste Magie nicht gegen einen Bolzen, Schwert oder einfach einen lautlosen Dolch zwischen die Rippen.« Er sah sich um. »Täuschen wird er uns jedenfalls nicht mehr.«

»Er ist tot«, wiederholte ich.

Janos nickte. »Sehe ich auch so. Aber sollte er doch wiederkommen, schicken wir ihn geradewegs in die Arme des Namenlosen zurück!« Er hielt Sieglinde seinen Becher hin. »Noch einen Schluck, Liebste.« Er bemerkte unsere Blicke und lachte, während Sieglinde ihm einschenkte. »Schaut nicht so verschreckt«, rief er und zog Sieglinde an sich, um ihr einen Kuss zu geben. Der Krug in ihren Händen schwappte über, aber ihn kümmerte es nicht.

»Er hatte Albträume wegen des Sergeanten ... Was meint ihr, wie er sich in die Hose macht, wenn er Serafine wiederauferstanden vor sich sieht? Balthasar mag alle Macht der Magie beherrschen, aber er ist ein erbärmlicher Feigling!«

Serafine schüttelte den Kopf. »Das war er nicht. Bei allem, was ich ihm nachsagen kann, bei allem, was er tat, war er nie ein Feigling.«

Janos lachte erneut und nahm einen tiefen Schluck von dem Wein. Noch immer hielt er Sieglinde an sich gepresst.

»Und er war es doch!«, rief er. »Ein elendiger Feigling, der sich vor seinem eigenen Schatten fürchtete! Ich erkenne einen Feigling, wenn ich ihn sehe. Und er lebte in ewiger Angst, dass dieser Sergeant eines Tages vor ihm stehen würde. Ich hörte ihn oft genug im Schlaf um Gnade und Verzeihung winseln.« Janos richtete sich zu seiner vollen Größe auf. »Siebenhundert Jahre lang hat er Soltar um seinen Tod betrogen. Und jede Nacht ist er erwacht und hat gewinselt wie ein getretener Hund. Ja, er hat Natalyia geknechtet, da war sie nicht die Einzige … Aber er trat sie nur so hart, weil er *Angst* hatte, Angst vor ihr, vor allen hier. Und am meisten vor ihr …« Er zeigte mit dem Finger auf Leandra und dann auf mich. »Vor dir auch, selbst als du ein alter Mann warst.« Er lachte. »Ihr solltet eure Gesichter sehen«, rief er und schüttelte ungläubig den Kopf. »Der Kerl ist wahrscheinlich wirklich hin, hinüber, pfft, und winselt nun unter Soltars Stiefel. Verdient hat er es, der Mistkerl. Aber sollte er es doch nicht sein, hinüber, meine ich, dann wird er alles daran setzen, euch nie mehr zu begegnen. Wie ich hörte, stand er auf diesem Podest, nie ist er stärker gewesen als in diesem Moment … und trotzdem habt ihr ihm den Arsch verkohlt.« Er griff sich den Krug aus Sieglindes Hand und trank einen tiefen Schluck. Dass ein Großteil des Weins auf sein neues Leinenhemd lief, war ihm offenbar egal. »Ich trinke auf diesen Feigling!«, rief er und hielt den Krug hoch. »Auf dass er brennen möge, und wenn nicht, rennen wie ein räudiger Hund, wenn er nur unsere Schatten in der Ferne sieht! Es gibt keinen Grund für eure betretenen Gesichter, keinen, hört ihr? Wir haben ihm in den Arsch getreten, ihm Feuer gemacht, nicht anders herum … Und ob er in Soltars Höllen brennt oder sich dort die Eier abfriert oder doch noch irgendwo herumgeistert … das wird er nie vergessen!«

Er erinnerte mich wieder an Janos, den Räuberhauptmann, der uns so in seinen Bann gezogen hatte. Auch jetzt spürte ich es wieder: seine Überzeugung, dass er bestehen würde, dass er recht hatte, seine Belustigung über die Furcht anderer. Und er hatte Erfolg damit, hier und da sah ich ein Lächeln, selbst Natalyia nickte leicht, und ihre Augen waren wieder klar.

Janos war ein geborener Anführer, mit dem rechten Grad an Furchtlosigkeit und einem unerschütterlichen Glauben an sich selbst. Er grinste mich an, hielt den Krug hoch und trank, warf mir danach den leeren Krug zu, griff Sieglinde an den Hüften und hob sie hoch.

»Bevor ich ihn jemals wieder in deine Nähe lasse, Liebchen«, sagte er dann ganz leise, als er ihr tief in die Augen sah, »werde ich ihn eigenhändig in kleine Stücke zerreißen. Und ihm den Kopf gleich zweimal abschlagen, damit er endlich Ruhe gibt.«

»Er ist bereits tot«, sagte ich erneut und stellte den leeren Krug auf dem Tisch ab.

Janos sah zu mir hinüber. »Ich glaube dir das, Havald. Du hast ihn brennen gesehen. Ich sage nur, er sollte besser auch tot bleiben.«

Der Braten gelang Sieglinde gut und fand allgemeinen Zuspruch. Würzung und Soße waren von ihr selbst ersonnen, und Sieglinde lebte unter unserem Lob auf. Keiner erwähnte Balthasar noch mal, vielmehr sprachen wir über den *Hammerkopf*, über den Winter, der bei uns zu Hause noch immer das Land im Griff hielt, ob Janos die Botschaft einfach weiterreichen oder sich doch selbst auf den Weg machen sollte. Wir entschieden uns für Letzteres. Ich bot ihm mein Pferd an, ein besseres gab es im ganzen Stall nicht, während Leandra Sieglinde ihres anbot. Nun, vielleicht war Leandras Pferd ein wenig schneller, aber sturer und zäher als meins war es mit Gewissheit nicht. Janos lebte zur gewohnten Form auf, machte zotige Witze und brachte uns alle zum Lachen. Ich kannte die meisten seiner Zoten, doch die Art, wie er sie darbot, war erfrischend unbefangen.

Später dann, die Außentür war verriegelt, versammelten wir uns alle im Keller, vor dem geheimen Torraum. Sieglinde und Janos waren beide bis über die Nasenspitzen in warme Fellkleider eingepackt, darunter schimmerte der Stahl ihrer Rüstungen. Janos hielt Ragnars Axt in der Hand, für den Fall, dass am Tor noch einer dieser verfluchten geflügelten Hunde oder anderes wartete.

Sieglinde trug eine entzündete Laterne. Es würde sehr dunkel sein in der Donnerfeste.

Dann wurde auch Janos ernst, als er Ragnars mächtige Axt in einer Hand wog. Kurz übernahm er die Laterne, als Sieglinde sich nacheinander von uns verabschiedete. Als sie zu mir kam, sah ich ihre feuchten Augen und drückte sie herzlich.

»Wir kommen wieder«, sagte sie leise.

»Ich habe keinen Zweifel daran«, sagte ich mit einem Lächeln, das Zuversicht ausdrücken sollte.

Zokora und Varosch standen auch bereit, Varosch ebenfalls im Pelzmantel und mit gespannter Armbrust, Zokora gekleidet wie immer, ihr schien die Kälte nichts auszumachen. Zokora würde den Marsch zurück zum *Hammerkopf* leiten und alsbald mit Varosch zurückkehren. Die dunklen Höhlen unter den Donnerbergen bargen ihre eigenen Gefahren, und das machte die Eskorte notwendig. Sieglinde nahm die Laterne wieder auf, berührte Eiswehrs Knauf und schenkte uns ein letztes, scheues Lächeln.

»Wir sind bald wieder zurück«, sagte Varosch und hob die Armbrust zum Gruß, dann traten die vier in den Kreis. Leandra hatte die Steine bereits ausgelegt, sorgfältig überprüfte sie sie noch einmal und nickte. Zokora hielt den Zentralstein hoch und schaute uns alle noch einmal an – vielleicht lag ein schwaches Lächeln auf ihren Lippen, ich konnte es nicht so genau erkennen. Sie ließ den Stein in die Vertiefung in der Mitte fallen.

Von einem auf den anderen Moment war der Raum leer und eiskalte Luft schlug uns entgegen.

Wir warteten.

»Das ist unheimlich«, sagte Natalyia leise.

Das war es wohl. Ich sah Serafine an. »Helis, kennst du andere Torkombinationen?«

Sie schüttelte den Kopf. »Nur Jerbil kannte die Geheimnisse der Tore.«

Wir warteten weiterhin, bis zusammen mit einem zusätzlichen Schub eiskalter Luft plötzlich und lautlos eine Münze im Kreis auftauchte. Leandra seufzte erleichtert und nahm die Münze auf, um sie hochzuhalten. »Das Wappen lag oben«, sagte sie lächelnd. »Sie sind gut angekommen, und es droht keine Gefahr.«

Ich hoffte nur, dass das so blieb. Ich sammelte die Torsteine ein, half Leandra dabei, den Torraum wieder zu verschließen und die Spuren im Staub zu verwischen, ehe wir zurück nach oben gingen. Es war nun deutlich später. Wir setzten uns in die Küche, und diesmal war ich es, der uns den gewässerten Wein einschenkte. Natalyia, Leandra, Serafine und mir.

Auf einmal kam mir die Küche leer und zu groß vor, war nicht mehr der gemütliche Ort, der er noch vor Kurzem gewesen war. Ich trat an den Rest des Bratens heran, schnitt mir ein Stück ab und sah die anderen fragend an. Sie nickten alle. Und so speiste Sieglinde uns doch noch ein weiteres Mal.

»Ich glaube es nicht«, sagte Leandra etwas später zu niemand Besonderem. Sie schaute auf den Weinfleck am Boden, den noch niemand aufgewischt hatte. »Ich hätte nie gedacht, dass ich zugeben würde, ihn zu vermissen.«

»Ich brauche ein Schwert«, sagte Serafine, ohne von ihrem Becher aufzusehen. »Mit gerader Klinge, in der imperialen Art. Manchmal reichen Dolche nicht.«

»Du kannst mein zweites Schwert bekommen«, sagte ich. Ich hatte am Anfang unserer Reise ein zweites Schwert dabei, ähnlich geschmiedet wie Seelenreißer, aber ohne dessen verfluchte Gier. Ich verwendete es dann, wenn ich das, was ich tötete, nicht in mir spüren wollte. Nur in letzter Zeit hatte ich es kaum mehr dabei. »Es sollte dem am nächsten kommen, was du suchst.«

Sie nickte bloß.

Ich hob den Krug an, der noch auf dem Tisch stand. Er war leer.

5. Der Name des Feindes

Ich erhob mich, spürte dabei, wie müde ich war, und öffnete die Tür zu dem kühlen Raum, in dem wir unseren Wein lagerten. Dort stand noch ein tönerner Krug, mit einem Tuch bedeckt. Ich griff ihn mir und brachte ihn mit zurück zum Tisch.

»Ich hoffe, es steht morgen nichts Wichtiges mehr an«, sagte ich, als ich mich schwer auf einen der Stühle am Küchentisch sinken ließ. Ich löste die Schnur, die das Tuch auf dem Krug hielt, und goss mir nach.

»Du meinst an offiziellen Dingen?« Leandra schüttelte den Kopf. »Übermorgen wird man den Emir zur letzten Ruhe betten, wahrscheinlich wird man uns dazu einladen. Aber das ist auch schon alles. So unglaublich es klingt, für die nächsten zwei Tage brauchen wir uns nur um unsere eigenen Belange zu kümmern.« Sie schenkte mir einen nachdenklichen Blick. »Oder das, was wir für unsere eigenen Belange halten.« Wenn ein Vorwurf in ihrer Stimme lag, war er so gut verborgen, dass ich ihn nicht erkennen konnte.

»Ich bin überzeugt davon, dass ich recht habe, Lea«, erklärte ich. »Es ist der gleiche Feind. Wenn wir ihm hier schaden, schaden wir ihm insgesamt. Denk dir, was geschehen wäre, wenn die falsche Marinae Erfolg gehabt hätte. Das Haus des Löwen und wahrscheinlich ganz Bessarein wären in der Hand einer Herrscherin, die dem Namenlosen dient. Mit einem Streich hätte der Feind ein Land erobert, das allein schon mächtiger ist als die Drei Reiche.«

Ich trank einen Schluck Wein. Er war gut, und ich nahm mir vor, Sieglinde zu fragen, woher sie ihn hatte – bis mir einfiel, dass es lange dauern würde, bis ich sie wiedersah. Ganz zu schweigen von der Befürchtung, ich könnte ihr freundliches Gesicht vielleicht nie mehr erblicken.

»Du wirst von mir keinen Widerspruch hören, Havald«, sagte

Leandra und hängte Steinherz aus, um es neben sich zu stellen. Mit einem Seufzer der Erleichterung nahm sie die Perücke ab und kratzte sich mit beiden Händen die Kopfhaut. »Es juckt fürchterlich«, erklärte sie indigniert, als sie meinen Blick sah. »Ich wollte, ich könnte ganz auf sie verzichten.«

»Nur Sklavinnen tragen das Haar hier kurz geschoren«, sagte Serafine. »Und das auch nur dann, wenn sie bestraft wurden.«

»Ich weiß«, antwortete Leandra und seufzte. »Es ist nur ein Wunsch, mehr nicht.«

»Gibt es keinen Zauber, der die Haare wachsen lassen könnte?«, fragte Natalyia, die bislang so still gewesen war, dass man sie leicht vergessen konnte.

Leandra schaute sie an und schüttelte dann den Kopf. »Ich habe mich mit meinem Lehrer genau über einen solchen Zauber unterhalten«, teilte sie uns mit und lächelte bei der Erinnerung. »Er selbst trug eine Glatze. Das, was ihm an Haar verblieben war, kam ihm zu spärlich vor, also rasierte er es und zeigte lieber einen Charakterkopf. Wenn es einen solchen Zauber gäbe, meinte er, dann gäbe es auch einen Magier, der sehr reich wäre.« Sie lachte erneut. »Streng genommen würde diese Art von Magie eher in die Zuständigkeit der Tempel fallen, vielleicht sollte ich bei den Dienerinnen Astartes nachfragen.«

»Warum gehört es in den Bereich der göttlichen Magie?«, fragte ich.

»Weil es eine Magie zur Heilung wäre. Kein Maestro wäre imstande gewesen, deine Hand zu heilen, Havald. Nur die Gnade deines Gottes konnte das.«

»Das weiß ich«, antwortete ich. »Aber gibt es einen Grund, warum eine Maestra nicht auch mit Magie heilen könnte?«

»Den Prinzipien der Magie zufolge wäre es möglich. Doch die Magie der Priesterschaft beruht auf dem Leben, die Magie der Wissenschaft jedoch auf den Energien, die um uns herum sind.«

»Aber wenn die nicht ausreichend sind, dann speist ihr doch eure Magie mit eurem eigenen Leben, oder nicht?«, fragte ich überrascht. »Müsste der Vorgang sich nicht auch umkehren lassen?«

Jetzt war es an ihr, mich überrascht anzuschauen. »In der Theorie vielleicht«, antwortete sie. »Aber es wird einen Grund geben, warum sich niemand daran versucht.« Sie sah mich ernst an. »In der Magie gibt es Fehlschläge. So mühevoll es auch ist, sie zu erlernen, sie ist weitaus weniger schwierig als das Wunder des Lebens.«

Ich blickte zu meinem Schwert, das neben mir stand. »Askannon gab dieser verfluchten Klinge die Macht, mich zu heilen … und mehr.«

Sie schüttelte den Kopf. »Nur, wenn sie ein Leben nimmt. Und der ewiger Herrscher …« Sie lächelte. »Ich habe gelernt, dass es sieben Zirkel des Wissens gibt. Askannon … Ihm sagt man nach, er habe den zehnten Zirkel erreicht.«

»Den es nicht gibt …«

»Von dem niemand außer ihm etwas weiß. Ihm und vielleicht diesem götterverfluchten Thalak.«

»Sein Name ist Kolaron«, teilte uns Natalyia leise mit.

Wir sahen sie alle an.

»Es ist falsch, wie ihr von ihm sprecht«, erklärte sie dann, noch immer leise. »Ständig sprecht ihr von Thalak, als ob es euer Feind selbst wäre. Aber Thalak ist nur eine Insel, von dort aus nahm das Imperium seinen Ausgang, doch der Name unseres Feindes ist Kolaron. Seine Macht ist deshalb so groß, weil er zugleich Maestro und Nekromant ist. Er beherrscht die Kunst der Magie, und er stiehlt sich seine Gaben zusammen.« Ein Schauer schien über sie zu laufen. »Er hat ein ganzes Reich, das er durchsuchen lässt nach Menschen mit Gaben, die ihm nützlich sein könnten.« Sie sah uns beide an. »Solange ich unter seiner Macht stand, war es mir nicht bewusst, ich machte mir keine Gedanken darüber. Doch es war mein Glück, dass Balthasar eine Attentäterin brauchte und einen Hund zum Spielen. Denn ich weiß jetzt, dass meine Gabe durchaus die Aufmerksamkeit des dunklen Herrschers erregt hatte. Wenn ich ihm jemals wieder in die Hände falle, wird er sich nehmen, was er als seins bezeichnet, meine eigene Seele und Gabe.« Sie sah von Leandra zu mir. »Ich vermag mir nicht vorzustellen, wie es möglich sein könnte, ihn aufzuhalten.«

»Wir werden einen Weg finden. Was weißt du noch über unseren Feind?«, fragte Leandra neugierig.

»Ich habe ihn drei Mal gesehen. Einmal, als ich ihm nach meinem ersten Blut vorgestellt wurde, ein anderes Mal, als ich erwachsen war und meine erste Schärpe erhielt, und ein letztes Mal, als er mich Balthasar übergab.« Sie sah uns mit dunklen Augen an. »Ihr habt keine Vorstellung von dem, was ihr bekämpfen wollt«, fuhr sie fort. »Stellt euch einen Mann vor in meiner Größe, zierlich, mit dunklem, welligem Haar, das ihm auf die Schultern fällt. Dunkle, schwarze Augen, die in deine Seele blicken, eine scharfe Nase und einen schmallippigen Mund. Schlank ist er, fast schon zierlich, unter anderen Umständen könnte man ihn fast schon weibisch nennen, grazil, mit der weichen, glatten Haut einer Frau, den geschickten Händen eines Harfners.« Sie holte tief Luft. »Er ist vielleicht der schönste Mann, den ich je gesehen habe. Er wirkt wie ein Jüngling, vielleicht gerade mal ein Dutzend und zehn Jahre alt, und doch liegen Jahrhunderte in seinen Augen. Sieht man ihn, spürt man seine Macht, ist es, als ob sich alle feinen Härchen aufstellen. Gekleidet ist er, den ihr als den Dunklen Herrscher bezeichnet, stets in Weiß, Weiß mit schwarzen Stickereien, die vergessene arkane Symbole darstellen und selbst Runen der Macht sind. Er beherrscht den Anj-tu-il, den waffenlosen Kampfstil meiner Heimat, doch als Schwertkämpfer führt er zwei leichte und tödliche Klingen. Wenn man ihm eine Wunde schlägt, verheilt sie innerhalb von wenigen Augenblicken, Gift lässt ihm übel werden, aber es bringt ihn nicht um. Tötet man ihn, opfert er eine der vielen Seelen, die er gefangen hält, und betrügt Soltar stets auf Neue.« Sie sah uns eindringlich an. »Laut den Gerüchten hat ihn in den letzten Jahrhunderten niemand mehr besiegt. Er ist gebildet, studiert die weißen und die dunklen Künste, ist ein Redner, der die Menschen mitreißt, führt die Feder nicht weniger geschickt als seine Schwerter. Er braucht keine Armee. Es heißt, es reicht, wenn er allein vor den Toren einer Stadt steht. Denn dann wird diese ihm die Tore öffnen und ihm den Hals darbieten. Wenn man ihn nicht kennt und nicht weiß, welche dunklen Sehnsüchte in ihm lauern, könnte man ihn lieben. Kolaron, der Dunkle Herrscher, Imperator von Thalak, unsterblich und für die, die ihm folgen, ein Gott, der noch auf Erden wandelt.« Sie trank einen Schluck Wein und erhob sich von ihrem Platz. »Das ist der Feind, den wir besiegen wollen«, schloss sie ihren Bericht. »Ich hoffe, der Götter Beistand bleibt uns erhalten, denn wir werden ihn brauchen.«

Mit diesen Worten verließ sie lautlos die Küche. Ich sah ihr nach und schenkte mir noch einmal Wein ein, schaute hinüber zu Leandra, und auf ihr Nicken hin füllte ich auch ihren Becher.

»Es ist egal«, sagte sie, während sie nachdenklich zur Tür blickte, durch die Natalyia verschwunden war. »Ich habe meinen Eid geleistet, und er wird sterben. Und wenn ich ihn hundertmal sterben lassen muss.«

»Wenigstens hat er jetzt einen Namen«, sagte Serafine. »Er ist kein Gott, also kann er sterben. Und er ist feige, wie alle Diener des Namenlosen.«

»Wenn er tatsächlich ein Diener des Namenlosen ist«, sagte ich nachdenklich. Natalyias Beschreibung hatte mich erschüttert, sie gab dem, was wir bekämpften, ein Gesicht und einen Namen. Und mehr: So, wie sie ihn beschrieb, war er wirklich jemand, den man fürchten musste.

»Er muss es sein. Die Gabe der Nekromantie ist eine dunkle Gabe«, teilte mir Serafine in bestimmtem Tonfall mit. »Stellt man fest, dass man sie besitzt, ist es noch nicht zu spät, man muss sie nicht nutzen. Nutzt man sie aber, vergreift man sich auch nur ein einziges Mal an der Seele eines anderen lebenden und denkenden Wesens, ist man verloren. Es ist die Gabe des Namenlosen. Wenn man sie nutzt, gehört man auf ewig ihm.«

»Das mag sein, Helis, aber die Nachtfalkenfrau war nicht feige«, widersprach ich.

»Sie hat in diesem Kampf betrogen. Er fand auf ihrem Grund und Boden statt, sie hielt alle Trümpfe in der Hand und war sich gewiss zu siegen. Wenn man glaubt, nicht verlieren zu können, ist man dann mutig, wenn man sich einem Kampf stellt? Wenn sie auch nur einen Bruchteil dessen vermochte, was einst die Nachtfalken des Imperiums zustande brachten, hätte sie auch gewinnen müssen.«

»Sie hat den Kampf gegen Zokora gewonnen«, teilte ich ihr mit. »Es war Varosch, der sie mit einem Schuss zur Strecke brachte.« Mit einem Bolzen, den er vorher im Namen seines Gottes gesegnet hatte. War dies der Unterschied? Es war schwierig, die Geschwindigkeit eines Armbrustbolzens abzuschätzen, mir schien, als wäre dieser Bolzen schneller geflogen als üblich. Ein silberner Blitz …

»Gut, vielleicht war sie feige.« Ich musterte Serafine. »Das erinnert mich an etwas anderes. Janos nannte Balthasar einen feigen Mann. Doch da hast du widersprochen. Nach deinen Argumenten müsste auch er feige sein, denn er ist ebenso ein Nekromant.«

Serafine wirkte irritiert. »Da musst du dich irren, Havald. Er kann kein Nekromant sein, er besaß nicht die Gabe dazu. Sonst hätte er nie den Turm der Eulen lebend betreten können, um seine Ausbildung zu machen.«

»Ich habe gesehen, wie er die Gabe eines Mannes stahl, habe zugesehen, wie der Mann zwischen seinen Händen zu einer ausgetrockneten Hülle wurde, und Zokora erkannte das als Nekromantie. Ich hatte so etwas vorher noch nie gesehen, aber Zokora dürfte sich wohl kaum täuschen.«

»Er saugte dem Mann das Leben aus, und der vertrocknete zwischen seinen Händen?«

Leandra und ich tauschten einen Blick. »Genau so war es.«

»Das«, sagte Serafine nachdenklich, »ist etwas ganz anderes. Nur wenn Nekromanten wirklich alt werden, vermögen sie das zu tun. Sie holen sich das Leben zusammen mit der Seele, um selbst weiterzuleben.«

»Ganz so, wie es Seelenreißer für mich tut«, sagte ich bitter.

»Wenn deine Klinge tötet, Havald, holt sie sich das Leben, das ihre Opfer nicht mehr brauchen. Es ist ein Bannschwert. Es nimmt sich keine Seelen, es befreit sie.«

»Es fühlt sich anders an«, sagte ich. »Und du kennst seine Gier nicht.«

»Armin erzählte mir, wie er mit deiner Klinge Ordun bezwang und Helis'«, sie stockte kurz, »*meine* Seele aus seinem Griff befreite. Er sagte, ihr habt beide gesehen, wie ihr Antlitz auf dem Gesicht des Nekromanten lag und befreit wurde. Würde Seelenreißer selbst die Seelen nehmen, säße ich nicht hier, sondern wäre in deinem Stahl gefangen.«

Ich sah zu dem Schwert, das neben meinem Stuhl stand. »Es ist trotzdem eine verfluchte Klinge. Du kennst sie nicht, sie ist weitaus mehr als nur ein Stück Stahl mit Magie.«

»Doch, ich habe von deiner Klinge gehört«, sagte Serafine überraschend. »Was ich nicht weiß, ist, wie sie in die neuen Kolonien gelangte. Sie gehörte einst dem, der über den Clan der Nachtfalken gebot. Dem obersten Spion und Agenten Askannons. Deine Klinge, Havald, ist dazu geschaffen, dem Träger die Macht zu geben, gegen den Namenlosen selbst zu bestehen und ihm die Seelen zu entreißen, die er von den anderen Göttern stahl. Es wird nie eine Klinge geben, die mehr Macht besitzt als deine.« Sie lächelte. »Ich weiß, dass auch die Bannschwerter sich veränderten. Vielleicht hast du recht und heute ist es eine verfluchte Klinge. So oder so ist sie eine schwere Last für den, der sie trägt. Denn deine Klinge war schon immer Soltar geweiht.«

Ich sagte nichts weiter dazu.

»Was waren die Nachtfalken damals?«, fragte Leandra. »Du sprichst von ihnen, als wären sie anders als jene, die wir heute kennen.«

»Sie waren auch damals Agenten, Spione, Attentäter, dazu fähig, sich im Geheimen und im Dunkeln zu bewegen. Sie waren ausgebildet in vielerlei Art des Tötens, eine ganz besondere Waffe. Doch der ewige Herrscher nutzte sie nicht so. Er verwendete sie, um gegnerische Spione ausfindig zu machen oder hinter den Linien des Feindes zu operieren, ihm Nachrichten zu liefern. Ihre eigentliche Aufgabe war das Auffinden und das Niederstrecken von Nekromanten. Dafür erhielten sie ganz besondere Befugnisse. Sie waren erfolgreich, so viel weiß ich. Es gab auch nicht viele von ihnen, vielleicht drei Dutzend insgesamt. Dennoch, als ich mit der zweiten Legion aufbrach, waren die Nachtfalken die gefürchtetste Einheit des Imperators – aber noch immer loyal zu ihrem Schwur.« Sie sah uns hilflos an. »Wie es geschehen konnte, dass sie sich dem Dunklen anschlossen, vermag ich nicht zu sagen. Sie waren einst Askannons mächtigste Waffe gegen diese Brut des Namenlosen, nun gehören sie selbst dazu.«

»Kolaron war schon damals sein Feind?«, fragte Leandra überrascht, doch Serafine schüttelte lächelnd den Kopf.

»Wenn er damals schon existierte, wussten wir nichts von ihm. Nein, Askannons Feind war schon immer der Kult des Namenlosen. Die Nekromanten und Seelenräuber, die Menschen die Seele stehlen, um die Gaben zu nutzen, die die Götter anderen gaben. Askannon war erfolgreich darin, es war damals schon Jahrzehnte her, dass der letzte Nekromant hingerichtet worden war.«

»In seinem Reich, ja«, sagte ich und dachte an die Karte zurück, die in einem Gasthof weit weg von hier an der Wand hing und eine Welt zeigte, die weitaus größer war, als ich es je für möglich gehalten hätte. »Ich wollte, ich wüsste, wie er war. Askannon, meine ich. Was war er für ein Mensch, dass er eine solche Waffe wie die meine schmieden konnte?«

Serafine sah mich an und lächelte. »Das kann ich dir sagen, Havald. Mein Vater war der imperiale Gouverneur Bessareins, und als solcher traf er öfter mit dem ewigen Herrscher zusammen. Manchmal war ich dabei, wenn mein Vater den Imperator bewirtete.«

»Ihr kanntet Askannon?«, fragte Leandra beeindruckt und war damit nur schneller als ich.

Serafine nickte. »Doch wenn ihr jetzt erwartet, dass ich euch eine genauso imposante Beschreibung geben kann wie Natalyia von unserem Feind, muss ich euch enttäuschen. Askannon war«, sie zögerte einen Moment, »anders. Ein schlanker, hochgewachsener Mann, nicht viel kleiner als Ser Havald hier, mit pechschwarzen Haaren, grünen, fast schon leuchtenden Augen, einer Adlernase, energischem Kinn, einem schmalen, aber sinnlichen Mund. Er lachte oft und viel, und ich kann mich erinnern, dass er Grübchen hatte.« Ein Lächeln spielte um ihre Lippen. »Jerbil zog mich damit auf, dass ich in den Imperator verliebt sei. Als kleines Mädchen war ich das bestimmt. Einmal trug er mich bei einer Parade auf den Schultern.«

Leandra lachte. »Bis jetzt klingt die Beschreibung angenehmer als die von Kolaron. Er klingt… nett!«

»Aber das war er nicht immer. Manchmal gebrauchte er seine Macht. Es gab drei Kriege, die er führte«, berichtete Serafine weiter, »und jedes Mal führte er sie in vorderster Front. Einmal ritt er sogar auf einem Drachen in die Schlacht.«

Ich verschluckte mich an meinem Wein und sah sie ungläubig an.

Sie lachte. »So sagt man jedenfalls. Es gibt unzählige Legenden über ihn. Aber ich kannte ihn nur als einen ruhigen Mann, der gerne lachte und Humor hatte, mit den Menschen freundlich verfuhr und alles Wissen dieser Welt besaß.«

»Alles Wissen?«, fragte Leandra ungläubig.

»Er wusste vom Ackerbau genauso viel wie von der Architektur, wusste, wie man Brunnen baut, genauso wie alles über den Bau der gewaltigsten Belagerungsmaschinen. Er hatte ein Ohr für die Nöte von einfachen Menschen, und seine Vernunft überzeugte oft die adligen Sturköpfe im Reich.« Sie sah uns an, und der Schalk blitzte in ihren Augen. »Meine Haare stellten sich nicht auf, wenn ich ihn sah. Es gab keinen Nimbus der Macht um ihn herum, tatsächlich konnte er es nicht leiden, wenn man zu unterwürfig war. Helis hatte, so sagte Armin, die Gabe, mit Tieren zu reden. Das konnte er nicht, aber er verstand es, sie zu lesen. Zu verstehen.« Sie zuckte hilflos mit den Schultern. »Er war einfach anders. Er sah Dinge, die anderen verborgen blieben. Er sah vor allem in das Herz der Menschen.« Sie fing Leandras Blick ein. »Niemand weiß, was mit ihm geschah. Wenn er noch lebt, wäre es nicht seine Art, diese Gefahr, die von Thalak droht, zu unterschätzen. Aber eines weiß ich genau. Er ließ das Alte Reich nicht wehrlos zurück, als er ging. Außerdem muss er einen wichtigen Grund gehabt haben.«

»Hast du eine Ahnung, was dieser Grund war?«, fragte ich sie.

»Woher soll ich das wissen? Als ich mit der Legion ausrückte, war er noch der Herrscher von Askir. Ich sah ihn kurz vorher, er war der Ehrengast bei meiner Verlobung.« Ihr Lächeln trübte sich, sie wirkte auf einmal traurig. »Die Perlen… Während der Feier erschuf er sie aus dem Nichts, auf seiner offenen Hand. Sie erschienen dort, und er überreichte sie uns mit einem Lächeln. Ich kann mich erinnern, dass er glücklich aussah. Mein Vater sagte, dass unser Herrscher nach all den Jahrhunderten das gefunden habe, was ihm fehlte, die Liebe und das Herz einer Frau, die ihm ebenbürtig war.« Sie lachte leise. »Vielleicht ist das der Grund. Er fand eine Frau und setzte sich zur Ruhe.«

»Eine Frau, die ihm ebenbürtig war?«, wiederholte Leandra neugierig. Das schien sie neugieriger zu machen als alles andere.

Serafine lachte. »Mein Vater sagte es ganz nebenbei.« Ihre Augen funkelten amüsiert. »Ihr könnt euch denken, dass auch ich mehr wissen wollte. Aber mein Vater lächelte nur und verriet nichts weiter.«

»Er war nie verheiratet?«, wollte Leandra wissen.

Serafine schüttelte den Kopf. »Ich weiß es nicht mit Sicherheit, aber ich glaube, er war es einmal. Vor der Zeit des Imperiums, als er nur über drei der sieben Reiche gebot. Sie wurde ermordet. Danach…« Sie schüttelte den Kopf. »Mein Vater sagte, Askannon habe Angst vor der Liebe, weil sie das Einzige sei, das ihn besiegen könne.«

Ich sah Serafine lange nachdenklich an. »Wisst ihr, was mir auffällt?«, sagte ich dann. »Natalyia beschrieb uns Kolaron und seine Macht. Du sprichst von Askannon nicht als Herrscher eines Reichs, sondern als einem Menschen. Du hast ihn gemocht.«

»Die meisten haben ihn gemocht. Er war geradlinig. Sein Wort war Gesetz, auch für ihn selbst«, verkündete Serafine. »Er war verlässlich. Eine Konstante. Wie die Sterne und die Götter. Er war immer da und würde immer bleiben. Wir sahen ihn als unseren Beschützer, vielleicht wie einen Vater. Ich glaube zudem wirklich, dass er gerecht war. Die Menschen schätzen das an einem Herrscher.«

Damit, dachte ich, hatte sie nicht unrecht. Die Menschen, die ich selbst am meisten bewunderte, waren gerecht.

Serafine stand auf. »Es wird Zeit für mich, schlafen zu gehen.« Sie beugte sich zu Leandra hinüber. »Natalyia sieht die Welt aus ihren Augen, ich sehe sie aus meinen. Ich kannte das Alte Reich, ich kannte die Macht des Imperiums. Eines weiß ich. Wenn Ihr es schafft, die Sieben Reiche zu verbünden, sie dazu zu bringen, sich Thalak im Feld zu stellen, wird Thalak unterliegen.« Sie legte Leandra beruhigend die Hand auf die Schulter. »Das ist so. Mein Wort darauf. Gegen Askir kann Thalak nicht bestehen.«

»Ja, wenn ich die Reiche überzeugen kann«, antwortete Leandra und seufzte. »Manchmal habe ich das Gefühl, dass es alles sinnlos ist. Wie sollen wir sieben gekrönte Häupter überzeugen?«

Serafine lachte. »Euch wird schon etwas einfallen. Aber ich kann Euch etwas sagen, das auch Jerbil immer wieder sagte: Die Niederlage findet in den Köpfen des Gegners statt. Wenn Ihr zweifelt, lasst Ihr den Gegner ohne Widerstand gewinnen.« Sie grinste breit. »Es ist besser, wenn der Gegner zweifelt.«

6. Bürden

Das Hämmern an der Zimmertür weckte mich. Erneut. Ich fluchte leise, blies Leandras Haar aus meinem Gesicht, schob sanft einen schlanken Arm von meiner Brust und rollte mich aus dem Bett. Leandra murmelte protestierend und drehte sich zur Seite, die dünne Decke verrutschte und enthüllte mir einen bezaubernden Anblick. Ich seufzte, deckte sie wieder zu und begab mich zur Tür. Ein Blick hinaus auf den Innenhof zeigte mir, warum ich noch so müde war, denn es konnte kaum später als die ersten Morgenstunden sein. Ich wickelte mir meine Decke um die Hüften und öffnete die Tür.

Es war, wie nicht anders zu erwarten, Natalyia.

»Ich hoffe, es ist etwas Wichtiges«, knurrte ich. »Sonst, bei den Göttern, fühle ich mich geneigt, gereizt zu sein!«

»Dann danke ich den Göttern, Euch bei so sonnigem Gemüt vorzufinden.« Natalyia lächelte. Sie musterte ausgiebig meine Brust. »Bei irgendeiner Gelegenheit könnt Ihr mir mal erzählen, wo Ihr diese ganzen Narben her habt.«

»Hast du mich geweckt, um alte Geschichten zu hören?«, fragte ich.

Leandra murmelte etwas, ich sah zu ihr hin, aber sie schlief noch.

»Es ist Armin«, teilte Natalyia mir mit. »Er ist mit einer ganzen Schar von Personen aufgetaucht und wartet unten in der Küche auf Euch. Zudem wartet ein imperialer Gesandter in der Halle, um mit Leandra zu sprechen, sowie eine Frau in Rüstung, die den General des Zweiten Bullen sprechen will. Helis ist auch schon wach und unterhält sich mit Armin in der Küche...«

»Ich dachte, wir hätten wenigstens heute unsere Ruhe«, knurrte ich. »Das hier ist ja wie beim Zirkus! Du kannst ihnen ausrichten, dass wir kommen, sobald wir bereit sind.«

»Ich werde es ausrichten«, sagte sie lächelnd und warf einen wissenden Blick an mir vorbei auf die schlafende Leandra. »Oder soll ich ihnen sagen, sie mögen besser am Mittag wiederkommen?«

»Sie können auch warten«, grummelte ich ungehalten.

Sie lachte und zog die Tür zu.

Ich legte den Riegel wieder vor und ging zurück zum Bett, wo mich Leandra verschlafen, aber mit einem leichten Lächeln musterte. Ich setzte mich zu ihr aufs Bett und beugte mich vor, um sie zu küssen, ihre Arme griffen mich und zogen mich zu sich.

»Ein imperialer…« Weiter kam ich nicht, denn sie küsste mich erneut.

»Später.«

Als ich in die Küche kam, sprangen Armin und seine Begleiter auf und verbeugten sich. Als er sich aufrichtete, sah er mich vorwurfsvoll an. Er war, wie Natalyia angedroht hatte, nicht allein, allerdings war es keine Schar von Leuten, sondern ich sah nur drei unbekannte Gesichter: eine junge Frau, schwarzhaarig, klein und zierlich, aber lebhaft, mit einer Stupsnase und wachen dunklen Augen, einfach, aber sauber gekleidet; ein hagerer junger Mann, der die Roben eines Schreibers trug, sowie ein breitschultriger älterer Mann mit grauen Schläfen und einer geraden Nase und aufmerksamen Augen, die ein Kranz von Lachfältchen umgab. Ein energisches Kinn, schmale Lippen und eine Narbe auf der linken Wange rundeten das Bild ab. Dies war jemand, der sich durchsetzen konnte. Er trug die hier übliche Tracht mit leichten Stiefeln, Leinenhosen und Hemd und einer bestickten Weste, einen sorgsam gestutzten Bart, und an seiner Seite hing ein mit Leder umwickelter Knüppel, wie ihn die privaten Wachen der reichen Häuser, oder auch die Sänftenträger, oft bei sich hatten.

»Es ist wahrlich schön, Euch zu sehen, Esseri, doch viel schöner wäre es gewesen, wenn Ihr mir die Gnade Eures Anblicks zu einem früheren Zeitpunkt hättet gönnen können. Seht, Euer treuer Diener war seit dem Sonnenaufgang ohne Unterlass für

Euch tätig, dachte an nichts anderes als an Euer Wohl. Denn steht es nicht geschrieben, dass die Götter dem Menschen die Sonne gaben, damit deren sanfter Kuss ihn am Morgen weckt und den Rechtschaffenen zur Arbeit ruft?«

»Das mit dem sanften Kuss hört sich gut an, Armin«, entgegnete ich. »Aber du siehst mich in der Tat verwundert, dich hier zu so früher Stunde anzutreffen.«

Serafine warf einen Blick in mein Gesicht und lachte leise, dann reichte sie mir einen Becher mit Kafje, wofür ich ihr mit einem Nicken dankte.

Armin lachte nun auch und wandte sich grinsend an seine Begleiter. »Seht, er ist gar kein Bär, der verärgert ist, wenn man ihn zu früh weckt. Nicht umsonst sagen die Schriften auch, dass es eine ganz besondere Sonne gibt, die den Menschen in die Herzen scheint.«

»Armin«, sagte ich mit einem mahnenden Unterton. Ich hätte es mir sparen können, denn er lachte nur.

»Ich möchte Euch Eure neue Dienerschaft vorstellen, Esseri, sorgsam ausgewählt und würdig Eures Vertrauens, denn einem hohen Herrn, wie Ihr es seid, gebührt mehr als meine armseligen Dienste.«

Alle drei musterten mich neugierig.

»Ich kann mich gar nicht erinnern, dir dazu den Auftrag gegeben zu haben.« Ich lächelte und zog mir einen Stuhl heraus, um am Küchentisch Platz zu nehmen. Mit einer Geste lud ich ihn und seine Begleiter ein, es mir gleichzutun, doch die vier blieben stehen.

Armin grinste breit. »So seht Ihr, welch hervorragenden Diener Ihr in mir besitzt, denn ich habe Euch die Wünsche von den Augen abgelesen, bevor Ihr sie ausgesprochen habt.« Er wurde wieder ernst. »In der Tat, Esseri, braucht Ihr jemanden, der sich um Euch kümmert. Denn ich werde es nicht mehr lange tun können, außerdem bin ich nicht der Richtige für das, was Ihr vorhabt.« Er bedeutete der jungen Frau vorzutreten, sie tat es, senkte ihren Blick und sank in die hier übliche tiefe Verbeugung.

»Dies ist Afala, die Tochter eines guten Freundes. Er ist ein angesehener Tuchhändler, und seine Tochter ist es gewohnt, ein gutes Haus zu führen. Sie lernte es von ihrer Mutter und wird Euch die Last abnehmen, Euch selbst um Euer Wohl zu sorgen. Sie ist eine gute Haushälterin, fleißig und gewissenhaft. Sie ist zudem die Schwester der Frau meines Bruders Golmuth, verschwiegen und ehrlich.« Er lächelte. »Zudem ist sie auf jedem Markt gefürchtet. Es heißt, sie feilscht so gut, dass sie die Ware fast umsonst erhält.«

Die junge Frau wurde rot, als sie scheu aufsah.

»Dieser junge Mann hier ist Darsan. Er ist ein Geschenk der Götter und von Essera Falah, sein Onkel ist Hahmed, der Hüter des Protokolls. Er ist derjenige, den Ihr wirklich am nötigsten braucht. Er wird Euch behilflich sein, die Audienzen zu regeln, und Euch die Wege ebnen, deren Verlauf Ihr nicht kennen könnt. Er hörte durch seinen Onkel von Eurer Not und fragte mich, ob Ihr eine Stelle für ihn hättet. Er ist klug, fleißig, spricht mehrere Sprachen und schreibt fehlerfrei, schnell und flüssig. Wenn er einen Vertrag aufsetzt, könnt Ihr sicher sein, dass kein Schlupfloch verbleibt. Zudem ist er ein Meister der Kalligraphie, und solltet Ihr jemals in die Verlegenheit kommen, Einladungen zu versenden, werden sie aussehen, als ob der Kalif selbst sie hätte schreiben lassen.«

Der junge Mann verbeugte sich tief, und als er sich wieder aufrichtete, sah ich die Familienähnlichkeit zu Hahmed, hauptsächlich in den Augen.

»Dies hier ist Taruk, und er wird Euch unentbehrlich sein. Er wird Eurem Haus vorstehen und sich um alles kümmern, was Ihr begehrt. Er ist kein einfacher Diener, o nein, er wird der oberste Eurer Dienerschaft sein, ein unauffälliger Geist, der dafür sorgen wird, dass nichts, was nicht wichtig ist, Euch Eure Zeit stiehlt.«

Der ältere Mann verbeugte sich tief. Als er wieder hochkam, sah ich in wache, aufmerksame Augen. Er schien von der Vorstellung fast ein wenig amüsiert.

»Er ist zudem ein Veteran der Palastwache und vermag sich

auch bei Widrigkeiten durchzusetzen.« Das wiederum glaubte ich gern.

Armin sah mich nun ernst an. »Das Wichtigste jedoch ist, dass jeder von ihnen eher sterben würde, als Euch zu verraten. Ihre Loyalität gilt in erster Linie Euch, erst danach Faihlyd oder mir. Eure Geheimnisse werden sicher sein … auch vor meinen allzu neugierigen Ohren.«

Ich sah zu den dreien hoch. »Dann habe ich nur eine einzige Frage«, sagte ich. Denn Armin hatte recht, wir brauchten Dienerschaft. Wenn man bei diesen dreien überhaupt von Dienerschaft sprechen konnte. »Warum?«

»Weil es die einzige Art ist, Euch zu dienen«, sagte Afala leise. »Wir wissen alle, wer Ihr seid und dass die Götter Eure Wege lenken.«

Darsan nickte zustimmend.

»So ist es«, sagte Taruk.

»Und wer bin ich?«, fragte ich und fürchtete schon die Antwort.

»Havald Bey. Ein Fürst und Krieger aus einem fernen Land«, sagte Taruk und sah mit einem leichten Lächeln zu Armin hinüber. »Wir sind nicht alle abergläubisch.«

»Es ist kein Aberglaube«, protestierte Armin. »Aber Ihr werdet es selbst erleben.« Er verbeugte sich tief. »Wenn Ihr erlaubt, Esseri, werde ich Eure neue Dienerschaft einweisen und mich dann entfernen. Ich muss mich noch um einige andere Dinge kümmern.« Er zögerte kurz. »Wäre es Euch möglich, mich noch eine Weile als Euren Diener zu behalten?«, fügte er fast schon zögerlich hinzu. »Im Moment … Bis verschiedene Dinge eine Klärung gefunden haben, wäre es nicht opportun, wenn ich in gewisser Gesellschaft zu oft gesehen werde. Es gibt übellaunige Zungen, denen wir nicht zu viel zum Tratschen geben wollen.«

»Willst du das wirklich, Armin?«, fragte ich überrascht.

Er nickte. »Es ist wirklich besser so, Esseri. Ich kann mich an Eurer Seite freier bewegen als im Palast.«

»Dann soll es so sein«, sagte ich und sah die anderen drei an, die der Unterhaltung aufmerksam gefolgt waren.

»Was wissen sie?«, fragte ich Armin.

Er zögerte erneut einen kleinen Moment, dann seufzte er. »Ich fürchte, ich war indiskret. Ich verbürge mich für jeden von ihnen, und sie genießen mein vollstes Vertrauen. Außerdem ... hat die Emira sie geprüft. Sie wissen von der Liebe zwischen der Emira und mir, von Eurem Auftrag und von manchen Dingen, die ich weiß, aber nicht von allen, und nichts von den Dingen, die ich nicht wissen sollte.«

Ich sah ihn scharf an.

Er verbeugte sich. »Ich bin ein neugieriger Mensch, Esseri, aber genauso vergesslich – ein Leiden im Übrigen, das auch ein jeder Eurer neuen Diener teilt.«

Ich musterte die drei, dann Armin. »So soll es sein«, sagte ich und seufzte. »Die Götter wissen, dass wir solche Hilfe brauchen.«

»Ihr seid weise, Esseri«, sagte Darsan mit einem Lächeln. »Wir werden Euch loyal und treu dienen. Wenn ich Euch eine Empfehlung geben dürfte ...«

Ich sah ihn fragend an. »Armin berichtete mir von einem Audienzzimmer. Ihr wärt gut beraten, es zu nutzen.«

»Es gibt noch andere Gründe, weshalb Ihr Euch ihrer Loyalität gewiss sein könnt«, sagte Armin, als er mich zum Audienzraum begleitete. »Afala entstammt dem Haus des Adlers, Darsan dem des Löwen. Taruk gehörte keinem Haus an, er ist der Sohn eines Fischers und erwies der Essera Falah in jungen Jahren einen Dienst, für den er in das Haus des Löwen aufgenommen wurde.« Er blieb vor der Tür des Audienzzimmers stehen. »Ihr wisst nicht, wie Gasalabad vor wenigen Jahren noch war. Ihr könnt Euch das Ausmaß des Elends und der Korruption nicht vorstellen. Nur die Priesterschaft des Boron war unbestechlich, aber Ihr wisst selbst, dass die Hilfe dieses Gottes oft eine zweischneidige Angelegenheit ist. Die Macht des Namenlosen ...« Er seufzte.

»Chaos, Gier und Korruption dienen ihm allein. Wie Ihr selbst sagt, er fördert die niederen Instinkte der Menschen. Darsan verlor einen Bruder, Taruk sah, wie seine Schwester auf der dunklen Seite der Goldenen Stadt verloren ging. Afala … Ihr wurde Gewalt angetan, wie Ihr sie Euch nicht vorstellen wollt. Sie wissen alle, auf welcher Seite sie stehen. Dennoch wollte ich sicher sein. Faihlyd prüfte sie mit dem Auge, und vor Sonnenaufgang ging ich mit ihnen von Tempel zu Tempel, wo sie vor den Göttern schworen, Euch loyal und treu bis in den Tod zu folgen.«

Mit der Hand auf dem Türknauf sah ich Armin überrascht an. »Ist es hier üblich, solche Schwüre von der Dienerschaft zu verlangen?«, fragte ich.

Er schüttelte den Kopf. »Loyale Dienerschaft ist etwas Seltenes und Wertvolles. Es gibt oft einen Eid auf das Haus, ja, aber diesmal bin ich weiter gegangen.« Er sah mich eindringlich an. »Ihr selbst habt wiederholt meiner geliebten Faihlyd das Leben gerettet, mir ermöglicht, Helis' Mörder zu richten, Serafine wurde wiedergeboren, um das Schicksal Gasalabads zu wenden. Ihr habt zudem mit einem recht: Wir haben den gleichen Feind und dürfen uns keine Blöße geben. Ihr seid wichtiger, als Ihr denkt, Havald Bey.« Er holte tief Luft. »Ihr könnt ihnen vertrauen, Esseri.«

Jetzt war es an mir zu seufzen. »Ich habe gar nicht den Wunsch, wichtig zu sein.« Ich sah auf die noch geschlossene Tür. »Ich will nur meine Ruhe.«

»Könnt Ihr denn Ruhe finden, solange die Welt so ist, wie sie ist?« Er sah mich neugierig an. »Kann denn ein Mann in Ruhe sein Feld bestellen, wenn die Welt um ihn herum versinkt? Wenn er nicht weiß, wie seine Kinder leben werden? Ob Tochter, Schwester oder Mutter sicher sind? Wollt Ihr Mauern um Euch errichten oder der Priesterschaft eines Tempels beitreten?« Er schüttelte den Kopf. »Ihr seid kein Mann, der sich seiner Verantwortung entziehen kann.« Armin lachte leise. »Sosehr Ihr Euch das auch manchmal wünscht.«

Damit brachte er die Angelegenheit auf den Punkt – zugegeben hätte ich dies nie. Ich nickte nur und öffnete die Tür einen Spalt, doch Armins Hand hielt mich zurück. »Ihr werdet Marinae finden, nicht wahr?«, fragte er leise.

»Wenn sie zu finden ist«, entgegnete ich.

Das Audienzzimmer lag links von der Halle. Auch wenn wir es erkundet hatten, als wir das Haus kaufen wollten, war dieser Raum zu dem Zeitpunkt nur eine leere Hülle gewesen. Ich dachte damals, dass man etwas daraus machen könne, er war neben der Eingangshalle der größte Raum im Haus; er bestand aus zwei der Grundsegmente, die dem Haus seine Form gaben, die trennende Mauer war hier durch zwei stabile steinerne Säulen ersetzt, deren Kapitelle mit Blumen verziert waren. Seit der Emir das Haus für uns hatte restaurieren lassen, hatte ich den Raum nicht mehr aufgesucht, und nun war sogar ich etwas beeindruckt, als ich ihn betrat.

Die Türen zum Innenhof waren offen, ließen Licht und den Duft der Blumen hinein, die Bodendielen glänzten, die Blumengebinde an den Säulen waren mit Goldfarbe verziert. An der linken Wand befand sich das Wappen Illians, der Greif, an der rechten sah ich das Einhorn und die Rose, das Wappen des Grafen von Thurgau. Ich nahm mir vor, ein Wörtchen mit Armin zu wechseln. Mein Wappen hier so offen zu sehen, als wäre es von Wichtigkeit, störte mich.

Das Zimmer war sparsam eingerichtet und wirkte dadurch umso imposanter. Ein mächtiger Schreibtisch mit einem bequemen Stuhl dahinter war der Mittelpunkt des Raums, meist leere Regale aus einem dunklen, rötlich schimmernden Holz bedeckten die Wand dahinter. Vor dem Schreibtisch standen sechs bequeme Stühle, die um einen niedrigen Tisch gruppiert waren, auf dem sich eine Schale Obst, zwei Gläser und zwei Karaffen befanden. Von einem dieser Stühle erhob sich Schwertmajor Kasale, die ich ob der Geschehnisse der letzten Tage fast schon vergessen hatte.

Kasale war eine beeindruckende Frau. Vielleicht vier Dutzend Jahre alt, stand sie so gerade, wie es nur ein Soldat tat. Ihr kurzes dunkelbraunes Haar lag an wie ein Helm, ihre Augen waren grau und aufmerksam, eine gerade Nase, ein schmaler und dennoch weiblicher Mund über einem vielleicht etwas zu energischen Kinn. Ein Lächeln spielte um ihre Lippen, als sie mich sah. Etwas an mir schien sie zu amüsieren. Lachfalten an den Augen und andere Falten, die von Charakter sprachen, gaben ihrem Gesicht Tiefe. Sie war einer der Menschen, denen man vertraute, wenn man sie nur erblickte.

Das erste Mal hatte ich sie gesehen, als sie mit einer Tenet, einer Hundertschaft imperialer Soldaten, die imperiale Wegestation sicherte, in der uns Fahrd, der Diener Orduns, jene beinahe tödliche Falle gestellt hatte. Sie trotzte damals mit gelassener Ruhe einem Hauptmann der leichten Reiterei des Emirats, der forderte, die Wegestation zu räumen.

Durch die Umstände sah ich mich damals gezwungen, ihr einiges zu eröffnen, ihr unter anderem auch den Ring an meinem Finger zu zeigen, den Ring des Kommandanten des Zweiten Bullen. Auch sie wollte nicht hören, wie ich dazu kam, ihn zu tragen, denn da ich ihn trug, war ich für sie der Kommandant. Noch hatte sich kein anderer gefunden, der diesen Posten übernehmen konnte, und da die Aufstellung der Zweiten Legion ein Teil des Plans zur Befreiung unserer Heimat war, musste ich dieses Amt für den Moment wohl oder übel ausfüllen. Allerdings überlegte ich in der letzten Zeit öfter, ob nicht Janos geeigneter dafür wäre, diesen Posten zu übernehmen, immerhin besaß er eine militärische Ausbildung, die mir fehlte.

Da Natalyia von einer Rüstung gesprochen hatte, erwartete ich schon fast, Kasale in der massiven Plattenrüstung vorzufinden, die ein Merkmal der schweren imperialen Infanterie war, doch sie trug eine leichte Rüstung aus Plattenteilen, Ketten und mit Stahlbändern verstärktem Leder, jedes einzelne Teil sorgsam auf das andere abgestimmt. Eine solche Rüstung hatte ich noch nicht gesehen, sie wirkte sowohl leicht als auch recht sicher.

»General«, sagte Kasale und deutete eine Verbeugung an. »Ich freue mich, Euch unbeschadet wiederzusehen.«

Ich überlegte kurz, mich hinter den riesigen Schreibtisch zu setzen, zog mir dann aber einen der Stühle heran und bat sie, wieder Platz zu nehmen.

»Neue Rüstung, Schwertmajor?«, fragte ich, während ich ihr und mir von dem gekühlten und gewässerten Wein einschenkte.

»Generalsergeant, bitte«, entgegnete sie.

Richtig, sie hatte erwähnt, dass sie diesen Rang angenommen hatte. Nominell war dies eine Degradierung, aber nicht in Ansehen und Position. Jerbil Konai war der letzte Generalsergeant des Zweiten Bullen gewesen, und so wie ich das verstanden hatte, war es der wichtigste Rang, den es in der Legion gab, wichtiger noch als der des Kommandanten, denn es oblag dem Generalsergeanten, die Kampfbereitschaft einer Legion herzustellen.

»Ich wollte nicht ganz und gar ungerüstet sein«, erklärte sie. »Nach so vielen Jahren in Rüstung käme ich mir ohne nackt vor. Ich fand diese Rüstung im Zeughaus der Botschaft, sie ist die eines Kundschafters und als solche ohne die Embleme des Reichs, daher ist sie hier unbekannt. Denn noch immer gilt, dass Soldaten des Imperiums Gasalabad nicht betreten dürfen.« Sie bemerkte meinen überraschten Blick und lächelte. »Wenn man es strikt auslegt, verstoßt auch Ihr gegen die Auflagen, General.«

»Das hatte ich vergessen«, sagte ich wahrheitsgemäß. »Ich weiß von den Spannungen, doch ich hätte nicht gedacht, dass die Auflagen noch immer bestehen.«

»Die neue Emira ist erst seit Kurzem im Amt, und selbst von der Emira Faihlyd kann man nicht erwarten, dass sie auf der Stelle einen Streit beendet, den ihr Vater in den letzten drei Monden nicht aus der Welt schaffen konnte. Wir hatten Glück, dass ihr Vater, Emir Erkul, ein besonnener Mann war. Unter anderen Umständen befänden sich die Reichsstadt und Gasalabad in einer offenen Fehde. Das ist mit ein Grund, weshalb ich hier bin. Auf gewisse Weise ist es der gleiche Grund, der auch Hillard herführt. Ich denke, von Gering hat ihn zu Sera de Girancourt geschickt, um sie um ihre Hilfe zu bitten.«

»Ich kann ihn mir kaum als Bittsteller vorstellen«, sagte ich trocken.

Von Gering war der Botschafter der imperialen Stadt in Gasalabad und ein Mann, der das Talent eines Diplomaten besaß, jemandem zuerst freundlich zu begegnen und ihn dann zu missachten. Während er mir anfänglich sympathisch erschienen war, wirkte er nun arrogant und überheblich, ein Mann, der kein Verständnis dafür aufbrachte, wie sehr meine Heimat unter der gegenwärtigen Bedrohung litt. Wenn er dies überhaupt wahrnahm. Meine Heimat lag von hier aus gesehen weit im Süden, und ich hatte das Gefühl, dass von Gering nicht glauben konnte, ein so weit entfernter Krieg würde ihn oder die Reichsstadt tatsächlich jemals erreichen. Hillard war ein undurchschaubarer junger Mann, der wohl der Adjutant des Botschafters war, ebenfalls scheinbar freundlich und offen, aber mit einem verborgenen harten Kern. Seiner Freundlichkeit traute ich noch weniger als der des Botschafters. Hillard war es also, der Leandra zeitgleich zu diesem Gespräch seine Aufwartung machte.

Ich seufzte. »Ich hatte schon befürchtet, dass Ihr nicht gekommen seid, um nur einen Wein zu trinken«, sagte ich. »Was ist Euer Anliegen, Generalsergeant?«

»Sagt einfach Kasale.« Sie lächelte. »Ihr werdet wissen, wann es an der Zeit ist, mich beim Rang zu nennen. Es gibt im Wesentlichen zwei Gründe, weshalb ich Euch aufsuche. Der erste Grund hat mit meiner Aufgabe zu tun.«

Ich nickte. Überraschenderweise hatte Kommandant Keralos, der Statthalter der Reichsstadt, mir seine Unterstützung bei der erneuten Aufstellung der Zweiten Legion zugesagt und Kasale als Generalsergeant des Zweiten Bullen bestätigt. Zurzeit war sie der einzige imperiale Soldat unter meinem Kommando. Wenn alles nach unserem Wunsch ginge, würde Kasale den Grundstein dazu legen, dass der Zweite Bulle in die Neuen Reiche zurückkehren würde, um sie von Thalak zu befreien. Nach dem, was ich mittlerweile wusste, war es eine hehre Aufgabe. Aber das lag noch weit in der Zukunft, erst musste die Legion ausgehoben, ausgebildet und ausgestattet werden.

»Die Zweite Legion war ursprünglich in Gasalabad stationiert. Die Garnison befindet sich immer noch in imperialem Besitz, doch sie liegt außerhalb der Stadtmauern und ist in einem denkbar schlechten Zustand. Nur das Nötigste wurde getan, um die Mauern vor dem Verfall zu retten. Um sie wiederherzustellen und sie zu versorgen, bedarf es der Unterstützung Bessareins oder zumindest der Goldenen Stadt. Außerdem wird jeder, der dem Zweiten Bullen beitritt, Gasalabad nicht mehr betreten dürfen, das ist schwierig, vor allem, da bald aus den gesamten Reichen Freiwillige hier in Gasalabad eintreffen werden.«

Ich sah sie fragend an, und sie entgegnete: »Ich erhielt eine Nachricht aus Askir, dass der Kommandant die Aufstellung des Zweiten Bullen in den ganzen Reichen bekannt macht. Und es haben sich bereits mehr als genügend Freiwillige gemeldet.«

»Das ist eine gute Nachricht. Ihr meint also, Ihr bekommt die tausend Mann voll?«

Sie sah mich an und lachte leise »Die Zweite Legion wird in voller Kriegsstärke ausrücken. Mit Tross und Versorgung wird sie eine Stärke von fast dreizehntausend Mann erreichen.« Sie sah mich mit ihren grauen Augen an. »Wenn der Zweite Bulle ausrückt, dann, um zu gewinnen.«

Götter. Dreizehntausend Mann unter Waffen! Noch nie hatte ich eine Armee dieser Größe gesehen. Nur Thalak führte größere Armeen ins Feld, Hunderttausende sollten es angeblich sein. Aber sie waren im Vergleich zu den Legionen des Alten Reichs schlecht gerüstet und versorgt.

»Werden wir genügend Material und Ausrüstung erhalten?«, fragte ich. In den Hallen unter dem *Hammerkopf* waren Ausrüstung, Waffen und Rüstzeug gelagert, aber nicht für eine solche Armee!

»Im Moment ist das noch eine Schwierigkeit, doch innerhalb des nächsten halben Jahres werden wir die gesamte Ausrüstung vor Ort haben. Aber das nützt uns nichts, wenn der Zugang zur

Garnison von den Truppen Bessareins blockiert wird. Heute Morgen wurde die Botschaft über einen Vorfall unterrichtet, der all das, wofür Ihr und Eure Frau Gemahlin gearbeitet habt, in Frage stellen kann.«

Es gab mir einen Stich zu hören, wie Kasale Leandra als meine Gemahlin bezeichnete. Ich wünschte, ich könnte mit ihr einen Tempel aufsuchen und die Verbindung vor den Augen der Götter eingehen, doch ich wusste in der Tiefe meines Herzens, dass es unwahrscheinlich war, dass das jemals geschehen würde.

»Sie ist meine Gefährtin und meine Liebste«, korrigierte ich Kasale.

Sie nickte bloß ergeben.

»Sagt, Kasale, wie erhaltet Ihr so schnell Nachricht aus Askir, und was war das für ein Vorfall?«

»Es gibt speziell trainierte Falken, die uns die Botschaften aus der Reichsstadt überbringen«, erklärte Kasale. »Manchmal brauchen diese Vögel weniger als einen Tag von Askir bis hierher.«

Die Geschwindigkeit, mit der solche Botschaften übermittelt wurden, beeindruckte mich, allerdings hatte ich auf anderes gehofft, vielleicht auf eine magische Methode? Aber ein Tag für diese Strecke schien mir überzeugend, Leandra sagte ja oft genug, dass es meistens sinnvoller war, normale Wege zu gehen, als der Magie zu vertrauen.

»Und der Vorfall?«

»Heute Morgen wurde eine Patrouille des Imperiums in einen Hinterhalt gelockt und erschlagen. Fast zwanzig Männer und Frauen fanden den Tod, es gab nur zwei Überlebende. Es war eine heimtückische Täuschung. Man bat den Trupp um Hilfe, angeblich war eine Handelskarawane in Not, Räuber hätten sie überfallen und sie bräuchten Schutz, um auf die Reichsstraßen zu gelangen.«

»Warum reisen die Karawanen nicht ausschließlich auf den Reichsstraßen?«, fragte ich neugierig, bevor ich Weiteres hören wollte.

»Weil die Reichsstraßen nur bestimmte Orte miteinander verbinden. Die Reise durch die Wüste ist oft um Tage kürzer«, antwortete Kasale.

»Also brauchte diese Karawane Schutz, um zur Reichsstraße zu gelangen«, wiederholte ich. »Ich nehme an, genau das war ein Vorwand?«

Sie nickte. »Genau das. Es gab diese Karawane, sie wurde auch überfallen, doch es gab keine Überlebenden mehr, die Hilfe brauchten; die Räuber stellten diese Falle.«

»Das, nehme ich an, ist mehr als unüblich?«

»Ja. Es gibt größere Banden von Räubern, die in der Wüste den Karawanen auflauern, aber so etwas würde keine von ihnen wagen. Da wurde ein Trupp schwerer Reiterei in den Hinterhalt gelockt, also war es ein harter Kampf, der beiden Seiten große Verluste brachte. Als alles verloren schien, gab der Korporal den Befehl, sich zurückzuziehen. Nur zwei der Soldaten gelang das, sie wurden gehetzt und gejagt. Offensichtlich wollten die Angreifer verhindern, dass es Überlebende gab.« Sie sah mich durchdringend an. »Wären es wirklich nur Räuber gewesen, wäre der Kampf anders verlaufen. Aber es waren ausgebildete Soldaten, in der klassischen Kombination von schwerer Infanterie mit Spießen, Bogenschützen und fast vierzig Mann schwerer Reiterei. Sie gaben nur vor, Wüstenräuber zu sein. Unter ihren Umhängen trugen sie die Schuppenrüstungen, die hier in Bessarein üblich sind.« Sie sah auf ihre Hände hinab. »Der Trupp aus der Reichsstadt stand einer fast fünffachen Übermacht gegenüber. Keine der Banden, die in diesem Emirat die Wüste unsicher machen, ist so groß, und sie haben zu viel Angst vor unseren Truppen, um etwas Derartiges zu riskieren. Außerdem ergibt es keinen Sinn: Räuber hätten sich mit dem erbeuteten Gut der Karawane zufrieden gegeben.«

Ich nickte bedächtig. »Was geschah weiter?«, fragte ich.

»Von Gering ist außer sich vor Wut. Er ist der Meinung, dass Truppen aus Gasalabad einen Zwist zwischen dem Emirat und der Reichsstadt schüren, vielleicht sogar zwischen dem Kalifat und der Reichsstadt. Von Gering ist ein besserer Mann, als Ihr glaubt, General, aber ...« Sie zuckte mit den Schultern. »Er ist etwas eingeschränkt in seiner Überzeugung, dass es ein Fehler war, die Reiche sich selbst zu überlassen. Wenn es nach ihm ginge, wäre das Imperium wieder unter dem Drachenbanner vereint. Er empfindet es als eine Zumutung, dass die Königreiche immer wieder versuchen, die Bestimmungen des Vertrags zu unterlaufen.«

»Dieser Vertrag ...«

Kasale lachte und schüttelte den Kopf. »Darauf sollten wir besser nicht eingehen, General. Er umfasst Dutzende von Seiten. Er regelt, wie die Königreiche miteinander umzugehen haben. Die Aufgabe des Vertrags ist es, Möglichkeiten zu schaffen, jeden Streitfall friedlich zu lösen. Allerdings sind die Herrscher nicht glücklich mit ihm. Sie fühlen sich von Askir gegängelt und in ihrer Macht beschnitten.«

»Sie sind es auch«, antwortete ich ihr. »Kein Herrscher, den ich jemals kennengelernt habe, würde dulden, dass eine fremde Macht Truppen in seinem Reich stationiert.«

»Aber Askir ist keine fremde Macht«, widersprach Kasale. »Die Reichsstadt entstand aus allen Reichen und ist gegenüber den Sieben Reichen neutral. Seit fast tausend Jahren gab es keinen Krieg mehr zwischen den Reichen, und allein das führte die meisten von ihnen in den Wohlstand.« Sie sah mich ernst an. »Der Vertrag von Askir ist keine Tyrannei, sondern ein Instrument, das die Tyrannei verhindert.«

»Wenn ich etwas weiß, dann das: Es gibt nichts, was ewig währt, und jedem Aufstieg folgt ein Niedergang. Keines Menschen Werk ist perfekt genug, das zu verhindern. Die Welt verändert sich ... Und solche Veränderungen müssen gestattet sein.«

Sie seufzte. »Ihr solltet den Vertrag studieren, wenn Ihr in Askir seid. Er lastet leichter auf den Schultern der Herrscher der Sieben Reiche, als Ihr denkt. Er erzwingt im Prinzip nur eines: dass es keinen Krieg geben wird.« Sie sah mich an. »Aber jetzt scheint es so, als ob jemand einen Streit zwischen der Reichsstadt und Bessarein, zumindest aber zwischen Askir und Gasalabad, schüren will. Es gab andere Zwischenfälle, manche offensichtlich, manche sehr schlau eingefädelt. Streit und Schlägereien, Anklagen und Verleumdungen … allesamt geeignet, diesen Zwist zu schüren.« Sie trank einen Schluck Wein und holte tief Luft. »Was ich gehört habe, aber nicht mit Sicherheit weiß, ist, dass Botschafter von Gering zumindest auf einer Entschuldigung bestehen wird. Außerdem wird er fordern, dass solche Übergriffe sich nicht wiederholen. Er wird auch wissen wollen, wer die Täter sind, und ihre Auslieferung verlangen.«

»Also geht er davon aus, dass diese Übergriffe mit dem Wissen der Emira stattfinden.«

»Das ist wahrscheinlich.«

»Dann denkt er falsch.«

»Ihr habt mich nicht verstanden, General«, korrigierte sie. »Ich halte es für wahrscheinlich, dass diese Überfälle mit dem vollen Wissen der Emira stattfinden. Erinnert Ihr Euch an den Hauptmann der Reiterei, der Anspruch auf die Wegestation erheben wollte?«

Ich nickte vorsichtig. »Er war einer der Räuber. Einer der Überlebenden erkannte ihn wieder.« Sie sah mir direkt in die Augen. »Wenn diese Übergriffe nicht aufhören, wird Botschafter von Gering noch härtere Maßnahmen ergreifen. Ich traue es ihm zu, dass er Truppen anfordern wird, um die Emira unter seinen Willen zu zwingen.«

Ich sagte nichts, sondern versuchte mir nur vorzustellen, was das bedeuten könnte. Kasale sprach es für mich aus. »Entweder der Streit bricht offen aus, oder aber die Emira wird sich beugen, in beiden Fällen wird es Eure Pläne vereiteln. Beugt sich die Emira, wird sie nicht Kalifa werden können, und Ihr werdet ihre Unterstützung im Kronrat verlieren. Beugt sie sich nicht, könnte tatsächlich das Undenkbare geschehen und ein Krieg zwischen Bessarein und der Reichsstadt ausbrechen.« Sie seufzte. »Denn das ist das Einzige, woran der Ewige Herrscher nicht dachte: dass es eine solche Fehde geben könnte.« Sie erhob sich. »All das wisst Ihr nicht von mir, General. Denn ich bin nicht hier gewesen, ich bin nur ein Bote, der Euch Eure neue Rüstung gebracht hat.«

Ich sah sie überrascht an, und sie entgegnete: »Ihr wolltet doch eine, nicht wahr? Es hat etwas gedauert, Ihr habt eine ungewöhnliche Größe, aber ich habe sie für Euch zusammenstellen lassen. Einer Eurer Diener hat sie entgegengenommen.«

»Politik«, sagte Leandra verbittert. Ich fand sie in ihrem Zimmer, wo sie mit einem Becher Kafje in der Hand auf dem Balkon zum Innenhof stand. »Ich sagte es dir ja, wir sind schon zu sehr verstrickt.« Sie drehte sich zu mir um. »Weißt du, was von Gering von mir verlangt?«

»Ich kann es mir denken. Kasale war da und hat mich unterrichtet. Du sollst zwischen von Gering und Faihlyd vermitteln.«

»Vermitteln?« Sie lachte bitter. »Wenn es nur das wäre! Du hattest recht, von Gering sieht nicht, was vor seinen Augen liegt. Sein Adjutant überbrachte mir die Nachricht von Gerings an Faihlyd. Es ist eine informelle Warnung und ein Ultimatum. Er hat in fünf Tagen eine Audienz beantragt, die ihm mit Sicherheit auch gewährt werden wird. Ist die Sache bis dahin nicht gelöst, wird er dieses Ultimatum offiziell machen. Und dann wird Faihlyd keine Wahl haben, sie wird sich entweder beugen müssen oder aber Widerstand leisten.«

»Was fordert von Gering?«, fragte ich betroffen. Es war also wirklich so, wie Kasale gesagt hatte.

»Dass Agenten der Reichsstadt von der Emira mit Befugnissen ausgestattet werden, um die Vorfälle zu untersuchen. Dabei sollen diesen Agenten auch die Palastarchive geöffnet werden.«

»Das ist noch nicht so schlimm, wie ich dachte«, sagte ich.

Leandra schüttelte entschieden den Kopf. »Es ist schlimm genug, denn es untergräbt Faihlyds Autorität und gibt Wasser auf die Mühlen derer, die sowieso schon behaupten, dass die Sieben Reiche nicht souverän wären und nur am Gängelband der Reichsstadt hängen. Eine Meinung, die nicht nur hier in Bessarein reichlich Anhänger findet.«

Ich sagte nichts.

»Es war schon unterschwellig auf dem Empfang zu bemerken, zu dem ich geladen war«, fuhr sie fort und stellte ihren Becher hart auf dem Geländer ab. »Es ist eine Unverschämtheit, wie von Gering mich benutzt! Er verwendet unsere Freundschaft zur Emira und droht im Hintergrund damit, dass meine Akkreditierung als Botschafterin von Illian auch rückgängig gemacht werden könnte, solange der Staatsvertrag nicht unterschrieben ist.« Sie wandte sich mir zu, und ihre Augen funkelten. »Ich mag es nicht, als Werkzeug missbraucht zu werden. Das hatte ich oft genug.«

»Dann geh zu Faihlyd und sag ihr das Gleiche, was du mir eben gesagt hast«, schlug ich vor. »Dass du gezwungen wurdest, so zu handeln.«

»Das wäre nicht diplomatisch!«, protestierte sie.

Ich küsste sie und lachte. »Eben deshalb.« Ich griff Seelenreißer, der noch immer neben dem Bett stand, und ging zur Tür.

»Wo gehst du hin?«, fragte sie überrascht.

Ich blieb im Türrahmen stehen und sah zu ihr zurück. »Du bist die Diplomatin«, teilte ich ihr lächelnd mit. »Für mich ist das nichts. Wundere dich also nicht, wenn von Gering sich über mich beklagen sollte.«

»Was hast du vor?« fragte sie alarmiert.

Ich winkte ab. »Nichts Bestimmtes. Ich will etwas spazieren gehen. Es kann nur sein, dass ich von Gering über den Weg laufe. Und er wird dann wohl wenig erfreut sein.«

Sie hielt mich am Arm zurück. »Havald«, sagte sie ernst. »Wenn ich mich bei dir beschwere, bedeutet das nicht, dass du meine Schlachten schlagen sollst.«

Wenn sie schon so nahe stand, konnte ich sie auch küssen. Ich tat es, und als sie wieder Luft bekam, lächelte ich. »Das weiß ich, Leandra. Wenn ich eines weiß, dann das. Mir steht der Sinn danach, etwas die Stadt zu erkunden. Ich werde bald zurück sein.«

Zum größeren Teil war es sogar wahr. Gasalabad, die Goldene Stadt, vermochte es noch immer, mich zu beeindrucken und in ihren Bann zu schlagen. Bevor ich hierher kam, hätte ich mir diese Stadt nicht vorstellen können, die um so vieles größer war als jede andere Stadt, die ich kannte. Vor allem aber hätte ich mir diese Menschenmassen nicht denken können. Reiche Damen und Herren in ihren von Sklaven getragenen Sänften, von Fliegen geplagte Bettler an jeder zweiten Ecke, hier eine junge Frau, die müßig über einen der vielen Märkte schlenderte, mit einem grimmig dreinschauenden Leibwächter an ihrer Seite, dort ein abgemagerter Junge, der Honigküchlein feilbot, dort ein Soldat der Stadtwache, der mit einer jungen Tuchhändlerin anbandelte und dessen Schuppenpanzer in der Sonne schillerte.

Arm und reich begegneten sich hier auf engstem Raum. Sah man auf dieser Seite die hohen Mauern eines Palasts, hinter denen sich ein sorgfältig angelegter Garten verbarg, gab es auf der anderen Seite verfallene Gemäuer, in denen sich die Armen der Stadt eingerichtet hatten. Andere lebten in windschiefen Hütten, wieder andere hatten gar kein Dach über dem Kopf und schliefen, wo sie gerade konnten. Über all dem lag dieser Geruch, der mich immer an die Goldene Stadt erinnern würde, eine Mischung aus jedem Geruch der Weltenscheibe – und dem Duft von Blumen.

Gegen die sengende Mittagssonne gab es weit aufgespannte Stoffdächer aus buntem Leinen. In ihrem Schatten saßen die Männer Gasalabads vor den zahlreichen Teehäusern, manche tranken auch Kafje, und sahen den jungen, teils leicht bekleideten Frauen nach oder erörterten die Geschehnisse der letzten zwei Nächte. Oft genug hörte ich Faihlyds Namen, meist mit einer Bitte an die Götter verbunden, sie zu beschützen.

Mein Ziel war das Haus der Hundert Brunnen. Bis wir unser neues Domizil bezogen hatten, hatten wir dort für eine ungeheuerliche Summe Räume angemietet, wobei mir Armin versichert hatte, dass es jedes Kupferstück wert sei. So kostbar und opulent diese Räume auch waren, nicht sie rechtfertigten die enorme

Summe, es waren die unaufdringlichen Dienstleistungen, die das Haus der Hundert Brunnen so besonders machten.

Es war zudem der einzige Ort, den ich in dieser Stadt kannte, an dem ich gewisse Fragen stellen konnte. Ich stellte eine dieser Fragen, noch bevor ich unsere Gemächer betrat. Wenig später fand sich ein diskreter junger Mann ein, der sorgfältig die Tür hinter sich schloss und mich gründlich musterte. Ich kannte ihn noch nicht, aber das war auch nicht notwendig.

»Ich bin der Hüter der Fragen«, stellte er sich vor. »Ich hörte, Ihr wollt meine Dienste in Anspruch nehmen.«

»Nehmt Platz«, bat ich ihn. Vor mir stand ein Becher mit Honigwein aus dem Brunnen in der Ecke des Raums. Ich musste zugeben, dass ich diese Delikatesse vermisst hatte. »Vor ein paar Tagen war eine Kompanie der leichten Reiterei unterwegs, um einen Vorfall in Fahrds Gasthaus zu untersuchen.«

Der junge Mann nickte. Ich sah, dass er wusste, was ich meinte. Dass Fahrd ein unrühmliches Ende an einem imperialen T-Balken gefunden hatte, war wohl Stadtgespräch gewesen. Vielleicht war es das immer noch.

»Ich suche den Hauptmann dieser Kompanie. Ich will wissen, wer er ist, was er für Ziele hat, wer seine Freunde sind. Vor allem will ich wissen, ob er heute Morgen Dienst hatte. Ich will alles über diesen Mann wissen. Zudem wäre es mir ein kostbares Anliegen, mehr über diese Männer hier zu erfahren.« Ich öffnete eine lederne Mappe, die ich über dem Herzen trug, und entnahm ihr einige Bilder, die ein Zeichner nach Zokoras Beschreibung angefertigt hatte. Die Dunkelelfe behauptete, niemals etwas zu vergessen, und sie war zufrieden mit den Bildern, also ging ich davon aus, dass sie die Personen erkennbar darstellten. Es waren insgesamt fünf Zeichnungen, darunter eine von einem älteren Mann mit harten Gesichtszügen, tiefen Falten um die scharfe Nase, einem sauber gestutzten Bart sowie buschigen Augenbrauen über dem stechenden Blick. Es war der Anführer der Räuber, die jene Karawane überfallen hatten, die Marinae, Faihlyds Schwester, zusammen mit ihrem Mann, einem Prinzen aus dem Haus des Baums, nach Gasalabad bringen sollte. Zokora hatte den Überfall nicht selbst gesehen, aber die Mörder in der Nacht nach der Tat beobachtet. Auch das Bild von Marinae lag neben den anderen auf dem Tisch. Es zeigte Faihlyds Schwester nur im Halbprofil, Zokora hatte sie nicht besser sehen können, aber für mich war sie gut zu erkennen. Ich pflegte mir die Gesichter von Menschen einzuprägen, die mit einem Dolch auf mich losgingen, wenn ich ihnen die Freiheit und ein verloren geglaubtes Kind zurückgab.

»Aber am wichtigsten ist mir, ob jemand diese Frau gesehen hat.« Ich tippte mit den Fingern auf das Bild Marinaes, das der diskrete junge Mann lange betrachtete.

Dann sah er zu mir hoch. »Es ist die Tochter des Löwen«, sagte er. »Ich hörte, Ihr wart zugegen, als sie ihr Ende fand.«

»Das war eine andere Frau. Diese hier wird gefangen gehalten. Es ist wenig wahrscheinlich, dass man sie gesehen hat, aber wenn doch, dann wäre es mir eine gute Summe Gold wert. Eine Warnung ist angebracht, denn Ihr könnt davon ausgehen, dass ein jeder dieser Männer bereit ist zu töten, damit sie nicht gefunden wird.«

Er nickte und musterte die anderen Bilder gründlich. »Es kann sein, dass Ihr zum Richtigen gekommen seid, Havald Bey«, meinte er nachdenklich. »In meiner Position ist es von Vorteil, ein gutes Gedächtnis zu haben. Ich meine diese beiden hier.« Er tippte mit der Fingerspitze auf die Zeichnung des Anführers der Bande und eines weiteren Mannes. »Vor etwa einem halben Jahr habe ich sie in den Palast des Turms hier in Gasalabad gehen sehen.« Er lächelte leicht. »Sie fielen mir auf, weil gerade der Ältere versuchte sein Gesicht zu verbergen, aber die Wache ließ ihn nicht eher ein, bis er seinen Schleier zur Seite zog. Erst dann durfte er passieren.« Er sah zu mir. »Wer immer er ist, er ist wichtig genug, dass die Wachen des Turms ihn kennen und eintreten lassen.«

Er berührte das Bild Marinaes leicht mit seiner Fingerspitze. »Sie zu finden dürfte schwieriger werden. Wenn man sie, wie Ihr sagt, gefangen hält, wird man nicht wollen, dass man sie sieht. Aber wir werden unser Bestes tun. Auch über diesen Hauptmann werden wir Euch bald berichten können.«

Ich griff an meinen Geldbeutel, aber er hob abwehrend die Hand. »Erst wenn wir gefunden haben, was wir suchen, werden wir wissen, wie viel die Mühe wert war.« Er erhob sich und verbeugte sich tief. »Wenn Ihr erlaubt…«

»Ich danke Euch«, sagte ich höflich. »Könntet Ihr mir noch den Weg zum Palast des Turms weisen?«

»Er liegt etwas abseits vom Platz der Ferne. Folgt einfach der Straße des Mondes gen Norden, dann werdet Ihr ihn finden.« Er verbeugte sich erneut und öffnete die Tür. »Ich glaube kaum, dass Ihr ihn verfehlen werdet«, sagte er lächelnd. Dann schloss er die Tür hinter sich.

Ich trank meinen Becher aus, stand auf, sammelte die Zeichnungen wieder ein und verstaute sie sorgfältig in meiner ledernen Mappe. Obwohl ich diese Zeichnungen schon oft herumgezeigt hatte, war es das erste Mal, dass mir jemand einen Hinweis auf die Männer geben konnte.

Das Haus des Turms. Seit das Haus des Adlers durch Verrat und Intrigen nicht mehr zu den Häusern gehörte, beherrschte das Haus des Turms die Stadt Janas, westlich von hier an der Mündung des Gazar gelegen. Es war nach Gasalabad selbst das zweitgrößte Emirat. Nach was strebte Armin? Ich wusste, dass er die Absicht hatte, den Hausnamen wieder zu etablieren, aber würde er so weit gehen, auch nach der Krone des Emirats zu greifen? Eines war sicher, in Bessarein hegte und pflegte man seine Fehden. Auch über Jahrhunderte hinweg.

Ich erreichte den Platz der Ferne mit nur einem leichten Missgeschick. Sosehr ich auch darauf geachtet hatte, irgendein Dieb hatte es dennoch verstanden, mir den Beutel an meinem Gürtel zu stehlen, ohne dass ich es bemerkt hatte. Oder es war tatsächlich die junge Frau gewesen, die scheinbar aus Versehen gegen mich gelaufen war und sich mit einem scheuen Blick entschuldigt hatte? Ich schmunzelte. Bis ich die ganzen Tricks der hiesigen

Diebe kannte, würde wohl noch etwas Zeit vergehen. Aus Erfahrung klug geworden, trug ich in dem Beutel nunmehr nur Kupferstücke und ein Silberstück. Ein Vermögen für den Dieb, aber für mich war es zu verschmerzen.

Auch bei dieser Gelegenheit bewunderte ich die hohe, schlanke Säule in der Mitte des Platzes. Ganz obenauf, so hoch, dass man sie kaum sehen konnte, befand sich die Statue eines Mannes, der seinen Adler zum Flug in die Luft warf. Das Licht der Sonne ließ das goldene Gefieder weithin leuchten. Der Platz der Ferne. Ich sah hoch zu dem Adler und fragte mich, wie es wohl sein mochte, so frei zu sein, dass man fliegen konnte, wohin der Wind einen trug. An diesem Platz befanden sich die Tempel der Götter und auch die Botschaft des Alten Reiches. Ich nahm mir vor, auf dem Rückweg sowohl die Botschaft als auch den Tempel des Soltar aufzusuchen, aber jetzt war mein Ziel erst mal die Straße des Mondes.

Ich fand sie leicht und auch den Palast des Turms. Seine Außenmauern waren mit glasierten Ziegeln versehen, die ein Motiv besaßen: trutzige Türme, die jeder Belagerung standhalten würden.

Die Türme waren nur auf die Ziegel gemalt, die Mauer des Palasts war nicht ganz so imposant; sie war nur knapp mehr als drei Mannslängen hoch. Sie besaß einen Wehrgang, ich sah drei gelangweilt aussehende Wachen in den Hausfarben Grün und Gelb hinter den niedrigen Zinnen entlang gehen. Zwei weitere Wächter waren am massiven Tor postiert.

Etwas weiter weg, schräg gegenüber dem Tor, befand sich ein Teehaus, und dort war unter dem Schutz der Sonnenplanen einer der niedrigen Tische frei. Was genau ich bezweckte, wusste ich selbst nicht, aber ich war nun lange genug unterwegs und konnte mir ja zumindest einen Tee gönnen.

Ich bekam den Tee von einem Jungen gebracht, der mich mit großen Augen neugierig musterte. Das Getränk war heiß und stark, von Gering hätte an ihm keine Freude gehabt, aber mir war es gerade recht so. Ich ließ die Schale aus braunem gebrannten Ton abkühlen und beobachtete den Palast des Turms. Auch als der Tee abgekühlt war und schon halb getrunken, stand der Palast immer noch am gleichen Ort. Ich seufzte innerlich. Ein guter Kundschafter hatte endlos viel Geduld, ich nicht. Es war alles sinnlos, denn es war kaum davon auszugehen, dass der fragliche Mann mir dir Freude bereiten würde, ausgerechnet jetzt aus dem Palast zu spazieren. War Marinae hinter diesen Mauern gefangen? Denkbar wäre es; ein solcher Palast war ein guter Ort, jemanden festzuhalten, ohne dass die Außenwelt etwas davon erfuhr.

Ich nahm einen weiteren Schluck Tee und schüttelte verdrossen den Kopf. Entweder würde sich jemand finden mit mehr Geduld und Zeit als ich, um das Gebäude zu beobachten, oder aber wir waren gezwungen, den Palast selbst aufzusuchen. Prinz Tarsun aus dem Haus des Turms hatte mir allerdings nicht danach ausgesehen, als ob er unsere Gesellschaft zu schätzen wissen würde.

Vom Tisch gegenüber schaute mich plötzlich ein gut gekleideter junger Mann mit Furcht in den Augen an, und er erhob sich hastig von seinem Platz. Ich wollte mich schon verwundert geben, als ich bemerkte, dass gar nicht ich es gewesen war, den er so erschreckt angesehen hatte, sondern jemand hinter mir. Ich drehte mich um und sah den Wirt der Taverne der Nordmänner dort stehen, die geballten Fäuste in die Seiten gestemmt und den Kopf leicht schräg gelegt, während er mich betrachtete. Richtig, seine Schenke lag nicht sehr weit von hier. Dennoch hatte ich nicht damit gerechnet, ihm hier in den Straßen von Gasalabad über den Weg zu laufen. Es war auch nicht verwunderlich, dass mein Tischnachbar geflohen war, denn der Wirt hatte es nicht für nötig befunden, sich vornehmer zu kleiden. Sein nackter Oberkörper war schweißgebadet, die dicken Muskeln glänzten wie frisch geölt in der Sonne, seine Tätowierungen waren hier im helleren Licht noch deutlicher zu sehen und an sich schon Furcht einflößend genug. Ich versuchte mir zu überlegen, wie er wohl auf einen der Bewohner Gasalabads wirken mochte, vor allem, da er eine Axt in einem Ledergeschirr auf dem Rücken trug. Die Waffe war fast so groß wie er selbst. Und das war wirklich sehr groß. Ich entschied, dass mein Tischnachbar aus seiner Warte heraus wohl das Richtige getan hatte. Tatsächlich überlegte ich, es ihm gleichzutun.

»Wusste ich doch, dass du es bist«, brummte der Mann mit einer tiefen Stimme wie aus einem hohlen Baumstamm. Er löste seine Axt vom Rücken, kümmerte sich nicht um die entsetzten Blicke der anderen Gäste und zog sich einen der Stühle heran »Allerdings verstehe ich nicht, wie ein Mann, der ein gutes Bier schätzt, diese Ziegenpisse trinken kann.« Er lehnte die Axt an die niedrige Umrandung und streckte sich. »Es ist eine dreimal götterverfluchte Hitze, und das Zeug lässt einen nur noch mehr schwitzen«, bemerkte er, um mir daraufhin seine Pranke hinzuhalten. »Angus Wolfsbruder.«

»Havald«, sagte ich und reichte ihm meine Hand, um zuzusehen, wie sie in seiner Pranke verschwand. Er drückte kurz, aber kräftig zu, und ich nahm mit einem deutlichen Gefühl der Erleichterung zur Kenntnis, dass ich meine Hand intakt zurückerhielt. Er streckte sich und gähnte unverhohlen, wobei er mir einen Blick auf zwei kaputte Backenzähne auf der rechten Seite erlaubte, die ihm gewiss oft den Schlaf raubten. Der Rest seiner Zähne war weiß und kräftig wie das Gebiss eines Raubtiers. Auf der rechten Wange trug er eine tiefe Narbe, wohl der Grund für den Zustand seiner Zähne.

Was mich aber am meisten beeindruckte, waren die goldenen Ringe, die er in einem Nasenflügel und gleich mehrfach in den Ohren trug. Er sah meinen Blick und lachte, sein geflochtener roter Bart tanzte dabei auf und ab. »Ein Ring für jeden Erschlagenen«, teilte er mir fröhlich mit. »Ohne meine Ringe gehe ich nicht aus dem Haus.«

Er drehte sich um und sah fordernd den Jungen an, dessen angstgeweitete Augen deutlich machten, was er von der Idee hielt, diesem fremden Barbaren mit seiner großen Axt näher zu kommen. »Das gleiche Zeug, was der hier trinkt!«, rief Angus quer durch den Raum. Wahrscheinlich hörte man ihn auch noch drüben im Palast.

»Havald, der Vergessene, oder Verfluchte. Was macht jemand wie du mit einem solchen Namen?«

»Ich trage ihn«, antwortete ich und musterte ihn neugierig. »Als ich Euch das erste Mal sah, wart Ihr nicht ganz so gesprächig.«

»Dafür haben wir uns hinterher über dich und das Weib ordentlich das Maul zerrissen«, sagte er lachend. »So was haben wir in der *Stinkenden Wildsau* auch noch nicht gehabt!« Er sah meinen Blick und lachte erneut. »So fein, wie die hier tun, dachte ich mir, dass es ein passender Name für meine Schenke wäre. Er stellt sicher, dass keiner von ihnen uns dort belästigt.« Er beugte sich vor, grinste breit und erinnerte in diesem Moment wirklich an einen Wolf. »Sie haben ein äußerst empfindliches Gemüt, die feinen Leute von Bessarein.«

Der Junge eilte herbei, stellte die Schale vor Angus auf den Tisch und lief davon, als ob Angus ihn fangen und im nächsten Moment fressen wollte. Der Nordmann sah dem Jungen hinterher und schüttelte den Kopf. »Wenn jemand von denen mal nach Krimstinslag käme, würde ihn glatt der Schlag treffen.«

Krimstinslag, das wusste ich von Ragnar, war die Kronstadt der Nordmänner, eine Festung an einer hohen Bergflanke, wahrscheinlich nicht viel anders als die Donnerfeste. Ragnar hatte mir lachend von der Stadt erzählt. So wie er sie beschrieb, hatte man sich sehr viel Mühe gegeben, sie so gut wie uneinnehmbar zu gestalten. Es musste Dutzende von hohen Wehrtürmen geben, aber in all den Jahrhunderten hatte noch nie jemand versucht, Krimstinslag mit Waffengewalt zu nehmen. »Mit Gift oder einem geschickten Dolch im Rücken, ja«, hatte Ragnar gesagt. »Aber mit einer Armee? Die würden sich dort oben nur totlachen und mit Steinen werfen.«

Angus sah auf die Straße hinaus und musterte die Passanten in ihren leichten Leinengewändern. »Aber sie würden ihre Nasen nicht mehr über Pelze rümpfen.« Er musterte mich. »Kennst du

Schnee und Eis? Hast du schon mal gefroren, ich meine, so, dass du Angst hattest, deine Eier könnten abfallen?«

Ich nickte nur. So schnell würde ich die Erinnerung an diesen Wintersturm an den Ausläufern der Donnerberge wohl nicht verlieren.

Er nahm ohne mit der Wimper zu zucken einen Schluck von dem kochend heißen Tee. »Ekliges Zeug. Es soll allerdings besser sein, in der Hitze heiß zu trinken. Habe ich gehört. Bist du immer so gesprächig?«

»Was willst du von mir, Angus Wolfsbruder?«, fragte ich.

Er wandte den Blick nicht ab und grinste nur noch breiter, seine Augen funkelten amüsiert. »Du hast keine Furcht vor mir, nicht wahr, kleiner Mann?«

Kleiner Mann.

Er war höchstens einen Fingerbreit größer als ich, allerdings genauso robust gebaut wie Janos.

»Hätte ich einen Grund dazu?«, fragte ich im Gegenzug, und er schüttelte grinsend den Kopf.

»Ich will nur wissen, wie es kommt, dass du meine Tätowierungen erkennst.«

»Ein Freund aus deinem Land hat mir von einem Kameraden mit ähnlichen Tätowierungen erzählt. Es seien magische Zeichen. Er sagte, sie gäben einem Wolfsbruder die Fähigkeit, sich in einen Wolf zu verwandeln.« Ich lächelte. »Er sagte aber auch, es seien bloß Ammenmärchen, um bei den Frauen Eindruck zu schinden.«

Angus legte den Kopf zurück und lachte schallend. »Hat dein Freund auch einen Namen?«, fragte er.

»Ja.«

Er betrachtete mich einen Moment lang prüfend und nickte wortlos. Dann wies er mit dem Kopf zum Palast des Turms. »Was willst du von denen?«

So viel also zu meiner Fähigkeit, etwas unauffällig zu beobachten. Nun gut, ich wusste schon vorher, dass ich mich nicht zum Spion eignete.

Er begegnete offen meinem Blick, und aus einer Art Eingebung heraus beschloss ich, ihm zu vertrauen. In Maßen. Ich nahm die Ledermappe heraus und legte das Bild vom Anführer der Räuber zwischen uns auf den Tisch. Er musterte es.

»Er ist ein Mörder und jemand, der Frauen entführt.«

Angus sah von dem Bild auf. »Wohl nicht, um sie zu heiraten?«

Ich schüttelte den Kopf.

Er deutete auf den Palast. »Soll er dort sein?«

»Vielleicht. Ich weiß es nicht.«

»Ich habe ihn noch nie gesehen. Klein, zäh und verbissen, sieht nicht aus, als ob er viel lachen würde. Solche gibt es ja hier genug, aber den da – nein.«

Ich zeigte ihm die anderen Bilder, und er schüttelte jedes Mal den Kopf, nur bei dem letzten der Männer stutzte er. »Diese Narbe hier«, sagte er und zeigte auf einen Strich am Kinn des Mannes. »Sie stammt von einem Schwertstreich, aber sie sieht aus, als hätte ihm eine Raubkatze ins Kinn gebissen. Ich habe ihn selbst nicht gesehen, aber ich hörte von einem meiner Gäste, dass ein Mann, dem man ins Kinn gebissen habe, Ärger gemacht hat und er eingreifen musste.«

»Ärger gemacht?«

Angus nickte. »Dort die Straße entlang gibt es einen etwas kleineren Palast.« Er lachte. »Wenn man das so nennen kann. Er ist bekannt als das Haus der Genügsamkeit. Rork arbeitet dort als Hüter der Ruhe.« Er sah hoch zur Sonne. »Es ist früh, aber es könnte sein, dass du Glück hast und ihn dort vorfindest. Er hütet oft das Tor. Vielleicht kann er dir helfen. Sag ihm, dass ich dich schicke.«

»Danke«, entgegnete ich. Nur um sicherzugehen, zeigte ich ihm noch das Bild von Marinae, doch Angus hatte sie nie zuvor gesehen. Ich steckte die Zeichnungen wieder sorgfältig ein.

»Warum hilfst du mir?«

Angus ließ zwei Kupfermünzen auf den Tisch neben seine leere Teeschale fallen, stand auf, griff seine Axt und hängte sie mit einer geübten Bewegung auf seinem Rücken ein. Er wandte sich zum Gehen, hielt aber kurz inne. »Mir fällt kein Grund ein, es nicht zu tun.«

Wären nicht sein geflochtener blonder Bart und seine fast schon stechend blauen Augen gewesen, hätte man Rork leicht für jemanden aus Bessarein halten können. Zumindest kleidete er sich so. Er war nicht besonders groß, dafür aber breitschultrig unter seinem Burnus, und sein Blick war durchdringend. Er wirkte nicht erfreut darüber, dass jemand am Tor klopfte.

»Wir haben noch geschlossen, Esseri«, knurrte er. »Kommt später wieder.«

»Angus schickt mich.«

»Angus?« Er musterte mich unverhohlen. »Wirklich?«

»Wirklich«, sagte ich und ließ Gold zwischen meinen Fingerspitzen glänzen. »Das gehört dir, wenn du mir helfen kannst. Wenn nicht, ist immer noch ein Silberstück für dich drin.«

»Gold und Silber sind alte Freunde.« Er grinste. »Dann tretet ein und sagt mir, was ich tun muss.«

Er ließ mich passieren und führte mich über einen sorgsam angelegten Weg durch den kleinen Garten zum Haupthaus, wo es durch eine Halle in ein kleines Zimmer neben dem Eingang ging. Die Halle allein versetzte mich in Staunen. Alles war kostbar eingerichtet, goldene Lampen hingen an silbernen Ketten von der hohen Decke. Überall standen niedrige, gut gepolsterte Sessel und Liegen, sowohl Wand als auch Fußboden und Decken zeigten verschiedene, zum Teil unglaubwürdige Szenen, in denen meist leicht bekleidete Frauen und Männer vorkamen. Obwohl, dort drüben waren auch zwei Orks und eine Elfe bei etwas zu bestaunen, das ich nicht näher ausführen sollte.

»Ist das möglich?«, fragte ich fassungslos, als ich mir eine der pikanten Szenen genauer ansah.

Er warf einen kurzen Blick auf das Mosaik und lachte. »Was weiß ich, aber ich denke, mein Rücken wäre mir zu schade dafür.« Er ging in das Zimmer vor, ich folgte ihm kopfschüttelnd. Dieses

Zimmer, weitaus schmuckloser, war wohl seines, denn hier befanden sich ein ungemachtes Bett, ein Schrank, eine Anrichte mit einer Waschschüssel darauf, ein Stuhl und ein kleiner Tisch, sonst nichts. Er schloss die Tür hinter uns.

»Ich werde niemanden für Euch erschlagen«, sagte er dann. »Aber wenn wir über einen Denkzettel reden, bin ich Euer Mann.«

»Das ist es nicht«, teilte ich ihm mit und zeigte ihm das Bild von dem Mann mit dem angebissenen Kinn. »Kennst du den?«

Er warf nur einen kurzen Blick darauf. »Ja. Kein Zweifel. Er wollte Reka drohen, da hab ich ihn rausgeschmissen.« Er musterte mich und meine Kleider zweifelnd. »Was hat ein feiner Herr wie Ihr mit so einem Halunken zu tun?«

»Ist er das? Ein Halunke?«

»Jedenfalls ist er niemand, den ich Freund nennen will«, sagte er trocken. »Ich hoffe, dass er früher oder später ein Bad im Gazar nimmt und die Flussdrachen speist.«

»Erzähl mir, was geschehen ist«, sagte ich und legte ein Goldstück auf die kleine Anrichte neben dem ungemachten Bett.

»Reka ist eine schöne Frau mit gewissen… Fertigkeiten«, berichtete er. »Gerade in feineren Kreisen ist sie gern gesehen, denn sie weiß sich zu benehmen. Sie ist eine der wenigen, die außer Haus arbeiten, und vor drei Tagen war sie Gast bei einem kleinen Fest im Haus des Turms. Als sie zurückkam, wirkte sie verängstigt. Sie wollte nicht sagen, warum, aber da man sie nicht misshandelt hatte, ließ ich es auf sich beruhen. Noch in der gleichen Nacht tauchte dieser Kerl auf, unter dem Vorwand, sie zu besuchen, und drohte ihr die übelsten Dinge an, wenn sie jemals jemandem etwas von dem erzählen würde, was sie in jener Nacht dort gesehen hat.« Er hielt kurz inne. »Der Kerl war zum ersten Mal hier, deshalb war ich wachsam. Als Rekas Zeichen ausblieb, ging ich rein und warf ihn aus dem Fenster. Er versuchte sogar mit einem Dolch nach mir zu stechen.« Er sah mich empört an. »So etwas macht mich wütend.«

»Hat Reka erzählt, was sie gesehen hatte?«, fragte ich, und er schüttelte den Kopf.

»Es gibt eine Regel hier«, erklärte er mir. »Man kann fragen, aber wenn man keine Antwort bekommt, lässt man es auf sich beruhen.«

Ich legte ein weiteres Goldstück zu dem ersten. »Meinst du, man kann Reka überreden, die Geschichte zu erzählen?«

Er schaute auf die Goldstücke. »Ich habe das Gefühl, Ihr seid auf dem richtigen Weg.«

Als ich das Haus der Genügsamkeit verließ, war ich nachdenklich. Es hatte mich sieben Goldstücke gekostet – alles, was ich dabei hatte –, aber Rekas Geschichte war in gewisser Weise aufschlussreich, wenn ich auch noch nicht recht wusste, wie sie sich ins Gesamtbild einfügte. Ich war gespannt darauf, was Leandra und Armin dazu sagen würden.

Es zahlte sich nicht aus, wenn man zu sehr in Gedanken versunken war. Vielleicht war es Seelenreißer, der mich im letzten Moment warnte, jedenfalls hatte ich ihn in der Hand, als das Netz über mich fiel. Seelenreißer war so scharf, dass er das schwere Netz mühelos durchtrennte, trotzdem behinderte es mich. Das gute Dutzend Männer, das sich entschlossen und mit lederumwickelten Knüppeln auf mich stürzte, trug keine Hausfarben, doch die konischen Helme hatte ich heute bereits gesehen: an den Wächtern des Palasts des Turms, von dessen Mauern auch das Netz geworfen wurde.

Es waren viele Gegner, aber ich hatte Seelenreißer in der Hand, und sie waren nur mit Knüppeln bewaffnet. Ich erinnere mich daran, dass keiner von ihnen schrie, als mein Schwert unter ihnen wütete. Sie starben schweigend, und noch im Sterben krallten sich ihre Hände verbissen in meine Gewänder. Sie wussten genau, was sie taten, indem sie zugleich angriffen, und auch wenn Seelenreißer sechs von ihnen in ein frühes Grab schickte, gelang es einem siebten, hinter mich zu kommen. Der erste Schlag ließ mich nur taumeln; ich sah das überraschte Gesicht des Mannes, als Seelenreißers fahle Klinge seinen Hals durchschnitt. Der nächste Schlag traf mich schwer an der Schulter und ließ mich fast meine Klinge verlieren, als ich herumwirbelte. Mein Schwert trennte dennoch einen Arm samt Knüppel von seinem Besitzer, dann traf mich der letzte Schlag an der Schläfe, und es wurde schwarz um mich herum.

7. In schlechter Gesellschaft

Als ich wieder zu mir kam, befand ich mich in einer Lage, die ich erstmals in Fahrds edlem Gasthof kennengelernt hatte: in Eisen geschlagen, nackt und mit schweren Ketten an der Wand gehalten. Ich kannte mich mit Zellen nicht sonderlich gut aus, aber so wie es aussah, war fauliges Stroh üblich. Außerdem saß ich nicht mal, ich hing in diesen Ketten an der Wand, gerade hoch genug, dass ich mit den Zehenspitzen mein Gewicht etwas abstützen konnte.

Ein paar Dinge fielen mir auf. Das war kein privater Kerker, sondern eine größere Anlage. Es gab entlang eines Gangs gut ein Dutzend Zellen, durch schwere, eisenbeschlagene Holzgitter voneinander getrennt. Ich war allein in meiner Zelle, die rechts und links von mir waren mit jeweils sechs Männern besetzt, die nicht aussahen, wie man sich Gefangene so vorstellt. Die meisten von ihnen waren kräftig und gut genährt, nur in der rechten Zelle war ein dunkelhäutiger Mann ebenfalls mit Ketten an die Wand geschlagen, die anderen konnten sich in ihrer Zelle frei bewegen. In diesen anderen Zellen gab es Tische und Bänke sowie Bettstätten, ein Luxus, den ich kaum in einem Verlies erwartet hätte.

Der Grund meines Erwachens stand vor mir, ein großer kräftiger Mann. Sein Gesicht wies eine Narbe von einem Kampf auf, der ihn ein Ohr und einen Teil seines Kiefers gekostet hatte. Sein breites Grinsen wurde deshalb nicht angenehmer. Er hielt einen Holzeimer in der Hand, dessen stinkender Inhalt mich aus meinem unfreiwilligen Schlummer gerissen hatte. Der Mann war in Leinen und schweres Leder gekleidet und trug mit Metalldornen besetzte Lederhandschuhe, stabile Stiefel und, um die Hüfte gewickelt, eine lange Ochsenpeitsche. An seiner Seite baumelte ein großer Ring mit Schlüsseln.

Ein Gefängnisaufseher. Ein glücklicher Mensch, der eine Arbeit gefunden hatte, die ihn befriedigte. Er hatte ein breites Gesicht mit einer platten, krummen Nase, und seine Augen waren klein und lagen tief in ihren Höhlen. Irgendwie erinnerte mich der Kerl an ein Wildschwein, und das Funkeln in diesen kleinen Augen verriet mir, wie sehr er seine Arbeit mochte. Als letzter Hinweis diente mir das frische Blut an seinen Handschuhen.

Ich hatte einen weiteren Gast, der hinter dem Aufseher stand. Er war einen Kopf kleiner als ich und eher hager, hatte ein scharfes Gesicht mit dunklen Augen, rechts trug er einen Ohrring in Form einer Schlange, die sich selbst in den Schwanz biss. Er war dunkel gekleidet, doch der Stoff seines Umhangs war von guter Qualität, und an seiner Seite hing eines der hier üblichen Krummschwerter.

Er musterte mich mit einem nachdenklichen Gesichtsausdruck. Ich hatte sein Gesicht oft genug studiert, denn bis vor Kurzem besaß ich noch eine Zeichnung von ihm, die nach Zokoras Beschreibung angefertigt worden war. Es war der Anführer der Bande, die Marinaes Reisegesellschaft auf dem Weg nach Gasalabad überfallen hatte.

Offensichtlich hatte ich den gefunden, den ich suchte. Ich zog es vor, es so zu sehen, anders herum gefiel mir der Gedanke weniger.

Ich wischte mir mit der Schulter den stinkenden Urin aus dem Gesicht, spuckte hastig aus, was mir davon in den Mund gelangt war, und nahm mir vor, dem Aufseher bei nächster Gelegenheit deutlich zu machen, was ich von solcherart Behandlung hielt.

Vorher jedoch gab es einige Widrigkeiten zu bekämpfen – zum Beispiel meinen dröhnenden Schädel und die Übelkeit, die mich mit einem Brechreiz kämpfen ließ. Der letzte Schlag hatte mich hart getroffen. Auch wenn ich meine Schläfe nicht erreichen konnte, ich fühlte doch das Pochen, zudem blutete ich noch immer, denn meine Schulter war rot von meinem eigenen Lebenssaft. Ich konnte den Göttern wohl für meinen harten Schädel dankbar sein.

»Ihr seid ein dummer Mann, so offen herumzuschnüffeln«, sagte mein hagerer Gast und wog eine dünne Ledermappe in seiner Hand, die ich sehr wohl kannte. »Aber nicht halb der Tölpel, für den ich Euch hielt. Das ist Euer Glück.« Er lächelte leicht. »Jemand, der sich so hart seiner Haut wehren kann, verdient es, sich in der Arena zu beweisen.« Er deutete eine kleine ironische Verbeugung an. »Die zwei Goldstücke und vier Silberstücke sowie die Edelsteine in Eurer Börse werden mir ein angenehmes Leben ermöglichen.« Er beugte sich vor. »Wer seid Ihr, dass Ihr ein solches Vermögen mit Euch herumtragt? Woher sind die Zeichnungen in dieser Mappe, und was wollt Ihr von mir?«

»Die Steine sind verflucht, ein angenehmes Leben steht Euch also nicht bevor. Ich suche Euch, weil Ihr im Auftrag des Turms Karawanen überfallt – und weil es Zeit wird, Euch am Tor der Reue zur Schau zu stellen.«

»Ein Agent der Emira also. Allerdings ein ungeschickter. Willst du mir mehr sagen?«

»Nur, dass Ihr mir nicht entkommen werdet.«

Ich verfluchte mich schon für meine Worte. Es war nicht so, dass ich nicht wusste, in welcher Lage ich mich befand, und wenn ich ehrlich war, hatte ich so meine Zweifel, ob ich das hier überleben würde. Doch in solchen Fällen – gerade dann, wenn mir die Angst den Magen zuzog und mir davon fast übel wurde – neigte ich dazu, es am wenigsten zu zeigen. Aber unter manchen Umständen war es einfach dumm, zu trotzig zu sein. Mein Gegenüber hingegen schien es nur zu amüsieren.

Sein Zeichen war unmerklich, die Handlung des Aufsehers dafür umso deutlicher. Er grinste breit, schlug sich mit der Faust in die offene Handfläche, nahm Aufstellung vor mir und tat dann das, was ihm am meisten Freude bereitete.

Diesmal war es Wasser. Fauliges Wasser, aber immerhin Wasser. Zwei meiner Zähne waren lose, mein linkes Auge war zugeschwollen. Hätte ich gekonnt, hätte ich mich wimmernd auf dem Boden gewunden, die schweren Stiefel des Schlägers hatten auch ihren Weg zwischen meine Beine gefunden. Also gab ich einfach nur seltsame Geräusche von mir. Ja, der Aufseher hatte mich sorgfältig geschunden, die metallenen Dornen an seinen Handschuhen hatten geglänzt vor frischem Blut, und es gab wenig Stellen, die er ausgelassen hatte. Der Mann verstand sein Handwerk wirklich gut, ich war kaum mehr imstande, mich zu regen oder auch nur einen klaren Gedanken zu fassen. Diese Art von Schmerz, dumpf und im wahrsten Sinne des Wortes zerschlagend, hatte ich bislang nicht gekannt. Und wenn doch, dann nicht in dieser beeindruckenden Vollständigkeit. Es war eine wirksame Lektion, und wäre mein Gast noch zugegen gewesen, wäre ich wohl bereit gewesen, die meisten seiner Fragen zu beantworten.

Aber er war es nicht. So neugierig schien er auf meine Antworten doch nicht zu sein.

Der Aufseher war allerdings noch da, und wieder hielt er einen leeren Holzeimer in der Hand.

»Hör zu, Bursche«, sagte er mit rauer Stimme. »Merk dir eins: Du hast Glück gehabt. Du bist zäh und gesund, und deine Knochen sind noch so, wie die Götter sie gefügt haben. Wenn du mir keinen Ärger machst, war das die letzte Unterhaltung dieser Art. Du gehst in die Arena, und es gibt genau zwei Arten, wie man sie verlässt: entweder tot oder in einem triumphalen Siegeszug. Dreißig Kämpfe musst du überleben, dann bist du frei.« Er grinste breit und spuckte mir durch eine Zahnlücke vor die Füße. Nicht dass es einen Unterschied machte: Ich stand ohnehin in meinem eigenen Auswurf.

»Letztes Jahr hat es einer geschafft. Vor sieben Jahren auch.« Er musterte mich neugierig. »Du musst Saik Sarak beeindruckt haben, meist bringt er mir Leute für die andere Seite.«

»Wasch…«, versuchte ich zu fragen, gab es dann aber auf, meine Lippen waren zu sehr geschwollen, und ich hatte Schwierigkeiten, einen Gedanken zu fassen. Er verstand mich auch so.

»Diese Seite ist für die Kämpfer. Das bedeutet, du bekommst Waffen, wenn du in die Arena gehst. Die andere Seite… bekommt keine. Wenn du ein Agent der Emira bist und hoffst, deswegen auf andere Weise hier herauszukommen, vergiss es. Lass diese Hoffnung fahren, denn niemand weiß, wo du bist. Niemand wird nach dir fragen.«

Er nahm einen mehrkantigen Stift aus seinem Beutel, trat an mich heran und löste damit eine Art Schloss an den Manschetten, die mich in den Ketten hielten. Jeder Versuch stehen zu bleiben, war zum Scheitern verurteilt, meine Beine trugen mich nicht mehr, und ich fiel kraftlos vor ihm zu Boden.

»Du hast vier Tage Zeit, zu Kräften zu kommen«, teilte er mir mit. »Dann werden wir sehen, aus welchem Holz du geschnitzt bist.«

Ohne ein weiteres Wort drehte er sich um und ging. Ich hörte, wie er einen schweren Riegel vorlegte, und das Klicken, als er abschloss.

Ich lebte noch, das war das Wichtigste. Vier Tage. So lange beabsichtigte ich nicht zu bleiben. Das war auch vorerst der letzte Gedanke, den ich hatte. Und, dass ich nun einen Namen für meinen Gastgeber hatte. Saik Sarak. Wie eine Woge brachen meine Schmerzen über mich herein, und ich leistete keinen Widerstand und ergab mich der Dunkelheit.

»Sagt, Ser Roderic, wart Ihr schon einmal in einer aussichtlosen Situation?«, fragte mich Königin Eleonora unter dem Apfelbaum. Sie war erwachsen, eine Frau etwa in dem Alter von Kasale, schlank, mit einem fein gezeichneten Gesicht und den Augen, die ich von ihr schon kannte, als sie ein Kind gewesen war, tiefsehend und klug. Ich wusste, dass es ein Traum war, seit über vierzig Jahren war sie ans Bett gefesselt, und ich war mir auch gewiss, dass ich mich nicht in den Gärten in der Kronstadt befand. Aber da, wo ich war, wollte ich nicht sein, dieser Ort gefiel mir besser.

Es war ein Traum, aber es bereitete mir Freude, sie aufrecht stehen zu sehen. Seit ihrem Sturz haderte ich mit den Göttern, dass sie ausgerechnet ihr das angetan hatten.

Sie griff in das Astwerk des Baums über sich und pflückte zwei Äpfel, einen warf sie mir zu. Ich fing ihn und biss hinein, Traum oder nicht, ich mochte Äpfel.

»Ja«, gab ich Antwort. Der Garten gefiel mir zu gut, um daran zu denken, in welcher Lage ich mich befand.

»Was tut Ihr dann?«

Ich zuckte mit den Achseln. »Es ist nicht das, was ich tue, Hoheit«, sagte ich. »Es ist eher das, was ich bin. Stur.«

»Gebt Ihr denn nie auf?«

Ich wich ihrem Blick aus und sah mich im Garten um. Er war auf allen Seiten von hohen Mauern umschlossen, kaum groß genug, um wirklich ein Garten genannt zu werden. Ein kleiner Teich, etwas Rasen, eine Bank und dieser Apfelbaum. Es gab nur einen Zugang hierher, durch eine schwere, eisenbeschlagene Tür. Ein Ort, an dem die Prinzessin spielen konnte und der sicher war. Es war kein besonders großer oder schöner Garten, aber es war ihr Garten.

»Doch, Hoheit. Ich habe oft aufgegeben. Immer dann, wenn ich keinen Sinn mehr in dem sah, was ich tat.« Ich wandte mich wieder ihr zu. »Anders ist es, wenn es sinnvoll erscheint, auszuharren. Und manchmal muss man ausharren, um dem Schicksal Gelegenheit zu geben. Oft ergeben sich Gelegenheiten, Zufälle, die man dann nutzen kann.«

Sie sank elegant auf die Bank und sah nach oben, in einen wolkenlosen, blauen, traumhaft schönen Himmel.

»Glaubt Ihr an den Zufall? Oder ist es alles Fügung?«

»Ich glaube, dass es das Gleiche ist. Ob Zufall oder Fügung, es ist das Leben, das wir haben. Es ist kein Unterschied, ob es nun vorgezeichnet ist oder Folge unserer Entscheidungen. So oder so leben wir das Leben, das das Ergebnis unserer Entscheidungen ist.« Ich ging zu ihr und sank auf ein Knie, um zu ihr hochzusehen. »Ihr habt schon immer die richtigen Entscheidungen getroffen, Hoheit.«

»Ich bin müde, Roderic. So fürchterlich müde.« Sie legte eine Hand auf meinen Kopf. »Wenn ich ausharre, werde ich trotzdem nicht gewinnen. Ich werde ein unrühmliches Ende finden. Sollte ich jetzt gehen, werde ich mich dem entziehen.«

»Ihr gebt den Menschen Hoffnung. Wie dieser Baum. Er verspricht immer wieder, dass es einen Sommer geben wird und süße Früchte. Die Menschen lieben und achten Euch, Hoheit, und Ihr gebt ihnen Hoffnung. Auch wenn es ein schwerer Gang ist, den Ihr geht.«

»Zum Richtklotz getragen werdet, meint Ihr wohl«, sagte sie und lächelte. »Wenn ich gehen könnte, ginge ich aufrecht.« Sie ordnete ihre Kleider. »Könnt Ihr Euch vorstellen, dass das meine größte Sorge ist? Dass ich pathetisch wirke, wenn sie mich zum Richtplatz tragen?«

»Ihr werdet nie pathetisch sein, Hoheit. Denn ein jeder im Reich weiß, welche schwere Bürde Ihr tragt.«

»Habt Ihr Euch so gefühlt, als ich Euch an den Pass schickte? So hoffnungslos?«

Traum oder nicht, ich sah ihr direkt in diese leuchtenden Augen. »Ich ging, weil es der richtige Weg war. Weil ich Euch liebte. Weil ich die Hoffnung nie verloren habe.«

Der letzte Satz war eine Lüge. Konnte man in Träumen lügen? Ich tat es, sie lächelte und der Garten verging.

Ich spuckte faules Heu aus und fluchte leise, als ich versuchte mich aufzurichten. Ein Traum, nichts weiter, doch er lastete auf meiner Seele. Ich hatte selten solche Träume.

Wäre sie heute so gewesen wie in meinem Traum, wenn man sie nicht von den Zinnen gestoßen hätte? Immer noch erschien es mir als eines der größten Verbrechen, von dem ich jemals gehört hatte – ein junges Mädchen so zu verdammen. Die Rose von Illian saß in einem weitaus schlimmeren Kerker als ich. Mir tat jeder Knochen, jeder Muskel in meinem Körper weh, aber immerhin spürte ich sie noch.

Ich zwang mich auf die Knie, dann in eine sitzende Haltung. Es war reine Sturheit. Außerdem stank das Heu. Ich stank auch. Es musste Nacht sein, Öllampen erhellten den Gang vor den Zellen nur spärlich, aber es war genug, um eine große Schüssel mit einer kalten Fleischbrühe und einem großen Kanten Brot zu sehen, dazu einen Krug mit Wasser. Beides stand im Gang vor meiner

Zelle; durch die Löcher im Holzgitter konnte ich sie erreichen. Krug und Schüssel waren an einer Kette festgemacht, ich konnte sie durch die Löcher zu mir ziehen, aber mehr auch nicht.

Drei Ratten kosteten mein Mahl vor und schauten mich dabei neugierig, aber ohne Angst an. Zwei weitere befanden sich in meiner Zelle und beobachteten mich. Ich musste lächeln, denn sie wirkten wohlgenährt und fast freundlich, gar nicht so, wie ich mir Kerkerratten vorgestellt hatte.

Wenigstens hatten sie nicht mich angenagt.

Obgleich kalt, war das Essen nahrhaft und reichlich. Gut konnte man es nicht nennen, das Fleisch war zäh, und meine Zähne taten mir beim Kauen weh.

Ich nutzte etwas von dem Wasser, um mich notdürftig zu waschen. Was zu Boden tropfte, war blutig.

»Du bist früher auf, als ich dachte«, sagte eine Stimme aus der Nachbarzelle. Es war ein großer breitschultriger Mann mit dieser dunklen Hautfarbe, die man hier in Gasalabad ab und zu sah, seine Augen und Zähne schimmerten im Halbdunkel. Er trug eine kurze lederne Hose, verfügte über reichlich Muskeln, noch viel mehr Narben und sonst nichts. Er stand am Gitter, ließ seine Hände durch die Holzverstrebungen baumeln und musterte mich aus dunklen Augen. Seine Zellengenossen hingegen kümmerten sich um wenig, sie schliefen oder unterhielten sich leise. Ich hatte ihn vorhin schon bemerkt. Da hing er, wie ich, an einer Kette an der Wand. Zwischenzeitlich hatte ihn der Aufseher wohl befreit.

Im Halbdunkel erkannte ich eine aufgeplatzte Wange und ein Auge, das leicht geschwollen war, also hatte auch er wohl eine kleine Unterhaltung mit unserem Aufseher geführt. Mein Auge war nicht mehr ganz so geschwollen, ich konnte schon wieder etwas sehen. Wie viel Zeit mochte wohl vergangen sein?

Er schien meine Gedanken zu lesen. »Du hast nicht lange dagelegen. Eine Kerzenlänge oder so. Es ist früher Abend.« Er deutete eine leichte Verbeugung an. »Ibra ist mein Name, aus dem Haus der Palmen.«

»Havald der meine.«

»Hast du denn kein Haus, dem du zugehörig bist?«

Ich dachte an den Traum zurück. »Ich gehöre der Rose an«, sagte ich. Ich nuschelte, meine Lippen waren immer noch geschwollen, aber er schien mich zu verstehen. Er selbst sprach in einem gutturalen Dialekt, an den ich mich erst noch gewöhnen musste. »Was muss man tun, um ein Bett zu bekommen?«, fragte ich.

Er lachte. »Drei Kämpfe überleben.«

So konnte man auch jemanden anspornen. Ich versuchte zu stehen, mit einiger Mühe und zwei Anläufen gelang es mir, obgleich jede Muskelfaser unter Feuer stand.

»Unser Freund teilte mir mit, dass man nach dreißig Kämpfen frei sei.«

»Du fragst, ob das stimmt? Es stimmt. Aber du kannst nicht darauf hoffen. Denn dazu müsstest du diese dreißig Kämpfe unbeschadet überleben. Jede größere Wunde wird den Traum zerstören. Jede kleine Wunde macht dich langsamer.« Er lachte leise. »Du bist bereits tot, genau wie wir alle. Ob nun durch das Beil des Henkers oder durch den Strick oder im blutigen Sand, wo ist da der Unterschied? Seit dem Urteil, das dich in diese missliche Lage brachte, lebst du geschenkte Zeit. Erfreue dich daran, bis sie zu Ende ist. Hier.« Er bückte sich und griff in eine Kiste, die neben seinem Bett auf dem Boden stand, und warf mir etwas durch das Gitter zu. Es war eine zerschlissene kurze Hose aus Leder, nicht viel anders als die, die er trug, nur mit einem Schnitt an der Seite. Der Streich musste das Hüftgelenk zerschmettert haben. Der Vorbesitzer brauchte sie nicht mehr.

»Danke«, sagte ich. Sie war sogar erträglich sauber.

Ibra sagte nichts mehr, und dafür war ich dankbar. Ich suchte mir eine Ecke, die nicht so sehr stank, lehnte mich an die Wand und schloss die Augen. Armin hatte mir von der Arena erzählt, sie lag im Norden der Stadt, auf der anderen Seite des Gazar, wo ich bisher noch nicht gewesen war. Schon einmal wäre ich fast hier gelandet, denn sowohl Armin als auch ich waren bereits für die *andere Seite* bestimmt gewesen. Damals war es Fahrd, der mit uns noch ein paar Kupferstücke verdienen wollte, jetzt war es dieser Saik Sarak. Die Arena war in Armins Augen ein Schandfleck für Gasalabad. Aber sie war auch eine letzte Hoffnung für diejenigen, die zum Tod verurteilt worden waren. Alle Häuser des Reiches konnten ihre Verbrecher in die Arena schicken, wie ich seit Fahrd wusste. Man stellte allerdings nicht allzu viele Fragen, wenn andere an die Arena verkauft wurden.

Die Arena wurde nicht nur für die blutigen Spektakel genutzt, die alle vier Wochen stattfanden, sondern auch für andere Dinge, für Feste und Schauspiele, manchmal trat dort auch ein Zirkus auf. Zwanzigtausend Menschen sollten angeblich auf den Rängen Platz haben, eine unvorstellbare Anzahl für mich, dennoch ging nur ein Bruchteil der Menschen in Gasalabad dorthin.

Wo lag der Reiz darin, zuzusehen, wie sich Menschen gegenseitig abschlachteten?

Einen Kampf im Monat. Dreißig Kämpfe. Ich machte mir keine Hoffnungen. Ich mochte wieder jung sein, und meine körperliche Verfassung hatte sich verbessert, seitdem ich mich Leandras Mission angeschlossen hatte, aber ohne Seelenreißer, ohne Rüstung, ohne eine Waffe, die ich beherrschte … Ich bräuchte das Glück der Götter, um das zu überstehen, aber danach wäre ich für meine Freunde und Kameraden nicht mehr von Nutzen. Vor allem aber würde ich Leandra wohl nie wiedersehen. Leandra. Dieser Gedanke schmerzte mich mehr als meine müden Knochen.

So schnell konnte man fallen. Eben noch ein Herr, der sich keine Gedanken darüber machte, einer Hure Gold für ihre Geschichte zu geben, jetzt ein zum Tode verurteilter Gefangener.

»Ibra«, sagte ich. »Der Aufseher gab mir vier Tage. Werde ich dann kämpfen müssen?«

Mein Zellennachbar hatte sich zwischenzeitlich auf sein Bett gelegt und hob nun den Kopf, um mich durch das Holzgitter besser sehen zu können. »Nein«, sagte er. »Es wird kein Arenakampf sein. Er wird herausfinden wollen, welche Waffe du beherrschst, wie stark und schnell du bist. Wenn du nicht gut genug bist, kommst du zu den anderen. Mit welcher Waffe bist du gut?«

»Man sagt, ich wäre erträglich mit dem Schwert.«

Ibra lachte. »Ein Schwert wirst du lange nicht erhalten. Einen Spieß mit einer verbogenen, stumpfen Spitze, das ist wahrscheinlicher.«

Ich dankte ihm. Das bedeutete, ich hatte vielleicht mehr als vier Tage Zeit, einen Weg hier heraus zu finden. Wenn ich so lange warten wollte. Es war nicht besonders hell in meiner Zelle, dennoch konnte ich die sauber gefügten Holzgitter gut erkennen. An den Winkeln waren sie verstärkt, und das Holz zeigte überall Spuren, wo verzweifelte Gefangene bereits versucht hatten, dem harten Material beizukommen. Holz war kein Stahl, aber es war dennoch genug, um uns zu halten. Es gab nur einen Weg hinaus aus dieser Zelle, und der führte durch die Tür. Ich erhob mich mühsam und begab mich zum vorderen Gitter. Von dort aus konnte ich den Zellengang entlang sehen. Er endete auf beiden Seiten mit schweren Türen in stabilen Steinwänden.

Ich ging hinüber zu Ibra und kniete mich neben dem Gitter hin, sodass meine Stimme nur ihn erreichte.

»Was wird geschehen, wenn ich den Aufseher niederschlage und mit seinen Schlüsseln zu entkommen versuche? Werden die anderen bereit sein, mir zu helfen?«

Er hob den Kopf und grinste breit. »Vergiss es. Du wirst ihn nicht besiegen, und sollte es dir gelingen, wird man dich erwischen und elendig verrecken lassen. Es ist ein weiter Weg bis in die Freiheit. Mit vielen geschlossenen, verriegelten und gut bewachten Türen. Keiner wird dir helfen, auch ich nicht, der Preis ist zu hoch. Man wird dich aber auch nicht hindern. Unsere guten Wünsche werden dich begleiten, aber mehr nicht.« Er musterte mich. »Du denkst wirklich, du könntest den Aufseher besiegen? Schau dich an, du kannst kaum stehen!«

Richtig. Das wusste auch der Aufseher. Wer würde von jemandem Ärger erwarten, den er eben erst zu Brei geschlagen hatte?

»Wie kriege ich ihn dazu, in meine Zelle zu kommen?«

»Fang Streit an«, flüsterte er. »Am besten bringst du jemanden um. Dann wird es ihm auf jeden Fall ein Bedürfnis sein, dich aufzusuchen.« Er überlegte. »Vielleicht hast du Glück. Denn du bist allein in deiner Zelle. Der Aufseher ist vorsichtig, und wenn er zu uns kommt, hat er immer vier bis fünf Männer dabei.« Er grinste schief. »Es gab schon andere, die der Meinung waren, sie könnten ihn besiegen und so entkommen. Aber bei dir, so geschunden wie du bist und allein in deiner Zelle? Es kann sein, dass er allein kommt.«

Ich sah ihn nachdenklich an. »Wenn ich dir sage, dass ich es schaffen werde, zu entfliehen, wirst du dann dein Glück mit mir versuchen?«

»So gewiss bist du dir? Ich wünsche dir Glück, Freund. Aber ich werde nicht mit dir gehen. Wozu auch? Selbst wenn wir der Arena entkommen sollten, werden mich die Wachen irgendwann später aufgreifen, und dann ziere ich das Tor der Reue. Sie werden mich kastrieren, bevor sie mich blutend in einen Käfig sperren. Da versuche ich mein Glück lieber hier. Ich habe vierzehn Kämpfe überlebt.«

»Kastrieren? Warum?«

Er grinste mich an. »Ich bin ein Werkzeug der Götter. Wenn ich eine Frau in meine Finger bekomme, führt mich die Hand des Namenlosen. Je mehr sie leidet, desto mehr Freude bereitet es mir, und wenn ihr Licht in meinen Händen verlischt, dann lebe ich!«

Ich hätte nicht gedacht, dass man aus meinem geschundenen Gesicht eine Regung lesen könnte, doch er bemerkte meine Gedanken.

»Was, gefällt dir das nicht? Dachtest du, ich wäre ohne Grund hier? Nein.« Er sah auf seine Hände herab. »Ich hatte lange Zeit mein Vergnügen, bis eine mir entkommen ist.«

»Empfindest du denn keine Reue?«, fragte ich, wider Willen beeindruckt.

Er lachte und schüttelte den Kopf. »Wofür? Ab und an steht mir in der Arena eine Frau gegenüber. Alt oder jung, hässlich oder schön, es ist mir gleich. Ich bin zum Tode verurteilt worden, aber hier in der Arena johlt die Menge, wenn ich meiner Bestimmung folge.« Er grinste, seine Zähne ein schimmerndes Band im Halbdunkel. »Nun, Freund, willst du noch immer meine Begleitung?«

Ich sah ihm hart in die Augen. »Nein.«

Er betrachtete mich auf eine kuriose Art und Weise. »Ich sehe meinen Tod in deinen Augen«, sagte er dann leise, fast nachdenklich. »Was bedeuten dir diese Frauen? Du kennst sie nicht. Weißt du, dass du Sterne in deinen Augen hast?«

Ich stieß ihm meine gespreizten Finger in die Augen und brach ihm mit dem zweiten Schlag den Kehlkopf, sein Schrei erstickte in einem Gurgeln. In seinem Todeskampf fiel er vom Bett, ich verharrte in der gleichen Haltung wie zuvor, kniend am Gitter. Seine Zellengenossen sahen von mir zu ihm und taten nichts. Wir schauten zu, wie er starb. Wenn ich erwartet hatte, dass jemand jetzt einen Alarm auslöste, dann täuschte ich mich. Einer seiner Zellengenossen zog Ibra an die Tür, legte sich auf sein Bett und sah zu mir hinüber. Er sagte nichts weiter. Ich auch nicht.

Der Tritt in die Seite weckte mich und schleuderte mich hart gegen die Wand. Ich hatte gehofft, wach zu sein, wenn der Aufseher kam. Doch ich musste eingeschlafen sein, zu sehr hatte er mich geschunden. Es gab einen weiteren Fehler in der Planung, denn er war nicht allein. Ein Mann, eine der Arenawachen, war bei ihm und sah mich ausdruckslos an. Er trug einen langen Spieß mit einer Klinge darauf und ein Schwert an seiner Seite. Er hatte in etwa meine Statur und Größe, war vielleicht etwas breiter. Vielleicht war es ja kein Fehler, sondern glückliche Fügung.

»Was denkst du dir, du räudiger Hund? Wie kannst du denken, dass du das überlebst?« Der Aufseher holte zu einem zweiten Tritt aus und wickelte die Peitsche von seiner Hüfte. Offensichtlich hatte er vor, sie mich spüren zu lassen. »Willst du mir mein Geschäft ruinieren, du Sohn eines räudigen Hundes? Ich habe Summen auf seinen nächsten Kampf gesetzt, du schwachsinniger Sohn einer Kröte! Ich werde dir …«

Im Laufe meines Lebens hatte ich nie gelernt, wie man richtig kämpft. Doch eines wusste ich: Man durfte keine Zweifel haben. Nicht zögern. Nicht denken. Es musste einfach geschehen. Unausweichlich, als wäre es nicht anders möglich. Als wäre der Kampf entschieden, bevor er begann. Vielleicht war es auch so.

Was ich aber gelernt hatte, war, jeden Trick zu nutzen, den ich kannte. Also hakte ich mein Bein bei ihm ein, als er zum Tritt ausholte und trat ihm mit dem anderen von unten unter seiner Lederrüstung hindurch hart ins Geschlecht. Der Aufseher kannte diesen Trick auch, er trug eine harte Lederschale zum Schutz, aber ich spürte, wie sie unter meinem Tritt brach.

Als er vornüber sackte, zog ich mich gleichzeitig an ihm hoch und ihn herunter und nach hinten; er schlug mit dem Kopf hart gegen die Wand hinter mir. Der Wächter hatte sein Schwert gezogen, er hätte besser seinen Dolch wählen sollen. Zum einen war ein Schwert wenig nützlich, wenn der Gegner einem so nahe kam wie bei einer innigen Umarmung, zum anderen hätte ich ihm dann nicht seinen eigenen Dolch durch die Unterseite der Kehle ins Hirn stoßen können.

Ich ließ die Klinge erst mal stecken, so blutete er nicht auf Kleider und Rüstung, für die ich noch Verwendung hatte. Jede Bewegung war wie Feuer, mir war schlecht vor Schmerzen, aber dafür hatte ich keine Zeit. Wollte man etwas tun, dann sollte man es ganz tun, es hatte auch keinen Sinn zu zweifeln. Man tat es einfach. Dann sah man weiter.

»Fremder?«

Es war einer der Männer in der Zelle auf der anderen Seite, nicht die, in der Ibra noch immer lag. Der Mann nickte mir zu. »Die Götter mit dir, Fremder.«

Ich hoffte, dass sie es waren.

Es dauerte eine endlose Zeit, bis ich die Rüstung der Arenawache angelegt hatte. Ich kannte diesen Stil nicht, ich musste überlegen, welche Schnallen zu welchem Riemen passten, aber letztlich fand ich es doch heraus. Die ganze Zeit über rechnete ich damit, dass Verstärkung kommen oder jemand den Alarm auslösen würde. Auch den Aufseher behielt ich im Auge, doch er lag noch immer still dort, wo er gefallen war. Es geschah nichts, alles blieb ruhig. Allerdings sahen mich die anderen die ganze Zeit über schweigend an. Es war irritierend.

Jetzt erst zog ich den Dolch aus der Kehle des Toten und reinigte ihn an den Gewändern des Aufsehers. Ihn selbst wuchtete ich herum.

Ich hatte ihn noch mehr über diesen Saik Sarak fragen wollen, doch in diesem Leben würde er mir keine Antwort mehr geben. Sein Hals fiel haltlos zu Seite, und seine Augen starrten mich mit einem Ausdruck ewiger Überraschung an.

Ich nahm seinen Beutel, der schwer vor Münzen war, und löste den Schlüsselbund von seinem Gürtel, hob ihn an und sah fragend zu den Nachbarzellen. In dieser Beziehung behielt Ibra recht: Auf beiden Seiten wurden nur wortlos die Köpfe geschüttelt.

Ich ging zur Zellentür hinaus, schloss die Tür hinter mir ab und schaute in die Zelle zu meiner Rechten. Alle fünf Insassen machten eine Geste zum rechten Gangende hin. Auch der, der mir der Götter Segen gewünscht hatte. Ich ging nach rechts. Der zweite Schlüssel passte ins Schloss. Ich legte den Schleier vor – unter solchen Umständen war er mehr als nützlich –, schloss auf und ging hindurch.

Ein kurzer Gang und der Absatz einer Treppe rechts, ein anderer Gang links. Ich ging die Treppe hoch. Eine weitere schwere Tür versperrte mir den Weg. Wieder passte ein Schlüssel, und als ich aufschloss, sah ich mich einem Wächter gegenüber, der an einem Tisch saß und aus einem tönernen Becher Wein trank. Ich nickte ihm zu, er nickte zurück. Ich schloss hinter mir ab und ging weiter. Dies war das Quartier der Wachen, ich hörte Schnarchen, als ich eine weitere Tür passierte und noch eine Treppe fand. Oben angekommen, wandte ich mich wieder nach rechts, noch eine Tür versperrte mir den Weg. Diesmal passte kein Schlüssel, aber ich bemerkte einen Wächter auf der anderen Seite.

»Hallo«, rief ich. »Mach mal auf!« Ich gab mir Mühe, so zu klingen wie jemand aus Gasalabad. Es waren nur wenige Worte, und scheinbar gelang es mir auch.

»Bist du blind, oder sehe ich aus wie dein Diener?«, rief der Mann empört, doch er stand auf und kam zur Tür. Ich hörte den Schlüssel im Schloss.

»Wärst du mein Diener, könnte ich dich entlohnen«, sagte ich. »So hast du nur meinen Dank.«

Den hatte er wirklich, denn er zog die Tür auf, grummelte etwas und schloss wieder hinter mir ab. Ich ging an ihm vorbei, bemüht, nicht zu zeigen, wie steif und angeschlagen ich war. Ich trat durch eine andere, normale Tür hindurch und fand mich in einem hohen und breiten Gang wieder. Ein Ochsenkarren rollte an mir vorbei, er hatte Fässer geladen. Links war der Torbogen offen, rechts war er durch ein hohes Tor versperrt, das gerade wieder geschlossen wurde. Ich beschleunigte meinen Schritt und eilte hindurch, bevor das schwere Tor endgültig zufiel. Ein weiter Platz lag nun vor mir, ich sah verhüllte Marktstände, selbst für die Händler war es noch zu früh. Hinter dem Platz erkannte ich in der Dunkelheit das breite schimmernde Band des Gazar und ferne Lichter, Fackeln oder Öllampen. Ich drehte mich um und sah die hohen Mauern der Arena vor mir. Ich war frei. Jenseits des Gazar erkannte ich die Kuppel des Palasts des Mondes, sie glitzerte in der Dunkelheit. Ich wusste nun, wo ich war, und ging weiter.

Die Nacht gehörte Soltar, sie war sein Reich, das er nur mit dem Licht seiner Geschwister teilte, Borons Auge, das den Menschen auch in der Nacht sah, und Astartes Licht, in dem die Liebenden zueinander fanden. Beide standen am Himmel und spendeten mir Licht. Gab es Glück? Oder war es der Wille der Götter?

Ich sah hoch. »Danke.«

War das ein Gebet? Ich denke schon.

Am liebsten wäre ich auf der Stelle zusammengebrochen, jeder Schritt schmerzte fast unerträglich. Aber ob Schmerzen oder nicht, meine Beine taten ihren Dienst, und das mussten sie auch. Noch war tiefe Dunkelheit, ich hoffte darauf, dass Saik Sarak diese Nacht noch in seinem bequemen Bett im Palast des Turms verbrachte. Sollte er vorhaben aufzubrechen, dann wohl kaum vor Sonnenaufgang. Ich musste nur noch ein wenig länger durchhalten.

Ich fand den Palast des Turms unverändert vor. Bis auf die Tatsache, dass am Tor lediglich eine Wache stand und auf den Zinnen nur zwei. Es mochte noch andere geben, aber es war wohl so, wie ich vermutet hatte. Meine Angreifer waren Wächter des Turms gewesen, und ich hatte sie heute reichlich dezimiert. Zwei Wächter waren zu wenig für die Länge der Mauer. Aber sie war hoch, und ich sah keine Möglichkeit, sie zu erklettern. Also ging ich offen und unverhohlen auf das Tor zu. Wie oft drohte hier wirkliche Gefahr für die Wachen des Turms?

Wohl nicht oft, denn der Mann hatte sich kaum geregt, als ich ihm den Knauf des Dolchs an die Schläfe schlug. Ich fing ihn auf, als er zusammenbrach, und durchsuchte ihn schnell. Er hatte keinen Schlüssel bei sich. Das Tor war hoch genug für einen Wagen, doch es gab auch eine kleine Mannpforte darin. Ich drückte dagegen und dachte zuerst, sie wäre verschlossen, aber sie klemmte nur und öffnete sich mit einem Quietschen. Ich trat hindurch, die Pforte war so niedrig, dass ich mich bücken musste. Erst dann sah ich die Beine eines anderen Wächters vor mir liegen.

Ein dunkler Schatten glitt neben mir aus der Wand, und Stahl funkelte im Mondlicht. Nur mit Mühe entkam ich Natalyias Stoß, jedenfalls fast, ihre Klinge ritzte mir den Hals.

»Halt!«, zischte ich, doch sie setzte erneut zur Attacke an. Ob ich der noch ausgewichen wäre, weiß ich nicht, Natalyia war wirklich verflucht schnell. Doch eine fahle Klinge versperrte ihr plötzlich den Weg, da erst erkannte sie mich und sah mich über Steinherz' Stahl hinweg ungläubig an.

»Es ist Havald!« Das war Leandras Stimme. Ich schaute an

ihrer Klinge entlang in ihr Gesicht. Nur ihre Augen waren zu sehen, und sie glühten wieder rötlich, ein Anblick, der unter normalen Umständen vielleicht Furcht einflößend gewesen wäre, mir aber gerade höchst willkommen war. Sie trug die dunklen Gewänder einer Leibwache, kaum wahrzunehmen in der Dunkelheit. Hinter ihr löste sich Armin aus dem Schatten und sah mich erstaunt an. Auch er war dunkel gekleidet und hielt zwei schlanke Dolche in den Händen.

»Was in Soltars Namen macht ihr hier?«, fragte ich entgeistert.

»Euch befreien«, sagte Armin, der mich immer noch fassungslos musterte. »Aber wo kommt Ihr nur her, Esseri? Was ist geschehen? Ihr seht aus, als ob eine Armee über Euch marschiert wäre!«

»Das trifft es in etwa«, gab ich zurück.

Leandra zog Steinherz' Klinge durch ihre Hand, verzog leicht das Gesicht, als ihr Blut den fahlen Stahl tränkte, und schob das Schwert in die Scheide zurück, bevor sie mich umarmte. Ich hielt sie, so fest ich konnte.

»Wir haben uns Sorgen gemacht«, flüsterte sie nahe meinem Ohr, und ich atmete dankbar ihren Geruch ein.

»Puh!«, sagte sie und rümpfte ihre Nase, als sie sich von mir löste. Ja, ich stank. Nach Blut, Schweiß, Urin und anderem. Das wollte ich aber jetzt nicht erörtern.

»Esseri, Ihr ahnt nicht, was geschehen ist«, flüsterte Armin. »Vorhin kam ein Barbar zu uns ans Haus, fast so groß wie ein Bär und mehr als unhöflich. Und wisst Ihr, welch absonderliche Geschichte er erzählte. Er sagte …«

»Später«, bat ich ihn leise. »Wenn ihr Absonderliches wollt, habe ich auch eine Geschichte für euch. Aber ich erzähle sie euch später. Jetzt jedoch gilt es, jemanden aus diesen Mauern zu holen, dazu noch ein paar weitere Dinge, die mir wichtig sind.«

»Armin!«, zischte Natalyia von der Pforte her. »Hilf mir mal.« Sie war dabei, die Wache, die ich vor dem Tor bewusstlos geschlagen hatte, in den Palastgarten zu zerren.

»Ich hätte dich eben beinahe erschlagen«, sagte Leandra leise. Sie hielt immer noch Abstand zu mir.

»Tatsächlich hast du mich vor Natalyia gerettet«, flüsterte ich zurück.

»Es tut mir leid, Havald«, sagte Natalyia leise und zerknirscht, als sie den zweiten Wächter neben den legte, dessen Beine ich eben schon erblickt hatte. Er war bereits gefesselt und geknebelt, und genauso gründlich band und knebelte sie jetzt den anderen.

»Ich habe Euch nicht erkannt und…« Ich sah hinter ihrem Schleier, wie sie die Nase rümpfte.

»Sag nichts weiter«, bat ich sie.

Sie nickte nur, legte den schweren Riegel vor die Mannpforte und sah mich erwartungsvoll an. Alle sahen mich erwartungsvoll an.

Ich sah erwartungsvoll zurück.

»Was hattet ihr vor?«, fragte ich dann, als niemand etwas sagte.

»Den Palast zu durchsuchen, bis wir jemanden finden, der weiß, was mit dir geschehen ist«, antwortete Leandra.

Ich war erstaunt. »Obwohl das diplomatische Folgen haben könnte?«

»Ich hätte den Prinzen des Turms auch höchst diplomatisch gefragt.«

Mit Steinherz in der Hand. Ich erahnte ihr Lächeln hinter dem Schleier und liebte sie dafür.

Was tun? Das Einfachste war immer das Beste.

»Nun, das ist mein Plan: Wir gehen hinein und suchen Saik Sarak – das ist der Anführer der Leute, die Marinaes Karawane überfielen, ihren Gemahl töteten und sie entführten. Am besten tun wir das ohne Aufsehen. Aber er muss hier sein. Er sollte zudem Seelenreißer in der Nähe haben und die Torsteine. Ihr kennt sein Bild.«

»Oh, habt Ihr die Edelsteine schon wieder verloren, Esseri?«, fragte Armin erstaunt. »Wolltet Ihr nicht vorsichtiger mit ihnen umgehen?«

»Ich war vorsichtig mit ihnen. Nur nicht mit *mir!*«, entgegnete ich gereizt. Natalyia kicherte. Ich sah sie strafend an, aber sie grinste weiter.

Ich seufzte. »Meinst du, du könntest dich heimlich im Palast umsehen und den Mann suchen? Im Moment wäre es mir recht, wenn Prinz Tarsun nichts von unserer Anwesenheit bemerkt.«

Natalyia verbeugte sich auf die hier übliche Art und Weise. »Ich höre und gehorche«, sagte sie übertrieben, und ich bemerkte das Lächeln in ihrer Stimme. Dann wandte sie sich um und glitt wie ein Schatten in die Dunkelheit.

»Sie ist so gut, dass sie mich ängstigt«, flüsterte Armin. »Aber Euch verehrt sie.«

»Tut sie das?«, fragte Leandra etwas spitz, was Armin für einen Moment die Worte raubte. Leandra lachte leise, als sie sein betroffenes Gesicht sah. »Ich bin nicht blind, Armin, und er ist es auch nicht.« Sie sah zu mir hinüber. Leandra mochte diesen Eid geschworen haben, aber in ihrem Blick sah ich alles, was sie so selten sagte. Genauso wortlos gab ich ihr meine Antwort, doch als ich näher an sie herantreten wollte, legte sie mir lächelnd die Hand auf die Brust.

»Havald ...«

Ja. Ich stank.

Armin räusperte sich. »Ich wollte nicht ...«

»Schon gut, Armin«, sagte ich. Mir fiel etwas anderes ein, und ich sah zu den Zinnen hoch. »Was ist mit den anderen Wachen?«

»Sie schlafen«, sagte Leandra.

Im gleichen Moment kam einer der Wächter die Zinnen entlang. Ich fluchte leise, sie folgte meinem Blick hoch zu den Zinnen und lächelte. »Sie schlafen im Gehen.«

»Das ist ein nützlicher Trick«, meinte ich, und sie grinste mich an.

»Nicht wahr?« Sie sah auf den Mann hinunter, den ich niedergeschlagen hatte. »Es hat vor allem den Vorteil, dass niemand etwas merkt.«

»Dann kann ich dir sagen, dass der Trick wirklich gut ist«,

gab ich zurück. »Ich habe gar nicht gemerkt, dass er bereits schlief.«

Es dauerte nicht lange, bis Natalyia wiederkam. Sie gab uns ein Zeichen, ihr zu folgen, und das taten wir. Wieder war ich der Lauteste von allen, denn für das Schleichen hatte ich nun mal kein Talent. An der Außenmauer des Palasts lag gefesselt und geknebelt Saik Sarak, nackt, wie die Götter ihn schufen. Er sah Natalyia mit fast panischer Angst an, und als er mich erkannte, versteifte er sich mit weiten Augen und gurgelte etwas in seinen Knebel hinein. Neben ihm stand eine eisenbeschlagene Kiste, nicht ganz geschlossen, Seelenreißers Griff ragte aus ihr heraus. Diesmal war ich richtig froh, mein Schwert anzulegen. Ich hatte auch fast den Eindruck, als habe es ungeduldig auf mich gewartet.

In der Kiste befanden sich auch meine Kleider und Stiefel, ebenso der Beutel mit den Torsteinen, aber ein gewisser anderer Gegenstand fand sich darin nicht.

»Was vermisst du?«, fragte Leandra leise.

»Meinen Ring«, gab ich ihr genauso leise zurück.

Sie sah mich erstaunt an. »Aber du trägst ihn doch!«

Ich sah auf meine zerschundene Hand hinab: Der Ring befand sich dort, wo er immer war. Es war ein großer Ring aus Gold, schwer zu übersehen. Und ich trug ihn. Saik Sarak hatte ihn mir gelassen. Oder hatte er doch nicht? Ich versuchte mich daran zu erinnern, ob ich ihn in der Zelle getragen hatte. Da er an meiner Hand war, musste es so sein, aber …

Ich schnürte meine Kleider zu einem Bündel zusammen, nur die Stiefel wechselte ich an Ort und Stelle. Die des Arenawächters waren etwas zu klein und mehr als unbequem.

»Kannst du die Kiste zurückbringen?«, fragte ich Natalyia leise.

Sie nickte. »Sein Zimmer liegt direkt dahinter«, sagte sie und klopfte gegen die Wand. Sie nahm die Kiste, beugte sich in die Wand und richtete sich ohne die Kiste wieder auf. Dieser Anblick ließ mich immer wieder frösteln. Saik Sarak fand ihn wohl noch schreckenerregender, er sah beinah aus, als würde er gleich vor Furcht sterben.

»Kannst du unseren Gast allein tragen?«, fragte ich Armin. »Ich bin nicht ganz in Form.«

»Wir haben zwei Sänften dabei«, gab mein ehemaliger Diener zurück. »Es ist die beste Art, jemanden unauffällig durch die Stadt zu bringen. Wir fürchteten, Euch tragen zu müssen, wisst Ihr? Sie warten dort drüben an der Mauer.«

Ich war froh um Armins Weitsicht. Als ich mich in die bequemen Kissen sinken ließ, dachte ich, dass ich mich nie wieder bewegen wollte. »Du stinkst wirklich erbärmlich«, teilte mir Leandra mit. Sie hatte bewusst eine Ecke auf der anderen Seite der Sänfte gewählt.

Es waren große Sänften, von jeweils acht Mann getragen. Armin, Natalyia und der Saik befanden sich in der anderen. Armin und Natalyia mochten zusammen vielleicht so viel wiegen wie ich. Ich lehnte mich zurück, froh, dass es nicht meine eigenen Beine waren, die mein Gewicht tragen mussten, und schloss die Augen.

»Hattest du einen abwechslungsreichen Tag?«, fragte Leandra zuckersüß, als die Sänftenträger sich in Bewegung setzten. Ich öffnete die Augen wieder und bemerkte ihren funkelnden Blick.

»Ich habe die Arena besucht«, antwortete ich ihr in möglichst neutralem Tonfall.

»War es nett dort?«

»Es ging. Ich lernte einen Mann kennen, der gern Frauen umbrachte. Und einen anderen, der gerne mich umgebracht hätte. Und einen, von dem ich hoffe, dass er auch nicht ganz schuldlos war. Ich habe sie alle getötet.«

»Das tut mir leid, Havald«, sagte Leandra mit weicher Stimme. »War es schlimm?«

»Es war schlimm«, sagte ich einfach. »Aber jetzt ist es gut.«

8. Ein harter Mann

»Havald«, sagte jemand und schüttelte mich an der Schulter. Ich öffnete meine Augen, zum Teil jedenfalls: Das eine wollte noch immer nicht ganz aufgehen. Dem Licht nach war es früher Morgen. Leandra war bereits aufgestanden, das Bett neben mir war leer. Es war Serafine, die mich zu wecken versuchte. Warum bei allen Göttern konnte man mich nicht einfach schlafen lassen?

»Geh weg!«, sagte ich oder versuchte es zumindest. Es kam nur sehr undeutlich aus meinem Mund, und Serafine lachte.

»Ich habe gehört, was dir zugestoßen ist, und dachte, man könnte etwas probieren. Du musst dazu aufstehen und in den Keller kommen.«

Ich drehte den Kopf und wurde unsanft daran erinnert, was mir in der Nacht widerfahren war. Ich war steif wie ein Brett, und mein ganzer Körper pochte von dem Fleißigen, der meinen armen Schädel als Amboss benutzte.

»Götter, wie wurde ich zerschlagen«, nuschelte ich, als ich das volle Ausmaß der Katastrophe wahrnahm. Vielleicht hatte das Bad geholfen, es hätte helfen sollen, doch gerade fühlte ich mich so alt, wie ich war. Es hätte mich nicht gewundert, wenn ich schon gestorben wäre.

Der Aufseher war wahrlich ein Meister seines Fachs gewesen. In diesem Moment wünschte ich mir, ich hätte sein Ende etwas phantasievoller für ihn gestaltet. Für einen solchen Künstler war ein gebrochenes Genick nun wirklich nicht Würdigung genug.

»Ich kann nicht, Finna«, nuschelte ich. »Ich kann mich keine Haaresbreite bewegen.« Ich sah ihr Gesicht. »Was ist?«, fragte ich besorgt. Sie sah aus, als hätte sie einen Geist gesehen.

»Wie hast du mich eben genannt?«, fragte sie ganz leise, so leise, dass ich sie kaum verstehen konnte.

»Bei deinem Namen. Serafine. Ich vergaß, dass du bei Helis'

Namen genannt werden willst, aber für mich bist du Serafine.« Das Sprechen tat mir weh, und meine Lippe platzte dabei wieder auf, aber mir war das egal, denn Serafine war unter ihrer Bräune bleich geworden. Ich verstand nur nicht den Grund.

»Du bist doch beide, Helis und Serafine. Ist es so schlimm, wenn ich dich bei deinem alten Namen nenne?«, fragte ich vorsichtig.

»Nein«, seufzte sie und sagte etwas in einer Sprache, die ich hier schon gehört hatte, der alten Sprache von Bessarein, die auch heute noch von vielen gesprochen wurde.

»Was hast du gesagt?«, fragte ich sie.

»Ich sagte, die Emira wünscht dich zu sehen. Man wartet mit der Befragung von Saik Sarak auf dich.« Sie musterte mich sorgfältig, lächelte dann und fuhr mir sachte mit der Hand über das Haar. »Du schillerst in allen Farben, Ser … Havald. Vielleicht hat Armin der Essera berichtet, wie du ausgesehen hast, als du nach Hause kamst, und sie denkt sich, es wäre dir eine Freude, Saik Sarak unter anderen Umständen wiederzubegegnen.«

Selbst Borons Worte lehrten uns, dass es nicht gut war, Vergeltung zu üben oder anderen Böses zu wünschen. So etwas öffnete in der Seele des Menschen nur den Pfad für eine namenlose Dunkelheit. Auf der anderen Seite spürte ich bei dem Gedanken, dass sich nun Saik Sarak in kalten Ketten gefangen sah, eine gewisse Genugtuung, die sich mit den heiligen Worten nicht so ganz vereinbaren ließ. Meine eigene missliche Lage war nicht der einzige Grund, warum ich keine Reue darüber verspürte, dass er in den Kerkern des Palasts sein Ende finden würde. Auch wenn es sonst nicht meine Art war, wusste ich, dass ich sogar seiner Hinrichtung beiwohnen würde.

»Auf das Vergnügen muss ich verzichten«, sagte ich und spürte tatsächlich ein gewisses Bedauern. Ich war überrascht darüber, wie nachtragend ich dachte. »Man müsste mich die ganze Strecke tragen.«

»Vielleicht nicht.« Serafine lächelte. »Ich habe mit Leandra darüber gesprochen, und sie meinte, es könnte erfolgreich sein.

Soll ich Taruk rufen, damit er dich stützt, oder schaffst du es allein?«

Einen Moment lang packte mich der Stolz, dann seufzte ich. »Ruf ihn. Spätestens wenn ich versuche, die Treppen hinunterzugehen, werde ich ihn brauchen, da kann er mir auch gleich helfen.«

Taruk tat es, er half auch dabei, mich einzukleiden, und dafür war ich ihm sehr dankbar. Er tat es ohne ein Wort und ohne eine Frage. Er war stärker, als er aussah, dennoch war ich kein Leichtgewicht. Wir waren beide froh, als wir im Keller anlangten. Leandra und Serafine warteten dort auf mich, auch Natalyia. Leandra hielt etwas hinter ihrem Rücken und lächelte verschmitzt, als hätte sie einen hübschen Streich ausgeheckt.

Der Keller war leer, dort hinter der Wand war das magische Tor versteckt, aber es ging noch weiter, hinein in einen kühlen gekachelten Raum, der durch Lichtschächte im Innenhof und zwei Spiegel erhellt war. Haken hingen an der Wand und von der Decke, und dort drüben stand ein neuer, noch unbenutzter Schlachtblock. Die Wände dieses Raums waren dick und kühl. Und vor mir, rosig und jämmerlich aussehend, lag ein Ferkel, das mich aus großen Augen und leise quiekend ansah.

»Ein Ferkel«, stellte ich fassungslos fest. »Ihr quält mich hier hinunter, damit ich mir ein Ferkel ansehen kann? Wollt ihr es adoptieren, oder weiß niemand von euch, wie man ein Schwein schlachtet?«

»Kannst du es?«, fragte mich Natalyia.

»Ja«, antwortete ich knapp. Einst, in einem anderen Leben, hatte ich Schweine gehütet und, wenn es notwendig war, auch geschlachtet.

»Ein Ferkel sollte man nicht schlachten«, sagte ich. »Es sei denn, man will unbedingt das zarte Fleisch, aber es ist Verschwendung.« Ich sah die anderen ungläubig an. »Wollt ihr es etwa hier unten halten, bis es groß und fett genug ist?«

»Havald«, sagte Leandra, und ich merkte, dass sie sich Mühe gab, nicht zu lachen. So wie die anderen beiden mich anschauten, ging es ihnen ebenso. Ich schaute misstrauisch zu Taruk, der mich immer noch stützte. Entweder wusste er nichts von dem, was die drei für mich geplant hatten, oder er besaß die bessere Selbstbeherrschung.

»Du hast in der Höhle am Pass einen Bären getötet. Und Seelenreißer gab dir seine Kraft und heilte dich.«

»Ja?«

Jetzt hielt sie mir hin, was sie eben noch hinter ihrem Rücken verborgen hatte. Es war Seelenreißer. Ich nahm das Schwert, ohne zu denken, und sah dann fassungslos auf das Ferkel hinab.

»Es ist jung und gesund. Voller Leben«, meinte Serafine. »Auch wenn ich nicht so gut koche wie Sieglinde, denke ich, dass Afala und ich einen guten Schweinebraten hinbekommen werden.«

»Ich wusste gar nicht, dass man hier Schweinefleisch isst«, sagte ich, um Zeit zu schinden.

»Schweinefleisch hält sich in der Hitze nicht so lange«, erklärte sie mir. »Es gibt Krankheiten, die ein Schwein übertragen kann, deshalb sagen die Priester, man soll vorsichtig sein.« Sie zuckte mit den Schultern. »Die Menschen hier sind pragmatisch. Wenn man gar nicht erst Schwein isst, braucht man sich darüber keine Gedanken zu machen.«

»Aber ein Ferkel«, sagte ich und schaute zweifelnd auf Seelenreißer in meiner Hand. Ob das Schwert mir das verzeihen würde?

»Sollen wir dich die Treppe wieder hinauftragen?«, bot Leandra an. »Oder steht dir der Sinn nach Braten?«

So gesehen… Ich zog Seelenreißer aus seiner Scheide. Das Ferkel sah hoch zu mir, mit großen, weiten Augen, und ahnte, dass ihm nichts Gutes bevorstand. Es quiekte jämmerlich und zitterte. Es war im wahrsten Sinne ewig her, dass ich das letzte Mal ein Schwein geschlachtet hatte. Was sagte es wohl über mich, wenn ich zugab, dass es mir leichter fiel, einen Menschen zu töten als ein wehrloses Tier?

»Havald?«, fragte Leandra.

Ich seufzte, setzte die fahle Klinge an, und das Ferkel schrie herzzerreißend.

Götter! So ein Schweinebraten war ja wirklich nicht verkehrt. Dass wir die Tiere aßen, war der Lauf der Dinge. Manche Tiere aßen ja auch uns.

Ich stieß die Klinge herab, ein letztes Quieken, und wir sahen alle fasziniert zu, wie das Blut des Ferkels vom Stahl aufgesogen wurde.

Ich saß wieder in der Küche, Seelenreißer stand neben mir auf den kalten Fliesen. Ich hätte schwören können, dass das Schwert schmollte. Ich hielt einen Kafje in der Hand, von Afala auf die Art gebraut, wie man es in Gasalabad tat, mit einem Becher Wasser aus unserem Brunnen dazu. Leandra und Zokora hatten sich den Brunnen und das Wasser angesehen und fanden es überraschend klar und rein. Zokora hatte den Brunnen sogar gesegnet. Kurzum, man konnte das Wasser trinken.

Warum wurde der Kafje so stark zubereitet, dass man nachher Wasser brauchte, um ihn zu verdünnen? Es gehe um den Geschmack, erklärte mir Serafine, aber das änderte nichts. Nach dem ersten Schluck bat ich Afala, den Kafje so zu brauen, wie ich es kannte. Sie wirkte enttäuscht, lächelte dann aber, als Serafine ihr sagte, dass sie ihn genau so gerne mochte.

Ich schob die Tasse und den Becher zu ihr hinüber.

»Es ist die richtige Art, den Kafje zu trinken«, teilte sie mir mit. »Wir hier sollten es wissen, wir haben ihn schließlich erfunden.«

»Das mag sein. Es mag sogar richtig sein. Aber ich mag ihn eben falsch.«

»Schmollst du?«, fragte Leandra. »Stell dich nicht so an, Havald! Es hat geklappt.« Sie war noch immer amüsiert. Serafine sah mich prüfend an. »Wenigstens ein bisschen.«

Das hatte es tatsächlich. Es war anders als sonst, ein leichtes Beben und ein seltsames Kribbeln auf der Haut, außerdem dauerte es länger. Wenn ich einen Menschen mit Seelenreißer erschlug, traf es mich oft wie ein Blitz oder ein Gewittersturm, manchmal warf es mich sogar zu Boden, wenn es mich überkam. Außer ich befand mich im Kampf, dann war es wie ein Rausch. Das arme Ferkel hatte mir einen Tropfen gebracht, wo es sonst einen reißenden Strom gab. Es war, als ob es die Heilung um einen oder zwei Tage beschleunigt hatte. Nicht mehr, aber das war schon etwas. Es war erfolgreich gewesen, aber ich fühlte mich unwohl dabei.

»Was würde Askannon dazu sagen, wenn er wüsste, wie ich diese Klinge verwende?«, sagte ich, und Serafine grinste noch breiter.

»Er würde lachen und ein Stück vom Braten haben wollen«, meinte sie.

Afala stellte einen neuen Becher Kafje vor mich, offensichtlich verzieh sie einem leicht. Ich nickte dankend. »Ich schmolle nicht«, teilte ich den anderen hoheitsvoll mit. Sie saßen alle mit am Tisch und nahmen mich nicht ernst. Serafine, Natalyia und Leandra. Drei Frauen, jede auf ihre Art und Weise eine Schönheit. Wenn man sie allein antraf, waren sie oft sogar vernünftig, befanden sie sich jedoch in der Überzahl, lachten sie einen nur aus. Selbst Afala schloss sich ihnen nun an.

»Wie kam es, dass wir uns im Palast des Turms getroffen haben?«, fragte ich, auch um das Thema zu wechseln. Es war jetzt genug mit dem armen Ferkel.

»Vielleicht sollte ich fragen, warum du dort allein hingegangen bist und nicht erst hierher kamst, um Hilfe zu holen«, sagte Leandra.

»Ich war zerschlagen. Um mich überhaupt bewegen zu können, brauchte ich eine Art gerechten Zorn, eine Wut, die mich antrieb. Ich war schlichtweg zornig.«

»War es nicht doch eher gekränkter Stolz?«, fragte Serafine. Sie kannte wohl auch keine Gnade.

»Das auch. Zum anderen … Ich wusste nun ein paar Dinge und hätte mich auch nicht gescheut, mit Seelenreißer in der Hand einige unbequeme Fragen zu stellen. Seelenreißer hätte ich leicht wiedergefunden, ich spüre ihn mittlerweile auf gut zwanzig Schritt Entfernung.«

Das war nicht immer so gewesen, aber in der letzten Zeit hatte ich das Schwert bereitwilliger benutzt als jemals zuvor. Auch die Hilfe seiner Wahrnehmung während meiner Blindheit hatte einiges dazu getan, dass ich es nun besser fühlen konnte.

Ich sah auf meine Hände herab, an verschiedenen Stellen war noch leichter Schorf zu sehen. »Es hätte gut ein Blutbad daraus werden können. Nach dem, was ich jetzt weiß, hätte es mich nicht gereut.«

»Du wolltest es mir heute Morgen erzählen, doch dann bist du eingeschlafen«, sagte Leandra.

»Berichtet mir, was sich gestern hier zugetragen hat, dann erzähle ich euch, was ich herausgefunden habe.«

Leandra nickte. »Gestern Abend, die Sonne war schon untergegangen, klopfte es wie wild am Tor, als ob jemand es niederreißen wollte. Armin war da, wir sprachen über von Gerings Ultimatum. Wir gingen gemeinsam zur Tür. Taruk war ebenfalls da und öffnete. Wir waren alle erstaunt, diesen Nordländer dort stehen zu sehen. Er war halb nackt und sah wild aus, hielt eine große Axt in der Hand und wollte wissen, ob ein gewisser Havald hier wohne. Es hätte beinahe ein Missverständnis gegeben, dann kam Serafine und erkannte ihn.«

»Was für ein Missverständnis?«, fragte ich.

»Er wollte seine Axt nicht weglegen«, antwortete Leandra. »Es scheint, als hätte ihn Armin beleidigt, indem er ihn darum bat. So wie dieser Angus sich verhielt, hätte man meinen können, Armin hätte ihm ein unsittliches Angebot gemacht. Serafine wusste allerdings mit ihm umzugehen.«

Ich sah Serafine fragend an, und sie lachte. »Ich fragte ihn, ob er wenigstens Bier dabei hätte. Er fing an zu lachen, ab dann war alles einfach. Er schwor, noch heute ein Fass bringen zu lassen, und wir landeten alle hier, wo er uns Frauen Komplimente machte und Armin vollständig links liegen ließ. Er bot uns an, zwei von uns zu heiraten, damit du nicht überfordert bist«, berichtete sie. »Du sähst schwächlich und krank aus.«

Tatsächlich? Ich nahm mir vor, mich bei Gelegenheit etwas mit Angus zu unterhalten. Oder besser nicht. Wenn Ragnar auch darin recht behielt, war Angus fähig, mir im Tausch seine Schwester anzubieten.

»Wie ging es weiter?«, fragte ich.

Leandra übernahm wieder. »Er erzählte, dass er dich in diesem Teehaus getroffen habe. Du habest ihn nach Sarak gefragt, ihm die Bilder gezeigt, und er habe dich zu einem Mann geschickt, der dir weiterhelfen konnte. Dieser Mann sei dann später zu ihm in das Wirtshaus gekommen, prahlte mit dem Gold, das er dir abgenommen hätte, und erwähnte dann, dass er gesehen habe, wie du von der Mauer des Palasts des Turms aus mit einem Netz gefangen worden seist wie ein Fisch.«

»Er prahlte mit Gold?«, fragte ich nach.

»Angus war der Meinung, dass du blöde im Kopf sein müssest, dem Mann so viel zu bezahlen. Er sagte, der Kerl hätte eine ganze Handvoll Goldmünzen gehabt. Zu dem Zeitpunkt muss er fast schon besoffen gewesen sein, Angus fand nur heraus, dass du den Angriff überlebt hast. Er scheint dich zu mögen und kam dann zu uns. Es dauerte etwas, bis er sich durchgefragt hatte, aber dann kam er zur richtigen Tür. Er konnte uns nur berichten, dass der Mann sah, wie du lebend in den Palast gebracht wurdest.« Sie zuckte mit den Schultern. »Wir dankten ihm und losten aus, wer zu Hause bleiben sollte, für den Fall, dass du hier auftauchst. Serafine verlor, wir anderen rüsteten uns und gingen zum Palast des Turms.« Sie sah mich an. »Magie ist hier bei Todesstrafe verboten, andererseits kennen sie sie gar nicht, also war es ein Leichtes, die Wachen in den Schlaf zu schicken. Natalyia schlug den Wächter im Hof bewusstlos. Wir hatten sie gerade gebunden, als du kamst. Den Rest weißt du.«

Ich schuldete Angus mehr als nur ein Bier. Und Leandra, Armin und den anderen auch.

Ich erzählte nun meinen Teil der Geschichte, wie ich vom

Hüter der Fragen auf die Spur gebracht wurde, Angus in dem Teehaus traf und von dort zu Rork ging. Berichtete von Reka, einer jungen Hure, die nicht so aussah, als wäre sie im Haus der Genügsamkeit so richtig glücklich, und die so verängstigt war, dass selbst das ganze Gold, das ich bei mir trug, beinahe nicht gereicht hätte, damit sie ihre Geschichte erzählte.

»Am Tag vor der Krönung war sie, wie schon zweimal vorher, in den Palast des Turms geladen. Der Prinz, Tarsun heißt er, gab eine Feier, und sie war dazu da, mit zwei anderen Frauen den Gästen den Abend zu versüßen. Diesmal jedoch war sie allein, die Gesellschaft war nur klein: Prinz Tarsun und ein anderer Mann, den sie nicht kannte und der dunkel gekleidet war und ihr Angst einflößte, dazu Saik Sarak und zwei der Männer von den Bildern, einer der mit der Narbe am Kinn, die auch Rork erkannte. Reka hatte erwartet, wieder der Lust zu dienen, aber es kam diesmal anders. Der Fremde, ein hochgewachsener Mann mit harten Augen, einer Nase wie ein Schwertblatt und einem grausamen Mund, ließ sie vor sich stehen und ging um sie herum, musterte sie wie ein Stück Vieh auf dem Markt. Er legte ihr kalte, klamme Finger auf die Schläfen und sah ihr tief in die Augen. Er fragte sie, welches Talent sie besitze.«

Serafine zog scharf die Luft ein, Natalyia und Leandra wurden steif, und Afala ließ ein Stück Geschirr fallen. Serafine fing die Schale auf, als sie Afalas kraftlosen Fingern entglitt, und gab sie ihr zurück. Sie nahm sie mit einem wortlosen Nicken, auch sie war bleich.

»Ein *Nekromant*. Im Palast des Turms. Und das fand im Beisein des Prinzen statt?«, fragte Leandra hart.

Ich nickte. »Es gibt keinen Zweifel. Sie kennt Prinz Tarsun, sie hat schon bei ihm gelegen.«

»Was geschah weiter?«

»Reka erzählte, dass sie nicht wusste, was der Mann meinte, er jedoch behauptete, er könne es spüren. Dann lachte er und schickte sie fort, sie sei nicht für seine Vorhaben zu gebrauchen. Sie solle den Dienern im Haus eine Freude bereiten, sagte er noch, denn sie habe ein Talent, das er nicht brauche. Der Mann mit der Narbe führte sie dann aus dem Raum, brachte sie nicht wie sonst üblich zum Haus der Genügsamkeit zurück, sondern in einen Kellerraum, der opulent eingerichtet war. Dort nahm er sie, denn sie sei schon bezahlt und der Mann habe ja gesagt, sie solle den Dienern Lust bereiten. Während er auf ihr räudig war, erzählte er ihr von der anderen Frau, die hier in diesem Raum gefangen gehalten wurde, die zu stolz gewesen sei, für ihn die Beine zu öffnen, obwohl der Prinz sie genommen hatte. Sie sei eine rechte Wildkatze gewesen und habe gedroht, den Prinzen zu entmannen. Für diesen Stolz, so lachte er, büße sie nun wahrscheinlich, denn sie müsse nun ganz anderen dienen als ihm.« Ich schaute in die Runde. »Reka hat eine deutliche Ähnlichkeit mit Marinae und mit der Frau, die in diesem Kellerzimmer gefangen war. Sie denkt, dass der Prinz nach solchen Frauen suchen ließ, weil Marinae, wenn sie es wirklich war, ihn ständig abwies. Vielleicht bekam er tatsächlich Angst um seine Männlichkeit.«

Ich konnte mir das gut vorstellen. Marinae war… impulsiv. Wenigstens hatte sie keine Hemmungen gehabt, mit einem Dolch auf mich loszugehen. Selbst die Sklavenhändler waren damals vorsichtig mit ihr umgegangen.

»Hat dieser Kerl auch gesagt, wo Marinae jetzt ist?«, fragte Serafine.

»Er sagte, dass man sie nach Janas gebracht habe, wo sie für ihren Stolz büßen werde.«

»Das war am Tag vor der Krönung?«, fragte Leandra nach.

Ich nickte. »Es gibt wirklich ein paar Fragen, die ich Saik Sarak noch stellen werde«, fügte ich hinzu.

»Wie ging es mit dieser Reka weiter?«, fragte Natalyia.

»Der Mann mit der Narbe brachte sie zum Haus der Genügsamkeit zurück. Hinterher fiel ihm wohl ein, dass er zu geschwätzig gewesen war, und er drohte ihr, woraufhin er mit Rork Bekanntschaft machte, der ihn aus dem Fenster warf.«

Natalyia runzelte die Stirn. »Konnte Reka keine bessere Beschreibung liefern als die, die wir eben gehört haben?«

Ich schüttelte den Kopf. »Sie sagte, sie könne sich nicht richtig daran erinnern, wie er aussah, sondern nur, wie er sich anfühlte.« Ich rieb mir das Kinn. »Ich gab ihr Gold, damit sie mir ihre Geschichte erzählte, genügend Gold, damit sie die Stadt verlassen konnte, denn sie hatte wirklich Angst, und wir wissen jetzt auch, wieso. Und Rork nahm ihr das Gold wieder ab.«

»Ihr wollt Euch wieder mit ihm unterhalten?«, fragte Natalyia.

Ich nickte.

»Habt Ihr etwas dagegen, wenn ich dann mitkomme?«, fragte sie. »Ich weiß, was sie gefühlt hat, denn genauso fühlte sich auch Balthasar an, und ich bin auch gern bereit, Rork zu erklären, warum er ihr das Gold nicht hätte abnehmen sollen.«

Serafine schaute Natalyia an und wirkte konsterniert.

»Helis?«, fragte ich.

Sie schüttelte den Kopf. »Nichts weiter«, sagte sie. »Es ist nur so, dass es ja wohl unbestreitbar Balthasar war, der in Thalaks Auftrag den Wolfstempel suchte. Aber es ist ein anderer Balthasar gewesen als der, den ich kannte.«

»Er war ein Verräter, Nekromant und Mörder«, sagte Leandra kalt, und Natalyia nickte zustimmend, ihr Gesicht eine harte Maske.

Serafine wandte sich den beiden anderen Frauen zu. »Er hat uns verraten«, sagte sie. »Aber selbst das war eigentlich undenkbar. Jerbil und ich kannten ihn gut. Fast zwanzig Jahre lang war er uns beiden der beste und treueste Freund, den man sich wünschen konnte. Weder Verrat noch Grausamkeit lagen in seiner Natur.«

Natalyia lachte kurz und bitter auf, als Serafine uns das mitteilte.

»Was willst du damit sagen?«, fragte Leandra, doch Serafine schüttelte den Kopf.

»Es ist nicht mehr von Belang. Eins ist sicher: Es war Balthasar, der uns verriet und dort unten verrecken ließ. Ich hoffe, er fand keine Gnade vor Borons Gericht.«

Sei's drum. Ich trank meinen Becher leer. Falsch oder nicht, auf diese Art war mir der Kafje wirklich am liebsten. Ich musterte meine Hände, der Schorf war geblieben, mehr konnte mir das Ferkel wohl nicht helfen. Ich fühlte mich immer noch zerschlagen, aber damit konnte ich leben. Ich hängte Seelenreißer an meiner Seite ein.

»Will noch jemand dabei sein, wenn Saik Sarak befragt wird?«, fragte ich.

»Ich nehme an, er wird gefoltert werden«, sagte Leandra.

»Davon gehe ich aus«, antwortete ich härter, als ich es vielleicht hätte tun sollen.

»So etwas liegt mir nicht«, meinte Leandra und sah mich auf eine Art an, die mir nicht gefiel. »Es reicht, wenn du berichten kannst, was er sagt.«

Ich blickte zu Natalyia und Serafine, beide schüttelten sie den Kopf. Natalyia bemerkte, dass ich darüber verwundert war. »Schätzt ihr mich so ein, dass ich Folter gern sehe?«, fragte sie.

»Ich habe es für möglich gehalten«, entgegnete ich dann ehrlich.

Auch sie wirkte nun enttäuscht von mir. »Ich wurde Balthasar übergeben, als Strafe dafür, dass ich meinen ersten Auftrag nicht erfüllte«, erinnerte sie mich. »Ich kenne tausend Arten, jemanden zu töten, doch ich will es nicht. Nicht ohne einen Grund, den ich nennen kann, wenn ich vor den Göttern stehe.« Sie sah mich direkt an. »Ich mag keine Grausamkeit, Havald.«

»Ich auch nicht«, sagte ich etwas verletzt. Dachten sie alle, ich würde mich darauf freuen, einen Mann leiden zu sehen? Ein gewisses Maß an Leid stand dem Saik ohne Zweifel zu, denn er war ein Mörder und an einer Intrige beteiligt, die beinahe Gasalabad in die Hände eines Nekromanten gespielt hätte. Aber ein Leid vermochte niemals ein anderes auszugleichen.

»Ich hoffe, bald zurück zu sein«, sagte ich. Unausgesprochen blieb, dass es davon abhing, wie tapfer der Saik war. Ich wartete etwas, niemand fügte etwas hinzu, also ging ich.

Er war noch vor Mittag, wie üblich schien die Sonne gleißend hell, aber noch brütete die Hitze nicht über der Stadt. Es wehte ein leichter Wind, der mir den Gang zum Palast angenehm machte. Diesmal war ich auf der Hut, noch einmal wollte ich nicht ins Netz gehen, doch niemand trachtete mir nach dem Leben. Sogar der Beutel an meinem Gürtel blieb unberührt. Es war ein wunderschöner Tag, und es war noch nicht so lange her, dass ich mich gefragt hatte, ob ich so einen noch mal erleben würde.

Es gab nicht den geringsten Grund, Mitleid mit dem Saik zu haben. Ich schaute hoch zum Himmel und sah in der Entfernung den goldenen Adler auf der Säule am Platz der Ferne in der Sonne glänzen. Es war wirklich ein schöner Tag, dank dem Wind kühler als sonst, genau richtig, um die Sonne zu genießen.

Saik Sarak hatte Marinaes Mann und Gefolge getötet, beinahe wäre auch die kleine Faraisa im Sand gestorben. Nun hatte er, wie es aussah, Marinae ein zweites Mal entführt. Er hatte mich an die Arena verkauft. Er war ein Mann, der keine Gnade kannte. Es gab keine Zweifel an seiner Schuld. Faihlyd war die Emira, sie sprach das Recht in dieser Stadt, und wenn ihr Urteil Tod durch Folter lautete, dann war es rechtmäßig. Zweimal hatte ich selbst einen Mann zum Tode verurteilt, und auch unsere Königin, die mehr Gnade in sich trug als die meisten anderen Herrscher, hatte solche Urteile schon unterschrieben. Der Mann war schuldig und verdiente den Tod, selbst wenn es ein grausamer war.

Ich wusste nicht mehr, wie viele Menschen unter Seelenreißers Klinge ihr Ende gefunden hatten. Dennoch trieb mir der Gedanke an Folter einen kalten Schauer über den Rücken.

Hauptmann Khemal, ein verdienter Veteran der Palastwache, kannte mich und wartete am Tor des Palasts. Zu meiner Überraschung führte er mich nicht in die Tiefen eines Kerkers, sondern in einen abgeschiedenen Bereich, der von hohen Mauern umgeben und mit schweren Türen gesichert war.

Es war ein offener Platz, vielleicht zwanzig mal zwanzig Schritt, und ich fand dort an einem Tisch sitzend Faihlyd und Armin vor, der ungewohnt farblos und gediegen gekleidet war. Eine Plane war als Sonnenschutz über den Tisch gespannt.

Beide waren ernst, lächelten aber leicht, als sie mich begrüßten. Hauptmann Khemal verneigte sich und zog die schwere Tür hinter sich zu. Ich hörte einen Schlüssel im Schloss.

Ich verbeugte mich vor Faihlyd, sie hielt mir ihre Hand hin, und ich küsste den Ring mit ihrem Siegel.

Sonst war noch niemand anwesend, nur sie und Armin – und die Instrumente des Schmerzes, die hier an diesem entlegenen Platz aufgebaut waren.

Vor Faihlyd befanden sich ein in Leder gebundenes Buch, ein Tintenfässchen, vier frisch geschnittene Federn sowie eine Schale mit Löschsand. Zudem stand noch eine goldene Waage auf dem Tisch. In einer offenen Schatulle lag der Stirnreif, die Krone Gasalabads. Daneben sah ich zwei Karaffen mit Fruchtsaft und eine Kanne mit Tee.

Faihlyd war offiziell gekleidet, in kostbare Gewänder, die reich bestickt waren und schwer und warm wirkten. Auf ihrem Kopf trug sie das Auge von Gasalabad. Die große Perle ruhte knapp über ihrer Nasenwurzel.

»Setzt Euch, Havald«, sagte sie leise.

Armin bedeutete mir, dass ich mich neben ihn setzen sollte. »Habt Ihr auf mich gewartet?«, fragte ich überrascht, als ich Platz nahm.

Faihlyd lächelte. Noch war ihr Schleier offen, und ich sah ihre perlweißen Zähne. »Nein, natürlich nicht«, entgegnete sie. »Ich ließ jemanden an Eurem Haus warten, bis er Euch sah, dann eilte er voraus, um uns mitzuteilen, dass Ihr kommt.«

Ich betrachtete mit Unbehagen die Instrumente des Scharfrichters. Es war alles da, was einen tapferen Mann mit Schrecken erfüllte: Streckbank, Brechbock, der Korb mit glühenden Kohlen, ein Richtklotz, auf dem der Saik sein Ende finden würde, wenn die Emira gnädig war. Und vieles mehr, das ich mir nicht genauer ansehen wollte.

Es fehlten indes der Delinquent und der Scharfrichter mit seinen Helfern, denn einen Mann zu brechen war harte Arbeit. Ich wusste, dass oft vier, manchmal fünf bis sechs Männer an einer solchen Hinrichtung beteiligt waren.

»Sagt mir noch einmal, was Ihr von Saik Sarak wisst«, bat mich Faihlyd leise, ergriff die Feder, schlug das Buch vor sich auf und öffnete das Tintenfass, um die Feder hineinzutauchen.

Also berichtete ich ihr erneut, wie wir die Karawane des Saik in der Wüste getroffen hatten, wie nach Zokoras Angaben die Zeichnungen angefertigt wurden, was wir herausgefunden hatten und was die Hure Reka mir über Faihlyds Schwester erzählt hatte. Dabei verhärtete sich das Gesicht der jungen Emira; all dies war ihr ebenfalls neu. Dennoch schrieb sie weiter. Sie schrieb fast so schnell, wie ich sprach, eine Fähigkeit, die ich schon einmal bemerkt hatte, als wir eine Audienz bei ihrem Vater hatten. Als ich schwieg, schrieb sie noch zwei, drei Sätze und schob das Buch dann zu mir.

»Ist es das, was Ihr sagen wolltet?«, fragte sie.

Ich las es durch. Es war wortwörtlich mein Bericht. Obwohl sie so schnell geschrieben hatte, war ihre Schrift klar und deutlich. Wäre sie nicht Emira, könnte sie als Schreiberin ein Vermögen verdienen.

»Ja, Hoheit«, sagte ich. »Das ist es.«

Sie nickte, machte einen weiteren Vermerk und sah dann hinüber zu mir.

Armin räusperte sich. »Schwöre«, teilte er mir leise mit.

»Ich schwöre bei Soltar, dass es das ist, was ich von diesem Mann weiß«, sagte ich.

Faihlyd machte einen weiteren Vermerk, sah lange auf das von ihr Geschriebene hinab und warf dann Löschsand darüber.

»Es ist möglich, dass das, was hier heute geschehen wird, einen Krieg auslöst«, sagte sie leise. »Janas ist mit dem Tiger und der Schlange verbündet. Uns steht nur der Baum zur Seite. Ob andere auf unserer Seite sind, ist ungewiss. Gasalabad ist mächtig, aber es gibt keinen Krieg, dessen Ausgang gewiss ist.« Sie sah mich an. »In der ersten Woche meiner Herrschaft einen Krieg zu beginnen lag nicht in meiner Absicht. Doch wenn das wahr ist, was Ihr sagt – und ich weiß, dass es das ist –, dann wird es Krieg geben. Dann nämlich, wenn Sarak bestätigt, dass der Prinz zugegen war, als dieser Nekromant das Mädchen anrührte.« Sie sah mich aus dunklen Augen an. »Ich suche Euren Rat, Havald Bey. Wenn Sarak treu ist, wird er die Schuld auf sich nehmen und seinen Herrn schützen wollen. Ich kann den Foltermeister dahin führen, die Wahrheit über den Prinzen ans Licht zu fördern. Damit wäre der Krieg unausweichlich. Oder aber ich lasse zu, dass Sarak sich für Prinz Tarsun opfert, dann wird der Mord an Prinz Weral, dem Erben des Baums und Faraisas Vater, ungesühnt bleiben. Ich werde meiner Nichte erklären müssen, warum der Frieden des Landes wichtiger ist als die Gerechtigkeit.«

Ich wusste auch nicht, was ich sagen sollte. Ich verstand, was sie mir mitteilen wollte.

»Es gibt noch etwas anderes«, sagte Armin bedächtig. »Janas gehörte einst dem Haus des Adlers, nur durch Verrat haben wir es verloren. Wenn es Krieg gibt und wir siegreich sein sollten, wird das Haus des Turms verschwinden und es wird einen neuen Emir in Janas geben. Wir wollen den Adler wieder erstarken lassen, und unser Haus hat noch viele Freunde in Janas. Es wäre eine Gelegenheit, altes Unrecht wiedergutzumachen.« Er holte tief Luft. »Dennoch wird man dem Löwen und dem Adler vorwerfen, eine Intrige geschmiedet zu haben, um genau dieses Ergebnis zu erreichen. Man wird uns vorwerfen, wir hätten diesen Krieg geführt, damit meine Faihlyd ihrem kleinen Gaukler ein Emirat zum Geschenk machen kann.«

»Doch in einem Krieg leiden meist andere, die nichts dafür können«, sprach Faihlyd weiter. »So war es schon immer.« Sie sah mich an. »Ich sprach sogar mit dem Priester Borons. Er braucht einen direkten Zeugen, dann kann er das Werk seines Gottes tun. Marinae könnte den Prinzen anklagen, dann könnte die Priesterschaft im Namen des Gottes urteilen. Wenn Boron das Haus des Turms bestraft, wird es keinen Krieg geben.«

Saik Sarak mochte ein Mörder sein, aber Faihlyd und Armin

gingen davon aus, dass er loyal zum Turm stehen würde. Lenkte Faihlyd die Befragung in diese eine Richtung, konnte es eine harte Folter werden, erlaubte sie dem Saik hingegen, die Schuld auf sich zu nehmen, fand der Mann vielleicht ein gnädigeres Ende.

»Ich wusste nicht, wie hart es ist, solche Entscheidungen zu treffen«, sagte Faihlyd leise. »Ich vermisse den Rat meines Vaters.«

»Hoheit, was ist mit dem Rat der Essera Falah?«

Faihlyd lächelte. »Sie sagt, ich sei die Emira und ich bräuchte sie nicht zu fragen, um zu wissen, was sie tun würde. Ich trüge die Krone, nicht sie.«

Ich sah zu dem Kohlebecken hinüber, ich konnte das heiße Metall bis hierher riechen.

Armin wies auf eine breite schwere Tür, eine andere als die, durch die ich den Platz betreten hatte. »Sie warten hinter dieser Tür«, sagte er leise. »Auf solche Entscheidungen bin auch ich nicht vorbereitet.« Er zuckte hilflos mit den Schultern. »Wenn es nicht Krieg bedeuten würde … Saik Sarak war an dem Versuch beteiligt, meine Löwin zu ermorden, und er ist zum Teil für den Tod des Emirs verantwortlich, den ich sehr verehrte.«

Ich schaute die beiden an. Nach einer alten Prophezeiung stand noch ein Rat von mir aus. Ich war nicht versucht, ihn hier zu geben. »Kein Rat, Hoheit, nur eine Frage. Ich sehe hier wenige Zeugen. Versucht Ihr das alles noch geheim zu halten?«

»Bis wir mehr wissen«, antwortete Faihlyd.

»Wenn Ihr alles wisst, müsst Ihr es dann verwenden? Seid Ihr dann gezwungen, dem Turm den Krieg zu erklären?«

»Was soll ich denn sonst tun?«, fragte Faihlyd empört. »Ich kann doch nicht außer Acht lassen, dass ein Emir mir nach dem Leben trachtet!«

»Was ist mit dem Zeitpunkt eines Krieges? Oder was wäre, wenn Ihr die Kalifa wärt und ihn dann anklagt? Ist es notwendig, was immer wir hier erfahren werden, sofort zu gebrauchen, oder wäre es vielleicht besser, den Feind im Ungewissen zu lassen über das, was wir wissen?«

Ich schaute die beiden eindringlich an, erst Armin und dann Faihlyd. »Ich habe Prinz Tarsun nur einmal gesehen, bei Eurer Krönung. Ich glaube, dass er Euer Feind ist, doch er ist nur der, den wir sehen können. Ein anderer lauert im Schatten und zieht die Fäden, und Prinz Tarsun tanzt, wenn es ihm gesagt wird. Lasst Eure Feinde im Ungewissen. Vielleicht ist es auch möglich, Eure Schwester zu befreien. Es gibt keinen falschen Zeitpunkt, um Wissen zu erlangen, aber oftmals einen schlechten Zeitpunkt, es zu nutzen.«

Faihlyd lächelte leicht, auch wenn dieses Lächeln nur ein Schatten war. Es war zu ernst für Heiterkeit.

»Dies ist kein Rat, den Ihr mir gebt, Havald Bey?«

Ich neigte meinen Kopf. »Nur eine Feststellung, Hoheit.«

Ich hatte meine Genugtuung, als Saik Sarak mich neben Armin sitzen sah, auf der Bank der Richter, mit deutlich weniger Spuren der kunstfertigen Arbeit des Arenawächters, als er erwarten konnte. Seine Augen weiteten sich, und für einen Moment schien er über meine Anwesenheit noch entsetzter als über das, was hier auf ihn wartete.

Doch dann fasste er sich wieder und warf mir nur immer wieder hasserfüllte Blick zu.

In Ketten kniete er vor Faihlyd, als sie die Anklage verlas. Auf ihre Frage, ob er gestehen wolle, wenn sie ihm dafür einen schnellen Tod auf dem Block in Aussicht stelle, lachte er nur.

Als ihn die Folterknechte ergriffen und zu den Instrumenten zerrten, hörte ich vom Platz der Ferne her die Glocken, welche die Gläubigen zum Mittagsgebet in die Tempel riefen.

9. Eine ferne Hoffnung

Als mir Taruk die Tür zu unserem Haus öffnete und mich schweigend einließ, war die Nacht fast vorbei, die Morgenröte kündete sich schon an. Ich trat an ihm vorbei und seufzte. Ich war froh, wieder zu Hause zu sein.

Eines der sechs Segmente unseres Hauses war die Eingangshalle. Sie erreichte die volle Höhe des Hauses, zu beiden Seiten gab es eine breite Wendeltreppe, die zu den beiden Galerien führte, welche die oberen Stockwerke verbanden. Von dieser Halle aus gelangte man durch ein breites, stabiles Tor in den Garten im Innenhof, zwei weitere Türen führten jeweils links und rechts in die ebenerdigen Etagen. Hier waren die Fenster zur Außenseite nicht mit Fensterläden verschlossen, sondern mit einem kunstvollen Gitter aus Stein und Stahl. Ein großes, ebenfalls mit einem Gitter gesichertes und mit farbigen Gläsern versehenes Oberlicht flutete tagsüber den Raum mit einem weichen Licht.

Der Boden der Halle war mit weiß und schwarz poliertem Marmor in geometrischen Mustern ausgelegt, ein prächtiger Kandelaber hing drohend von der hohen Decke herab. Bislang hatte niemand von uns auch nur eine der zahllosen Kerzen entzündet, und ich war nicht der Einzige, der es vermied, unter ihm hindurchzugehen, als wäre dies verboten.

Der Emir hatte auch diese Halle einrichten lassen, es gab zwei Sitzecken mit zerbrechlich aussehenden, weich geschwungenen und gepolsterten Stühlen und eine Ruhebank sowie einen kleinen Tisch, auf dem Blumen standen, die am Vortag vielleicht noch frisch gewesen waren.

Am Tag war die Halle war groß und hell, die Möbel waren zwar für meinen Geschmack etwas verspielt, aber der Gesamteindruck war freundlich und offen. Ein Priester hatte mir einst erklärt, dass ein guter Architekt eine Botschaft in seine Pläne schrieb.

Wenn man die stabilen Türen bedachte, die dicken Mauern

hinter den neuen seidenen Tapeten und die hohen Geländer der Galerien, so war diese Botschaft eindeutig: Sei willkommen, aber gehe nicht weiter, als man es dir gestattet.

Es brannten zwei Lampen an den Wänden der Halle, und so war es hell genug. Von den Kerzen dort oben brannte keine. Ich wusste auch nicht, wie man an sie gelangen sollte. Es musste eine Winde oder etwas Ähnliches geben, aber gefunden hatte ich sie noch nicht. Im Moment war es mir herzlich egal.

Ich nickte Taruk schweigend zu und ging in die Küche. Es war niemand sonst dort, wofür ich dankbar war. In einer Schale unter einem Tuch fand ich die Reste eines Bratens, genug für mich, hätte ich Hunger gehabt. Ich verspürte aber nur Durst. Ich fand einen Krug Wein in der Kammer, noch zur Hälfte voll. Rot, herb und unverdünnt.

Ich schenkte mir ein, setzte mich, lehnte mich zurück und schloss die Augen.

Eine Hand berührte mich an der Schulter, doch schon vorher hatte ich Leandra an ihrem Geruch erkannt. Ich zog ihre Hand an meine Wange und sah auf zu ihr. Sie trug nur ein leichtes Leinengewand, sah liebenswürdig verschlafen aus und wirkte besorgt.

Ich ließ ihre Hand nicht los, also setzte sie sich neben mich. Es dauerte nicht lange, dann kamen erst Serafine und danach Natalyia hinzu, Natalyia in einem dünnen Hemd, dem ich unter anderen Umständen vielleicht mehr Aufmerksamkeit geschenkt hätte. Serafine war als Einzige voll angekleidet.

»Gab es Folter im Alten Reich?«, fragte ich Serafine leise, als sie sich an den Tisch setzte.

»Nicht in Askir. Die Eulen kannten andere Methoden, die Wahrheit zu erfahren. An anderen Orten jedoch …« Sie nickte. »Ja, es gab auch Folter.«

»Es ist spät«, sagte Leandra mit sanfter Stimme. »Hat es so lange gedauert?«

Ich nickte und holte tief Luft. »Saik Sarak war ein harter Mann«, begann ich. »Götter, was war er hart.«

»Ist er gebrochen?«, fragte Natalyia.

Ich nickte langsam. »Nicht auf einmal, sondern Stück für Stück. Zum Schluss brach er in Gänze und erzählte uns alles, was wir wissen wollten.«

»Du siehst aus, als ob du bereust, dort gewesen zu sein«, stellte Leandra fest.

»Ja und nein«, antwortete ich. »Du hast recht, es dauerte nicht sehr lange, bis ich es nicht mehr sehen wollte. Aber eigentlich war ich da, um der Emira und Armin zur Seite zu stehen.« Ich atmete tief durch. »Es lastete am Anfang schwer auf uns.« Ich nahm einen tiefen Schluck. »Faihlyd war manchmal zugegen, wenn die Urteile ihres Vaters vollstreckt wurden. Es ist ein Unterschied, ob man selbst das Urteil gesprochen hat oder jemand anders.« Ich nahm einen weiteren Schluck, der Becher war schon wieder leer. »Serafine hatte recht, ich erhielt meine Genugtuung, als der Saik mich bereits halb genesen sah. Danach …« Hatte ich eben schon einen Schluck genommen? Ich trank erneut und schüttelte den Kopf. »Ich habe schon viele Grausamkeiten gesehen und auch die eine oder andere Folter. Aber nie war ich gezwungen, einer Folter bis zum Schluss beizuwohnen. Am Anfang war es schwerer für uns, doch man stumpft erstaunlich schnell ab. Der Saik machte es uns einfach. Erst verspottete er Faihlyd, nannte sie schwach und feige, sagte, sie habe nicht den Stahl, den es bräuchte.« Ich sah die anderen an. »Das ist einer der Gründe. Im Haus des Turms glaubt man einfach nicht, dass eine Frau dieses Land regieren könnte. Wie können sie Faihlyd nur so unterschätzen? Oder die Essera Falah? Wenigstens von ihr müssten sie es besser wissen.« Ich füllte meinen Becher nach. »Später dann gingen wir ab und zu weg. Faihlyd weinte, und sie wollte nicht, dass er es sah.«

»Hat Faihlyd seinetwegen geweint?«, fragte Serafine leise.

Ich schüttelte den Kopf. »Der Saik dachte es am Anfang, aber da irrte er. Sie weinte erst, als wir ein paar Dinge erfahren hatten. Sie weinte wegen ihrer Schwester. Zuvor … Zuvor lastete die Tortur auch auf meinem Magen. Als wir mehr und mehr erfuhren, schwand nicht nur bei mir das Mitleid. Götter, wie kann man nur so verblendet sein!«

Ich nahm einen tiefen Schluck und war dankbar dafür, dass ich den Wein schon merkte. Ich hatte den ganzen Tag nichts gegessen, und der Alkohol tat schnell seine Wirkung. »Dennoch, es lag keine Genugtuung in der Folter. Was wir sahen, sollte ein Mensch nicht sehen, noch weniger sollte er es ertragen. Götter, was war dieser Sarak hart!« Ich schaute den anderen fest in die Augen. »Aber ich sage euch, er hat verdient, was ihm angetan wurde. Faihlyd bot ihm an, ohne Befragung zu gestehen. Wenn er es getan hätte, hätte sie dieses Angebot wahrscheinlich bereut.«

»Hat es dort im Verlies geendet?«, fragte Leandra.

Ich hielt es nicht für nötig, ihr zu erklären, dass die Hinrichtung im Freien stattgefunden hatte, unter den Augen der Götter. Ich schüttelte nur den Kopf. »Nein, Leandra, es war nur der Anfang.«

Saik Sarak wusste nicht alles, aber mehr, als seinem Herrn gefallen konnte. Faihlyd hatte recht behalten in ihrer Vermutung: Sarak war seinem Herrn gegenüber loyal, und es dauerte lange, bis er brach. Länger, als ich es mir hatte vorstellen können. Der Saik stand seit frühester Jugend im Dienst des Turms, er hatte seinen Titel für Verdienste erhalten, die damals schon mit dem Tod hätten belohnt werden sollen. Und für seine unzweifelhafte Loyalität. Der Turm, so erfuhren wir, hatte schon immer gegen den Löwen intrigiert. Es war eine jahrhundertealte Fehde, über deren Ursprung auch Sarak nichts wusste. Vor fünf Jahren jedoch, kurz nachdem der Prinz volljährig wurde, kam ein Fremder an den Hof des Turms und bot ihm seine Dienste an, für eine Gegenleistung. Der Turm sollte den Tiger unterstützen, das Amt des Kalifen zu erhalten. Denn es war abzusehen, dass der Kalif bald ohne Erben sterben würde.

»Hat man nachgeholfen?«, fragte Natalyia.

Das wusste Sarak nicht, ich hatte den Eindruck, dass er es nicht glaubte. Schon damals war die größte Bedrohung für den

Tiger und somit auch für den Turm, der im Schatten des Tigers erstarken würde, das Haus des Löwen. Denn der Emir von Gasalabad war ein Mann, der weit über die Goldene Stadt hinaus als ehrenhaft und gerecht galt. Selbst in Janas gab es Menschen, die offen bedauerten, dass der Turm sich nicht nach dem Vorbild des Löwen richtete. Dafür, dass sie es nicht lange öffentlich bedauerten, gab es loyale Diener des Turms, wie Sarak einer war.

Trotz allem fürchtete der Turm den Löwen. Gasalabad war reich und konnte sich eine gute Armee leisten, und der Emir galt seit seiner Jugend als geschickter Krieger. So entstand ein gewagter Plan. Sorgfältig und gezielt sollten Spannungen zwischen der alten Reichsstadt und der goldenen Perle Bessareins geschürt werden. Wenn der Drache Askirs auf den Löwen Gasalabads traf, war abzusehen, wer gewinnen würde.

»Außerdem wäre ganz Bessarein empört darüber«, bemerkte Serafine verärgert. »Ohne Zweifel würde man es als eine Einmischung empfinden, wenn die Legionen hier kämpften.« Sie schüttelte den Kopf. »Für mich eine undenkbare Vorstellung.«

»Nicht ganz so undenkbar, wie wir hoffen«, gab ich zurück, und sie hörte fassungslos zu, als ich ihr kurz erzählte, was ich von Kasale erfahren hatte.

»Wenn wir das, was wir nun wissen, von Gering mitteilen, könnte es leicht geschehen, dass die Legionen nach Janas marschieren«, sagte Leandra nachdenklich. »Doch auch das wäre letztlich genauso übel für unser Vorhaben, denn egal welches Emirat der Drache nun strafen will, es würde einen Keil zwischen die Reichsstadt und Bessarein treiben.«

»Die Schwierigkeit dürfte darin liegen, genau dies von Gering begreiflich zu machen«, stellte ich verdrossen fest.

»Aber es gibt vielleicht einen anderen Weg. Kasale dachte ja, die Emira müsste von den Überfällen wissen. Ich habe jetzt mit ihr selbst gesprochen. Ich schwöre euch, Faihlyd wusste nichts davon.«

»Das Gleiche sagt auch Armin«, erklärte mir Leandra.

»Es wäre auch dumm von ihr«, stimmte Serafine zu.

Richtig, das wäre es.

»Man muss davon ausgehen, dass jemand anders Streit vom Zaun brechen will. Eigentlich ist es offensichtlich, aber der Turm, vielleicht auch die Schlange oder der Tiger, waren nicht ungeschickt in dem, was sie taten.«

Ich nahm wieder einen Schluck, und wieder war der Becher leer. Wie oft hatte ich ihn gefüllt? Sie sahen mir zu, wie ich ihn wieder auffüllte. »Auf jeden Fall war dies der Teil des Plans, an dem Sarak hauptsächlich beteiligt war.«

Aber so blieb es nicht. Sarak und seine Bande von Mördern waren zu weit mehr nützlich, als in der Wüste Karawanen zu überfallen. Einmal hatte er sich im Auftrag seines Herrn mit einem Nachtfalken getroffen, ein anderes Mal mit jemandem aus dem Haus der Schlange, das ebenfalls ein Erbfeind des Adlers war. Aber die größte Aufgabe, die Sarak je erhalten hatte, war die Entführung von Marinae, und das gleich zweimal, einmal bei dem Überfall auf die Karawane des Baums, später dann heimlich in der Nacht, aus ihrem Zimmer in der Bäckerei, wo die falsche Marinae zurückblieb, um uns dann am nächsten Tag zu foppen. Nur Faraisa hatte sich nicht täuschen lassen.

Sarak konnte uns auch mehr über das Schicksal von Faihlyds Schwester berichten. Der Prinz des Turms wusste, dass niemand jemals Marinae wieder sehen durfte. Sowohl falls der Plan gelang und eine vermeintliche Marinae auf dem Thron Gasalabads saß, als auch wenn der Plan misslang und Marinae als tot galt. Nebenbei erfuhr ich von Sarak, was für ein Zauber auf der Frau lag, die uns vorgegaukelt hatte, Marinae zu sein. Alle die, die sie sahen, sollten nicht zweifeln, dass sie es war. Also war es mein Ring gewesen, der die Illusion durchbrochen hatte.

Die Nekromantin selbst hatte die gestohlene Gabe besessen, ihr Aussehen zu verändern. Dies war der Grund, weshalb man sie als Emira einsetzen wollte. Doch es hatte noch einen anderen Plan gegeben, der ungleich gefährlicher gewesen wäre. Dieser Fremde, der dem Haus des Turms seine Dienste angeboten hatte, besaß die Gabe, einen Menschen zu beherrschen. Sein

Name war Sarak nicht bekannt, sehr wohl aber der Beiname, den der Turm dem Fremden gegeben hatte: Herr der Puppen. Er wäre imstande gewesen, die echte Marinae zu lenken, allerdings mit dem Nachteil, dass er nichts anderes hätte tun können, denn auch dieser Verfluchte hatte Schwierigkeiten, mit seinem Geist mehr als einen Körper zu führen.

Vielleicht konnte er auch Tiere beherrschen, in ihren Geist schlüpfen. Ich dachte an eine Gelegenheit zurück, als Varosch mit seiner Armbrust einen Vogel abschoss, der sich seltsam benahm. Der Schrei aus der Kehle des Vogels klang allzu menschlich. Vielleicht hatte Varosch unserem Puppenspieler eine ungewöhnliche Erfahrung bereitet. Ich hoffte es.

Hierin offenbarte sich ein anderer Teil des Plans. Dieser Herr der Puppen brauchte für eine dauerhafte Beherrschung irgendetwas, das in stetiger Verbindung mit dem Körper seines Opfers stand, etwas, das er selbst vorbereitet hatte.

Seine Macht war nicht so groß, wie wir fürchteten, denn auch er brauchte eine Möglichkeit, sein Opfer zu berühren. Im Fall des Emirs war es ein Ring, den die falsche Marinae ausgetauscht hatte. Bei Faihlyd selbst oder bei ihrer falschen Schwester war es die Kopie des Auges von Gasalabad. Solange Faihlyd das falsche Auge getragen hätte, wäre sie verletzlich gegenüber diesem Ungeheuer gewesen.

Es gab nur eine Hoffnung: Sarak erinnerte sich daran, dass der Puppenspieler einmal erwähnte, dass ein starker Geist sich seiner Macht entziehen könne. Wenn der Puppenspieler sich aber die Seele seines Opfers nahm, dann hinterließ er es so wie Helis, und ein solches Opfer leistete im Nachhinein natürlich keinen Widerstand mehr.

»Hält dieser Nekromant sich im Palast des Turms auf?«, fragte Serafine.

»Nein, er ist dort nur Gast. Wo er seinen Unterschlupf hat, weiß niemand. Wahrscheinlich im Tempel des Namenlosen hier in Gasalabad. Wir fragten Sarak auch nach dem Aussehen des Manns, aber seine Beschreibung war nicht viel besser als die von

Reka. Nur eines ist mir nicht klar«, sagte ich dann zum Abschluss. »Wir wissen, dass Jefar in die Intrige verwickelt ist, umso erstaunlicher ist es, dass Sarak von dem Händler nichts wusste. Vielleicht offenbart sich mehr, wenn wir Jefar befragen.«

»Dann sollten wir warten, bis Zokora wieder da ist«, sagte Natalyia leise. »Sie braucht nie lange, um zu erfahren, was sie will.«

Ich sagte dazu nichts. Ich wollte Zokora nicht als Foltermeisterin sehen.

»Wo ist Marinae jetzt?«, fragte Leandra nach.

»Das ist der Grund für Faihlyds Tränen. Ihre Schwester befindet sich in einem Haus in Janas, dem noch keine Frau entronnen ist. Nun, noch ist sie nicht dort, aber auf dem Weg dahin. Es ist ein Haus der Lüste, in dem Männer wie Sarak für ihre Dienste belohnt werden. Es ist die Rache des Prinzen des Turms an Faihlyds Schwester, weil sie sich ihm nicht unterworfen hat und er sich immer von anderen nehmen musste, was sie ihm nicht geben wollte.« Ich sah in die Runde. »Die Reise nach Janas dauert selbst mit einem schnellen Pferd gut eine Woche. Sie wurde mit einem Schiff weggebracht, die Reise wird in etwa gleich lange dauern wie zu Pferd. Noch ist sie nicht angekommen, doch das wird bald der Fall sein. Ab dann … ist es nur eine Frage der Zeit, bis Marinaes Wille bricht. Es wird nicht möglich sein, Janas zu erreichen, um sie noch vorher zu retten. Später … Später wird es vielleicht auch nicht mehr möglich sein. Denn dieses spezielle Haus ist zugleich ein Tempel des Namenlosen. Auch Sarak konnte uns nur grob sagen, wo sich der Zugang befindet, genau wusste er es nicht. Er wurde immer von Dienern durch lange Gänge dorthin gebracht.« Ich sah die drei Frauen vor mir an und erkannte, dass sie verstanden. »Es ist denkbar, dass der Tempel unauffindbar bleibt. Seit Jahrhunderten sucht man die Tempel des Namenlosen, und kaum jemand war dabei jemals erfolgreich.«

»Und wenn doch, dann hörte man nichts mehr von ihnen«, sagte Serafine leise.

Das war es, was Faihlyd zum Weinen gebracht hatte. Denn so wie es aussah, war Marinae verloren. Nachdem sie erfahren hatte, dass die Nekromantin nicht Marinae gewesen war und es noch Hoffnung gab, dass ihre Schwester lebte, war es doppelt hart für sie, das jetzt aus Saraks Mund zu hören, zumal er seine Genugtuung darüber wirklich nicht verbarg.

»Es gibt eine ferne Hoffnung«, fuhr ich fort und stellte fest, dass mein Becher schon wieder leer war. Ich schenkte mir erneut ein. »Die *Lanze des Ruhms* ist ein schnelles Schiff, und Armin kennt Janas wie seine Westentasche. Wenn es einen Ort dort gibt, an dem sich der Tempel des Namenlosen befinden könnte, dann nur an einer Stelle: in den Katakomben der alten Totenstadt. Ein verfluchter und verwünschter Ort, wo angeblich Untiere hausen. Was Sarak beschrieben hat, stützt Armins Vermutung. Doch mittlerweile, sagt Armin, weiß der Turm bestimmt, dass wir auf der Seite der Emira stehen. Eines ist sicher: Sollte der Turm uns in die Hände bekommen, wird es uns nicht viel besser ergehen als Sarak.« Ich leerte meinen Becher in einem Zug. »Und das sogar mit dem gleichen Recht, weil wir gegen den Emir von Janas intrigieren. Armin beabsichtigt durchaus, den Turm ins Wanken zu bringen und den Adler wieder in Janas zu etablieren. Denn auch das wäre eine Möglichkeit: den Thron von Janas an sich zu reißen und dann mit der Macht und dem Gesetz des Emirats die Diener des Namenlosen auszuräuchern.« Ich stellte meinen leeren Becher mit einem Knall ab, der meine Zuhörerinnen zusammenzucken ließ. »Als letzte, aber wahrscheinlichste Möglichkeit zieht Faihlyd in Betracht, an der Spitze ihrer Armee nach Janas zu reiten. Für Marinae käme sie zu spät, doch sie könnte ihre Schwester rächen.«

Ich erhob mich vom Tisch. Jetzt merkte ich den Wein deutlich. Gut so. »Verzeiht«, sagte ich. »Aber ich will jetzt nur noch schlafen.« Ich fixierte Natalyia mit meinem Blick. »Diesmal will ich wirklich nicht geweckt werden.«

»Ich richte es Afala aus«, entgegnete Natalyia milde.

»Havald«, sagte Serafine. »Warte einen Moment.«

»Ja?« Ich stellte erleichtert fest, dass ich sehr müde war. Also konnte ich davon ausgehen, dass ich auch schlafen würde.

»Marinae ist noch nicht in diesem Haus, nicht wahr?«

Ich nickte. »Morgen oder übermorgen wird das Schiff dort ankommen.«

»Heute noch nicht?«

»Nein, nicht heute.« Ich wusste nicht, worauf sie hinauswollte.

»Was, wenn es eine Möglichkeit gäbe, so schnell nach Janas zu gelangen, dass man dieses Schiff abfangen kann? Vielleicht noch bevor es Janas erreicht. Es muss ein Schiff des Turms und als solches leicht zu finden sein.«

»Es wird ein imperiales Tor in Janas geben, dessen bin ich mir sicher, aber wir kennen das Muster der Steine nicht. Oder kennst du es vielleicht?«

»Nein. Sonst hätte ich es euch schon gesagt. Ich weiß allerdings, wo sich das Tor befindet. Ich stamme aus dem Haus des Adlers, und der Stammsitz unserer Familie lag dort. Es gibt oder gab ein Tor in der Garnison. Aber ich dachte nicht an das Tor. Ich dachte daran, zu fliegen.«

Wir sahen sie alle entgeistert an.

»Fliegen?«, fragte ich fassungslos.

»Ich weiß nicht, wie die Elfen zu Gasalabad stehen, jetzt da das Reich nicht mehr existiert. Aber habt ihr vielleicht daran gedacht, sie zu fragen?«

»Elfen?«, wiederholte Leandra genauso fassungslos wie ich.

Jetzt war es an Serafine, sie überrascht anzusehen. »Warum seid Ihr so erstaunt, Leandra?«, fragte sie. »Ihr tragt die Rüstung eines Greifenreiters, führt den Greif als Wappen. Warum nicht Eure Cousins fragen, ob sie Euch einen Gefallen tun und Euch hinfliegen?«

Mist. Ich sah auf den Weinkrug, den ich zu gut zwei Dritteln geleert hatte, und fluchte leise. »Wenn das möglich ist, dann haben wir keine Zeit zu verlieren«, sagte ich. »Serafine, du weißt doch, wie man den Kafje hier braut?«

Sie nickte, wusste aber offensichtlich nicht, warum ich sie dies fragte. »Braue ihn mir so. Aber nicht in einem kleinen Becher, sondern einem ordentlich großen.« Ich wandte mich zum Gehen.

»Wo willst du hin?«, fragte Leandra.

»Wohin wohl?« Ich sah die drei Schönheiten an. »Den Wein loswerden. Ich bin noch nie geflogen, aber ich bin sicher, dass es keine gute Idee ist, es betrunken zu versuchen.«

Ich hasste es, so etwas zu tun. Vor allem freiwillig. Die andere Art war nicht eben angenehmer, aber sie fiel einem leichter. Diesmal dankte ich den Göttern, dem unbekannten Baumeister und Armin dafür, dass wir ein Bad besaßen. Jetzt in der Nacht war das Wasser nicht mehr warm, aber es war mir egal. Wenigstens konnte ich mich waschen und den Geschmack loswerden. Als ich wieder in die Küche kam, spürte ich den Wein noch immer, es war nicht so, dass ich wankte, aber in einen Kampf wollte ich mich in meinem Zustand auch nicht stürzen. Leandra und Natalyia hatten sich bereits angekleidet und gerüstet.

Was Serafine vor mir auf den Tisch stellte, war allerdings nicht der Kafje, sondern eine große Schale mit etwas darin, das nicht gerade appetitlich aussah.

»Was ist das?«

»Ein Geheimrezept der Familie.« Sie lächelte verdächtig.

»Wird es mich umbringen?«, fragte ich.

Ihr Lächeln wuchs. »Vielleicht.«

Ich trank es in vier großen Schlucken. Danach war mir schlecht.

»Das muss so«, sagte sie.

10. Eine nahe Hoffnung

Kurz vor Sonnenaufgang standen wir vor den verschlossenen Toren des Palasts. Es war nicht die beste Zeit für einen Besuch. Niemand hatte uns erwartet, und der Leutnant am Tor sagte, er kenne uns nicht.

»Seht in den Büchern mit den Zeichnungen nach«, sagte ich.

»Ich erkenne eure Gesichter«, antwortete der Offizier ungerührt.

»Also kennt Ihr uns doch?«, fragte Leandra.

»Ich weiß, dass ihr Zugang zum Palast erhalten habt. Aber es steht nichts davon im Buch, dass man euch die Tore öffnen muss, wenn sie geschlossen sein sollten.«

»Hauptmann Khemal?«, fragte ich.

»Er hat keinen Dienst.«

»Ihr könntet ihn wecken«, schlug Natalyia vor.

Der Hauptmann schaute sie an. Es gefiel ihm, was er sah. Wir trugen alle die dunklen Gewänder von Leibwächtern, denn das war eine weitere Art, sich unauffällig durch die Stadt zu bewegen. Leibwächter waren überall zu sehen, sie waren gesichtslos und zeigten sich meist ungehalten, wenn man ihnen zu nahe kam. Außerdem … Wenn wir nach Janas fliegen wollten, hatte es wenig Sinn, uns dort glanzvoll zu präsentieren. Natalyias Figur war jedoch weiblich genug, um auch in diesen weiten Gewändern Eindruck zu machen.

»Auch für Euch, Blume der Nacht, werde ich mich nicht häuten lassen«, sagte der Soldat. »Was unausweichlich ist, wenn ich den Hauptmann wecke.«

»Aber wenn Ihr unsere Gesichter aus den Büchern kennt, wisst Ihr doch, dass wir Zugang haben«, warf ich ein.

»Das ist der Grund, warum ich hier stehe und mit euch rede«, gab der Leutnant stoisch zurück. »Sonst würde ich euch mit Knüppeln vom Tor vertreiben lassen.«

»Die Emira gab Anweisung, dass wir jederzeit vorzulassen sind«, versuchte Leandra es erneut.

Der Leutnant verbeugte sich. »Das ist eine große Ehre. Ich glaube Euch, Essera. Aber ich weiß nichts von einer solchen Anweisung.«

»Ist der Hüter des Protokolls zu sprechen?«, fragte ich.

»Er ist sicherlich schon auf und folgt seinen mannigfaltigen Verpflichtungen. Aber ich werde den Hüter des Protokolls und der Türen sicherlich nicht stören, denn zu bellen, wenn ein geringer Leutnant der Palastwache pfeift, gehört nicht zu seinen Verpflichtungen. Und ich bin sicher, er würde mir das ausführlich erläutern.«

»Die Essera Falah?«, versuchte ich es.

Er sah mich verwundert an. »Ihr greift nach den Sternen, Esseri. Genauso gut könntet Ihr mich bitten, die Emira selbst wecken zu lassen.«

»Wie ist Euer Name, Leutnant?«, fragte nun Serafine.

»Hakul, Essera«, antwortete der Soldat mit einer leichten Verbeugung.

»Wenn ich Euch nun sage, Hakul, dass es wirklich der Wunsch der Emira, lang möge ihre Herrschaft währen, ist, dass wir jederzeit vorgelassen werden? Dass sie ungehalten sein wird, wenn sie nicht geweckt wurde? Dass es sich um eine höchst dringliche, persönliche Angelegenheit handelt? Dass genau das dazu führen könnte, dass man Euch häutet?«

»Ich glaube Euch das, Essera. Sonst wärt Ihr nicht so beharrlich und würdet es nicht wagen, einem Soldaten der Palastwache zu drohen.« Er lächelte leicht. »Doch die Emira ist die Tochter ihres Vaters, Erkul des Gerechten, und weder er noch sie wird einem treu ergebenen Soldaten schaden wollen, weil er seine Pflicht tut.«

Serafine seufzte. »Verzeiht, Hakul, das war unhöflich von mir. Aber Ihr wisst einfach nicht, wer vor Euch steht. Ihr werdet Gerüchte gehört haben von den Dingen, die in der letzten Zeit vorgefallen sind.«

Er verbeugte sich etwas tiefer als vorher. »Sicherlich, Essera. Aber ein guter Soldat hört auf seine Befehle und nicht auf Gerüchte.«

»Dies hier ist Havald Bey, ein Fürst aus fremden Landen, und an seiner Seite steht Essera de Girancourt, Botschafterin eines Reiches weit im Süden. Sie waren Ehrengäste bei der Krönung der Emira.«

»Auch das glaube ich Euch gern. Damit wurde euch eine der höchsten Ehren zuteil. Aber ich werde euch nicht einlassen«, sagte der Leutnant höflich. »Ich bedauere es wirklich.«

Ich glaubte ihm das sogar.

Er verbeugte sich erneut und sah mich an. »Wisst Ihr, Esseri, hättet Ihr einen Ring, eine Einladung, irgendetwas, das Euch ausweist, würde ich dort an dieser Glocke zweimal läuten. Dann würde ein Läufer den Hüter des Protokolls aufsuchen, und dieser wüsste, wie weiter zu verfahren wäre.«

Ich sah die Glocke, sie hing seitlich über dem Tor in einem Rahmen, eine lange Stange führte zu einem Griff rechts neben dem Tor.

»Diese Glocke?«, fragte ich.

»Ja, Esseri«

Ich machte drei lange Schritte, wich der Hand des Leutnants aus, was nicht schwer war, denn er gab sich keine große Mühe, mich zu hindern, und zog zweimal hart an der Stange. Die Glocke läutete überraschend laut. Als ich den harten Stahl an meinem Nacken spürte, drehte ich mich langsam um. Der Leutnant und die anderen sechs Soldaten der Palastwache hatten ihre Schwerter gezogen oder ihre Lanzen gesenkt.

»Das, Esseri, hättet Ihr nicht tun dürfen«, sagte der Leutnant fast schon traurig. »Denn Euer Schicksal liegt nun in den Händen des Hüters des Protokolls. Ihr müsst wissen, er ist oft sehr ungehalten über solcherart Störungen.«

»Habt Ihr mir nicht versprochen, Euch an das Protokoll zu halten?«, fragte Hahmed, als er mit langen Schritten vor uns auf den Palast zuging. Hinter uns schloss sich das Tor, ich sah noch, wie sich der Leutnant tief in unsere Richtung verbeugte. Er lächelte.

»Ich sagte, ich würde mich bemühen, wenn ich das nächste Mal offiziell geladen sei.« Ich zuckte hilflos mit den Schultern. »Genau darin lag ja die Schwierigkeit.«

»Es war achtlos von diesem Leutnant, Euch zu erklären, welches Signal mich rufen lässt«, stellte Hahmed fest, als sich auf seine Geste das Tor des inneren Palasts vor uns öffnete. Wir fegten hindurch, vor dem Tor verbeugten sich vier Soldaten so tief, dass ihre konischen Helme fast den Boden berührten. Innerhalb des Tors taten es ihnen gut ein Dutzend weiterer Soldaten gleich. Hahmed achtete nicht darauf, sondern stürmte weiter. Er rannte nicht, aber obwohl er deutlich kürzere Beine hatte als ich, ging er so schnell, dass ich mich ab und zu versucht fühlte, selbst in einen Laufschritt zu verfallen.

»Wo kämen wir da hin, wenn jeder diese Glocke läuten würde?«, fuhr Hahmed fort. »Ich fürchte, ich muss mich mit dem jungen Mann unterhalten. Er ist am Tor verschwendet.«

Hinter mir kicherte entweder Natalyia oder Serafine. Hahmed sah sich um, und mittlerweile kannte ich ihn gut genug, um zu wissen, dass er hinter dieser hoheitsvollen Miene amüsiert war. »Ihr wisst doch, dass das höchst irregulär ist? Noch bevor es Mittag ist, wird man sich auf den Märkten das Maul darüber zerreißen, dass vier Leibwächter am frühen Morgen vorgelassen wurden.«

Es war ein langer Weg vom Tor zu den Privatgemächern der Emira, überall wiederholte sich die gleiche Szene, Hahmed stürmte voran, die Türen und Tore wurden weit aufgerissen, und die Soldaten verbeugten sich tief.

»Verbeugt man sich Euretwegen?«, fragte ich Hahmed.

Er sah kurz zu mir und schüttelte lächelnd den Kopf. »Nein, Euretwegen.«

»Bitte?«, fragte ich verwundert.

»Ich eile Euch voraus, glaubt mir, das ist nicht die übliche Art, in der ich mich bewege. Ich schreite sonst eher, wie es meinem Amt angemessen ist«, teilte mir Hahmed mit unbewegtem Gesicht, aber einem Funkeln in den Augen mit. »Ihr vier tragt Waffen, auch das ist höchst ungewöhnlich. Ihr müsst jemand ganz Besonderes sein, und es ist besser, man irrt auf der Seite der Vorsicht, bevor man einen hohen Gast beleidigt.«

Immer tiefer drangen wir in den Palast vor, jetzt, da ich wusste, dass es einen neuen und einen älteren Teil gab, erkannte ich sogar den Übergang. Der alte Teil war schlichter, die Säulen massiver, oftmals war es nur weißer Stein und nicht Marmor, der die Gänge auskleidete.

»Ich glaube«, sagte Serafine, »es wäre einfacher, wenn wir die Tormuster wüssten.« Sie klang nicht einmal außer Atem. Mir machte der Wein noch immer zu schaffen, und es ging mir nicht gut. Vielleicht hatte Serafine recht und ich war wirklich nicht besonders in Form.

»Was soll uns das nützen?«, fragte ich.

»Gibt es denn hier ein Tor?«, fragte Leandra überrascht.

»Es gab eines. Gut verborgen in den Gemächern des Gouverneurs. Es ist mit Fallen versehen, und man kann es nicht von innen öffnen, aber wenn die Familie noch in den gleichen Gemächern wohnt…« Sie seufzte. »Es nützt nichts, ohne das Muster können wir es nicht verwenden.«

»Ich weiß, wie man das Muster entschlüsselt«, erklärte Leandra.

Serafine sah sie mit großen Augen an. »Oh, Ihr könnt das? Dann seid Ihr wahrhaft begabt.«

»Wovon sprecht ihr?«, fragte Hahmed, als er um eine weitere Ecke bog und nun langsamer ging. Jetzt war es hoheitsvolles Schreiten. Vor uns befand sich eine große Tür, mit Gold und Silber eingelegt, zu beiden Seiten der Tür standen jeweils vier Wachen, vollständig gerüstet, zwei davon sogar mit Armbrüsten bewaffnet, einer Waffe, die im Palast allgemein verboten war. Ich erkannte die Tür wieder, dahinter lagen die privaten Gemächer der Familie.

»Sie wohnen in den gleichen Gemächern wie damals«, stellte Serafine leise fest.

»Es ist der sicherste Teil des Palasts«, sagte Hahmed und musterte sie besorgt. »Bedrückt es Euch, diese Räume zu sehen, Tochter des Wassers?«

Sie schüttelte den Kopf. »Nein ... es ist sogar ... schön.« Sie sah Hahmed an. »Ich war glücklich hier.«

»Dann waren es wirklich andere Zeiten«, meinte er. »Heutzutage birgt die Krone Gasalabads große Macht, doch glücklich zu sein gestattet sie ihren Trägern selten.« Er ordnete seine Kleider und sah sie noch einmal an. »Weitaus mehr Leid findet seinen Weg in diese Gemächer als Freude.«

»Wir sollten das ändern.« Serafine lächelte und senkte das Haupt.

Hahmed, Hüter des Protokolls, trat vor die kunstvoll gearbeitete Tür und verbeugte sich tief.

»Havald Bey aus dem Haus der Rose, Maestra de Girancourt aus dem Haus des Greifen, Helis aus dem Haus des Adlers und Natalyia, Getreue des Beys, wünschen die Emira in einem persönlichen Begehren zu sprechen.«

Die acht Wächter musterten ihn und uns ausdruckslos, aber sie standen sprung- und kampfbereit, ihre Augen auf unsere Waffen gerichtet und auch, mit einem gewissen Ausdruck der Empörung, auf den Hüter des Protokolls. Es gehörte sich nicht, dass jemand, der Waffen trug, so weit vorgelassen wurde, selbst wenn der Hüter des Protokolls persönlich den Weg bereitete.

Die Tür öffnete sich, zwei Frauen in der Uniform der Palastwache erschienen in der Tür und betrachteten uns neugierig. Beide waren verschleiert und hatten ihre Hände an den Griffen ihrer Dolche.

»Sie mögen eintreten«, sagte die eine von ihnen und schien selbst erstaunt darüber. »Auch dem Hüter ist der Zutritt gestattet«, fügte sie hinzu, als Hahmed zögerte.

Er nickte, atmete tief durch und betrat die privaten Gemächer der Emirsfamilie. Zu unserem Erstaunen schlossen die beiden Soldatinnen die schwere Tür von außen.

Ich kannte diesen Vorraum, aber bevor ich etwas sagen konnte, hörten wir die Stimme von Essera Falah durch eine offene Tür.

»Kommt hierher«, rief sie, und wir folgten ihrer Anweisung, um uns in einem großen luftigen Raum wiederzufinden, in dem auf einem wunderschönen Tisch aus Rosenholz bereits das Frühstück auf die Familie wartete. Dieser Raum war weitläufig und kostbar eingerichtet, an einer Seite, nicht weit von der Tür, die wohl zu den Schlafgemächern führte, stand sogar ein Brunnen, der friedlich plätscherte und der Luft die Hitze nahm.

Essera Falah trug ein Morgengewand und einen leichten Mantel darüber, dessen Gürtel sie gerade um ihre schmale Taille legte. Überraschenderweise lehnte ein Schwert mit einer sehr schlanken Klinge neben ihr an der Wand. Sie nickte Hahmed zu und musterte uns dann eindringlich.

»Kommt herein und setzt euch«, sagte die Essera Falah und fuhr sich durch das volle graue Haar, um es achtlos mit einer Schnur zu binden. »Faihlyd wird ebenfalls gleich erscheinen. Sie hat nicht gut geschlafen und einen starken Tee zu sich genommen.«

Wir warteten, denn sie hatte sich noch nicht gesetzt. Aber sie vollführte nun eine herrschaftliche Geste, Hahmed schluckte und setzte sich, und wir folgten seinem Beispiel.

»Es ist gut vierzig Jahre her seit dem letzten derartigen Eindringen. Ich erhielt auf diese Weise Kunde vom Tod meines Gemahls. Ich hoffe, ihr bringt eine bessere Botschaft.«

»Möglicherweise. Wir …«, begann ich, doch sie hielt abwehrend die Hand hoch.

»Wartet auf Faihlyd.«

Ich verbeugte mich ergeben.

»Ihr habt einen guten Grund, nehme ich an?«, fragte sie und rieb sich mit den Fingerspitzen über die Schläfen. Ich hatte die Essera erst kürzlich gesehen, doch nun erschien sie mir gealtert und erschöpft, und das lag nicht daran, dass sie eben erst das Bett verlassen hatte. Die Essera Falah war eine jener Frauen, deren Schönheit zeitlos war, die sich nur verwandelte und nicht verging. Jetzt, da sie offen und ungeschminkt vor uns stand, war die Ähnlichkeit mit Marinae und Faihlyd offensichtlich.

Wir warteten. Ich fühlte mich unbehaglich dabei, zu sitzen, während die Essera stand. Das Schwert mit der eleganten, schmalen Klinge fiel mir auf, denn es war in ihrer Reichweite. Dass wir uns hier befanden, und das auch noch bewaffnet, war ein Zeichen großen Vertrauens. Saßen wir deswegen am Tisch, damit wir beim Aufspringen Zeit verlieren sollten und so der Essera Gelegenheit geben würden, nach ihrem eigenen Schwert zu greifen?

Vertrauen. Wenn Vater, Mann, Sohn und Tochter Opfer von Attentätern wurden, wie weit konnte man noch vertrauen? Wie weit konnte man noch glauben, dass ein solch ungewohnt früher und ungewöhnlicher Besuch Gutes bedeuten konnte?

Wenn wir in böser Absicht gekommen wären, was würde ihr dann das Schwert nützen? Ich sah ihren Blick nachdenklich auf mir ruhen. Ich hatte das Schwert zu lange angesehen.

Die Essera seufzte und zog sich einen Stuhl heran, um sich seitlich ans Kopfende des Tischs zu setzen. Der Stuhl am Kopfende war wohl für Faihlyd.

»Seid Ihr so gut mit der Klinge, dass Ihr wirklich hoffen könntet, gegen uns zu bestehen?«, fragte ich leise, und sie lächelte.

»O Havald, ich mag Euch. Ihr habt so gar keinen Begriff von Diplomatie oder von Takt. In jungen Jahren war ich erträglich gut mit der Klinge.«

So lange war es nicht her, dass ich dasselbe von mir gesagt hatte. Ich vermutete, dass sie es so meinte wie ich, und musste schmunzeln.

Sie warf mir einen scharfen Blick zu. »Vielleicht hätte ich Zeit genug gewonnen, damit Faihlyd sich retten kann. Die Tür ist nicht mehr verschlossen, und Ihr ahnt nicht, wie schnell unsere Wächter sein können.« Sie lächelte. »Sie üben das Hereinstürmen sogar, damit sie nicht über die Möbel stolpern, selbst wenn es stockdunkel ist.« Sie sah sich um und ließ ihre Blicke durch den Raum schweifen. »Das ist mein Zimmer, aber ich darf nichts verändern, weil es gefährlich wäre.« Sie zuckte mit den Schultern. »Deshalb gibt es so viel Platz zwischen den Tischen, Kissen und Möbeln.«

Die Essera sah zur Tür zu den Schlafgemächern. »Ihr bringt mich in eine missliche Lage. Faihlyd hätte schon erscheinen müssen.«

»Ruft die Wachen und seht nach ihr«, schlug ich vor.

»Das wäre unhöflich«, entgegnete sie und erhob sich wieder, um zur Tür zu gehen. Lautlos öffnete sie sie und verschwand dahinter.

Ich betrachtete das Schwert mit der schmalen Klinge, das sie zurückgelassen hatte. Die letzte Verteidigung einer Frau, die schon so viele ihrer Lieben verloren hatte.

Hahmed räusperte sich. Wir sahen ihn an.

»Ich habe noch niemals erlebt, dass sie jemandem so sehr vertraute«, sagte er leise. »Es ist eine ungeheure Ehre.« Seine Augen sagten mir, dass er trotzdem wachsam blieb. Auch er würde versuchen uns aufzuhalten. Es brauchte nicht ausgesprochen zu werden. Wir blieben ruhig sitzen und hielten unsere Hände auf dem Tisch, fern von unseren Waffen.

Es dauerte lange, dann öffnete sich die Tür wieder und Essera Falah kam herein.

»Sie hat zu viel von den Tropfen genommen«, sagte sie. »Es ist ihr nicht möglich, richtig zu erwachen, und sie bat mich, euch anzuhören.«

»Besteht Gefahr?«, fragte ich leise.

»Nein«, antwortete die Essera mit einem schnellen Lächeln. »Sie wird nur länger schlafen.« Sie zog den Stuhl heran und setzte sich wieder. »Ich kann nicht anders, so viele Waffen in diesen Räumen machen mich unruhig. Aber legt doch eure Waffen dort drüben in die Ecke, dann können wir uns vielleicht alle etwas entspannen und das Frühstück genießen, während ihr mir sagt, weshalb ihr gekommen seid.« Sie sah auf den reich gedeckten Tisch vor uns. »Es liegt kein Sinn darin, es verkommen zu lassen. Es ist jedes Mal genug für eine Armee. Teller findet ihr dort drüben.«

Wir taten, was sie uns auftrug. Es ergab sich ein erstaunlicher Haufen, besonders an Dolchen. Natalyia und Serafine schienen Dolche in allen möglichen Variationen dem Schwert vorzuziehen.

Die Essera war ungerüstet und trug nur diese leichten informellen Gewänder, kein Wunder, dass sie unruhig war. Leandra und ich stellten unsere Schwerter dazu. Es war nur eine Geste, denn auf diese Entfernung würden Steinherz und Seelenreißer blitzschnell in unsere Hand springen können, sollte es nötig sein.

Aber ich musste zugeben, dass es die Stimmung auflockerte.

»Es geht um Marinae«, begann ich dann leise.

Essera Falah nickte. »Sie ist verloren, das habe ich bereits gehört. Wir werden sie nicht retten können.«

»Vielleicht doch«, sagte ich und sah Serafine an. »Helis hier hatte eine Idee, die Euch vielleicht überraschen wird und möglicherweise neue Hoffnung bringt.«

»Habt Ihr von den Greifenreitern gehört, Essera?«, fragte Serafine höflich.

»Ja.« Faihlyds Großmutter nickte. »Wer hat das nicht? Sie waren legendär. Wir haben sogar einen Greifen in den Stallungen.« Sie sah zu Leandra hinüber, die das edle Wesen ins Herz geschlossen hatte. »Ich glaube, es geht ihr gut, aber es wird noch lange dauern, bis sie wieder fliegen kann, ihre Flügel wurden arg und hart gestutzt.«

Leandra nickte und lächelte. Sie war imstande, Steinwolke – so hieß der Greif – zu verstehen, und sie, Steinwolke, verstand auch Leandra. Ich wusste, dass Leandra zwischenzeitlich mindestens einmal in den Stallungen gewesen war, um den Greifen zu besuchen.

»Ich hörte, dass man vor knapp einer Woche am Himmel drei Greifen gesehen hat, die Reiter trugen. Ich habe als Kind sogar selbst einen gesehen.«

»Das ist gut«, meinte Serafine, »denn das bedeutet, dass es sie noch gibt.« Sie beugte sich leicht zu ihr hin. »Also schlage ich vor, dass Ihr sie ruft.«

Die Essera sah sie verblüfft an, blinzelte einmal und lächelte. »Ihr wollt die Greifen vom Himmel rufen, damit sie euch nach Janas fliegen, um dort meine Enkelin zu retten? Das wäre…«, sie suchte nach Worten, »…unglaublich – und wunderschön.« Auf ihr Gesicht trat ein sanfter Ausdruck. »Götter, was wäre das für eine Legende!«

»Was hindert Euch dann?«, fragte Serafine, vom Verhalten der Essera scheinbar überrascht.

»Niemand weiß, wie man sie ruft, Tochter des Wassers.« Ihre Augen weiteten sich. »Wisst Ihr es denn?«, fragte sie dann leise, mit neuer Hoffnung.

»Es war nicht oft nötig, sie zu rufen«, sagte Serafine, und ihre Augen schienen in weite Ferne zu blicken. »Sie kamen einfach so vorbei. Ich kannte ein paar junge Elfen persönlich, wir waren Freunde. Wenn man sie brauchte, konnte man ein Signal senden. Oben auf dem Dach des alten Palasts befand sich zu meiner Zeit ein großer polierter Spiegel aus Gold. Man konnte mit ihm die Strahlen der Sonne auf den Sitz des Gouverneurs lenken. Es sah immer sehr hoheitsvoll aus, als ob die Götter selbst auf ihn hinablächeln würden.« Sie bemerkte unsere Blicke und lachte hell. »Jeder wusste, dass es ein Spiegel war, aber es sah trotzdem gut aus«, fügte sie fast entschuldigend hinzu. »Aber man konnte mit diesem Spiegel auch ein Signal in die Berge senden. Die Greifenreiter hielten immer Ausschau danach.«

»Der Spiegel existiert noch«, sagte die Essera Falah andachtsvoll. »Seit mein Vater den Palast erweitern ließ, wird er nicht mehr verwendet. Aber er existiert noch. Werden die Greifenreiter noch immer nach dem Signal Ausschau halten? Es muss Jahrhunderte her sein, dass es das letzte Mal gegeben wurde.«

»Es sind Elfen«, sagte Serafine. »Sie sind seltsam in ihrer Art. Es würde mich nicht wundern, wenn einer von ihnen noch Wache steht und auf das Signal achtet, einfach nur, weil es das ist, was sie schon immer getan haben. Ich weiß nicht, ob die Allianz zwischen dem Reich und den Elfen noch besteht, nachdem der Ewige Herrscher ging. Aber vielleicht sind sie neugierig.« Sie lächelte Leandra zu. »Elfen sind oft gelangweilt.«

»Ich wünschte, ich wäre es«, seufzte Leandra. »Ich weiß gar nicht mehr, wie das ist.«

»Sie leben in den Bergen?«, fragte ich.

Es gab einen mächtigen Gebirgszug im Osten, seine Gipfel waren so hoch, dass man sie in der Ferne schweben sehen konnte, seltsamerweise nur die Gipfel und nicht das Bergmassiv selbst. Leandra erklärte mir, dass es damit zu tun habe, dass die Luft spiegele. Ich glaubte ihr, sie verstand von solchen Dingen mehr als ich, aber wie konnte Luft spiegeln? Vielleicht war es die Magie der Elfen.

»Sie lebten einst dort«, bestätigte Serafine. »Warum sollten sie umziehen, wenn sie sich doch gerade erst eingerichtet haben?« Sie lachte leise, als sie meinen Blick sah. »Es sind Elfen. Was ist ein Jahrhundert mehr oder weniger für sie?«

»Das ist eine lange Strecke«, sagte ich skeptisch. »Wie soll ein Signal so weit reichen?«

»Es ist ein großer Spiegel«, meinte Serafine.

Die Essera sah uns mit feuchten Augen an. »Also besteht Hoffnung …«, sagte sie kaum hörbar.

»Wenn die Elfen das Signal sehen, wenn sie neugierig sind, wenn sie uns den Gefallen tun wollen, wenn wir das Schiff finden … Wenn all das möglich ist, ja, dann besteht Hoffnung«, sagte ich sanft.

»Dann sollten wir es versuchen«, sagte die Essera und erhob sich vom Tisch. Keiner von uns hatte das Essen angerührt. »Reicht auch die frühe Morgensonne dazu?«, fragte sie Serafine, und die nickte.

»Es ist die Zeit, in der man sie rufen sollte«, erklärte sie. »Der Spiegel ist so aufgestellt, dass er die Morgensonne einfangen kann. Bis kurz nach dem Mittag ist es möglich, danach steht die Sonne ungünstig. Die Morgensonne ist die beste Zeit.« Sie schaute uns an. »Von dort aus gesehen breitet sich der Tag zu ihren Füßen aus, denn die Sonne steigt hinter ihnen auf. Tatsächlich hätten wir ohne das Nachtgebirge hier eine frühere Morgensonne. Einer der Reiter drückte es mir gegenüber einmal lachend so aus, dass die Goldene Stadt dazu verdammt sei, auf ewig im Schatten der Elfen zu liegen.«

»Es ist mir herzlich egal, was die Elfen sagen«, gab die Essera Falah zurück. »Solange sie nur kommen! Gibt es verschiedene Signale, und wenn ja, welches wird sie am neugierigsten machen?«

»Es gibt verschiedene Signale«, bestätigte Serafine, als wir uns ebenfalls erhoben. »Solche, die zu einem Schwatz einladen, und ein anderes, das in den Krieg ruft. Ich schätze, dass es dieses Signal sein sollte. Ob die Allianz noch besteht, weiß ich nicht. Aber das Signal sollte die Neugier der Elfen wecken.«

»Das glaube ich auch«, meinte ich trocken.

Ganz so einfach war es nicht. Zuerst suchten wir den Zugang, der hoch zur Kuppel führte, aber wir fanden ihn einfach nicht, obwohl Serafine darauf bestand, dass er genau an dieser Stelle sein müsse. Auch die Essera Falah vermutete ihn in diesem breiten Gang. Doch es gab keine Tür und keinen Aufgang.

»Die Tür müsste sich genau hier befinden«, rief Serafine gereizt und schlug mit der flachen Hand auf die Nase eines Satyrs, der dort auf einem Wandgemälde mit leicht bekleideten Nymphen spielte.

Die Nase des haarigen Verführers bröckelte leicht ab. Die Essera Falah, die jetzt auch ihrem Stand entsprechend gekleidet war und deutlich jünger und lebendiger wirkte, stöhnte auf. »Ich erinnere mich! Ich war es selbst, die meinen Vater bat, diese hässliche Tür verkleiden zu lassen!« Sie trat an den Satyr heran und schüttelte den Kopf. »Was man alles vergessen kann…« Sie lächelte verlegen. »Es gab einen feschen Soldaten, den ich aus der Ferne bewunderte. Dieser Satyr trägt seine Züge. Wenn mein Vater das gewusst hätte, hätte er den Soldaten auspeitschen lassen.«

Ich musste lächeln, Leandra und Natalyia schmunzelten, Serafine lachte sogar leise.

Dann holte sie aus und schlug dem Satyr noch mal auf die Nase, ein Riss entstand, und ein Auge löste sich und fiel hinab, um uns vom Boden her vorwurfsvoll anzusehen.

Die Essera rief zwei Wächter heran. »Holt Hämmer und schlagt die Wand ein!«, befahl sie herrschaftlich.

Die Soldaten rannten davon, um das Werkzeug zu holen. Wenn sie über den Befehl erstaunt waren, zeigten sie es nicht.

Kurze Zeit später war der Satyr nur ein Haufen alter Putz, und eine massive, eisenverstärkte Tür war nun im Mauerwerk zu erkennen. Sie war verschlossen und niemand wusste, wo der Schlüssel sein konnte. Der Schlosskasten selbst sah aus, als wollte er für die Ewigkeit bestehen bleiben. Also mussten die Wachen wohl weiter hämmern, bis diese sture Tür nachgab. Aber schon die ersten Schläge zeigten, wie stabil sie war.

»Wir bräuchten eine Ramme«, seufzte Serafine.

Der Gang war zwar breit, aber nicht breit genug für so etwas. Weitere Schläge folgten, aber die Tür zeigte sich unbeeindruckt. Leandra trat an sie heran und nahm sie genauer in Augenschein. Dann wandte sie sich an die Essera. »Könnt Ihr alle Wachen so weit wegschicken, dass uns niemand sieht oder hört?«, fragte sie leise.

Die Essera sah Leandra fragend an. »Was habt Ihr vor?«, fragte sie.

Leandra öffnete den weiten Beutel an ihrer Seite und entnahm ihm einen kleinen Tiegel, dessen Inhalt sie auf das Schlüsselloch strich.

»Eine Art von Magie.«

»Darauf steht hier die Todesstrafe«, teilte die Essera Leandra mit, wirkte dabei aber eher erwartungsvoll als ängstlich.

»Ich hoffe, die Emira lässt Gnade walten«, antwortete Leandra mit einem Lächeln. Sie verstaute den Tiegel wieder sorgfältig und gab sich sehr viel Mühe, ihre Finger zu säubern.

Anschließend zog sie ein kleines Buch heraus, das ich sehr

wohl kannte, studierte eine Seite darin und nickte dann zufrieden.

Sie stellte sich vor die Tür, fixierte die mit grauer Paste beschmierte Stelle, murmelte leise etwas, das ich nicht verstand, das aber kurios in meinen Ohren hallte und meine Nackenhaare kribbeln ließ. Zudem entstand der Druck auf meinen Schläfen, der mir so vertraut war. Sie drehte sich zu uns um, grinste breit und schnippte lässig mit den Fingern.

Vor unseren erstaunten Augen begann das Eisen der Tür zu rosten. Die ersten Rostflocken fielen herab, dann ganze Stücke, die sich in Staub auflösten, als sie auf den Boden fielen. Für einen kurzen Moment waren die Innereien des Schlosses zu sehen, Messingteile fielen klirrend zu Boden, dann bröckelte auch der schwere Schlossriegel ab. Das Ganze währte etwa drei Atemzüge.

Wir waren alle beeindruckt, und Leandra lächelte. »Es ist manchmal wirklich nützlich«, erklärte sie stolz.

Die Essera sah sie nachdenklich an, lächelte dann aber auch. Ich hatte nicht den Eindruck, als ob sie Leandra anklagen wollte.

Danach durften dann die Soldaten die Tür aufdrücken, aber es waren jetzt nur noch die verrosteten Angeln, die Widerstand boten. Dahinter offenbarte sich ein schmales Treppenhaus, das steil nach oben führte und aus dem uns warme Luft entgegenströmte.

Die Treppe geleitete uns nach oben, an den Fuß der weißen Kuppel, die dem Palast des Mondes seinen Namen gab. Hier versperrte uns ebenfalls eine schwere Tür aus Eisen den Weg, doch diese war nur auf der Innenseite mit einem Riegel gesichert. Ein Schlag mit einem schweren Hammer löste den Riegel, und obwohl die Türangeln protestierten, öffnete sie sich, und wir befanden uns auf dem Dach des Palasts. Von hier aus führte eine schmale Treppe steil und ungesichert auf die Kuppel hinauf.

Die Treppe war nichts für schwache Herzen oder jemanden, der für Höhen anfällig war. Leandra erstieg sie, als wäre sie eine breite Straße, ihr Gleichgewichtssinn war weitaus besser als meiner, Natalyia tat es ihr gleich, während Serafine, ich, die Essera und die zwei Soldaten, die ihr folgten, es auf die etwas weniger elegante Art taten: Wir legten die Hände jeweils auf die Stufen vor uns.

»Das wird dir nichts nützen, wenn du wieder hinunter musst«, meinte Leandra, als sie sah, wie ich mich einer Kröte gleich die steile Treppe hocharbeitete.

»Wenn ich jetzt schon hinunterfalle, stellt sich diese Frage gar nicht erst«, entgegnete ich. Ich traute mir durchaus zu, diese Treppe wie sie zu erklimmen, aber so fühlte ich mich sicherer dabei. Warum ein Risiko eingehen?

»Ich bin diese Treppe immer so hochgegangen, auf allen vieren«, teilte mir Serafine lächelnd mit. »Und genau so wieder hinunter. Es gab genügend Spott, aber ich bin nie gestürzt.« Sie sah zurück nach unten, ihre Augen verdunkelten sich. »Ein junger Soldat versuchte mich zu beeindrucken und strauchelte. Er rutschte über die Kuppel, und zuerst sah es aus, als hätte er Glück und würde nur auf das Dach fallen. Doch durch die Rundung der Kuppel gewann er zu viel Schwung und verfehlte das Dach. Es war ein tiefer Sturz.«

Das konnte man sehen.

Ich war froh, als ich den obersten Punkt der Kuppel erreicht hatte, denn hier gab es eine ebene Plattform und ein umlaufendes Geländer aus Metall, das zwar leicht verrostet schien, aber stabil wirkte. Ich war dankbar darum. Unter einer schweren, aber zum größten Teil verrotteten Plane befand sich das, was der Spiegel sein musste, doch zuerst verstand ich die Konstruktion nicht. Ich hatte mir irgendetwas vorgestellt, aber nichts so Beeindrukkendes wie das, was sich hier an der höchsten Stelle Bessareins befand. Nur die Säule auf dem Platz der Ferne war höher.

Das Klima in Bessarein behinderte Rost eigentlich, dennoch brauchte es ordentlich Öl und grobe und feine Pinsel, harte Bürsten und jede Menge Lappen und Wasser – und reichlich Schweiß. Die beiden Soldaten erklommen immer wieder klaglos die schmale Stiege, um uns das zu bringen, was wir benötigten.

Der Spiegel maß bestimmt fünf Schritt im Durchmesser und

war entsprechend schwer, auch wenn er nicht so massiv war, wie ich angenommen hatte. Es war eigentlich nur dünnes Goldblech auf einer Trägerkonstruktion. Diese war eingelassen in einen schweren eisernen Rahmen, der in einem weiteren Rahmen hing, der wiederum mit zwei Kurbeln aufgerichtet werden konnte. Eine weitere Kurbel konnte ihn dann innerhalb des Rahmens auf der stehenden Achse drehen, mit einer zweiten konnte man den Spiegel innerhalb des inneren Rahmens auch auf der waagerechten Achse kippen.

Am Rahmen selbst gab es eiserne Tritte, die zu einer Art Hochsitz am oberen Rand führten, wo es eine Latte mit Riefen gab und einen Schlitten mit zwei Löchern darin, der auf dieser Latte hoch und runter bewegt werden konnte.

Sofern man reichlich Öl hinzugab und den Staub und Dreck von Jahrhunderten entfernte. Das war es, was uns noch zu tun blieb. Vor dem Spiegel konnte eine weitere Konstruktion mit großen Lamellen aufgerichtet werden.

Alles klemmte, alles war verdreckt, keine der Kurbeln war auf Anhieb zu bewegen. Es war verwunderlich, wie viel Sand den Weg hierher, so hoch über die Dächer der Stadt, gefunden hatte. Sogar einige zähe Pflanzen wuchsen in den Fugen.

Die Arbeit war schweißtreibend und mühsam. Ich half, wir alle halfen, aber letztlich dauerte es so lange, dass die Essera Kissen hochbringen ließ, einen niedrigen Tisch, zudem noch Krüge mit frischem Saft und zusätzlich noch ein Sonnendach, sodass es sich ergab, dass wir zum Schluss bequem hier oben saßen und einen unglaublichen Ausblick über die Goldene Stadt genossen, die sich mir zum ersten Mal in ihrer Gesamtanlage erschloss.

Die Soldaten dagegen hatten sich längst ihrer Rüstungen entledigt und schufteten mit nacktem Oberkörper weiter. Die Damen sahen durchaus aufmerksam zu, ich betrachtete währenddessen die Stadt.

Die vielen Tore und Mauern offenbarten plötzlich ihren Sinn, so groß, wie die Stadt war. Sie war wehrhaft angelegt, die Plätze hatten ihren Nutzen als Aufmarschgebiet für die Reserven der

Verteidigung oder als offene Schussfelder für die Armbrustschützen. Das Muster war hier und da durchbrochen, neuere Anlagen oder Plätze und Gärten kümmerten sich nicht mehr um das alte Prinzip der Wehrhaftigkeit. Dennoch war es sicherlich ein militärischer Albtraum, Gasalabad erobern zu wollen, vor allem, wenn die Bevölkerung es nicht wollte.

Bei so vielen Menschen würde es reichen, wenn jeder Einwohner nur einen Stein warf, um Angreifer abzuschrecken. Es sei denn, der Angreifer wäre schon in der Stadt. Von hier aus konnte ich sowohl die Botschaft der Reichsstadt mit ihren kräftigen Mauern sehen als auch den Palast des verräterischen Turms.

Kurz vor Mittag gesellte sich auch Faihlyd für eine Weile zu uns. Sie wirkte noch immer mitgenommen, die Tropfen, die ihr den Schlaf gebracht hatten, hatten nicht viel zu ihrer Erholung beigetragen. Unsere Blicke trafen sich, ich wusste ja, warum ihr der Schlaf fern geblieben war. Sie fragte mich leise, ob ich wisse, wo sich Armin befand, aber ich konnte es ihr nicht sagen.

Als sie erfuhr, was wir hier taten, blühte die Emira richtiggehend auf und befahl den Soldaten, uns frischen gekühlten Saft zu bringen und ein paar weitere Kissen. Hätten mehr als vier gleichzeitig an dem Mechanismus arbeiten können, hätte sie uns wohl auch noch eine Armee auf die Kuppel geschickt. Doch so waren es nur vier Soldaten der Palastwache, die mit freiem Oberkörper unter der sengenden Sonne schufteten, während wir im Schatten des Sonnensegels saßen und kühlen Saft tranken. Auch die Soldaten tranken hin und wieder dankbar davon. Die Emira blieb eine Zeit lang, unterhielt sich leise mit ihrer Großmutter und betrachtete neugierig den ungewohnten Anblick der Stadt, über die sie herrschte. Dann kletterte sie wieder hinunter; auch sie war klug genug, es auf allen vieren zu tun. Es sah schon seltsam aus und rief hier und da ein Lächeln hervor, aber jeder wusste, dass ein Fehltritt für sie das Ende bedeuten konnte. Und wir anderen mussten ja auch alle wieder diese Stufen hinunter.

Hier oben, hoch über der Stadt, wehte ein leichter Wind, es

war angenehm, und die Stadt wirkte malerisch und ruhig, kaum ein Geräusch drang bis hierher.

»Es war mein Lieblingsplatz«, sagte Serafine, als ich dahingehend etwas bemerkte. »Jerbil und ich waren oft hier oben«, fügte sie leise hinzu. Das konnte ich mir gut vorstellen.

Immer wieder warf die Essera Falah einen Blick hoch zur Sonne, die unaufhaltsam höher stieg. Kurz bevor es daran ging, den Spiegel aufzurichten, geschah es: ein Schrei, ein Aufprall, dann ein weiterer Aufprall und Stille. Einer der Soldaten war mit einem frischen Krug Wasser beim Aufstieg gestrauchelt und verfehlte, wie sein Kamerad vor so vielen Jahren, beim Sturz das Dach, um auf den harten Steinen vor dem Portal des Palasts sein Ende zu finden.

Ich sah hinab auf den Platz, wo er lag, beobachtete, wie andere Soldaten herbeirannten, und schluckte. Ich schaute zu Leandra hinüber. Egal wie sicher ihr Schritt war, ich wollte nicht, dass sie ein weiteres Risiko einging.

Ein anderer Soldat brachte einen neuen Krug mit kühlem, klarem Wasser, die Soldaten tranken durstig davon und arbeiteten wortlos weiter.

Letztlich bewegten sich die massiven Zahnräder dann doch, und während die Soldaten schweißgebadet an den schweren Kurbeln drehten, hob sich der Rahmen viel zu langsam aus seinem Bett. Als der Spiegel noch waagerecht lag, hatten Serafine und Natalyia ihn mit Tüchern geputzt, ihn vom Staub und Dreck der Jahrhunderte befreit. Jetzt glänzte er wieder, und man musste aufpassen, nicht im falschen Winkel hinzusehen. Wenn die Sonne ungünstig einfiel, konnte man davon erblinden.

Eine andere Gefahr offenbarte sich erst jetzt. Der Spiegel hatte die Kuppel verschlossen, und als er sich nun hob, konnten wir tief unter uns das Bodenmosaik des alten Thronsaals sehen. Jetzt galt es, auch dort am Rand vorsichtig zu sein, damit man nicht in den Thronsaal hinabstürzte. Wir hielten uns fern.

Ich lehnte mich in den Kissen zurück und döste ein Weilchen, Leandra lehnte sich an mich, und ich spürte ihren Atem an meiner Wange, als auch sie etwas schlief. Es war ein seltsam ruhiger und beschaulicher Moment. Immer wieder öffnete ich träge ein Auge, um den Fortschritt der Arbeiten zu begutachten. Zwischenzeitlich wurden auch die Soldaten abgelöst, die anderen arbeiteten genauso fleißig weiter.

Vor dem Rahmen mit dem Spiegel befand sich ein weiterer, mit dem drehbaren Rahmen verbunden. Dieser besaß Lamellen und einen großen Hebel. Auch dort werkelten die Soldaten, um den Rahmen zu säubern und den Mechanismus gangbar zu machen, ständig in Gefahr abzustürzen, denn dieser Rahmen schwebte höher als das Geländer und hing über die Rundung des Dachs hinaus. Eine falsche Bewegung und sie wären gefallen, doch es geschah nichts. Einmal rutschte einer der Soldaten aus, doch sein Kamerad hielt ihn.

Schier endlose Mengen von Olivenöl wurden verbraucht, bis der Geruch des Öls überall zu haften schien. Unsere Gewänder waren allesamt ordentlich verdreckt, selbst die Essera Falah hatte Flecken auf ihren edlen Roben. Es kümmerte uns nicht.

Letztlich aber war es dann doch so weit: Der Spiegel war vollends aufgerichtet, und Serafine kletterte vorsichtig die eisernen Stufen hoch, um sich in diesem unsicheren Hochsitz einzukeilen. Von dort gab sie Anweisungen, wie der Spiegel auszurichten war, während sie durch die Löcher in dem Schlitten einen fernen Fixpunkt anvisierte.

Direkt unter ihr lag in schwindelerregender Tiefe der Thronsaal. Einmal hämmerte sie mit beiden Händen gegen den störrischen Schlitten, und für einen endlos langen Moment glaubte ich schon, sie fallen zu sehen, aber sie fing sich und tat, als wäre nichts gewesen.

Schließlich war es so weit. Sie rief einen der Soldaten hoch zu sich und erklärte ihm, wie er den Spiegel gegen die Sonne und diesen fernen Fixpunkt zu führen hatte, denn es war beabsichtigt, das Signal so lange zu senden, wie es der Sonnenstand zuließ. Dazu musste der Spiegel mehrfach neu justiert werden.

Trotz der ganzen Arbeit und des Bemühens um Schnelligkeit

war es später, als wir gehofft hatten. Es fehlte vielleicht noch eine Stunde bis zum Mittag.

Serafine kletterte sehr vorsichtig wieder hinunter und balancierte sorgfältig zu dem vorderen Rahmen, um den langen Hebel herunterzuziehen, den es dort an der Seite gab. Er ging etwas schwer, aber die Lamellen öffneten sich knirschend. Eine hing schief, aber das war uns im Moment allen egal.

»Halte den Hebel hier unten und atme zehnmal langsam durch«, erklärte sie dem Soldaten, der mit ihr an diesen Rahmen gekommen war. Es war offensichtlich, dass sich beide bemühten, nicht hinabzuschauen. Zwischen verbogenen Bolzen konnte man erkennen, dass es auch dort einmal eine kleine Plattform aus Holz gegeben haben musste; es war jedoch nur der rohe Rahmen übrig, der weit über den Rand der oberen Plattform ragte.

»Dann lass ihn für zehn Atemzüge los, ziehe ihn für fünf Atemzüge, lass ihn für fünf Atemzüge los, und dann fang noch mal an und halte ihn für zehn Atemzüge.«

Der Soldat nickte und balancierte vorsichtig über einen Träger an den Rahmen heran.

»Schau auf keinen Fall in den Spiegel«, ermahnte sie ihn. »Wenn du deinen Posten verlässt, schließ deine Augen fest und geh hier am Geländer entlang, sonst wirst du erblinden. Tritt auf keinen Fall vor den Spiegel, die Sonne wird dich auf der Stelle rösten.«

Der Mann nickte, nahm den Hebel fest in die Hand und begann das Signal auszusenden.

Serafine fand vorsichtig den Weg zur Kuppel zurück, folgte ihrem eigenen Rat und ging mit geschlossenen Augen außen am Geländer entlang.

»Ist die Sonne wirklich so stark?«, fragte ich sie.

»Hast du die Halterung am vorderen Rahmen bemerkt?«, fragte sie zurück. Sie war erhitzt und trank einen großen Schluck Wasser, ich beobachtete gebannt, wie ihr einige Tropfen am Hals herabliefen, um im Tal ihres Busens zu enden. Als ich merkte, wo mein Blick lag, schaute ich hastig weg. Serafine hatte beim Trinken die Augen geschlossen, ich hoffte, dass sie es nicht bemerkt hatte. Sie öffnete ihre Augen wieder und lächelte.

»Einst gab es dazu eine große Linse. Wenn sie eingesetzt war, konnte man dort vorne« – sie wies auf eine Wegkreuzung weit vor den Mauern der Stadt – »einen Wagen in Brand setzen. Solange es diese Linse gab und die Sonne schien, war es nicht möglich, Gasalabad in Sichtweite zu belagern oder Belagerungsmaschinen aufzustellen. Die Linse hätte alles verbrannt.«

Ich war beeindruckt. »Eine magische Linse? Das ist wirklich erstaunlich.«

»Ich glaube nicht, dass die Linse magisch war.«

»Was ist mit ihr geschehen?«, fragte die Essera Falah. Hinter ihr klapperte der Rahmen, der Soldat sendete treu das Signal. »Ich kann mich nicht erinnern, jemals von ihr gehört oder sie gar irgendwo gesehen zu haben.«

»Ich kannte diese Linse auch nicht«, erklärte Serafine. »Ich weiß nur, dass es ungeheuer kostspielig gewesen sein muss, sie anzufertigen. Mein Vater erzählte mir, dass sie in der Amtszeit seines Vorgängers von hier oben herabstürzte, ein Loch in das Dach schlug und unten im Thronsaal zerschellte. Dabei habe sie auch noch viele Menschen schwer verletzt. Er erklärte mir, dass die Linse zwar funktioniert habe, aber es gab ja keine Bedrohung, und so entschloss man sich, dieses teure Teil nicht erneut anfertigen zu lassen.«

Schade. Eine solche Magie wäre nützlich und abschreckend, sollte unsere Angelegenheit hier doch im Krieg enden.

»Was tun wir jetzt?«, fragte ich.

Serafine lachte und wischte sich den Schweiß von der Stirn. »Jetzt krabbeln wir rückwärts die Treppe hinunter. Wir sind hier fertig. Wenn die Elfen das Signal jetzt schon sehen und neugierig werden, wird es gut zwei Stunden dauern, bis sie hier sind. Wenn sie es nicht sehen oder nicht kommen wollen …« Sie schaute sich ein letztes Mal um, betrachtete die Stadt, die vor ihr lag, und sah dann hoch zum Himmel. »Aber sie werden kommen. Sie werden wissen wollen, was los ist.«

Jeder von uns legte den Rückweg auf allen vieren zurück. Ich bemerkte, dass es hier auch mal ein Geländer gegeben haben musste, doch die Reste der Pfosten zeigten, dass sie aus Holz gewesen waren und der Witterung und der Zeit nicht standgehalten hatten.

11. Greifenreiter

»Ich wollte, es wäre immer so«, sagte Leandra neben mir. Ich brummte etwas. Man hatte uns neue Obergewänder gegeben, die alten waren zu verdreckt, als dass man ihren Anblick im Palast ertragen konnte. Wir gingen davon aus, dass die Greifenreiter bei den alten Ställen, da, wo sich auch Steinwolke befand, landen würden, also hatten wir uns dorthin verlagert. Steinwolke hatte Leandra erfreut begrüßt und musterte uns alle neugierig. Es musste ein seltsamer Anblick gewesen sein, wie Leandra uns nacheinander dem Greifen vorstellte.

Das letzte Mal, als ich die Greifendame gesehen hatte, hatte sie sich in einem jämmerlichen Zustand befunden. Das war jetzt anders, ihr Gefieder glänzte, und sie war deutlich lebhafter als zuvor. Sie herrschte über zwei Stalljungen und ein Mädchen, die sich den ganzen Tag um sie kümmerten und keine Angst vor den mächtigen Klauen und dem Schnabel kannten. Als wir ankamen, kletterte das Mädchen – es war vielleicht neun oder zehn Jahre alt – sogar auf Steinwolkes Rücken herum und lockerte mit einem seltsamen breiten Kamm das Gefieder des Greifen zwischen den Flügelansätzen.

Ich hatte auch den Eindruck, als ob Steinwolke gewachsen wäre, etwas, das mir Leandra dann bestätigte. »Sie ist noch jung«, erklärte sie mir. »Sie wird noch um ein Viertel größer werden.«

»Erstaunlich«, sagte ich, denn der Greif war jetzt schon imposant genug.

Die Essera Falah hatte uns hierher geleitet, sich dann aber zurückgezogen. Auch hier gab es eine Plane, die uns vor der Sonne schützte, und bequeme Kissen. Es blieb uns nichts anderes, als abzuwarten, ob die Greifenreiter kommen würden oder nicht. Es war warm, aber ich lag im Schatten auf bequemen Kissen. Also tat ich das, was ein Soldat in solchen Momenten tun sollte: Ich döste.

»Hhm?«, brummte ich, denn Leandra hatte irgendetwas gesagt.

»Ich wünschte, dass es immer so friedlich wäre«, wiederholte sie. Sie hatte sich neben mir auf den Kissen ausgestreckt, unsere Rüstungen hatten wir schon auf dem Dach der Kuppel abgelegt. Sie lagen auf einem Haufen, und unsere Schwerter standen daneben. Leandra war an mich geschmiegt und döste genauso wie ich, nur dass ich deutlich müder war. Zum einen hatte ich die Nacht nicht sonderlich angenehm verbracht – ich spürte noch immer die Schläge des Aufsehers –, zum anderen hatte es sich als Fehler erwiesen, so viel Wein zu trinken. Erst jetzt ließ so langsam der Druck in meinem Kopf nach.

»Genieße den Moment«, sagte ich träge. »Er wird nicht ewig währen.«

»Genau das ist es, was ich schade finde«, sagte sie leise und schloss wieder die Augen.

Ich warf einen Blick zu Natalyia und Serafine hinüber, die unweit von uns auf ihren Kissen saßen und sich leise unterhielten. Sie wirkten entspannter als ich, und ich wurde mit Erstaunen daran erinnert, wie schön diese jungen Gesichter doch waren, wenn nicht gerade Anspannung und Sorge darin standen.

Ich schloss die Augen, lauschte den überraschend vielfältigen Tönen, die der Greif von sich gab, während die Kinder auf ihm herumturnten, dem Lachen der Kinder und Leandras Atem… und schlief.

Der grelle und triumphierende Ruf des Greifen riss mich aus meinem Schlummer. Ich sprang auf und hielt Seelenreißer in der Hand, noch bevor ich richtig wach war: Neben mir protestierte Leandra, aber auch ihre Augen flogen auf und weiteten sich, als in der Ferne ein anderer Ruf zu hören war. »Sie kommen!«, sagte sie ehrfürchtig, und ich nickte. Es sah ganz danach aus, und Steinwolke wusste es ebenfalls. Sie stand stolz da, die gestutzten Flügel ausgebreitet, und wieder erklang ihr Ruf – um erneut beantwortet zu werden.

Leandra lachte leise. »Sie beschwert sich, dass man sie so lange allein ließ«, teilte sie mir mit. Der Ruf aus der Ferne ließ eine Furche auf Leandras glatter Stirn erscheinen. »Sie wird gefragt, ob man sie gut behandelt hat.« Steinwolke gab erneut Antwort, diesmal länger, und selbst ich verstand, dass diese hellen Töne eine Sprache waren. Eine sehr laute Sprache.

»Sie sagt Nein«, meinte Leandra besorgt. »Die Menschen hätten sie gequält, seit sie aus dem Ei kam, und sie fragt, ob es zwei Sorten Menschen gebe, denn erst jetzt gehe es ihr gut, auch wenn sie nicht fliegen könne.«

Der Schrei, der nun zurückkam, brauchte keine Übersetzung. Es war ein Protestruf aus mehr als einer Kehle und ließ mich schaudern.

»Was sagen sie?«, fragte ich.

Leandra griff Steinherz fester. »Etwas von Zerreißen, Zerhacken und Ausspucken und darauf Herumtreten.« Sie schluckte. »Ich glaube, diese anderen Greifen sind übellaunig.«

Ich schaute in den Himmel, an dem ein paar dunkle Punkte schnell größer wurden.

»Wir nehmen besser Abstand«, murmelte ich und zog Leandra zur Seite. Eine junge Frau kam auf die gleiche Idee und sammelte die Kinder ein, gerade noch rechtzeitig, denn die fünf Greifen kamen im Sturzflug vom Himmel und landeten mit beeindruckender Präzision und in einer Wolke aus Staub in einem Kreis um Steinwolke herum, Flügel ausgebreitet, Gefieder gespreizt und Mordlust in den großen goldenen Augen. Das Gefieder dieser Greifen war heller, und zu meiner Überraschung waren sie kleiner als Steinwolke. Leandra hatte gesagt, dass Steinwolke keinen Hass kenne und das gutmütigste Wesen sei, das ihr jemals begegnet war. Von diesen Greifen konnte man das nicht behaupten, denn sie sahen aus, als ob sie uns im nächsten Moment angreifen würden.

Vielleicht hätten sie es ohne ihre Reiter auch getan. Es waren vier hochgewachsene, schlanke Männer und eine Frau, jeder von ihnen trug eine Rüstung, die der Leandras ähnlich war, dazu noch einen langen Speer. An den Sätteln erkannte ich einen

Bogen und mehrere Köcher, alle Reiter trugen zusätzlich noch ein gerades Schwert an ihrer Seite.

Während die Rüstungen gleich waren, waren die Helme unterschiedlich. Jeder von ihnen zeigte ein kunstvoll ins Metall getriebenes Gesicht, jedes eine Fratze aus Zorn und Wut. Ich hatte davon gehört, denn die Kriegsmasken der Elfen fanden auch in unseren Balladen Erwähnung.

Alle fünf trugen ihre Haare lang und offen, sie wehten hinter ihnen wie Fahnen. Drei waren blond, zwei hatten glänzend schwarzes Haar.

Auf ein Zeichen hin senkten die Greifen ihre Schnäbel und falteten die Flügel widerwillig ein. Sie schnatterten noch immer wild, einer der Elfen zuckte mit den Schultern, als wolle er sagen *Sei's drum*, und sprang von seinem Greifen, der sich sofort Steinwolke zuwandte und weiterschnatterte. Wäre es nicht so ohrenbetäubend laut gewesen, hätte es ein rührender Anblick sein können.

Die anderen Elfen sprangen oder kletterten ebenfalls aus ihren Sätteln und sahen dann zu, wie ihre Greifen sich um Steinwolke scharten. Ihre Gesichter waren nicht erkennbar, doch ich hatte den Eindruck, dass auch sie verwundert waren über das Verhalten ihrer Tiere.

Einer der fünf trat vor, sah sich um, musterte die Kinder, die unter den Armen der jungen Frau Schutz gesucht hatten, die Palastwachen, die sich weit zurückgezogen hatten und ihre Speere gesenkt hielten, dann mich, Leandra, Natalyia und Serafine. Sicherlich war ein Bote unterwegs, um Faihlyd und die Essera Falah zu rufen, aber im Moment gab es nur uns hier.

Hinter dem Elfen schnatterten die Greifen weiter. Er griff hoch an diese furchterregende Maske und nahm sie ab. Ich erhaschte einen kurzen Blick auf feine, wenn auch herrische Gesichtszüge, da drehte er sich schon um und brüllte etwas in einer fremden Sprache. Die Greifen zuckten zusammen, sahen schuldbewusst zu ihm hinüber und wurden merklich leiser. Er seufzte, fuhr sich durch das lange Haar und sah sich weiter um, während seine Begleiter ebenfalls die Masken abnahmen.

Kurioserweise beachteten sie alle fünf Leandra nicht, die voller Anspannung neben mir stand. Sie war selbst zur Hälfte eine Elfe, hatte aber wenig, vielleicht gar keinen Kontakt mit ihrem Volk gehabt, und ich fühlte, wie angespannt sie war.

Nachdem die abscheulichen Masken abgelegt waren, wirkten die Besucher nicht mehr ganz so bedrohlich. Ich kannte Leandra und Zokora. Ich kannte die Legenden über die Elfen, aber so hatte ich sie mir nicht vorgestellt.

In den Balladen waren Elfen immer feinsinnige, sensible Geschöpfe voller Schönheit und Anmut. Schönheit und Anmut gab es hier tatsächlich reichlich. Alle fünf waren sie hochgewachsen und schlank, alle nur knapp eine Handbreit kleiner als ich, die Frau vielleicht noch einen Fingerbreit kleiner. Jedes dieser Gesichter war faszinierend ebenmäßig, mit fein geschwungenen Augenbrauen, strahlend blaue, grüne oder dunkle Augen studierten uns – herablassend, wie ich zu erkennen glaubte. Sensibel oder den schönen Künsten zugetan erschien mir von diesen fünfen allerdings keiner. So, wie sie dastanden, strahlten sie eine Arroganz und Überheblichkeit aus, die man meiner Meinung nach wirklich jahrhundertelang üben musste, um sie so hinzubekommen.

Es waren die Augen… Sie taten geradezu unbeteiligt, als ob sie nichts sähen, das ihrer Beachtung würdig wäre. Die Gesichtszüge besaßen diese Zeitlosigkeit, von der die Balladen sprachen, aber auch einen Hauch von Grausamkeit. Es mochten Elfen sein, aber ich erkannte diesen Gesichtsausdruck. Sie waren ebenso Soldaten, schlachterprobte Veteranen.

»Mein Name ist Faril«, sagte der Anführer. Er und die Frau waren die beiden Schwarzhaarigen. »Wo ist der Krieg?«

Die Frau war so schön, wie man es von Elfen behauptete, auch wenn mich ihre kühle und glatte Schönheit wenig berührte. Sie trug kein Feuer in sich, wenigstens keines, an dem ich mich wärmen wollte. Sie war kalt wie Eis. Dass die Männer schön waren, verunsicherte mich etwas. Ich war es nicht gewohnt, dass meine Blicke auf männlichen Zügen verharren wollten, und hoffte, dass ich mich alsbald damit abfand.

Der Elf zog eine schwarze, wohlgeschwungene Augenbraue hoch, eine Geste, die mich an Leandra, vor allem aber an Zokora erinnerte. Ich bedauerte sehr, dass sie nicht da war, denn wie sie sich diesen fünf gegenüber verhalten hätte, hätte ich gern gesehen.

»Faril, Reat, Imra und Conar«, sagte Serafine, als sie vortrat und sich leicht verbeugte. »So viele bekannte Gesichter. Und du musst Lasra sein, Farils Schwester. So seid ihr doch dem Ruf der Sonne gefolgt und zu uns gekommen. Ihr seid wie immer willkommen in Gasalabad, Reiter der Greifen, Paktbrüder und Freunde.« Serafines Stimme klang erstickt, und sie hatte feuchte Augen. Es war leicht zu verstehen, warum. Jeder, den sie in ihrem früheren Leben gekannt hatte, war nun schon lange zu Staub zerfallen, doch von diesen fünf Elfen waren ihr vier wohlbekannt.

Man sagte, Elfen könne man nicht überraschen. Hier sah es anders aus, denn alle fünf starrten Serafine erstaunt an und verloren für den Moment ihre maskenhafte Unberührtheit. »Serafine?«, fragte Faril ungläubig und trat einen Schritt vor, fast glaubte ich, er wollte sie umarmen. »Täuschen mich meine Augen? Du solltest schon lange im Fluss der vergangenen Leben fließen, ein Tropfen der Erinnerung, aber nicht Fleisch und Blut. Oder …« Er sah sie hart an und entspannte sich gleich darauf wieder. »Ich sehe nichts Dunkles an dir. Aber du kannst es nicht sein, Finna.«

»Ich bin es.« Serafine lächelte, und Faril wandte sich an seine Kameraden.

»Ich verstehe es nicht, aber sie ist wirklich … und jünger, als ich sie das letzte Mal sah.«

»Bist du dir sicher, Faril?«, fragte die Frau skeptisch, die Serafine Lasra genannt hatte. »Menschen leben nicht viel länger als Fliegen.« Schön mochte sie sein, aber im Vergleich zu ihr war Zokora taktvoll.

»Sie ist es. Ich verwette mein Schwert darauf«, sagte Faril und machte nun tatsächlich den letzten Schritt und umarmte Serafine. Die anderen drei kamen ebenfalls auf sie zu und begrüßten sie fast übermütig. Hier gab es eine lange Geschichte, die niemand von uns kannte.

Nur Lasra hielt sich zurück und nickte Serafine kühl zu.

»Erzähl uns, wie es kommt, dass du noch unter uns weilst«, forderte einer der anderen Reiter und hob sie scheinbar mühelos hoch. Sie lachte und schlug ihm mit den Fäusten auf die gepanzerten Schultern. »Lass mich wieder runter, Imra!«

»Aber du magst das!«

»Da war ich noch ein Kind!«

Leandra, Natalyia und ich sahen uns das alles wie gebannt an. Hochmut und Arroganz waren wie weggewischt aus diesen Gesichtern, nun gut, wenn man von Lasra absah. Eher erinnerten die vier mich nun an Jungen, die auf dem Tempelhof herumtollten.

Auf der anderen Seite spürte ich einen Stich. Dieser Imra hatte Serafine gekannt, als sie noch ein Kind war. Das war über siebenhundert Jahre her, und er sah nicht viel älter aus als zwei Dutzend und vier. Waren Elfen wirklich unsterblich, wie die Legenden behaupteten?

»Begrüßt meine Freunde«, sagte Serafine lächelnd. »Dies sind Natalyia, Leandra und Havald. Wir sind alle einen weiten Weg gegangen und …«

Faril sah diesmal Leandra direkt an. »Die Tochter des Wassers ist eine Freundin. Wenn du ihre Freundin bist, sehe ich darüber hinweg, dass du ein Bastard bist. Sei also auch du gegrüßt, möge der ewige Baum dir eine Heimat sein.«

Leandra zuckte zusammen, als hätte er sie geschlagen. Faril wollte sich mir zuwenden, aber Lasras Stimme peitschte dazwischen. »Ich bin keine Freundin von diesem Menschen, und ich verlange, dass der Bastard mich mit ihrem Anblick nicht belästigt.«

Serafine war ebenfalls bleich geworden, und Natalyias Gesicht war steinern; sie hatte ihre Hände in den weiten Ärmeln verborgen, und ich sah schon beinahe ihre Stilette fliegen.

»Mein Name ist Leandra, Maestra de Girancourt. Ich trage

Steinherz, das Schwert der Gerechtigkeit. Und wenn ihr Elfen seid«, sprach sie mit kalter Stimme, »dann bin ich ein Mensch! Ich kenne meine Mutter nicht, und nun bin ich dankbar dafür. Meinen Namen, Rang, Titel und mein Leben habe ich selbst gestaltet und bekam nichts davon geschenkt. Wenn ihr mich noch einmal Bastard nennt, nenne ich euch unhöfliche Barbaren. Denn man ist nicht das, als was man geboren wird, sondern der, der man im Leben wird. Ihr mögt so alt sein wie die Weltenkugel selbst, aber im Schatten des ewigen Baums reichte die Zeit wohl nicht, euch Anstand zu lehren.«

Mit einem Fauchen stürzte sich Lasra auf Leandra, die geschickt zur Seite auswich. Sie wirbelte die Elfe herum, verpasste ihr mit der flachen Hand zwei Ohrfeigen, eine links und eine rechts, und stieß sie dann weg. Die Elfe taumelte zurück und schaute sie so fassungslos an, dass sie offensichtlich vergaß, dass sie es war, die sich eben auf Leandra gestürzt hatte.

Das war das eine. Hinter uns kreischten die Greifen, und Steinwolke brach zwischen ihren kleineren Artgenossen hervor, um sich zwischen Leandra und jeden anderen zu drängen. Ein mächtiger Flügel wischte mich achtlos zur Seite. Noch während ich durch die Gegend purzelte, lachte ich, denn ich hätte niemals gedacht, dass eines dieser legendären Elfenwesen so fassungslos dreinschauen konnte.

Ich war nicht der Einzige, der wie Spielzeug durch die Gegend flog. Steinwolke war groß, und sie verschaffte sich ordentlich Platz, neben mir knallte Imra gegen die Palastmauer, rutschte kopfüber nach unten und richtete sich mit erstaunlicher Geschicklichkeit wieder auf.

»Beim Fluss der Welten!«, rief er. »Bastard oder nicht, das ist eine Frau!« Es klang ehrlich bewundernd.

»Elf«, sagte ich und lächelte nur leicht, als ich Sand ausspuckte und mich wieder sortierte. »Nenn sie noch mal so, und ich richte deine Zähne neu.«

»Ist das so?«, fragte er amüsiert.

»Das ist so.«

»Dann werde ich es unterlassen.« Er grinste, sprang auf und hielt mir seine Hand hin. »Ich bin Imra. Ist sie dein Weib?«, fragte er, als er mich stützte.

»Havald. Sie wird es werden.«

»Mutig.«

»Nein, Glück.«

Er lachte, klopfte den Staub von seiner Rüstung und dem Umhang und zuckte wie ich zusammen, als Steinwolke einen lauten Schrei ausstieß. Ich sah aus den Augenwinkeln die Palastwachen. Es musste hier einen besonnenen Offizier geben, denn die Soldaten waren klug genug, sich entfernt zu halten.

»Was hat sie?«, fragte ich Imra.

»Wer?«

»Steinwolke. Der Greif.«

»Ah ja. Oh, sie erklärt gerade Lasra, dass dein Weib ihre Brutschwester ist, und weist auf den Zusammenhang zwischen scharfen und kräftigen Krallen, verbeulten Außenschalen und mangelnden Flügeln hin.«

»Mangelnde Flügel?«, fragte ich.

»Steinwolke droht Lasra damit, sie über die Mauer zu werfen, und spekuliert über die Art ihrer Landung auf der anderen Seite. Sie stellt fest, dass Lasra keine Flügel hat.«

»Ich wusste nicht, dass Greifen Humor haben.«

Imra sah mich seltsam an. »Eure Steinwolke ist eindeutig kein Greif. Greifen haben tatsächlich keinen Humor.«

Ich spuckte den letzten Staub aus und musterte das, was es zu sehen hab. Steinwolke stand vor Leandra, den Kopf hoch erhoben, gestutzte Flügel gespreizt, bereit, es mit der ganzen Welt aufzunehmen. Hinter oder eher unter einem Flügel konnte ich Leandra ausmachen, die verständnislos dreinblickte. In einem Umkreis von gut sechs Schritt gab es niemanden in Steinwolkes Nähe, was ich mehr als verständlich fand. Faril half eben seiner Schwester wieder auf, die noch immer wie betäubt wirkte.

»Steinwolke ist kein Greif?«, fragte ich nach.

»Doch, irgendwie schon. Sie ist ein Königsgreif. Sie einen

Greif zu nennen ist, als ob man einen Drachen als Reptil bezeichnen würde.« Imra warf mir einen Blick zu. »Sie dürfte trotzdem keinen Humor haben.«

Jemand räusperte sich hinter uns. Wir sahen nach hinten. Es waren Essera Falah und Faihlyd, die das Spektakel mit großen Augen betrachteten, neben ihnen, gespannt und für alles bereit, standen zwei Soldaten der Palastwache.

»Imra?«

»Ja?«

»Bestehst du darauf, unhöflich zu sein?«

»Nein.«

»Gut.«

Ich verbeugte mich tief vor der Essera und Faihlyd. Imra stutzte kurz, lachte leise und tat es mir nach.

»Havald«, sagte Faihlyd in einem gewissen Tonfall. »Könnt Ihr mir erklären, was hier los ist? Ich dachte, das Signal brächte Freunde, die uns in unserer Not beistehen.«

»Oh.« Imra lachte. »Wir sind schon Freunde. Irgendwie. Kennt ihr Serafine? Wenn ihr Freunde von Serafine seid, sind wir auch eure Freunde. Wisst ihr, wie lange ich sie schon kenne? Diese Menschenstadt war nur halb so groß, da wollte sie schon …«

»Imra?«

Er brach ab und sah mich an. »Bin ich unhöflich?«, fragte er vorsichtig. »Ich habe mich verbeugt, oder etwa nicht? Oh … sind diese beiden wichtig?«

»Das, Imra, sind die Emira Faihlyd, Herrscherin über diese Stadt der Menschen, und ihre Großmutter, eine Frau, der man ebenfalls Respekt erweisen sollte.«

»Weil sie alt ist und bald stirbt?«, fragte er neugierig.

»Nein. Weil sie weise ist, schlau und gerissener, als du es dir vorstellen kannst«, knirschte ich, und die Essera Falah lachte.

»Genug der Komplimente«, sagte die Essera, und Faihlyd trat vor, um mich bedeutsam anzusehen.

»Havald …«, erinnerte sie mich daran, dass ich ihr eine Antwort schuldete.

»Ganz genau kann ich es auch nicht sagen. Serafine kennt alle bis auf die Frau. Der Anführer heißt Faril, und er begrüßte Leandra freundlich und erklärte ihr, dass er darüber hinwegsehen würde, dass sie ein Bastard ist, dann verlangte die Frau – sie heißt Lasra –, dass sich Leandra entfernen solle, weil sie ihre Augen beleidige, daraufhin wurde Leandra diplomatisch …« Ich lächelte, und Faihlyd fing an zu schmunzeln. »Also griff Lasra sie an, Leandra gab ihr zwei Ohrfeigen, und Steinwolke mischte sich ein, um Leandra zu beschützen. Sie machte etwas Platz, und wir landeten hier an der Mauer, wo Ihr uns fandet. Das ist in etwa alles.«

»Ach ja«, sagte Faihlyd und sah an mir vorbei. Ich schaute zurück über die Schulter. Leandra musste es irgendwie geschafft haben, an Steinwolkes Flügel vorbeizukommen, denn sie rollte gerade mit Lasra im Sand herum, während Steinwolke wie ein ganz und gar zu großes Huhn um die beiden herumhüpfte und besorgte Töne ausstieß. Dabei flog hier und da auch mal ein Elf zur Seite, sogar einer der kleineren Greife wurde zur Seite geschubst.

Imra sah hin und grinste. »Entweder bringen sie sich gegenseitig um, oder sie werden Freunde«, sagte er und wischte ein Staubkörnchen von seinem Umhang.

»Irgendwie habe ich mir die edlen Elfen anders vorgestellt«, bemerkte Faihlyd mit einem Lächeln. Sie musterte Imra. Richtig. Imra war schön. Ich war erleichtert, wie schnell ich das vergessen hatte.

»Oh, wir sind edel. Irgendwie«, bekräftigte Imra. »Wenn man es von eurer Seite aus sieht. Unser Blut fließt in den Adern von unzähligen Königsgeschlechtern.« Er grinste mich an. »Die man eigentlich alle Bastarde nennen müsste.«

»Imra?«, sagte Faihlyd freundlich. »Sagt dieses Wort noch einmal, und ich lasse Eure schöne Nase neu arrangieren.«

»Findet Ihr, ich habe eine schöne Nase?«, fragte Imra und stellte sich wie ein Pfau in Positur, damit man ihn bewundern konnte.

»Sag mal, bist du etwas langsam?«, fragte ich ihn, und er lachte.

»Nein. Ich bin weise, schlau und gerissener, als du es dir vorstellen kannst! Ich bin zudem ein Prinz und der Kriegsherr unseres Volkes, und diese vier sind meine engsten Freunde und Mitstreiter.«

Er musterte seine Fingernägel. »Ich vergaß noch etwas. Ich bin auch das, was ihr einen Maestro nennt, und meine magischen Fähigkeiten sind schreckenerregend. Habe ich etwas vergessen? Ja, richtig. Ich habe das Glück, dass Lasra sich dazu herabgelassen hat, mich vor dem Baum zum Mann zu nehmen, das macht sie zu einer Prinzessin. Wenn man es wie ein Mensch sieht.«

Ich blickte von ihm zu Faihlyd und Falah hinüber. »Serafine hat gesagt, dass Elfen leicht gelangweilt sind. Ich verstehe, was sie meinte.«

Faihlyd warf mir einen bitterbösen Blick zu und verbeugte sich leicht vor dem Elfen. »Prinz Imra, mein Name ist Faihlyd, Tochter des Löwen und Emira von Gasalabad. Ich ließ das Signal geben, weil ich Eure Hilfe brauche, um meine Schwester aus den Fängen eines Nekromanten und Seelenreiters zu retten. Seid willkommen in Gasalabad, und möge der Friede der Götter mit Euch sein.«

Bei dem Wort Nekromant schwand das Lächeln schlagartig aus Imras Gesicht. Gleichzeitig sah ich aus den Augenwinkeln, wie Lasra an Leandras Haaren zerrte, mit angewidertem Gesichtsausdruck die Perücke wegwarf und dann plötzlich wie erstarrt schien.

»Ich ...«, setzte Imra gerade an, als er meinen überraschten Gesichtsausdruck bemerkte. Lasra war vor Leandra zurückgewichen, als hätte sie sich in ein Ungeheuer verwandelt.

Imra verbeugte sich schnell und tief vor Faihlyd und ihrer Großmutter. »Entschuldigt mich bitte einen Moment«, sagte er und eilte davon. »Schickt die Wachen weg und kommt nach«, rief er über seine Schulter. »Es bestand nie Gefahr.«

Falah und Faihlyd sahen mich an. Was sollte ich sagen? »Wenn ihr mir vertraut, braucht ihr die Wachen nicht«, sagte ich leise. Ich hatte Seelenreißer noch immer in der Hand.

»Wir sollten nachsehen, was da geschieht«, bemerkte Faihlyd und gab ein Zeichen. Mit einer Verbeugung gingen die Wachen einige Schritte zurück, und wir näherten uns vorsichtig dem Geschehen.

Ich ging zu Leandra, der es gut zu gehen schien, abgesehen davon, dass sie genauso verständnislos schaute wie der Rest von uns. Steinwolke stand hinter ihr und sah mich neugierig an. Die Elfen hingegen hatten sich um Lasra geschart, die auf dem Boden kniete und bitterlich weinte. Immer wieder schauten sie zu Leandra hinüber und wirkten alle, auch Imra, ziemlich betreten.

»Was ist hier geschehen?«, fragte ich Leandra leise.

»Ich weiß es nicht. Diese Lasra...« Ein schnelles Lächeln huschte über ihr Gesicht. »Weißt du, ich glaube, ich mag sie. Sie ist wenigstens ehrlich. Havald, du weißt, dass ich nicht zum ersten Mal Bastard genannt wurde. Faril sagte genau das, was er meinte. Das ist mir lieber als ein Tuscheln hinter meinem Rücken. Und Lasra... Schau, sie hat noch immer ihren Dolch im Gürtel. Es war kein ernsthafter Angriff.« Das Schwert der Elfe lag ein paar Schritte weiter vergessen auf dem Boden.

»Was war es dann? Ein Ritual oder so etwas?«, fragte ich überrascht.

»Ich glaube nicht«, meinte Leandra. »Es ist manchmal so, dass es zwischen Frauen Dinge zu klären gibt.«

»Ich dachte, nur Männer machen das so.«

»Wir machen es auch nicht wie Männer. Wir machen es... anders.« Sie verzog den Mund. »Ich mag sie. Es hätte nicht mehr lange gedauert, aber als sie meine Perücke sah, war der Kampf vorbei.« Ihr Gesicht verdunkelte sich. »Ich hasse diese Perücke! Ich habe mein Haar in einem Kampf verloren, für den ich mich nicht schämen muss.«

Bei den Elfen hatte sich etwas getan. Faril und Lasra traten gemeinsam auf Leandra zu und verbeugten sich leicht. »Meine Entschuldigung. Ich war unhöflich und respektlos«, sagte Lasra leise. »Es wird nicht wieder geschehen.« Sie sah Leandra scheu an. »Selbst wenn Ihr ein Bastard wärt, was Ihr nicht seid.«

Ich konnte nicht anders, ich musste lachen. Faril hustete und stieß seiner Schwester in die Seite.

»Ich meine ...«, sagte Lasra und blickte hilfesuchend zu Faril.

Dieser verbeugte sich noch einmal. »Es war mein Fehler, Sera. Ich wurde von dem falschen schwarzen Haar verwirrt und hielt Euch für eine ... eine Halbelfe.«

»Ich bin eine«, sagte Leandra und wirkte nun noch verwirrter.

»Ihr seid weder eine Halbelfe noch eine Elfe«, erklärte Faril ihr mit Nachdruck in der Stimme. »Ich habe Eure violetten Augen gesehen und dachte mir nichts dabei. Erst als ich die Farbe Eures Haars sah, erkannte ich meinen Irrtum. Kein Wunder, dass Steinwolke Euch verteidigt.«

»Ich bin nicht mit Elfen verwandt?«, fragte Leandra verwundert.

»Ihr seid zumindest kein Elf oder das Ergebnis einer Verbindung zwischen Mensch und Elf«, erklärte Faril und klang sich seiner selbst sehr sicher. »Wir sollten das erkennen können, nicht wahr? Ihr seid etwas anderes. Nach den Titanen sind wir die älteste Rasse auf dieser Weltenkugel. Aber vor den Titanen gab es andere. Die Älteren. In unseren Überlieferungen werden sie erwähnt. Sie sind uns ähnlich, vielleicht sind es unsere Vorfahren. Die Beschreibungen sind unterschiedlich. Aber in einem sind sie sich gleich. Die Älteren besaßen ein violettes Augenlicht und weiße Haare, zudem ein großes Talent für Magie. Wir Elfen sind der Ansicht, dass die Götter aus diesen Älteren hervorgingen. Darf ich fragen, wie alt Ihr seid?«

Leandra sah mich unsicher an, aber ich wusste auch nicht, worauf Faril hinauswollte. »Zwei Dutzend und zehn«, sagte sie dann. »Ich bin noch jung«, fügte sie fast entschuldigend hinzu.

Die beiden Elfen wirkten erstaunt. »Jung? Das ist wahrlich alt«, sagte Lasra beeindruckt. »Oft gehen wir schon mit zwei-

oder dreitausend Jahren in den Weltenstrom ein, weil wir dahinschwinden.«

Leandra sah sie verständnislos an, dann schüttelte sie energisch den Kopf. »Jahre«, korrigierte sie fast erbost. »Jahre, wie wir Menschen sie zählen. Nicht Jahrtausende.«

»Das ist schwerlich möglich«, sagte Faril voller Unglauben. »Die Ältesten wandeln nicht mehr auf dieser Welt. Es ist undenkbar, dass Ihr in diesem Zeitalter geboren wurdet.«

»Glaubt mir, ich war ein ganz normaler Säugling«, meinte Leandra. »Das ist etwas, das *ich* ziemlich genau weiß.«

»Entschuldigt, Esseren«, sagte Faihlyd hinter uns. »Den Göttern ist es immer ein Wohlgefallen, wenn Missverständnisse ein Ende finden, aber bedenkt, es gibt Grund zur Eile.«

Faihlyd und Falah gingen voraus, Ziel war wohl einer jener Räume, die von der Familie für diplomatische Besprechungen genutzt wurden, jedenfalls sagte Faihlyd etwas in dieser Art. Ich ging neben Imra. »Prinz«, begann ich leise. »Entschuldigt die Frage, aber …«

»Bleiben wir bei Imra. Was ist die Frage?«

»Ich bin überrascht über das, was ich gesehen habe …«, begann ich, und er lachte leise.

»Es war anders geplant. Zuerst war da Steinwolke und dann Serafine. Dann dein Weib …« Er schüttelte den Kopf. »Es könnten ereignisreiche Jahre kommen.«

»Wie war es denn geplant?«

»Unbeteiligt und erhaben. Das ist immer gut, wenn man mit Menschen reden muss. Sie erwarten es von einem«, antwortete er. »Aber es ist schwierig, wenn man jemanden trifft, mit dem man als Kind gespielt hat.«

»Serafine?«, fragte ich. »Ihr wart auch Kinder?«

Er verlangsamte seinen Schritt etwas. »Nicht in dem Sinne, wie Ihr Kinder seht«, erklärte er mir leise. »Aber ja. Serafine war ein kleines Kind, als ich sie das erste Mal sah, und eine erwachsene Frau, die in einen Krieg zog, als ich sie das letzte Mal traf. Bei beiden Gelegenheiten war ich noch immer Kind, wie es meine Rasse sieht. Ich bin gerade zwanzig Eurer Jahre älter als Serafine, für uns ist es, als wären wir zeitgleich geboren. Wir halten uns fern von Menschen, weil sie uns so ähnlich sind und wir sie lieben können, sie aber so schnell sterben. Ich war noch zu jung, um das zu verstehen. Als ich verstand, dass ich Serafine nie wiedersehen würde, war ich nach Eurer Zählung hundertzwanzig Jahre alt und erst dann langsam erwachsen. Ich trauerte um sie, als ich es begriff.« Er musterte mich. »Ich weiß nicht, ob du das verstehen kannst, Havald. Wie es ist, wenn die, die du liebst, altern und sterben. Deswegen halten wir uns von Menschen fern und geben uns unberührbar. Jene, die wir dennoch lieben, halten wir in unseren Herzen für die Ewigkeit.«

O doch, ich verstand es gut.

»Als ich erkannte, dass es wirklich Serafine war …« Er lächelte verlegen. »Ich habe vergessen, dass ich kein Kind mehr bin.« Sein Lächeln verschwand, und ich sah wieder diese hochmütige, unbeteiligte Maske auf seinem Gesicht. »Wir können aber auch anders«, sagte er und sah mich gelangweilt an. Im nächsten Moment war sein Lächeln wieder da. »Weißt du, was wir gern tun, Havald? Wir spielen alle gern Theater, lesen und spielen die Stücke, die ihr Menschen schreibt, lachen und weinen mit euch und spielen diese ganzen Rollen. Es ist ein Spiel, doch es ist auch Ernst. Wir müssen uns von euch fern halten, auch mit unseren Gefühlen, sonst gehen wir unter. Und doch ist es so, als ob wir euch begehren würden, eifersüchtig auf euch sind. Ihr lebt so kurz, aber ihr brennt wie der hellste Stern und seid so fürchterlich leicht zu lieben. Ihr seid so leicht zu lieben, Havald, dass wir es uns nicht trauen, denn der Verlust der Liebe währt bei uns ewig. Wenn dein Weib nun doch einer Verbindung zwischen einem Elfen und einem Menschen entsprang, dann wissen wir, dass es eine Elfe gibt, die trauert. Oder eine, die hasst. Denn manchmal geschieht es, dass auch einer Elfe Gewalt angetan wird.« Er sah mich von der Seite an. »Unser Wort für Bastard ist En'shin'dira, es steht für ›in Trauer geboren‹. Dennoch treibt es uns immer wieder zu euch hin, weil ihr eine Faszination ausübt, der wir uns kaum entziehen können.«

»Bastard ist kein schönes Wort bei uns. Solltet ihr noch einmal jemandem begegnen, verwendet euer Wort«, gab ich leise zurück. »Wenn man danach fragt, wird man eure Antwort verstehen. Euer Wort ist schön.«

»Schön? Wir sprechen von Trauer, die länger hält als manches Königreich.«

»Was ist Trauer anderes als Liebe?«, fragte ich ihn.

Er sah mich seltsam an, doch er gab keine Antwort, denn wir hatten den Raum erreicht, in dem die Besprechung stattfinden sollte.

Es war Faihlyd, die mit wohlgesetzten Worten den Elfen unser Anliegen vortrug. Die Besucher gaben sich dem Anlass entsprechend und trugen ihr offizielles, unbeteiligtes Gesicht. Imra hatte recht, sie konnten es gut. Jetzt im Moment war es kaum vorstellbar, dass Leandra und Lasra miteinander gerauft hatten oder dass Imra wusste, wie man lächelte.

»Um meine Schwester zu retten, ist es nötig, innerhalb eines Tages Janas zu erreichen«, schloss Faihlyd ihre Rede. »Wir bitten euch also, jemanden von uns dorthin zu fliegen, sodass wir einen Befreiungsversuch unternehmen können.«

Imra tauschte einen kurzen Blick mit den anderen. »Wir werden das tun. Familie ist uns heilig. Doch sagt uns, Faihlyd, warum habt Ihr dafür das Signal des Krieges gesetzt? Jedermann bei uns befindet sich jetzt in heller Aufregung.«

Serafine sah Faihlyd fragend an, und diese nickte.

»Es war meine Idee«, gestand Serafine, aber sie wirkte nicht verlegen dabei. »Zum einen, weil ich wusste, dass ihr dann kommen würdet, zum anderen, weil es tatsächlich einen Krieg gibt. Einen Krieg, der auch euch berühren wird. Es gibt ein Reich tief unten im Süden, das sich langsam Königreich um Königreich einverleibt. Schon jetzt sind die Agenten dieses Reichs hier am Werk, säen Zwietracht und Uneinigkeit zwischen uns. Beherrscht wird dieses Reich von einem Mann, der sowohl Nekromant als auch Maestro ist. Der Herrscher von Thalak. Erst seit Kurzem kennen wir seinen Namen.«

»Kolaron heißt er«, sagte Faril. Er wirkte gelangweilt. »Wir wissen von ihm.«

Ich versuchte, seine Mimik nicht zu beachten und in seinen Augen zu lesen. Imra ersparte mir die Mühe.

»Er ist unser Feind. Er war es schon immer und wird es immer bleiben, bis er von dieser Weltenkugel getilgt ist. Eure Priester sagen, Elfen hätten keine Seele, doch dieser Unheilige hält das von meinen Brüdern und Schwestern gefangen, was wir unsere Seele nennen. Er ist ein Frevel in den Augen unserer Götter.«

»Dann war das Signal richtig«, sagte Serafine, und Imra nickte ernst.

»Ich werde es meiner Mutter berichten, wenn wir nach Hause zurückkehren.«

Einen Moment lang herrschte Stille. Niemand sagte mehr etwas.

»Kennt ihr die Länder weit unten im Süden?«, brach ich das Schweigen.

»Ja«, antwortete Imra. »Es gibt noch nicht viele Menschen dort.«

»Eine alte Reichsfeste hoch auf einem Bergkamm?« Ich erinnerte mich, dass dort noch immer ein Greif im Eis gefangen lag.

Er nickte. »Die Nordfeste. Es sollte eine weitere geben, aber sie wurde nie errichtet.«

»Ist das jetzt wichtig, Havald?«, fragte Faihlyd leise und etwas ungeduldig.

Ich sah kurz zu ihr. »Ja, ist es. Aber nicht im Moment.«

»Gut«, sagte Imra. »Wen sollen wir zu dieser Stadt fliegen? Ich warne euch, es braucht einen guten Magen, so wie unsere Greifen fliegen. Es können auch nicht mehr als vier sein, wir brauchen einen freien Platz für den Rückflug, falls die Rettung gelingt.«

Das mit dem Magen hatte ich befürchtet.

»Werdet ihr euch auch an der Rettung selbst beteiligen?«, fragte Faihlyd gespannt.

Imra sah nachdenklich aus. »Nein«, gab er nach kurzem Überlegen Antwort. »Es gibt keine Allianz mehr, oder, wenn man so will, nur eine mit dem Imperium, dem, was ihr das Alte Reich nennt. Und das existiert nicht mehr. Wir mischen uns nicht in die Geschicke der Menschen ein oder ziehen an eurer Seite gegen ein anderes Reich oder ein Emirat in den Krieg. Wir befinden uns bereits in einem Krieg. Mit einem Feind, der auch der eure ist. Wir fliegen euch hin und zurück, dies ist das Maß eurer Frage, und das ist das Maß unserer Antwort. Es ist ein persönlicher Gefallen.«

»So soll es sein«, sagte Faihlyd und neigte den Kopf.

»So wird es sein«, antwortete Imra.

Wir waren auf dem Weg zurück zu den Greifenställen, als Faihlyd mich zur Seite zog. »Havald«, sagte sie leise. »Was wisst Ihr über das Ausmaß der Bestrebungen von Helis, die einst Tochter des Wassers war?«

Ich war verwundert. »Verzeiht, Hoheit, ich weiß nichts von irgendwelchen Bestrebungen. Sie ist erst seit wenigen Tagen in dieses Leben zurückgekehrt. Was befürchtet Ihr?«

»Habt Ihr nicht gesehen, wie leicht es ihr fällt, die Geschicke anderer zu lenken? Sogar meine Soldaten haben nicht lange gefragt, als sie ihnen erklärte, was zu tun sei. Wenn sie sich offenbaren würde, läge ihr das ganze Reich zu Füßen. Sie wäre an der Seite von Jerbil Konai, der Säule der Ehre, Kalifa geworden, hätte das Schicksal es nicht anders gewollt.« Oder ein Magier Namens Balthasar.

Ich verbeugte mich leicht. »Das war damals.«

»Aber sie ist heute. Ihr wisst gar nicht, wer sie ist. Ihre Legende ist so groß… Und wenn ich sie nicht selbst erlebt hätte, wäre ich nicht geneigt, die Legenden zu glauben.« Sie sah mich aus ernsten Augen an. »Ich fühle mich neben ihr gering. Sie kennt keine Angst, keine Zweifel, keine Furcht. Sie weiß Dinge, die längst vergessen sind, auf ihre Bitte hin kommt ein Prinz der Elfen, der mich zurückweist, ihr aber einen Gefallen tut.«

»Er hat Euch nicht zurückgewiesen. Er hat klug entschieden. Denn er hat recht, es darf nicht der Krieg der Elfen sein.«

»Wenn Ihr es sagt.« Ich vergaß manchmal, wie jung sie war. Sie biss sich auf die Unterlippe. »Havald, was ist, wenn sie nach meinem Thron greift? Oder dem des Kalifen? Wenn die Menschen wissen, wer sie ist, öffnen sich ihr alle Tore der Stadt, selbst mein loyalster Soldat wird Mühe haben, zu entscheiden, wem er folgen will. Jerbil Konai ist die Säule der Ehre, noch heute steht sein Denkmal auf dem Platz der Ferne, und der Adler, den er fliegen lässt – das ist sie. Serafine, die Tochter des Wassers.« Sie schluckte. »Seht, Havald, wenn sie vor mich treten und mich bitten würde, für sie Platz zu machen… Sie hat mir das Leben gerettet, kaum dass sie von den Toten zurückkam, rettete die ganze Stadt, vielleicht rettet sie nun auch meine Schwester. Armin liebt sie, denn sie ist die wiedergeborene Helis. Meine Mutter verehrte sie schon immer, und auch ich tue das. Wenn sie nach dem Thron fragen würde… Sie wäre die Einzige, für die ich ihn freigeben würde, ohne darum zu kämpfen. Denn die Krone ist mir eine Last, und sie könnte sie besser tragen als ich.«

»Faihlyd«, sagte ich und vergaß für den Moment, mit wem ich sprach. »Sie ist eine Legende, das ist wahr. Aber eine Legende aus einer anderen Zeit. Es ist siebenhundert Jahre her, dass sie ihre Heldentaten vollbrachte. Sie weiß nichts aus unserer Zeit, wie soll sie besser herrschen können als Ihr?«

»Es geht nicht um vergangene Taten! Fünf Tage, Havald«, antwortete Faihlyd. »Vor fünf Tagen hat sie mir Eiswehr zugeworfen, und die Perlen! Es war ihr erster Atemzug in einem neuen Leben, und sie hat uns alle gerettet.«

»*Ihr* habt uns alle gerettet«, sagte ich und war versucht, sie in den Arm zu nehmen. Ich wollte weiterleben, also ließ ich es bleiben. »Ihr habt die falsche Marinae besiegt.«

»Weil die Tochter des Wassers mir die Mittel dazu gab. Habt

Ihr nicht gesehen, was sie alles kann und weiß? Sie ist in diesem Boden so fest verankert wie das Land selbst, und noch immer sind sie und Jerbil in den Herzen der Menschen.«

»Wenn sie und Jerbil zurückgekehrt wären aus jenem Krieg, hätten sie vielleicht den Thron gewonnen. Er wäre Kalif geworden, sie wäre an seiner Seite gewesen. Sie hätten Kinder bekommen, vielleicht ein neues Haus begründet. Sie wären gute Herrscher gewesen. Es gab sicherlich auch Kalifen, die geachtet wurden, nicht wahr? Die auch Legenden sind. In ihrer Zeit. Die Legende vom Löwen und vom Adler ist nur so gewaltig, weil niemand weiß, was geschehen wäre. Ihr beide, Armin und du, ihr führt ihr Vermächtnis fort. Ihr, Faihlyd, seid die Emira von Gasalabad, die Löwin der Goldenen Stadt, man sieht zu Euch auf, und die Götter hören Gebete in Eurem Namen. Ihr habt recht, es naht die Stunde einer neuen Legende vom Löwen und vom Adler. Doch diesmal seid Ihr es, Ihr und Armin. Wartet zwanzig Jahre, Hoheit, und messt dann Eure Legende gegen die ihre. Ihr werdet überrascht sein.« Ich sah ihr in die Augen. »Das Erste, was ich über Euch hörte, war, dass Ihr die Hoffnung von Gasalabad seid. Und das seid Ihr auch. Was Serafine... Helis mit ihrem neuen Leben zu tun wünscht, weiß ich nicht. Aber ich glaube nicht, dass sie nach einem Thron trachtet.«

»Glaubt Ihr, dass sie unser Freund ist, Havald?«, fragte sie leise.

»Nein, das glaube ich nicht«, sagte ich, und sie zog scharf die Luft ein. »Ich weiß es.«

Sie entspannte sich wieder.

»Es ist Helis, die zurückgekehrt ist. Sie ist die Schwester Armins, der dem Haus des Adlers vorsteht. Es ist Armins Bestreben, das Haus des Adlers wiederzuerwecken, nicht wahr?«

Sie nickte, dann weiteten sich ihre Augen.

»Warum sollte sie Euch, als Schwester des Adlers, der an Eurer Seite auf dem Thron von Bessarein sitzen wird, nicht unterstützen? Wem sollte sie sonst dienen wollen?« Zu spät verstand ich, dass Faihlyd an mir vorbei sah. Ich drehte mich um, dort stand Serafine. Sie wirkte etwas traurig und warf auch mir einen seltsamen Blick zu.

»Ich habe Teile von dem gehört, was du Ser Havald gefragt hast, Schwester. Denn das bist du für mich, durch die Bande, die du und Armin vor den Göttern geschmiedet haben. Auch wenn es niemand weiß, ihr habt den Bund vollzogen, und ihr seid vor den Göttern eins. Also bist du meine Schwester. Ich habe entweder meinen Tod um siebenhundert Jahre überlebt oder bin zurückgekehrt. So oder so seid ihr meine Familie. Dass du mich fürchtest, Faihlyd, beschämt mich. Havald.« Sie sah nun mich mit einem leisen Vorwurf an. »Auf die Frage, wem ich sonst dienen wollte, müsstest du die Antwort kennen.«

Sie drehte sich um und ging davon. Wir sahen ihr nach. Faihlyd biss sich auf die Lippe. »Ich wollte sie nicht verletzen«, sagte sie.

»Sie ist nicht verletzt. Sie ist traurig. Das ist etwas anderes«, entgegnete ich betreten, und wir gingen schweigend weiter.

Leandra sah mich scharf an, als ich an Faihlyds Seite in die Sonne trat. Ich ging auf sie zu. Sie schien sich zu entspannen, lächelte und schüttelte den Kopf. »Lasra bot mir an, mit ihr zu reiten«, sagte sie dann. »Sie will meine Schwester werden, was immer das bedeutet.«

»Ihr zieht euch an den Haaren und liebt euch dann? Ihr macht es wirklich anders als Männer.«

Leandra lachte. »Sage ich doch. Ich finde diese Elfen faszinierend, sie sind wie Quecksilber. Nie weiß man, wer vor einem steht.«

»Ich glaube, sie vertreiben sich die Langeweile damit.« Ich stahl einen Kuss von ihr. »Ich bin verwundert, dass du nicht widersprochen hast, als jeder davon ausging, dass wir es sein werden, die diese Greifen reiten.« Ich warf einen Blick hinüber zu den Elfen, die ihre stolzen Reittiere pflegten und die Ausrüstung überprüften. »Verwickelt uns das nicht noch mehr in diese Stricke?«

»Ich hoffe im Gegenteil, dass es uns befreit. Warum hast du nicht protestiert?«

»Ich bin es gewohnt, freiwillig gemeldet zu werden«, entgegnete ich. »Nun ja, es erscheint mir richtig, und so lerne ich endlich das Fliegen.«

»Ja«, sagte sie leise. »Steinwolke sagt, dass wir zusammen fliegen werden. Aber ich muss sie zurücklassen, es wird noch lange dauern, bis ihre Schwingen nachgewachsen sind.«

»Es gibt die imperialen Tore, du kannst sie jederzeit besuchen ...« Mir fiel etwas ein. »Entschuldige«, sagte ich. »Ich muss die Essera Falah etwas fragen.«

»Einen geheimen Raum mit einem magischen Tor in unseren Gemächern?«, fragte die Essera erstaunt. »Davon weiß ich nichts. Seid Ihr sicher?«

»Serafine ist es, Essera«, antwortete ich ihr respektvoll. Sie sah nachdenklich zu Serafine hinüber, die sich mit Imra unterhielt und seinen Greifen über dem Schnabelansatz kraulte, zum offensichtlichen Wohlgefallen des Greifen.

»Ein solch direkter Weg wäre nützlich«, sagte ich zu Falah. »Das Tor kann nicht von innen geöffnet werden, wenigstens war es einst so. Ihr wärt also noch immer sicher.«

Sie sah mich lange und nachdenklich an, ihre Augen suchten etwas in den meinen. »Damit habt Ihr ein Geheimnis preisgegeben, Havald.«

»Es wissen viele von diesen Toren«, antwortete ich.

»Ich wusste nichts von ihnen«, erklärte die Essera. »Und bis eben glaubte ich, vieles zu wissen.«

Sie schaute erneut zu den Greifen und wechselte das Thema. »Werdet Ihr bald aufbrechen?«

»Ich verstand es so, dass sie die Greifen füttern und tränken wollen, noch einmal alles überprüfen werden und es dann losgeht.«

»Und Ihr? Seid Ihr bereit?« Sie sah mich forschend mit ihren klugen Augen an.

»Nein. Ich habe es noch nie vermocht, für das bereit zu sein, was wirklich geschieht. Für das, was geschehen soll, bin ich bereit.« Ich verbeugte mich leicht vor ihr. »Wir werden bald mit Eurer Enkelin zurück sein, damit endlich auch dieses Kapitel einen Abschluss findet.«

Sie legte eine Hand auf meinen Arm. »Havald …«

»Ja?«

»Ich weiß, Ihr haltet nichts von Prophezeiungen. Aber es gibt eine, die ich Euch nennen muss. Wenn der Engel des Todes sich vor den Sternen in den Himmel erhebt, wird er den Willen Soltars ausführen, mit seiner Hand wird er einen Feind seines Gottes richten, während er von den Himmeln fällt.«

Vor allem der letzte Satz gefiel mir nicht.

»Gibt es noch etwas, das ich wissen müsste? Gibt es weitere Prophezeiungen?«

Sie nickte.

»Dann ist es ja gut. Also werde ich den Sturz überleben.«

»So geht es weiter: Wenn er fällt, wird er den Drachen ein Mahl bereiten. Wenn er jedoch weiterlebt, hat es ihn ein Herz gekostet.« Sie sah mich ernst an. »Der Götter Segen mit Euch, Havald. Kehrt wohlbehalten zu uns zurück.«

Als ich zu den anderen ging, dachte ich bei mir, dass ich froh sein konnte, nicht an Prophezeiungen zu glauben. Sonst wäre mir noch flauer im Magen geworden. Ich hatte schon einmal Drachen gesehen. Vor langer Zeit einen, der sich sonnte, einen anderen, der flog, und vor Kurzem erst einen, der auf der Suche nach einem Weibchen war. Jeder von ihnen hatte ein Maul so groß, dass ich mich bequem hätte darin einrichten können, und Zähne, die länger waren als ich. Seelenreißer vermochte viel. Aber wenn ich von einem Drachen gefressen wurde, wüsste ich nicht, wie er mir aushelfen sollte.

»Sagt, Hoheit«, fragte ich Faihlyd, die neben Leandra stand und sich mit ihr unterhielt. »Ist etwas davon bekannt, dass es in der Gegend von Janas Drachen geben soll? Oder auf der Strecke dorthin?«

Faihlyd und Leandra sahen mich nur überrascht an. »Es gibt schon lange keine Drachen mehr«, sagte Faihlyd dann. »Jeder weiß das.«

Ich deutete auf Steinwolke. »Es gibt auch keine Greifen.«

Also gut. Keine Drachen in Janas und Umgebung. Irgendwie erleichterte mich das. Obwohl ich ja ohnehin nicht an solche Dinge glaubte.

12. Ein perfekter Plan

»Halt dich gut fest«, riet mir Imra. »Du bist so schwer, dass mein Greif Mühe haben wird, unser beider Gewicht zu tragen. Es wird ereignisreich werden!« Er drehte sich um zu mir und lachte. »Ist er erstmal in der Luft, ist es keine Schwierigkeit mehr, er ist stark und ausdauernd. Nur der Start ist nicht leicht.«

Ereignisreich. Imra schien dieses Wort zu lieben.

Wie erhob sich ein Greif in die Luft? Es war wirklich *ereignisreich*. Er sprang, während die mächtigen Flügel nach unten schlugen und Staub aufwirbelten. Dann sackte er durch wie ein Stein, während sich die Flügel hoben, anschließend kam wieder der Aufschwung, und ich hatte Mühe, mich zu halten. Durchsacken. Aufschwung. Durchsacken. Aufschwung. Ich spürte, wie die mächtigen Muskeln des stolzen Tiers arbeiteten, und jedes Mal hatte ich Mühe, nicht herunterzurutschen.

»So lebt man!«, rief Imra glücklich, als der Greif wieder durchsackte und geradewegs auf die mit scharfen Speerspitzen versehene Palastmauer zuhielt. Unbegreiflicherweise endeten wir nicht auf den Spießen, der Aufschwung kam im letzten Moment.

Ich hatte vom Start Staub und Sand in Nase, Mund und Augen und hustete. Es bestand kaum die Gefahr zu fallen, denn ich war mit schweren Lederriemen an den Sattel gebunden. Erst einmal hatte ich jedoch genug damit zu tun, meine Augen frei zu bekommen und Luft zu holen, ohne dass ich dabei erstickte. Dann stellte ich fest, dass Aufschwung und Durchsacken nachließen und sich einer sanften Wellenlinie anglichen. Es schien so, als ob der Greif, je schneller er flog, desto weniger Mühe hatte, uns zu tragen. Ich öffnete vorsichtig ein Auge, es tränte sogleich vom Wind. Unter mir, tief unter mir, schlängelte sich das glitzernde Band des Gazar, und als ich zurücksah, sah ich die Goldene Stadt schon in weiter Ferne. Ich hörte Lachen und wandte den Blick zur Seite. Dort ritt Leandra hinter Faril, eine Hand locker in seinem Gürtel, mit der anderen Hand winkte sie mir zu. Ich verstand nicht, was sie rief, aber ich erkannte das Glück auf ihrem Gesicht. Sie schien es zu genießen. Ich nicht, mein Magen rebellierte noch immer.

Die Götter hatten ein Einsehen mit mir. Es dauerte nicht sehr lange, bis sogar ich mich daran gewöhnt hatte, solange ich nicht direkt nach unten, sondern stur nach vorne sah. Nach einer Weile hörte ich mich selbst lachen. Hier oben war die Luft nicht brütend heiß, der Flugwind machte es sogar angenehm kühl. Es hatte etwas Befreiendes, so durch die Luft zu gleiten, zumal ich nun den Rhythmus des Greifen kannte und ihn ohne nachzudenken mitgehen konnte. Als Imra sich lachend zu mir umdrehte und etwas rief, was ihm der Wind von den Lippen pflückte, verstand ich zwar nicht, was er sagte, aber was er meinte, war klar, und ich stimmte ihm zu. Hier oben war man frei. Es konnte einen nichts berühren.

Einen Gedanken hatte ich dennoch. Wenn ich aus solcher Höhe auf die Erde fiel, konnte es mir egal sein, ob man mit dem, was übrig blieb, einen Drachen fütterte oder nicht.

Das Elend kehrte langsam zurück. Die Greifen flogen schnell – es mochte gut dreimal so schnell sein wie ein Pferd in vollem Galopp –, aber die Strecke nach Janas war weit. Es klang schnell, dass wir Janas in einem halben Tag erreichen sollten, doch in diesen Stunden verlor ich das Gefühl in meinen Beinen, obwohl die Lederriemen, die mich hielten, besonders breit waren … und ich verlor auch das Gefühl in meinem Hintern. Der ständige Wind ließ die Augen brennen. Ich lernte später, dass die Elfen oft mit geschlossenen Augen flogen oder gar im Sattel schliefen. Dadurch, dass ich mich beständig festhalten musste, taten mir auch die Finger weh, und unsere Gewänder flatterten im Wind und peitschten um uns. Nach ein paar Stunden war ich so weit, dafür zu beten, endlich wieder festen Boden unter den Füßen zu haben.

Noch später, die Sonne stand schon deutlich tiefer am Horizont, rief Imra etwas und deutete nach unten. Ich sah ein Schiff, größer und wuchtiger und damit auch langsamer als unsere eigene Dhau. Die Mannschaft starrte zu uns hoch, einer winkte uns sogar zu. Von unserer Höhe aus war es schwer, die Flagge zu lesen, aber die Farben kannte ich. Es war die Flagge des Turms. Eine Frage an den Hafenmeister in Gasalabad und wir hatten herausgefunden, dass nur ein Schiff des Turms in der letzten Zeit von Gasalabad aus in Richtung Janas aufgebrochen war. Es musste also dieses Schiff sein. Ich sah keine Frau an Bord. Wenn sie auf dem Schiff war, dann befand sie sich in der brütenden Hitze unter Deck.

Ich nickte Imra zu, und wir flogen weiter.

Imra löste die letzte Schnalle von meinen Beinen, und ich rutschte hilflos vom breiten Rücken des Greifen. Wir waren gut drei Wegstunden vor Janas gelandet und rechneten damit, dass das Schiff, sollte es nicht über Nacht Halt machen, in etwa zwei Stunden hier eintreffen würde. Meine Beine trugen mich nicht, ich schlug schwer auf dem Boden auf. Den Frauen erging es nicht so übel, Leandra konnte sogar gehen.

Imra half mir, mich in eine sitzende Position aufzurichten. Leandra trat zu mir, während ich versuchte, wieder Leben in meine Beine zu massieren.

»Ich verstehe nicht, warum du diese Schwierigkeiten nicht hast«, sagte ich fast schon vorwurfsvoll. Meine Beine fingen an zu kribbeln und zu brennen.

»Ich kann es dir sagen.« Imra lachte. »Du wiegst doppelt so viel wie sie, und wir mussten dich fester zurren. Das ist schon alles. Frauen sind die besseren Greifenreiter.«

»Hast du auch mal schlechte Laune?«, fragte ich den Elfenprinzen mürrisch. Imra war dabei, dem Greifen den Sattel vom Rücken zu lösen, und pfiff eine fröhliche Weise vor sich hin.

Er hielt inne. »Viel zu oft habe ich gar keine Laune. Neidest du mir das Gefühl, leben zu können, auch wenn es immer nur kurz währt?«

»Beachtet ihn nicht, Imra«, meinte Leandra und setzte sich neben mich. »Er ist nur brummig, weil sich nicht alles nach seinem Willen fügt. Wenn er könnte, würde er die Sterne neu ordnen.«

»Würde ich nicht«, protestierte ich. »Sie sind gut so, wie sie sind.« Ich sah zu Imra hoch. »Ich glaube eher, ich neide dir den Sattel.«

»Damit würde es dir nicht viel besser ergehen.« Der Elf grinste. »Aber mein erster Flug war wie der deine, ich erinnere mich gut daran.«

Serafine und Natalyia kamen zu uns, auch sie hatten beide Mühe mit ihren Beinen. »Es ist anstrengend«, stellte Natalyia fest. »Und auf Dauer sehr unbequem.«

Leandra und Serafine nickten zustimmend. »Damit sagst du nichts als die Wahrheit«, fügte Serafine hinzu und ließ sich im Sitzen rückwärts mit ausgebreiteten Armen ins Gras fallen. Wir hatten uns einen bewaldeten Hügel ausgesucht, um auf das Schiff zu warten. Hier, näher an der Küste, war das Land deutlich grüner und auch die Luft kühler, also wuchs hier auch Gras, und es war nicht überall nur Sand.

»Was habt ihr für einen Plan?«, fragte Lasra neugierig. Wir sahen uns gegenseitig an. Man hätte meinen können, wir hätten schon vorher so weit gedacht.

»Oh, der Plan«, antwortete ich ihr nachlässig. »Ich schwimme an Bord und erkläre dem Kapitän, dass ich Marinae mitnehmen will. Dann legt er an und Marinae und ich gehen von Bord. Das ist der Plan.«

»Das ist der Plan?«, fragte sie erstaunt.

»So in etwa.«

Imra sah in Richtung des Gazar. »Es gibt eine Menge Flussdrachen dort. Ich sehe von hier aus schon drei, es werden mehr sein. Willst du wirklich schwimmen?«

»Nein.« Ich seufzte. »Es wäre ein netter Plan ohne diese Flussdrachen. Aber ich kann sowieso nicht schwimmen. Ich habe es nie gelernt.«

»Es wäre außerdem nett, wenn der Kapitän Havald seine Bitte erfüllen würde«, meinte Leandra.

»Irgendwie habe ich daran so meine Zweifel.«

Ich sah zu Imras Greifen hinüber. »Verstehst du mich?«, fragte ich ihn. Steinwolke verstand mich, vielleicht tat es dieser hier ja auch.

»Er versteht dich, Havald.«

»Kannst du mich mit einer Kralle halten, ohne mir zu schaden, und mich dann auf das Schiff fallen lassen?«

Der Greif gab ein seltsames Geräusch von sich. Ich sah ihn verwundert an. Imra grinste. »Er hat gelacht und sagt, dass es das erste Mal wäre, dass sich ein Mensch freiwillig in seine Krallen begibt. Aber ja, das kann er. Er hat es schon häufiger gemacht.«

»Leute auf ein Schiff fallen lassen?«, fragte ich.

Imra schüttelte den Kopf. »Ich sagte doch, wir befinden uns im Krieg. Manchmal trägt Stahlklaue einen von Thalaks Soldaten hoch in die Lüfte und lässt ihn über einem Heerlager fallen. Er hat schon zweimal das Zelt eines Generals getroffen.« Imra tätschelte die Kreatur. »Es macht immer irgendwie Eindruck auf Thalaks Soldaten, damit kann man den Abmarsch einer Armee um eine halbe Stunde verzögern, und um etwas mehr, wenn man das Zelt trifft.«

»Wo kämpft ihr gegen Thalak?«, fragte ich neugierig. »Welches Reich wird denn noch von ihm bedroht?«

Er sah mich überrascht an. »Sagtest du nicht, du kämst aus den Südlanden? Den Drei Reichen?«

Ich nickte.

Er löste die letzte Schnalle seines Sattels, hob ihn vom Rücken seines Greifen und ließ ihn neben uns ins Gras fallen. »Dort. In deiner Heimat, Havald.«

Wir sahen ihn alle sprachlos an.

»Oh, ich verstehe«, meinte Imra. »Ich sollte es vielleicht erklären. Wir führen anders Krieg als ihr. Wir sind wenige, aber wir sind schnell und hinterhältig. Manchmal müssen die Soldaten Thalaks denken, hinter jedem Baum wäre ein Elf, doch wenn sie dann stürmen, sind wir nicht mehr da. Wir sind nicht viele,

Havald. Es sind nicht mehr als siebzig von uns, die in die Schlacht gezogen sind. Wir haben eine einfache Regel. Jeder von uns tötet jeden Tag fünf von Thalaks Soldaten. Aber so, dass man uns nicht sieht, nicht hört und es keine Zeugen gibt, die uns beschreiben könnten. Wir sind der Wind, das Gras, die Bäume. Wenn Stahlklaue einen Mann vom Himmel fallen lässt, dann in der Dämmerung, wenn ihn niemand fliegen sieht. Es fällt ein schreiender Mann aus dem Himmel… Mehr gibt es nicht zu sehen.« Imra musterte mich. »Einst gab es ein Heer von Elfen. Diese Zeiten sind vorbei, meine Mutter regiert nun über einen Clan von nicht viel mehr als viertausend.«

Serafine sah ihn erstaunt an, und Imra nickte ernst. »Wir sind die letzten, die geboren wurden. Seitdem der Fluss der Welten unterbrochen wurde, haben sich viele hingegeben… Andere starben auch so.« Er sah zu mir hinüber. »Wir sterben auf die gleiche Art und Weise wie ihr Menschen, darin gibt es keinen Unterschied. Nur das Alter berührt uns nicht, alles andere schon.« Er wandte sich Serafine zu. »Schwester, mein Volk stirbt. Es ist der Lauf der Welt. Aber noch gibt es uns, und noch sterben jeden Tag die Soldaten Thalaks durch unsere Hand.«

»Der Fluss der Welten fließt wieder«, sagte Lasra mit einem Lächeln. »Also gibt es auch für uns wieder Hoffnung.«

»Was ist der Fluss der Welten?«, fragte ich.

»Es ist die Quelle allen Seins. Es ist das, was jeden von uns nährt, den einen mehr, den anderen weniger. Es ist das, was verändert und schafft und zerstört.«

»Ströme reiner Magie?«, fragte Leandra leise.

Imra nickte. »So nennt ihr Menschen das, wenn ihr es sehen könnt. Du kannst es sehen, Leandra?«

»Ja«, gab sie leise zurück. »Ich kann diese Ströme sehen und fühlen. Sie sind um uns, in uns, in jedem Stein, in jedem Grashalm und in allem, was ist. Nichts bleibt unberührt.«

Imra sah sie mit neuer Achtung an. »Nicht viele sehen den Fluss der Welten so, es sind meist die Frauen, die eine große Bindung zu ihm haben. Wir Elfen… wir nähren uns zum Teil auch von ihm, nicht unsere Körper, sondern unsere Seelen. Der Fluss der Welten verging, als ich ein Kind war. Wo ein mächtiger Strom floss, blieb nicht mehr als ein Rinnsal. Ich selbst kannte es kaum anders, als dass es nur Spuren von ihm gab. Als er zurückkehrte, konnte ich nicht fassen, was es war, das wir verloren hatten, und verstand die Älteren, die vergangen waren, weil ihnen ein Leben ohne diesen Strom nichts mehr bedeutete.«

Ich hatte einen ungeheuerlichen Verdacht und sah den gleichen Gedanken auch in Leandras Augen.

»Es geschah kurz nachdem du Serafine das letzte Mal gesehen hast, nicht wahr?«, fragte ich den Prinzen der Elfen, was mir nun wieder Serafines Aufmerksamkeit einbrachte.

»So ist es.« Imra musterte mich. »Weißt du etwas darüber?«

»Ja«, antwortete Leandra an meiner Stelle. »Wir wissen, was geschehen ist. In unserer Heimat gibt es einen Ort, an dem der Fluss der Welten sich selbst mehrfach kreuzt. Etwa zu der Zeit, in der die Neuen Reiche besiedelt wurden, unterbrach ein Magier namens Balthasar, ein Agent Kolarons, den Fluss der Welten und lenkte ihn um.«

»Welch ein Frevel!« Der Elf holte tief Luft. »So also fing das Sterben an.«

Er sah hoch zum Himmel, dann um sich herum, als könne er dort Dinge sehen, die mir verborgen waren. »Also haben diejenigen recht, die sagten, es sei Menschenwerk. Wisst ihr, wie der Fluss wiederhergestellt wurde?«

»Es war der gleiche Magier, doch seine Absichten waren nicht gut, das ist gewiss.« Leandra zuckte hilflos mit den Schultern. »Wir wissen nicht, wie er es tat. Oder warum. Er kehrte an den Ort zurück und befreite den Fluss. Das wissen wir. Dann starb er.«

»Das wissen wir nicht«, widersprach Natalyia.

»Wenn er noch lebt, wird er sterben«, stellte Imra fest. Er seufzte. »Diese Kunde wird unsere Völker einander nicht näher bringen. Kolaron ist ein Mensch, und es gibt welche unter uns, die die Menschen abgrundtief hassen. Es sind wenige, aber ihre Stimme wird mehr Gewicht erhalten, wenn sie das erfahren.«

»Ich zögere jetzt, das zu sagen«, sprach Natalyia. »Aber wenn ihr am Sterben seid, zu wenige, um als Volk weiterzuleben, warum paart ihr euch nicht mit uns Menschen? Ich hörte, solche Verbindungen wären weitaus fruchtbarer als die zwischen Elfen. Es heißt, dass ein Halbelf das Beste beider Rassen erhalte.« Sie sah zu Leandra. »Sie leben nicht so lange, das ist wahr, aber sieben- oder achthundert Jahre, das ist lange genug. Nicht jeder Elf hasst Menschen.«

Alle fünf Elfen sahen sie lange an, dann seufzte Imra. »Nein, die meisten von uns hassen euch nicht. Ganz im Gegenteil. Aber wir sind eigen damit, bei wem wir liegen. Dennoch hast du recht. Es ist eine Frage, die sich stellen wird, wenn es ein Vermächtnis von uns geben soll.« Er wandte sich an Leandra: »Faril hier wollte dich nicht beleidigen, als er dich einen Bastard nannte. Es ist nur… eine unerwünschte Verbindung. Aber es ist vielleicht tatsächlich der einzige Weg, wie wir das Erbe unserer Rasse weitergeben können. Für die Menschen ist das jedoch nicht ohne Gefahren. Ein Kind unserer beiden Rassen reift langsam, gute fünfzehn Monate, es ist eine Strapaze für eine Menschenfrau, und oft stirbt sie daran.«

»Und umgekehrt?«, fragte ich. »Müsste es dann nicht euren Frauen leichter fallen?«

Lasra sah mich vorwurfsvoll an.

»Verzeiht«, sagte ich betreten.

»Es geht um unser Vermächtnis«, antwortete Lasra traurig. »Wenn der Rat der Alten entscheidet, dass dies der Weg wäre, den wir gehen müssen, wäre ich auch bereit dazu. Es ändert nichts an meiner Liebe und daran, bei wem ich liegen würde…« Sie wurde etwas rot. »Ich lag schon mal bei einem Menschen. Er war ungeschickt und eilig. Es war kein rechtes Vergnügen.«

»Wie eilig?«, wollte Natalyia wissen.

»Nicht viel länger als eine Viertelkerze, so wie ihr die Zeit messt«, antwortete Lasra. Sie rümpfte die Nase. »Und er stank.«

»Es soll Männer geben, auf die das nicht zutrifft«, sagte Natalyia. Ich tat, als hätte ich es nicht gehört, auch Leandra zeigte keine Regung, aber ich meinte, eine feine Röte an ihrem Hals aufsteigen zu sehen.

»Aber es ist nicht die Lösung«, fuhr Imra fort und sah zärtlich zu Lasra hinüber. »Es gibt nicht mehr viele Frauen unter uns. Als der Strom der Welten versiegte, vergingen hauptsächlich die Frauen. Sie sind näher an der Quelle des Lebens als wir.«

»Wie ist das Verhältnis?«, fragte Leandra leise.

Imra dachte einen Moment nach. »Etwa zwölf zu eins«, teilte er uns traurig mit. »Wenn es Hoffnung für uns gibt, dann nur über die Zeit. Oder wenn wir die anderen finden.«

»Die anderen?«, fragte ich.

Er nickte. »Es gab einst viele Elfenstämme. Aber sie vergingen ebenfalls. Vielleicht gibt es aber noch andere. Irgendwo.«

»Was ist mit den Dunkelelfen?«, fragte ich, als ich mich an etwas erinnerte. Imra sollte die Antwort kennen.

»Ja, es gab einst auch sie«, bestätigte er. »Mutter sagt, wir verstanden uns nicht sonderlich gut mit ihnen. Nur wenige Stämme schlossen sich dem Pakt an, die anderen verachteten den Frieden und zogen davon. Niemand sah sie je wieder.«

»Pakt?«, fragte Leandra neugierig.

»Das war lange vor der Zeit der Menschen«, erklärte Imra. »Es gab einen Krieg zwischen uns. Einen Bruderkrieg. Denn einst waren wir Brüder und Schwestern. Wir trennten uns, sie gingen in die tiefen Höhlen, wir suchten die Höhe der Berge. Sie wurden dunkel und klein, wir heller und größer. Der Pakt besiegelte einen Frieden, der nötig war, denn wir hatten uns gegenseitig dezimiert, und dann kamen die Menschen in unser Land. Mehr und mehr von ihnen, eine nicht enden wollende Flut. Damit begann die Zeit der Menschen. Wir wurden weniger, die dunklen Brüder und Schwestern auch. Wir konnten uns keinen Krieg mehr leisten. Erst recht nicht mit den Menschen. Es gab später noch eine Handvoll von den Dunklen, die sich ebenfalls Askannon anschlossen. Er beeindruckte sie und gab ihnen eine Heimat und eine Aufgabe. Das schätzten sie. Ich kannte den einen oder die andere. Sie waren misstrauisch, aber höflich.«

»Was geschah mit ihnen?«, fragte ich.

»Du weißt es nicht? Nachdem Askannon verschwand, gewann der feige Gott Macht über einen Teil von ihnen, obwohl er es war, den sie bekämpften. Sie ermordeten ihre Brüder und Schwestern, die dem Namenlosen nicht folgen wollten. Sie sind die Falken der Nacht, die Hohepriester des feigen Gottes. Wir können alle froh sein, dass es nicht mehr viele von ihnen gibt.« Er schien amüsiert. »Sie können eine rechte Plage sein, aber sie lieferten schon immer einen guten Kampf.«

»Meine Schwester, Taride, zieht es vor, in Askir zu leben«, sagte Lasra. »Sie ist eine Bardin und mag die Menschen. Sie ist es auch, die andere Stämme sucht, Legenden studiert, Hinweise sammelt, die auf den Verbleib dieser anderen schließen lassen könnten. Sie hatte kürzlich ... vor etwa fünfzig Jahren eine Begegnung mit einem dieser verfluchten Brüder. Sie sagt, er hätte sie beinahe besiegt. Sie lernen dazu, haben neue Fähigkeiten erworben.«

»Unsere dunklen Geschwister sind in der Magie nicht so mächtig wie wir«, erklärte Faril. »Deshalb ist das von Belang.« Die anderen Elfen nickten.

»Seid ihr alle darin ausgebildet?«, fragte Leandra gespannt.

»Ja«, antwortete Imra. »Das sind wir.«

Ich hätte jetzt erwartet, dass Leandra sie fragte, ob jemand bereit wäre, ihr etwas beizubringen, aber sie tat es nicht. Sie sah auf das schimmernde Band des Gazar hinab. Langsam schwand das Licht, als die Abendröte verging und sich der Himmel über uns verdunkelte.

»Wir sollten uns vorbereiten. Havald wird nicht allein an Bord gehen.«

»Irgendwie dachte ich mir das schon«, meinte Imra.

Diese andere Art, mit einem Greifen zu reisen, sagte mir noch weniger zu. Stahlklaue stand auf drei Krallen über mir, ich lag auf dem Boden, und die mächtige Kralle hielt mich jetzt schon fest. Leandra, Natalyia und Serafine ging es nicht anders. Das Schiff war schon in Sichtweite, wir warteten nur noch auf den richtigen Moment.

Ich wollte gerade etwas fragen, als Stahlklaue in die Luft sprang und mir dabei fast den Rücken brach. Nur mit meinem Gewicht beladen, sprang er höher und sackte nicht weit durch. Schnell schraubte er sich höher und höher, viel höher, als ich es erwartet hatte, bis das Schiff unter uns nur ein Punkt auf dem Wasser war, dann faltete er die Flügel und wir stießen einem Adler gleich hinab, der Wind war wie eine Mauer und ließ meine Wangen flattern, ich sah nichts... Ein mächtiger Flügelschlag riss mich fast entzwei, als der Greif seine Schwingen ausbreitete, den Sturz abfing und mich, geradezu sanft, auf das Achterdeck der Dhau fallen ließ.

Ganz so hatte ich es nicht geplant. Ich hatte mir vorgestellt, elegant auf beiden Beinen dort zu landen und herrschaftlich den Kapitän in die Knie zu zwingen. So aber rang ich erst mal selbst auf Knien nach Luft.

Der Steuermann und ein weiterer Matrose sahen mich nur fassungslos an, schauten hoch zu Stahlklaue, der im Nachthimmel verschwand, so verblüfft waren sie, dass es mir tatsächlich gelang, mich aufzurichten und mich zu orientieren, bevor sie handeln konnten. Den anderen erging es ähnlich, und die Mannschaft stellte mit noch größerem Erstaunen fest, dass der Himmel ihnen außer meiner Person auch drei Frauen gebracht hatte.

Es war wohl besser, Zeit zu schinden.

»Verzeiht«, sagte ich laut, um alle Aufmerksamkeit auf mich zu lenken. »Fährt dieses Schiff nach Janas?«

Der Steuermann nickte nur sprachlos.

»Gut«, sagte ich. »Dann ist es die richtige Richtung. Könnt Ihr uns ein Stück mitnehmen, guter Mann? Ich zahle auch ordentlich.«

Der Steuermann schüttelte den Kopf. Ich sah, dass meine drei Begleiterinnen aufrecht standen, und hoffte, sie waren bereit.

»Nicht? Schade. Warum denn nicht? Weil Ihr ein Schiff des Turms lenkt und im Geheimen jemanden nach Janas bringt, den Ihr unter Deck gefangen haltet?«

Ich könnte schwören, der Steuermann nickte beinahe, bevor er verstand, was ich sagte, und mich dann mit weit aufgerissenen Augen anstarrte. Ich hielt mich an den Plan.

»Seid so gut, werter Mann, und legt am Ufer an. Wir nehmen Eure Gefangene mit, und niemandem geschieht etwas.«

Soweit der Plan.

»Das kann ich nicht zulassen, Esseri«, sagte ein hochgewachsener Mann, der die Treppe zum Achterdeck der Dhau hochkam. Er trug Schwarz, die Ränder seiner Kleider waren mit silbernen Fäden gesäumt.

Er verbeugte sich vor mir, schenkte Leandra, Natalyia und Serafine aber keinen Blick. Sie hatten eine Ecke des Decks für sich, eine gute Position, da niemand sich in ihrem Rücken aufhielt, aber auch sie warteten nur darauf, was geschehen würde.

»Ich nehme an, Ihr seid Havald Bey?«

Ich deutete eine Verbeugung an. »Dann seid Ihr wohl der, den man den Herrn der Puppen nennt?«

»So könnte man sagen.« Er sah zum Himmel hoch. »Mit einem Greifen … Ich muss sagen, Ihr überrascht mich. Nun gut … Beenden wir das.« Er zeigte mit einem Finger auf mich.

»Stirb!«, rief er, und ich fühlte eine Hand nach meinem Herzen greifen, spürte, wie es in meiner Brust barst. Damit war mein Ende besiegelt. Irgendwie hatte ich das befürchtet.

Der Schmerz war im wahrsten Sinne des Wortes atemberaubend. Wenn ich diesem Schmerz Raum ließ, würde ich dem Ungeheuer seinen Wunsch erfüllen. Das sah ich nicht ein. Der Steuermann hatte mir nichts getan, außer mich erstaunt anzusehen. Dennoch war er Seelenreißers erstes Opfer. Im Rückschwung schlug ich dem Puppenspieler gleich noch die ausgestreckte Hand ab.

Er öffnete schon den Mund zu einem Schrei, als die fahle Klinge durch seine Knie fegte. Jetzt schrie er wirklich, er fiel nach hinten, die Treppe hinab. Der eine Matrose schlug mit dem Knüppel nach mir, Seelenreißer schnitt ihm den halben Kopf weg, und ich spürte die erste Welle durch mich gehen, den ersten Rausch. Ich sprang dem Nekromanten nach, landete vor ihm und schlug die andere Hand ab, die in einer blutigen Spur davonflog. »Das kann nicht sein«, keuchte er. »Dein Herz, ich habe es zerquetscht! Du bist tot!«

»Ja«, sagte ich. »Doch ich bin schon öfter gestorben.« Ich setzte Seelenreißers Klinge an, wie Armin es bei Ordun getan hatte, und der Herr der Puppen fing an zu schreien. Seine Augen verloren den Fokus, und ich sah, wie sich sein Gesicht in ein anderes verwandelte, das zu lächeln schien, dann ein weiteres, und dann … sah ich Erkul, den Emir von Gasalabad. Er verweilte einen Hauch länger, fast schien es mir, als ob er mich erkannte und mir zunickte, dann verschwand er. Der Nekromant schrie und schrie, um mich herum geschahen andere Dinge, ich hörte einen Ruf von Leandra, sah aus den Augenwinkeln, wie Natalyia hinter einem Soldaten des Turms auftauchte und er zusammensackte. Ich achtete nicht darauf, sondern hielt die Klinge gegen das Ungeheuer und sah gut ein Dutzend Seelen aus seinem Bann fliehen, bis nur noch sein eigenes Gesicht übrig war.

»So«, sagte ich. »Jetzt du.« Die überraschende Wendung oder die Macht meines Schwertes mussten ihm den Verstand geraubt haben. Er fing an zu lachen und lachte noch immer, als ich ihm mit einem anderen Schwert, das gerade herumlag, den Kopf abschlug.

Selbst dann lachte er noch, doch plötzlich verstand er, was geschehen war. Im letzten Moment sah ich einen Ausdruck schieren Entsetzens auf dem Gesicht, dann war es vorbei.

»Bist du jetzt fertig?«, fragte Leandra milde. Sie und die anderen hatten sich um mich herum postiert, hielten gut zwei Dutzend Soldaten und die anderen Matrosen mit blanken Klingen in Schach. Leandra hatte einen Riss im linken Ärmel und einen blutigen Kratzer im Gesicht, ein Schnitt in ihrem Stoff hatte ihre Rüstung freigelegt. Natalyia und Serafine schienen unverletzt, wobei Letztere zwei blutige Schwerter führte, obwohl sie doch vorher nur mit Dolchen bewaffnet gewesen war.

Ich trat den Kopf des Nekromanten durch ein Loch in der Reling, und wir hörten es platschen.

»Ja«, gab ich Antwort. »Ich denke schon.« Mein Herz raste wie verrückt, doch ich war dankbar dafür.

Es war noch immer eine verfluchte Klinge, aber Seelenreißer und ich verstanden uns langsam etwas besser.

Einer der Soldaten des Turms war ein Leutnant, wenn ich das farbige Band an seiner Schulter richtig deutete. Ich trat vor. »Darf ich um Euren Namen bitten?«

»Janda«, antwortete er und schluckte. »Leutnant Janda.«

»Leutnant Janda also«, sagte ich höflich. »Ihr habt eine Gefangene an Bord, nicht wahr?«

Er nickte.

»Lebt sie?«

Er nickte erneut.

»Habt Ihr etwas dagegen, das Schiff ans Ufer lenken zu lassen und uns die Gefangene unbeschadet zu übergeben?«

Er schüttelte den Kopf. »Nein, Esseri. Es wird so geschehen«, sagte er hastig und verbeugte sich tief. Seine schreckgeweiteten Augen sahen immer wieder an mir vorbei auf den kopflosen Leichnam in Schwarz und Silber.

»Dann lasst sie nach oben bringen«, sagte ich freundlich. »Aber achtet darauf, ihr nicht zu schaden, es wäre dreifach Euer Schaden.«

Er verbeugte sich erneut und gab zwei anderen Soldaten den Befehl.

Nur wenige Augenblicke später erschien Marinae im Treppenaufgang, begleitet von den beiden Soldaten, die sofort Abstand von ihr nahmen. Faihlyds Schwester sah sich langsam um, während sie sich die Handgelenke rieb. Sie waren deutlich gerötet. Sie sah nicht gut aus, ihr Gesicht war von Schlägen gezeichnet, das einfache Leinenhemd, das sie trug, blutig, und ich bemerkte Dutzende kleinerer Wunden; sie war oft und hart geschlagen worden. Dennoch stand sie da wie eine Königin. Sie betrachtete die Leichen – ich zählte neun –, dann den Körper in Schwarz und Silber, die Blutlachen überall, in einer davon stand sie mit ihren nackten Füßen. Ich sah genauer hin. An ihrem linken Knöchel konnte ich neben Dreck und Blutspritzern feine Narben ausmachen. Die Prinzessin bückte sich und zog einem toten Matrosen den Dolch aus der Brust. Sie sah mich und meine Gefährtinnen lange an, dann lächelte sie. »Du bist es wieder«, sagte sie. »Willst du mich erneut an einen sicheren Ort geleiten?«

»Ja, Prinzessin«, sagte ich und verbeugte mich. »Ich dachte an den Palast Eures Vaters. Er sollte sicher genug sein.«

Hinter mir hörte ich Holz auf Holz knirschen, als ein ängstlicher Matrose das Ruder herumwarf. Ich schaute nicht hin, Natalyia hatte ihn mit einem Basiliskenblick fixiert, das reichte.

»Sicherer als der letzte Ort, das ist gewiss. Ich dachte oft und lange darüber nach, ob Ihr mich verraten habt, aber das ergab keinen Sinn. Wahrscheinlicher war, dass auch Ihr verraten wurdet.« Sie sah neugierig zu, wie das Schiff langsam von der Flussmitte aus in Richtung Ufer fuhr. »Wie geht es meiner Tochter?«

»Ihr geht es gut, sie ist wohlauf.«

»Den Göttern sei Dank dafür«, sagte sie erleichtert. Sie musterte Serafine eindringlich, dann weiteten sich ihre Augen, aber nur einen kurzem Moment lang.

»Eure Amme hat eine erstaunliche Verwandlung hinter sich.«

»Ja, Hoheit«, bestätigte ich.

Sie musterte die Soldaten des Turms, die uns alle angstvoll anstarrten, danach die Toten. Es gab nur Mondlicht, vielleicht dauerte es deshalb so lange, bis sie den fand, den sie suchte. Bevor jemand eingreifen konnte, machte sie zwei Schritte, fast so schnell wie eine Klapperschlange, und rammte einem der Matrosen, einem muskulösen Kerl mit einer großen Zahnlücke, den Dolch von unten zwischen die Beine. Ich zog scharf die Luft ein, die anderen Matrosen und Soldaten zuckten zusammen, sahen angstvoll zu uns, aber weiter geschah nichts, außer dass der Mann stöhnend vornüber sackte.

»Ich habe ihm eine Belohnung für sein Handeln versprochen«, teilte Marinae uns mit und bedachte den Leutnant mit einem harten Blick.

Der wusste sich nicht besser zu helfen, als sich hilflos zu verbeugen.

Der Kiel knirschte auf Sand. Ich stieß Seelenreißer in die Deckplanken und ritzte ein kompliziertes Muster in die Planken.

»Seht Ihr diesen Bannkreis?«, fragte ich den Leutnant.

Er nickte angstvoll.

»Wenn dieses Schiff noch einmal anhält, bevor es Janas erreicht, oder ein Mann von Bord geht, wird hier ein Dämon erscheinen, der euch alle frisst und das Schiff verbrennt. Hast du das verstanden, Leutnant?«

»Ja, Esseri«, stammelte er und sah kreidebleich den Kreis an.

Wir waren nahe genug am Ufer, und ich sah nach, ob Flussdrachen auf uns warteten. Dem war nicht so, also bot ich Marinae die Hand. Sie nahm sie, und ich hob sie ans Ufer. Nacheinander sprangen auch die anderen an Land.

»Legt ab – und denkt an den Dämon«, rief ich dem Leutnant zu, und er verbeugte sich tief.

»Ja, Esseri.«

Wir sahen zu, wie das Schiff mit langen Stangen vom Ufer weggestoßen wurde, wieder die Flussmitte erreichte und dann langsam unseren Blicken entschwand.

»Ein Dämon, Havald?«, fragte Leandra mit hochgezogener Augenbraue.

»Ich wollte Zeit gewinnen. Vermeiden, dass der Leutnant sich ein Herz fasst und uns zu überraschen sucht.«

»Das wird er jetzt gewiss nicht mehr tun wollen«, sagte Natalyia und lachte laut auf.

Marinae blickte uns nacheinander an. »Sehe ich das richtig?«, fragte sie mit diesem feinen Lächeln auf den Lippen. »Ihr vier überfallt ein Schiff des Turms, das fünfundzwanzig Mann Besatzung hat und von über vierzig Soldaten des Turms geschützt wird?«

Die vierzig Soldaten hatte Sarak freundlicherweise vergessen zu erwähnen. Leandra sah zu mir hinüber und lächelte etwas bissig. Ihr Blick machte deutlich, dass ihr dieser kleine Fehler auch nicht entgangen war. Sie bleckte die Zähne. »Wir hatten einen guten Plan.«

Marinae sah von ihr zu mir. Wenigstens war sie diesmal nicht mit dem Dolch auf mich losgegangen. »Es muss ein sehr guter Plan gewesen sein.«

»O ja«, meinte Serafine, auch sie sah mich vorwurfsvoll an.

»Ein wirklich perfekter Plan, in der Tat«, stimmte Natalyia zu.

Als ob ich etwas dafür könnte! Woher hätte ich denn von den Soldaten wissen sollen?

»Und jetzt?«, fragte Marinae und unterbrach damit die vorwurfsvollen Blicke. »Warten wir hier, bis ein Schiff kommt?«

»Nein«, sagte ich und sah an ihr vorbei. Lautlos waren hinter ihr die fünf Elfen aufgetaucht. »Ich dachte daran, Euch die Gastfreundschaft unseres Lagers, gute Gesellschaft, neue Kleider und eine kleine Stärkung anzubieten. Aber zuerst darf ich Euch Imra, den Prinz der Elfen, und sein Gefolge vorstellen. Sie erklärten sich freundlicherweise bereit, uns mit ihren Greifen zurück nach Gasalabad zu fliegen.«

Marinae wirbelte herum und sah die fünf Elfen dastehen.

»Oh«, sagte sie.

Imra lächelte. Ein ganz klein wenig.

Sie sah mich empört an. »Hättet ihr mit der Vorstellung nicht warten können, bis ich neu eingekleidet bin?«

Ich verbeugte mich tief. »Das nächste Mal werde ich daran denken.«

Die Greifen, so hatte mir Reat erklärt, brauchten noch etwas, bis sie bereit für den Flug zurück waren. Diesmal würde ich bei Conar mitfliegen, dessen Greif auf dem Hinflug keinen zweiten Reiter gehabt hatte. Selbst für Stahlklaue wäre es eine Anstrengung gewesen, mich wieder zurückzufliegen. Wir rasteten also noch etwas. Es gab kein Feuer, wir wollten niemanden auf uns aufmerksam machen. Das hier war schließlich Janas. Zwischen den Bäumen und Sträuchern war es sehr dunkel, aber von den Monden kam etwas Licht, und meine Augen hatten sich an die Dunkelheit angepasst.

Serafine hatte Marinae hinter einen Busch begleitet, wo sich die Prinzessin umzog. Wir hatten für sie die gleichen dunklen Gewänder mitgebracht, die auch wir trugen. Jetzt unterhielt sie sich mit Imra, als wäre nichts weiter geschehen, als hätte es diese brutale Gefangenschaft niemals gegeben. Eines wusste sie noch nicht, denn niemand hatte bisher ihren Vater erwähnt.

»Marinae erinnert mich an Falah«, sagte ich leise zu Leandra. »Sie hat den gleichen unbeugsamen Stolz.«

»Magst du sie?«, fragte Leandra.

»Ja.« Ich runzelte die Stirn. »Ich denke schon. Warum?«

»Nur so«, sagte Leandra.

Ich zog sie an mich. »Was ist?«, fragte ich leise und strich ihr über das weiche Haar.

»Faril fragte mich, ob wir drei dein Harem seien«, gestand mir Leandra leise. »Als ich das verneinte, war er der Meinung, Natalyia und Serafine wären Konkubinen.« Sie schmiegte sich an mich. »Vielleicht hat er recht und es sollte so sein. Natalyia ist bereit, für dich zu sterben. Sie hat es schon einmal beinahe getan. Ich weiß auch, warum. Zokora sagte ihr, dass du es warst, der sie umgestimmt habe. Zokora sprach davon, dass du ihr gesagt hättest, Natalyia sei auch nur ein Hund. Sie nennt sich ja selbst Balthasars Hund, aber das hat sie tief getroffen. Dennoch liebt sie den Grund, auf dem du wandelst. Serafine … Serafine …« Leandra seufzte. »Serafine sieht in dir Jerbil Konai. Für sie warst du schon immer ihr Versprochener, wiedergeboren, um sie aus der Eishöhle zu befreien, wie er es ihr wohl geschworen hatte. Sie liebt dich. Bedingungslos.«

Ich wollte etwas sagen, auch das mit dem Hund hatte Natalyia falsch verstanden, aber Leandra legte mir einen Finger auf die Lippen. »Shhh«, sagte sie, ganz leise und mit belegter Stimme. »Es ist schon gut. Manchmal sehe ich, wie sie hinter dir hersehen. Jede von ihnen würde sofort mit dir vor einen Priester treten oder deine Konkubine werden. Aber ich … ich kann das nicht. Ich kann nicht mit dir vor die Götter treten, bevor Thalak geschlagen und Kolaron nicht mehr ist.«

»Aber ich …«

»Sshhh … ich bin noch nicht fertig, Havald. Faihlyd sieht es auch. Sie fragte, ob es möglich sei, dass du Serafine heiratest, um die Allianz zu besiegeln.«

Götter! Faihlyd! Um die Allianz zu besiegeln, in der Tat! Oder auch, um die Gefahr, die Faihlyd in Serafine erkannte, zu bannen. Ich kannte die Emira gut genug, um zu wissen, dass sie sich nichts Böses dabei dachte, doch es wäre für sie eine Lösung, also warum sie nicht anstreben? Ich schüttelte den Kopf und wollte es Leandra erklären.

Doch sie unterbrach mich erneut. »Havald, ich liebe dich«, sagte sie sanft. »Ich weiß, ich sage es nicht oft, aber es ist so. Wenn du eine oder beide heiraten willst, dann tue es. Ich werde deine Konkubine bleiben, denn das ist es, was ich bin. Nicht mehr.«

Ich schob sanft ihren Finger von meinen Lippen und schaute ihr tief in die Augen. »Du bist so viel mehr für mich. Außerdem hat Faihlyd Angst vor Serafine. Sie will sie auf diese Weise unschädlich machen. Viele Fliegen auf einen Streich. Das steht dahinter, mehr nicht. Du bist meine Liebste.«

»Das weiß ich. Wir sind beide Bastarde, wir passen zusammen. Aber …«

Diesmal legte ich ihr den Finger auf die Lippen. »Du hast es selbst gesagt. Wir haben uns selbst erschaffen. Das zählt. Aber ja, wir passen zusammen.«

»Serafine und Natalyia sind schöne Frauen. Liebst du sie denn nicht?«

Ich zögerte einen Hauch zu lange. »Auf eine andere Art. In Freundschaft.«

Sie nickte. Sie schien nicht besonders überzeugt. »Havald«, sagte sie dann leise. »Ich will dich nicht teilen. Aber ich würde es tun.«

Ich zog sie an mich, einen kurzen Moment lang schien es fast so, als ob sie sich dagegen sträuben würde, dann wurde sie weich und floss in meine Arme. »Lea. Wir werden das zusammen durchstehen. Danach, wenn Kolaron vor dir im Staub liegt, werde ich dich auf meinen Armen in einen Tempel tragen und dich vor den Göttern ehelichen. Das ist ein Versprechen.«

Sie kuschelte sich mit dem Gesicht in meine Halsbeuge. »Dann ist es gut«, hauchte sie.

»Ich weiß nicht, wie du auf solche absurde Ideen kommst...«, sagte ich und hielt inne, als ich ihren regelmäßigen Atem spürte. Sie war in meinen Armen eingeschlafen! Eben noch war ich müde gewesen, dann kam sie und sagte so etwas. Und jetzt schlief sie.

»Frauen«, fluchte ich leise. Jetzt war ich hellwach.

Im Schatten bewegte sich etwas, schon wollte ich nach Seelenreißer greifen, als ich Natalyia erkannte.

»Hast du uns etwa belauscht?«, fragte ich sie ungläubig.

Sie nickte und sah mich unverwandt an. »Zokora sagt, nur so erfährt man, was andere einem nicht sagen wollen.«

»Natalyia...«

»Balthasar hielt mich als seine Hündin. Aber ich bin kein Hund«, sagte sie leise. »Ich werde nie mehr für jemanden ein Hund sein. Aber wenn du willst, dass ich belle, werde ich es tun.« Sie glitt lautlos davon.

Ich musterte das dunkle Gebüsch misstrauisch. »Noch jemand am Lauschen?«

Es war vielleicht nur der Wind, der das Blattwerk rascheln ließ. Leandra murmelte etwas, ich sah auf sie hinunter, aber sie schlief.

»Götter«, fluchte ich leise. »Als ob das alles nicht schon kompliziert genug wäre!«

Wir flogen noch in der Nacht zurück. Conar erklärte mir, dass es am Tage besser wäre für die Greifen – warme Luft erleichterte das Fliegen –, aber die Elfen hatten es eilig, in ihre Berge zurückzukehren. Das kam uns entgegen. Wenigstens redete ich es mir ein. Als Conar mich am Sattel festband, überprüfte ich die breiten Schnallen besonders sorgfältig. Alles schien gut. Sein Greif war nicht ganz so sprunggewaltig wie Stahlklaue, aber im zweiten Anlauf gewannen auch wir an Höhe. Über uns spannte sich ein wolkenloser Nachthimmel voller Sterne. Soltars Reich. Doch ich stürzte nicht ab. Ja, es hatte mich tatsächlich ein Herz gekostet, aber wer glaubte schon an Prophezeiungen?

Stunden später fiel ich vor den Palaststallungen zu Boden und sah von dort aus zu, wie Falah und Faihlyd Marinae unter Tränen in die Arme schlossen, ein schweigsamer Armin daneben, der mit unbehaglicher Miene zu mir schaute. Ich war zu müde, um ihn zu fragen, was los war. Während ich mir meine Beine massierte, schaute ich zu, wie Faihlyd mit betretenem Gesichtsausdruck Marinae etwas erklärte und dann das Auge gegen ihre Hand hielt. Die Prüfung schien erfolgreich, denn die Schwestern fielen sich wieder in die Arme. Dann zuckte Marinae zurück und begann zu schreien, ein Schrei voller Empörung und Schmerz, ein Schrei voller Leid und Verlust. Wir alle zuckten zusammen. Im Licht der Fackeln erkannte ich Marinaes Gesicht, es war voller Entsetzen und Leid, und als sie auf die Knie sank und ihre Schultern zitterten, schaute ich weg. Ich dachte an das Gesicht des Emirs, sein Lächeln, den Moment des Erkennens, und blickte hinauf in die Sterne und hoffte, dass er wusste, wie sehr man ihn geliebt hatte.

Als die Kräfte langsam in meine Beine zurückkehrten, zog ich mich an einer Säule des Stalls hoch, die anderen traten zu mir heran, Leandra lehnte sich an mich. Wir sahen zu, wie die drei Frauen und Armin in Begleitung von Soldaten der Palastwachen durch eine Seitentür den Palast betraten und sich die Tür schloss.

»Sie haben uns vergessen«, sagte Leandra leise. »Einfach vergessen.«

»Uns auch«, hörte ich Imras amüsierte Stimme hinter mir. Ich sah nach hinten, und dort standen die fünf Elfen. Imra zog einen Ring von seinem Finger und reichte ihn mir.

»Damit ihr uns nicht auch vergesst.« Er setzte eine hochmütige Miene auf. »Das sind wir nicht gewohnt!«, deklamierte er in weinerlichem Tonfall.

Serafine lachte und schlug ihm hart auf die Schulter. Der Elfenprinz trug Rüstung, er blinzelte nicht einmal.

Imra umarmte sie und trat dann zurück. »Auf dass wir uns wiedersehen, kleine Schwester.« Er sah mich an. »Ich werde sehen, ob es möglich ist«, sagte er dann zu mir, denn ich hatte ihn um etwas gebeten.

Lasra trat vor und strich Leandra mit den Fingerspitzen über die Wangen. »Wir werden Schwestern sein«, sagte sie dann, lächelte verschmitzt und gab Leandra einen raschen Kuss auf die Wange, was Leandra mit weiten Augen zur Kenntnis nahm. Die Elfe verbeugte sich dann leicht vor Serafine und Natalyia.

»Serafine …«, sagte sie zögerlich. Etwas bedrückte sie. Serafine schien zu wissen, was es war, denn sie lächelte.

»Es ist gut, Schwester«, entgegnete sie, und Lasra schien erleichtert.

»Vielleicht sieht man sich wieder«, sagte Conar, und Reat lächelte, während Faril sich noch einmal verbeugte. Dann drehten sich die Elfen auf dem Absatz um und stiegen auf ihre Greifen. Vom Boden aus sah das Auf und Ab leicht und elegant aus. Der Abwind der mächtigen Flügel wirbelte Staub auf und ließ Serafines und Natalyias Haar wehen, dann, mit einem sanften Rauschen ihrer Federn, entschwanden die Greifen und ihre Reiter in der Dunkelheit der Nacht.

»Lasst uns nach Hause gehen«, sagte Leandra bedächtig, und wir gingen den langen Weg zum Haupttor. Ich sah hoch zur Kuppel des Palasts, der Spiegel stand noch immer aufrecht. Das Tor wurde uns geöffnet, ein anderer Leutnant musterte uns neugierig, als wir das Palastgelände verließen und durch die dunklen Straßen nach Hause gingen. In der Ferne war der Himmel bereits wieder gerötet, um uns herum erwachte allmählich die Stadt.

Halb rechnete ich damit, dass irgendetwas geschah, aber es blieb ruhig, nur ein Betrunkener begegnete uns und wich auf die andere Straßenseite aus. Für ihn waren wohl wir es, die bedrohlich wirkten. Ich schloss die schwere Tür unseres Hauses auf, aber sie wurde uns von innen aufgezogen, Taruk stand da und verbeugte sich tief.

»Willkommen daheim, Esserin«, sagte er mit einem Lächeln. Er schloss die Tür hinter uns und legte einen Riegel vor. Ich war überraschend froh, ihn zu sehen. Was war nur mit Armin los?

Ich nickte Natalyia und Serafine zu und wünschte ihnen eine gute Nacht, dann gingen Leandra und ich hoch in unser Zimmer. Schweigend entkleideten wir uns und gingen zu Bett, Leandra ganz nah bei mir. »Daheim«, sagte sie, fast unhörbar.

»Ja.«

Sie seufzte leise und schlief beim nächsten Atemzug ein. Ich konnte nicht schlafen, noch nicht. So müde ich auch war, verfolgte mich doch ein Bild. Ein rollender Kopf mit einem blutverschmierten Halsstumpf... Kurz bevor der Kopf über Bord gefallen war, hatte ich ihn im vollem Licht des Monds noch einmal angeschaut. Ich hatte in das entsetzte Antlitz eines Mannes geblickt, das ganz anders war, als man es mir beschrieben hatte. Wer auch immer da auf dem Schiff gestorben war, ich wusste, es war nicht der Herr der Puppen.

13. Des Dieners neue Kleider

Diesmal weckte mich tatsächlich niemand, und ich schlief wie ein Stein, so lange, bis mir der Rücken wehtat und ich wirklich und wahrhaftig ausgeschlafen war. Ich hatte fast vergessen, wie sich das anfühlte. Nur mit einem Laken um die Hüften tapste ich zum Balkon und schaute zum Himmel. Es war deutlich nach Mittag.

Dann sah ich hinunter in den Hof, dort stand Armin, aber er wandte sich ab und ging ins Haus. Irgendetwas war nicht, wie es sein sollte. Ich kleidete mich an, wieder in die einfachen Leinengewänder, die ich im Haus bevorzugte, und ging in die Küche.

Dort fand ich, wie erwartet, Armin. Afala verbeugte sich leicht, stellte mir einen Becher Kafje hin, so wie ich ihn mochte, eilte davon und zog lautlos die Tür hinter sich zu. Sonst war niemand in der Küche.

»Armin«, begann ich. »Was ist eigentlich …«

»Ihr brecht mein Herz, Esseri«, unterbrach er mich, was selten genug vorkam. »Wie könnt Ihr das tun? Vor allem wird es *ihr* Herz brechen, denn Ihr liebt sie nicht!«

Ich begann zu verstehen. »Armin, ich …«

»Ihr könnt Euch nicht vorstellen, wie sehr ich Euch bewundere. Und, ja, noch immer nenne ich Euch einen Freund, aber habt Ihr Euch das überlegt? Das kann doch nicht Euer Wille sein!« Es fehlte nicht viel, und er hätte verzweifelt die Hände gerungen.

»Armin, schau …«

»Es wäre eine Sünde, Herr!«, unterbrach er mich zum dritten Mal und schaute mich flehend an. »Ein Mann spricht einem anderen nicht in solche Angelegenheiten hinein. Aber sie ist meine Schwester, Herr! Wie wollt Ihr vor den Götten stehen und …«

»Armin!«

Er zuckte zusammen und öffnete den Mund.

Ich hob einen Finger. »Still! Wenn du mich jetzt nicht ausreden lässt, werde ich wirklich laut! Ich liebe Leandra. Ich werde sie in den Tempel führen. Keine andere.« Er öffnete den Mund erneut, und ich hob wieder den Finger. »Deine Löwin hatte diese Idee. Sie allein kam darauf und hat damit schon genug Verwirrung gestiftet. Ich habe nicht die Absicht, Serafine... Helis, meine ich... in den Tempel zu führen, noch wird sie meine Konkubine sein. Bevor auch das wieder falsch verstanden wird: Ja, es wäre eine Ehre für mich, und nein, ich habe sie nicht entehrt, und ja, ich mag sie auch.«

»Aber Esseri...«

Ich sah ihn mit gerunzelter Stirn an, und er schwieg tatsächlich.

»Richte deiner Löwin aus, dass ich auch sie mag und bewundere und dass ich jeden Respekt vor ihr habe, persönlich und als Herrin von Gasalabad. Aber richte ihr auch aus, dass sie genügend andere zu regieren hat und es ihr nicht zusteht, mein Leben zu beherrschen.« Ich holte Luft. »Du kannst ihr auch ausrichten, dass ich dich bitten werde, sie übers Knie zu legen, wenn sie damit nicht aufhört.«

Armin blinzelte zweimal, dann spielte ein Lächeln um seine Lippen und ich sah den gewohnten Schalk in seinen Augen blitzen.

»Es war die Idee meiner Löwin?«, fragte er deutlich erleichtert. Diesmal rieb er seine Hände in offensichtlicher Vorfreude. »Ihr könnt mir glauben, Herr, ich werde ihr mit Genuss Eure Botschaft ausrichten! Ich bin versucht, ihr deutlich zu machen, dass ich ebenfalls nicht zufrieden damit bin, zu erfahren, dass sie meine Schwester verkuppeln wollte. Obwohl...« Er seufzte. »Sie könnte argumentieren, dass sie das Recht dazu hat. Esseri, Ihr wisst nicht, wie geschickt sie mit ihren Worten ist.« Er hielt inne, schien zu merken, was er gesagt hatte, und lachte. »Manchmal muss sogar ich aufpassen, dass sie mir die Worte nicht verdreht.«

Hinter mir öffnete sich die Tür, und ich ahnte schon, wer da hereinkam. Ich sah hin und behielt recht, es war Serafine. Ich nickte ihr freundlich zu.

»Armin«, sagte sie, als sie sich zu uns an den Tisch setzte, allerdings ohne mich weiter zu würdigen. »Es wäre gut gewesen, mit mir darüber zu sprechen!«

»Das wollte ich doch, Helis«, entgegnete er. »Aber…«

»Ich bin Helis. Das sagte mir der Diener Soltars, und ich glaube ihm. Aber ich bin nicht mehr deine kleine Schwester, Armin. Eher ist es jetzt anders herum.« Sie stand auf und berührte ihn leicht an der Wange. »Mehr gibt es dazu nicht zu sagen.« Sie schaute mich an, und ihr Blick war ungewohnt hart. »Ihr braucht keine Angst zu haben, Havald Bey«, sprach sie formell. »Ich werfe mich schon nicht vor Eure Füße, Ihr braucht nicht zu befürchten, dass Ihr über mich stolpert.« Sie ging zur Tür, blieb dort kurz stehen, bedachte uns beide mit einem vernichtenden Blick und zog ganz langsam die Tür hinter sich zu.

Armin ging zur Tür und öffnete sie wieder, aber es war niemand da.

»Ist dieses Haus hellhörig?«, fragte er in der Art eines Mannes, der nur schlechte Nachrichten erwartete.

»Nicht dass ich wüsste. Ich denke, sie haben allesamt gute Ohren. Zudem gibt es da noch Zokoras Einfluss…«

Er sah mich mit traurigen Augen an und kam wie ein geprügelter Hund zum Tisch zurückgeschlichen. Ich musste mir ein Lächeln verbeißen. Imra und er hatten viel gemeinsam.

Armin seufzte theatralisch. »Es sind doch die Männer, denen die Götter die Welt in die Hände gaben, oder? Sie machten ihnen Frau und Tier untertan, auf dass sie die Weltenscheibe regieren. So steht es doch geschrieben, oder nicht?«

Ich sagte nichts, denn er war noch nicht fertig.

»Wir sind stärker als sie. Weiser, klüger, und die Götter haben uns über sie gesetzt, auf dass sie uns gehorchen. So steht es in den Büchern. Ich habe die Passagen selbst gelesen. Es steht wirklich so darin. Sagt mir, Esseri, wie kommt es dann, dass ich mich gerade fühle wie ein Ochse, der an seinem Nasenring gezogen wird? Helis hat stets zu mir aufgesehen, ich war ihr großer Bruder, der immer alles für sie richtete. Habe ich nicht meinen

Schwur gehalten? Habe ich sie nicht befreit aus den Klauen dieses Verfluchten? Habe ich mich nicht um sie gekümmert?« Er sah mich flehend an. »Was habe ich falsch gemacht?«

Ich seufzte. »Nichts, Armin. Du hast all das getan, und das war auch gut. Aber es ist nicht Helis, die zurückkam, sondern Serafine. Und obwohl sie, wie sie sagt, über die Erinnerungen deiner Schwester verfügt, mag sie die Dinge anders sehen. Sie war drei Dutzend und zwei Jahre alt, als sie in dieser Eishölle starb. Sie trifft ihre eigenen Entscheidungen.«

»Solange sie unverheiratet ist, bin ich noch immer das Oberhaupt der Familie.«

Ich schloss die Augen und massierte meine Schläfen. In meinem Kopf dröhnte es. »Manchmal irren auch die Götter. Ich habe meine Zweifel, ob es reicht, wenn man den Frauen sagt, dass sie zu gehorchen haben. Sie könnten auf die Idee kommen, zu fragen, warum sie das tun sollten.« Ich machte eine kurze Pause. »Bist du dir sicher, dass du größer, weiser und schlauer bist als Serafine? Oder Leandra? Oder Faihlyd? Was, wenn sie sich alle drei gegen dich zusammentun würden, wie sähe es dann aus?«

Er ließ den Kopf in seine Hände sinken. »Bedenklich, Esseri, sehr bedenklich.« Er sah mich durch die Finger mit einem Auge an. »Darf ich Euch fragen, was Ihr getan habt, dass Helis Euch so böse angesehen hat?«

»Nichts.«

»Aber wieso …?«

»Wenn ich das weiß, werde ich es dir sagen.« Ich lehnte mich in meinem Stuhl zurück. »War das der einzige Grund, aus dem du gekommen bist?«

Er schüttelte den Kopf und richtete sich auf. »Nein, Esseri. Ich werde für heute wieder Euer Diener sein und Euren Großmut preisen, dass Ihr mir meine Torheit so leicht verzeiht. Zudem bringe ich Nachricht von meiner Löwin. Sie lässt ausrichten, dass gestern Nacht kein geeigneter Zeitpunkt für ihren Dank gewesen sei, er aber gewiss nicht in Vergessenheit gerate.«

Ich dachte an den Greifenritt zurück, und bei der Erinnerung allein wurden mir die Beine fast taub. »Ich bin froh, dass Marinae endlich wohlbehalten in den Kreis ihrer Familie gelangt ist.«

Er sah mich verlegen an.

»Was ist noch?«, fragte ich misstrauisch.

»Sie wird morgen im Tempel des Boron Anklage erheben. Sie wusste nicht genau, wer Ihr seid, obwohl Ihr sie schon zweimal befreit habt. Jetzt weiß sie es. Sie neigt dazu, zu fordern, aber Euch *bittet* sie höflich, ob Ihr nicht zugegen sein könnt, wenn sie vor den Gott der Gerechtigkeit tritt. Sie bat auch die Maestra, Helis und Natalyia hinzu.«

»Und?«

»Die Essera Falah bittet Euch, die Maestra und meine Schwester zum Tee. Wenn Ihr einen Boten schickt, wird sie sich, was den Zeitpunkt betrifft, nach Euch richten. Das tut sie sonst für niemanden«, erklärte Armin.

Ich unterdrückte einen Seufzer. Die Essera Falah hütete ein Buch mit Prophezeiungen und war fest davon überzeugt, dass etwas über mich darinstand. Ich war sicher, dass dieses Buch der Grund der Einladung war.

»Natalyia ist nicht eingeladen?«

Armin schüttelte den Kopf.

»War das alles?«

Er zögerte. »Das hier noch«, sagte er dann. »Taruk fand es auf Eurem Bett.« Fast zögerlich griff er unter seine Jacke und reichte mir eine schwere silberne Münze, die aber gleichmäßig schwarz angelaufen oder lackiert war. Die eine Seite war glatt, die andere enthielt die Prägung eines Falken.

»Ist es das, was ich denke?«, fragte ich und legte die Münze auf den Tisch.

»Ja, Esseri«, bestätigte er. »Es ist genau das. Somit habt Ihr noch zwei Tage zu leben.«

»Wirklich?«, fragte ich ihn überrascht. »Wieso das?«

»Es ist Tradition, dass Ihr nach der Warnung drei Tage Zeit habt, Eure Angelegenheiten zu regeln.«

»Das ist sehr zuvorkommend.« Ich sah auf die Münze herab. »Sie lag auf meinem Bett?«

Er nickte bloß.

»Ich habe mich gewundert, warum sie mich nicht schon früher angegriffen haben«, sagte ich.

»Ihr versteht nicht, Esseri. Es sind nicht die Nachtfalken selbst, die Euren Tod wünschen. Tatsächlich bedeutet diese Münze, dass sie Euch respektieren. Es ist die alte Art. Außerdem sagt diese Münze Euch, dass sie beauftragt wurden. Das gibt Euch also genau diese drei Tage Zeit, Euren Mörder ausfindig zu machen und Euch vielleicht selbst zu rächen.« Er lächelte schief. »Es heißt, es sei ab und an geschehen, dass sowohl der Auftraggeber als auch das Opfer eine Münze erhielten.«

»Das bedeutet, dass sie den Kontrakt erfüllen werden, auch wenn ich den Auftraggeber vorher ausfindig mache und ihn selbst zur Verantwortung ziehe?«

»Wenn Ihr ihn vorher tötet?«, fragte Armin. »Es hilft nichts. Der Kontrakt ist bindend. Es ist eine Frage der Ehre für die Nachtfalken.« Er sah mich ernst an. »Ich bin froh, dass sie Euch die Münze gebracht haben. Der Mörder wird sich Euch zeigen und im Kampf stellen. Es wird Euch nichts nützen, denn dieser Kampf wird von Anfang an zugunsten des Nachtfalken gewichtet sein. Solltet Ihr ihn aber besiegen, wird es keinen neuen Kontrakt mehr geben. Zumindest nicht für zwanzig Jahre.«

Ein Nachtfalke im offenen Kampf. Ich dachte an Serafines Worte zurück, sie hatte diese Attentäter als feige bezeichnet.

»Noch etwas, Herr. Wenn Euch jemand in diesem Kampf beisteht und Ihr dann siegt, wird man einen neuen Nachtfalken schicken. Ihr müsst Euren Angreifer allein besiegen, damit Ihr zwanzig Jahre lang geschützt seid.«

»Du glaubst nicht, dass ich siegen werde?«

»Ich hoffe es. Wenn einer siegen kann, dann Ihr. Ihr seid der Engel des Todes… aber…« Er ließ den Kopf hängen. »Es gelingt kaum jemandem, einem Nachtfalken zu entkommen.«

Ich schob die Münze vor mir auf dem Tisch hin und her. »Ich

frage mich gerade, ob ich wirklich entkommen will.« Die Münze war aus Silber, aber die Schwärze war überall gleichmäßig und eben. Es war kein Lack und keine Farbe. Es war gewiss nicht einfach, diese Münze zu fälschen.

»Weiß schon jemand anders davon?«, fragte ich.

»Taruk weiß es. Er ist verschwiegen und hat es nur mir mitgeteilt. Er hätte es Euch selbst gesagt, aber er wollte Euch diesmal schlafen lassen.«

»Wieso zwei Tage, wenn es doch drei sein sollten?«

»Ihr habt die Münze schon gestern erhalten.«

Wieder ging die Tür hinter mir auf, und ich nahm mir vor, mich das nächste Mal seitlich zu setzen. Ich schaute mich um, diesmal war es Leandra, und ich war erleichtert, dass wenigstens sie mich mit einem Lächeln begrüßte. »Hast du gut geschlafen, Havald?«, fragte sie, beugte sich herab, um mir einen Kuss zu geben, und erstarrte in der Bewegung.

»Was hast du da in der Hand?«, fragte sie.

»Eine Münze«, antwortete ich und steckte sie möglichst nebensächlich ein. »Nichts weiter von Belang.«

Sie sah mich seltsam an, gab mir dann doch den Kuss und strich mir mit den Fingerspitzen über die Wange, als sie sich setzte.

Sie nestelte an ihrem Hals herum, zog ihren Geldbeutel aus dem Kragen hervor, öffnete ihn und entnahm ihm eine schwarze Münze. Sie legte sie vor sich auf den Tisch.

Einen Moment lang dachte ich, mir würde Herz und Atem stocken, dann spürte ich, wie mein Puls zu galoppieren anfing. Götter! Nicht auch Leandra!

»Ich glaube, Havald, du bist Heimlichkeit wirklich nicht gewohnt«, sagte sie und lächelte mich an, auch wenn es etwas traurig wirkte. »Wenn du etwas verstecken willst, merkt es jeder.«

Ich starrte auf die Münze vor ihr. Irgendwie hatte ich nicht damit gerechnet, dass auch sie ein Ziel sein würde, aber das war dumm und blöde von mir, denn sie war ja die Botschafterin der Rose von Illian.

»O Esseri …«, hauchte Armin und sah von ihr zu mir. »Es tut mir ja so leid!«

»Wir haben zwei Tage, unsere Angelegenheiten zu regeln«, verkündete ich. Ich lächelte, und es musste ein grimmiges Lächeln gewesen sein, so wie Leandra und Armin mich ansahen. Ich fixierte Armin. »Vorher muss ich etwas in Ordnung bringen. Vergiss nicht, der Emira auszurichten, wie wenig erfreut wir über ihre Einmischung sind.«

Ich klopfte und öffnete die Tür zu Natalyias Raum. Ich hatte sie nirgends sonst gefunden. Sicher konnte ich nicht sein, in einem Haus aus Stein brauchte Natalyia nicht unbedingt eine Tür. Ich nahm mir vor, sie zu fragen, ob die glasierten Ziegel an der Außenwand ein Hindernis für sie darstellten.

Der Raum erschien mir im ersten Moment leer. Doch dann nahm ich eine Bewegung wahr, wich zurück und hatte den Dolch in meiner Hand, bevor ich wusste, dass ich ihn gezogen hatte. Aber es war nur Natalyia, die federnd vor mir landete und sich mit einem Lächeln aufrichtete.

Sie war barfuß, trug eine Leinenhose wie ich auch, allerdings war ihre schwarz und mit feinen Lederriemen entlang ihrer Beine geschnürt, sodass sie eng anlag. Dazu ein ärmelloses Oberteil aus demselben dunklen Leinen, ebenfalls mit Leder geschnürt, sowie zwei lederne Unterarmschützer, die jeweils zwei schmalen Stiletten Platz boten. Ich sah einen geröteten Schnitt auf ihrem linken Oberarm und ahnte durch den Stoff einen Verband knapp über ihrem rechten Knie, was mich an den Kampf gestern erinnerte. Vierzig Soldaten! Götter!

In der letzten Zeit schien es mir, als ob wir jeden Tag unser Glück mehr und mehr aufbrauchen würden. Ich hoffte nur, dass noch etwas davon übrig blieb.

»Verzeiht, Havald«, sagte sie. »Kommt herein, ich habe gerade nur ein wenig geübt.«

Ich sah hoch zur Decke, die, wie in den meisten mir bekannten imperialen Gebäuden sauber aus Stein gefügt war, und musterte dann wieder Natalyia. Der glatte Stein hätte kaum jemandem Halt geboten, nur bei ihr war das natürlich anders.

Ein Schwert hatte ich in ihren Händen noch nie gesehen, aber ich wusste, dass sie auch mit einer Armbrust tödlich war.

Wenn man die Dolche außer Acht ließ, schien es schwer vorstellbar, dass Natalyia eine ausgebildete Attentäterin war. Sie war kleiner als Leandra und nicht so gertenschlank wie meine Liebste, ihre Gestalt war voller, weiblicher, mit schlanker Taille, großem Busen, einer wohlgeschwungenen Hüfte mit langen, schlanken und dennoch muskulösen Beinen. Lange braune Haare, Augen von der Farbe dunklen Bernsteins, ein Charaktergesicht mit dem leichten Aufwärtsschwung ihrer Nase, feinen Augenbrauen, langen dunklen Wimpern, hohen Wangenknochen und mit vollen, sinnlichen Lippen ... Fleischgewordene Versuchung.

Nein, sie sah nicht aus, als müsste man sich vor ihr in Acht nehmen, dennoch hätte sie mich beinahe und scheinbar mühelos in Soltars Reich geschickt, wenn Zokora nicht in letzter Sekunde eingegriffen hätte. Ich erinnerte mich noch zu gut daran, wie mir genau diese Stilette mit einem Gefühl von brennendem Eis tief in den Leib gestoßen wurden. Nur der Zufall war es, der diesen Angriff nicht hatte tödlich enden lassen.

Ich trat ein und schloss die Tür hinter mir.

»Kommt Ihr, um mich wegen meiner Worte gestern Nacht zu tadeln?«, fragte sie, während ich mich in ihrem Raum umsah. Das Zimmer war vom Grundriss her meinem und Leandras gleich, aber kärglich eingerichtet: ein Schrank, das Bett, ein Tisch, ein Stuhl, zurzeit alles an die Wände geschoben, um in der Mitte Platz zu schaffen.

»Nein«, sagte ich. »Nicht deswegen. Ich will dich nicht tadeln, ich will etwas erklären. Zuerst will ich dir sagen, dass ich dir vertraue. Vertrauen ist etwas, das man sich verdient. Manchmal sehr teuer.« Unwillkürlich ruhte mein Blick auf ihrem Busen. Ich wusste, dass es dort unter dem dünnen Stoff eine feine Narbe gab; sie stammte von einem für mich bestimmten Armbrustbolzen, dem sie sich in den Weg geworfen hatte.

Sie sah mich überrascht an und schluckte. »Havald…«, sagte sie leise und trat einen Schritt zurück. Sie hatte meinen Blick falsch gedeutet.

»Nein«, beeilte ich mich zu sagen, den Blick wieder auf ihr Gesicht gerichtet, in dem eine feine Röte stand. »Ich dachte eben an den Bolzen, der dort…« Ich machte eine hilflose Geste. Heute schien der Tag, an dem ich nur das Falsche sagte und tat. »Du hast dir mein Vertrauen verdient, das war es, was ich sagen wollte«, fügte ich hastig hinzu. »Ich habe nur unwillkürlich…«

»Ich verstehe«, meinte sie und senkte den Blick. Dann schaute sie mich wieder an und lächelte leicht – das verführerischste Lächeln, das ich jemals bei ihr gesehen hatte. »Es wäre vielleicht lohnend gewesen. Ich bin auch in den Künsten der Liebe sehr gut ausgebildet.«

»Das glaube ich dir gern«, antwortete ich und dachte verzweifelt an Leandra. Meine Stimme klang plötzlich etwas belegt. »Aber es sind deine anderen Fähigkeiten, die mich zu dir führen. Diese und noch ein weiterer Grund.«

Sie sah mich prüfend an und nickte dann vorsichtig.

»Du bist sehr selbstbewusst, was deine Fähigkeiten betrifft«, fuhr ich fort. »Was denkst du? Könntest du Zokora besiegen?«

Ihre Augen weiteten sich. »Ich würde es nicht wollen.«

»Aber jemanden wie Zokora? Einen Nachtfalken zum Beispiel?«

Sie lächelte. »Ich würde es hoffen. Sie kennen meine Art zu kämpfen nicht.«

»Und du nicht ihre.«

»Ich weiß mehr von ihnen als sie von mir«, entgegnete sie. »Ich würde nicht den offenen Kampf suchen.« Ihr Lächeln wurde breiter. »Meuchler glauben nicht daran, dass man sie meucheln kann. Das ist ein Irrtum. Es ist das Erste, was ich gelernt habe.«

»Also hättest du keine Furcht, dich einem Nachtfalken zu stellen?«

»Zokora hat mir die Furcht genommen. Es gibt nicht mehr viel, was ich fürchten kann. Es gibt Ängste, die ich habe, aber wenig Furcht.« Sie sah nachdenklich aus. »Also hat Leandra Euch von der Münze erzählt. Jetzt wollt Ihr Euch mit den Nachtfalken messen und überlegt, ob Ihr allein gehen wollt, oder ob ich Euch begleiten soll.«

Ganz offensichtlich sprachen die Frauen mehr miteinander, als es den Anschein hatte, genauso offensichtlich war, dass sie mich ganz gut kannten.

»Das trifft es in etwa.«

Sie musterte mich offen. »Ihr braucht mich, Havald«, fügte sie dann leise hinzu. »Leandra und Serafine auch. Was ist, wenn Ihr Euer Schwert nicht zur Hand habt? Ihr braucht jemanden, der auf Euren Rücken achtet.«

»Hältst du mich für hilflos?«, fragte ich.

Sie lachte leise. »Nicht, wenn Ihr Eure Klinge führt. Vor dieser Klinge fürchte ich mich. Vor dieser Klinge und Zokora. Sonst fürchte ich nichts.« Sie holte tief Luft. »Es gibt keinen besseren Leibwächter als einen Attentäter«, sprach sie weiter. »Jeder unterschätzt mich, auch Ihr. Auch Janos. Noch immer. Meine Stärke ist Geschwindigkeit und Präzision, dazu kommt noch, dass ich die Schatten liebe.«

»Geschwindigkeit und Präzision«, wiederholte ich. »Du solltest dich mit Serafine unterhalten, sie sieht die Dinge ähnlich.«

»Ich weiß«, sagte sie. »Wir sprachen bereits darüber. Wir können uns gegenseitig viel beibringen.«

Irgendwie war das keine besondere Überraschung.

»Du bist also dabei?«, fragte ich. »Es ist nicht dein Kampf.«

»Da irrt Ihr, Havald«, sagte sie mit einem seltsamen Blick.

Ich sah es anders. Aber gut. »Es gibt noch etwas, das ich dir sagen will. Ich will dir etwas erklären.«

»Ja?«

»Ich habe Zokora ein Gleichnis erzählt. Es ging um zwei Hunde, die ich hatte, einer groß und träge, der andere klein und schnell. Unterschiedlich wie Tag und Nacht. Es ging darum, dass beide Hunde dennoch Hunde waren. Das Gleichnis sollte ausdrücken, dass es keinen Unterschied gibt zwischen Mensch und

Elf. Sie verstand es sogar. Das war es, was sie meinte, als sie sagte, du wärst auch ein Hund. Sie gab damit zu, dass du und sie gleich sind, auch wenn es Unterschiede gibt. Es hat nichts damit zu tun, dass du dich als Balthasars Hund gesehen hast. Du bist kein Hund. Auch nicht der meine.«

Sie sah mich lange aus diesen unergründlichen Augen an. »Sie ließ mich gehen, weil Ihr Zokora erklärt habt, dass Mensch und Elf gleich sind? Dass wir Schwestern sind, obgleich sie ein Elf ist und ich ein Mensch?«

Ich nickte.

Sie seufzte, und mit einer fließenden Bewegung sank sie vor mir auf die Knie. In einer ganz und gar seltsamen Art landete sie in einer Art gekreuztem Sitz, die Stirn auf die Dielen gepresst. Ohne dass ich sah, woher, waren in ihren Händen die Stilette erschienen, sie hielt sie vor sich auf den Boden, die Klingen vor meinen Füßen gekreuzt. Ihr langes Haar war wie ein Vorhang vor ihrem Gesicht, ihr schlanker Nacken frei. Zum ersten Mal sah ich, dass sie dort eine Tätowierung trug, eine Art Rune mit Schnörkeln und Querbalken.

»Natalyia?«, fragte ich vorsichtig.

Sie schien mich nicht einmal zu hören.

»Natalyia, was soll das bedeuten?« Ich berührte sie leicht an der Schulter, aber sie rührte sich noch immer nicht. »Was machst du da?«

Keine Antwort.

»Steh auf!«, befahl ich.

Es war, als ob sie einfach zurückfließen würde in ihre vorherige aufrechte Haltung. Eine Körperkontrolle, die mich an Zokora erinnerte. Zugleich war es eine … sinnliche Bewegung. Mit einer Hand schob sie ihr Haar aus dem Gesicht und sah mich aus diesen bernsteinfarbenen Augen an. Katzenaugen. Sie glänzten seltsam.

»Was sollte das eben bedeuten?«

»Es ist besser, wenn Ihr jetzt geht«, sagte sie und senkte den Blick.

»Natalyia ...«

»Bitte.«

Ich wartete einen Moment, aber sie schaute nur weiter zu Boden. Ich wandte mich zum Gehen, was blieb mir anderes übrig? Mit der Hand auf dem Türknauf zögerte ich.

»Kann ich dich noch etwas fragen?«

Sie schaute hoch, es schien, als ob sie leicht lächeln würde. Irgendwie war ich erleichtert, was auch immer das alles zu bedeuten hatte, wenigstens schien sie keinen Groll gegen mich zu hegen.

»Das kommt auf die Frage an.«

»Warum hast du den Bolzen nicht aufgefangen?«

Sie sah mich mit großen Augen an. »Ihr meint den Armbrustbolzen, der mich traf?«

Ich nickte.

»So schnell, einen Armbrustbolzen aus der Luft zu fangen, kann niemand sein«, antwortete sie. »Nicht einmal ich. Das sind Legenden.«

Diesmal klopfte ich an Serafines Tür. Sie öffnete mir sofort. Sie war ähnlich gekleidet wie ich, nur dass diese leichten Gewänder bei ihr eine schlanke Taille und Figur betonten. Sie trug sie, als wäre sie in ihnen geboren worden. Was ja auch gewissermaßen zutraf.

»Wenn du mich tadeln willst, Havald, kommst du im falschen Moment.« Ihre Stimme war belegt, und wenn ich mich nicht sehr täuschte, waren ihre Augen leicht gerötet. Hatte sie geweint?

»Götter!«, sagte ich verdrossen. »Warum denkt denn ein jeder, dass ich tadeln will? Tadele ich so oft?«

»Eigentlich nie«, meinte sie. Sie trat zurück, ließ mich ein und sank in einen der Stühle an dem kleinen Tisch. Ich nahm den anderen. Ich sah mich in ihrem Zimmer um, es war ähnlich eingerichtet wie meines und Leandras, aber es gab hier noch keine persönliche Note, bis auf eine. Auf dem kleinen Tisch, neben dem wir saßen, lagen teure Blätter aus Papyira und verschiedene geschnitzte Kohlestücke. Ihre Hände trugen Spuren der Kohle, das oberste Blatt war umgedreht, auf einer Ecke auf dem Blatt darunter sah ich, dass auch das eine Zeichnung enthielt. Sie folgte meinem Blick und lächelte verlegen.

»Du zeichnest?«, fragte ich. »Das wusste ich nicht.«

Sie sah mich an, lächelte und schüttelte den Kopf. »Woher denn auch? Du kennst mich nicht, Havald. Ich spiele außerdem noch Harfe und Flöte, bin fähig, in vier verschiedenen Sprachen gepflegte Konversation zu betreiben, eine Rüstung zu reparieren, Wehranlagen zu planen und Umhänge zu besticken. Ich bin eine Tochter aus gutem Haus. Mein Vater verzweifelte oft an mir, sparte aber nicht an meiner Erziehung. Ich kann einen Ball ausrichten und den Wochenbedarf an Versorgung für eintausend Soldaten im Kopf zusammenstellen, ohne etwas zu vergessen. Dennoch ist es nur ein Bruchteil dessen, was ich kann und bin. Ja, ich zeichne … unter anderem.«

»Darf ich mal sehen?«, fragte ich.

Sie seufzte. »Wenn du willst.«

Ich drehte das oberste Blatt um. Es war ein Bild von Leandra. Sie sah richtig verwegen darauf aus, mit einem Funkeln in den Augen und einem breiten Grinsen, als hätte gerade jemand einen Witz gerissen. Es war ein wunderschönes Bild. Nicht so technisch präzise wie die Bilder, die der Zeichner von Sarak und seinen Leuten angefertigt hatte, aber eines, das Leandra selbst einfing, ihre Art und ihr Wesen. Es war genau die Art, wie ich Leandra sah, und ich schaute Serafine überrascht an. Dann erblickte ich das andere Bild.

Zögerlich nahm ich es auf, denn es zeigte mich. Aber es war niemand, den ich in einem Spiegel erkennen würde. Es war eine frontale Ansicht. Ich wirkte hagerer, die Nasenfalten waren tief, eine feine Narbe bedrohte mein linkes Auge, der Mund war schmal und entschlossen; knapp am rechten Mundwinkel vorbei zog sich eine weitere Narbe zum Kinn. Die Augenbrauen, die in Wirklichkeit bestimmt auch nicht so buschig waren, hatte ich zusammengezogen, mit zwei steilen, tiefen Furchen auf der Stirn.

Man sah, dass meine Nase zweimal gebrochen war. Ich wirkte über die Maßen brutal, denn auf dem Bild hatte ich die Zähne zusammengepresst, die Wangenmuskeln traten hervor, mein Kinn, das doch nicht wirklich so breit und stur sein konnte, war geradezu kämpferisch vorgereckt, und es lagen dunkle Schatten um mich, mit leichten Strichen angedeutet, als ob dunkler Rauch um mich wehen würde. Meine Augen waren schmal und drohend, doch es gab keine Augäpfel oder Pupillen, nur Schwärze und darin … Sterne.

Die Zeichnung vermittelte ein Ausmaß an Entschlossenheit, nein, Angriffslust, Wut, Wille … all das und mehr … alles in diesen dunklen, sternenbehafteten Blick gebannt, sodass ich unwillkürlich zurückwich und die Zeichnung fallen ließ, als hätte ich mir die Finger daran verbrannt.

»Das bin nicht ich!«, entfuhr es mir.

Sie nahm die Zeichnung, fuhr einmal leicht mit den Fingerspitzen darüber und legte sie mit dem Bild nach unten wieder auf den Tisch.

»Doch, das bist du«, sagte sie. »Du bist es nicht immer. Aber oft genug.« Sie schaute zu mir hoch. »So hast du ausgesehen, als du diesen Kreis in das Deck des Schiffes geritzt und dem Leutnant erklärt hast, dass ein Dämon dort auftauchen würde, wenn er nicht täte, was du sagtest. Er hat es geglaubt.« Sie sah mir direkt in die Augen. »*Ich* habe es geglaubt. Ich glaube außerdem, dass genau das geschehen wäre, wenn sie sich nicht an deine Anweisungen gehalten hätten.«

Ich schüttelte entschieden den Kopf. »Das kann nicht sein. Dass ich so aussah, meine ich. Es gibt auch keinen Dämon, ich habe nur auf ihren Aberglauben spekuliert.« Ich tippte mit dem Finger auf den Rücken des Bilds. »Du hast mich so gezeichnet, als wäre ich einer dieser Teufel.«

»Hat dieses Bild eine große Ähnlichkeit mit Leandra?«, fragte sie leise und deutete auf das Bild meiner Liebsten.

Ich seufzte und fuhr mir durch die Haare. »Ja, du weißt, dass es so ist. Du hast sie vorzüglich eingefangen.«

»Das Bild von dir ist besser. Genau so hast du gestern Nacht auf dem Schiff ausgesehen. Das ist der Grund, weshalb wir noch leben. Du hast vor den Augen der Soldaten einen Nekromanten getötet. Jeder konnte erkennen, dass es einer war, wir alle haben die Seelen gesehen, die er freigab, auch die Soldaten des Turms waren Zeugen. Sie mögen loyal zu ihrem Haus sein, aber auch sie fürchten die Seelenreiter. Es sah so mühelos aus, wie du ihn besiegt hast.«

Allein bei der Erinnerung zog sich mein Herz schmerzhaft zusammen. *Mühelos*.

Sie bemerkte meinen Blick und verstand. »So hat es gewirkt, Havald. Nachdem du ihn besiegt hattest, hast du dich aufgerichtet und sie alle angesehen, genau so, wie ich dich hier gezeichnet habe. Hast du in diesen Landen schon einen Mann gesehen, der so groß und breit ist wie du? Außer den Nordmännern, meine ich.«

»Janos ist breiter«, protestierte ich.

»Er ist auch einen Kopf kleiner. In der Nacht fällt ein Mann, ein Riese, vom Himmel, in dunkle Gewänder gekleidet, mit Sternen in den Augen, in der Hand ein Schwert, dessen Klinge wie Mondlicht ist. Er zerstört einen der Unheiligen, als wäre es nichts, und teilt dann dem Leutnant mit, er möge doch bitte die Gefangene herausgeben. Wunderst du dich, dass man dir gehorcht hat?« Sie schüttelte den Kopf und wirkte noch immer fassungslos. »Es gab auf dem Schiff nur so lange Widerstand, bis die Soldaten dich gut sehen konnten … Dann war es vorbei, sie gaben auf.«

»Es muss Seelenreißer sein«, sagte ich langsam. »In der letzten Zeit habe ich mich ihm mehr geöffnet. Es war notwendig gestern Nacht, denn der Nekromant hat mein Herz zum Bersten gebracht. Ich war gezwungen, einen der Matrosen zu töten, nur weil ich sein Leben brauchte, damit Seelenreißer mir das Herz heilt. Früher habe ich mich fern gehalten von der Gier meines Schwerts, heute … Manchmal gehe ich darin auf. Es muss Seelenreißer sein.«

Sie sah mich an und lächelte. »Das ist möglich. Denn sonst bist du nicht so.«

»Serafine. Egal, wer ich sonst auch bin, ich bin nicht Jerbil Konai«, sagte ich brutal. »Du musst das einsehen! Er ist seit Jahrhunderten tot!«

»Ja«, sagte sie einfach. »Aber was bedeutet das schon?«

Ich sah sie ungläubig an.

»Erinnere dich daran, was der Diener Soltars sagte. Stirbt ein Mensch, wird er wiedergeboren, und die, die ihn lieben, werden ihn erkennen.«

»Es ist nicht möglich. Schau, Helis. Ich habe den Geist des Sergeanten vor mir stehen sehen. Wenn wir die gleiche Seele hätten, hätte es sie zweimal gegeben, zumindest in diesem Moment.«

»Ja. Es wäre wundersam, nicht wahr? Unverständlich und etwas, das nur die Götter verstehen.«

»Serafine. Ich bin nicht er.«

»Und ich bin nicht Helis. Und doch sagt der Priester, dass ich es bin.«

»Serafine, hör mir zu.«

»Ssshh, hör du mir jetzt zu.« Zum zweiten Mal in kurzer Zeit legte mir eine Frau einen Finger auf die Lippen. »Havald, ob du Jerbils Seele trägst oder nicht, ist nicht von Belang. Du liebst Leandra und nicht mich. Das ist es, was wichtig ist. Schau mich an, was fühlst du, wenn du mich ansiehst?«

»Serafine …«

»Beantworte mir diese Frage. Oder ist sie so schwierig?«

»Nein.« Ich atmete tief durch. »Ich sehe eine junge Frau, die ich sehr mag, achte und respektiere. Ich vertraue dir in einem Maße, wie ich es nicht gewohnt bin, und obwohl wir uns nicht lange kennen, spüre ich eine tiefe Freundschaft und Bindung zu dir. Aber es ist nicht Liebe. Es ist nicht das, was mich zu Leandra zieht. Es ist nicht dieses Verzehren, dieses Gefühl, vergehen zu müssen … Ich kann es nicht beschr …«

»Das musst du nicht«, unterbrach sie mich mit leiser Stimme.

»Ich kenne es wohl, dieses Gefühl. Du bist hierher gekommen, um mir zu sagen, dass ich dich nicht lieben soll, weil es keine Hoffnung darauf gibt, dass du mich ebenso lieben wirst, nicht wahr?«

Ich nickte nur.

Sie drehte das Bild von dem um, der nicht ich sein konnte. »Kann man diesen Mann lieben, Havald?«

Ich schaute auf das Bild herab. »Habe ich wirklich so ausgesehen?«, fragte ich und merkte, wie belegt meine Stimme war.

Sie nickte.

»Dann bin ich froh, dass Leandra ihn lieben kann«, sagte ich und stand auf. Es gab nichts mehr zu sagen. Nur noch eins. »Hätte ich gewusst, was die Emira plant, wäre es nie so weit gekommen.«

»Ich weiß, Havald. Sind wir Freunde?«

Jetzt sah ich sie überrascht an. »Hast du nicht zugehört, Serafine?«

»Doch«, meinte sie. »Ich wollte nur wissen, ob ich es richtig verstanden habe.«

»Serafine… verzeih, Helis… ich habe jedes Wort so gemeint.«

»Das habe ich gehofft.«

Ich wandte mich zum Gehen.

»Havald?«

Ich sah zu ihr zurück.

»Wolltest du mich nicht fragen, ob ich mitkomme, um die Nachtfalken zu vernichten?«

Ich runzelte die Stirn. »Gibt es in diesem Haus denn keine Geheimnisse?«

Sie lachte. »Doch, viel mehr, als du denkst, Havald. Aber ja, ich komme mit. Ihr werdet mich brauchen.«

Das hatte Natalyia auch gesagt. Ich nahm den Türknauf in die Hand.

»Havald?«

Ich seufzte. Sie zeigte mit einem schlanken Finger an die Decke. Dort an der Wand, knapp unter der Decke, gab es in jeder

Wand fünf rechteckige Löcher, etwa zwei Handbreit. Wenn es warm war in Gasalabad, und das war es immer, und sich das Haus aufheizte, dann erlaubten diese Löcher der warmen Luft einen Ausweg, sodass das Haus nie stickig war. Jedes Zimmer hatte diese Löcher unter der Decke. Unsere Zimmer, auch Natalyias und Serafines, lagen zum Innenhof hin, es gab weitere Zimmer auf der anderen Seite des Gangs, die an der Außenmauer lagen, dunklere Zimmer mit kleineren, meist fest verschlossenen Fenstern. Kühler und dunkler. Links von Serafines Raum befand sich Natalyias Gemach, rechts von Serafine das von Leandra, danach folgte meins.

Armin hatte recht. Dieses Haus war hellhörig. Mehr, als ich gedacht hatte.

Ich sah zu den Lüftungslöchern hoch. »Wieso höre ich nie etwas?«, fragte ich, immer noch ungläubig darüber, dass ich das übersehen hatte.

»Ich möchte wetten, du hast Janos gehört, wenn er mit Sieglinde sprach, oder auch manchmal Varosch. Oder Armin.«

Ich nickte. »Ja, sicher. Aber nie euch.«

»Wir Frauen reden anders miteinander. Und hören auch anders zu.« Sie stand auf, trat an mich heran, öffnete die Tür und schob mich mit leisem Druck hinaus. »Ich sollte dich nicht länger aufhalten«, sagte sie freundlich. »Du hast noch viel zu tun.«

Ich stand auf dem Gang und sah die Tür verdutzt an. Ich hörte leises Lachen und sah mich um. Dort stand Armin, mit schmunzelndem Gesicht. »Spürt Ihr auch gerade den Nasenring?«

Die Tür sprang auf, und Serafine streckte den Kopf heraus. »Manchmal denkt der Ochse auch nur, man würde ihn führen, tatsächlich stolpert er aber blind vor sich hin«, sagte sie mit einem vernichtenden Blick in Armins Richtung. Sie funkelte auch mich an, dann schlug sie die Tür wieder zu.

Armin und ich wechselten einen Blick.

»Es gibt auch in der Stadt noch etwas zu tun«, sagte ich milde.

»Oh«, meinte er. »Gewiss. Dann sollte man es auch tun. Es steht geschrieben, dass, schiebt man etwas auf die lange Bank, es manchmal von ihr herunterfällt.«

»Ich frage mich, wo das wirklich alles geschrieben steht«, gab ich zurück, als wir uns in Richtung Treppe bewegten.

»In den heiligen Schriften, in den weisen Worten, die uns hinterlassen wurden, und im Buch des Lebens. Jeden Tag lese ich Neues und bin immer gern bereit, Euch an meiner so hart erkämpften Weisheit teilhaben zu lassen.« Er verbeugte sich tief. »Ich bin Euer untertänigster Diener, Esseri.«

»Ich habe kürzlich einen Elfen kennengelernt, mit dem du dich gut verstehen würdest«, sagte ich trocken.

Taruk wartete unten in der Halle auf uns und verbeugte sich, als er mich sah. Mir fiel etwas ein. Mein Augenmerk galt dem Kandelaber, der so hoch über uns hing.

»Taruk«, sagte ich. »Siehst du diese vielen Kerzen?«

Er sah hoch und nickte dann. »Ja, Herr. Der Kronleuchter ist staubig«, stellte er dann fest.

Ich winkte ab. »Das ist es nicht. Ich erkenne nur keinen Sinn darin, so viele Kerzen dort in schwindelnder Höhe zu haben, wenn man nicht daran gelangt. Es muss einen Weg geben.«

»Wollt Ihr ihn entzündet sehen, wenn es Nacht wird?«, fragte er. »Oder soll er gereinigt werden?«

Es waren Dutzende in klares Glas gefasste Lampen, noch mehr freistehende Kerzen sowie Hunderte dieser Kristalle und Linsen auf diesen imposanten acht Armen verteilt. Eine Armee von Dienern müsste eine Woche lang putzen... wahrscheinlich jeden dieser Kristalle aushängen und dann auch wieder an die richtige Stelle zurückhängen. Was für eine Arbeit!

Also schüttelte ich den Kopf. »Nein, ich will nur wissen, was es mit diesem Kandelaber auf sich hat. Er beunruhigt mich, so wie er da über unseren Köpfen hängt. Ich will wissen, wie sicher er ist. Außerdem muss er irgendeinen Sinn haben. In diesem Haus hat alles einen Sinn. Finde heraus, welchen.«

Auch Armin sah zu dem Kristallleuchter hoch, als hätte er ihn nie zuvor gesehen. »Er ist wirklich gigantisch«, stellte er mit Ehrfurcht fest. Eine Falte erschien auf seiner Stirn. »Wenn er herunterfällt, wird er jeden, der hier steht, erschlagen.«

»Eben«, sagte ich. »Weißt du etwas darüber? Du hast die Arbeiten im Haus beaufsichtigt.«

Er schüttelte den Kopf. »Ja, aber ich kann mich nicht erinnern, dass jemand etwas über den Kandelaber gesagt hat. Er war schon immer hier.«

Ich sah ihn ungläubig an. »Du meinst, er hängt schon hier, seit das die imperiale Münzerei war?«

Er nickte. »Seit siebenhundert Jahren.« Er zuckte hilflos mit den Schultern.

Ich sah Taruk an.

»Ich werde herausfinden, wie fest er hängt«, sagte der und verbeugte sich leicht. Er öffnete die Tür, aber auch er sah nun skeptisch hoch zur Decke.

»Wohin, Esseri?«, fragte Armin, als er mir nacheilte. Er wirkte etwas unglücklich.

»Zum Haus der Hundert Brunnen«, teilte ich ihm mit. »Was siehst du mich so an?«

»Wenn wir zum Haus der Hundert Brunnen gehen, ist es nichts, Esseri«, teilte er mir erleichtert mit. »Dort werdet Ihr Euch sicher umziehen wollen.«

Ich schaute an mir herab. Ich trug das leichte Leinen, das ich mir vorhin übergeworfen hatte. Wenn ich mich umsah, konnte ich auf einen Blick Dutzende sehen, die ähnlich wie ich gekleidet waren. Bis auf die Stiefel. Meine waren neu und bequem, andere gingen oft barfuß oder trugen Sandalen, teilweise aus einfachem Leder oder gar nur aus Seil gefertigt. Zudem hatte ich einen weißen Burnus umgelegt und trug Seelenreißer an der Seite und einen schönen Dolch im Gürtel. »Es gibt nichts daran auszusetzen, wie ich gekleidet bin«, teilte ich ihm mit.

»Gewiss, gewiss, Herr. Aber Ihr seht nicht aus wie ein mächtiger Fürst.«

»Das ist Absicht, Armin. Ich will gar nicht so aussehen.«

»Oh«, sagte er. »Sollte dann etwa ich mich umkleiden?« Er bemerkte meinen Blick und reckte stolz das Kinn mit dem Bärtchen. Tatsächlich hatte er sich heute selbst übertroffen. Er war farbenprächtig wie immer, diesmal trug er eine gelbe Weste mit roten und goldenen Stickereien, und auf seinen Stiefeln waren … ich glaubte es kaum … Perlen festgenäht!

»Sind das echte Perlen?«, fragte ich ungläubig.

»Ja, Esseri«, strahlte er. »Keine guten, sie sind aus dem Fluss und kosten nicht viel, aber sie sind echt. Gibt es denn auch falsche?«

Ich blinzelte. Es gab falsche Edelsteine, solche, die man aus Glas schliff, so viel wusste ich, aber wie sollte es falsche Perlen geben? »Du musst ein Vermögen für deine Kleidung ausgeben!«

Er bedachte mich mit einem strahlenden Lächeln. »Ja, Esseri, aber ich finde, jedes Kupferstück hat sich gelohnt, nicht wahr?«

Ich zog es vor, nicht darauf zu antworten. Wenn es notwendig war, dann sollte er sich eben als Herr bezeichnen, und ich mimte den Diener.

»Der Mann, den Ihr sucht, heißt Rekul. Hauptmann der Reitergarde«, teilte mir der Hüter der Geheimnisse mit, während ich in unseren alten Gemächern saß und einen Kafje trank, der mir von einem der diskreten jungen Männer gebracht worden war. »Er ist zwei Dutzend und vier Jahre alt, jung für seinen Rang, den er auf Empfehlung erhielt. Diese Empfehlung« – er schloss kurz die Augen, als er sich erinnerte – »diese Empfehlung stammte von Esseri Pasaran, dem ständigen Gesandten des Hauses der Schlange hier in Gasalabad. Es scheint, als sei der damalige Leutnant dem Gesandten gegen Räuber behilflich gewesen.«

Ich nickte. Die Häuser der Schlange, des Turms und des Tigers bildeten die Eckpunkte der Allianz gegen den Löwen.

»Er verrichtet seinen Dienst zuverlässig und gut, allerdings hat er eine kranke Schwester, so sagt er. Damit er sich um sie kümmern kann, übernimmt er oft zusätzliche Wachen, sodass er auch manchmal zwei oder drei Tage am Stück frei hat. Diese Schwester gibt es tatsächlich. Sie arbeitet im Haus der Leidenschaften, allerdings ist sie nicht krank.«

Das Haus der Leidenschaften. Ich hatte den Namen schon einmal gehört.

»Der Hauptmann hofiert die Tochter eines Schneiders: Man geht davon aus, dass diese Verbindung geknüpft werden wird. Der Hauptmann führt ein normales Leben, bis auf die Tatsache, dass er manchmal mitten in der Nacht sein Haus verlässt. Ihm gehört ein eigenes Haus, obwohl er nichts geerbt hat. Sein Sold reicht auch nicht dazu.« Der Hüter der Geheimnisse öffnete die Augen wieder. »Er war wohl einmal unvorsichtig, der Herr Hauptmann, und hat auf Hahnenkämpfe gewettet. Er verlor hoch und stand tief in der Schuld eines Geldverleihers namens Hasur. Dieser starb kürzlich im Haus der Leidenschaften, sein armes Herz war überanstrengt. Es heißt, er habe einen schönen Tod gehabt. Doch schon Wochen zuvor hatte er dem Hauptmann überraschenderweise alle Schulden erlassen, worauf der Hauptmann sein Haus erstand. Gestern Nacht verließ der Hauptmann das Haus wieder, traf sich mit drei anderen am Osttor und ritt mit ihnen zusammen aus. Sie waren einfach gekleidet, mit dunklen Gewändern, aber sie trugen darunter Rüstungen. Auch diese drei anderen waren Soldaten, einer davon dient allerdings dem Baum, die anderen, wie der Hauptmann selbst, dem Löwen. Am frühen Morgen kehrte er zurück, besuchte erst das Haus der Leidenschaften und ging dann nach Hause. Heute Abend wird er Dienst haben, eine Patrouille im Osten, entlang des Handelwegs, der den Lauf des Gazar begleitet.« Der Hüter der Geheimnisse verbeugte sich. »Das ist es, was wir über den Hauptmann herausgefunden haben. Über die Frau gibt es nur ein Gerücht. Jemand hat gesehen, wie eine Frau, auf die die Beschreibung passt, auf ein Flussschiff gebracht wurde. Sie wehrte sich, deshalb fiel es auf. Es war ein Schiff des Turms. Wenn Ihr möchtet, kann ich weitere Nachforschungen einleiten.«

Ich schüttelte den Kopf. »Das wird nicht nötig sein.«

Er nickte. »Wie Ihr wünscht. Der andere Mann, den Ihr sucht, ist Saik Sarak, ein Söldner im Dienst des Turms. Er verschwand vor ein paar Nächten spurlos aus seinem Bett im Palast des

Turms. Dort herrscht seitdem helle Aufregung, und die Wachen wurden vervierfacht. Ich weiß nicht, ob es von Belang ist, aber es gibt jemanden, der behauptet, er habe den Mann mit der Narbe am Kinn erkannt. Der sei an einem Doppelmord beteiligt gewesen. Der Zeuge hat sich allerdings nicht an die Stadtwachen gewandt… Er bleibt gern auf Distanz zu den Soldaten der Emira.«

»Was für ein Doppelmord?«

»Ein Nordländer und eine Hure. Mehr ist mir nicht bekannt. Soll ich es in Erfahrung bringen?«

Wieder schüttelte ich den Kopf. Reka. Ich hatte sie nur kurz kennengelernt, eine Hure, die niemandem etwas bedeutete. Ich hatte ihr Gold gegeben, damit sie freikam, und wollte mich noch darum kümmern, dass sie tatsächlich fliehen konnte, aber ich hatte es vergessen.

Vergessen!

Jetzt war sie tot.

»Wann geschah der Mord, o Hüter der Fragen?«

»Heute Nacht, in den frühen Morgenstunden«, teilte mir der diskrete junge Mann mit. »Der Mann wurde einfach nur erschlagen, die Frau erlitt, so sagte man mir, ein schlimmeres Schicksal. Sie sei lange gefoltert worden und man habe sich an ihr vergangen. War sie wichtig?«

»Ja«, sagte ich, und der Hüter der Fragen wirkte erstaunt.

Ja. Sie war bestimmt jemandem wichtig gewesen. Ihren Eltern oder Geschwistern, vielleicht auch nur sich selbst. Sie hatte nichts verbrochen, außer mir eine Geschichte zu erzählen. Letztlich war sie es gewesen, die es uns ermöglicht hatte, Prinzessin Marinae zu befreien. Sie hätte uns – mir – wichtig sein sollen.

»Danke«, sagte ich.

»Gibt es noch etwas, mit dem ich Euch behilflich sein kann?«

»Ja, allerdings weiß ich nicht, ob Ihr das wollt. Ich habe gehört, dass schon einmal ein Gast des Hauses von Nachtfalken bedroht wurde.«

»Das ist richtig. Er starb.«

Natürlich.

»Hat das Haus versucht, ihn zu schützen?«

Der Mann wurde nun vorsichtig. »Ja, doch ohne Erfolg. Aber es musste versucht werden. Wir verloren gute Männer, das weiß ich.«

»Wisst Ihr vielleicht auch etwas über die Nachtfalken, das nicht jeder weiß? Wo sie sich verstecken?«

»Sie dienen dem Namenlosen, Esseri. Sie verstecken sich nicht, sie sind nur nicht zu sehen. Ich denke, sie werden sich im Tempel des namenlosen Gottes versammeln.«

»Wisst Ihr, wo man diesen Tempel finden kann?«

Er schüttelte leicht den Kopf. »Nein, Esseri. Es heißt allerdings, er liege tief unten in der alten Kanalisation, in der finstersten Dunkelheit, so weit wie möglich vom Licht entfernt.«

»Hhm«, sagte ich. »An der tiefsten Stelle der Kanalisation?«

»Das würde ich vermuten. Niemand weiß mehr darüber, auch ich nicht.« Er zögerte. »Ich kann versuchen, mehr zu erfahren, aber es ist zweifelhaft, ob es gelingt. Wenn Ihr wünscht, werde ich …«

Ich schüttelte den Kopf. »Das wird nicht nötig sein. Habt Ihr eine Vorstellung davon, wie viele Nachtfalken es gibt?«

»Es werden dreizehn sein. Es sind immer dreizehn für jeden Tempel. Das ist bekannt. Sie sind seine Priester.«

»Ich danke Euch.«

Er erhob sich, verbeugte sich einmal tief und verließ wortlos den Raum.

»Das wird Euch viel Gold kosten, Esseri«, meinte Armin leise.

»Mehr hast du nicht zu sagen?«

»Nur, dass Ihr ein Fuchs seid, Herr.«

»Weißt du, Armin, da irrst du. Ich bin kein Fuchs. Aber ich weiß, was auch Füchse wissen: Der Bau hat immer mehr als einen Ausgang.«

»Das ist bekannt, Esseri.«

»Weißt du auch, dass man niemals einen Fuchsbau am Wasser findet?«, fragte ich ihn.

Er schüttelte den Kopf. »Nein, Esseri, das wusste ich nicht.

Wir haben Füchse in der Wüste, aber nicht viel Wasser. Warum meiden sie das Wasser?«

»Weil Füchse schlau sind.« Ich trank meinen Becher leer. »Es wird Zeit für einen weiteren Besuch.«

Wir kamen zu spät, die Tore der Bibliothek waren schon geschlossen. Ich hatte zu lange geschlafen und die Zeit vertrödelt, die Abenddämmerung nahte schon.

»Ich darf niemanden mehr einlassen«, erklärte der Wachsoldat vor den großen Toren des imposanten Baus mit großer Wichtigkeit. »Es ist auch niemand mehr dort, außer weiteren Wachen«, fügte er hinzu. Sein Blick machte deutlich, dass wir das bedenken sollten, bevor wir auf absonderliche Ideen kämen.

»Ist der Hüter des Wissens noch zugegen?«, fragte ich höflich und ließ ein Silberstück zwischen meinen Fingern glänzen.

Der Wachsoldat sah mich nur verächtlich an. »Es ist in den Archiven kein offenes Licht erlaubt, nur die Spiegel. Jedes Kind weiß das! Wenn die Sonne untergeht, wird die Bibliothek fest verschlossen und gesichert. Das Wissen von Jahrhunderten und ganzen Herrschergeschlechtern lagert hier, und Ihr denkt wirklich, dass jemand, der die Ehre hat, das Wissen des Reichs zu bewachen, empfänglich ist für eine Bestechung?« Seine Stimme hob sich während der letzten Worte immer mehr, und seine Augen funkelten mich mit dem Zorn des Gerechten an.

»Aber ...«, begann ich.

»Ihr versteht das falsch!«, unterbrach mich Armin etwas hastig. »O Beispiel der Tugend, mein Herr wünscht Euch nur dafür zu belohnen, dass Ihr Eure Pflicht so vorbildlich erfüllt, denn seht, er weiß, dass das Wissen, das er sucht, hier liegt und somit auch von Euch geschützt wird. Also tut Ihr auch ihm einen Dienst, nichts anderes will er zum Ausdruck bringen.« Armin nahm mir das Silberstück aus den Fingern und drückte es dem Soldaten in die Hand. »Seht, mein Herr ist jemand, der Wissen achtet. Wir sind zu spät gekommen und werden am Morgen wiederkehren, wenn die Tore zum Hort des Wissens geöffnet sind und ein alter

Freund, Abdul, der Hüter des Wissens, uns empfangen wird. Wir waren nur zu spät, es ist nichts weiter.«

Der Mann sah uns noch immer misstrauisch hinterher, als wir wieder gingen. Armin seufzte. »Bestechung braucht eine gewisse Finesse, Herr. Oder wolltet Ihr den armen Kerl beleidigen?«

»Nein«, sagte ich, während ich überlegte, wohin ich jetzt gehen wollte. »Gut. Dann eben morgen.« Ich lenkte meine Schritte in eine gewisse Richtung.

»Wohin wollt Ihr, Herr?«

»Zur Botschaft der Reichsstadt.«

»Die Sonne geht unter. Die Tore werden geschlossen sein. Es ist immer so. Niemand kommt dann hinein.«

»Das werden wir sehen.«

»Die Bullen am Tor sind unbestechlich. Oft sind es Menschen mit wenig Humor, sie handeln manchmal etwas… grob, allein schon beim Versuch. Sie sind so stur, dass nicht einmal mein Geschick mit Worten Euch diese Türen öffnen wird. Wäre die Maestra dabei, ihr strahlendes, feines Lächeln und vor allem ihr Status als Botschafterin könnten dieses Wunder vielleicht bewirken, aber das Licht Eures Herzens ist nicht hier, und so werden diese mächtigen Tore geschlossen bleiben, seine harten Mauern auch gegen uns ein Bollwerk darstellen.«

»Ich denke schon, dass sie uns öffnen werden.«

Vorerst sollte ich aber noch nicht herausfinden, ob ich recht behalten würde. Wir gingen gerade über den Platz der Ferne. Hier wurden allmählich die Stände der Märkte geschlossen, es war weit weniger los als am helllichten Tag, aber noch immer genug, dass ich die sechs Soldaten der Stadtwache etwas zu spät wahrnahm. Selbst wenn ich sie bemerkt hätte, hätte ich mir nichts weiter dabei gedacht, es gab für mich meist wenig Grund, mich vor den Wachen zu fürchten.

»Halt, ihr da, stehen bleiben!«, bellte der Anführer des kleinen Trupps, ein Korporal, wenn ich das Band an seiner Schulter richtig deutete.

»Wollen wir nicht wegrennen?«, fragte mich Armin höflich.

»Nein«

Wir blieben stehen.

Ein anderer Mann, der uns durchaus bekannt war, trat vor. Wir hatten ihn gerade eben erst vor einem Tor stehen und Wache halten sehen. Er hielt anklagend ein Silberstück hoch und deutete mit dem Finger auf mich.

Armin erkannte ihn und stöhnte. »Wir hätten doch wegrennen sollen!«

»Ja! Das ist der Kerl!«, rief der Mann und funkelte mich böse an. »Das sind die Schurken, die nach der Schließung in das Haus gelangen wollten! Seht, womit sie mich bestechen wollten!«

Einer der Stadtsoldaten musterte das Silberstück, dann den jungen Soldaten und verdrehte die Augen. Ich konnte seine Gedanken lesen. Wie konnte man nur so blöde sein!

Ich sah auf Armin herab, der zuckte die Schultern. »Ich sagte ja, Herr, es braucht Finesse.«

»Ihr beide seid verhaftet«, bellte der Korporal. »Ihr werdet eure Waffen und Besitztümer hier auf den Boden legen und dann langsam zurücktreten.«

O Götter. Das versprach heiter zu werden.

»Verhaftet sie! Am besten legt sie gleich in Ketten!«, rief der eifrige Wachmann. »Die Verbrecher verdienen keine Rücksicht, denn sie haben keinen Respekt vor dem Wissen unserer Vorfahren, wahrscheinlich wollten sie die Bibliothek sogar anzünden! Seht in ihren Taschen nach, ob sie Feuerstein und Zunder mit sich führen, das wird es beweisen.«

»Wofür hast du denn das Silberstück bekommen, o du Sinnbild der Tugend und der Einfachheit?«, begehrte Armin auf. »Sagte ich dir nicht, dass es dir gehört, weil du die Tore brav und pflichtbewusst verschlossen gehalten hast? Wie kannst du meine Worte nur so verdrehen! Niemand verlangte von dir, die Tore zu öffnen.«

Der Mann nickte. »Ja, das hast du gesagt, du falsche Zunge! Du hast mir das Silberstück gegeben, als Lohn dafür, dass ich meine Pflicht tue, so sagtest du. Doch ich habe mehr als den

Kopf eines Huhns, ich bin nicht dumm, du Sohn eines falschen Wiesels, ich weiß sehr wohl, wer hier wen bestechen wollte, und ich war es nicht, der dich bestochen hat!« Er wandte sich triumphierend an den Korporal. »Habt Ihr gehört, o Herr der Aufmerksamkeit, er hat eben zugegeben, dass er mir das Silberstück gab!«

Armin suchte hilflos meinen Blick. »Manchen ist so gar kein Hirn gegeben«, seufzte er. Er sah sich um, bemerkte einen neugierigen Jungen, der sich das alles aus sicherer Deckung ansah, und winkte ihn herbei.

»Waffen ablegen!«, herrschte der Korporal uns wieder an. »Wird's bald, oder sollen wir nachhelfen?« Er hatte schon drohend die Hand an seinem Schwert liegen. Die anderen fünf griffen ihre Speere und Knüppel fester.

»Es gibt da eine Schwierigkeit«, begann ich.

»Was machst du da?«, rief der Korporal erzürnt und tat einen Schritt auf Armin zu.

»Ich entlohne den Jungen«, antwortete Armin, hielt für alle sichtbar ein Silberstück hoch und drückte es dem Jungen in die Hand, der es ungläubig bestaunte. »Darf ich das nicht?«, fragte Armin unschuldig.

»Wofür entlohnst du ihn?«, fragte der Korporal misstrauisch.

»Für nichts weiter, o Herr des Stahls. Er hat eine Botschaft überbracht. In Windeseile. Man wird ihm ewig dankbar sein dafür. Und jetzt kann er gehen«, entgegnete Armin und schaute den Jungen bedeutsam an. Der verstand endlich, verbeugte sich hastig und rannte davon. Einer der Soldaten machte einen vergeblichen Schritt auf den Jungen zu, aber der Knabe duckte sich unter einem Verkaufsstand hindurch und war verschwunden.

»Lasst den Jungen«, röhrte der Korporal. »Bei den Göttern, ist das denn so schwer? Ich sagte, Waffen und Zeug auf den Boden und zurücktreten!«

Ich räusperte mich. »Wie ich schon sagte, es gibt da eine Schwierigkeit.«

Ich erzählte ihm davon.

»Also«, sagte der Hauptmann der Stadtwache mit gerunzelter Stirn, nachdem ich geendet hatte. »Ihr sagt, Ihr seid ein Fürst aus fremden Landen, Euer Schwert sei Soltar geweiht, weshalb es niemand anfassen dürfe. Die Edelsteine in Eurem Beutel seien verflucht, weshalb auch die niemand anfassen dürfe. Ihr seid ein persönlicher Freund der Emira, das viele Gold in Eurem Beutel und diese schönen neuen Stiefel gehörten Euch und seien nicht gestohlen, und alles würde sich aufklären, wenn ich nur einen Mann zum Palast schicken würde, um dort zu fragen? Zudem seid Ihr ein Freund des Hüters des Wissens, des Archivars der Bibliothek, und habt den Wachmann nicht bestochen, sondern ihm das Silberstück nur gegeben, weil Ihr sein Pflichtbewusstsein belohnen wolltet?«

Ich sah zu Armin hinüber. »Genau so ist es.«

Armin schlug die Hände vor seinem Gesicht zusammen.

»Ich wollte nur wissen, ob ich alles richtig verstanden habe«, sagte der Hauptmann, machte eine Notiz in ein kleines Buch, schüttete Löschsand drüber und blies ihn ab, bevor er das Buch sorgsam schloss. »Ihr seid der Bestechung einer Wache des Emirats für schuldig befunden. Der Zeuge besitzt einen guten Leumund. Die Kosten für den Aufwand tragt Ihr, der Beschuldigte. Sie belaufen sich auf neun Kupferstücke, ich werde sie von Eurem Geld einbehalten. Morgen bei Sonnenaufgang werdet Ihr die Bastonade erfahren, dreißig Schläge mit dem Stock auf Eure Fußsohlen, zwanzig für das kleine Großmaul. Bis dahin werdet Ihr in Gewahrsam gehalten. Danach erhaltet Ihr Eure Mittel wieder, Eure Kleider, auch das magische Schwert und die verfluchten Edelsteine. Wir sind keine Diebe.« Er funkelte Armin an. »Die Hälfte der Stockhiebe sind dafür, dass Ihr einem Hauptmann der Stadtwache unterstellt habt, er würde Euch bestehlen wollen.«

Er nickte den Soldaten zu, jeweils zwei von ihnen hielten Armin und auch mich. Wir wurden bis auf unsere Hosen entkleidet und in schwere Ketten gelegt.

»Abführen.«

In der letzten Zeit hatte ich einige Kenntnis über Zellen gewonnen. Diese hier war luxuriös. Das Heu auf dem Boden war verhältnismäßig frisch, es gab zwei einfache Pritschen, und der Schmied der Stadtwache hatte unsere Ketten so befestigt, dass wir auf ihnen liegen konnten. Die Zelle war aus Stein. Es gab keine Öffnung außer der Tür. Sie war aus schwerem Eisen mit einem kleinen Gitter in der Mitte, durch das Licht in die Zelle fiel, gespendet von einer trüben Funzel draußen im Gang. Es war weit und breit keine Ratte zu sehen, und es roch nur leicht nach Urin. In der Mitte des Raums, mit einer Kette an einem Pflock im Boden festgemacht, stand eine große Stahlschüssel. Wenn wir uns etwas verbogen, waren unsere eigenen Ketten lang genug, dass wir die Schüssel zu uns heranziehen konnten, um darin unser Geschäft zu verrichten.

Die Manschetten, die meine Hand- und Fußgelenke hielten, waren massiv und besaßen ein Schloss für einen keilförmigen Schlüssel. Meinen Trick mit dem Stift aus Fahrds Kerker konnte ich hier vergessen, jedes einzelne Stück Metall war mindestens daumendick, auch die Ketten waren stark und so sauber in den Stein hinter uns eingelassen, dass selbst eines dieser riesigen grauen Rüsseltiere aus der Parade es nicht aus der Wand ziehen würde. Es würde ja auch gar nicht in die Zelle passen. An der Zellentür gab es eine Klappe, durch diese hatte man uns mithilfe einer Holzstange einen Krug mit einem breiten Boden hineingeschoben, der ebenfalls an einer Kette hing. Der Krug stand neben der Schüssel und enthielt Wasser, um sich zu waschen oder den Durst zu stillen.

Die Kette an meinem linken Fuß endete in einem Loch hoch oben im stählernen Türrahmen. Armin hatte es mir erklärt. Bevor jemand die Zelle betrat, zog man an dieser Kette, bis der Fuß hoch in der Luft hing und der Gefangene zwischen Hand- und Fußkette verspannt war. Dann hakte man draußen die Kette in einen massiven Stift ein. Danach erst wurde die Tür geöffnet.

»Wir haben Glück, dass man uns zur Kommandantur gebracht hat«, erklärte mir Armin. »Da hier so viele Botschaften liegen und so viele Fremde unterwegs sind, die die Sitten nicht kennen, aber unter Umständen wichtig sind, hält man diese Zellen sauber und bleibt höflich. Das Wachhaus am Osttor ist anders. Da stößt man die Gefangenen in ein Loch, und will man sie wiederhaben, wirft man ein Seil hinab. Es ist ein Spiel dort, dass die Soldaten einem nie sagen, wer klettern soll. Sie warten, bis man oben ist, und ist man nicht der, den sie wollen, stoßen sie einen wieder hinunter.« Er seufzte und legte sich mit einem leisen Kettenrasseln bequemer hin. »Angeblich gibt es hier nicht einmal Ratten. Morgen sind wir wieder draußen.«

»Und die Bastonade?«

»Die ist schmerzhaft. Wir werden kaum gehen können, wenn sie fertig sind, und werden blutige Spuren am Boden hinterlassen. Da wir das Geld zurückerhalten, können wir uns eine Sänfte leisten. Wir werden dankbar dafür sein. Ihr werdet Eure schönen neuen Stiefel nicht anziehen wollen, Herr.« Er warf mir einen vorwurfsvollen Blick zu. »Wenn kein Priester helfen will, werde ich eine oder zwei Wochen nicht laufen können. Ihr hingegen habt es besser. Ich habe gehört, Ihr braucht nur ein Ferkel.«

Ich überhörte das mit dem Ferkel. »Mir wäre es lieber, wir wären gar nicht hier«, grummelte ich. »Dieser Hauptmann! Wie kann man nur so stur sein! Es war die reine Wahrheit,«

»Er war nicht stur, Herr. Er hat Euch ja geglaubt. Obwohl man hier die Wahrheit gewiss selten hört. Aber es ist, wie es ist. Der Zeuge hat einen guten Leumund, und ich habe ihm das Silberstück gegeben.« Er seufzte. »So wird man für Freundlichkeit belohnt! Hätte der Hauptmann Euch nicht geglaubt, wäre unsere Lage misslicher.« Er sah mich fast bewundernd an. »Es war schon beeindruckend, wie glaubhaft Ihr wart ...«

»Es war die Wahrheit, Armin«, wies ich ihn milde zurecht.

»Ja, aber diese Wahrheit auch glaubhaft auszusprechen ist wahrlich eine Kunst. Wirklich, manchmal sind gute Lügen leichter zu glauben. Seht Ihr, Ihr habt ja auch gelogen. Ihr sagtet, diese Steine wären verflucht und ...«

Irgendetwas polterte und rasselte draußen im Gang.

»Armin«, sagte ich leise. »Ich habe Kopfschmerzen. Im Moment möchte ich auch deine Stimme nicht mehr hören.«

Überraschenderweise öffnete sich die Zellentür, ohne dass uns die Beine langgezogen wurden. Eine zierliche Frau in einem kostbaren dunkelblauen Umhang betrat die Zelle und schlug die Kapuze zurück. Eine große Perle schimmerte auf ihrer Stirn. Als sie ihren Schleier löste, lächelte sie spitzbübisch, während ihre flinken Augen unsere missliche Lage begutachteten.

»Habt Ihr auch etwas dagegen, meinen Worten Gehör zu schenken, Havald Bey?«, fragte Faihlyd, Emira von Gasalabad. »Oder braucht Ihr Ruhe und wünscht, dass ich wieder gehe?«

Hinter ihr sah ich einen der Stadtsoldaten im Gang auf dem Boden liegen, Stirn und Nase fest auf die nicht allzu sauberen Bodensteine gedrückt, die Arme angewinkelt, weil er sich die Ohren zuhielt. Er bewegte sich nicht und schien sogar die Luft anzuhalten.

Ich fand es immer wieder beeindruckend, mit welchem Enthusiasmus sich die Leute vor Faihlyd auf den Boden warfen, um dann regungslos zu erstarren. »Nun, sie zeigen damit auch, welch treue Diener sie sind«, hatte Armin mir erklärt. »Außerdem lieben sie ihr Leben und wollen keine Missverständnisse heraufbeschwören.« Für diese Ehrenbezeugung, so hatte ich gelernt, gab es einen tieferen Grund. Der Mann war bewaffnet – das war in der Gegenwart eines Mitglieds der Emirsfamilie schon fast ein Todesurteil –, also demonstrierte er so seine Harmlosigkeit. Es war zudem praktischer, als immer alle Waffen einzusammeln und die Leute wegzusperren. Wenigstens hatte Armin das gesagt.

»Keineswegs, Hoheit«, meinte ich und verbeugte mich auf meiner Pritsche. »Eure Stimme ist lieblich wie die eines Singvogels, Eure Bewegungen sind anmutig gleich denen eines Schwans und Eure zarten Worte Labsal für eine jede dürstende Seele.«

Armin sah mich mit offenem Mund an, und Faihlyd kicherte, als sie sich ihm zuwandte, mit einem schlanken Finger seinen Mund verschloss und ihm einen schnellen Kuss gab. »Er ist schon zu lange mit dir zusammen«, sagte sie, während Armin mich immer noch misstrauisch betrachtete. Sie setzte sich neben ihn auf die Pritsche und strich ihren Rock glatt, bevor sie sorgsam die Hände im Schoß verschränkte. Ihre Augen funkelten.

»Das ist das vierte Mal in einem Monat«, sagte sie zu ihm. Sie lächelte dabei, und es klang nur ein leiser Vorwurf in ihrer Stimme mit. »Was ist es diesmal? Wobei hat man dich erwischt? Bist du bei einem Feind eingestiegen und hast Beweise gesucht oder einen Spion erschlagen oder noch einen Nekromanten entdeckt? Was ist es? Oder hast du wieder einfach nur vergessen, den Schneider zu bezahlen, und er hat dich angezeigt?«

Armin stöhnte leise und sah hilfesuchend zu mir.

Leandra hielt die Hand vor den Mund und kicherte. »Das erklärt zumindest seine Kleider«, meinte sie und fing an zu kichern. »Das Ganze hätte ich zu gern gesehen.« Sie saß mir gegenüber auf meinem Bett und trug außer dem kunstvoll drapierten Laken und diesem Lächeln wenig. Ich war dabei, mich zu entkleiden, und hatte ihr gerade erzählt, was uns zugestoßen war. »Wenigstens bist du zu Hause. Tut sie das öfter?«, fragte sie und schüttelte ungläubig den Kopf.

»Es scheint mit schöner Regelmäßigkeit notwendig«, antwortete ich und stellte Seelenreißer neben das Bett, bevor ich mich zu ihr setzte. »Um seine Ehre zu retten, sollte ich dir auch sagen, dass sie ihn mit dem Schneider nur aufgezogen hat. Es ist ja wirklich so, dass Armin eine gefährliche Aufgabe für sie übernommen hat. Wir wissen, dass er als Agent für sie unterwegs ist. Solche Situationen können dann entstehen.«

»Nun, die hier war nicht besonders gefährlich.«

»Ich weiß nicht, was meine Füße am Morgen dazu gesagt hätten«, widersprach ich.

»Dann seid ihr einfach so gegangen?«, fragte sie schmunzelnd.

»Ja. Wir haben auch alle unsere Sachen zurückbekommen, und der Hauptmann hat sich entschuldigt.« Ich lachte nun selbst. »Es gab noch ein Nachspiel. Als wir das Wachgebäude verließen, stand da noch immer dieser Wachmann von der Bibliothek, erzählte, wie unbestechlich er sei, und zeigte jedem, der es hören wollte oder nicht, dieses Silberstück. Armin bemerkte das und war so empört darüber, dass er hinlief, dem sprachlosen Mann erklärte, dass das Hirn eines Huhns ein Walfisch gegenüber seinem wäre. Dann hat er ihm das Silberstück wieder abgenommen, weil er es nicht verdient habe, denn schließlich habe er ja seinen Posten verlassen.«

Leandra lachte schallend, und ich nahm sie in die Arme. Links von unserem Bett stand Seelenreißer, rechts Steinherz. Die Türen zum Innenhof waren offen, die Nächte in Gasalabad waren immer lau, nur diesmal war ein Fischernetz mit Glöckchen daran über die ganze Breite des Raums gespannt. Vielleicht half es etwas. Sie wandte sich mir zu und lächelte mich auf diese gewisse Weise an. Als das Laken herunterfiel, vergaß ich die Nachtfalken.

14. Vertrauen gegen ein Geheimnis

Am nächsten Morgen waren wir alle zeitig auf, dennoch fühlte ich mich ausgeschlafen, denn nach dem kleinen Abenteuer gestern Abend war ich früh zurückgekehrt. Armin war erst später nachgekommen, er hatte gesagt, er wollte der Emira ein paar Dinge berichten und außerdem ihr Augenmerk auf einen gewissen Rekul lenken, einen Hauptmann ihrer Reiterei.

Er war wohl noch in der Nacht zurückgekehrt, ich fand ihn in der Küche, in eine Unterhaltung mit Serafine vertieft, als Leandra und ich die Küche betraten.

In der letzten Zeit hatte ich nicht gerade viel gegessen und war von einem Heißhunger erfüllt. Diesmal erwies ich dem Frühstück, das uns Afala bereitet hatte, allen Respekt.

Ohne dass es eines Zeichens bedurfte, verließ Afala die Küche, nachdem sie jedem von uns noch einmal nachgeschenkt hatte.

»Wir brauchen einen Raum, in dem wir nicht belauscht werden können«, sagte ich und biss herzhaft in ein Brot.

»Ihr besitzt so einen, im Keller«, antwortete Armin. »Es ist der Raum, in dem man damals die frisch geprägten Münzen gelagert hat.«

Wir sahen alle einander an, dann zuckte Leandra mit den Schultern.

Serafine lächelte. »Mir gefällt es hier.«

»Das Audienzzimmer hat keine dieser Wandöffnungen«, teilte mir Armin mit.

»Innerhalb des Hauses kann man lauschen. Außerhalb dürfte es schwer sein.« Leandra sah mich an. »Du willst etwas besprechen? Hast du einen Plan?«

»Eine Idee, nicht viel mehr. Ich komme später dazu. Es gilt noch einiges herauszufinden.« Ich blickte zu Natalyia. »Diesmal würde fast alles nur von dir abhängen.«

Sie schaute mich wachsam an. »Ich werde tun, was ich kann«, sagte sie. »Was ist es, das du willst?«

»Du hast Sarak durch diese Wand im Palast des Turms gezogen. Wie weit könntest du jemanden wie mich durch gewachsenen Fels ziehen?«

»Erfasst Euch leicht die Angst?«, fragte sie im Gegenzug. »Angst vor Dunkelheit oder Hilflosigkeit?«

»Nicht leicht«, antwortete ich nach einigem Nachdenken. Es hatte keinen Sinn, wenn ich mir etwas vormachte, sonst war das, was mir vorschwebte, nicht durchführbar. »Ich werde es ertragen können.«

»In gewachsenem Fels und auf gerader Strecke könnte ich Euch gut fünfzig Schritt ziehen, dann wird es schwierig. Nach zwanzig weiteren Schritten werde ich Luft brauchen. Es ist wie schwimmen.«

Ich nickte. Etwas, das ich auch dringend lernen sollte.

»Also brauche ich nur die Luft anzuhalten?«

»Nein, Havald. Für Euch wäre es, als ob Ihr Euch an einem dunklen, schwarzen Ort befinden würdet. Im Stein. Der Stein erfüllt Euch, berührt Euch, ist mit Euch verwachsen im tiefsten Inneren. Ihr werdet die Kälte spüren, das Gewicht, die ungezählten Äonen, die der Stein alt ist. Ihr werdet nicht merken, dass Ihr Euch bewegt, Ihr werdet nicht die Zeit spüren, die Ihr Euch im Stein befindet. Für Euch wird es wie eine Ewigkeit scheinen. Ihr könntet darüber den Verstand verlieren.«

»Ist es so für dich?«, fragte ich leise.

»Nein. Für mich ist der Stein wie dunkles Wasser. Ein Freund, etwas, das ich fühlen und sehen kann. Wir sind eins, und es ist, als ob ich ein kühles Bad nehme. Wenn ich nicht die Luft zum Atmen bräuchte, würde ich im Stein schlafen wollen.«

»Woher weißt du dann, wie es für andere ist?«, fragte ich.

Ihre Augen wurden dunkler. »Mein Talent ist einzigartig. Kolaron wollte wissen, ob es sich dazu eignen würde, gesicherte Orte zu infiltrieren. Er ließ mich Soldaten durch den Stein ziehen. Ein paar starben. Andere brachen weinend zusammen, wieder andere verloren den Verstand. Etwa einer von zwölfen überstand es unbeschadet.«

»Gut. Bevor ich weiterrede, muss ich wissen, wie es ist. Unser Haus hier steht auf einem Fundament aus Stein. Nimm mich mit in die Tiefe und bring mich wieder nach oben.«

»Wollt Ihr das wirklich?«, fragte sie leise.

»Ich muss wissen, wie es ist, damit ich weiß, ob ich mir nicht etwas anderes überlegen muss. Sag, siehst du aus dem Stein heraus?«

»Wie durch dunkles Glas. Aber ich kann auch wirklich aus dem Stein herausschauen«, sagte sie und lächelte. »Niemand erwartet ein Gesicht in einem Fels, und wenn doch eines auftaucht, dann wundert man sich höchstens über das hübsche Relief…«

»Dann lass es uns versuchen.«

»Jetzt gleich?«

Ich nickte.

Wir gingen in den Keller hinunter. Dort stellte sie sich mir gegenüber und nahm meine Hand.

»Ist es ungefährlich?«, fragte Leandra besorgt.

»Der Stein wird ihm nichts tun«, antwortete Natalyia. »Das, was in seinen Gedanken geschieht, das kann gefährlich sein.« Sie sah mich ernst an. »Es beginnt. Schaut hinab.«

Meine Füße waren im Stein verschwunden, ich hatte es gar nicht gemerkt. Sie hatte recht, es war, als ob ich mit meinen Stiefeln in Wasser stand, ein kühler Druck. »Es geht eigent…«

Der Boden raste mir entgegen, dann herrschte Schwärze.

Es war nicht ganz so, wie Natalyia es beschrieben hatte. Es war nicht der Stein, der mich gefangen hielt, es war die Nacht. Sie war in mir und um mich herum, angefüllt mit unzähligen Sternen, die ich nie zuvor in solcher Klarheit gesehen hatte. Es war ein wundersamer Anblick, der sich mir offenbarte, Bänder aus funkelndem Licht in unendlicher Nacht, eine Leere, die so unendlich groß war und so unendlich vieles in sich barg.

»Havald?«, fragte Leandra besorgt. Ich lag auf dem Boden im Keller, und alle sahen mich an. »Was ist? Ist alles in Ordnung?« Sie fuhr mit dem Finger leicht über meine Augenwinkel. »Du weinst, Havald.«

»Hat er den Verstand verloren?«, fragte Armin neugierig. Ich sah ihn an, und er schluckte. »Wohl nicht«, bemerkte er, als er sich aus meinem Blickfeld wegduckte. Serafine lachte laut, und Leandra war sichtlich erleichtert.

Ich richtete mich auf. »Es war anders, als du gesagt hast«, teilte ich Natalyia mit. »Es war … schön. Du hast mir nichts von den Sternen erzählt …«

»Das wundert mich nicht«, sagte sie leise. »Als ich Euch in den Stein zog, habe ich keinen Widerstand gespürt. Die meisten Menschen sperren sich dagegen, Ihr nicht. Ihr wart leicht in meinen Händen, Havald. Habt Ihr denn irgendetwas gemerkt?«

Ich schüttelte den Kopf. »Ich sah nur die Sterne.« Ich stand auf. »Lasst uns wieder hochgehen.«

Oben angekommen, war ich dennoch dankbar, etwas Warmes zu trinken zu bekommen und mich weiter an dem Frühstück bedienen zu können.

»Die Überlegung ist folgende«, teilte ich den anderen mit. »Die Nachtfalken sind auf jeden Fall unsere Feinde, sie dienen dem Namenlosen. Außerdem scheinen sie eine Allianz mit Kolaron eingegangen zu sein. Jetzt hat man uns mit diesen Münzen verwarnt.« Ich legte mein Exemplar auf den Tisch.

»Verwarnt. Das ist ein schönes Wort, das Ihr da gefunden habt, Herr«, sagte Armin traurig. »Denkt Ihr auch bitte daran, dass man Euch töten wird, wenn morgen die Sonne untergeht?«

»Man wird es versuchen«, verbesserte ich. »Bislang hat Soltar mich nicht gewollt. Also gut, weiter. Mord ist in diesem Reich Politik, und wir können uns denken, wer hier unser Ende will.«

»Der Turm«, sagte Armin.

»Das ist wahrscheinlich«, stimmte ich ihm zu. »Sicher aber ist er der Feind des Löwen und des Adlers. Seine anderen Verbündeten sind das Haus der Schlange und das Haus des Tigers. Letzteres ist vielleicht das gefährlichere, aber wir wissen nicht so viel über den Tiger wie über den Turm. Also werde ich das Haus des Turms vernichten.«

Sie sahen mich alle überrascht an.

»Warum?«, fragte Armin. »Ihr wisst, dass mir das entgegenkäme, aber ...«

»Der Prinz hat einen Menschen zu viel töten lassen.«

»Es ist nicht nötig. Marinae wird heute Anklage gegen den Turm erheben. Boron wird ihn richten, daran gibt es keinen Zweifel.«

»Boron wird Tarsun richten. Aber nicht das Haus.« Ich sah Natalyia an. »Ich will, dass du diese Münze unter das Bett von Prinz Tarsun legst. Kannst du das tun? Noch heute? Sodass man die Münze finden kann, als wäre sie vielleicht vom Bett gefallen?«

»Das kann ich. Man wird mich nicht entdecken. Aber was hast du vor?«

»Danach bringst du Leandras Münze in den Palast des Tigers, dort legst du sie auf das Bett von Prinz Kasir.«

Armin fing an zu husten, dann strahlte er mich an. »Das ist herrlich hinterhältig! Zwietracht unter Verbündeten! Sie werden es glauben, jeder glaubt es, es geschieht oft genug.«

Leandra warf ihm einen undeutbaren Blick zu. »Und dann?«, fragte sie

»Ich werde Prinz Tarsun töten«, sagte ich. »Prinz Kasir ebenfalls.«

»Gibt es Beweise gegen ihn?«, fragte Leandra ernst. »Oder ist es nur ein Verdacht?«

»Es gibt Beweise«, sagte ich und tauschte einen Blick mit Armin. »Sarak hat uns genug geliefert.«

»Damit greifst du aber Boron vor«, gab Serafine zu bedenken.

»Ich denke nicht. Seine Priester sind der irdische Arm, nach dem Buch Borons wird die gleiche Anklage auch in den Himmeln erhoben. Prinz Tarsun wird sich auch vor Boron selbst verantworten müssen.«

»In Ordnung«, sagte Natalyia. »Ich denke, ich kann beide ohne Schwierigkeiten töten.«

»Ich dachte, du willst nicht morden?«, fragte ich erstaunt.

»Ich sagte, ich bräuchte einen gerechten Grund. Ich habe einen.«

»Ich auch. Ich begehe meine Morde selbst«, teilte ich ihr mit.

»Wollt ihr euch darum streiten, wer von euch wen tötet?«, fragte Leandra voller Abscheu. »Ich finde das alles nicht angebracht. Noch weiß ich nicht, was ich davon halten soll. Ich verstehe, dass du die Mittel unserer Gegner gegen sie verwenden willst, aber das macht uns nicht besser als sie.«

»Aber wir müssen nicht besser sein als sie. Wir müssen nur gewinnen.«

Meine Antwort machte sie nicht glücklich, aber sie sagte nichts weiter dazu. »Wie hilft uns das gegen die Nachtfalken?«, fragte sie stattdessen.

»Wir gehen davon aus, dass Prinz Tarsun uns töten lassen will. Es kann aber auch Kasir sein oder der Gesandte der Schlange. Wir haben nur zwei Münzen, also geben wir sie den wichtigsten Feinden. Wenn einer von ihnen unseren Tod in Auftrag gab, haben sie vielleicht einen Weg, mit den Nachtfalken in Verbindung zu treten.« Jetzt blickte ich zu Armin. »Es heißt, dass es keinen Sinn hat, aber ich möchte trotzdem wetten, dass Prinz Tarsun genau dies versuchen wird. Kannst du dafür sorgen, dass es Augen und Ohren gibt, die beobachten, was beim Palast des Turms geschieht?«

Er nickte. »Ich werde mit der Löwin sprechen müssen, aber es sollte möglich sein.«

»Gut. Das ist vielleicht ein weiterer Weg, wenn meine andere Idee nichts bringt. Vielleicht führt uns Tarsun ja zum Tempel des Namenlosen.«

»Du willst den Tempel wirklich stürmen?«, fragte Leandra.

Ich schüttelte den Kopf. »Stürmen ist das falsche Wort. Ich werde ihn vernichten. Ich will diese Stricke nicht mehr haben, die uns hier binden. Es soll dem Gegner eine Warnung sein. Ich will auch baldmöglichst abreisen. Zuvor gibt es noch Dinge zu regeln, aber wenn das getan ist, will ich, dass uns keine Verpflichtungen mehr halten, sondern nur noch freundschaftliche Bande.« Ich hatte Armin angesehen, als ich das sagte. Er nickte, er hatte mich verstanden.

»Bessarein darf nicht gespalten werden. Wir brauchen es geeint, wenn wir gegen Thalak ins Feld ziehen wollen. Armin, Faihlyd kennt den Namen des Hauptmanns. Mir ist gleich, was sie tut, von mir aus soll sie den Mann Botschafter von Gering schenken, nur eines ist wichtig: Sie muss die Spannungen zwischen Gasalabad und der Reichsstadt lösen. Die Zweite Legion wird hier wiedererstehen. Wir brauchen dazu Freude und Begeisterung, ein jubelndes Gasalabad, das an der Auferstehung dieser Legende teilhaben will. Keine Feindschaft.«

»Ich werde es ihr ausrichten«, sagte Armin vorsichtig.

Ich sah ihn offen an. »Du verstehst nicht, aber ich will, dass sie es versteht. Neben allen Freundschaftsbanden, über die ich froh bin, gibt es genau einen Grund, weshalb wir hier sitzen: Die Zweite Legion wird in Gasalabad wiederauferstehen. Das wird geschehen, Armin, ob nun mit ihrer Hilfe oder nicht. Sie hat die Wahl, ob die Legende der Legion ihre eigene Legende strahlen lassen wird, oder ob sie ihre verdunkelt. Aber die Legion wird hier wieder auferstehen.«

»Ich werde es so formulieren, dass sie es nicht als Drohung auffasst«, sagte Armin betont neutral, und sein Blick war bedeckt.

Ich schüttelte den Kopf. »Es ist keine Drohung. Es ist eine Gelegenheit für sie. Das ist es, was du ihr zeigen sollst. Sie soll sich einfach vorstellen, wie es ist, wenn die Legion auf dem Platz der Ferne Aufstellung nimmt, die erste Legion in voller Kriegsstärke seit Jahrhunderten. Sie soll sich vorstellen, wie sie vor den Toren des Palasts steht, die Priester die tapferen Soldaten segnen und auch sie den Soldaten des Imperiums eine sichere Heimkehr wünscht. Deine Löwin... sie wird sehen, was ich sehe. Sie hat den Blick dazu.«

Armin nickte, ich erkannte an seinem Blick, dass er es begriffen hatte. »O Esseri«, sagte er dann leise. »Sie wird froh sein, dass Ihr ein Freund seid.«

»Und froh darüber, wenn wir abreisen?«, fragte Leandra etwas spitz.

»Ja, Essera, ganz ohne Zweifel«, bestätigte Armin. »Darf ich fragen, wie Ihr nun gedenkt, den Tempel zu zerstören.«

»Wir hatten es mit Füchsen, Armin. Bei einer anderen Gelegenheit habe ich gelernt, dass es Dinge gibt, die ich nicht kann, die andere jedoch sehr wohl können. Falken und ich haben etwas gemeinsam. Wir können nicht schwimmen. Aber ich habe Freunde, die mir helfen. Sie nicht. Ich habe eine Idee, wie ich den Tempel finden kann. Ich werde hingehen. Ich werde töten, wen ich töten kann, den Rest werde ich ersaufen lassen.«

»Ersaufen?«, fragte Armin, dann formte sich sein Mund zu einem runden O.

»Richtig, du sagst, sie sind in der Kanalisation. Du willst sie fluten«, sagte Leandra. Ihre Augen bohrten sich in meine. »Was ist mit den armen Seelen, die in der Kanalisation leben? Willst du auch die ertränken wie Hunde?«

»Was ist los, was denkst du denn von mir?«, fragte ich.

»Weiß ich das? Ich sitze hier und höre, wie du zwei Morde planst. Was weiß ich von dir? Du sagst immer, ich würde dich nicht kennen. Vielleicht hast du recht. Ich stehe gegen Thalak, aber ich will nicht zu seinem Spiegelbild werden. Ich fürchte, *du* wirst es gerade.«

»Nein. Die Prinzen Tarsun und Kasir sind unsere Feinde, denn sie sind in einer Allianz mit Thalak. Dafür gibt es Beweise. Wir befinden uns im Krieg. Es ist immer erfolgversprechender, die Generäle zu töten.« Ich schob die Falkenmünze in die Mitte des Tischs. »Ich werde nicht stillhalten und zulassen, dass du getötet wirst, Leandra.«

»So leicht wird das nicht gehen«, sagte sie, aber sie lächelte wieder. »Ich mag es nicht, den Tod von Unschuldigen zu planen«, sagte sie. »Das ist es.«

»Essera Leandra, erinnert Euch daran, dass es dort unten das

Reich der Diebe gibt«, sagte Armin. »Dieb ist ein zu freundliches Wort, die meisten dürften kaltblütige Halsabschneider sein.«

»Dennoch gibt es Unschuldige dort. Ich habe nicht vor, Soltar die Seelen hundertfach zuzuführen. Ich werde noch heute erfahren, ob mein Plan durchführbar ist. Wenn ja, dann wird es in großen Teilen an Natalyia hängen. Sie wird diesmal am wichtigsten sein.«

»Ich werde tun, was ich kann«, sagte Natalyia einfach.

»Ich vertraue dir«, meinte Leandra. »Wenn du sagst, dass du auf die Schuldlosen achten wirst, dann wird es so sein. Aber ich frage dich, warum willst du in den Tempel?«

»Weil ich glaube, dort den Herrn der Puppen zu finden. Wir haben noch eine Rechnung offen.«

»Du hast ihn doch auf dem Schiff gerichtet«, warf Serafine überrascht ein. »Wir haben es doch alle gesehen.«

»Nein«, entgegnete ich und schüttelte den Kopf. »Ich habe eine Puppe gerichtet. Aber ich habe auch etwas von seinem Wesen verstanden.«

Sie sahen mich alle fragend und zum Teil auch entsetzt an.

»Er hat ein ganz besonderes Talent«, erklärte ich ihnen. »Wir wissen, dass es Menschen gibt, die mehrere Talente zugleich haben können. Er ist ein Nekromant und jemand, der wie ein Dämon den Willen und Körper anderer übernehmen kann. Er wird sich selbst dort befinden, wo es für ihn am sichersten ist – im Tempel des Namenlosen. Ich glaube nicht, dass er ihn überhaupt verlässt. Aber sein Geist geht in den Puppen spazieren. Und die … sind entweder selbst Nekromanten, oder er nutzt seine Fähigkeiten, um diese Puppen mit gestohlenen Gaben mächtiger zu machen. Auf dem Schiff habe ich nur eine Puppe getötet. Eine mit Macht, aber nur eine Puppe. Ich habe nicht vor, ihn entkommen zu lassen, und die einzige Methode, dies sicherzustellen, ist, ihn mit Seelenreißer zu richten. Deshalb muss ich den Tempel betreten, denn dort wird er sein.«

»Wir kommen mit«, sagte Serafine, und die anderen nickten.

»Nein«, widersprach ich. »Dann wird der Plan nicht gelingen.

Ich muss allein dorthin. Aber ich werde doch nicht ganz allein sein. Ich verlasse mich auf den Schatten im Stein, um das Licht wiederzusehen.«

Wir sahen alle Natalyia an. »Ich werde da sein«, sagte sie knapp.

»Danke. Ich weiß, dass du da sein wirst. Aber noch ist es nicht so weit. Es gibt anderes zu tun.«

»Wann wird das alles geschehen?«, fragte Armin nachdenklich. Ich schaute auf die Münze vor mir auf dem Tisch, dann zu ihm.

»Das fragst du noch? Sie haben uns gestern diese Münzen gegeben. In zwei Tagen. Am Tempeltag. Ich finde, dass drei Tage reichen, damit auch sie ihre Angelegenheiten regeln können.«

»Vielleicht hätte jemand ihnen das sagen sollen«, meinte er.

»Sie sollten es wissen«, gab ich ihm Antwort. »Du sagst, es sei ihre eigene Tradition.«

Diesmal standen die Tore der Bibliothek offen. Wieder beeindruckte mich die Eingangshalle mit ihren mächtigen Säulen, die geschäftige Betriebsamkeit, die langen Reihen vor den Pulten der Schreiber. Die Menschen verhielten sich ruhig, es war nur ein leises Gemurmel zu hören, irgendwie war das Gebäude wirklich respektgebietend. Ich meinte den Weg zum Hüter des Wissens zu kennen, verlief mich trotzdem zweimal, bevor ich an seiner Tür klopfte und hörte, wie Abdul uns hereinbat.

»Ich freue mich, euch zu sehen, Esserin«, sagte Abdul mit einer tiefen Verbeugung. »Ich war bei der Krönung anwesend und habe vielleicht auch mehr als andere gesehen. Meinen tief empfunden Dank für dieses Wunder.« Seine blassen Augen ruhten auf Serafine. »Ihr umgebt Euch mit Wundern, Havald Bey. Mit einem Gaukler, der ein Fürst ist, und einer Legende aus alten Tagen.«

»Ihr erkennt mich?«, fragte Serafine überrascht.

Der Hüter des Wissens sah sie milde an. »Es gab Bildnisse von Euch, Tochter des Wassers. Sie wurden verboten. Was meint

Ihr, wo werden sie wohl aufbewahrt und wie groß ist die Neugier, die ein Junge verspürt wegen eines Hauses, das verboten wurde und dem dennoch ein Denkmal errichtet wurde?«

»Denkmal?«, fragte sie überrascht.

»Ihr wisst es nicht? Auf dem Platz der Ferne steht die Säule der Ehre, und er lässt den Adler in die Freiheit fliegen. Jeder, der die Ehrennamen kannte, versteht das Bild, und Ihr wusstet es nicht?«

Serafine schluckte. »Ist das Jerbil auf der Spitze der Säule? Er steht so hoch, er ist nicht zu erkennen …«

Der Archivar kniff die Augen zusammen. »Vielleicht ist er es, vielleicht nicht. Seit Jahrhunderten hat niemand mehr sein Gesicht erblickt. Aber es ist die Säule der Ehre, und er lässt den Adler fliegen. Das ist deutlich genug.« Er musterte sie freundlich. »Wenn Ihr einem alten Mann eine Freude machen wollt, wäre ich froh, Euch zu einem Tee einladen zu dürfen und Euch mit Fragen zu quälen. Über das alte Gasalabad und darüber, wie es sein kann, dass Ihr unter den Lebenden wandelt.«

Serafine wischte sich über die Augen und lächelte. »Ich werde Euch sicherlich besuchen.«

Der alte Mann nickte und schaute nun mich an. »Nehmt doch alle Platz«, sagte er. »Irgendwo. Räumt die Stühle frei, und dort in der Ecke muss es hinter den Schriftrollen auch noch Kissen geben. Ihr seid nicht hier, um mich mit Wundern zu verblüffen, ihr braucht meine Hilfe. Sie gehört euch, nur muss ich schon erfahren, was es ist, das ich tun soll.«

»Entschuldigt, o Hüter des Wissens. Woher wisst Ihr von mir?«, fragte Armin vorsichtig.

Abdul lächelte sanft. »Armin Antale Seraphon di Basra Talek, Fürst des Adlers, Herr der Gaukler, Agent der Löwin. Woher, glaubt Ihr, kommen die Dokumente, mit denen Ihr Eure Feinde zum Narren gehalten habt? Woher das Wissen, das Ihr nutzt, um sie zu Fall zu bringen? Meint Ihr, es war ein Zufall, dass Ihr von der Spur erfahren habt, die Euch zu Eurer Schwester führte?« Er sah zu Serafine hinüber. »Zuerst hielt ich sie für

Euch. Aber Eure Mimik ist zu deutlich, Ihr könnt nicht Helis sein.«

»Ihr wisst von alldem?«, fragte Armin fassungslos, während ich zwei staubige Kissen aus der Ecke zerrte und auf den Boden vor Abdul legte, um mich anschließend zu setzen.

Abdul schaute uns alle an. »Die Essera Falah ist eine gute und alte Freundin. Wir kennen uns, seit wir Kinder waren. Es dauerte nicht lange, da fand sie heraus, dass ich niemals etwas vergesse. Sie war schon als Kind schlau und wusste, wohin sie gehen wollte. Ich weiß, dass sie mich achtet und schätzt und mir freundschaftlich verbunden ist. Manchmal glaubte ich sogar, es könnte mehr sein. Aber sie ist Falah, heute nennt man sie die Mutter des Löwen, lange war sie jedoch selbst die Löwin von Gasalabad. Sie wusste, dass es nützlich ist, das Wissen, das sie brauchte, greifbar zu haben. Das kam mir entgegen, denn die Schriften sind meine Leidenschaft, also benutzte sie mich nicht mehr als ich sie. Ich bin dort, wo ich sein will. Vom ersten Tag an, als ich als Kind mit großen Augen diese Welt betrat, hatte ich eine einzige Aufgabe.« Er studierte uns, um herauszufinden, ob wir verstanden, was er uns sagen wollte. »Meine Aufgabe war und ist es, alles zu wissen, was es zu wissen gibt. Dazu gehört auch das Wissen, dass der Priester, der den Bund zwischen Euch, Armin di Basra, und Faihlyd schloss, nicht plaudern wird, auch nicht gegenüber seinen Brüdern. Ich kenne Tausende Geschichten von Lebenden und solchen, die nicht mehr unter uns weilen, denn ihre Worte und Gedanken sind noch hier …« Er vollführte eine Geste, welche die gesamte Bibliothek einschloss. »Ich sitze hier in diesen Mauern, umgeben von Spiegeln und von Texten, und doch sehe ich die Stadt besser als jeder andere. Ich lese, was andere nicht lesen dürfen, also auch das, was Ihr geschrieben habt, Fürst der Adler.«

»Ihr dürftet nicht leben«, sagte Armin leise, und er meinte es ernst. Ich sah ihn verwundert und auch erschreckt an und war damit nicht der Einzige.

Abdul lachte. »Ja, ja. Die Essera Falah sagt es hin und wieder. Ich weiß, dass sie bereits einmal mein Todesurteil unterschrieben hat. Ich weiß nicht, ob sie es weiß, aber das Urteil ist in den Akten.«

»Warum sagt Ihr uns das?«

»Weil Falah es mir auftrug. Ein Geheimnis gegen ein Geheimnis. Eine Frage gegen Vertrauen.«

Ich blinzelte, denn das kam unerwartet.

»Ich soll Euch in ihrem Auftrag etwas fragen«, fuhr Abdul fort.

»Dann fragt.«

»Wie kommt es, dass ich, der alles Wissen in seinem Herzen trägt, nichts von den magischen Toren weiß?«

»Ihr wisst nichts von ihnen?«, fragte ich erstaunt.

Er schüttelte den Kopf.

Serafine war genauso verblüfft wie Leandra und ich. Natalyia sagte nichts dazu, aber Armin schaute mich neugierig an. Richtig, wir hatten die Tore auch vor ihm verborgen.

»Man wusste nicht immer, wo sie waren«, sagte Serafine vorsichtig. »Aber man wusste, dass es sie gab, und spekulierte gerne darüber, wo sich ein solches Tor befand. Es war klar, dass sie an bestimmten Orten sein mussten. Im Palast oder auch in der Stadtfeste. Oder in der Garnison. Vielleicht wusste man nicht, wo sie sich genau befanden, aber dass es sie gab, wusste wirklich jeder.«

»Dann stellt sich die Frage, wie man dieses Wissen vergessen konnte«, sagte Abdul leise und runzelte die Stirn. »Ich weiß, was die Menschen damals für Lieder sangen, ich kann Euch sagen, wie die Sonne stand, als Ihr von Eurem Pony gefallen seid und Euch zwei Finger gebrochen habt. Also müsste ich wissen, was die Menschen damals wussten.«

»Wie hieß mein Pony?«, fragte Serafine spitzbübisch.

»Du. Es hieß Du.« Der Hüter des Wissens lächelte. »Es war eine Anekdote bei den Stallburschen, dass Ihr dem Pony nie einen Namen gegeben habt. *Du*, komm her.« Er lachte leise. »Es hat mich immer amüsiert.«

Serafines schmunzelte. »Stallburschen wissen nicht alles. Es hieß Durma. Meine Mutter gab ihm den Namen, aber ich konnte ihn nicht aussprechen.« Sie sah ihn beeindruckt an. »Ihr seid wahrlich der Hüter des Wissens, wenn Euch so etwas bekannt ist.«

Abdul nickte und schaute dann zu Armin hinüber. »Ich werde meine Nützlichkeit bald verlieren, Fürst des Adlers. Denn ich werde alt und« – er lächelte verlegen – »vergesslich. Ich fange an, Dinge zu verwechseln, und noch merke ich es früh genug. Ich liebe die Essera Falah, aber ich weiß, dass sie nicht riskieren wird, dass dieses ganze Wissen von einem senilen Alten ausgeplappert wird. Sie versprach mir, dass sie es selbst tun wird, damit bin ich glücklich.«

»Was tun wird?«, fragte Leandra verwirrt, während Serafine und Armin sofort verstanden. Vielleicht auch Natalyia, aber wie üblich sprach sie wenig.

»Sie wird mir die Tore zu Soltars Hallen öffnen.«

»Sie will Euch töten? Jemanden, der ihr so lange so treu gedient hat?«, fragte Leandra fassungslos. »Essera Falah? Das kann nicht sein!«

»Sie muss es tun«, entgegnete Abdul gelassen. »Ich weiß es schon lange und habe es ihr verziehen. Ich denke, es wird nicht mehr lange dauern. Allein, dass ich mich euch offenbaren sollte, war mir schon Warnung genug.«

»Das ist barbarisch«, stieß Leandra entsetzt aus.

»Es ist notwendig.« Er holte tief Luft. »Und jetzt, Esserin, sagt mir, was ich für euch tun kann.«

Es war selbst für den Hüter des Wissens ein überraschendes Anliegen, sogar er musste nachdenken, wo sich das befand, was wir suchten. Doch schließlich fand er es, auch wenn es eine Weile dauerte. Wir gingen in einen anderen Raum, wo große Spiegel für Licht sorgten und es große Tische gab, die er erst freiräumen musste, Stapel von Büchern und Rollen blockierten sie. Wir durften dabei nicht helfen; er tat es selbst, damit er wusste, was sich wo befand, dann zog er die alten Pläne aus den Lederrohren, die sie jahrhundertelang geschützt hatten, und entrollte sie andächtig auf dem Tisch. Das Papyira war an manchen Stellen brüchig, hier und da war die Tusche verblasst, aber insgesamt war alles noch gut zu erkennen.

»Es wäre eine Meisterleistung der Konstruktion gewesen«, sagte er ehrfurchtsvoll. »Seht ihr, hier…?« Er zeigte auf ein Zeichen unten rechts in den Ecken der Pläne. Es tauchte immer wieder auf. »Es ist sein Zeichen. Was es bedeutet, weiß niemand, aber so hat er signiert. Das ist Askannons Zeichen, er selbst hat diese Pläne gezeichnet.«

Er rollte einen anderen Plan aus und legte ihn über den ersten. »Ihr müsst euch beide Pläne gleichzeitig vorstellen, damit ihr sehen könnt, wie groß sein Wirken war.«

Der zweite Plan zeigte die Mauern der Stadt, die inneren und äußeren. Es war zu erkennen, wie weit die Kanalisation reichen sollte. Sie hätte wie ein Netz die ganze Stadt durchzogen.

»Was davon wurde gebaut?«, fragte Leandra beeindruckt.

»Dieser Teil. Das, was hier dunkel markiert ist«, sagte der Hüter des Wissens und nahm den obersten Plan zur Seite. »Dieser Bereich.«

Für mich war es die gleiche Schwierigkeit wie bei Landkarten. Diese Striche und Linien ergaben nie viel Sinn für mich, ich konnte es einfach nicht mit der Wirklichkeit um mich herum vereinbaren.

»Das hier ist die Halle der Diebe«, sagte Armin, der diese Schwierigkeiten offensichtlich nicht hatte. Ich sah auf die Stelle, an der sein Finger lag. Linien und Striche. Ich konnte da allenfalls etwas erahnen.

»Warum wurden die Kanäle nie fertig gestellt?«, fragte Leandra.

»Gasalabad ist eine große Stadt. Um all den Unrat fortzuspülen und zu verteilen… Hier.« Er zeigte uns einen anderen Plan, zu meinem Erstaunen war der Maßstab viel kleiner. »Manche der Tunnel hätten viele Meilen lang sein müssen. Es war ein Gefälle nötig. Es hätte Jahrzehnte gebraucht, und Tausende Männer hätten daran arbeiten müssen. Wisst ihr, dass Askir eine Kanalisation hat? Deswegen können so viele Menschen dort leben, ohne in ihrem Müll zu ersticken. Er wusste also, wie es ging… Aber Gasalabad steht auf einem Felsen in einem Meer aus Sand. Der Felsen reicht nicht weit genug. Die Ingenieure fanden es zu spät heraus, erst nachdem mit den Arbeiten bereits begonnen war. Sie hatten Bohrungen zwischen einzelnen Punkten vorgenommen und dachten, überall dazwischen wäre Fels. Es war aber nicht so, und es gab ein Unglück, bei dem Hunderte verschüttet wurden. Also wurde eine Notlösung angestrebt, ein Provisorium.« Er lächelte. »Eines, das seit Jahrhunderten seinen Dienst tut. Es gibt an vielen Stellen diese flachen Gräben. Einmal in der Woche wird nachts das Wasser des Gazar durch die Gräben geleitet, und ein Heer von Sklaven schiebt den ganzen Unrat hinein, damit er weggespült wird. Am nächsten Morgen sind die Gräben trocken und dienen wieder als Straßen und Wege. Das eigentliche Unterfangen wurde nach gut fünfundzwanzig Jahren Bauzeit abgebrochen. Die Gräben sind alles, was davon blieb.«

»Also wusste Askannon auch nicht alles«, konstatierte Natalyia nachdenklich.

Abdul sah zu ihr hinüber. »Er wusste genug. Du kannst es nicht erkennen, Tochter, aber diese Pläne sind ein Kunstwerk.«

Leandra nickte. »Das sind sie wirklich.« Sie fuhr schon fleißig die Linien mit ihren Fingern nach. »Wenn nicht mehr gebaut wurde, dann muss das hier« – sie tippte auf eine Stelle auf dem Plan – »der tiefste Ort sein.«

»Am weitesten entfernt vom Licht«, sagte ich.

Abdul schaute auf die Zeichnung und nickte zustimmend. »So sieht es auch für mich aus. Es ist in der Tat tief. Eine Grube, in der sich der Dreck der Stadt setzen sollte. Nicht weit von der Halle der Diebe entfernt, die ebenfalls als ein Senkraum geplant war.«

»Dann kenne ich bis hierher den Weg«, sagte Natalyia erleichtert. »Ich werde mich zurechtfinden.«

Ich blickte auf die sinnlosen Striche herab und hoffte, dass sie es mir gut erklären konnte, wenn sie zurückkam.

»Also, Leandra«, sagte ich. »Du kannst die Pläne lesen. Ist es möglich?«

Sie biss sich auf die Lippen. »Der Zufluss muss nicht groß sein«, antwortete sie. »Nur tief, damit das Wasser Druck hat. Hier wäre wohl der beste Ort dafür, unterhalb der Kaimauer im Hafen, dort wird kein Schlick den Zufluss verstopfen. Das Wasser wird hier entlang fließen. Es wird die Menschen erschrecken, und sie werden wahrscheinlich aus den Kanälen fliehen.« Sie lächelte leicht. »Das ist es ja, was wir wollen. Die Fluten werden diesen Weg nehmen und zuerst die Tiefen füllen.« Sie sah die Pläne nachdenklich an. »Oder besser hier. Natalyia, du warst dort. Der Fluss liegt hinter dieser Wand …«

»Ich habe ihn gehört, gesehen und gespürt«, bestätigte Natalyia. »Es ist gewachsener Fels. Ja, es ist möglich.«

»Gut«, sagte Leandra. »Dann hier. Damit wird das Wasser in die Halle der Diebe strömen. Sie wird schnell geflutet werden, aber es wird trotzdem seine Zeit dauern, denn zugleich wird es hier entlang strömen. Das hier ist ein deutliches Gefälle …« Ihr Finger folgte den Linien. »Sie werden diesen Ort für den Tempel gewählt haben, weil die ganzen Kanäle ihnen viele Fluchtwege geben, aber sie laufen hier zusammen … Das Wasser wird die Kanäle fluten, noch bevor es den Tempel erreicht, und sie werden abgeschnitten sein. Es wird hier aus einem hohen Kanal kommen wie ein Sturzbach, der alles mit sich reißt. Bis das Wasser all diese tiefen Räume geflutet hat, wird Zeit vergehen. Dann wird es von unten steigen und sich in der Kanalisation ausbreiten.«

Sie sah mich an und lächelte.

»Es wird den Menschen in den oberen Kanälen auf jeden Fall Zeit geben, die Kanalisation zu verlassen. Aber alles, was tiefer liegt, ist in dem Moment verloren, in dem diese Wand bricht.« Diesmal war ihr Blick ernst. »Niemand wird entkommen können, Havald. Auch dein Überleben ist nicht so sicher.«

»Nein«, sagte Natalyia. »Havald wird nicht ertrinken.« Es war eine Feststellung.

Leandra sah mich beunruhigt an. »Musst du wirklich hinein?«, fragte sie mich noch einmal.

»Ich muss sicher sein, dass er dort ist.«

Armin schaute von dem Plan hoch zu mir. »Havald, die Vernichtung eines Tempels wird sie hart treffen. Es wurde schon oft versucht, aber es ist nie gelungen. Nicht seit den Zeiten des Alten Reichs«, fügte er hinzu, als Serafine den Mund öffnete. »Wenn es gelingt, ist es ein ungeheurer Sieg und jeder seiner Gläubigen wird danach trachten, Euch zu vernichten.«

»Also alles so, wie es immer ist. Man will uns umbringen«, bemerkte ich. »Du vergisst eines, Armin.«

»Was denn, Esseri?«

»Der Einzige, der davon berichten kann, was dort unten geschehen ist, werde ich sein. Und ich werde es nicht weitererzählen. Nach Jahrhunderten ist eine Wand gebrochen und hat den Tempel des Dunklen Gottes absaufen lassen. Sie können ja auch einmal Pech haben.«

Natalyia fing an zu kichern.

»Wir brauchen noch eines«, meinte Serafine nachdenklich. »Denn Havald hat recht. Niemand wird wissen, was dort unten geschieht. Auch wir nicht. Außerdem steht er Nekromanten gegenüber. Er braucht einen Schutz.« Sie sah Armin an. »Es ist unhöflich zu fragen, ob man etwas wiederhaben kann, das man verschenkt hat. Aber wir brauchen die Perlen, die ich Faihlyd gegeben habe. Wir brauchen sie, damit Leandra weiß, was Havald fühlt, und damit er vor den Nekromanten geschützt ist.«

»Ich werde sie fragen«, sagte Armin. »Ich weiß, dass sie lieber das Auge trägt. Die Perlen sind uns zu …« Er suchte das passende Wort.

»Sie lassen nicht viele Grenzen stehen«, umschrieb es Serafine. »Ich weiß. Auch wir trugen sie sehr selten, nur, wenn wir getrennt waren, und dann auch nicht ständig. Sosehr man auch liebt, es sollte Grenzen geben.«

»Hat Askannon sich mit seinem Geschenk geirrt?«, fragte ich.

Sie schüttelte langsam den Kopf. »Nein. Es ist eine große

Gabe, aber man kann sie nicht lange ertragen. Deshalb wird es Leandra sein, die diese zweite Perle trägt. Anders tun sie ihren Dienst nicht, denn es muss Liebe zwischen den beiden Trägern herrschen.«

Leandra biss sich auf die Lippen. Sie schien nicht sehr erfreut bei dem Gedanken. Ich war mir aber auch nicht sicher.

Serafine lächelte sanft. »Man kann selbst Grenzen wahren, die diese Perlen nicht setzen. Sucht nicht nach dem, was euch nicht gezeigt wird. Man sollte dieser Verlockung nicht erliegen. Ich glaube, selbst Askannon wusste nicht alles über die Macht der Perlen. Aber eins ist sicher: Sie werden Havald vor den Seelenreitern schützen, solange er sie an seinem Kopf trägt.«

»Mitten auf der Stirn, wo sie es sehen können«, gab Armin zu bedenken. »Es wird sie nur noch mehr reizen.«

»Ich habe sie oft unter meinem Haar am Hinterkopf getragen«, berichtete Serafine. »Da geht es genauso gut.«

Abdul hatte wortlos zugehört. »Die Perlen der Liebe.« Er betrachtete Serafine. »Ich weiß, dass Ihr sie einst verflucht habt. Und jetzt ratet Ihr, sie zu benutzen?«

»Sie sind nicht verflucht. Sie sind nur zu groß für uns Menschen«, entgegnete sie mit einem traurigen Ausdruck im Gesicht. »Man muss sie achten, das ist alles.«

Abdul rollte die Pläne sorgfältig wieder zusammen. »Ich hoffe, die Götter werden euer Vorhaben unterstützen.« Er schaute mich an. »Wenn Ihr noch hier seid, werdet Ihr dann Abschied von mir nehmen?«

»Ich verspreche es.«

»Was hat Abdul gemeint?«, fragte Leandra, als wir wieder auf den Platz der Ferne traten. Oben auf der Säule glänzte der Adler.

»Dass wir nicht gehen sollen, ohne uns von ihm zu verabschieden«, sagte ich, und es war ja auch die Wahrheit.

»Das werden wir sicher beherzigen«, meinte sie. »Er ist ein beeindruckender Mann.«

Wie lange wusste er schon, dass er Falah liebte, und seit wann war ihm bewusst, dass sie sein Tod sein würde? Ich schaute zu Leandra hinüber, die zu dem goldenen Adler aufsah, dachte an dieses wunderschöne Bild, das Serafine von ihr gezeichnet hatte und dennoch Leandra nicht gerecht wurde. Ich liebte sie, aber ich wusste eins: Sie behielt noch viele Geheimnisse für sich. So wie ich auch.

15. Das Glück der Götter

Unsere Wege trennten sich vor der Bibliothek. Leandra wollte Botschafter von Gering sprechen, und Natalyia begleitete sie, um auf Leandras Rücken zu achten. Armin verabschiedete sich ebenso, er hatte einiges mit Faihlyd zu besprechen. Serafine und ich blieben übrig, denn auch wir hatten noch etwas zu tun. Aber zuerst gingen wir zurück zum Haus.

»Leandra versteht die Menschen hier nicht«, sagte Serafine, als ich bei einer jungen Frau drei in Palmenblätter eingewickelte Honigkuchen kaufte. »Tust du es?«

»Was meinst du genau?«, fragte ich, während ich die erste der Köstlichkeiten auspackte. An diesen Honigküchlein konnte ich mich leicht überfressen. Ich war gierig. Serafine hatte ich nur eins gereicht, zwei waren für mich.

Sie bedankte sich mit einem Lächeln und wickelte ihres auch aus.

»Sie versteht den Hüter des Wissens und die Essera Falah nicht. Sie hat auch nicht verstanden, dass die Essera ihm die Gelegenheit gab, sich zum ersten Mal als der zu zeigen, der er ist. Es war ihr Geschenk an ihn, dass er seinen Stolz zeigen durfte. Verstehst du, was ich sage?«

Ich kaute, schluckte und leckte mir die klebrigen Finger ab. »Ich ahne es. Ich muss dir sagen, dass auch ich das nicht für die gerechte Art halte, einen treuen Mann zu entlohnen.«

Sie blieb stehen und fixierte mich. »Hast du nicht verstanden, dass die beiden ein Liebespaar waren? Und vielleicht sogar noch sind?«

Ich sah sie erstaunt an.

»Ich dachte, dass er sie liebt, aber dass es dabei geblieben wäre.«

»Er sagte es doch. Sie wird es selbst tun. Sie muss ihn ebenfalls lieben, sonst hätte sie es ihm nicht versprochen«, erklärte Serafine. »Er trauert nicht um sein Leben, sondern um sie, weil er weiß, dass er sie verlassen wird.«

»Wenn du recht hast, dann wird es bald geschehen. Er hat sich offenbart, wenn auch nur uns gegenüber. Das beste Geheimnis trägt ein Mensch allein. Woher wusste die Essera… Oh. Das kleine Zwischenspiel gestern. Faihlyd wird ihr berichtet haben, dass Armin und ich den Hüter des Wissens sprechen wollten.«

Sie nickte, und wir gingen weiter. »Er war uns heute ein letztes Mal nützlich und durfte zeigen, wer er wirklich in seinem Leben war. Der Hüter des Wissens. Er war der Oberste der Spione des Löwen. Anders kann es nicht sein. Er ist stolz auf das, was er geleistet hat. Erkennst du es jetzt?«

»Ich verstehe es. Aber er ist noch rüstig. Warum ihm nicht erlauben, sich weit zu entfernen?«

»Wie weit?«, wollte Serafine wissen. »Wie weit müsste er weggehen von alldem, um keine Gefahr mehr zu sein für sie, die er liebt. Wenn er wirklich alt wird und all dieses Wissen aus ihm drängen will?«

Ich nickte. Ja, ich verstand. Dennoch…

»Er nimmt noch ein anderes Geheimnis mit ins Grab«, sagte Serafine leise. »Er hat seine Art, den Kopf leicht schräg zu stellen und einen dann anzusehen, wenn er über etwas nachdenkt.«

»So?«

»Faihlyd macht es genauso. Ich wette, der Emir besaß diese Eigenart auch. Bei Essera Falah habe ich sie nicht bemerkt.«

Mein Erstaunen ließ nicht nach. »Willst du damit sagen…?«

Sie schüttelte den Kopf. »Nein. Es ist mir nur aufgefallen, und das reicht ja nun wirklich nicht, um so etwas zu behaupten.« Sie lächelte. »Es ist nur ein schöner Gedanke, dass er noch gesehen hat, wie seine Enkelin den Thron besteigt.«

»Hahmed, der Hüter des Protokolls, sagte, dass Essera Falah ihren Mann sehr geliebt habe.«

Serafine nickte. »Ja. So wird es wohl auch gewesen sein. Aber kann man nur einmal lieben? Was wissen wir schon? Vielleicht hatten die Lenden des Emirs keine Kraft, oder ich täusche mich auch nur. Es ist einfach ein schöner Gedanke, dass von diesem alten Mann etwas bleibt, wenn er selbst vergeht.« Sie sah zu mir hoch, als wir auf den Platz des Korns abbogen. »Ich habe mittlerweile auch etwas über Faihlyd gehört. Es heißt, sie habe im Alter von zwei Jahren schon die Schriften in den Tempeln studiert. Und ich glaube nicht, dass sie zur Vergesslichkeit neigt. Eher ganz im Gegenteil. Und manchmal werden Talente vererbt. Kannst du dir ein besseres Talent für einen Herrscher vorstellen? Oder einen besseren Grund, warum der Emir Faihlyd Marinae vorzog?«

Ich brauchte nicht zu antworten. Ein gutes Gedächtnis war eine Hilfe für jeden. Oder ein Fluch.

»Essera Falah wusste das auch«, sagte sie. »Eine Frau sucht sich ihren Liebsten immer gut aus. Ich denke wirklich, dass es die Enkelin des Hüters des Wissens ist, die auf dem Löwenthron sitzt. Es ist ein Geheimnis, das mit Falah sterben wird.«

»Wir wissen es jetzt auch«, sagte ich.

»Nein. Ich habe nur eine Geste gesehen, die ich wiederzuerkennen glaubte, mehr ist es nicht.«

Wir gingen eine Weile schweigend weiter, während ich zu verstehen versuchte, was Serafine mir aufzeigen wollte. Was ich verstand, war, dass es viele Arten von Liebe gab. Ich erinnerte mich daran, wie wir uns von Abdul verabschiedet hatten. Er schien zufrieden mit sich, ein Mann, der sich gefunden hatte und wusste, was er in seinem Leben erreicht hatte. Eines war sicher, er hatte der Essera Falah die Treue gehalten, sein ganzes Leben lang. Darauf konnte ein Mann schon stolz sein. Mir kam ein anderer Gedanke.

»Du hattest die Gabe, Wasser zu spüren, nicht wahr?«, fragte ich.

»Ich habe diese Gabe noch immer. Es ist mehr als spüren. Ich konnte es rufen.« Sie lächelte. »Das ist der eigentliche Ursprung meiner Legende. Ich ritt mit meinem Vater aus, als ich noch ein Kind war, und wir lagerten an einer ausgetrockneten Oase. Ich rief das Wasser …«

»Das ist beachtlich«, sagte ich.
»Und nützlich«, ergänzte sie.
»Was war das Talent von Jerbil?«
»Woher willst du wissen, dass er eines besaß?«
»Du hast es selbst gesagt, eine Frau sucht sich ihren Liebsten aus.«
Sie zögerte lange. »Ich liebte ihn, bevor ich wusste, dass er ein Talent besaß. Seines war nie ganz klar zu erkennen. Selbst als wir wussten, was es war, versteckte es sich noch. Zuerst dachten wir, sein Wille würde die Dinge fügen, weil oft genau das geschah, was er wollte. Aber das war es nicht. Wir kamen endlich darauf, weil es ein Talent ist, das so leise auftritt, dass man es nicht kommen hört.«
»Was war es also?«
Sie blieb stehen, wir hatten unser Haus schon fast erreicht, und schaute mich durchdringend an. »Ich glaube, er hatte das größte und schönste Talent, das die Götter einem Menschen geben können. Kein anderes ist so groß.« Sie sah mich so ernst an, dass ich lächeln musste.
»Was war es, Serafine?«, fragte ich sie sanft.
»Glück, Havald. Einfach Glück. Er hatte unverschämtes, unglaubliches, undenkbares Glück.«
Ich sagte nichts.
»Was schaust du so, Havald? Kennst du am Ende noch jemanden, der Glück hat?«
»Ich weiß, was du sagen willst. Aber glaub mir, es fühlt sich nicht wie Glück an.«
Sie nickte. »Ja. Deshalb hat es so lange gedauert, bis wir es herausfanden. Er sagte das auch immer. Aber so war es. Er besaß alles Glück der Götter.«
Es endete in diesem Raum tief unten in den eisigen Höhlen.
»Sein Glück hat ihn verlassen«, sagte ich hart.
Ihre Augen weiteten sich nur ganz leicht, ansonsten zeigte sie keine Regung. »Sein Leben hat ihn verlassen. Uns alle. Dennoch … er hat Eiswehr behalten. Und dann kamt ihr in un-

ser Grab herab. Er rief uns, und wir erfüllten unseren Auftrag.« Ihre feucht glitzernden Augen lösten sich nicht von meinen. »Weißt du, Jerbil nutzte sein Talent nicht immer für sich. Manchmal stellte er es in den Dienst anderer. Er versprach mir, dass ich nicht mit ihm sterben würde. Es war schwer zu glauben, damals, als die Kälte an meinen Gliedern nagte. Doch ich vertraute ihm. Er hatte noch nie sein Wort gebrochen, niemals. Deswegen nannte man ihn die Säule der Ehre. Hier stehe ich jetzt, unweit dem Ort, an dem ich geboren wurde. Wie viel Glück muss ein Mensch haben, seinen Tod zu überleben? Ein Freund, der zu einem verfluchten Nekromanten wurde, hat uns verraten. Jerbil schwor, dass er Balthasars Pläne durchkreuzen würde. Du hast nie davon gesprochen … War Jerbil bei dir, als Balthasar verging?«

Ich schuldete ihr die Wahrheit. »Ja. Es war dein Sergeant, der Balthasar besiegte. Ich war es nicht. Ich lieh ihm nur eine Hand.« Eine Pranke, um genau zu sein.

»Du bist so alt, Havald. Wie kann das sein? Wie oft hast du deinen Tod überlebt?«

Ich dachte an den Nekromanten auf dem Schiff und wie es sich angefühlt hatte, als mein Herz geborsten war. »Oft genug«, gab ich zu.

»Denk du, was du willst, Havald. Doch nimm mir nicht meinen Glauben daran, dass Jerbil auch sein letztes Wort gehalten hat. Und halten wird.«

»Was hat er dir versprochen?«

Sie schüttelte den Kopf. »Das, Havald, ist etwas, das ich dir erst sagen kann, wenn es geschieht. Um eins bitte ich dich. Jerbil sagte, dass man es auch dem Glück leichter machen muss. Pass auf dich auf und denk auch an andere. Jeder von uns braucht Glück, wenn Leandra ihre Mission erfüllen will.«

»Ist es denn auch deine? Ich meine, folgst du Leandras Mission und unterstützt sie?«

»Ja, Havald. Aus dem gleichen Grund wie du.«

»Ich liebe sie.«

»Denkst du, du bist darin allein?« Sie wirkte amüsiert. »Du hast nur das Glück, dass sie dich auch liebt.«

Sie legte die Hand auf die Tür unseres Hauses. »Wir sind zu Hause, Havald, willst du nicht hineingehen?«

»Esseri?«, sprach mich Taruk an, als wir hereinkamen. Serafine lächelte mir zu und ging weiter. Ich sah ihr nachdenklich hinterher und wandte mich dann Taruk zu.

»Ich habe das Geheimnis des Kronleuchters gelüftet«, teilte er mir mit einer Verbeugung mit. »Es gibt eine Kurbel. Sie ist in einer Wandvertäfelung versteckt. Hier.«

Ich folgte ihm zur rechten Wand, wo er einen Moment lang an einer Holztäfelung herumdrückte, die dann aufsprang. Eine große Kurbel hing in einer Halterung auf der Innenseite des Paneels. Zwei Stifte ragten aus einer Metallplatte, in der sich ein vierkantiges Loch befand.

»Man setzt die Kurbel hier ein.« Er tat es. »Drückt dann diesen Stift…« Es klirrte über mir, und ich sah alarmiert hoch. Die ganzen Kristalle zitterten. »Und hält gut fest… Wenn man loslässt, kommt er herunter«, erklärte Taruk. »Mir ist es vorhin passiert. Ich dachte, die Welt stürzt ein, aber es muss eine Arretierung geben, denn er hielt kurz vor dem Boden inne. Es gab nur einen mächtigen Schlag, und es klirrte laut.« Er zerrte ein wenig an der Kurbel, drückte den anderen Stift und zog die Kurbel wieder heraus. »Nun ist die Kurbel wieder verriegelt. Der Kronleuchter hängt an einer massiven Kette, und die wiederum wird über einen eisernen Balken geführt. Er ist leicht verrostet, wird aber noch einmal siebenhundert Jahre halten.« Er sah hoch zur Decke. »Es sei denn, es regnet öfter.«

»Das hast du gut gemacht«, lobte ich ihn. Er verbeugte sich. Ich wusste auch nicht, weshalb mich der Kronleuchter so beschäftigte, aber mir war wohler zu wissen, dass er noch sicher hing.

Ich wandte mich zum Gehen.

»Esseri, das ist noch nicht alles.«

»Was gibt es denn noch?«

»Das hier.« Er zog aus seinem Bund einen Wurfpfeil heraus. Es war lange her, dass ich so einen gesehen hatte. Eigentlich war er eine recht handliche Waffe, man konnte ihn auch vom Pferd aus einsetzen, aber es brauchte viel Übung. Er war so lang wie mein Unterarm, ganz aus Stahl und schrecklich spitz, wenn auch leicht verrostet.

»Es gibt eine Falle«, sagte Taruk. »Das hier war ja, wie wir wissen, früher die imperiale Münzerei. Wenn die Durchfahrt geschlossen ist, gibt es nur einen Zugang zum Haus: durch diese Halle.«

Das einzige Tor auf der Außenseite führte zu einem Durchgang in den Innenhof, der gerade groß genug für einen Wagen war. Es gab ein weiteres Tor zum Innenhof. Beide Tore waren aus Eisen gefertigt, und obwohl auch sie leicht verrostet waren, brauchte man nicht viel mehr zu tun, als sie neu zu lackieren. In jedem dieser Tore befand sich eine eiserne Tür mit schweren Riegeln. Die Tür und das Tor zum Innenhof ließen sich von beiden Seiten verriegeln. Ohne Ramme war durch diese Tore kein Durchkommen. Wenn man von außen in den Durchgang trat, fand sich dort auf der rechten Seite eine schwere Tür, und diese führte seitlich in die große Halle. War das innere Tor verschlossen, wie es üblicherweise der Fall war, gab es nur einen einzigen Weg ins Haus. Den durch diese Halle.

»Was für eine Falle?«

»Es gibt ein niedriges Zwischendach, man muss dort kriechen. Ich suchte nach der Halterung des Kronleuchters und fand diese Fallen. Es gibt mehrere Dutzend Rohre in der Decke, und in jedem dieser Rohre steckt ein Wurfpfeil.«

Jetzt zog ich doch die Luft ein und schaute wieder nach oben. Die Decke, hoch über uns, lag im Halbdunkel, weil das Licht der Fenster nicht bis dorthin reichte. Ein Wurfpfeil, der oben gelöst wurde, würde hier unten genügend Wucht besitzen, um einen Mann zu durchschlagen, selbst wenn er gerüstet war. Auch die meisten Schilde könnte ein solches Geschoss noch durchschlagen.

»Die einzig sicheren Orte, Esseri, sind genau unter dem Kronleuchter sowie unter dem Oberlicht. Seht Euch die Stelle im Bodenmosaik an. Hier.«

Er zeigte es mir. Man konnte es sich leicht merken. Ich schaute noch einmal auf, und gerade über mir schwebte der Kronleuchter. »Wenn man den Kronleuchter ganz hochzieht, rastet er in einer Führung ein. Er kann sich nicht drehen. Die Pfeile schießen zwischen den Armen des Kronleuchters hindurch. Ich habe mir erlaubt, die Pfeile herauszuziehen, habe aber einige durch Holzstäbe ersetzt. Soll ich es Euch demonstrieren?«

Ich nickte.

»Einen Moment, Esseri. Nicht bewegen.« Er ging zu dem Paneel mit der Kurbel, nahm einen Stift, der quer unten in dem Fach lag, und führte ihn in die viereckige Öffnung ein. Er verschwand fast ganz darin, Taruk drückte, und es gab ein vernehmliches Klicken.

Er stellte sich in die Tür zum Gang und sah nach oben. »Tretet jetzt mit dem Absatz hart auf beide L-Muster am Boden.« Ich fand das, was er meinte. Man konnte sich bequem auf beide stellen. Ich tat es, aber nichts geschah. »Gebt etwas mehr Gewicht auf die Abs …«

Gut ein Dutzend Holzpflöcke regneten von der Decke und prasselten um mich herum auf den Boden. Ich betrachtete sie schweigend. Selbst von denen hätte ich keinen auf den Kopf bekommen wollen.

»Das ist die eine Methode, die Falle auszulösen«, erklärte Taruk. »Die andere ist von hier aus. Ich habe lange gesucht, bis ich es herausgefunden habe. Man braucht den Stift von dem Paneel, aber hier im Türrahmen ist ein Loch. Schiebt man den Stift dort hinein, kann man die Falle ebenfalls auslösen.« Er strahlte mich an. »Eine gute Falle, nicht wahr?«

In der Tat. Angenommen, es gab Ärger, zog man sich zur Gangtür zurück, auch diese war aus Eisen und mit einem schweren Riegel versehen. Wer immer da auch kam, hätte Schwierigkeiten, diese Tür zu überwinden. Wenn man dann die Falle auslöste, gab es ein Blutbad in der Halle. Wahrscheinlich konnte man danach einfach die Leichen wegkarren.

»Soll ich die Falle wieder laden?«, fragte er. Er wusste ja von den Nachtfalken.

»Ich denke, das wäre keine schlechte Idee. Das habt Ihr wirklich gut gemacht. Eine Frage noch, Taruk. War die Falle scharf? Ich meine den Auslöser beim Mosaik.«

Er zögerte, und damit brauchte er schon nicht mehr zu antworten. »Ja, Esseri.«

Ich besah mir das Mosaik. Wie groß war die Chance, zufällig auf beiden Steinen zu stehen? Offenbar gering genug. Mit diesem langen Stift war ein zufälliges Auslösen ausgeschlossen. Taruk hatte recht. Es war eine gute Falle.

Es gab keine Möglichkeit, sie zu erkennen. Kennard hatte davon gesprochen, dass manche der magischen Tore durch Fallen abgesichert waren. Dies war die erste Falle, von der ich wusste, dass das Alte Reich sie gebaut hatte. Sie war noch Jahrhunderte später benutzbar. Wenn das ein Beispiel für die Qualität der Fallen war, dann wollte ich nicht zufällig in einem falschen Tor herauskommen.

»Sag, Taruk, wie sicher bist du dir, dass es nur diese beiden Möglichkeiten gibt, die Falle auszulösen?«

»Es gibt nur zwei Positionen für den Stift. Ich bin mir sehr sicher, Herr, sonst würde ich mich nicht mehr in die Halle trauen.«

Eine gute Einstellung. Allerdings würde die Falle uns gegen die Nachtfalken nicht von Nutzen sein. Nachts schlossen wir zurzeit Außentor sowie die Außen- und die Innentür zur Halle ab. Es gab keine Möglichkeit hereinzukommen, es sei denn über das Dach und den Innenhof. Die Außenwand der alten Münzerei war mit glasierten Keramikziegeln bedeckt, das erschwerte das Klettern, aber ich nahm an, dass ein Nachtfalke trotzdem das Dach erreichen konnte.

Das Dach war, wie viele imperiale Bauten, mit Steinplatten belegt. Schwierig in der Konstruktion, aber wenn die Platten einmal lagen … Nichts hielt so lange wie Stein. Es war flach, leicht zum Innenhof geneigt und mit einer niedrigen Brüstung versehen. Wenn es hier regnete, was selten genug vorkam, dann lief das Wasser in den Innenhof. Bevor das Haus renoviert worden war, wuchsen in den Sandverwehungen auf dem Dach sogar noch Sträucher. Das hatte mir Armin erzählt, aber ich hatte es mir erst angeschaut, als das Dach neu versiegelt wurde. Das geschah, indem man einfach Teer zwischen die sowieso schon engen Fugen der Dachplatten goss.

»Danke, Taruk«, sagte ich.

Er verbeugte sich und ging; ich blieb nachdenklich in der Halle zurück. Von Armin wusste ich, dass die Nachtfalken Wert darauf legten, ihre Opfer in ihren Zimmern zu ermorden, egal wie sicher diese waren. Die Fensterläden nach außen waren verrottet gewesen, jetzt besaßen wir neue. Mit Angeln aus Eisen und schweren Riegeln. Sie waren ein Hindernis, aber kein unüberwindbares. Es würde jedoch bedeuten, dass der Einbrecher auf der Außenseite vor einem Fensterladen hing und herumwerkelte. Ich kam mir vor wie beim Shah. Es gab offensichtliche Züge und versteckte. Manchmal war der offensichtliche Weg tatsächlich auch der einfachste. Deshalb nahm man ihn ja so oft.

Über das Dach in den Innenhof.

Ich ging durch die Küche, nickte Afala zu, trat an den Brunnen und schaute von hier aus hoch zu den umlaufenden Balkonen. Selbst ich traute es mir zu, vom Dach aus die Balkone zu erreichen. Das verzierte steinerne Geländer bot genügend Halt und war breit genug, dass man darauf gehen konnte. Die Durchbrüche in dem Geländer … Ich lächelte. Sie waren groß genug, um einen Armbrustbolzen hindurchzuschicken, für den Fall, dass der Innenhof vom Gegner besetzt war.

Die alte Münzerei war ein sicheres Haus, und dorthin, wo früher die Münzen gelagert wurden, gab es kein Durchkommen. Der Rest des Hauses war offener. Nach außen war es sicher, im Inneren offen.

Hier gab es nichts mehr, was einen Attentäter aufhalten würde. Sicher war, dass ein solcher wahrscheinlich über das Dach kommen würde. Nicht zwangsläufig, denn er konnte sich auch an den Fensterläden zu schaffen machen. Aber allein deswegen, weil es Spuren hinterlassen würde und die Nachtfalken ungern welche hinterließen, ging ich davon aus: Wenn sie kamen, dann über das Dach. Jetzt musste ich nur noch herausfinden, wie wir diese Erkenntnis nutzen konnten.

16. Die Garnison

Ich hatte gerade Zeit, eine Kleinigkeit zu essen und einen Schluck Wein zu trinken, als Taruk in die Küche kam, um Serafine und mir mitzuteilen, dass wir einen Gast hatten.

»Kasale?«, fragte Serafine.

»Es ist eine Frau, und sie hat zwei Pferde dabei.«

»Das ist Kasale«, sagte ich und griff Seelenreißer. Kasale und ich waren verabredet, um uns anzusehen, was von der alten Garnison noch stand. Serafine kam mit, weil sie wusste, wie die Garnison in ihrer Blütezeit ausgesehen hatte, vielleicht fielen ihr ein paar Dinge auf. Wir hatten Kasale erwartet, also brauchten Serafine und ich nicht lange. Wir nahmen die Zügel, die uns die Soldatin hinhielt, und schwangen uns auf die Pferde – gute Pferde, wie ich feststellte –, dann ritten wir los und folgten Kasale bis zum Osttor, das nicht weit vom Platz des Korns gelegen war. Anschließend ging es hinaus aus der Stadt.

Während wir auf Kasale gewartet hatten, hatte ich genügend Zeit gehabt, über das nachzudenken, was Serafine mir zuvor gesagt hatte.

Ich hatte manchmal Glück und manchmal Pech. Manchmal hatte ich viel Glück, manchmal auch viel Pech. Es gab ganze Jahre in meinem Leben, da war von Glück nicht viel zu spüren gewesen. Ich wusste nur, dass Soltar schon unvermittelt in mein Leben eingegriffen hatte, das letzte Mal, als er mich ein magisches Garn zur Wundheilung in seinen Tempel bringen ließ, wo es gebraucht wurde. Ich hatte an dem Tag eine Menge Pech gehabt.

Serafine sah fragend von ihrem Pferderücken zu mir herüber, weil ich plötzlich laut lachen musste.

»Nichts«, winkte ich ab. Ich sah auf meine Hand hinab, wo eine dünne weiße Linie zeigte, dass mich ein kleiner Dieb fast hätte verbluten lassen.

So viel also zum Glück des Sergeanten. Lieber vertraute ich dem Willen der Götter. Selbst die Götter konnten nicht so wankelmütig sein wie das Glück, das ich manchmal hatte oder nicht.

»Was liegt eigentlich östlich von Gasalabad?«, fragte ich, als wir durch das mächtige Osttor ritten. Die Soldaten Faihlyds musterten uns sorgfältig. Ich fragte mich, ob sie hier auch Bücher mit Bildern hatten und wussten, wer wir waren. Es gab nichts Besonderes an uns zu entdecken. Ich lächelte, als mir klar wurde, welches Bild wir abgaben.

»Ein paar Dörfer und kleinere Städte entlang des Gazar, dann kommt Kasdir, der Sitz des Baums, einige weitere Dörfer und kleinere Städte, dann das Nachtgebirge. Die Garnison natürlich auch, sie liegt nicht weit von hier an den Ufern des Gazar«, antwortete Serafine.

Wir ritten auf einer imperialen Straße, aber die hier war breiter als die, die ich kannte. »Gibt es viel Handel mit Kasdir?«

»Das weiß ich nicht. Früher war es so. An den Ausläufern des Nachtgebirges regnet es mehr als hier im Landesinneren, es gab dort sehr viel Landwirtschaft.«

Die gab es hier auch. Der Gazar war die Lebensader Bessareins, und hier kämpften die Menschen gegen die Dürre, mit Erfolg, wie es schien, denn es gab überall Bewässerungsanlagen, mit Stoff bespannte Windräder und hier und da einen Ochsen, der stur einen Kreis ging und so ein Rad antrieb, das mit Stoffeimern Wasser schöpfte, das wiederum in einem Graben floss, der unter den Steinplatten der Straße hindurch vom Gazar aus zur anderen Seite geleitet wurde. Es war grün hier, die Luft roch um vieles besser als in Gasalabad, und der Fluss zu unserer Linken kühlte die Luft etwas. Der Himmel war immer noch blau, ganz weit oben über uns hing es ein breites Band von hohen Wolken, die rotgolden schimmerten.

Auf dieser Straße war viel los, hauptsächlich Fußgänger mit langen Körben auf den Rücken, die oft größer schienen als die Menschen selbst. Oft erblickte ich Ochsen, die schwer beladen waren, aber eher selten einen Karren oder gar einen Wagen. Es waren hauptsächlich Korn und Früchte, die so in die Stadt geschafft worden.

Vor uns bemerkte ich etwas, das meine Aufmerksamkeit hervorrief, einen Monolithen aus Sandstein, der verwitterte, tiefe Runen trug. Es war die alte Schrift Bessareins, also stammte dieser Stein aus der Zeit vor der Reichsgründung.

»Weißt du, was hier steht?«, fragte ich Serafine, und sie nickte.

»Huldigt dem Gott der Götter, dem Ewigen, dem Goldenen Gott, der die Finsternis vertreibt, euch das Licht des Lebens gibt, euch sicher führt, euch schützt, geborgen hält, euch das Tier und die Pflanze gab, der den Frieden um euch schützt, ein Herz gibt zum Glauben und zum Lieben. Liebt den Gott der Götter, den ewigen, den Goldenen Gott, huldigt Asar und seinem Licht«, intonierte sie ehrfürchtig, obwohl die meisten Zeichen verwittert und kaum oder gar nicht lesbar waren.

Serafine wirkte verlegen, als sie bemerkte, wie Kasale und ich sie überrascht ansahen.

»Es gab einst noch andere Götter hier«, erklärte sie dann. »Sogar viele. Für jeden etwas. Einen, der in einem Baum wohnte, ein anderer, der die Pflanzen wachsen ließ, einen für die Liebe und einen für den Hass… Für alles. Aber von ihnen war Asar der mächtigste, und er ist ewig. Früher gab es hier manchmal noch einen Priester, der den Schrein pflegte. Ich glaube, das ist jetzt lange her.« Sie sah traurig aus.

»Also können auch Götter sterben«, stellte ich fest. Es war ein seltsamer Gedanke. Götter waren ewig, das gehörte irgendwie dazu.

Serafine sah mich an und lachte. »Man kann sie vielleicht vergessen. Aber Asar ist noch immer der Gott der Götter, und jeder andere Gott ist klein und nichtig gegen ihn.«

»Ich habe noch nie von ihm gehört«, sagte ich.

»Du siehst ihn jeden Tag, nennst seinen Namen, sehnst ihn herbei und betest ihn an.«

Ich zog fragend eine Augenbraue hoch.

»Schau nach oben und erblicke den Gott der Götter, der so mächtig ist, dass du ihn niemals direkt ansehen wirst …«, verkündete sie, und unwillkürlich sah ich hinauf, direkt in die Sonne, sodass ich blinzeln und den Blick abwenden musste.

Sie lachte leise. »Asar ist der Sonnengott, der Gott des Morgens mit seiner Hoffnung eines neuen Lebens, des Tages, mit all dem, was lebt, und der Abendröte, die verspricht, dass er wiederkehren wird, um die Finsternis zu vertreiben, die den Menschen Furcht und Angst einflößt. Bist du sicher, Havald, dass du ihm nicht huldigst, ihn nicht immer wieder herbeigesehnt hast? Er ist der Sonnengott, oder genauer, der Gott, der den Tag bewacht.«

»Es ist nur die Sonne«, sagte ich.

»Du bist immer so romantisch!«, meinte sie. Selbst Kasale schmunzelte. »Früher verehrten die Menschen alles, was sie sahen, den Fluss, die Pflanzen, die Tiere, betrachteten alles als ein Geschenk der Götter und achteten es.«

»Es ist noch immer alles ein Geschenk der Götter«, protestierte ich.

Sie nickte zur Bestätigung. »Aber wir achten es nicht mehr«, sagte sie und schaute nach vorn. »Jetzt muss bald eine Weggabelung kommen, die Handelsstraße löst sich hier vom Lauf des Gazar. Wir folgen der schmaleren Straße an seinem Ufer.«

Kasale sah sie überrascht an und nickte. »Das ist richtig. Kennt Ihr die Garnison, Helis?«, fragte sie. »Oft habe ich nämlich das Gefühl, dass man vergessen hat, dass es sie gibt.«

»Ich kenne sie«, antwortete Serafine mit einem Lächeln.

Ich hörte nicht zu, denn ich sah auf dem Fluss etwas, das mich beeindruckte. Neben uns befand sich eine Kette von gut und gerne zehn sehr großen Lastkähnen, die miteinander vertäut waren, und direkt vor uns auf der Uferstraße standen etwa ein Dutzend Ochsengespanne, die von einer Traube von Männern gerade in schwere Joche gelegt wurden. Dicke Seile gingen von dem ersten Kahn aus ans Ufer. Ich kannte Treidelpfade, an manchen Stellen bot es sich einfach an, die Schiffe zu ziehen, aber das hier war etwas anderes. Um so vieles größer.

»Das dürften Kornkähne sein«, erklärte Serafine. »Früher wurden sie jeden zweiten Tag nach Kasdir hinaufgezogen, heute, so denke ich, wird es diesen Zug jeden Tag geben, die Stadt ist so sehr gewachsen. Sie werden in Kasdir befüllt und fahren dann mit der Strömung nach Gasalabad. Sie müssen aber auch wieder zurück.« Sie musterte die Kähne. »Das Herzblut von Gasalabad. Wasser und Korn. Ohne die sind wir nichts.«

Die Ochsen blockierten uns den Weg, und es dauerte etwas, bis wir an ihnen vorbei waren. Ich hatte Zeit, die Größe dieser Kähne zu bestaunen. Sie lagen sehr hoch im Wasser, und man konnte sehen, wie tief sie liegen würden, wenn sie befüllt waren. Es bräuchte wahrscheinlich gerade einmal zwanzig dieser Kähne, um die Kornspeicher in der Kronstadt zu Illian zu füllen, aber Gasalabad brauchte zehn, um den Tagesbedarf zu decken? Ich mochte meine Heimat, war stolz darauf, in Kelar geboren zu sein, einst eine der größten und wichtigsten Städte der Drei Reiche. Thalak hatte sie vernichtet, jeden, ob Mann, Frau oder Kind, erschlagen, die Wälle geschleift und den Boden mit Salz bedeckt. Aber Kelar war kaum mehr als ein Dorf gegen Gasalabad gewesen, und Askir sollte angeblich noch größer sein. Einen Tagesritt im Durchmesser! Aber wie sollte das möglich sein? Ich hoffte, diese sagenhafte Stadt bald selbst mit eigenen Augen zu sehen. Es wurde Zeit, dass wir das Reich von Bessarein hinter uns ließen.

Dennoch, ich hatte immer noch nicht verstanden, in welchen Größenordnungen das Alte Reich gedacht hatte. Ich erhielt eine weitere Lektion, als zu meiner Rechten langsam eine Struktur zu erkennen war.

»Die Garnison«, sagte Kasale mit Stolz in der Stimme.

Ich hielt mein Pferd an und staunte. Es war keine Garnison, sondern eine Stadt. Mit zwei gestaffelten Mauern, die ewig weit zu reichen schienen, einem Wehrtor in jeder Himmelsrichtung, einem eigenen Hafen, der ebenfalls mit Wachtürmen geschützt war und um so vieles größer, als ich es mir vorgestellt hatte. Die Mauern von Gasalabad waren aus Ziegelsteinen, in der Ferne schien die Stadt rötlichgolden zu leuchten. Diese Mauern bestanden aus dem weißen Stein, den ich schon kannte, die äußere Mauer gute sieben Mannslängen hoch, die zweite Mauer lag vierzig Schritt hinter der ersten und war noch einmal vier Mannslängen höher. Eine Festung, gegen die mir die Nordfeste wie ein Spielzeug erschien. Wir ritten schweigend weiter, bis wir das Tor erreichten. Es war aus schwerem Eichenholz gefertigt, mit eisernen Bändern verstärkt, ein Tor, das den stärksten Feind verzweifeln lassen würde. Aber die Zeit hatte es besiegt, es hing leicht schief in den Angeln, Sandverwehungen hatten einen Hügel vor ihm geschaffen, auf dem Sträucher und Gräser wuchsen. Es war dieser Hügel, der das Tor noch aufrecht hielt. Es hatte wohl mal ein Mannportal gegeben, ich sah den oberen Rand aus dem Hügel ragen. Die mächtigen Mauern bewiesen wieder einmal, warum das Alte Reich aus Stein gebaut hatte, denn die Befestigungen schienen fast unangetastet von der Zeit, lediglich vor und auf ihnen wuchsen Gräser und Sträucher. Und dort oben, auf dem mächtigen Torkastell, wuchs eine Gruppe Feigenbäume.

»Dieses Tor geht nicht mehr auf«, sagte Kasale und runzelte die Stirn. »Wie kommen wir hinein?«

»Klettern«, sagte Serafine. »Haben wir ein Seil dabei?«

Kasale schüttelte den Kopf. »Ich habe nur Proviant eingepackt und das Nötigste an Ausrüstung.«

»Wir werden von den Kähnen Seil kaufen können. Sie müssen so etwas haben. Ich kümmere mich darum«, sagte Serafine. »Gibst du mir Geld?«

Ich warf ihr meinen Beutel zu, sie fing ihn, nickte uns zu und ritt den Weg zurück.

»Das ist nicht das, was ich dachte«, sagte ich.

»Der Zustand ist erbärmlich«, antwortete Kasale. Sie stieg vom Pferd ab, trat an das verwitterte Tor heran und stemmte sich dagegen. Es bewegte sich nicht. »Ein zerstörtes Tor, und es lässt uns trotzdem nicht ein.« Sie sah hoch zu dem Torkastell, dann zu der Mauer links und rechts. »Erst wenn wir drüberklettern, werden wir sehen, wie mächtig diese Mauern wirklich sind.«

»Es ist riesig. Eine Stadt, mit einem eigenen Hafen. Dort sollten wir es vielleicht probieren, es musste auch Tore zum Hafen geben.«

»Da habt Ihr wahrscheinlich recht.«

»Götter, ich hätte es mir nie so groß vorgestellt!«

»Eine volle Legion ist dreizehn- bis vierzehntausend Mann stark. Mit Hilfstruppen und Tross. Wenn sie kaserniert ist, muss sie auch versorgt, ausgebildet und untergebracht werden, also lebten wahrscheinlich fast zwanzigtausend Menschen hinter diesen Mauern. Ihr habt recht, General, es ist eine Stadt.« Sie sah zu mir hoch, ich saß immer noch auf meinem Pferd. »Habt Ihr jetzt den Mut verloren?«

Hatte ich?

»Eher die Übersicht«, antwortete ich ihr. »Ich habe wohl nie zu Ende gedacht, was das bedeutet.«

»In einem halben Jahr wird es ein neues Tor geben, wird hier wieder die Fahne des Imperiums wehen. Zehntausend Soldaten, die dann auf Eure Befehle hören. So wird es geschehen, Lanzengeneral. Dieser Ort schläft. Es gibt keine Dächer mehr, aber die Mauern stehen. Wir bauen für die Ewigkeit, so war es schon immer. Wo wir stehen, weichen wir nicht.«

Serafine kam mit einer Seilrolle über der Schulter zurück, hörte sich meinen Vorschlag mit dem Hafen an und seufzte. »Nun gut, Seil zu haben, ist nie verkehrt.« Sie warf mir meinen Beutel zu, und wir ritten weiter zur Hafenanlage. Es war so, wie ich vermutet hatte. Es gab dort weitere Tore, und eines war so lose, dass wir es eindrücken konnten, ein anderes ließ sich sogar, windschief wie es war, öffnen. Ein gigantischer Platz lag vor uns, in etwa so groß wie der Platz der Ferne.

Um den Platz herum befanden sich, in strenger Geometrie angelegt, viele flache Gebäude und einige mehrstöckige. Ich erkannte zudem, dass die Baumeister des Imperiums die Dinge gern gleich bauten. Der gleiche Bauplan, der für das Depot, das nun der Gasthof *Zum Hammerkopf* war, gedient hatte, fand sich hier gut ein Dutzend mal wiederholt.

»In jedem Gebäude können hundertzwanzig Mann untergebracht werden. Es ist sinnvoll, immer gleich zu bauen. Man muss nicht viel erklären, man kann Pläne und Material wiederverwenden, und jeder weiß, was wohin gehört«, sagte Kasale, als ich das erwähnte. »Es sind die Unterkünfte für die Offiziere der Legion. Die Mannschaften wohnten in diesen Baracken. Hundert Soldaten pro Bau, zehn Baracken für eine Lanze, hundert davon für die Legion. Je vier Baracken haben ein Waschhaus und eine Bäckerei und ein Zeuglager, einen Brunnen, eine Schmiede und mehr. So waren die Wege nie lang. Seht Ihr, wie es angeordnet ist? Jeder der Offiziershöfe steht zwölf Baracken vor. Zehn für die Soldaten, zwei weitere für Tross oder Zivilisten, eine Lanze der Legion. Zehn davon bilden die Legion. Jede Lanze ist mit einem Zeughaus, einer Verwaltung, einem Stall und einem eigenen Exerzierplatz ausgestattet. Könnt Ihr es vor Euch sehen?«

Einen Moment lang meinte ich fast, es erkennen zu können, die Häuser neu, nicht eingefallen, dann sah ich wieder nur fenster- und dachlose Gerippe. Die Offiziershöfe besaßen Dächer aus Stein und schwere Türen und Fensterläden, sie schienen am wenigsten von der Zeit berührt. Es war unheimlich hier, man meinte, dass es hier Menschen geben müsste, aber es war alles leer und ruhig, nur Sträucher wurden vom Wind verweht, eine Garnison für Geister.

»Wenn die Baracken auch Dächer aus Stein gehabt hätten, wäre fast alles noch intakt«, sagte ich dann, mehr um die Stille zu brechen.

»Es war besser für die Moral der Truppe, dass die Baracken Holzdächer hatten«, erklärte Serafine. »Helles Holz mit offenen Dachbalken, damit Licht einfallen kann, wie in der Schmiede im Depot. Mit Schiefer belegt, hält ein solches Dach ebenfalls Jahrhunderte …«

Kasale sah sie nun sehr aufmerksam an, sagte aber nichts. Ich konnte erkennen, dass sie angesichts von Serafines detailliertem Wissen zunehmend ins Grübeln geriet.

Serafine stand still da und schaute sich langsam um. »Weißt

du, Havald, ich glaube fast, dass es wirklich so ist. Die Zeit des Imperiums ist vorbei. Es sind Ruinen, auf die Leandra ihre Hoffnung stützt.« Sie sagte es leise und wirkte betrübt. »Alte, verfallene Ruinen.«

»In einem halben Jahr wird es hier keine Ruinen mehr geben«, sagte Kasale bestimmt. »Dann weht der Drache wieder über den Toren dieser Feste.«

»Aber für wie lange?«, fragte Serafine. »Bis der Zweite Bulle wieder auszieht, um in den Südlanden zu sterben?« Sie seufzte, bevor sie weitersprach. »Es war eine reduzierte Legion, die in die Südlande aufbrach. Selbst damals stand das meiste hier leer. Die meisten Menschen, die hier lebten, waren Zivilisten, die Familien der Legionäre. Warum auch nicht? Es gab genügend Platz. Sie wohnten hier in der Garnison und warteten darauf, dass ihre Männer, Frauen oder Kinder zurückkehrten. Aber sie kamen nie zurück. Dann dauerte es wohl nicht lange, bis Askannon abdankte und die Garnison geschlossen wurde. Vierzehnhundert Soldaten kehrten nie mehr zurück, und der Zweite Bulle, die ungeschlagene Legion, war nicht mehr.« Sie hatte feuchte Augen. »Sie müssen jahrelang gewartet, ewig gehofft haben, dass ihre Liebsten zurückkehren«, fügte sie kaum hörbar hinzu.

»Der Zweite Bulle ging nicht unter«, verkündete ich. »Es gibt Hinweise, dass etwas weniger als die Hälfte von ihnen letztlich die Kämpfe mit den Barbaren überlebt hat. Als die Macht des Wolfsgottes dahin war, hörten die Barbaren einfach auf zu kämpfen. Von einem auf den anderen Tag. Der Kommandant des Depots hat es in seinem Buch vermerkt. Was auch immer Balthasar im Tempel tat, es brach auch den Kampfeswillen der Barbaren. Der Krieg gegen die Barbaren war in diesem Moment schon gewonnen.« Ich versuchte mir vorzustellen, wie es hier wohl gewesen war – oder wieder werden würde. »Sie konnten nur nicht zurück«, fuhr ich fort. »Es war Winter, auch damals gab es einen solchen Eissturm, das steht im Buch des Kommandanten. Sie mussten so oder so auf das Frühjahr warten. Ich nehme an, sie ritten nach Kelar, hofften darauf, mit den Schiffen zurückzukehren, doch die blieben aus. Vielleicht bauten sie selbst Schiffe, aber auch von diesen kehrten keine zurück. Sie blieben einfach. Gründeten vielleicht neue Familien … Niemand weiß es, selbst Leandra fand keine weiteren Hinweise. Nur eins weiß ich: Das Erste Horn des Zweiten Bullen hat die Legion gerettet und den Krieg gewonnen. Gegen eine zwanzigfache Übermacht.«

»Ihr müsst mir irgendwann mehr vom Zweiten Bullen erzählen«, sagte Kasale. »Ich habe den Eindruck, als wäre es eine größere Geschichte, als ich dachte. Vielleicht freut es Euch zu hören, dass es bereits wieder ein Erstes Horn des Zweiten Bullen gibt. Ich habe die zehn besten Lanzensergeanten der Reichsstadt abwerben können. Es wird nicht lange dauern, bis die ersten von ihnen hier eintreffen.«

»Ein neues Erstes Horn«, sagte Serafine leise neben mir und nickte dann. »Also beginnt alles von Neuem.« Sie sah hoch zu mir. »Aber ich werde nicht in der Legion dienen.«

Kasale hörte auch das, und ich bemerkte, wie neugierig sie inzwischen geworden war.

»Das wird auch niemand wünschen«, antwortete ich.

»Der Zweite Bulle hat gegen eine zwanzigfache Übermacht gewonnen?«, meinte Kasale. »Dann gibt es Hoffnung. Ich habe gehört, dass Thalak nicht viel mehr als hundertfünfzigtausend in Eure Südlande geschickt hat.«

Ja. Nicht viel mehr als hundertfünfzigtausend. Ich ließ meine Augen über den weiten Platz schweifen. Dies war eine Garnison für zehntausend. Jetzt hatte ich eine Ahnung, was hundertfünfzigtausend waren. Fünfzehn dieser Garnisonen. Jetzt hatte ich eine Vorstellung von der Macht unseres Feindes. Aber das waren nur die Armeen in unserem Land, der Dunkle Herrscher besaß noch mehr von ihnen.

Kasale sagte etwas, und ich schaute zu ihr hin.

»… ohne die Unterstützung Gasalabads möglich sein«, beendete sie ihren Satz. Sie hatte wohl Serafine Antwort gegeben.

»Wenn die Emira nicht hilft, dann wird es sehr schwer«, bestätigte Serafine. »Nach dem zu urteilen, was ich gesehen habe, sind die Höfe und Felder um die Feste herum ebenfalls verlassen und verfallen. Jegliche Versorgung muss von Gasalabad aus erfolgen. Es wird ein gigantisches Vermögen kosten, aber auch der Gegend wieder Auftrieb geben. Etwa zwölftausend Soldaten werden am Vorabend jedes Tempeltags in Gasalabad einfallen, mit Soldgold, das ihnen in der Tasche brennt. Jeder zehnte von ihnen wird fluchen, weil er Wachdienst hat, um die anderen neun davon abzuhalten, über die Stränge zu schlagen. Sie werden den Frauen Komplimente machen, mit stolzgeschwellter Brust durch die Straßen flanieren und allgemein für Ärger sorgen, bis sie geschliffen sind.«

»Das wird nicht lange dauern«, meinte Kasale grimmig. »Ich habe, wie gesagt, die besten Lanzensergeanten der Legionen. Jeder von ihnen weiß, wie man diese jungen Böcke behandeln muss. Zehnmal um die Mauern in voller Rüstung, dabei lautstark dreckige Lieder singen, mit beiden Händen das Schwert hochhaltend. Wenn danach einer von ihnen nach Gasalabad kommt, müsste er krabbeln oder getragen werden.« Sie lachte leise. »Wenn sie die zehn Runden schaffen, noch immer aufrecht stehen oder gar das Schwert noch hochhalten können, dann sind sie bereit, General.«

»In voller Rüstung? Zehnmal um die Mauern?« Ich wusste ja jetzt, wie groß die Feste war. »Das ist kaum möglich. So viel Kraft und Ausdauer hat niemand.«

Kasale sah mich an. »Da irrt Ihr, General. Ich könnte es jetzt.«

Kasale war gut in Form, sehr gut, würde ich sagen. Aber sie war eher drahtig als muskulös. Es war ein Wunder, dass sie sich in dieser schweren Rüstung, in der ich sie das erste Mal gesehen hatte, überhaupt bewegen konnte. Damit trug sie gut und gerne, wenn noch Ausrüstung und Schwert hinzukamen, die Hälfte ihres eigenen Gewichts zusätzlich.

»Die Rüstungen sind nicht so schwer, wie sie aussehen«, erklärte Serafine, die offensichtlich den Grund meiner Skepsis verstand.

»Richtig«, stimmte Kasale zu. »Habt Ihr Euch Eure eigene Rüstung noch gar nicht angesehen?«

»Sagt, Kasale«, fragte Serafine mit einem seltsamen Gesichtsausdruck, »warum nennt Ihr Havald General?«

»Weil er es ist. Er ist der Lanzengeneral der Zweiten Legion«, erklärte sie Serafine überrascht. »Wusstet Ihr das nicht?«

Serafine schaute mich unverwandt an. »Nein«, sagte sie, ohne den Blick von mir zu lösen. »Das wusste ich nicht. Ich wusste nur, dass es seine Idee war, die Zweite Legion wiedererstehen zu lassen. Nicht, dass er sie kommandieren würde.«

»Das wird sich noch zeigen. Ich glaube nicht, dass ich geeignet bin, eine Legion in den Kampf zu führen.«

»Das glaube ich auch nicht«, bestätigte Serafine. »Dazu müsstest du Disziplin besitzen. Zeig mir deinen Ring.«

Ich zog meinen Handschuh aus und hielt ihr die Hand hin.

»Neun Steine«, hauchte sie fassungslos. »In Friedenszeiten gibt es nur acht Steine! Woher hast du ihn?«

»Wir fanden ihn zusammen mit der Fahne des Zweiten Bullen.«

Sie war noch immer fassungslos. »Wie kann es sein, dass du diesen Ring trägst? Seine Magie müsste das verhindern!«

Ich seufzte. »Kommandant Keralos, der Statthalter von Askir, bestätigte meinen Rang, aber es ist noch immer meine Absicht, den Ring dann an denjenigen weiterzugeben, der die Legion letztlich führen wird. Ich werde es kaum sein, da hast du recht.«

Sie sah mich prüfend an, noch immer mit diesem Unglauben in den Augen. »Weißt du, dass du damit im Moment der Oberbefehlshaber der in Gasalabad stationierten Truppen bist? Bist du dir der Verantwortung bewusst, Havald?«

Ja, aber ich wollte sie nicht.

»Es gibt einen Grund, warum wir hier sind«, sagte ich etwas barsch. »Du sagtest, du wüsstest, wo die Tore hier in der Garnison sind. Zeig sie mir.«

Sie salutierte zackig. »Jawohl, Lanzengeneral, Ser!«, sagte sie schneidend. Auf einmal verstand ich, dass Serafine wütend auf mich war. Aber warum?

Kasale zog eine Augenbraue hoch.

Serafine fand die Tore. Wortlos. Eines für Lasten, zwei von den kleineren für Personen. Ich notierte mir die versteckten Zeichen, aber das, worauf ich gehofft hatte – dass wir hier noch Torsteine finden würden –, erfüllte sich nicht.

Das war es vorerst mit der Garnison. Alles Weitere lag nun in Kasales Hand. In ihrer und Faihlyds. Denn ohne die Hilfe der Emira würde alles zehnmal schwieriger werden. Auf dem Rückweg fehlte mir Serafines Lächeln, an das ich mich irgendwie gewöhnt hatte. Sie blickte nur stur geradeaus. Kasale sprach auch nur das Nötigste. Wieder zu Hause angekommen, nickte sie uns wortlos zu, nahm die Zügel der Pferde entgegen und ritt davon.

»Serafine…«, begann ich, aber sie funkelte mich nur an.

»Ihr werdet es merken, wenn ich wieder mit Euch reden will, Lanzengeneral, Ser!«, fauchte sie, drehte sich auf dem Absatz um und rauschte mit wehendem Umhang vor mir ins Haus.

Natürlich stand Armin in der Tür. Er öffnete den Mund, schloss ihn wieder und verbeugte sich tief. Ich warf ihm meinen Umhang zu und ging in die Küche. Serafine war nicht da, aber Leandra und Natalyia warteten auf mich.

17. Ein Brunnen voller Sterne

»Das hat ziemlich lange gedauert«, sagte Leandra in einem Tonfall, der sich nicht viel von dem Serafines unterschied. Sie war ebenfalls wütend. Ich setzte mich und war froh, dass wenigstens Afala lächelte, als sie meinen Becher füllte. Natalyia sagte wie üblich nichts und beobachtete mich nur.

»Esseri«, meinte Armin vorsichtig von der Tür aus. »Es ist nur noch kurze Zeit, bis Prinzessin Marinae Zeugnis vor Boron ablegen wird.«

»Was ist eigentlich los?«, fragte ich, hauptsächlich an Leandra gerichtet. Bei Serafine konnte ich ahnen, warum sie wütend auf mich war, aber Leandra sollte eigentlich keinen Grund haben.

»Dieser von Gering ist ein sturer, blinder Hornochse mit dem Hirn einer Ameise und der Sturheit eines Steins!«, schimpfte Leandra. »Ich habe mit ihm gesprochen, und er meinte, er wisse, was er tue, und wenn er übermorgen vor Faihlyd stehe, werde sie das Knie beugen, oder er werde dafür sorgen.«

»Ist der Mann verrückt geworden?«, entfuhr es mir.

»Es sieht beinahe danach aus«, fauchte sie, und ihre Augen schimmerten rötlich, wie sie es manchmal taten, wenn sie wirklich wütend war. Ich betrachtete die Haare auf meinen Unterarmen, sie hatten sich aufgestellt, auch das kam vor, wenn Leandra zornig war, als ob sich um sie herum alles aufladen würde. »Er hat mich benutzt, um seine Botschaft zu überbringen, und weißt du, was er heute gesagt hat? Es gehe mich nichts an, es seien interne Angelegenheiten des Imperiums!«

»Das Imperium existiert nicht mehr«, stellte ich fest.

»Richtig!«, stimmte Leandra mir zu und gab sich sichtlich Mühe, sich nicht noch mehr aufzuregen. »Es gibt eine Allianz, nicht mehr. Und Askir regiert nicht über die Reiche, sondern steht neutral zu ihnen. Das weiß mittlerweile sogar ich, also sollte der Mann es ja wohl auch wissen.« Ihre Stimme hob sich mehr und mehr. »Schließlich ist er der götterverdammte Botschafter!«

Sie schlug wütend mit der flachen Hand auf den Tisch. Es gab einen Blitz und einen Donnerschlag. Der Blitz war so grell, dass ich einen Moment lang nur Lichter sah, der Knall donnerte im beengten Raum der Küche so laut, dass er eine Art Druckwelle erzeugte, die mich und die anderen fast von den Stühlen fegte.

Als wir wieder sehen konnten, schauten wir erst fassungslos sie an und dann – sie eingeschlossen – staunend auf ihre Hand auf dem schweren Eichentisch, der dort noch unter ihren Fingern qualmte.

Sie hob langsam und mit einem Ausdruck vollständigen Unglaubens die Hand an. Im Tisch sahen wir nun die verbrannte Stelle mit den Umrissen ihrer Hand.

Das Holz schwelte noch. Sie betrachtete die Hand, als hätte sie sie noch nie zuvor gesehen, und dann sah sie mich mit großen Augen an.

»Tust du mir einen Gefallen, Leandra?«, sagte ich langsam und vorsichtig, während hinter mir die Tür aufgerissen wurde und Taruk und Serafine hereinstürmten. Ich bemerkte aus den Augenwinkeln, dass er ein Schwert hielt und Serafine ihre Dolche. »Wenn ich dich jemals so wütend mache wie der Botschafter, sagst du mir bitte vorher Bescheid?«

»Ich denke eher, die Maestra sollte so wütend bleiben«, meinte Armin. Ich war noch fast taub, hatte also Mühe, ihn zu verstehen. Er musterte die im Tisch eingebrannte Hand mit gefurchten Brauen. »Wenn ein Nachtfalke erscheint, braucht sie ihm nur eine Ohrfeige zu geben, und es gibt einen gerupften und gerösteten Vogel.«

»Dann wäre es vielleicht sogar sinnvoll«, sagte ich, erhob mich und hielt Leandra meine Hand hin. Sie stand auf, immer noch erschrocken, und kam mir entgegen.

»Entschuldigt uns«, sagte ich und führte sie hinaus zu der Bank im Innenhof, wo ich mich neben sie setzte und sie in die Arme nahm.

Sie legte ihren Kopf an meine Schulter und atmete erst tief durch, um dann zu seufzen. »Es war schon immer so. Wenn ich aufgewühlt bin, ist es, als ob ich um mich herum alles aufsauge. Es kribbelt richtig.« Sie sah unsicher zu mir hoch. »Aber so etwas ist mir noch nie vorher passiert!«

»Wäre das ein Mensch gewesen, dann wäre er jetzt tot«, sagte ich.

Sie nickte. »Ich habe nicht die Angewohnheit, Ohrfeigen zu verteilen oder jemanden zu schlagen«, sagte sie. »Und erst recht würde ich mich so nie gegen dich wenden.«

»Du warst noch nie wütend auf mich?«

Sie lachte und gab mir einen Knuff gegen den Arm. Es gab keinen Blitzschlag. Ich war dankbar dafür. »Ich war schon mal wütend auf dich. Aber nie so. Ich könnte dich manchmal schütteln, so stur und uneinsichtig, wie du bist, aber es kribbelt nichts. Es ist dann anders.«

»Ich bin nicht stur und uneinsichtig.«

Diesmal lachte sie wirklich. »Ach, Havald«, sagte sie und küsste mich. Es gab einen kleinen Funkenschlag, als sich unsere Lippen berührten. Sie wollte erschreckt zurückzucken, aber ich hielt sie lachend fest. Es geschah ab und zu, sie hatte mir selbst erklärt, warum. Die Luft war trocken, und wir trugen oft Seide. Daran lag es. Was es damit genau auf sich hatte, erschloss sich mir nicht, aber ich war ja kein Maestro. Dafür hielt ich eine im Arm und die Gelegenheit war günstig.

Da geschah es. Seelenreißer riss mir fast den Arm aus der Schulter, als er aus der Scheide in meine Hand sprang. Seine fahle Klinge schlug nach ihr, bevor ich verstand, was vorging, und trennte ihr fast die Nasenspitze ab, als sie mit weiten Augen zurückfiel, und die Klinge nahm im Abschwung sogar die Haut von einem ihrer Fingerknöchel mit. Außerdem zertrennte das Schwert den feinen goldenen Ring, den sie an ihrer linken Hand trug.

Der Ring und der Armbrustbolzen, der aus dem Nichts gekommen war, fielen zu Boden, gierig saugte Seelenreißer den einen Tropfen von Leandras Blut auf. Ein zweiter Bolzen traf mich am Halsansatz, über meiner gepanzerten Weste, und ließ mich zurücktaumeln. Dennoch war ich imstande, Leandra hinter die Bank zu stoßen. Seelenreißer zuckte in meiner Hand, aber manchmal reichte es eben nicht, ich konnte mich nicht schnell genug drehen, und ein weiterer Bolzen traf mich im Rücken. Götter, selbst Varosch konnte seine Armbrust nicht so schnell laden und schießen!

Die dunkle Gestalt oben auf dem Dach an der Kante zum Innenhof zielte erneut, dann ging die Welt in einem gleißenden Licht und einem Donnerschlag unter.

Die Druckwelle hob mich an und warf mich gegen den Brunnenrand. Der Bolzen in meinem Rücken brach ab, ich fiel hintenüber und verlor dabei Seelenreißer aus meiner Hand. Ich sah die Dunkelheit an mir vorübergleiten, über mir ein kreisrundes Stück blauer Himmel, das immer dunkler wurde, je tiefer ich fiel. Ich versuchte, die Brunnenkette neben mir zu greifen. Ich griff daneben, dann schlug ich auf dem Wasser auf, das hart wie Stein war, aber auch auf den festen Eimer, der im Wasser trieb. Ich hörte, wie mein Arm und meine Schulter brachen, einen Moment noch erblickte ich hoch oben einen schwarzen Nachthimmel mit ein paar Sternen darin, dann schlug das Wasser über mir zusammen, und es war dunkel. Ich hatte nicht die Besinnung verloren, denn ich spürte, wie Seelenreißer immer tiefer in den Brunnenschacht glitt, und dachte mir, dass ich mich bewegen, irgendetwas tun müsste.

Der Brunnenschacht hatte knapp eine Mannslänge Durchmesser, und wie tief der Brunnen war, wusste ich jetzt. Der Aufprall hatte mich tief unter die Wasseroberfläche getrieben, ich sah sie noch, ein ferne glänzendes silbriges Tuch, in dem der Schatten des Eimers tanzte. Es war immer warm in Gasalabad, das eisige Wasser war ein Schock.

Ich war wie gelähmt, nicht einen Finger konnte ich rühren. Hätte ich schwimmen können, stellte ich halb amüsiert fest, hätte es mir jetzt auch nichts genutzt. Irgendwie hatte ich die Luft angehalten und konnte verfolgen, wie ich immer tiefer sank. Das ferne Glitzern der Oberfläche schwand. Die Ohren drohten mir zu bersten, mein Herz hämmerte, und ein Band um meinen Brustkorb zog sich mehr und mehr zusammen.

Das war die tiefste Dunkelheit, die ich jemals gefühlt hatte, eisig kalt, eine unbarmherzige Faust, die mich fest umklammert hielt.

Noch hatte ich Zeit für seltsame Gedanken. Dass ich tiefes Wasser schon immer gehasst hatte… dass es gut war, dass Seelenreißer in die Tiefe entschwunden war… dass ich Leandra und die anderen niemals wiedersehen würde… und dass ich hoffte, Leandra würde auch ohne mich ihren Eid erfüllen. Dass auch die anderen keinen Schaden nahmen… dass es mit dem Glück des Sergeanten wohl doch nicht so weit her war… dass ich nun nie erfahren würde, was er Serafine zuletzt versprochen hatte… dass ich diese Blicke aus Natalyias bernsteinfarbenen Augen vermissen würde… Für solcherlei war Zeit. Dann ging es nicht mehr, ich musste einatmen, das eisige Wasser brannte sich in meine Lunge, und ich hustete es wieder aus, der Druck ließ nach, auch wenn meine Lungen in Flammen standen, dann verging auch das. Ein letzter Gedanke noch… Selbst wenn er nicht wollte, diesmal musste mir Soltar wohl oder übel seine Tore öffnen… Ich bildete mir ein, seine Hand auf meiner Schulter zu spüren, dann sah ich seine Sterne und es war gut.

Irgendwie war es anders, als ich es mir vorgestellt hatte. Es war schmerzhaft, und jemand hüpfte auf meinem Brustkorb auf und ab. Man sollte zumindest meinen, dass ein Gott so eine kaputte Schulter richten konnte, wenn man schon tot war. Oder das Brennen in meinen Lungen… Ich hustete, würgte und spürte, wie mir ein Schwall Wasser aus Mund und Nase schoss, krümmte mich zusammen, während meine Lungen brannten und die Knochen in meiner Schulter wie zwischen großen Steinen gemahlen wurden. Es half nichts, ich hustete und würgte mir die Seele gleich zweimal aus dem Leib, und das Wasser gleich dazu.

Es hörte auf, ich holte schmerzhaft Luft, erlitt einen neuen

Hustenanfall, röchelte etwas und lag still. Noch immer brannte meine Lunge, aber sie tat ihren Dienst. Allmählich verstand ich, dass ich auf den warmen Steinplatten im Hof lag, dass die Schatten sich bewegten und die Geräusche Stimmen waren.

»Zäh wie ein altes, dreimal gekautes Stück Leder«, hörte ich Armin sagen. »Sturer Bock! Bedenkt, dass er überall Ärger macht, ganz gleich, wo er sich gerade aufhält. Meint Ihr wirklich, die Götter würden ihn zu sich nehmen wollen?«

»Ich habe auch nicht vor, ihn herzugeben.« Das war Leandra. »Er soll bleiben, wo er ist. Bei mir!« O je, diesmal klang sie richtig wütend.

»Die Götter sollen warten«, sprach Serafine. Sie war ebenfalls wütend. »Ich bin noch nicht fertig mit ihm.« Ich hörte Armin lachen.

»Habt ihr gesehen, wie schnell er sich bewegt hat?« Natalyias Stimme. Sie klang beeindruckt.

»Wir brauchen ein Ferkel«, meinte Leandra.

Was für ein Ferkel denn?

Das war Leandras Gesicht über mir, und sie lächelte, sah aber besorgt aus. Sie war dreckig, blutete aus einem Schnitt an der Stirn, ihre Kleider sahen halb verbrannt aus, doch ihre violetten Augen schimmerten voller Genugtuung.

»Was ist passiert?«, fragte ich, oder versuchte es zu fragen. Ich musste wieder husten.

Sie verstand mich trotzdem. »Ich hätte dich beinahe umgebracht«, gestand sie mir und schlug die Augen nieder. »Es tut mir leid.«

»Ihr hättet es sehen sollen, Esseri!«, rief Armin begeistert. »Es war wie die Faust der Götter. Der Donner warf uns alle von den Füßen, und Ihr seid wie ein Kind gegen den Brunnenrand geflogen, und dann wart Ihr weg. Gesehen hat das keiner, wir waren alle blind. Aber Ihr wart anschließend verschwunden, also musstet Ihr im Brunnen sein. Ich war der Erste, der daran dachte, und ich hatte recht, gelobt sei die Gnade der Götter, mir den Gedanken zu gewähren. Ich schwöre Euch, Esseri, ich …«

»Armin«, sagte Leandra ganz sanft. »Sei still.«

Armin sagte nichts weiter. Das war gar nicht seine Art, was hatte Leandra mit ihm gemacht?

»Ich bin in den Brunnen gefallen«, erinnerte ich mich. »Der Brunnen ist tief.«

»Ja, das ist er«, bestätigte Leandra.

»Dann bin ich untergegangen.« Ich versuchte mich aufzurichten, meine Schulter war dagegen, und ich sank zurück und hustete erneut. »Wie habt ihr mich da herausbekommen?« Über ihre Schulter hinweg erblickte ich etwas Seltsames.

»Einer der Ziersträucher im Garten ist verkohlt«, teilte ich ihr ungläubig mit.

»Ja. Aber das ist nicht wichtig«, sagte Leandra. »Wie wir dich wieder hinaufbekommen haben? Natalyia ist in den Stein getaucht, hat in den Brunnen hineingegriffen und dich durch den Stein wieder ans Licht gezogen«, erklärte sie lächelnd und warf der wortlosen und klitschnassen Natalyia, die neben ihr kniete, einen dankbaren Blick zu.

Natalyia selbst sagte nichts. Manchmal wünschte ich mir, sie würde mehr sprechen.

Ich versuchte noch einmal, mich aufzurichten. Es war nicht nur meine Schulter, auch Leandra und Natalyia drückten mich wieder herab.

»Bleibt still liegen«, sagte Natalyia mahnend. So schnell konnten Wünsche in Erfüllung gehen. »Wir müssen auf den Arzt warten. Die Bolzen müssen entfernt werden, der in Eurem Hals bereitet mir Sorgen. Ihr verliert viel Blut.«

Ich konnte den rechten Arm bewegen und ertastete am Hals den Bolzenschaft. Er steckte von oben in mir, die Spitze war tief eingedrungen.

»Ihr habt noch einen abgebrochenen Bolzen im Rücken stecken und im linken Oberschenkel«, teilte mir Armin hilfreich mit. »Der im Rücken sieht tödlich aus, er muss Euer Herz nur knapp verfehlt haben.«

»Solltest du nicht still sein?«, fragte Leandra milde.

»Ja, Essera, ich vergaß«, gab Armin hastig zurück.

»Wir brauchen sein Schwert«, stellte Leandra fest und sah besorgt auf mich herab. »Seht, wie bleich er ist. Er stirbt uns sonst, bevor der Gelehrte da ist.« Sie sah zu Natalyia hinüber. »Kannst du es holen? Es muss auf dem Grund des Brunnens liegen.«

Natalyia schüttelte den Kopf. »Der Brunnen ist sehr tief in den Stein gesetzt. Vielleicht könnte ich so tief kommen, aber ich würde den Rückweg sehr wahrscheinlich nicht schaffen. Wenn es die letzte Möglichkeit ist, werde ich es versuchen, aber rechnet nicht damit, dass ich zurückkomme.«

»Lasst es da liegen«, versuchte ich zu sagen, aber es war noch immer ein Röcheln. Oder ein Gurgeln. Ich wischte mir über den Mund und sah das Blut. »Wenn niemand ihn erreichen kann, ist der verfluchte Stahl endlich sicher verwahrt.« Ich schaute zu Leandra hoch und versuchte es ihr zu erklären. »Er hat dein Blut getrunken, und er wollte mehr… Er war schon immer gierig nach dir…«

»Ich könnte das Schwert erreichen, du müsstest mich nur zur Wasseroberfläche bringen«, sagte Serafine zu Natalyia.

»Ich kann dich da hinbringen«, antwortete diese. »Wenn du das aushältst. Aber wie willst du zum Grund des Brunnens gelangen? Es sind gut und gerne weitere dreißig Mannslängen, und das Wasser ist eiskalt.«

Serafine lächelte sanft. »Das Wasser und ich sind gute Freunde.«

Sie verschwanden aus meinem Blickfeld. »Was geschieht gerade?«, fragte ich.

»Sie sind im Stein«, antwortete Leandra und strich mir über die Stirn. »Du bist kalt und blass, und du wirst schwächer.«

Scheinbar nur einen Moment später beugte sich eine nasse Serafine über mich, tropfte mir ins Gesicht und drückte mir Seelenreißer in die Hand.

»Jetzt brauchen wir nur noch ein Ferkel«, sagte Leandra zufrieden.

»Besser zwei.«

»Die Bolzen müssen vorher raus«, sagte Armin.

»Das mache ich. Seht nur zu, dass die Ferkel bereit sind«, sprach eine nicht minder nasse Natalyia und tropfte ebenfalls auf mich. Den Rest bekam ich nicht so sehr mit. Ich erinnere mich dann nur noch, dass jemand meine Hand führte, und an ein jämmerliches Quieken.

Ich lag auf meinem Bett, Leandra saß auf einem Stuhl daneben und hielt meine rechte Hand. Wir sahen zu, wie der Leibarzt der Essera Falah, da Halat, seine Tasche packte. »Dass Ihr noch am Leben seid, Ser Havald, ist ein Wunder.« Er wusch sich die blutigen Hände und trocknete sie an einem neuen Tuch ab. »Die Wunden sind genäht und sehen so weit gut aus. Ich weiß nicht, ob Ihr ein Fieber bekommen werdet, aber wir können auf die Götter hoffen. Die Schulter habe ich Euch gerichtet und verbunden, den Arm geschient. Ihr blutet innerlich, aber weniger, als ich dachte. Mit etwas Glück hört es bald auf. Versucht flach zu atmen, nicht nur wegen der Rippen, sondern vor allem wegen Eurer Lungen.« Er rollte die Ledermappe mit seinen Instrumenten zusammen und verstaute sie in seiner Tasche, überprüfte noch einmal alles und schloss sie dann. »Trinkt fleißig Brühe, sie wird mit der Zeit das Blut ersetzen.« Er nahm die Tasche auf. »Ich habe einer der Frauen die Liste mit den Zutaten für die Salbe gegeben. Ein Mörser sollte sich auf dem Markt finden lassen, wechselt die Verbände täglich und tragt neue Salbe auf. Oder aber, das wird am besten sein, Ihr fragt bei Eurem Tempel nach, ob sie Euch nicht einen Priester schicken, der Euch hilft. Mit etwas Glück wird es einen geben, der ausgeruht ist. Die Knochen sind gerichtet, also sollte es keine Schwierigkeiten bereiten, Euch zu heilen.«

»Ich danke Euch«, antwortete ich und hustete leicht. So wie das schmerzte, sollte ich besser mit dem Husten aufhören. Ich wischte mir die Blutstropfen vom Mund ab. »Meinen Dank auch der Essera Falah, dass sie mir Euch geschickt hat.«

»Ich werde es ihr ausrichten«, teilte er mir mit und lächelte.

Dann verabschiedete er sich. Ich sah ihm nach, dann schaute ich zu Leandra hoch, die mich besorgt musterte.

»Das Ferkel hat wohl nicht viel gebracht«, meinte ich dann leise. Wenn ich leise sprach, ging es mit dem Atmen.

Sie nickte nachdenklich. »Ich glaube, sie haben zumindest ein wenig geholfen. Du siehst besser aus, und du hast gehört, was der Arzt sagte, er denkt, dass du innen nur wenig blutest. Wir haben zwei Ferkel geschlachtet, aber ja, es brachte wirklich nicht viel. Ich verstehe das nicht, bei dem Bären war es stärker.«

Ich sah zu Seelenreißer hinüber, der neben dem Bett stand, bis hierher spürte ich Missfallen der Klinge. Oder bildete es mir zumindest ein.

»Ich habe es nun schon seit über zweihundertundfünfzig Jahren«, sagte ich mit einem reuigen Lächeln. »Meinst du nicht, ich hätte nicht auch schon daran gedacht? Im Kampf ist es anders. Ich hatte es mal mit einem Eber zu tun, das war ein rechtes Wildschwein, ein kapitales Biest, gerissen und bösartig genug, jede Königsjagd zu einem Ereignis zu machen. Das Mistvieh griff alles an, was ihm zu nahe kam, und versetzte ein ganzes Dorf in Angst und Schrecken. Ich dachte, ich kümmere mich um ihn. Er hat sich um mich gekümmert.« Ich lachte leise, aber nur kurz, denn das war eine schlechte Idee. »Ich bin nicht gut mit dem Spieß, aber diesmal traf ich perfekt. Der Schmied im Dorf hatte den Eberspieß gefertigt, es war eine gute und solide Waffe, und ich hatte das Ende hart gegen Fuß und Boden verkeilt. Das Vieh verstand nicht, dass es tot sein sollte, und spießte sich selbst mit seiner solchen Wucht auf, dass erst die Querstange und dann der Spieß selbst brachen und die Klinge ihm blutig aus dem Rücken fuhr. Dann war er heran und widmete sich mir.« Ich atmete mühsam. »Er war wie ich, zu stur zum Sterben. Ich habe eine Narbe am linken Bein, die er mir hinterlassen hat. Ich musste Seelenreißer benutzen, um zu überleben. Ein anderes Mal brach ich mir das Bein und dachte, warum nicht, ich hatte sowieso eine Kuh zu schlachten, und nahm wieder Seelenreißer. Da geschah dann gar nichts.«

»Du willst damit sagen, dass das Schwert eigen ist?«

»So kann man es auch nennen«, entgegnete ich. »Es ist kein Fleischerbeil, sondern dazu gemacht, im Kampf zu töten. Da hat es mich noch nie im Stich gelassen. Ich bin gespannt, was geschieht, wenn ich einmal auf einen Drachen treffen sollte.«

»Drachen?«, fragte Leandra und legte mir eine kühle Hand auf die Stirn. »Fieberst du?«

»Nein«, antwortete ich. »Ich dachte nur gerade an etwas.« Es war mir nicht recht, aber… »Wir sollten nach einem Priester schicken.«

»Natalyia ist auf dem Weg zum Tempel des Soltar. Sie sagte, sie sei noch nie in einem Tempel gewesen, kannst du dir das vorstellen?«

Ohne Schwierigkeiten, denn in den letzten Jahren hatte ich die Häuser meines Gottes auch eher gemieden. Wir waren in zu vielen Dingen unterschiedlicher Ansicht.

»Sie hat nicht an die Götter geglaubt, bis sie uns traf«, sprach Leandra weiter und lächelte. »Jetzt sagt sie, dass sie überlegt, ob sie nicht dem Glauben Soltars beitreten sollte.«

Warum Soltar? Boron, Soltar und Astarte waren die wichtigsten Götter mit den meisten Gläubigen, aber es gab andere. Warum sich dem Gott des Todes hingeben? Es behagte mir nicht, denn von allen Göttern vertraute ich Soltar am wenigsten.

Das erinnerte mich an etwas. »Wir haben die Aussage der Prinzessin im Haus des Boron verpasst.«

»Wir waren beschäftigt. Ich denke, die Prinzessin hatte Verständnis dafür.«

Irgendwie war ich froh darum. Ich hatte einmal gesehen, wie das war. Hatte man erst mit der Aussage begonnen, hielt der Gott einen fest im Griff. Es war, als müsste man alles sagen; nichts konnte man zurückhalten, nichts blieb ungesagt. Auch das, dessen man sich schämte. Marinae war mehrfach Gewalt angetan worden. Während ich hier gelegen hatte, stand sie vor den Gläubigen im Tempel und gestand alles, was ihr widerfahren war, auch die intimsten Dinge. Das brauchte sehr viel Mut. Es gab nur eine

Gnade: Im Haus des Boron gab es keine Schaulustigen, die sich am Leid anderer ergötzten, denn der Gott ließ die Gläubigen die Aussage am eigenen Leib erfahren. Man fühlte und spürte das Leid des Opfers… Oft hatte sich der Tempel geleert, bevor die Aussage zu Ende war, weil viele es nicht ertragen konnten.

Es gab eine Legende, von der ich nicht wusste, ob sie stimmte. Sie handelte von einer Aussage, die so schlimm war, dass die Priester das Mädchen, das sie abgab, schnell wegführten, weil die Gläubigen es nicht aushielten. Angeblich war einer gestorben, andere waren beinahe wahnsinnig geworden. Manche Aussagen hielten einen sogar so in ihrem Bann, dass man gar nicht gehen konnte. Nein, wenn im Hause Borons Zeugnis abgelegt wurde, gab es keine Schaulustigen.

»Ich weiß noch immer nicht so ganz, was geschehen ist«, sagte ich. »Es gab dieses gleißende Licht, und dann flog ich schon…«

Leandra biss sich auf die Lippe und sah auf unsere verschränkten Hände herab. »Das war meine Schuld, ich war so schrecklich wütend, und irgendwie… Ich habe den Nachtfalken oben auf dem Dachrand gesehen und einen Blitz hinaufgeschickt, aber es war kein Blitz… Ich habe mich nicht richtig gesammelt, den Blitz nicht sorgfältig in meinen Gedanken geformt. Außerdem bin ich es nicht gewohnt, dass die Magie so stark ist… Sie ist hier sehr mächtig, und trockene Hitze und Blitze…« Sie kaute auf ihrer Lippe herum. »Es tut mir leid, Havald, ich war unachtsam.«

»Ich bin nicht ertrunken«, beschwichtigte ich, aber sie betrachtete meine bandagierte linke Seite und schüttelte den Kopf.

»Die Bolzen waren schlimm genug. Die gebrochenen Knochen wären nicht nötig gewesen. Außerdem schäme ich mich…«

»Warum denn?«, fragte ich sanft.

»Weil ich zuerst dachte, du würdest *mich* angreifen. Ich war so entsetzt und wie gelähmt. Ich schäme mich, dass ich so etwas überhaupt denken…«

»Vergiss es. Ich dachte im ersten Moment auch, Seelenreißer wäre hinter dir her.«

Sie nickte bedächtig. »Er kam mir so nahe, dass ich die Klinge spürte. Ich glaube auch, dass sie nach mir giert. Aber diesmal hat sie mich gerettet. Ich glaube, der Bolzen hätte mich am Kopf getroffen. Ich hörte, wie er auf Seelenreißers Klinge prallte, da war er genau vor meinem Auge …«

Seelenreißer war so knapp an ihrem Gesicht vorbeigefahren, dass mir im Nachhinein noch Angst und Bange wurde.

»Was ist mit dem Nachtfalken geschehen?«

»Es war eine Sie. Sie war halb verkohlt und muss sofort tot gewesen sein. Sie liegt noch immer im Innenhof, wohin sie gefallen ist.« Sie sah mich an. »Ich verstehe das nicht, Havald, ich bin nicht gut genug, um einen solchen Blitz zu bewirken, es hätte mich umbringen sollen.«

»Vielleicht liegt es daran, dass der Weltenstrom wieder fließt?«

Sie schüttelte den Kopf. »Er fließt wieder, das ist richtig, ich sehe, wie kräftig die Farben der Magie sind, es ist wunderschön anzusehen.« Sie blickte verträumt an mir vorbei. Dann lachte sie. »Wenn ich zu lange hinsehe, bekomme ich fürchterliche Kopfschmerzen! Aber es geht darum, dass ich diese Kraft in mich aufnehmen muss, um sie dann zu formen und neu zu gestalten. Und darin bin ich nicht gut genug. Wenn ich es jetzt versuchen würde, würde ich verglühen wie Balthasar. Aber … wenn ich wütend bin, ist es irgendwie anders. Dann denke ich nicht … Es ist Instinkt.«

»Gerupft und geröstet.«

Sie zog fragend eine Augenbraue hoch.

»Armin sagte kurz vorher so etwas«, erklärte ich ihr. »Wenn du wütend genug bist, gibt es einen Nachtfalken gerupft und geröstet. Er hat recht behalten.«

Einen Moment lang sah sie mich mit großen Augen an, dann fing sie an zu lachen. Ich fiel ein. Es tat weh, aber trotzdem war es schön und befreiend. Leandra war außer Gefahr, und sie hatte ihren Nachtfalken erlegt.

18. Der Hüter der Schatten

Ich musste geschlafen haben, denn als ich aufwachte, war Leandra gegangen und ich fand Natalyia über mein Bett gebeugt.

»Ich habe den Priester gebracht«, sagte sie.

»Das ist gut«, antwortete ich. Mehr wusste ich nicht zu sagen, ich fühlte mich matt und fiebrig.

»Ich hoffe es«, sagte Natalyia, warf dem Priester einen undeutbaren Blick zu und verschwand mit einer Verbeugung durch die Tür.

»So«, sagte der junge Mann in den dunklen Roben meines Gottes missbilligend. »Ihr seid also der, der sich für den Engel meines Herrn ausgibt.« Er musterte mich, wie ich da auf dem Bett lag. Dann bemerkte er mit einer hochgezogenen Braue Seelenreißer, der neben dem Bett stand.

»Nein«, gab ich zurück. »Ich habe das nie behauptet.«

»Da habe ich anderes gehört«, sagte er kühl. »Ich kam nicht freiwillig her. Bruder Almir schickte mich. Ich las gerade die Schriften über die Entstehung der Völker«, teilte er mir vorwurfsvoll mit. »Ich hätte Fragen an ihn gehabt. Ich habe meditiert und gefastet, um die Worte meines Gottes zu verstehen. Als Bruder Almir in meine Zelle kam, war ich erfreut, weil ich dachte, er käme meinetwegen und um mir bei meinen Studien zu helfen. Aber er kam, um mich zu Euch zu schicken.«

»Dafür bin ich dankbar«, sagte ich. Das stimmte auch, nur wünschte ich mir, er hätte einen anderen geschickt. Offenbar interpretierte er meinen Gesichtsausdruck ganz gut, denn er lächelte schmal.

»Ich bin der beste Heiler im Tempel. Ich könnte reich sein, doch ich widme mein Leben meinem Herrn.« Er sah sich in meinem kostbar eingerichteten Raum um und rümpfte beinahe die Nase. »Ich widme meine Fähigkeiten sonst nicht reichen Herren. Ich tue das, was sonst niemand tut, ich kümmere mich um die Armen. Bruder Almir wies mich drauf hin, dass eine reiche Spende dem Tempel und den Bedürftigen hilft. Ihr seid ein schöner Engel meines Herrn, wenn Ihr seine Gunst mit Gold erwerben müsst.«

»Ich spende ihm üblicherweise nichts«, erklärte ich dem guten Bruder, vor allem weil er meine Geduld zwickte. »Die Art, wie er mir seine Gunst zeigt, gefällt mir weniger.«

Er musterte mich. »Bruder Almirs Worte waren deutlich, sonst wäre ich Euch dankbar für diesen Anlass zu gehen. Ist das das angeblich verfluchte Schwert?«, fragte er mit einem Blick auf Seelenreißer.

»Ja«, sagte ich.

»Ein schöner Trick«, sagte er, machte einen Schritt und griff nach Seelenreißer.

»Nicht!«, rief ich, doch es war zu spät, er hatte es schon angefasst.

»Warum nicht?«, fragte er amüsiert und zog die Klinge aus der Scheide. Sie schimmerte fahl. Kein Blitz traf ihn, und er fiel auch nicht tot zu Boden. Dass er die Klinge überhaupt ziehen konnte, verwunderte mich.

Er hielt die Waffe auf eine Art vor sich, die mir sagte, dass er sich mit Schwertern auskannte. Es machte mich unruhig.

»Habt Ihr Angst vor mir?«, fragte er neugierig und hielt die Klinge ausgestreckt, um ihre Balance zu prüfen.

»Eher um Euch. Es ist wirklich ein Bannschwert.«

»Wenn Ihr es sagt.« Er studierte den Stahl. »Es ist tatsächlich eine ungewöhnliche Klinge. Hmm … Hier sind Runen eingeätzt …« Er trat mit Seelenreißer auf den Balkon, um besser sehen zu können. »Da hat sich jemand Mühe gegeben«, sagte er langsam. »Das ist Tempelschrift, mal schauen, was da steht … Oh.«

»Und, Bruder, was steht da?«, fragte ich und gab mir keine Mühe, meine Verärgerung zu verbergen. Ich hatte schon erwartet, dass Seelenreißer sich irgendwie bemerkbar machen würde.

»Ich bin der Stahl, der Seelen trennt, ruft Ar'in'faed, wenn Ihr mich nennt.« Er sah zu mir hinüber. »Hübsch … Da hat sich jemand wirklich Mühe gegeben. Das ist die Sprache der Elfen. Ar'in'faed heißt ›Hüter des Lichts‹. Es zeigt, dass jemand die Legenden nicht kennt. Askannon war kein Elf.«

»Das ist alles sehr aufschlussreich. Wenn ich könnte, würde ich mich erheben und Euch zeigen, wie verärgert ich bin. Gebt ihm Blut, führt ihn in seine Scheide zurück und fasst ihn nicht mehr an.«

»Ah ja. Die Sache mit dem Blut. Noch so ein Aberglaube.« Er drehte sich um und nahm die Scheide auf, den Rücken zum Balkon, und führte die Klinge hinein. »Seht, es braucht kein Blut…«

Im gleichen Moment bemerkte ich an der Oberseite des Fensters eine Bewegung. Dunkle Augen starrten mich an, der Nachtfalke hing kopfüber unter dem Dach. Er holte aus, um einen Glasdolch nach mir zu werfen, und es gab nichts, was ich tun konnte, außer mich verzweifelt zur Seite zu rollen. Gleichzeitig rief ich Seelenreißer zu mir, doch er kam nicht.

Er war beschäftigt, denn er ließ den Priester herumwirbeln und stieß nach oben. Der Nachtfalke stöhnte leise und fiel herab, um schwer vor dem Priester auf den Boden aufzuschlagen. Der Stahl steckte noch im Körper des Attentäters, und wir sahen beide zu, wie er begierig das Blut des Toten trank.

»Ich verstehe nicht…«, flüsterte der Priester. »Ich habe nichts getan, es war das Schwert…«

»Es ist ein Bannschwert«, teilte ich ihm mit.

Der Bruder sah zu mir herüber, zog ganz langsam die Klinge aus der Leiche, trat dorthin, wo er die Scheide hatte fallen lassen, und führte den Stahl andächtig ein. Er zögerte einen Moment, sah wieder mich an und stellte Seelenreißer dann genau dorthin, wo er ihn gefunden hatte. Vorsichtig ließ er das Schwert los; es bewegte sich eine Haaresbreite, bis es im Lot stand. Er musterte es, wandte sich dann um und schaute sich lange den toten Nachtfalken auf dem Balkon an. Der Glasdolch lag dort auch, die rasiermesserscharfe Klinge mit einer dreckig gelben Flüssigkeit gefüllt. Wie durch ein Wunder war der Dolch nicht zerbrochen. Auch diese Waffe studierte der Bruder sorgfältig.

Dann sah er zu mir.

Ich hatte nichts weiter gesagt, vielleicht nur ein wenig gestöhnt, als ich mich wieder in eine bequemere Lage brachte. Ich nahm mir vor, dafür zu sorgen, dass zwischen Bett und Wand Platz war, so hätte ich wenigstens etwas Deckung.

Der Bruder räusperte sich. »Mir scheint, ich war in meinen Annahmen etwas voreilig«, sagte er verlegen. »Ich bin ausgeruht und stark im Glauben, es wird nur einen Moment dauern.« Er trat an mich heran, sah mir tief in die Augen und legte die Hände auf meine Schultern. Ein Gefühl von Wärme durchströmte mich, er verzog schmerzhaft das Gesicht, seine Augen weiteten sich, und er zog scharf die Luft ein, ließ anschließend los und wankte leicht.

»Das waren schwerere Wunden, als ich dachte«, sagte er gepresst und tastete nach dem Stuhl, auf dem Leandra gesessen hatte. »Ich stehe hier und erzähle von unsinnigen Dingen, und Ihr hattet die ganze Zeit diese Schmerzen. Verzeiht.« Er sah mich mit Reue in den Augen an. »Ich werde wohl so schnell nicht mehr die Weisheit unseres Gottes in Frage stellen.«

»Ich tue es die ganze Zeit«, sagte ich und richtete mich auf. Es zog nur noch etwas an der Schulter. »Ihr seid wirklich … fähig«, gab ich dann beeindruckt zu.

Er nickte. »Ich war bis eben stolz darauf, der beste Heiler im Tempel zu sein. Man sagt, ich wäre sogar besser als der verrückte Elf.«

Er atmete noch immer schwer, seine Hände lagen schlaff in seinem Schoß, und er war bleich, Schweißperlen standen ihm auf der Stirn. Ich hatte eine ungefähre Ahnung, wie priesterliche Magie wirkte. Um zu heilen, hatte er meinen Schmerz und meine Wunden ertragen müssen, es kostete ihn etwas, vielleicht sogar Lebenszeit. Manchmal behielten Priester auch Narben von den Wunden anderer zurück. Oftmals starben sie sogar, wenn sie ihre Kräfte unterschätzt hatten oder zu alt waren. Ich sah ihn besorgt an.

Er verzog das Gesicht. »Ich bin es gewohnt, und ich war ausgeruht und stark. Im Glauben und in meinen Fähigkeiten. Es wird gleich wieder gehen. Es ist vor allem das Gift, das mich anstrengt.«

»Welches Gift?«, fragte ich erstaunt.

»In den Wunden war Gift. Eines, das erst lähmt und dann tötet. Das Gift allein hätte Euch umbringen sollen. Ich weiß nicht, weshalb Ihr noch lebt, doch lange hättet Ihr die Wirkung nicht mehr aufhalten können.«

Ich erinnerte mich daran, dass ich mich im Wasser gelähmt gefühlt hatte. Gift an den Bolzen. Überraschend war es nicht. Gift. Die Ferkel hatten wohl doch mehr geholfen, als wir dachten.

Wir sahen beide zu dem Nachtfalken und dem Glasdolch.

»Es heißt, sie wissen immer, wie einer von ihnen stirbt«, sagte dann der Bruder. »Da ich es war, der ihn getötet hat, wird es Euch nicht helfen. Sie werden einen Neuen schicken. Wenigstens werdet Ihr dann nicht bettlägerig sein.«

Er hatte recht, und er erinnerte mich auch an etwas. Ich erhob mich von meinem Lager, ganz und gar mühelos und ohne Schmerzen, ging zu dem Nachtfalken und drehte ihn um.

Er hatte kaum geblutet, Seelenreißer hatte sich seinen Teil genommen, als er ihn sauber ins Herz getroffen hatte. Ich ging an den Schreibtisch, zog eine Lade auf, fand dort einen Geldbeutel und schüttete die Münzen in die Lade. Ich stülpte den Beutel um, sodass er wie ein Handschuh war, trat an die Leiche heran, schob vorsichtig das Gewand zur Seite und fand die dünne Silberkette. Ich zog sein Amulett hervor, riss die Kette ab und stülpte den Beutel über das Amulett des Namenlosen, dann zog ich den Beutel zu. Halb erwartete ich, den schwarzen Nebel aufsteigen zu sehen, aber das geschah nicht. Durch den Beutel hindurch spürte ich die Kälte der Nacht in dem schwarzen Silber.

Der Priester hatte mir wortlos zugesehen. Ich nahm Siegelband aus der Schublade und wickelte es um den Beutel. Danach zündete ich die Kerze unter der Schale an, in der immer noch Reste von Siegelwachs lagen, wartete, bis es flüssig wurde, und goss es in die zugezogene Öffnung des Beutels, wo es aushärtete.

Der Beutel war gut genäht, und das Leder war eingeölt und geschmeidig. Vielleicht half es ja.

»Das Amulett des Gottes ohne Namen«, sagte der Priester. »Ich habe nie eins gesehen. Das hier ist eine schwarze Scheibe. Warum macht Ihr das?«

»Wir haben schon mal einen Nachtfalken erschlagen. Danach quoll aus dem Amulett ein dunkler Rauch, der tödlich war. Diesmal wollte ich sichergehen.«

»Wenn Ihr wollt, kann ich den Beutel zum Tempel bringen. Der hohe Priester wird wissen, wie mit ihm zu verfahren ist.« Er lächelte leicht. »Zudem sollte mein Glaube mich schützen.«

Ich zögerte, dann reichte ich ihm den Beutel. Er wog ihn in der Hand und verstaute ihn sorgfältig unter seinen Gewändern.

Ich betrachtete den toten Nachtfalken genauer. Er sah jung aus. Die Kleidung unterschied sich nicht sehr von der eines Leibwächters, er trug nur seltsame, weiche Stiefel, die am großen Zeh zweigespalten waren; an seinem breiten Gürtel befanden sich viele Taschen und zwei Dolche. Ein Schwert trug er nicht. Vor allem war sein dunkler Umhang aus ganz gewöhnlichem Stoff.

Ich löste den Schleier von seinem Gesicht und schob die Stoffkappe zur Seite. Es war ein Jüngling, kaum alt genug, seinen ersten Bart zu tragen, mit mausbraunem Haar und nicht einer Falte im jugendlichen Gesicht. Er sah im Tod aus, als ob er unschuldig schliefe.

»Was ist?«, fragte der Priester.

»Hier stimmt etwas nicht«, antwortete ich ihm verwundert. »Das ist kein Nachtfalke.«

Der Priester hatte Seelenreißer in der Hand gehalten, als er den Attentäter erschlug. Das machte viel aus. Doch ich erinnerte mich an den Kampf zwischen Zokora und dem Nachtfalken unten in der Kanalisation. Es war ein Kampf gewesen, der gut und gerne eine Minute gewährt hatte, der sich an Boden, Wänden und Decken abgespielt hatte, vielleicht auch in der Luft, es war Rauch zum Einsatz gekommen. Sie hatten sich mit Giften und magischen Pulvern und Bewegungen traktiert, die schneller waren, als das Auge sehen konnte. Und am Ende unterlag Zokora. Hätte Zokora dort unter der Decke gehangen – selbst mit Seelenreißer und dem Überraschungsmoment auf seiner Seite wäre der Priester für sie zu langsam gewesen, ich vielleicht auch.

»Das verstehe ich nicht«, sagte ich laut, während ich noch immer neben dem Toten kniete.

»Ich kann es Euch erklären«, meldete sich Natalyia von der Tür her. Ihre Augen musterten mich, den Toten, den Priester und mein Schwert, das noch immer dort stand.

Ich schaute hoch an die Decke: Ich hatte schon wieder die Lüftungslöcher vergessen. Der Priester musterte sie nun überrascht und vielleicht auch beeindruckt, Natalyia hatte immer schon die Gabe, Männer zu faszinieren. Außerdem trug sie Gewänder, die denen des Toten nicht unähnlich waren. Man spürte ihre Angespanntheit, sie war achtsam, und wenn man durch ihre Schönheit hindurchblickte, spürte man die Bedrohung, die von ihr ausging, wie eine Präsenz, die den Raum ausfüllte. Sie war zehnmal gefährlicher, als es dieser tote Attentäter jemals gewesen war, auch wenn er ohne den Priester und Seelenreißer wahrscheinlich Erfolg gehabt hätte.

Sie nickte dem Priester zu und glitt neben mich, in einer fließenden Bewegung, die an sich schon beeindruckend war. »Attentäter lernen ihr Handwerk jung«, teilte sie mir leise mit, mit einer Nuance in ihrer dunklen Stimme, die mich daran erinnerte, dass sie sehr wohl wusste, wovon sie hier sprach. »Sie durchlaufen lange Jahre der Ausbildung, dann ist er da, der große Moment… Der erste Tod wartet auf ihn.« Sie sah von dem Toten hoch zu mir. »Es war sein eigener. Sie beleidigen Euch und Leandra, Havald. Sie schicken Schüler.«

Sie strich dem Toten fast zärtlich über das Gesicht. »Schaut ihn an. Keine Falten. Er ist höchstens ein Dutzend und drei, vielleicht vier. Und nun seht mir ins Gesicht, seht Ihr die Spuren meines Lebens?«

Natalyia war eine schöne Frau, zweifellos, aber ich erkannte, was sie meinte. Sie war einst in Feuer geschmiedet worden, Balthasar hatte sie auf den Amboss gelegt.

Ich erinnerte mich auch an die Gesichtszüge der Nachtfalkenfrau, die Zokora besiegt hatte. Sie waren geprägt von Grausamkeit und eisernem Willen. Diese Frau hatte sogar Natalyias Präsenz im Stein gespürt…

Ich nickte, denn ich erkannte, was sie meinte. Sie sah auf den Toten herab. »Euer Attentäter«, sagte Natalyia, »ist nicht mehr als ein Kind.« Sie sah mich an. »Sie werden andere schicken.«

»Es heißt, dass der Namenlose Soltar hasst«, sagte der Priester mit fester Stimme, als er sich von Leandras Stuhl erhob, »weil der ohne Namen einst vor seinen Brüdern und Schwestern angeben wollte. Es heißt, er hätte behauptet, er wäre der Herr über den Tod. Zum Beweis habe er seinen Willen auf ein Kind gerichtet, das dann starb. Aber Soltar sagte, nur wer über das Leben gebiete, sei auch Herr über den Tod, und schickte seinen Atem zu dem Kind, das wieder lebte. Seitdem hasst der ohne Namen unseren Herrn, weil er Dinge vernichten kann und Leben auch, aber es nicht zu erschaffen vermag.« Er sah mir in die Augen. »Der namenlose Gott fürchtet Soltar, und seine Diener fürchten die Diener unseres Herrn. Glaubt an die Führung unseres Gottes, und er wird Eure Hand lenken, wie er es soeben mit der meinen tat. Glaubt, und das, was keinen Namen hat, kann nicht bestehen gegen Euch.« Er zeichnete mit beiden Händen zugleich das Zeichen Soltars vor mir und Natalyia in die Luft und gab uns Soltars Segen. »Hinter der Dunkelheit wacht stets das Licht. Soltar geleite, führe und beschütze euch.«

Wortlos sank Natalyia tief in diese seltsame Verbeugung, die sie schon einmal vollführt hatte.

»Ich danke für den Segen und Eure Hilfe, Diener des Soltar«, sagte ich formell.

Er nickte uns zu, ging durch die Tür und schloss sie leise hinter sich.

»Du kannst wieder aufstehen«, sagte ich. »Du brauchst nicht zu knien, wenn du gesegnet wirst.«

»Ich dachte, dass ich es sollte«, sagte sie leise, während sie sich wieder mit dieser sinnlichen Bewegung erhob. Ich tat, als ob ich es nicht bemerkte.

»Es ist das erste Mal, dass ich gesegnet wurde, und ich spüre die Macht deines Gottes in mir.«

»Ich spüre nie etwas«, sagte ich rau und trat an dem Toten vorbei an das Geländer zum Innenhof. Der sah schlimm aus, ein paar der Sträucher waren halb verkohlt. Dort am Rand, hinter dem geschwärzten Busch, lag etwas Schwarzes, Verkrümmtes. Ich schaute hoch zum Dach, aber dort regte sich keine schattenhafte Gestalt.

»Weil er immer in Euch ist«, meinte Natalyia wehmütig. »Ihr könnt es nicht verstehen, wie es ist zu erfahren, dass es wirklich etwas Größeres gibt. Dass es jemanden gibt, der darüber wachen wird, dass ich meine Seele nicht verlieren werde. Euer Gott, Havald, ist groß, und sein Segen verspricht mir die Gnade der Wiedergeburt.« Sie sah mich aus großen runden Augen an. »Wenn ich sterbe, werde ich wiedergeboren«, hauchte sie ergriffen. »Stellt Euch das vor, Ihr könnt den Menschen, die Ihr liebt, erneut begegnen!«

»Ja«, entgegnete ich ungerührt. »So sagt man.« Ich merkte, dass sich meine Hände in den rauen Stein des Geländers krallen wollten, und entspannte sie.

Sie trat an mich heran, nahm meine linke Hand und legte sie unter ihren linken Busen. Ihre bernsteinfarbenen Augen fixierten mich mit einem Gefühl, das ich kaum ertragen konnte.

»Als ich eben diesen Segen erfuhr, hat sich mir dein Gott offenbart. Ich habe ihn gespürt wie ein warmes, läuterndes Feuer, das durch mein Herz fuhr. Es war ein Versprechen. Mit diesem Segen wusste ich zum ersten Mal, dass mein Herz und meine Seele sicher sein werden. Ich bin in Thalak aufgewachsen, dort ist nichts sicher, weder Herz noch Seele. Begreifst du nicht, was dieser Segen für mich bedeutet?«

»Nein«, sagte ich und zog meine Hand unter ihren Fingern weg. Ich versuchte zu verdrängen, dass ich ihren Busen hatte fühlen können. »Er gab uns diesen Segen zum Abschied. Eine Floskel, mehr ist es nicht.«

Sie sah mich jetzt traurig an. »Mit diesem Segen habe ich erfahren, dass ich in meinem Herzen nie ein Hund war, dass ich unschuldig geblieben bin.«

»Das habe ich dir schon vorher gesagt«, antwortete ich und wandte mich von ihr ab, um auf den toten Nachtfalken hinabzuschauen. »Ich wusste es schon immer. Dafür braucht es keinen Segen.«

Sie entgegnete nichts mehr.

»Natalyia«, sagte ich grob. »Lass das. Sag mir lieber, was du davon mitbekommen hast.«

»Alles. Ich misstraute dem Priester, also wachte ich über Euch. Er war mir für einen Diener eines Gottes zu arrogant. Ich tat ihm unrecht, wie ich nun weiß. Aber er war nur einen Hauch schneller als ich. Schaut.« Sie kniete sich neben den Toten und zog den Kopf des Nachtfalken sanft auf die Seite. Ich sah zuerst nichts, aber als sie das linke Ohr zur Seite bog und mit dem Finger darauf deutete, erkannte ich ein metallenes Glitzern hinter dem Ohrläppchen des toten Schülers.

Mit spitzen Fingern griff sie hin und zog eine Nadel heraus, scharf und etwa um die Hälfte länger als mein Finger, und wischte das wässrige Blut von dem glänzenden Stahl, um die Nadel wieder sorgfältig irgendwo in ihren Gewändern zu verstauen.

»Ich trage das dritte Tuch der Nacht«, sagte sie leise. »Irgendwann wirst du verstehen, was das bedeutet.«

Lautlos und elegant wie immer erhob sie sich. »Wir warten unten in der Küche auf dich. Es sind Dinge geschehen«, sagte sie, verbeugte sich wieder auf diese kuriose Art und Weise und ging. Sanft schloss sie die Tür hinter sich und ließ den Raum leer erscheinen.

Der Segen Soltars. Es war, wie ich gesagt hatte, ich spürte nie etwas von ihm. Zudem war mir Soltars Aufmerksamkeit noch nie wie ein Segen vorgekommen.

Ich seufzte, löste meine Verbände, wusch mich, kleidete mich an und machte mich dann daran, den toten Jungen auszuziehen. Für mich war er zu klein, er hatte in etwa Natalyias Größe. Aber vielleicht schickten mir die Nachtfalken ja noch jemand Passenden. Dann stellte ich fest, dass der Glasdolch verschwunden war. Ich schaute mich überall um, doch fand ich ihn nirgends.

Ich nahm schließlich Seelenreißer und wog die Waffe in der Hand. »Hüter des Lichts … also hast du einen ganz anderen Namen …« Das Schwert sagte nichts dazu, aber ich konnte es fühlen.

»Keine Ferkel mehr«, seufzte ich, hängte das Schwert ein und ging hinunter in die Küche. Egal wie man sie nannte, es war immer noch eine verfluchte Klinge. Aber es war meine.

»Wo ist Leandra?«, fragte ich, als ich die Küche betrat. Ich hatte mich vorhin schon gewundert, dass sie nicht anwesend war, als der Priester kam. Armin war auch nicht da, aber Serafine sah zu mir hoch und lächelte, scheinbar hatte sie mir verziehen, was auch immer ich verbrochen hatte.

»Sie und Armin sind zum Palast gegangen. Es hat etwas mit Botschafter von Gering zu tun«, verkündete sie.

»Mir geht es gut, ich bin geheilt«, sagte ich. Ich setzte mich und nahm dankend den Becher gewässerten Wein, den mir Afala anbot, bevor sie sich wieder ihrer Arbeit zuwandte. Sie nähte gerade den Bauch eines Ferkels zu, um es dann mit sichtlicher Anstrengung auf einen langen Spieß zu schieben, den sie anschließend in den Ofen einhängte.

»Was ist geschehen?«, fragte ich Natalyia. Sie hatte etwas von Geschehnissen erwähnt.

»Die Stadt ist in Aufruhr. Prinz Tarsun ist tot, und Prinz Kasir ist mit seiner Wache und einem schnellen Pferd *aufgebrochen*«, erklärte sie mir. Sie sah meinen Blick und schüttelte den Kopf. »Ich bin noch gar nicht dazu gekommen, die Nachtfalken-Münzen zu verteilen. Prinz Kasir floh, als er von der Aussage der Prinzessin hörte, Prinz Tarsun, so sagt man auf der Straße, rief acht seiner Getreuen, sechs seiner Diener und zwei seiner Konkubinen zu sich, köpfte sie eigenhändig im Garten des Palasts des Turms und nahm dann Gift. Er hinterließ einen Brief, in dem er die Vaterschaft für ein eventuelles Ergebnis seiner Bindung mit Marinae übernahm, lobte die Tapferkeit und Wildheit der Löwinnen und ließ Marinae mitteilen, dass er jede Sekunde genossen habe, denn er habe sie schon immer begehrt.« Sie schüttelte verständnislos den Kopf. »Die Leute sind der Meinung, das sei ehrenhaftes Verhalten. Als die Priester des Boron kamen, öffneten die Diener das Tor und führten sie zum Prinzen. Er saß auf seinem Thron und trug, so sagt man, alle Zeichen seiner Würden.«

»Er hat den Turm gerettet«, meinte Serafine. »Er hat eigenhändig jeden getötet, der Marinae zu nahe kam oder den sie belasten konnte, dann sich selbst. Er stellte es als einen Akt der Lust dar, damit ist es etwas, das er zu tragen hat und nicht das Haus.«

Damit hatte er sich dem Urteil der Priester der Gerechtigkeit entzogen. Es gab viele Arten, wie man einen Mann bestrafte, der einer Frau Gewalt antat, aber Kastration war üblich. Nun, jetzt stand er vor Boron selbst.

»Konnte Marinae auch Prinz Kasir belasten? Oder tatsächlich auch das Haus der Schlange?«, fragte ich.

Natalyia schüttelte den Kopf. Serafine seufzte. »Da wir Marinaes Aussage nicht gehört haben, weiß ich es nicht genau. Vielleicht mittelbar. Aber den Menschen von Gasalabad reicht, was sie gehört haben, und es gibt Gerüchte. Es stehen erzürnte Menschenmassen vor den Palästen des Turms, der Schlange und des Tigers. Soldaten der Emira wachen davor und schützen die Paläste, sonst hätte es wahrscheinlich schon Übergriffe gegeben. Die Menschen in der Stadt waren maßlos empört, als sie erfuhren, was alles geschehen ist. Die Gesandten der anderen Emire beeilten sich, bei Faihlyd vorstellig zu werden und ihr zu versichern, dass sie den Löwen achten und ehren.« Sie zuckte mit den Schultern. »Was alles heißen kann oder nichts. Auf jeden Fall ist es zurzeit jedem Gefolgsmann der Schlange, des Tigers oder des Turms angeraten, auf leisen Sohlen zu treten.«

Ich seufzte und sah hinaus in den Garten, der aussah, als wäre dort alles niedergetrampelt worden. Das erinnerte mich an etwas. »Ich wollte euch beiden noch einmal danken. Für mein Leben und mein Schwert.«

»Bist du doch froh, es wiederzuhaben?«, fragte Serafine spitzbübisch.

»Diese Frage beantworte ich dir, wenn ich es selbst weiß. Gibt es sonst noch etwas zu berichten?«

Serafine zögerte, und Natalyia schaute zur Seite.

»Was ist es?«

»Nun«, begann Serafine zögerlich. »Marinae hat ihre Aussage gemacht. Sie beschrieb ihre erste Rettung, dann die zweite. Sie beschrieb uns ausführlich. Jetzt weiß wirklich jeder, wer wir sind. Es gibt noch etwas.« Sie sah auf ihre Hände herab, es war ihr sichtlich unangenehm weiterzusprechen. »Sie galt als tot, jetzt lebt sie wieder. Warum das so ist, weiß jetzt eigentlich jeder, und damit auch, dass es eine Nekromantin war, die bei der Krönung vorgab, die Prinzessin zu sein. Dennoch spricht man davon, dass der Engel des Todes sie aus dem Reich Soltars zurück ins Reich der Lebenden geführt habe.«

»Wir sind Volkshelden«, sagte Leandra bissig, als sie mit Armin durch die Küchentür trat, die Taruk ihr aufhielt. Sie wirkte nicht sonderlich erfreut. »Wie gefällt dir das? Es ist die Rede davon, dir ein Denkmal zu errichten. Genau vor dem Tempel deines Gottes. Ich frage mich, was dein Gott davon hält.«

»Es ist ungerecht, niemand spricht vom treuen Diener dieses Helden«, beschwerte sich Armin, aber in seinen Augen funkelte der Schalk.

Leandra hängte Steinherz aus, nahm neben mir am Tisch Platz und warf einen Blick auf das Ferkel im Ofen, der noch nicht brannte. Es würde wohl noch eine Weile dauern. »Ich bin froh, dich geheilt zu sehen«, begrüßte sie mich. Bevor ich etwas sagen konnte, schwand ihr Lächeln wieder und wich einem verdrossenen Gesichtsausdruck. »Von Gering hat eine Tenet Bullen auf der Brücke vor der Botschaft in Stellung gehen lassen, und Faihlyd war nur mit Mühe davon abzubringen, selbst Truppen dort zu postieren. Ich kann Faihlyd verstehen, dieser von Gering macht auch mich rasend. Er behauptet allerdings, dass es nur wegen der Unruhen in der Stadt sei.« Sie sah mich an. »Hast du gehört, dass Prinz Tarsun tot ist? Den Leuten ist es egal, sie verbrennen Puppen von ihm und rufen nach Krieg.« Sie knirschte vernehmlich mit den Zähnen. »Jetzt folgt das Schlimmste. Von Gering ließ der Emira ausrichten, dass, wenn es zum Krieg käme, die Legionen zur Not auch mit Gewalt den Frieden wahren würden.«

Das war der gleiche Mann, der mir erklärt hatte, dass ich über keinerlei Wissen in Politik verfügte, und mich aus seinem Amtszimmer werfen ließ?

»Oh«, sagte ich und gönnte Armin einen Blick. Er wirkte ebenfalls recht wütend.

»Was war ihre Reaktion darauf?«

»Erhitzt«, antwortete Armin. »Es hätte nicht viel gefehlt, und sie wäre persönlich zu ihm hinmarschiert, um ihm die Meinung zu sagen.«

»Sie nannte ihn einen schwanzlosen Esel«, sagte Leandra trocken. »Das ist die kurze Form. Sie war wesentlich ausführlicher in ihrer Wertschätzung.«

Serafine lachte leise, Natalyia und Afala kicherten. Die Heiterkeit währte nicht lange, denn Taruk erschien in der Küchentür und verbeugte sich. »Essera«, wandte er sich an Leandra. »Alle Läden und Türen sind geschlossen und doppelt gesichert.« Damit wurden wir wieder an eine Bedrohung erinnert, die es ja auch noch gab.

»Danke, Taruk«, sagte sie, und er zog mit einer Verbeugung die Tür hinter sich zu.

Ich widmete dem Zwischenspiel keine Aufmerksamkeit. »Wird sie etwas unternehmen?«, fragte ich stattdessen.

»Faihlyd?«, fragte Armin. »Nein. Sie schäumt vor Wut, aber sie ist klug. Sie sandte nur die Antwort zurück, dass der Löwe keinen Krieg suche und solche Hinweise an anderer Stelle vielleicht wirksamer wären.« Er wandte sich mir zu. »Dir lässt meine Löwin ausrichten, dass sie gern die Streitigkeiten beenden würde, dass aber im Moment der Botschafter so sehr drängt, dass es einer Kapitulation gleichkommen würde. Es sei im Moment nicht möglich, denn es würde nach Schwäche aussehen.«

»Ist hier alles ruhig geblieben?«, fragte Leandra und setzte an, etwas Wein zu trinken.

»Der Priester des Soltar hat mit Seelenreißer einen Nachtfalken erschlagen und Havald geheilt«, verkündete Serafine. »Mehr ist nicht geschehen.«

Leandra verschluckte sich, hustete und sah mich verblüfft an. »Tatsächlich?«

»Ja«, bestätigte ich und warf Serafine einen strafenden Blick zu. »Allerdings scheint es, dass die Nachtfalken uns bislang nur ihre Schüler geschickt haben.«

»Sie werden andere schicken«, fügte Natalyia hinzu. »Die Nächsten werden die Gesellen sein. Danach kommen sie selbst. Die Priester.« Sie wirkte ernst. »Die werden dann den Umhang aus lebendem Rauch tragen. Was auch immer dieses Ding ist, ich gehe davon aus, dass nur die Priester es tragen. Es hat zu viel vom Namenlosen in sich, als dass man es jedem anvertrauen würde.«

Ich hatte ein paar unangenehme Erinnerungen an diesen *Umhang* und befürchtete, dass sie mit ihrer Vermutung recht hatte. »Was ist mit der Tradition, dass man dann angeblich zwanzig Jahre Ruhe hat?«, fragte ich.

»Das?« Natalyia schüttelte den Kopf. »Ich glaube nicht daran. Ich denke, sie halten lieber eine andere Tradition aufrecht. Die, zuverlässig einen Auftrag zu erfüllen. Oder es gilt nur dann, wenn man einen ihrer Priester erschlägt.«

»Ich habe gehört, dass es nur dreizehn von ihnen sind, die im Tempel dienen«, grübelte ich. »Wenn du recht hast, Natalyia, werden es jedoch mehr sein.«

»Vielleicht habt Ihr von dreizehn Priestern gehört«, sagte sie. »Gesellen und Schüler nicht eingerechnet.«

Ich spürte Seelenreißer neben mir und berührte ihn. »Entschuldigt bitte«, sagte ich, als ich aufstand und ihn ergriff.

»Was ist?«, fragte Leandra überrascht.

»Taruk sitzt draußen im Gang und poliert sein Schwert. Afala ist hier. Darsan schreibt etwas im Audienzzimmer. Ich habe ihn gesehen, als ich herkam. Alle anderen sind hier. Es könnte Darsan sein, der gerade über uns durch die Zimmer schleicht, aber ich glaube nicht daran. Er würde sich nicht in Ecken herumdrücken.«

»Im Zimmer über uns?«, fragte Natalyia.

Ich nickte. »Er bewegt sich langsam nach rechts. Ich bin gleich wieder zurück.«

Natalyia schüttelte den Kopf. »Es ist egal, ob du ihn selbst erledigst oder nicht. Also kann ich mich auch um ihn kümmern.«

»Bist du sicher?«, fragte ich.

Sie lächelte und legte ihren Schleier vor. »Ganz sicher«, sagte sie und verließ durch die Tür die Küche. Die Tür schloss sich hinter ihr, aber aus Seelenreißers Wahrnehmung war sie bereits verschwunden. Im Stein. Dafür sah ich, wie Taruk sich draußen umdrehte, auf die Tür sah und dann mit den Schultern zuckte. Er hatte sie gar nicht gesehen.

»Sagte ich schon, dass ich sie unheimlich finde?«, fragte Armin und schüttelte sich. »Sie ist schreckenerregend.«

»Ich mag sie«, sagte Serafine überraschend, und ich schaute sie fragend an. »Sie ist so offen«, erklärte sie.

»Sollten wir nicht nachsehen?«, fragte Armin beunruhigt und besah sich die Decke.

»Das ist nicht nötig«, entgegnete ich, denn ich hielt noch immer Seelenreißer.

In seiner Wahrnehmung war nur das wichtig, was lebte, alles andere berührte ihn nicht. Er teilte diese Wahrnehmung mit mir, wenn ich ihn berührte. Als ich blind war, hatte ich gelernt, ihm zu vertrauen. Für ihn war der Stein um uns herum nur schwarzes Glas. Es war allerdings weniger ein Sehen als vielmehr ein Fühlen. Wenn Natalyia im Stein war, nahm er sie nicht wahr. Aber wir beide spürten sie, als sie den Stein hinter dem Nachtfalken verließ und anschließend wieder im Stein verschwand. Sie hielt sich wirklich nicht lange mit ihm auf, kaum länger als einen

scheinlich. Es gab ebenso einen Glasdolch, der in einer stählernen Scheide steckte, damit er nicht aus Versehen zerbrach, eine Garotte sowie zwei Teile, die ich nicht identifizieren konnte, bis ich verstand, dass es kleine Platten mit Krallen an der Vorderseite und einem Lederband auf der Rückseite waren: Kletterhilfen, die man sich um die Hände schnallen konnte. Ich steckte Dolche und Handarmbrust ein.

»Angst zu haben hilft mir nur nichts, denn es wird den, der mich umbringen will, nicht abhalten. Aber Angst macht einen aufmerksam, und das ist gut«, fuhr ich fort.

Der Mann hatte zudem noch vier Glasphiolen in Lederröhrchen dabei. Und verschiedene andere Dinge. Anders als der Schüler hatte dieser Mörder eine Tätowierung auf dem linken Schulterblatt, die Umrisse eines Falken. Er trug keine Ringe an den Fingern oder sonst etwas, was ein Erkennungsmerkmal sein konnte. Wahrscheinlich verwendeten sie Gesten, um sich untereinander zu erkennen, das gab es oft. Dieser Mann trug auch kein Schwert. Die Nachtfalkenfrau in der Kanalisation hatte eines getragen. Ich studierte das Gesicht des Toten. Viel älter als der Schüler war er nicht, aber Natalyia hatte trotzdem recht: Das Gesicht dieses Mannes war härter, als es in seinem Alter sein sollte. Ich dachte an die harten Züge von Sarak zurück und daran, wie ich selbst auf Serafines Zeichnung aussah. Den Tod zu bringen hinterließ seine Spuren.

»Ich saß vor der Tür der Küche und hielt Wache«, sagte Taruk. »Ich weiß jetzt, dass das nicht sonderlich sinnvoll ist. Aber ich habe Euch in der Küche gehört.«

Ja, diese Lüftungsöffnungen. Wahrscheinlich konnte man uns jetzt gerade auch im ganzen Haus hören. »Keiner von euch zeigt seine Angst. Und Eure Frauen … sie beunruhigen mich.«

»Es sind nicht meine Frauen«, korrigierte ich ihn.

Er nickte. »Sie beunruhigen mich trotzdem. Vor allem die Katzenfrau.« Zuerst dachte ich, er meinte Zokora, aber er hatte sie ja noch gar nicht kennengelernt, also musste er von Natalyia sprechen.

»Sie tötet, als ob es ein Sport wäre«, erläuterte er, als er die Beine des Mannes ergriff.

Ich berührte Seelenreißer und erkannte, dass niemand in der Nähe war. Ich hob den Toten unter den Schultern an. Es war nicht zu erkennen, wie der Nachtfalke gestorben war. Wahrscheinlich überraschend. »Das glaube ich nicht«, widersprach ich. »Ich glaube, sie macht sich mehr Gedanken darum als ich.«

»Denkt Ihr oft an die, die Ihr erschlagen habt, Esseri? Ich habe in meinem Leben zwei getötet, und ich kann sie nicht vergessen.«

Nein, an die, die ich erschlagen hatte, dachte ich selten. Manchmal vielleicht. Sarak würde ich so schnell nicht vergessen, obwohl ich nicht Werkzeug seines Todes gewesen war. Ich dachte viel öfter an die zurück, die für mich gestorben waren. Das waren die Gesichter, die mich in meinen Träumen plagten. »Nein«, antwortete ich Taruk. »Ich habe andere Geister.«

Anschließend gingen wir hoch, um den Jüngling zu holen, der in meinem Zimmer lag, aber er war nicht mehr da. Ich sah mich sorgsam um und nutzte auch Seelenreißers Wahrnehmung. Niemand. Im Hof lag auch keiner mehr. Taruk und ich tauschten einen Blick aus und eilten hinunter in den Raum, in den wir eben den anderen Nachtfalken gebracht hatten. Er war ebenfalls nicht mehr da.

Taruk sah sich beunruhigt um, und auch ich lauschte und strengte meine Sinne an – auch die Seelenreißers –, aber nur in der Küche herrschte Leben. Taruk und ich untersuchten zusammen jede Tür und jeden Fensterladen. Alles war fest verschlossen. Wir gingen zur Küche zurück.

»Habt ihr sie weggebracht?«, fragte Leandra, als wir hereinkamen.

»Das brauchten wir nicht mehr zu tun«, sagte ich. »Sie holen ihre Toten selbst ab.« Ich schaute die anderen an. »Es ist alles verschlossen. Es gibt keine denkbare Möglichkeit, wie sie hereinkommen können. Ich verstehe das nicht.«

»Was gibt es da nicht zu verstehen?«, fragte Natalyia. »Es ist ein großes Haus. Sie sind schon hier. Ihr geht in einen Raum, sie sind in einem anderen. Ihr überprüft einen Fensterladen, er ist sicher, weil er von innen verschlossen wurde. Ihr überprüft eine Tür, eine andere öffnet sich, um weitere hereinzulassen. Gegen einen guten Attentäter gibt es nur einen Schutz: einen besseren an Eurer Seite zu wissen. Wenn Ihr erlaubt, gehe ich jagen.«

Leandra und ich tauschten einen Blick. »Ich fühle mich feige«, sagte sie und sprach aus, was ich ebenfalls dachte.

»Habt Ihr Angst vor den Mächten der Magie?«, fragte Natalyia. Leandra zögerte kurz und schüttelte dann den Kopf.

»Ich schon«, sagte Natalyia und stand auf. »Aber Magie ist Euer Handwerk, meines ist der Tod.«

Sie trat durch die Tür und schloss sie. Taruk, der nun auch in der Küche saß, erhob sich, öffnete die Tür wieder und schaute links und rechts den Gang entlang. Ich konnte seinem Gesicht entnehmen, dass sie nicht mehr zu sehen war.

Es dauert so lange, dass auch ich unruhig wurde. Kaum jemand sagte etwas, dann öffnete sich die Tür und Natalyia trat ein. Sie hatte einen blutigen Kratzer auf der Stirn. »Sie war auf Euch angesetzt, Maestra«, sagte sie, als sie sich am Tisch niederließ. Ihren linken Arm bewegte sie nur vorsichtig. »Sie war gut. Sie muss mitbekommen haben, dass die Wände hier nicht sicher sind, also hielt sie sich fern von ihnen. Ich fand sie nicht aus der Wand heraus und musste sie lange suchen.«

»Was ist mit deinem Arm?«, fragte ich besorgt. »Sie verwenden doch Gift.«

»Sie hat mit diesen Kletterkrallen an der Decke gehangen. Ich habe sie zu spät gesehen, aber sie ritzte mich nur mit den Krallen. Sie kam nicht mehr dazu, etwas anderes zu verwenden.« Sie sah uns der Reihe nach an. »Ich glaube, sie hat auch Magie benutzt, um sich zu verstecken. Ich habe sie wirklich fast zu spät gesehen. Jetzt werden die Priester kommen. Von ihnen wissen wir, dass sie Magie beherrschen. Meine Nützlichkeit dürfte dann in Frage stehen.«

»Um die Priester kümmern wir uns«, sagte ich mit einem

Blick zu Leandra, und sie nickte entschlossen. »Du hast jetzt genug getan.«

Natalyia neigte kurz das Haupt und entblößte ihren Arm. Drei tiefe und blutige Risse klafften an ihrem Oberarm. Es sah nach unsauberen und schmerzhaften Wunden aus.

»Ist es schlimm?«, fragte ich sie.

Sie schüttelte den Kopf. »Ich hatte schon schlimmere Wunden.«

Ja, das traf wohl zu.

»Sie werden heilen«, sagte Lenadra. »Ich werde ihr Geld für den Tempel geben.«

Ich wollte, Zokora wäre anwesend, denn sie hätte gewusst, wie man diese Wunden am besten behandelte. Bis jetzt hatte es so ausgesehen, als ob die Nachtfalken keine echten Gegner wären, aber das täuschte. Wir hatten bislang nur Glück gehabt.

»Warum tragt Ihr den Kampf nicht schon heute zu ihnen, Esseri?«, fragte Armin leise.

»Weil es noch nicht Zeit ist«, antwortete ich. Ich wandte mich wieder Natalyia zu. »Das ist ein anderer Grund, warum du genug getan hast, Natalyia. Ohne dich wird das, was wir vorhaben, nicht möglich sein. Wir brauchen dich.«

Diesmal nickte sie deutlicher, sie prüfte gerade, ob sie ihre Finger noch bewegen konnte. Es sah so aus. Ich ging wieder auf Armin ein. »Ich will sie alle in ihrem Nest haben.«

»Und morgen ist es besser?«, fragte er erstaunt.

»Morgen ist Tempeltag. Menschen mögen Traditionen. Bei unseren Göttern ist es die Mittagsmesse, die heilig ist. Die Nacht gehört Soltar, allerdings beansprucht der Namenlose sie ebenso für sich. Ich vermute, dass die Gläubigen des Namenlosen sich zu Mitternacht am Tempeltag versammeln. Wenn ich ein Priester des Namenlosen wäre, wäre das die Zeit für eine Messe zu Ehren des Dunklen Gottes. Alles andere erscheint mir unpassend.«

Armin sah mich zweifelnd an. »Und was ist, wenn es sich nicht so verhält, Esseri?«, fragte er.

»Dann verhält es sich eben nicht so«, antwortete ich ihm. »Hauptsächlich will ich den Herrn der Puppen ersäufen, und der wird da sein. Alles andere ist eine Zugabe.«

»Was meinst du, wann werden die Priester kommen?«, fragte ich Natalyia.

»Die beste Zeit, jemanden zu töten«, sagte sie, »ist die Stunde vor Sonnenaufgang. Wenn das Opfer gewarnt ist, hat es die Nacht wach verbracht und ist müde. Wenn es arglos ist, wird es tief und fest schlafen. So würde ich es machen.«

»Dann gehen wir jetzt schlafen«, sagte ich.

Doch in diesem Moment klopfte es an der Tür. Es war Darsan, und als er hereinkam, war leicht zu erkennen, dass etwas nicht stimmte.

»Was gibt es, Darsan?«, fragte Leandra freundlich. Der junge Mann hatte in der letzten Zeit viel für sie getan, und sie schien zufrieden mit ihm.

»Ich soll euch eine Botschaft überbringen«, sagte er bleich. Er hielt uns die offene Hand hin, auf der sich ein schwarzer Fleck befand. Dieser Fleck verdichtete sich vor unseren Augen, stieg hoch, ringelte sich um seinen Arm und formte sich zu einer Schlange aus Rauch, mit glühenden gelben Augen.

»Havald Bey, erwarte dein Schicksal auf dem Dach deines Hauses. Wenn du nicht allein kommst, wird jeder andere vor dir sterben«, zischelte sie, und ich bildete mir ein, im Rauch eine gespaltene Zunge zu sehen. »Danach, Leandra, Botschafterin eines verlorenen Reiches, ist es an Euch, die unschuldigen Seelen in diesem Haus vor Schaden zu bewahren.«

Die rauchige Schlange fixierte uns noch einmal mit diesem starren gelben Blick und löste sich dann in Nebelschwaden auf. Der Fleck war von Darsans Hand verflogen, aber er war noch immer bleich und zitterte. Eine schattenhafte Gestalt, so sagte er dann, habe plötzlich hinter ihm gestanden und ihn *gebeten*, diese Botschaft zu überbringen.

Leandra bedeutete ihm wortlos, sich zu setzen. Ich sah zu Natalyia hinüber, die nur mit den Schultern zuckte.

»Nun, Havald, ich hätte bis zum frühen Morgen gewartet, aber sie haben es wohl eiliger. Trotzdem ist es schlau. Sie wissen, wie sie Euch dazu bewegen können, sich ihnen allein zu stellen.«

Ich stand auf und nahm Seelenreißer. »Ich bin gleich zurück«, sagte ich.

Sie sahen mich nur alle an.

»Was ist?«, fragte ich.

Leandra trat an mich heran und gab mir einen Kuss. »Du musst nicht immer so sein, Havald«, sagte sie leise.

»Wie denn?«

»Als wäre das alles keine Schwierigkeit … Havald, du bist heute schon einmal beinahe gestorben!«, sagte sie so leise, dass nur ich es hören konnte.

Ich zog sie an mich heran und küsste sie.

»Das war ein Unfall. Außerdem wollte ich nicht unbeteiligt tun. Das ist es gar nicht«, versuchte ich ihr zu erklären. »Ein Kampf währt meist nicht lange. Entweder bin ich tot, oder ich bin gleich zurück. Ich bin Optimist. Was war, ist vorbei.«

Sie schaute mir in die Augen, lächelte tapfer und nickte. »Der Götter Schutz sei mit dir.«

Während ich die Treppe hochstieg, rechnete ich damit, dass die Nachtfalken schon auf der Strecke lauerten, aber dem war nicht so. Ich stieß die schwere Falltür zum Dach auf und kletterte hinauf. Sie standen zu beiden Seiten, zur Linken eine Frau in einem Umhang aus Rauch. Sie neigte leicht den Kopf und deutete auf den Mann zu meiner Rechten. Auch er war nur undeutlich gegen die Nacht zu erkennen und kaum mehr als Rauch und Schatten. Er machte eine Geste, dass ich näherkommen sollte.

Also sah es so aus, als ob sich die Priester an die alten Regeln halten würden. Aber wie ich schon Natalyia gesagt hatte, ich glaubte nicht recht daran.

Der Mann war wie die anderen Nachtfalken gekleidet, trug jedoch diesen lebenden Schattenumhang und ein Schwert. Er trug ebenso Handschuhe, und entweder hatte er schwarze Haut oder er hatte die Augenpartie über seinem Schleier geschwärzt. Selbst als ich vor ihn trat, war er nur schwer zu erkennen.

»Ihr seht nicht gefährlich aus«, sagte er mit einer gepflegten Stimme, die wohltönend und gebildet klang.

»Ihr auch nicht«, sagte ich, und er lachte leise.

Er musterte mich. »Seid Ihr verletzt oder angeschlagen?«, fragte er höflich. »Muss ich Rücksicht nehmen?«

»Es geht schon«, antwortete ich. »Ich habe versprochen, gleich zurück zu sein. Können wir?«

»Seid Ihr so begierig auf das Reich der Dunkelheit? Euer Wunsch soll Euch gewährt werden.« Er machte eine Handbewegung, und Rauch quoll vor mir auf, ich rollte mich zur Seite, denn ich verspürte kein Bedürfnis, ihn aus Versehen einzuatmen. Der lebende Umhang verlieh dem Priester überraschende Fähigkeiten, denn er verwandelte sich scheinbar wirklich in Rauch und schoss in hohem Bogen über mich hinweg, um hinter mir zu landen. Hätte ich mich auf meine Augen verlassen, wäre ich bereits tot gewesen, aber ich hielt sie geschlossen und verließ mich auf Seelenreißer. Ich duckte mich unter der Klinge weg, war aber fast zu langsam, um dem Dolch auszuweichen, Seelenreißer zuckte schräg nach vorn und wurde von einer schwarzen Klinge pariert. Funken stoben auf, dann lösten wir uns.

»Beeindruckend«, sagte er höflich.

Ich hatte jetzt keine Lust mehr auf Spielereien. Ich griff an und war etwas zu langsam mit dem dritten Schlag der gleichen Folge, die ich eben schon verwendet hatte. Seine schwarze Klinge zuckte mit der Präzision eines erfahrenen Schwertkämpfers vor. Er erahnte meine Schwäche, erweiterte sie mit der Erfahrung eines kampferprobten Veteranen, machte den einen Ausfallschritt, den es brauchte, um den tödlichen Schlag zu setzen.

Richtig gute Gegner, hatte mir ein bärbeißiger Schwertmeister einst erklärt, nachdem er zum dritten Mal in Folge den Boden mit mir aufwischte, erkannten die Technik des anderen sehr schnell. Wenn man ihnen Zeit gab, sie richtig zu lesen, war man tot. War man zu hastig, war man ebenfalls tot. Was also war zu tun? Ganz einfach, man machte einen Fehler. Man machte das, was selbst einem guten Kämpfer manchmal passieren konnte, und wiederholte eine Angriffssequenz. Hatte ein Meister die bereits einmal gesehen, kannte er die Schritte der Sequenz. Unterlief einem dann ein klitzekleiner Fehler, würde er ihn nutzen. Dann war man tot. Es sei denn, man handelte völlig anders, als er es erwartete.

Ich hätte zurückweichen müssen, um eine Parade zu versuchen, alles sprach dafür, auch mein Gewicht lag auf dem richtigen Fuß … Ich war bestimmt zehn Dutzend mal gestolpert oder gefallen, bis ich gelernt hatte, aus diesem falschen Stand zu kommen. Dieser eine Schritt aus der falschen Balance heraus war die Seele des Tricks. Er brachte mich an ihn heran, obwohl ich ganz woanders hätte sein müssen, ich rammte ihm den Glasdolch, den ich seinem letzten Sendboten abgenommen hatte, von unten schräg in den Hals, dort, wo er keine Rüstung trug, und brach dann den Griff ab. Das Glas splitterte, und er stand stocksteif vor mir, mit einem Blick, der nicht verstand, was soeben geschehen war. Die Wunde rauchte.

Es war kein Gift, wie ich dachte, sondern Säure, eine unerwartete und ganz besondere Heimtücke. Sein Schock währte nur für ein Augenblinzeln, er versuchte noch, mich mitzunehmen, aber diesmal war es seine Sequenz, die unterbrochen wurde, und Seelenreißers gierige Klinge schlug ihn von rechts oben nach links unten entzwei und beendete seinen Schmerz.

Der kleinere Teil von ihm fiel über den Dachrand hinunter auf die Straße. Sein Umhang löste sich und schien aufsteigen zu wollen, aber Seelenreißer trennte ihn in vier Teile, und das unheilige Wesen fiel in sich zusammen. Meine Klinge leuchtete im Mondlicht, diesmal kam der Rausch schneller und mit einer Macht, die mich erzittern ließ. Ohne mein Zutun zuckte Seelenreißer vor und spießte, durch die Rüstung des Nachtfalken hindurch, das Amulett auf. Rauch wogte und kräuselte sich um die fahle Klinge – ich meinte, einen fernen Schrei mehr zu fühlen als zu hören –, dann zerfaserte der Rauch und war nicht mehr.

Langsam zog ich Seelenreißer aus dem toten Körper.

Ich fuhr herum, bereit für die Frau. Sie stand noch immer dort auf der anderen Seite des Dachs. Sie verbeugte sich.

»Schickt die andere hoch«, sagte sie in einer samtweichen Stimme. Ich verbeugte mich vor ihr und ging auf die Dachklappe zu. Vielleicht war doch etwas dran an dem, was Armin mir über die Nachtfalken erzählt hatte.

Vielleicht auch nicht, denn Seelenreißer zuckte plötzlich hoch, und etwas aus Metall flog zur Seite weg, während ich mich noch abrollte und Seelenreißer drei weitere Geschosse abwehrte. Die Nachtfalkenfrau verwandelte sich ebenfalls in diesen dunkeln Rauch und floss mir entgegen. Sie teilte sich einmal, zweimal, dreimal, jetzt stand sie gleich sechsfach um mich herum, und alle Versionen von ihr lächelten unter ihren Schleiern.

»Jetzt ist dein Ende nahe«, sagten sie alle zugleich.

Aber in Seelenreißers Sicht lebte nur eine von ihnen wirklich. Nichtsdestotrotz griffen mich alle an. Ich wunderte mich, dass sie ihr Schwert einhändig führten, die linke Hand wie zur Balance zur Seite gestreckt. Den Angriff einer einzigen, der lebenden links hinter mir, blockierte ich mit Seelenreißer in der rechten Hand. Während ich herumfuhr, zog ich mit der anderen Hand die kleine Armbrust. Als ich abdrückte, war ihr Kopf nur eine Handbreit von der Waffe entfernt. Auf diese Distanz konnte ich sie auch mit links nicht verfehlen. Sie verstand gerade noch, dass es zu Ende war, wollte den Kopf noch wegdrehen, versuchte sich wegzuwinden und zugleich fallen zu lassen, mit dem Schwert nach meinem Arm zu schlagen und mit der freien Hand den Schuss nach oben zu lenken. Ein Fuß trat hart gegen mein Knie, um meinen Stand zu erschüttern. Aber ihre Klinge wurde von einer anderen abgefangen, meine Hand mit der Armbrust folgte ihrer Bewegung. Nur ihr Tritt hatte Erfolg, er brach mir fast das Knie, aber er war zu hastig gesetzt.

Ihre Hand zerrte an meinem Arm, ihre Augen weiteten sich,

sie warf den Kopf noch weiter zurück, zu spät, denn so schnell war auch sie nicht.

Der wahrscheinlich vergiftete Bolzen traf sie ins linke Auge, dennoch war der Schuss nicht tödlich, denn sie hatte es trotz allem geschafft, dass der Bolzen nicht durch ihr Auge ins Hirn schlug, sondern am Rand der Augenhöhle stecken blieb.

Ich hätte es nicht für möglich gehalten, dass sie ihren Tod noch abwenden konnte. Aber als sie zurückfiel und schrie, zuckte Seelenreißer vor.

Auf einem Auge blind und geblendet vor Schmerzen, parierte sie einmal, zweimal, dreimal, aber dann kam die fahle Klinge plötzlich von meiner rechten, ihrer blinden Seite. Die letzte Parade misslang ihr, meine Klinge stieß vor, über die schwarze Klinge hinweg, und wand sich fast wie eine Schlange um den schwarzen Stahl. Die Nachtfalkenfrau holte aus zu einer letzten Finte, ihre Klinge zuckte vor und suchte mein Herz – einen Augenblick früher hätte sie wohl auch Erfolg gehabt, aber es war Seelenreißer, der in diesem Kampf zuerst ein Leben nahm.

Schwer atmend trat ich zurück.

Die anderen fünf Frauen sahen mich mit vorwurfsvollen Blicken an, als sie sich in Rauch auflösten und verwehten. Diesmal fand ich auch heraus, dass ein länglicher Schnitt den Umhang sterben ließ, der einem schwarzen Schatten gleich zu mir hochwehen wollte. Danach spaltete meine Klinge ein weiteres schwarzes Amulett, und schließlich war es vorbei.

Sie lag vor mir, dahingestreckt auf den Steinplatten unseres Dachs. Diesmal war ich es, der sich vor ihr verbeugte. Sie hatte einen tödlichen Schuss abgewendet, hatte es verstanden, halb geblendet Seelenreißer zu parieren, zum Schluss hatte sie mich noch beinahe mit dieser Finte überrascht.

Wahrscheinlich war sie der beste Gegner, gegen den ich jemals gekämpft hatte. Bei meiner Verbeugung löste sich etwas aus meinem Umhang, rutschte an meinem Hals entlang und fiel mir vor die Füße. Ich hob es vorsichtig auf. Es war eine schlanke Nadel, im Mondlicht meinte ich eine braune Verfärbung an der Spitze zu sehen.

Jetzt wusste ich auch, was sie mit ihrer linken Hand getan hatte. Es war bloßer Zufall, dass sich diese Nadel in meinem Umhang verfangen hatte. Ich ließ die Waffe fallen.

Die Nachtfalkenfrau war tot, und ich lebte.

Ihr Leben brandete über mich, meine Knie zitterten, und ich sank zu Boden. Ich atmete tief und bewusst, versuchte zu vergessen, was eben noch gewesen war. Als mich meine Beine wieder trugen, erhob ich mich und schaute sie ein letztes Mal an. Ihr Auge war zerstört, dennoch schien sie mir zuzuzwinkern.

Indem ich sie mit Seelenreißer getötet hatte, erwies ich den Nachtfalken eine Gnade, denn Seelenreißer sandte die Seelen zu Soltar. Sie waren dem Namenlosen angeschworen, so aber blieben sie vor ihrem Dunklen Gott verschont.

Ohne Seelenreißer und seine Wahrnehmung wäre ich tot gewesen. Das war unlauter, ja. Aber darüber machte ich mir weiter keine Gedanken, mein Zwist mit dem Schwert war vorbei. Manchmal glaubte ich nun sogar, es verstehen zu können. Verflucht mochte die Klinge sein, aber sie gehörte zu mir. Zurzeit konnte ich jeden unlauteren Vorteil brauchen. Also beschloss ich, die Handarmbrust ebenfalls zu behalten.

Ich schloss die Falltür über mir, schob den Riegel vor und ging wieder hinunter in die Küche.

Als ich eintrat, sagte niemand etwas, nur Leandra erhob sich und trat an mich heran. »Ich bin froh, dass du lebst«, sagte sie und lächelte schief. »Ich bin auch gleich wieder da.«

Ich zog sie heran und küsste sie. »Es wartet niemand mehr auf dich.«

»Du hast sie beide besiegt?«, fragte Armin ungläubig.

»Sie hatten so viel Ehre, dass sie nicht zugleich angriffen, sondern nacheinander.«

Wie es sonst ausgegangen wäre, konnten sich alle denken.

Natalyia sah mich mit Augen aus dunklem Bernstein an, darin stand eine Frage.

»Damit und mit einem uralten Trick«, sagte ich und legte die Handarmbrust auf den Tisch. Es war eine schöne Waffe mit silbernen Verzierungen, sorgsam gearbeitet und ganz aus Metall. Es war weniger eine Armbrust, denn es fehlte der Bogen. Nur eine eng gewundene Feder aus schimmerndem Stahl trug den Bolzen nach vorne. Ein Spielzeug, aber ein nützliches.

»Er ist nicht einmal verletzt«, meinte Armin.

Ich sagte nichts dazu. Manchmal war es so beeindruckend einfach. Manchmal war es aber auch ganz anders, waren es die kleinen Wunden, die den Kampf entschieden, das Blut, das den Schwertgriff rutschig werden ließ, die vielen kleinen Wunden, die einen langsamer machten und müder, bis zum Schluss nur derjenige stand, der noch stehen konnte. So konnte es auch ablaufen. Aber meist war es anders: schnelle Schläge, ein Fehler und es war vorbei.

Ich nickte den anderen zu, während ich Leandras Arm nahm. »Ich sage, es ist an der Zeit schlafen zu gehen.«

Im Morgengrauen ruckte ich aus dem Bett auf, sah einen Moment lang eine schwarze Klinge nach meinem Herzen stechen, aber es war nur der Fetzen eines Traums. Ich blickte auf Leandra, sie protestierte verschlafen und suchte mich in dem zerwühlten Laken. Ich sank zurück zu ihr und nahm ihr Gesicht mit in den Schlaf. Es gefiel mir auch besser als das der Nachtfalkenfrau.

Am Morgen erfuhren wir, dass Darsan in der Nacht ein Fieber befallen hatte. Serafine und Taruk versuchten ihn noch zu einem Tempel zu bringen, aber das Gift war zu stark: Er starb, bevor sie das Haus des Gottes erreichten.

Von den Nachtfalken blieb nichts, die Körper und alles, was sie an Ausrüstung dabeigehabt hatten, verschwanden noch in der Nacht, doch sie ließen etwas auf dem Küchentisch zurück: die Handarmbrust und zehn neue und unbefleckte Bolzen sowie zwei gespaltene schwarze Münzen. Natalyia sagte, sie seien in ihren Beuteln gewesen und diese wiederum in der Kommode neben ihrem Bett. Der Glasdolch, den sie an sich genommen hatte, war verschwunden.

Es machte das Frühstück zu einer Angelegenheit mit viel Gesprächsstoff.

»Unser Glück war also, dass sie uns ehrenhaft behandelten«, meinte Leandra nachdenklich, während sie eine der geteilten Münzen vor sich hin und her schob. »Sie wären doch wohl leicht dazu in der Lage gewesen, uns im Schlaf zu töten.«

Vielleicht. Weder Steinherz noch Seelenreißer brauchten Schlaf, und meine verfluchte Klinge war durchaus dazu imstande, mich aus dem tiefsten Schlummer zu reißen.

»Dann hatten wir eben Glück«, sagte ich und steckte meine Münze ein. »Manchmal braucht man das.«

Wir waren heute alle früh auf, Serafine und Taruk hatten vielleicht noch gar nicht geschlafen, und Darsans Tod lastete auf uns. Der einzige Lichtblick war eine Schale mit Honigküchlein auf dem Tisch. Ab und an naschte ich verstohlen davon.

Armin sah sich Leandras gespaltene Münze an und schüttelte den Kopf. »Die Bedeutung ist klar«, sagte er. »Aber gehört habe ich von so etwas noch nicht.« Er sah mich mit großen Augen an. »Ich verstehe nicht, wie sie hereingekommen sind.«

Ich dachte daran, wie sich die Nachtfalken in Rauch verwandelt hatten. So dicht schloss keiner unserer Läden. Konnte Rauch denn auch ertrinken?

»Ist es wirklich vorbei?«, fragte Leandra. Sie wirkte etwas fahrig, und ihre Augen waren gerötet. Sie hatte Darsan gemocht und mehr mit ihm zu tun gehabt als ich. Ich hatte ihn eigentlich kaum wahrgenommen.

»Nein«, gab ich Antwort. »In zwanzig Jahren wird es wieder einer versuchen. Aber vorher sind wir am Zug.« Ich schaute zu Natalyia. »Jetzt hängt alles an dir. Wie geht es deinem Arm?«

Sie bewegte ihn. »Er ist halbwegs in Ordnung«, sagte sie. »Aber ich werde vorher den Tempel besuchen. Auch zum Beten. Dein Gott gefällt mir.«

Mein Gott. Darsan war tot. Ein junger Mann, fleißig, bescheiden und höflich. Nie ein lautes Wort, immer unauffällig – und eine Schrift, dass ein Tempelschreiber hätte vor Neid weinen können.

Soltar hatte seinen Preis erhalten.

20. Der Botschafter

»Armin«, sagte ich. »Wir brauchen deine Löwin. Faihlyd.«

Er sah mich verblüfft an. »Esseri, so sehr es Euch auch überraschen mag, sie ist die Emira, die Löwin von Gasalabad, und verfügt selbst über ihre Zeit. Aber da Ihr hoch in ihrer Gunst steht, mag es sein, dass sie noch heute Zeit für eine Audienz finden wird.«

Heute noch konnte vielleicht zu spät sein. Ich schüttelte den Kopf. »Ich spreche nicht von einer Audienz, ich meinte, dass wir sie persönlich brauchen, jetzt. Es gibt etwas, das wir zusammen tun müssen.«

Armin war verwirrt. »Herr der Forderungen, sagt Ihr mir auch, was das ist?«

Ich schüttelte den Kopf. »Noch nicht, ich bin mir noch nicht sicher.«

»Also wollt Ihr, dass sie kommt wie ein Hund, der gerufen wird, ohne zu wissen, warum? Sie beugt ihr Knie auch nicht vor Euch, Havald Bey«, tadelte Armin.

Ich seufzte. Wenn es um Faihlyd ging, verhielt er sich in letzter Zeit oft so. »Richte ihr aus, dass es genau darum geht, dass sie ihr Knie nicht beugen muss. Es ist wichtig.«

»Das sagt Ihr, Herr der Ungeduld!«

»Armin«, sprach ich leise. Mein Tonfall war vielleicht etwas kälter als geplant. »Im Hafen liegt ein Schiff, das ich auf dein Anraten hin gekauft habe. Von dir gekauft, würde ich vermuten. Jetzt gehört es mir. In einer Kerzenlänge können wir alle an Bord sein, in einer weiteren können wir ablegen. Die Nachtfalken haben unsere Münzen gespalten. Wenn wir fahren, wird uns niemand aufhalten wollen. Und genau das, nämlich fahren, werden wir, wenn deine Löwin nicht in einer Kerzenlänge hier ist.«

Leandra öffnete den Mund, ein Blick von mir, und sie schloss ihn wieder. Armin wollte etwas sagen, aber ich sprach schon weiter. »Seit wir hier sind, hast du Fäden gezogen, den Diener gespielt und uns gefoppt. Zu unserem Wohl, ja, aber auch zu deinem und Faihlyds. Du hast nicht gezögert, uns zu benutzen, und oft genug hast du deine Dankbarkeit beteuert und dass du uns vertrauen würdest. All das sind deine Worte. Dazu kommen noch die ihren. Wenn es nur Worte sind, reisen wir ab. Wenn jedoch mehr dahintersteckt, werden wir einen Plan vereiteln, der am Löwenthron sägt. Dem, auf dem deine Löwin sitzt. Jetzt geh und richte ihr aus, was ich gesagt habe, und denk selbst darüber nach, welche von deinen schönen Worten du auch so gemeint hast.«

Armins Gesicht war eine Maske, als er sich erhob, verbeugte und wortlos die Küche verließ. Erst einmal sagte niemand etwas, dann hörten wir die schwere Tür in der Halle zufallen.

»Havald«, meinte Leandra zögernd. »Das hat ihn tief verletzt.«

Ich wandte mich zu ihr, so schnell, dass sie beinahe zurückzuckte. »Leandra«, sagte ich und versuchte meine Stimme so sanft wie möglich zu halten. Sie war es schließlich nicht, die mich erzürnt hatte. »Ich nenne ihn einen Freund. Ich habe seine Spielchen toleriert, aber er ist es, der mich beleidigt, wenn er denkt, ich sehe nicht, wie seine Fäden laufen. Ich vertraue ihm, und er hat dieses Vertrauen nicht enttäuscht. Aber letztlich vertraut er nur sich selbst und vielleicht Faihlyd. Ich habe eben das Vertrauen eingefordert, das er in den höchsten Tönen beschworen hat, aber nie bedingungslos zu geben bereit war.« So wie mich die anderen ansahen, war meine Stimme wohl lauter geworden. Ich versuchte wieder ruhiger zu werden. »Er spricht von Freundschaft, und er meint es auch so. Aber es ist eine Freundschaft zu seinen Konditionen. Wir verstehen darunter nicht das Gleiche …«

»So ist er nicht«, sagte Leandra. »Ich …«

»Wenn es um Armin geht«, erklang Zokoras Stimme von der Kellertür her, »dann bin ich beruhigt, dass du nicht blind bist, Havald.«

Sie kam herein, und hinter ihr stand ein grinsender Varosch, bis zur Nase in Pelz gehüllt, und zog gerade seine Handschuhe aus. Zokora war in ihr Reiseleder gekleidet, Kälte berührte sie nicht. »Zokora!«, rief Natalyia und sprang auf, um sie zu umarmen. »Du bist zurück!«

Es hieß, man könne Elfen nicht überraschen. Manchmal hatte ich da meine Zweifel. Zokora löste sich bemerkenswert zurückhaltend aus Natalyias Umarmung. Mich hatte sie das letzte Mal gebissen.

»Offensichtlich.« Sie sah uns der Reihe nach an und ließ den Blick auf Afala ruhen. Sie löste ihren ledernen Umhang und übergab ihn Afala. »Bring Wein«, sagte sie und setzte sich. Afala sah sie fassungslos an, dann auf den dunklen Umhang in ihrer Hand, schließlich schien sie zu verstehen und eilte davon.

»Willkommen zurück, wir haben euch vermisst«, sagte Leandra erleichtert. »Wir hatten nur noch nicht mit euch gerechnet.«

»Sie ist auch froh, euch wiederzusehen«, teilte Varosch uns mit und grinste, während er sich aus dem schweren Pelzmantel schälte.

Zokora sah ihn mahnend an. »Sie wissen das. Sonst wäre ich nicht hier«, erklärte sie ihm. Er lachte nur.

»Wir sind alle froh, dass ihr wieder da seid«, sagte ich. Ich war selbst überrascht darüber, wie sehr ich sie und Varosch vermisst hatte. Sie sah mich unbewegt an, nur in ihren dunklen Augen meinte ich Belustigung zu sehen.

»Armin wird es nicht sein.«

Es dauerte, wenn man nicht zu langsam lief, eine Viertelkerze, um zum Palast zu gelangen. Eine weitere Viertelkerze später gab es vor der Küchentür einen dumpfen Aufprall. Ich öffnete die Tür und sah Faihlyd über Taruk steigen, der dort in der Halle der Länge nach auf dem Boden lag. Richtig, er trug ein Schwert an der Seite.

Sie raffte elegant ihren Umhang, als sie über ihn stieg, und über ihrem Schleier sah ich ihre funkelnden Augen, darüber die Perle und dann eine zornig gerunzelte Stirn.

»Was bedeutet diese Farce, Havald?«, zischte sie, als sie sich in ihrer vollen Größe vor mir aufbaute. Es half nicht viel, sie ging mir nur bis zum Brustbein. Durch die Tür der Halle sah ich vier Palastwachen, die sich bemühten, all das nicht zu aufmerksam zu beobachten.

»Willkommen in unserem Haus, Hoheit«, entgegnete ich mit einer Verbeugung. »Bitte kommt herein.« Ich sah zu Armin hinüber, dessen Gesicht unbewegt war. So wie er da stand, war er noch immer stur und trotzig. »Und du, Diener zweier Herren, komm auch.«

Faihlyd blieb stocksteif stehen, löste ihren Schleier und betrachtete mich forschend. »Havald«, sagte sie dann in einer fast normalen Stimme. »Ich bin die Emira. Ich bin die Herrscherin dieser Stadt. Ich wurde wie ein Hund herbeizitiert. Ich bin es, die Grund hat, beleidigt zu sein. Warum seid Ihr so erzürnt über ihn?«

Ich atmete aus. Nun, ich hatte genügend von Armin gelernt. Also atmete ich wieder ein, straffte mich und deutete anklagend mit dem Finger auf ihn. »Ich habe allen Grund dafür!«, rief ich theatralisch. »Schaut Euch meinen nichtsnutzigen Diener an! Er ist so vergafft in eine hübsche Dame, dass ihm der Verstand versagt, wenn auch nur ihr Name fällt! Wenn er auch nur denkt, man wolle ihr zu nahe treten, verwandelt er sich in ein Stachelschwein und kämpft ihre Schlachten an meinem Tisch.«

Armin sah mich überrascht an, hinter mir hörte ich Serafine kichern. Ich konnte sie nicht sehen, aber ich war sicher, dass Zokora gerade eine Augenbraue hochzog.

»Tut er das, Havald Bey?« Faihlyd lächelte fast unmerklich.

»Ja, er tut es. Man könnte fast meinen, er wäre nicht mein Diener, sondern der dieser Schönheit, die ihm den Kopf verdreht. Aber er kämpft die falschen Schlachten.« Ich verbeugte mich tief. »Müssen wir diese Schlacht hier im Gang schlagen, oder wollt Ihr Eure Wachen wegschicken und Freunden am Tisch Gesellschaft leisten?«

Armin öffnete den Mund, um zu protestieren, aber ohne zu

ihm zurückzusehen, hob sie eine schlanke Hand. Sie kannte ihn wohl gut. »Armin«, sagte sie. »Schick die Wachen weg.«

Sie löste ihren Umhang, sah sich suchend um, fand niemanden, der nahe genug stand, und ließ ihn auf den Boden fallen.

Ich verbeugte mich erneut und hielt ihr die Tür auf, bevor sie mit eleganten Schritten hindurchging. Serafine, Leandra und Natalyia sowie Varosch waren bereits aufgestanden, nur Zokora saß noch. Auch Armin kam herein, Afala stellte hastig einen Becher Wein vor Zokora auf den Tisch und eilte durch die Tür nach draußen, um sich um den Umhang der Emira zu kümmern. Armin schloss die Tür hinter ihr, Faihlyd nahm Platz, und wir folgten ihrem Beispiel.

»Also, Freund«, meinte Faihlyd. »Was braucht Ihr von mir?«

Sie nahm sich ein Honigküchlein und wollte es an ihren Mund führen, als Armin aufsprang. »Faihlyd!«, rief er entsetzt.

Sie hielt in der Bewegung inne.

»Sag, Armin, hast du von denen hier gegessen?«, fragte sie.

Er nickte.

»Hattest du Angst, man wollte dich vergiften?«

Er schüttelte den Kopf.

»Aber du denkst, sie wollten mir ein Leid antun?«, fragte sie und aß das Küchlein.

»Nein«, gab Armin zu. »Das glaube ich nicht.«

Sie kaute und lächelte in die Runde.

»Es ist ein Vergnügen, einfach zuzugreifen und nicht fragen zu müssen, ob ein Vorkoster bereits davon gegessen hat«, erklärte sie uns, um sich dann mir zuzuwenden. Sie griff sich noch ein Küchlein. Es waren nicht mehr viele da. Ich fragte mich, ob wir wohl noch mehr davon hatten. »Ihr könntet recht haben mit ihm, Havald«, sagte sie. »Allerdings wird sich keine schöne Dame darüber beschweren, wenn sie zu sehr geliebt wird.«

»Das«, entgegnete ich mit einem Blick zu Leandra, »ist der schönen Damen Vorrecht.«

Die Emira aß zwei weitere Küchlein und ließ nur noch vier in der Schale.

Faihlyd hatte Leandra nach oben begleitet, um sich umzuziehen. Als sie zurückkam, trug auch sie die dunklen Gewänder einer Leibwächterin. Sie hatten sich bislang als ungemein praktisch erwiesen. Armin war wie üblich sein herausgeputztes Selbst, auch wenn er ungewohnt still wirkte.

Leandra hatte sich in ihre offiziellen Kleider gehüllt, jedes einzelne war blütenweiß und zum Teil mit Goldbrokat bestickt. Sie sah aus wie eine Königin. Ich trug dunkle Gewänder, das leichte Leinen mit der verstärkten Weste und meine neuen Stiefel, die frisch geputzt glänzten. Afalas Werk, nahm ich an. Zokora, Serafine, Varosch und Natalyia trugen die Gewänder von Leibwächtern.

Als wir über den Platz der Ferne gingen, erregten wir Aufmerksamkeit, und es dauerte nicht lange, bis jemand uns erkannte. Marinae hatte uns ja gut genug beschrieben. Mit einem Raunen und zum Teil tiefen Verbeugungen teilte sich die Menge vor uns und ließ uns ungehindert durch. Ich fühlte Hunderte von Blicken auf mir lasten. Mein Nacken kribbelte unbehaglich.

»Meint Ihr immer noch, Ihr wärt unbedeutend, Havald?«, fragte Faihlyd von meiner rechten Seite. Armin hatte dagegen widersprochen, er sah diese Position für Faihlyd als zu gefährlich an. Sie wies ihn darauf hin, dass sie Rüstung trug und dass sie nicht feige sei. Armin sagte nichts weiter. Ich nahm mir vor, mich noch mal mit ihm zu unterhalten, wenn er nicht bald von allein verstand, worum es hier ging. »Es gibt nur wenige, die mich kennen«, entgegnete ich. »Sie meinen nur zu wissen, wer ich bin.«

»Ist es jemals anders?«, fragte Faihlyd.

Wohl kaum. Wer kannte denn schon wirklich den anderen?

Ich war stur geblieben und hatte Faihlyd wenig erklärt. Ihr dämmerte langsam, um was es ging, als sie bemerkte, wohin ich uns führte.

»Seid Ihr sicher, dass dies der richtige Weg ist?«, fragte sie nur, als wir uns der Botschaft der Reichsstadt näherten und den blanken Wall aus Stahl sahen, der in zwei Reihen auf der breiten Brücke über diesen verspielten Wassergraben stand. Auch Leandra sah mich fragend an, nur Serafine schien zu ahnen, was mein Begehr war. Zokora hingegen musterte alles nur aufmerksam.

»Das wird sich zeigen«, sagte ich leise »Aber findet Ihr nicht auch, dass von Gering überraschend wenig von Diplomatie versteht?«

Faihlyd nickte fast unmerklich, ihre Augen suchten die Menge ab, als wäre sie tatsächlich eine Leibwächterin. Ich wusste, dass sie gelernt hatte, mit dem Schwert umzugehen; sie besaß eines mit einer schlanken Klinge, ähnlich dem Schwert ihrer Großmutter, doch sie hatte es nicht dabei. Dafür hatte ihr Natalyia Dolche geliehen. Faihlyd war die Löwin, und Löwen hatten Krallen.

Wir erreichten die erste Reihe der Bullen, eine Tenet der Sechsten Legion.

»Halt«, rief ein Schwertkorporal und trat vor. »Zurzeit ist es Bürgern des Emirats nicht gestattet, die Botschaft der Reichsstadt zu betreten. Ich bitte um Entschuldigung, aber ich kann euch nicht gestatten weiterzugehen.«

Ich zog meinen Handschuh aus und zeigte ihm den Ring. »Lanzengeneral von Thurgau, Zweite Legion. Ich bin hier, um dem Botschafter Meldung zu machen. Dies sind meine Berater und mein Stab. Wer hat Anweisung gegeben, die Brücke zu sperren?«

Der Schwertkorporal schluckte und schaute wie gebannt auf den Ring. »Botschafter von Gering, Ser!«, rief er dann.

Ich nickte. »Das dachte ich mir. Wisst Ihr, ob Generalsergeant Kasale anwesend ist?«

»Jawohl, Lanzengeneral, Ser!«

»Schickt jemanden nach ihr, ich werde hier warten. Macht zudem die Brücke frei.«

Er sah mich fragend an.

»Wegtreten!«, übersetzte Serafine in barschem Tonfall.

Der Korporal zuckte fast zusammen, salutierte dann mit einem Schlag auf seine stahlbewehrte Brust und gab einem anderen Soldaten den Befehl, Kasale zu holen. Dann gab er einen weiteren Befehl, und hundert Mann in schweren Rüstungen marschierten zurück in die Botschaft; ihr Gleichschritt war so schwer, dass die Brücke unter ihren Füßen bebte.

Ich setzte mich auf das breite Brückengeländer und betrachtete einen Schwan, der dort durchs Wasser glitt. Er würdigte mich keines Blickes. Ich griff unter meinen Umhang und packte mir die letzten Honigküchlein aus, die ich zu Hause stibitzt hatte.

Ich wollte höflich sein und hielt sie hoch. Leandra lächelte und schüttelte den Kopf. Zokora nahm sich eins, Faihlyd und Armin auch. Es war eine Geste, um mir etwas damit zu sagen, denn er aß sie so selten, dass ich fast sicher war, er mochte sie gar nicht besonders.

Eins blieb für mich. Immerhin hatten sie mir das gelassen.

Serafine trat vor, sah mir direkt in die Augen, lächelte verschmitzt und nahm das letzte Stück. Ich unterdrückte einen Seufzer.

Hillard, der Adjutant des Botschafters, kam noch vor Kasale über die Brücke. Er lief zwar nicht, aber er ging sehr schnell.

»Was hat das zu bedeuten, General?«, fragte er kühl. Er beging den gleichen Fehler wie viele andere und zeigte wieder, wie nützlich diese Leibwächtergewänder waren. Er widmete den anderen nur einen kurzen Blick.

»Ich ließ die Soldaten von der Brücke abziehen«, teilte ich ihm mit und klopfte auf das Geländer neben mir. »Setzt Euch, wir müssen reden.«

»Ich stehe lieber«, meinte er.

»Gut. Aber bevor wir sprechen, streckt bitte Eure Hand aus.«

Er sah mich an. »Warum?«

»Tut es einfach.«

Er zögerte einen Moment und tat es. Faihlyd trat vor, Gesicht bedeckt, und berührte Hillards Hand mit dem Auge. Es blieb weiß, der Adjutant war unberührt.

»Sagt, Hillard, Ihr kennt doch den Botschafter gut«, sprach ich, als Faihlyd das Auge wieder wegnahm.

»Ja«, sagte er mit einem Stirnrunzeln. »Aber das dürfte wohl kaum von Belang sein. Ich werde nicht hinter seinem Rücken agieren.«

»Das braucht Ihr auch nicht«, versicherte ich ihm. »Ich neige mehr zur direkten Konfrontation.«

Serafine kicherte leise, und ich strafte sie mit einem Blick.

»Hillard«, sprach ich weiter. »Sagt mir nur eins. Gibt es Momente, in denen der Botschafter, sagen wir mal, unaufmerksam ist? Als ob er mit offenen Augen schläft? Ist er vergesslicher als sonst?«

Hillard wurde nun nachdenklich. »Darüber werde ich Euch nichts sagen, General. Ich bin sein Adjutant und genieße sein Vertrauen.«

»Ihr seid sein Adjutant. Ist das nicht ein militärischer Rang?«

»Ja. Ich bin Schwertkapitän der Dritten Lanze der Seeschlangen.« Die Seeschlangen waren die Matrosen des Alten Reiches und, wie ich erfahren hatte, traditionell den Botschaften zugeteilt. Bei Gelegenheit sollte ich auch mal herausfinden, ob Askir noch über eine Flotte verfügte.

»Was ist, wenn Euer General nicht zugegen ist? Wer ist da Euer höchster Vorgesetzter?«

»Es ist ein Admiral«, teilte er mir mit, als ob es einen Unterschied wäre.

»Schwertkapitän, beantwortet die Frage des Generals!«, forderte Serafine scharf von der Seite.

Hillard warf ihr einen dunklen Blick zu. »Im Moment wärt Ihr es.«

»Wärt?«, fragte Serafine.

»Er kann nicht der sein, als der er sich ausgibt«, beharrte Hillard und sah mir dabei in die Augen. »Er muss ein Betrüger sein, es ist nur noch nicht bewiesen.« Es war deutlich, dass er eine ganz bestimmte Vorstellung davon hatte, was geschehen sollte, wenn der Beweis erbracht war.

»Sein Ring trägt neun Steine, Hillard«, bemerkte Kasale freundlich. Sie trug Uniform und keine Rüstung. Ihre Hosen waren schwarz mit goldenen Streifen und ihre Jacke weiß mit einem hohen, brokatbesetzten Kragen. Ihre Taille wurde von einem lackierten Ledergürtel betont, an dem ein schlankes Schwert hing. Sie salutierte vor mir. »Lanzengeneral, Ser!«

»Bin ich sein Vorgesetzter?«, fragte ich sie.

Sie nickte. »Das seid Ihr, General. Die Zweite Legion ist die Stammlegion von Gasalabad.«

»Das war vor Jahrhunderten!«, protestierte Hillard.

»Sie ist es wieder. Wenn Ihr die Befehle sehen wollt, ich habe sie in meinem Arbeitszimmer.«

»Schwertkapitän«, sagte ich. »Ihr seid jetzt der Adjutant von Generalsergeant Kasale. Folgt ihren Anweisungen.«

»Ich halte den Rang eines Schwert*kapitäns*«, protestierte er empört.

»Noch«, sagte ich. »Wenn Ihr darauf besteht, lässt sich das sicherlich ändern.«

Ich stand von dem Geländer auf, sah Kasale und dann ihn an. »Hillard, Ihr werdet mir jetzt ganz genau zuhören.«

»Botschafter«, sagte Hillard, als er die Tür zum Amtszimmer von Gerings öffnete. »Lanzengeneral von Thurgau nebst Stab für Euch zum Rapport.«

Der Botschafter sah nicht mal von seinem Schreibtisch auf. »Schickt sie weg, ich habe keine Zeit für sie.«

»Er sagt, es sei wichtig«, beharrte Hillard, und ich trat an ihm vorbei. Leandra, Armin, Zokora und Varosch folgten mir.

»Was hat das zu bedeuten?«, rief von Gering empört. »Hillard, ruft die Wachen!« Dennoch sah er mich unverwandt an, er wirkte weniger empört als angespannt. Dann bemerkte er, wie wir uns im Raum verteilten. Er richtete sich auf, seine Augen bohrten sich in meine, und ich spürte den Druck auf meinen Schläfen.

Wir sprangen alle gleichzeitig, und ich achtete darauf, nicht in seine Augen zu sehen, als wir ihn zu Boden warfen und ich ihm den ledernen Sack über den Kopf zog. Plötzlich hob sich der

Schreibtisch an und rammte mich so hart in den Rücken, dass es mich beinahe umwarf. Ein Stuhl schoss auf mich zu, ich konnte ihn nur knapp abwehren, dann war Faihlyd heran und drückte die Perle auf die Hand des Botschafters. Sie verfärbte sich zu einem dunklen Grau. Nicht schwarz, aber grau. Faihlyd sprang zurück, Serafine zog sie durch die Tür in Sicherheit, und Zokora trat vor, murmelte etwas und berührte den Botschafter. Er bäumte sich auf, schrie etwas und lag still.

Hillard sah erschreckt von ihr zu von Gering, eilte hin und kniete sich neben ihn. »Was habt Ihr getan?«, rief er entgeistert.

Zokora schob ihn wortlos zur Seite, ging neben dem Botschafter in die Hocke und zog ihm den Ledersack vom Kopf, von Gerings Augen waren angstvoll auf sie gerichtet, sonst rührte er sich nicht.

»Hör gut zu. Mein Befehl ist dein Wille. Wenn ich dich an der Nase berühre, wirst du deinen Geist gegen jeden fremden Willen sperren, auch gegen meinen, und nur dir selbst gestatten, für dich zu denken. Wenn du verstanden hast, blinzle.«

Er blinzelte.

Sie berührte ihn an der Nase. Von Gering zitterte, sah sich um und suchte Hillard. »Was bei den Höllen Soltars ist hier geschehen?«, fragte er dann. Hillard sah nur hilflos zurück.

»Wo kommt ihr denn her, Botschafter, General?«, fragte von Gering, als wir zurückwichen. Ich bot ihm meine Hand zum Aufstehen, er nahm sie und zog sich daran hoch.

Ich schaute Zokora fragend an, sie musterte den Botschafter mit gefurchter Braue und nickte dann. »Es ist, wie Natalyia gesagt hat. Der Bann ist gebrochen.«

Von Gering hob seinen Stuhl an, schob den Schreibtisch wieder an seine alte Stelle und setzte sich. »Ich habe eine Frage gestellt!«, rief er barsch.

»Was, General, wäre geschehen, wenn der Bann nicht hätte gebrochen werden können?«, fragte mich Hillard.

»Dann wärt Ihr der Botschafter und er wäre tot«, antwortete ich hart. Ohne Zokora wäre das auch in dem Moment geschehen, in dem die Perle sich verfärbt hatte. Zokora hatte Natalyia einmal unter demselben Bann gehalten, Natalyia hatte dann herausgefunden, dass Zokoras Bann einen anderen, früheren löste. Es war einen Versuch wert gewesen. Es gab noch eine letzte Prüfung, bis ich sicher sein konnte, dass wir Erfolg gehabt hatten.

Ich trat an den Botschafter heran und ergriff seine Hand, er sah erstaunt hoch, denn auf der anderen Seite hielt Zokora ihm einen schwarzen Dolch hinters Ohr. Eine empfindliche Stelle, wie ich wusste.

»Er ist sicher«, rief ich, und Faihlyd trat wieder herein und legte die Perle auf die Hand des Botschafters, während er sie ungläubig ansah. Diesmal blieb die Perle weiß.

»Ich kenne da einen Herrn der Puppen, der Euch gar nicht mögen wird«, sagte Armin leise. »Entschuldigt bitte, Esseri.« Er verbeugte sich. »Ich habe meine Lektion gelernt.«

Ich nickte bloß und wandte mich Hillard zu. »Ihr bleibt als Wache für den Botschafter. Dieser Mann«, ich wies auf Armin, »und diese Frau«, ich wies auf Serafine, »schützen die Emira. Wir werden draußen warten.«

Der Botschafter schluckte und sah uns verständnislos an. »Hillard, was macht die Emira hier?«, fragte er.

»Wir haben einen überfälligen Termin«, antwortete Faihlyd an Hillards Stelle. Sie setzte sich elegant auf den Stuhl vor dem Schreibtisch des Botschafters, den ihr Armin höflich hingestellt hatte, und löste ihren Schleier. Sie lächelte, aber ich konnte sehen, wie wütend sie tatsächlich war.

»Botschafter, wir haben etliches zu besprechen«, sagte sie sanft. »Ich werde Euch erklären, was geschehen ist.«

Zokora tippte Hillard auf die Schulter, und dieser fuhr erschrocken herum. »Nehmt dem Botschafter den breiten Ring mit dem Silberband in der Mitte ab.«

»Das ist sein Ehering«, protestierte Hillard.

»Was auch immer. Er ist verflucht. Tragt Handschuhe und schmelzt ihn ein, das wird die Magie lösen.« Sie sah mich an und zog eine Augenbraue hoch. »War es das?«, fragte sie.

Ich nickte.

»Draußen ist Platz. Hier nicht«, sagte sie und ging vor. Wir folgten ihr, ich zog als Letzter die Tür hinter mir zu und lächelte Zokora an.

»Was ist?«

»Ich habe Euch vermisst.«

»Wie kamst du auf den Gedanken?«, fragte Leandra später leise. Wir saßen in einem bequem eingerichteten Raum, zwei Türen vom Arbeitszimmer des Botschafters entfernt. »Was hat ihn verraten?«

»Armin sagte, der Botschafter hätte abgelehnt, als die Emira ihm anbot, die Audienz vorzuverlegen.« Eine Ordonnanz hatte Tee in einer silbernen Kanne und Tassen gebracht sowie eine Schale mit dunklen Lebkuchen. Ich fragte mich, wie diese wohl schmeckten.

»Ja?«

»Wie von Gering mir ja ausführlich erklärte, habe ich nicht viel Ahnung von Diplomatie. Aber war es nicht ein großes Zugeständnis, dass die Emira das dem Botschafter anbot? War es nicht ein deutliches Zeichen dafür, dass sie den ersten Schritt tun wollte, um eine Einigung zu erzielen?«

»Schon.« Auf Leandras Stirn war eine steile Falte zu sehen. »Deshalb habe ich mich ja auch so aufgeregt. Ich verstand nicht, wie er so stur und dumm sein konnte.«

»Von Gering wird mich nie mögen«, sagte ich. »Erst recht nicht, wenn er erfährt, wie ich mit seinen Soldaten umgegangen bin. Stur mag er auch sein. Aber eins ist er nicht: dumm.«

Sie nickte nachdenklich.

»Hast du es gleich vermutet?«, fragte Varosch. Noch immer wussten Zokora und er nicht alles, was geschehen war, dazu hatte die Zeit gefehlt.

Ich schüttelte den Kopf. »Nein«, sagte ich. »Ich kam nicht auf die Idee. Irgendwie dachte ich, ein Botschafter der Reichsstadt sei unberührbar. Aber er ist auch nur ein Mensch, und dieser Herr der Puppen besitzt ein ungewöhnliches Talent. Gestern fiel mir auf, dass von Gering unseren Feinden geradewegs in die Hände spielt. Und das brachte mich zum Nachdenken.«

Ich nahm einen dieser Lebkuchen und biss ein Stück ab, sie waren auch gut. Nicht so gut wie die Honigkuchen, aber gut genug. Ich schaute zu Zokora hinüber. »Es ist wertvoll für uns, dass Ihr verfluchte Dinge erkennt. Trägt jemand von uns etwas, das verflucht ist?«

Sie deutete auf Seelenreißer, der neben meinem Stuhl stand. »Er und Steinherz. Sonst nichts.«

»Steinherz ist verflucht?«, fragte Leandra überrascht, sie war in Gedanken versunken gewesen.

»Ja«, meinte Zokora und wirkte erstaunt. »Dachtest du, es wäre anders?«

Ich wusste, dass Leandra das nicht erwartet hatte.

»Sagt, Zokora, was bedeutet Ar'in'faed?«, fragte ich.

»So wie du es ausgesprochen hast ›Hüter gegen die Dunkelheit‹. So verwenden es unsere hellen Brüder und Schwestern. Aber es ist ein Wort aus meiner Sprache. Bei uns bedeutet es ›Herr der Schatten‹. Das ist ein Unterschied.« Das war es in der Tat.

Sie sah mich mit unergründlichen Augen an. »Das ist ein sehr altes Wort, Havald. Woher kennst du es?«

»Ein Priester hat davon gesprochen«, sagte ich und nahm mir noch einen Lebkuchen.

»Hast du getan, was ich wollte?«, fragte sie.

»Ja«, antwortete ich ihr. »Ich sprach mit einem Eurer hellen Brüder darüber. Die dunklen Brüder und Schwestern sind vergangen, bis auf die, die dem dienen, den du feige nennst.« Ihre Augen zogen sich ganz leicht zusammen. »Die zählen nicht. Also gibt es nur noch mein Volk«, stellte sie scheinbar ungerührt fest.

»Die Weltenscheibe ist groß. Es gibt an anderen Stellen vielleicht noch mehr von euch.«

»Die Welt ist eine Kugel«, korrigierte sie. »Finde die anderen, wenn es sie gibt.«

Es war von Wortlaut und Tonfall her keine Bitte. Aber tief in diesen Augen, die so selten eine Regung offenbarten, sah ich diesmal mehr.

Es war, wie ich später erfuhr, das erste Mal seit Jahrhunderten, dass imperiale Truppen durch Gasalabad marschierten. Sie gingen nur von der einen Seite des Platzes der Ferne zur anderen, wo der Palast des Mondes lag. Eine Tenet Bullen der Sechsten Legion in Ehrenformation, angeführt von einem Schwertkorporal, der stolz vorneweg ging, hinter ihm ein Spielmannszug, der mit Schellen und Trommeln den Weg begleitete. Es erregte reichlich Aufmerksamkeit, ganz Gasalabad schien gaffen zu wollen.

Zentrum dieser Ehrenformation war Faihlyd – und damit auch wir. Links und rechts von uns schritten Soldaten, die große Schilde trugen.

»Das ist ein deutliches Ergebnis Eurer Verhandlungen«, sagte Leandra beeindruckt.

Faihlyd hatte wieder ihren Schleier vorgelegt, doch unter dem dünnen Stoff sah ich sie lächeln. »Meine Untertanen denken, dass Ihr es seid, die eskortiert werden, denn ich bin ja nur eine Leibwächterin. Dennoch habt Ihr recht.«

Sie warf mir einen kurzen Blick zu, bevor sie weitersprach. »Es konnte vieles geklärt werden. Es gilt nun als sicher, dass es eine Verschwörung gegen den Thron des Löwen und gegen die Reichsstadt gab. Botschafter von Gering wertet das, was ihm widerfahren ist, als einen Beweis dafür. Die Soldaten des Löwen und die Legionen stehen nun Schulter an Schulter.«

Sie schaute zu mir hoch, diesmal war ihr Blick nachdenklich.

»Ich vertraue Euch wirklich, Havald. Auch wenn ich nicht erfreut bin zu erfahren, welche Geheimnisse Ihr vor mir verborgen habt, Lanzengeneral von Thurgau! Ihr werdet Eure Legion bekommen, die Arbeiten an der Garnison werden beginnen, sobald ich den Palast erreicht habe.« Sie blieb stehen und brachte damit die gesamte Formation in Verlegenheit. Die Bullen der Sechsten

Legion handelten dennoch mit erstaunlicher Präzision. Es sah fast aus wie geplant.

»Ich erkenne, was Ihr Armin aufgetragen habt, mir zu zeigen«, sprach sie ernst weiter. »Ich habe nur eine Bitte, nein, eine Forderung.« Selten hatte ich sie so ernst gesehen. Im Moment war sie ganz die Emira, die Löwin von Gasalabad. »Ich fordere von Euch, dass die Legion nicht verloren geht.«

»Ich werde mich bemühen.«

Sie schüttelte den Kopf. »Ihr werdet es tun, hört Ihr, Havald? Es darf nicht anders sein. Wenn die Zweite Legion erneut verloren ginge, würde es das Rückgrat der Legende brechen. Ihr braucht die Legende, um gegen Thalak zu bestehen. Sie muss zurückkommen.«

Ich verbeugte mich vor ihr. »So wird es geschehen.« Denn sie hatte recht.

Zu Hause angekommen, ließ ich mich in den erstbesten Stuhl sinken, lehnte mich erschöpft zurück, schloss die Augen und massierte mir die Schläfen.

»Was ist?«, fragte Leandra, als sie neben mich trat. Ich öffnete die Augen wieder, um sie anzusehen. Die anderen setzten sich an den Tisch, und Varosch schnupperte übertrieben. »Hm, ich mag Schweinebraten.«

»Der Herr der Puppen hat mich berührt«, teilte ich ihr mit. »Er legt wirklich eine Faust aus Stahl um das Denken eines Menschen.«

»Der Sack war eine gute Idee«, sagte Varosch und nickte Afala dankend zu, als sie begann, uns Teller mit dem Braten hinzustellen. Es war die Mittagszeit, und mir war es recht. Ich hatte reichlich Hunger.

»Überlieferung und Elfenverstand«, erklärte Zokora, denn es war ihr Vorschlag gewesen. »Die Augen sind die Tore zum Geist und das Fenster des Willens. Daraus folgt, dass der Blick eines Nekromanten seine Waffe ist.« Sie sah von ihrem Teller hoch zu Afala. »Du hast es verdorben.«

»Entschuldigt, Essera«, sagte Afala bestürzt. »Ich gab mir

Mühe, es richtig zuzubereiten. Was habe ich falsch gemacht?« Zokora bemerkte, dass wir sie alle überrascht ansahen. Ich war wohl nicht der Einzige, für den der Braten vorzüglich aussah.

»Es ist nicht blutig genug. Für mich. Für die anderen scheint es richtig.«

»Entschuldigt, ich werde …«

Zokora sah kurz Varosch an, der vage lächelte.

»Es ist gut, Frau. Ich werde es probieren.« Sie merkte, dass wir sie alle immer noch verwundert ansahen. »Ihr könnt woanders hinsehen«, teilte sie uns mit.

»War das jetzt eine Entschuldigung?«, fragte Leandra so leise, dass nur ich es hören konnte.

»Nein«, sagte Zokora von der anderen Seite des Tischs über das Geklapper von Geschirr hinweg. »Eine Einsicht.«

»Sie hat immer noch feine Ohren, Lea«, meinte ich. Ich schaute über den Tisch hinweg, sah zu, wie meine Gefährten aßen, sich unterhielten, miteinander lächelten oder einander das Salz stahlen. Es war einer dieser seltenen Momente.

21. Tempeltag

Der Nachmittag fand mich zusammen mit den anderen im Tempel der Astarte. Nur Natalyia war nicht dabei, sie hatte anderes zu tun. Heute war für mich der Tag, die Götter zu besuchen. Nicht nur weil es der Tempeltag war, sondern auch weil Natalyia mich darum gebeten hatte, sie in das Haus Soltars zu begleiten. Es war mir nicht sehr recht, aber die Art, wie sie gefragt hatte, zeigte mir, wie wichtig es ihr war.

Irgendwie war ich nicht überrascht, dass Darsan Astarte verehrt hatte. Ich fühlte mich nicht wohl hier, Astarte erlaubte den Gläubigen keinen Zugang mit Schuhen, Rüstung oder Waffen. Überall gab es Blumen, und die Dienerinnen der Göttin übertrafen sich gegenseitig an Lieblichkeit, und ihre fließenden Gewänder betonten, was sie bedecken sollten. Boron und Soltar nahmen neben Dienern auch Dienerinnen auf, Astarte jedoch erlaubte nur Frauen den Dienst.

Es war alles sanft, ruhig, hell und lieblich. Die Bahre, auf der Darsan lag, als ob er friedlich schliefe, war aus fragil geformtem Gold. Sie stand direkt vor den Stufen, die zu der Insel führten, auf der das Bildnis Astartes stand: eine Frau, deren Schönheit man durch den dünnen Stoff erahnen konnte, die Kapuze aus leichter Seide tief ins Gesicht gezogen, sodass man nur das wohlgeformte Kinn und den lächelnden Mund erkennen konnte.

Während einer Nacht im Jahr – Mittsommer, das wusste ich – wurden die Gewänder der Göttin entfernt und am Morgen neue angelegt. Ein schwieriges Unterfangen, da kein Sterblicher die geweihte Insel betreten durfte. In dieser Nacht standen die Göttin und ihre Dienerinnen nackt vor den Gläubigen und gaben sich ihnen hin. Ich war mir sicher, dass die männlichen Gläubigen nur auf diese eine Nacht warteten und das ganze Jahr sparten, um spenden zu können. Gold-, Silber- oder Kupferstücke, die ihnen Einlass zu diesem pikanten Spektakel verschafften.

Dort vorne, nahe der Bahre, kniete Hahmed, der Hüter des Protokolls. Darsan war sein Neffe gewesen. Die Frau im dunklen Gewand an Hahmeds Seite war tief verschleiert, etwas, das im Tempel der Göttin ungewöhnlich erschien. Ich war mir sehr sicher, in ihr die Essera Falah zu erkennen.

Von ihr hatte es eine weitere Nachricht gegeben. Ich sollte sie im Palast zum Tee aufsuchen und alle Frauen mitbringen, die mich begleiteten. Diesmal war sie deutlich geworden und sagte, es sei wichtig, es gehe um eine Prophezeiung. Ich mochte die Essera, aber nicht ihren Aberglauben. Vielleicht fand sich nachher trotzdem noch Zeit.

Wir hatten für ein Begräbnis gespendet, aber jemand hatte mehr Einfluss besessen, als Gold und Silber kaufen konnten. Darsan erfuhr die Ehre einer Tempelbestattung.

Eine jüngere Priesterin der Astarte trat vor und beschrieb in klaren Worten Darsans Leben. Ihre Stimme war sanft und tröstend, als sie von seiner Liebe zu den Worten sprach, davon, wie sehr er der Ordnung zugesprochen hatte und dem Wissensdurst und dem Wunsch, andere Länder kennenzulernen und anderes Denken. Ihre Stimme wurde kälter, als sie davon sprach, dass er missbraucht wurde, um eine Falle zu stellen. Sie sprach von dem Gott ohne Namen, der nur neidete, und rief die Gläubigen dazu auf, sich auf immer von ihm abzuwenden, die Liebe zu leben und nicht Neid, Missgunst und Hass.

Es war eine schöne Rede, die mir viel über Darsan berichtete, was ich nicht gewusst hatte, und noch etwas mehr über eine Göttin, die ich nicht oft in ihrem Haus besuchte. Es mochte sogar das erste Mal sein. Astarte galt als geduldig und lieblich, als sanft und warmherzig, vermittelte Geborgenheit, sie war das Sinnbild der Mutter und sah die Menschen als ihre Kinder. Und dennoch … die Priesterin dort vorn … Wäre ein Gläubiger des Namenlosen anwesend gewesen, sie hätte ihn mit bloßen Händen zerrissen, denn der Mutter war ein Kind gemordet worden. Wenn die Diener wirklich für ihre Götter sprachen, hatte der Namenlose unter seinen Brüdern und Schwestern tatsächlich keine Freunde.

Zum Schluss sangen die Priesterinnen im Gebet, der größte Teil der Gläubigen fiel ein, selbst Leandra schien den Text zu kennen. Ein goldenes Licht entstand um die Bahre herum, wurde gleißend hell, sodass die Bahre mit Darsans Körper darauf im Licht verging. Es ebbte ab, und die Bahre war leer. Unter den Seufzern der Versammelten sahen wir alle zu, wie ein großer Schmetterling dem Lichtstrahl folgte, der durch die Kuppe des Tempels fiel, und durch das offene Dach entschwand. Auch Leandra hatte Tränen in den Augen.

»Was bedeutete der Schmetterling?«, fragte ich sie leise, als wir gingen. An der großen Tafel rechts neben dem Eingang war ein Steinmetz bereits dabei, Darsans Namen einzumeißeln. Es lagen so viele Blumen dort am Fuß der Tafel, dass der Mann bis zu den Hüften in den Opfergaben stand.

Leandra war noch immer gerührt. »Die Göttin hat ihm noch eine kurze Zeit gegeben, um Schönheit zu erfahren. Der Schmetterling ist Darsans Seele auf dem Weg zu Soltar«, antwortete sie mit belegter Stimme.

Ich sah zu dem Tempel zurück, hell, grazil, in Gold und sanften Pastelltönen gehalten. Es war unwahrscheinlich, dass man mich so bestatten würde, und wenn, dann würde ich gewiss zu einer dicken schwarzen Krähe.

Als wir wieder nach Hause kamen, wartete Natalyia dort bereits auf uns. Sie sah erschöpft aus. »Ich habe den Tempel gefunden«, teilte sie uns müde mit. »Es war nicht besonders schwer, man braucht wirklich nur abwärts zu gehen. Ich verstehe nicht, dass er ein Geheimnis sein soll, denn er ist nicht zu verfehlen.«

»Was erwartet mich dort unten?«, fragte ich. Auf der Schale in der Mitte des Tischs lagen diesmal Äpfel. Ich mochte auch Äpfel, aber im Moment naschte ich lieber.

»Wie war Darsans Heimkehr?«, fragte Natalyia zuerst.

»Friedlich«, sagte ich.

»Wunderschön«, antwortete Leandra.

Ich nahm mir doch einen Apfel und zog meinen Dolch heraus, um ihn zu schälen.

»Was erwartet mich dort unten?«, fragte ich erneut.

Natalyia sah mich fast vorwurfsvoll an. »Genug für die schwärzeste Seele. Havald, Ihr habt recht mit der Messe um Mitternacht, sie bereiten die Opfergaben für die Zeremonie gerade vor.« Natalyias Augen waren dunkel.

»Was für Opfergaben?«, fragte Leandra neugierig.

»Welche Blumen stehen denn für den Namenlosen?«

»Die Nachtlilie«, antwortete ich. »Aber ich bezweifle, dass wir von Blumen sprechen, oder?«

Natalyia nickte. »Es ist immer dasselbe, wenn es um einen dunklen Gott geht«, sagte sie leise.

»Blumen zu verbrennen ist auch zu einfach«, sagte Zokora, und obwohl ihre Betonung wie meist unbeteiligt wirkte, glaubte ich diesmal Bitterkeit zu hören. »Mädchen kurz nach dem ersten Blut. Mit geraden Gliedern und wohlgefälligen Formen. Nackt natürlich. Auf schwarzen Altären, mit goldenen oder silbernen Ketten gefesselt. Wenn es Blumen gibt, dann im Haar der Mädchen. Natürlich liegt man erst bei ihnen, das gehört dazu. Dann bringt man sie um.« Sie sah mich und Varosch verächtlich an, erhob sich und verließ die Küche. Varosch und ich tauschten einen Blick, und er stand auf, um ihr zu folgen. »Bleib«, sagte sie und schloss die Tür hinter sich. Varosch setzte sich wortlos.

Natalyia wartete einen Moment, während Leandra mit einem betroffenen Gesicht auf die Tür starrte. »Stimmt das?«, fragte sie zögernd.

Natalyia nickte. »Ja. Als wäre sie selbst dort gewesen. Dreizehn Mädchen. Und bestimmt knapp hundert Gläubige. Schon jetzt. Berauschender Rauch, Trommeln, die einem Herzschlag gleichen, geweihte, mit Silber und Blutgranat ausgelegte Kreise, in denen sich die Gläubigen bereits in Trance versetzen, Gebete mit den Lobpreisungen der Verdammnis, andere, die vor den Altären knien und ihr Blut spenden, das von dem schwarzen Stein aufgesogen wird. Man hört Stimmen, unablässig, eine Legion von Stimmen, die jede Perversion preisen, die Götter schmähen und die Verdammnis loben. Diese Stimmen dringen in deinen Geist ein, nisten dort, flüstern davon, von allem, was bindet, frei zu sein, dass es stark macht, wenn man sich der Ordnung entzieht. Es sind flüsternde Stimmen voller Gier, und sie berühren Dinge in uns, die nicht berührt werden dürfen. Havald, dies ist nicht nur einfach ein Tempel des Gottes ohne Namen, es muss einer der oder gar der einzige Haupttempel sein. Nichts erklärt sonst die Dunkelheit, die dort in jedem Atemzug zu schmecken ist.« Sie schauderte. »Im Heiligsten steht eine Statue, ein Mann mit stolzer Haltung, ebenmäßigem Gesicht und gekleidet in schwarzen Rauch und Schatten. Er wirbelt unablässig um ihn und lässt nur die schwarzen Augen deutlich sichtbar. Im Rauch sieht es aus, als ob er lebt, und ich spürte in ihm die Dunkelheit. Die Statue lächelt, als wäre der Gott erfreut. Es sind nicht seine Gesichtszüge, aber es ist das gleiche Lächeln, das Kolaron trägt. Überall fühlt und sieht man Magie, und überall weht lebender Rauch in den Schatten. Es ist ein dunkler und düsterer Ort, unheilig. Die Mädchen sind nicht betäubt, sie wissen, was geschehen wird und wo sie sind, dass ihre Seelen Soltar verloren gehen werden. Die meisten weinen, eine, die Älteste, tobt, die anderen warten ergeben auf ihr Schicksal. Ich sah Nachtfalken mit diesen lebenden Umhängen, weitere ohne Umhang, zudem andere Priester des Dunklen Gottes. Ich sah einen in Schwarz und Gold, der einen jungen Mann erwürgte, während er mit der anderen Hand einen Kelch leer trank. Dann ließ er den Toten los, und dieser tanzte vor ihm, um dann leblos zusammenzubrechen. Kurzweil für den Herrn der Puppen.« Sie sah mich eindringlich an. »Er ist dort. Er wird auch nicht gehen. Ihr braucht nicht hinunter. Lasst mich dem Wasser vor Mitternacht den Weg öffnen. So rettet Ihr dreizehn Seelen vor der Verdammnis.« Sie sah meinen Blick und schüttelte den Kopf. »Selbst Ihr könnt sie nicht retten. Nicht vor dem Wasser, nicht vor seinen Priestern. Ihr könnt nur ihre Seelen befreien, indem Ihr mir erlaubt, das Wasser kommen zu lassen. Geht nicht dort hinunter, Havald.« Es war fast ein Flehen. »Geht nicht, ich bitte Euch. Der Gott ist dort präsent, er ist spürbar, selbst im Stein. Dort unten gilt nicht

Soltars Wille, sondern die Verneinung aller Ordnung und des Lebens. Es ist das Reich ohne Namen, und Ihr seid nicht willkommen.«

»Hör auf Natalyia«, forderte Serafine mich auf.

Auch Leandra sah mich besorgt an. »Es ist nicht nötig, dass du das tust«, sagte sie einfach.

»Wie viele sind bewaffnet?«, fragte ich stur.

»Gut drei Dutzend«, antwortete mir Natalyia bedrückt. »Unterschätzt auch nicht die Macht der anderen Priester, ich habe die Magie dieses unheiligen Orts gespürt.«

»Was ist, wenn ich dich bitte, es zu unterlassen?«, fragte Leandra sanft.

»Wenn wir sie nur ersäufen, wie können wir sicher sein, dass er tot ist?«, fragte ich zurück.

Varosch hatte sich das alles angehört und schüttelte den Kopf. »Havald«, sagte er. »Wie könnt Ihr sicher sein, dass er es ist, der stirbt, wenn Ihr Euch dorthin begebt?« Er bemerkte etwas in meiner Miene und nickte nachdenklich. »Es ist etwas Persönliches, nicht wahr? Genau das macht Euch blind.«

Er hatte recht. Es war persönlich. Reka. Ich erkannte in diesem Moment, dass ich den Herrn der Puppen vor allem deshalb strafen wollte, weil ich selbst versagt hatte. Ich hatte Reka versprochen, ihr zu helfen, und sie vergessen. Ich seufzte.

»Ihr führt Seelenreißer«, sprach Varosch weiter. »Eine Klinge mit ungeheurer Macht. Aber macht sie Euch auch unbesiegbar?«

»Nein«, gab ich widerwillig zu. Ich sah von ihm zu Natalyia, dann zu Serafine und Leandra. »Ihr habt recht. Allesamt. Es wäre dumm, dort hinabzugehen.«

»Es wäre dumm, dort allein hinabzusteigen. Was aber, wenn Ihr mit einer Armee kämt?«, fragte Varosch.

»Selbst eine Armee könnte gegen die Magie der Priester nicht bestehen«, erinnerte uns Natalyia. »In diesen dunklen Gängen liegt der Vorteil gänzlich auf der anderen Seite.«

»Was, wenn Priester der anderen Götter diese Armee schützen?«, fragte Varosch, und ich verstand, worauf er hinauswollte.

»Dann bleibt immer noch die Macht der Seelenreiter«, sagte Leandra. »Es gibt mindestens diesen einen Nekromanten dort unten, wenn nicht noch mehr. Niemand weiß, welche Gaben er gestohlen hat.«

Varoschs Idee war verlockend. Soldaten und Priester, die gegen den Tempel des Namenlosen zogen. Viele würden sterben, denn allein schon die Nachtfalken würden ihren Blutpreis fordern. Waren es mehr als dreizehn? Wahrscheinlich. Zudem gab es noch immer keine Sicherheit, dass die Mädchen überleben würden. Nein, dieses Vorgehen ergab auch keinen Sinn.

»Nein«, sagte ich also laut. »Es ist zu riskant. Ihr habt recht. Vielleicht hat der Herr der Puppen die Gabe, sich in einen Fisch zu verwandeln. Vielleicht entkommen andere ebenfalls, auf andere Art. Aber so oder so wird es den Tempel vernichten und dem Kult des Namenlosen schaden. Ein guter Plan ist ein einfacher Plan. Der Plan ist dann einfach, wenn du, Natalyia, sicher bist, dass du dem Wasser den Weg öffnen kannst, ohne dich zu gefährden.«

»Das kann ich«, sagte sie überzeugt.

»Wie habt Ihr Euch eigentlich gedacht, diesen Herrn der Puppen zu stellen?«, fragte Varosch neugierig.

»Ich wollte in den Gewändern eines Nachtfalken hinabgehen und den Herrn der Puppen erschlagen, kurz bevor das Wasser kommt. Das ist der Plan.«

»Und wie dem Wasser entkommen? Ihr seid ja auch kein Fisch.«

»Natalyia hätte mich durch den Stein gezogen.«

»So schlecht ist der Plan nicht«, meinte Varosch und erntete einen bösen Blick von Leandra, die sich ansonsten bemerkenswert zurückhielt.

Ich schüttelte den Kopf. »Varosch, es war dumm. So wie es Natalyia beschreibt, käme ich gar nicht an den Herrn der Puppen heran. Ich müsste mich durch die anderen hindurchkämpfen.«

»Wollt Ihr Havald nun doch wieder in den Tod schicken?«, fragte Leandra scharf, aber Varosch schüttelte den Kopf.

»Dieser Herr der Puppen besitzt ein gefährliches Talent und stellt es in den Dienst des Namenlosen. Sicherzustellen, dass er stirbt, wäre gut. Er ist ein Nekromant, und Seelenreißer wurde geschmiedet, um Nekromanten zu töten. Mit Seelenreißer kann Havald gegen einen Nekromanten bestehen. Auch Ihr, Sera Maestra, könnt das, denn Steinherz ist ebenfalls ein Bannschwert. Dafür wurden diese Waffen geschaffen. Die anderen, die Nachtfalken und die Priester, sie sind die Schwierigkeit.«

»Nicht, wenn man ihn nicht sieht«, sagte Zokora von der Tür aus. Sie kam herein und setzte sich, als wäre nichts gewesen. »Das, was man nicht sehen kann, kann man nicht bekämpfen. Aber Seelenreißer sieht ebenfalls, und ihm ist das Licht egal, nicht wahr, Havald?«

Ich nickte.

»Es dürfte dunkel in dem Tempel sein, sie scheuen ja das Licht. Aber sie brauchen es dennoch. Das ist es, was sie nicht sehen. Sie suchen die Dunkelheit, aber sie brauchen das Licht.« Sie wandte sich Natalyia zu. »Wie ist es, Natalyia, du hast von Rauch und Schatten gesprochen, aber es gibt Lampen dort, nicht wahr?«

Also hatte sie die ganze Zeit über gelauscht. Es war keine Überraschung, Zokora lauschte öfter.

Natalyia nickte.

»Wie viele?«

»Ich habe sie nicht gezählt. Etwa vierzig, würde ich sagen, Öllampen, Kerzen und Fackeln.«

»Wie groß ist der Raum, von dem wir sprechen?«

»Vierzig auf fünfzig Schritt und gute dreißig Schritt hoch.«

Zokora nickte nachdenklich und wandte sich mir zu. »Was, wenn es fünf Schritt um dich herum eine absolute Dunkelheit gäbe, die für zehn Atemzüge anhalten würde? Sie würde jede Flamme ersticken. Würde es deinen Plan vereinfachen?«

»Ich müsste mich immer noch durch die Gläubigen kämpfen.«

»Warum bringt dich Natalyia, wenn sie dich schon durch den

Stein zieht, nicht einfach direkt vor diesen Herrn der Puppen? Oder über ihn?«

»Es sind gut ein Dutzend Mannshöhen. Ich würde mir alle Knochen brechen.«

»Dann komm aus dem Boden. Er ist aus Stein.« Sie sah Natalyia an. »Oder sie zieht diesen Puppenspieler einfach in den Stein und lässt ihn dort liegen.«

Leandra zog scharf die Luft ein, und Serafine hustete. Ich sah Natalyia überrascht an. Das wäre eine sehr einfache und effiziente Art, die Schwierigkeit zu lösen. Und auch eine gebührend erschreckende.

»Das geht nicht«, wehrte Natalyia ab, und irgendwie war ich erleichtert. »Niemand will in den Stein. Wenn ich ihn überrasche, kann ich jemanden zum Teil in den Stein ziehen, eine Hand oder einen Fuß. Aber er geht nicht im Stein auf, wie es sein muss, wenn man sich durch den Stein bewegt. Hammer und Meißel werden ihn befreien. Es ist fast nicht möglich, den Kopf eines Menschen in den Stein zu pressen. Jeder sperrt sich dagegen, zu Recht, denn es wäre der Tod.« Sie lächelte. »Kolaron hat die Grenzen meiner Gabe geprüft. Er fand heraus, dass es mein Wille ist, der die Menschen in den Stein zieht. Wenn der Wille des anderen stark genug ist, kann er sich dem Stein sogar entziehen. Nur zweimal war es einfach. Mit Serafine und Havald, denn sie *wollten* in den Stein. Auch die Soldaten, denen Kolaron befahl, mit mir zu gehen, wollten es eigentlich gar nicht.«

»Was hast du im Stein gespürt?«, fragte ich Serafine.

Sie lächelte sanft. »Kühle Ruhe, als ob ich im Wasser schweben würde.«

»Keine Sterne?«

Sie schüttelte den Kopf.

»Es ist doch ganz einfach«, sagte Zokora. »Zieh die Füße dieses Puppenspielers in den Stein, dann kann er nicht weg und wird ersaufen.«

»Der Boden des Tempels ist mit Mosaik ausgelegt. Ich kann in einem Stein versinken, wenn Platz dazu ist. Wenn ich erst einmal im Stein bin und eine Verbindung besteht, dann kann ich mich bewegen.« Sie sah zur Wand. »Das Imperium baut ohne Mörtel, mit Keilen in den Steinen. Ich weiß nicht, wie die Steinmetze das so präzise fertiggebracht haben, aber es ist so. Wenn das Haus aus Mörtel gebaut ist oder der Putz zu dick, wenn es keinen Stein gibt, der groß genug ist, dann kann ich nicht hinein. Meinem Talent sind engere Grenzen gesetzt, als ihr meint.«

»Was ist mit Keramikziegeln an der Außenwand?«, fragte ich.

»Unüberwindbar. Meist finde ich meinen Weg durch den Boden. Hier zumindest. Ein Haus aus Ziegeln, mit Holz gedeckt, das auf Lehm oder Sand steht, verwehrt mir jedoch den Zutritt. Jedenfalls auf diese Art.« Sie lächelte. »Es gibt ja noch andere. Aber allgemein baut man gerade die Gebäude, die sicher sein sollen, aus massivem Stein, zumindest das Fundament.« Sie wandte sich wieder Zokora zu. »Mosaik verwehrt mir den Zugang, und ich kann dort auch niemanden hineinziehen.«

»Wie wolltest du ihn dann dort abholen?«, fragte Varosch.

»Es gibt im Tempel eine massive Säule. Sie wurde stehen gelassen, als man den Raum aus dem Felsen schlug. Das ist die beste Stelle. Aber sie ist gut und gerne zwanzig Schritt von dem Ort entfernt, wo sich der Herr der Puppen aufhielt. Wenn er sich dann nicht an einem anderen Ort befindet.«

»Aber Havald müsste sich nicht quer durch den Tempel kämpfen.«

»Das ist richtig.«

»Was ist das für eine Dunkelheit?«, fragte Leandra. »Könnte ich es lernen?«

Ich wusste, dass beide in der Lage waren, Licht zu erzeugen, aber Leandra hatte mir erklärt, dass es auf unterschiedliche Art und Weise geschah. Leandra entnahm die notwendige Kraft dem, was sie um sich herum fand, Zokora speiste ihre Magie aus ihrem Willen und ihrem Glauben, letztlich aus sich selbst heraus. Beides, so hatte mir Leandra erläutert, besaß Vor- und Nachteile.

»Vielleicht. Man kann es versuchen. Was ich tun kann, ist, Dunkelheit für eine kurze Zeit in einen Stein zu bannen. Die

Dunkelheit liegt im Wesen unseres Volkes. Wenn Havald diesen Stein berührt, wird er Dunkelheit ausstrahlen. Es ist ein indirekter Weg. Würde ich den Zauber selbst ausüben, wäre er mächtiger.« Zokora musterte mich prüfend. »Die Magie wird umso besser wirken, je mehr Havald der Dunkelheit zugetan ist.«

»Könnt Ihr es demonstrieren?«, fragte ich, und es war auf einmal schlagartig dunkel.

Vollständige Dunkelheit. Absolute, vollständige Dunkelheit. Wie ein schweres schwarzes Tuch. Wäre ich nicht schon einmal blind gewesen, hätte ich mich zu Tode gefürchtet. Ich berührte Seelenreißer und fühlte, dass Zokora hinter meinem Stuhl stand.

»Danke«, sagte ich, und einen Moment später kam das Licht zurück. Zokora saß auf ihrem Platz, als hätte sie sich nie bewegt. Sie lächelte ganz leicht.

»Ihr hättet pfeifen sollen«, sagte ich, und ihr Lächeln wurde breiter.

»Das«, sagte Leandra und atmete tief durch, »war erschreckend.«

Die anderen, selbst Varosch, nickten zustimmend, auch Serafine war blass geworden.

»Nicht für Havald«, sagte Natalyia leise. »Er lebte die Dunkelheit und tut es noch immer.«

»Kann ein dunkler Elf in dieser Finsternis sehen?«, fragte Leandra.

»Nein«, antwortete Zokora. »Aber wir sind sie gewohnt und üben so auch den Kampf. Es gibt andere Sinne als das Auge.«

»Nun«, sagte Leandra und wandte sich mir zu. »Was ist, Havald? Es scheint, als gäbe es eine Möglichkeit, die besser scheint als dein Plan. Du kannst mitten im Tempel des Namenlosen auftauchen und im Dunkeln den Herrn der Puppen stellen und hättest zehn Atemzüge Zeit, ihn zu richten. Willst du es wagen?« Ihre Stimme war hart, ihr Blick war es nicht.

»Nein«, sagte ich. »Wir ertränken sie und hoffen das Beste für die Seelen dieser Mädchen.«

Ich hielt noch immer Seelenreißer umfasst. Die Klinge hatte

mich schon Kämpfe bestehen lassen, die kaum hätten gewonnen werden können. Aber Varosch hatte recht. Sie machte mich nicht unbesiegbar und nicht unsterblich. Und selbst dieser verbesserte Plan erlaubte mir nicht, die Mädchen zu retten.

»Wir haben hier auch schon genug getan«, fuhr ich fort. »Die Emira und Armin können den Rest ihrer Angelegenheiten selbst erledigen. Der Zwist zwischen der Reichsstadt und dem Emirat ist beigelegt, mit dem Gewicht der Sechsten Legion auf Faihlyds Seite werden sich Turm, Tiger und Schlange überlegen, ob sie in den Krieg ziehen wollen. Nach dem Aufruhr, den Marinaes Aussage auslöste, werden die anderen Häuser wahrscheinlich Faihlyds Wahl zur Kalifa unterstützen. Die Garnison wird wieder aufgebaut, und die Zweite Legion wird hier aufgestellt. Allein schon deshalb werden wir zurückkommen.«

»Was ist mit der Hochzeit und dem Begräbnis des Emirs?«, fragte Leandra.

»Das Begräbnis des Emirs ist morgen. Ihm können wir die Ehre erweisen. Es gibt noch keinen festen Termin für die offizielle Hochzeit. Aber sie sind schon vermählt. Wenn wir in Askir ein Tor finden – und dort sollte es wohl welche geben –, ist Gasalabad nur einen Schritt entfernt und wir können jederzeit zurückkehren. Sie können die Hochzeit ja dann ausrichten. Vielleicht finden sich in Askir auch Torsteine, sodass wir andere Tore aktivieren können, vielleicht sogar das Frachttor zum Gasthof. Aber all das können wir nur tun, wenn wir endlich Askir erreichen. Siehst du es anders, Leandra?«

»Ich sehe es genau so«, sagte sie und schien zutiefst erleichtert.

»Dann werde ich Deral die Anweisung geben, die *Lanze des Ruhms* zur Abfahrt vorzubereiten.« Ich sah meine Freunde und Gefährten an. »Ich für mein Teil bin froh, dass niemand von uns für Gasalabad sein Leben lassen musste.«

Am Nachmittag führte ich Natalyia in den Tempel des Soltar, wo ein uns bekannter junger Priester sie freundlich empfing und mir lächelnd zunickte. Ich lehnte an einer Säule des Tempels und schaute zu, wie sie in ein weißes Gewand gekleidet wurde, ihr mit dem Segen des Gottes ein weißer und ein schwarzer Stein in die Hände gelegt wurden, die für den Tag und die Nacht standen, für das Licht und die Dunkelheit sowie den schmalen Pfad, über den Menschen dazwischen wandeln. Eine Priesterin führte sie die steilen Stufen in den Graben hinab, der um die Insel des Gottes lag und mit klarem, geweihtem Wasser gefüllt war. Dem Glauben nach war Natalyia nun wiedergeboren als ein Mensch, der mit der Führung des Gottes sicher zwischen Hell und Dunkel wandern konnte.

»Wie war Eure Taufe, Herr?«, fragte ein Priester, der sich zu mir an die Säule gesellte.

»Unfreiwillig«, antwortete ich. »Ich hatte Durst, und das Wasser war klar. Es war Nacht, niemand war da, also dachte ich, ich fülle meinen Wasserbeutel im Graben. Irgendwie bin ich ausgerutscht und hineingefallen.«

Ich warf der Statue des Gottes einen skeptischen Blick zu. Ich meinte mich deutlich daran erinnern zu können, dass ich einen Tritt in den Hintern gespürt hatte.

»Wie alt wart Ihr?«

Ich zuckte mit den Schultern. »Drei oder vier.«

»Eine frühe Taufe, in der Tat.« Der Priester lachte leise. »Manche Wege beginnen seltsam«, sagte er. »Seht ihr Gesicht. Habt Ihr es jemals so strahlend gesehen?«

Nein, noch nie. Es war, als ob sich jegliches Gewicht von Natalyias Schultern gelöst hätte. Sie sah unschuldig aus. Sie war es ja auch, denn vor der Taufe hatte sie unserem Glauben nach nicht zwischen Licht und Schatten unterscheiden können.

Auf einmal wirkte sie unglaublich jung, fast wie ein Kind, als hätte die Taufe die Spuren ihres Lebens von ihrem Gesicht gewischt. Meine Sicht verschwamm, ich hatte wohl etwas im Auge.

Noch nie war Natalyia schöner als in diesem Moment, und dann fand ihr Blick mich und sie lächelte, ein offenes, freies Lächeln, das ich nie zuvor bei ihr gesehen hatte. Es brach mir das Herz, also schaute ich zur Seite, wo der Priester stand. Ich musste ihm schon einmal begegnet sein, denn er kam mir bekannt vor.

»Sie ist froh«, sagte ich.

»Sie hat Soltar in ihr Herz eingeladen, mit einem Gebet, das Er nicht überhören konnte. Selten habe ich einen Glauben gesehen, der so rein und klar ist wie ihrer. Manche Menschen nehmen Ihn mit Leichtigkeit in ihr Herz auf«, sagte der Priester mit einem feinen Lächeln. »Bei anderen denke ich manchmal, man müsste ihnen einen Tritt geben.« Ohne den Blick von ihr abzuwenden, sprach er weiter. »Braucht Ihr oft einen Tritt von Ihm?«

»Nein«, sagte ich bestimmt. »Ich konnte schon als Kind zwischen Recht und Unrecht unterscheiden.«

»Ihr braucht also keine Führung?«

Ich schüttelte den Kopf. »Es gibt Dinge, die man tun muss, und solche, die man kann. Ich tue das, was ich tun muss. Soltars Führung ist mir nicht willkommen.«

»Liegt Ihr im Zwist mit Ihm?« Er schien wirklich bedrückt von dem Gedanken.

»Er lässt die Menschen sterben. Er nimmt solche, die niemandem etwas tun, und gewährt Mördern ein langes Leben. Er ist nicht gerecht.«

»Er richtet nicht. Er weist nur den Pfad zwischen Licht und Dunkelheit. Der Mensch kann wählen, wie er geht. Boron richtet, Soltar nicht.«

Ich dachte an alle die, die ich geliebt hatte, die ich gekannt und geehrt hatte – und die alle in sein Reich eingegangen waren. Es waren gute Männer und Frauen darunter, auch solche, für die ich gestorben wäre. Aber ich starb nicht. *Sie* starben. Ein Bild entstand vor meinem geistigen Auge, von einem fernen Pass, verstopft mit einem Berg von Leichen. Ich sah, wie ich mich blutend und mit fahlem Stahl aus diesem Berg befreite und erkannte, dass der Feind nicht mehr zugegen war. Wir waren gestorben, während ein feiger Graf seine Rüstung polieren ließ …

»So sinnlos«, sagte ich. »So ein sinnloses Sterben …«

»Sie haben sich dafür entschieden, haben ihren Weg gewählt. Könnt Ihr das nicht respektieren?«

»Niemand entscheidet sich zu sterben.«

Ich sah wieder zurück zu Natalyia, sie schien auf einmal traurig. Trauer. Das war der Grund, weshalb ich Soltars Tempel mied. Es machte mich traurig, an all die zu denken, die ich geliebt und verloren hatte.

»Was ist Trauer anderes als Liebe?«, fragte der Priester. »Vergesst nicht: All diese Seelen, die Ihr kanntet, leben. Einige von ihnen schon ein zweites oder drittes Mal, seitdem Ihr sie getroffen habt. Würdet Ihr sie denn erkennen?«

»Man sagt, man erkennt sie wieder. Ich habe noch keinen getroffen.«

»Seid Ihr sicher? Dem Auge nach ähneln sie sich selten. Aber was ist mit der Sicht der Seele? Habt Ihr noch niemals jemanden getroffen, den Ihr liebt, obwohl Ihr sie oder ihn nicht kennt?«

»Ich liebe nicht mehr. Nur noch, wenn ich kann und muss.« Leandra hatte Elfenblut in ihren Adern. Wenn sie ihre Mission überstand, dann hatte sie noch Jahrhunderte vor sich. Sie unterlag nicht dem Gebot des Todes. Bevor Soltar sie nahm, würde er mich nehmen müssen.

»So verwahrt Ihr Euch dagegen? Warum?«

»Alle, die ich geliebt habe, sind Soltar zum Opfer gefallen«, sagte ich rau.

»Ihm?« Der Priester schien nun fast verärgert. »Meint Ihr, es bereitet Ihm Freude, die zu nehmen, die ein reines Herz haben? Denkt Ihr wirklich, Er geht unter die Menschen und entscheidet, du kommst und du bleibst? Was wäre das für ein Gott, der solche Willkür übt?«

»Ihr sagt selbst, er ist nicht gerecht.«

»Ihr hört nicht zu! Er richtet nicht. Aber Er ist gerecht. Er versucht es zu sein.«

»Götter sollten tun können und nicht versuchen müssen.«

»Er nimmt, was kommt. Havald, das Leben ist das Bollwerk

gegen die Dunkelheit. Je mehr Kreaturen auf der Welt leben, desto größer ist das Licht. Manche Menschen sind ein reines Licht, aber auch sie muss Er nehmen, wenn es nur so geht. Aber dein Gott nimmt so wenig, wie Er kann, damit das Licht wächst.«

Er sah noch immer unverwandt Natalyia an.

»Dann sollte er endlich mich nehmen. Ich führe ihm über die Maßen Seelen zu.«

Ich wollte mich zum Gehen wenden, doch er legte mir eine überraschend schwere Hand auf die Schulter und hielt mich zurück.

»Nein, Havald. Jede Seele, auch die reinste oder schwärzeste, die du Ihm jemals gegeben hast, ließ andere Lichter länger strahlen.«

»Ihr seid sein Priester«, sagte ich bitter. »Ihr müsst wissen, wovon Ihr sprecht. Ich hingegen tue das, was ich tun muss. Ich gehe dorthin, wo er mich hinzerrt, auch wenn ich es nicht will. Wenn ich einmal dort bin, tue ich sein Werk. Ich brauche nichts zu verstehen, und er erklärt mir nichts. Ich schlachte ihm nur die Seelen, die er braucht. Ihr habt gut reden in diesem Tempel, Ihr müsst auch nicht sein Metzger sein.«

Diesmal wandte ich mich endgültig ab. Seine Hand fiel von meiner Schulter, und ich ging zu Natalyia, um sie zu umarmen. Sie ließ es nicht zu, und es standen Tränen in ihren Augen.

»Warum hast du weggeschaut, als ich glücklich war?«, fragte sie so leise, dass ich es kaum verstand.

»Es war ein privater Moment«, sagte ich so sanft, wie ich konnte. Ich war noch immer verärgert wegen dieses sturen Priesters.

»Ich wollte ihn mit dir teilen«, sagte sie leise.

Ich umarmte sie, diesmal ließ sie es geschehen. Sie roch anders, das klare Wasser hatte alles an ihr rein gewaschen.

Ja. Ich hatte es gesehen, die Art, wie sie mich ansah, das Lächeln. Wie konnte man es auch nicht sehen? Aber wie sollte ich diesen Blick ertragen?

Ich sah zu Soltars Statue hoch.

»Was ist?«, fragte Natalyia.

Ich stellte fest, dass ich sie noch immer in den Armen hielt, und löste mich sanft von ihr. »Nichts«, sagte ich und verließ mit ihr den Tempel.

22. Das dritte Tuch der Nacht

Der Plan war einfach, wenn man Natalyias Gabe besaß, ansonsten wäre er undurchführbar gewesen. »Ihr braucht mich nicht zu begleiten«, sagte sie, als sie sich bereit machte. Sie trug dieselben Gewänder, aber sie war anders als sonst. Ruhiger, nein, ruhig war sie schon immer gewesen.

»Es ist besser, wenn er dich begleitet«, sagte Leandra. »Es ist immer besser, wenn man nicht allein ist.«

Natalyia sah hoch zu mir. »Wenn es Euch nichts ausmacht?«

Wortlos öffnete ich ihr die Tür. Warum sollte es mir etwas ausmachen? Wir gingen. Es war wie üblich eine schöne Nacht, sternenklar. Noch schlief die Stadt nicht, aber es wurde stiller.

»Es ist schön hier«, sagte Natalyia. »Ich mag diese Stadt.«

Hätte es nicht so viel Leid und Elend hier gegeben, hätte ich ihr zugestimmt.

»Gasalabad ist mir zu … zu viel. Zu viele Menschen. Zu fremd«, gestand ich.

»Das merkt man nicht«, sagte sie. »Wüsste ich es nicht besser, würde ich denken, du kämst von hier. Du verstehst diese Menschen. Du gehst wie sie, mit diesem stolzen Blick. Du trägst die Gewänder, als hättest du nie andere getragen, auch wenn Armin dich damit aufzieht, dass du nicht so bunt gekleidet sein willst. Du sprichst sogar wie sie, mit dem gleichen Singsang, den auch Faihlyd in der Stimme hat. Und die Leute hier… sie sehen dich, und sie folgen dir. Ist das immer so, egal, wo du bist?«

Ich schüttelte amüsiert den Kopf. »Das bildest du dir ein, Natalyia. Ich werde den Dialekt von Kelar nie los, und ein feiner Herr werde ich auch nie sein. Es liegt mir nicht. Warum sollten mir die Menschen folgen, mich mehr achten als andere? Leandra ist diejenige, die uns anführt, sie ist die Diplomatin, ich kümmere mich nur um die praktischen Schwierigkeiten. Es ist Leandras Mission.«

»Aber warum folgt man ihr?«

»Weil es richtig ist«, sagte ich. »Du weißt selbst am besten, dass man Kolaron aufhalten muss, bevor er die Weltenscheibe mit Dunkelheit überzieht.«

»Es ist eine Kugel.«

»Was?«

»Die Welt.«

»Für mich ist sie eine Scheibe. Dann habe ich keine Angst herunterzufallen.«

Natalyia blieb stehen, sah mich an und lachte dann. »Das meinst du ernst?«

Ich zuckte mit den Schultern. »Die Welt ist das, was sie ist, ob Scheibe oder Kugel. Also kann ich es auch vorziehen, an eine Scheibe zu glauben.«

»Du bist unmöglich«, sagte sie.

Wir gingen weiter, aber es dauerte nicht lange, bis sie wieder stehen blieb. »Hier ist es«, verkündete sie. Wir hatten den Punkt erreicht, gar nicht weit weg von unserem Haus. Vor uns lag das schimmernde Band des Gazar, und in geringer Entfernung schwamm ein Flussdrache im Wasser. So weit, wie seine Augen voneinander entfernt waren, musste es ein großer sein. Ich hoffte, er blieb im Wasser.

Ich sah sie an, und sie lächelte noch immer. »Bist du sicher, dass keine Gefahr besteht?«

»Es ist gewachsener Stein. Er hält mich sicher, und ich kann ihn von innen formen.« In ihren Augen blitzte es… »Mach dir keine Sorgen.« Sie sah sich suchend um. »Jetzt brauche ich nur einen Felsen. Hier.«

Es war ein großer Felsen an der Wand eines Hauses. Ich ging mit ihr dorthin. Er war groß genug, dass ich mich setzen konnte. Also nahm ich meine Pfeife heraus und den Beutel Apfeltabak, von dem ich einen Vorrat erstanden hatte.

»Ich warte hier und rauche meine Pfeife.«

»Es wird nicht lange dauern«, antwortete sie, grinste spitzbübisch und verschwand wie ein Geist im Stein.

Ich zündete mir die Pfeife an und stellte beruhigt fest, dass der Flussdrache weitergetrieben oder -geschwommen war. Auf der anderen Seite des Gazar bemerkte ich ein Fischerboot mit einer Lampe daran, hier und da hörte ich in der Ferne Stimmen. Es war friedlich hier. Irgendwo unter mir lag die Kanalisation, und noch tiefer bereiteten sich die Priester des Namenlosen Gottes darauf vor, dreizehn unschuldige Mädchen zu opfern. *Was ist mit diesen Mädchen, Soltar, findest du es gerecht, was da geschieht? Wo bleibt deine Strafe für die, die deinem Bruder folgen?*

Ich vergaß. Soltar richtete ja nicht.

Dann erweckte etwas meine Aufmerksamkeit – eine Delle im Wasser. Noch während ich verdutzt hinsah, vertiefte sie sich und wurde zu einem Strudel, der in Sekundenschnelle an Durchmesser gewann. Tief unter mir spürte ich den Boden vibrieren. Der Strudel wuchs weiter und war nun fast fünf Mannslängen breit. Er erfasste den Flussdrachen. Ich meinte zu sehen, dass er überrascht war, als er in die Tiefe gezogen wurde. Man konnte das Donnern des Wassers auch durch den Strudel hören.

Seine Wände wurden immer steiler, der Boden erzitterte heftiger. Ich erinnerte mich an die Halle der Diebe tief unter mir und an die hohe, steile Wand, hinter der ich schon damals den Gazar hatte hören können. Wie musste es aussehen, wenn diese Wand brach und das Wasser schäumend hindurchschoss?

Es musste auf die Diebe wie das Gericht der Götter wirken, aber sie hatten es nicht weit, um sich in Sicherheit zu bringen. Ich betrachtete den Strudel, zog an meiner Pfeife und wartete auf Natalyia. Das Beben im Boden ließ sogar etwas nach, dennoch spürte ich unter meinen Füßen die Kraft des Wassers. Fünfzehn Schritt unter mir lag die Kanalisation. Noch einmal zwanzig Schritt tiefer lag die Halle der Diebe, zwanzig Schritt hoch. Ein Wasserfall mit fast sechzig Schritt Höhe hatte eine beachtliche Stärke und spülte vieles einfach weg.

Sie hätte schon wieder zurück sein sollen, dachte ich beunruhigt.

Sie kannte sich im Stein aus. Sie sagte, es bestehe keine Gefahr, und sie war auch nicht unruhig gewesen. Dennoch …

Ich wartete und war schon fast am Verzweifeln. Ich stand auf, ging ruhelos auf und ab und sah auf den Strudel, der noch immer unverändert war.

Hinter mir taumelte Natalyia aus dem Stein, doch sie war nicht allein. Ein hochgewachsener Mann in Schwarz und Gold war bei ihr und stieß sie achtlos zur Seite. Sie fiel zu Boden, ihre Augen waren geöffnet, doch sie waren leer, ihr Brustkorb hob und senkte sich, noch lebte sie, aber …

»Nein.« Der Mann lächelte und klopfte sich Staub von seiner Jacke, wo keiner war. »Sie lebt, und sie besitzt auch noch ihre Seele. Vielleicht hole ich sie mir noch, dazu war keine Zeit. Ich halte nur ihren Geist. Sieh.«

Natalyia richtete sich halb auf und kniete, die Hände auf dem Rücken, den Kopf gesenkt, bewegungslos.

»Eine hübsche Frau«, sagte der Herr der Puppen. »Vielleicht gönne ich sie mir. Wunderst du dich nicht, Havald, dass ich hier stehe?«

Ich wunderte mich, dass sein Kopf noch nicht von Seelenreißers Klinge sprang.

»Ich besitze ihren Geist und weiß, was sie weiß. Das ist die geheime Macht des Puppenspielers.« Er lächelte. »Ich weiß, was meine Puppen wissen. All diese Erinnerungen, all diese Leben … Die anderen bekommen nur die Gaben, ich erhalte alles von meinen Puppen, auch ihre tiefsten Geheimnisse.« Er machte eine Pause. »Also kenne ich auch dich, Havald, Engel des Todes. Du bist ein harter Mann, vor allem für die, die dich lieben.« Er sah zu dem Strudel im Gazar. »Ein guter Plan. Nur warum musstest du sie schicken, um zu sehen, ob ich wirklich da bin? Ich habe sie im Stein gesehen, war neugierig … Und nun bin ich dem Schicksal entronnen, das du für mich gewählt hattest.«

Ich hatte sie nicht geschickt. Also widerstand Natalyia ihm. Er wusste nicht alles. Man konnte ihm widerstehen. Außerdem verstand ich, dass er auch mich jetzt gerade festhielt, uns beide festhielt…

Als er kurz zu ihr blickte, schloss ich die Augen, fand heraus, dass ich mich bewegen konnte, und griff Seelenreißer. Im nächsten Moment spürte ich, wie mich eine mächtige Hand packte. All meine Kraft nutzte mir nichts, ich konnte mich nicht bewegen.

Mein Magen sackte durch, was geschah mit mir? Ich öffnete die Augen und sah ihn vor mir in der Luft stehen, ein aufmerksames Lächeln in seinem Gesicht, als wir beide höher und höher stiegen, in Soltars Nacht hinauf, und uns langsam umeinander drehten. Ich schaute zwischen meinen Füßen nach unten, dort sah ich Natalyia und ihr helles Gesicht, als sie nach oben blickte. Er hatte sie gehen lassen.

»Ich kann sie mir jederzeit wieder holen, Havald.« Er breitete seine Hände aus und lachte. »Gefällt es dir, meine Macht zu spüren? Drei Gaben habe ich bekommen: die Gabe der Bewegung, die über den Geist anderer zu verfügen und die Macht, mir die Seelen zu nehmen, die ich will. Wie hast du nur Ordun besiegt? Er war ein Löwe, du bist nur ein Lamm.«

Wir waren hoch gestiegen, er und ich, tief unter mir schimmerte der Gazar, aus dieser Höhe war Natalyia nicht mehr zu sehen.

»Siehst du, gegen was du antreten wolltest? Jetzt halte ich nicht mehr deinen Geist, sondern nur deinen Körper. Was, wenn ich nicht dein Herz zerquetsche, sondern deine gesamte Hülle? Deinen Geist aus dir herausdrücke wie den Saft aus der Zitrone? Und du wolltest mich besiegen?«

Ich konnte nichts sagen. Er dagegen schwätzte weiter.

»Weißt du, was du bist? Erbärmlich. Nichts als ein Dieb. Und dumm. Erkennst du mich nicht? Du hast Natalyia in mein Haus geschickt und einen meiner Hunde getötet. Ich kann dir gute Gewürze verkaufen…«

Jefar, der Gewürzhändler. Ich hatte überlegt, ihm einen letzten Besuch abzustatten, bevor wir abfuhren. Macht über Körper, Macht über Geist, Reiter der Seelen. Ich konnte mich nicht bewegen, und er hielt mich hier oben, so hoch über der Stadt. Er brauchte mich nur fallen zu lassen … Und er war vorsichtig, hielt Abstand zu mir, blieb außerhalb der Reichweite von Seelenreißers Klinge. Ich hätte das Schwert werfen können, aber ich war nicht fähig, mich zu bewegen. Nur meine Finger … ein wenig … Seelenreißer. Ich hielt ihn immer noch in der Hand.

»Das ist unhöflich, Havald. Du hörst nicht zu.« Er zwang mich, ihn anzusehen. »Weißt du, was ich mit dir machen werde? Du wirst mit deinem Schwert in der Hand zu deinen Freunden gehen und sie erschlagen. Ich lasse dich sogar zusehen. Und dann … Dann wirst du eine Audienz bei dieser Natter erbitten. Sie vertraut dir tatsächlich, frisst dir aus der Hand … und dann wirst du auch sie erschlagen und die Löwenmutter. Wie gefällt dir das?«

Ich ließ Seelenreißer los, und die Klinge stürzte in die Tiefe. Er sah zu, wie sie fiel, dann lächelte er. »Du willst es nicht mehr? Aber du brauchst dein Schwert noch, um meinem Willen zu dienen.«

Seelenreißer stieg wieder auf, noch immer drehten wir uns langsam, offenbar brauchte er nicht einmal zu sehen, was er hob, denn Seelenreißer schwebte unter ihm, war ein Stück hinter ihn getrieben worden. Nichts schien diesen Herrn der Puppen anzustrengen, so groß war seine Macht. Seelenreißer stieg weiter auf, ich konnte ihn schon wieder fühlen.

Ich rief ihn. Diesmal zog ich ihn nicht wie an einer Schnur gerade zu mir, sondern krümmte das unsichtbare Band zwischen ihm und mir, sodass er in einem Bogen hinter dem Herrn der Puppen aufstieg. Als er hoch genug war, rief ich ihn in meine Hand.

Ganz genau traf er nicht, nur mit der Spitze seiner Klinge, gerade genug, um auf Höhe des rechten Auges des Puppenspielers einen Schnitt durch den Kopf zu führen, der kaum tiefer war als eine Hand breit. So sauber war der Schnitt, dass sein Auge nur langsam auslief und er mich noch mit dem anderen ansah, weil er nicht verstand, was geschehen war. Aber dann wusste er, dass er starb.

Als er tot war, ließ mich seine unsichtbare Hand los. Wir fielen, er und ich, und drifteten voneinander weg. Noch immer war dieses Grinsen auf seinem toten Antlitz. Dann sah ich die Gesichter kommen, in schneller Folge, als ob der Fallwind sie davonblasen würde, und es waren so viele Seelen, dass ich hätte weinen mögen. Sie lächelten und stiegen empor, vergingen im Wind. Dann war es vorbei, Seelenreißer hatte die Puppen befreit.

Meine weiten Gewänder stoppten mein Taumeln, ich lag in der Luft und sah mit brennenden Augen hinab, die Stadt tief unter mir. Wie hoch hatte er mich mitgenommen?

Er driftete weiter weg. Der Rausch kam, ein leichtes Kribbeln nur, ich war ja nicht verletzt. Noch nicht.

Ich wandte den Kopf, sah hinter Tränen Soltars glitzerndes Gewand. Schaute wieder nach unten … die Stadt war nun größer … diesen Aufprall konnte niemand überleben.

Er war tot, und die anderen waren sicher, auch Natalyia, ich dachte an ihr Gesicht im Tempel, als sie mich so glücklich angesehen hatte. Es würde nicht mehr lange dauern. Ich stellte fest, dass ich mich in der Luft auf den Rücken drehen konnte, hochsehen konnte zu Soltars Tuch, während meine Gewänder flatterten und mir die Haare ins Gesicht peitschten.

»Zufrieden, Herr?«, fragte ich. »Genug getan?«

Ich erhielt keine Antwort, die Welt traf mich wie ein Hammerschlag.

»Havald?«

Ich kannte diese Stimme. Natalyia. Ich hörte sie nur von ferne. Sie lebte, und ihre Seele gehörte ihr. Sie war frei von ihm, und dafür dankte ich den Göttern aus ganzem Herzen. Ich war nass, lag halb im Wasser, halb am Ufer, auch sie war nass. Ich musste in den Gazar gefallen sein, und sie hatte mich herausgezogen. Das war unvernünftig von ihr, es gab dort zu viele Flussdrachen.

Doch ich lebte noch, wenn auch nicht mehr lange, ich fühlte

jeden gesplitterten Knochen, die geborstenen Lungen. Hätte ich schreien können, ich hätte es getan, aber ich war wie gelähmt.

Natalyias Gesicht erschien über mir, sie lächelte. »Du lebst«, sagte sie glücklich, als sie sah, dass mein eines Auge sie erkennen konnte.

»Soltar hat meine Gebete erhört«, fuhr sie leise fort, oder war sie so weit weg? Sie kniete sich neben mich und küsste meine Stirn. Um was hatte sie denn gebeten? Es würde nicht mehr lange dauern, und ich konnte ihn selbst fragen, aber ich war neugierig und ärgerte mich, dass ich sie nicht ansprechen konnte.

»Ich bat ihn, mein Leben für das deine zu nehmen, sodass ich vor dir sterbe«, verkündete sie mit einem sanften Lächeln.

Das Gleiche hatte ich auch von ihm verlangt.

Sie weinte. Um mich. Das sollte sie nicht. Wenigstens dieses eine Mal hatte Soltar meine Gebete erhört.

»Du lächelst ja, Havald«, sagte sie mit erstickter Stimme. »Hörst du mich?«

Ich konnte blinzeln. Wovon sprach sie da? Das Denken fiel mir schwer. Ich spürte, wie sie an meiner Seite herumzerrte, fahler Stahl tauchte in meinem Blickfeld auf. Ich hielt Seelenreißer noch immer in der Hand.

Sie strich mir zärtlich über die Wangen und sagte etwas in ihrer Sprache, das ich nicht verstand. Sie löste ihren Schleier, sodass ich ihr Gesicht ganz sehen konnte, setzte sich rittlings auf mich – und ich erkannte es zu spät.

»Nein!«, rief ich, aber es kam kein Ton heraus. Sie sah mich so offen an, dass ihr ganzes Wesen vor mir lag, nichts verwehrte mir den Blick in die Seele hinter diesen wunderschönen Augen.

»Ich bin Natalyia, das dritte Tuch der Nacht, aus dem Hause Berberach. In meinem Herzen war ich nie ein Hund, ich komme unschuldig zu Dir.«

Sie zögerte nicht und setzte Seelenreißer unter ihrem Herzen an, lächelte und sank langsam nach vorn. Ihre Augen schauten in meine, und ihr Lächeln wurde breiter, als ob sie nicht Schmerzen spüren würde, sondern Erfüllung.

Durch Seelenreißer spürte ich, wie der Stoff durchschnitten wurde, dann Haut, dann Knochen, wie ihr Herz ein letztes Mal schlug. Spürte, wie der Stahl es durchbohrte und aus ihrem Rücken trat. Ich wusste, dass sich kein Blut auf der Klinge finden würde.

Sie sank mir ganz entgegen, lag auf mir. Über ihre Schulter hinweg sah ich die Klinge aus ihr ragen.

Ihre bernsteinfarbenen Augen liebkosten mich ein letztes Mal, zitternde Finger strichen über mein Haar, meine Wangen, sie lächelte noch immer sanft, küsste mich leicht, einem Schmetterling gleich, auf die Lippen und schloss die Augen. Ihr letzter Atem wehte über meinen Mund. Sie lag still.

Nie zuvor hatte mich ein Leben so hart getroffen, mich so weit mitgerissen; Natalyias Leben füllte jede Pore meines sterbenden Körpers. Es war wie eine Flammenwand, ein Bersten, als Zerstörtes wieder neu erschaffen wurde … Ich starb, und ihr Leben loderte in mir.

Als ich die Augen aufschlug, sah ich am Schaft einer Lanze entlang zu einem der Soldaten Faihlyds auf. Die Spitze ruhte leicht auf meinem Hals. Ein anderer Soldat war in der Nähe. »Hier liegt ein halbes Bein«, rief der. »Da hat jemand wieder den Drachen ein Mahl bereitet.«

»Der hier lebt noch. Die Leibwächterin … Ich verstehe das nicht. Hat sie ihn angegriffen oder nicht? Sie sehen aus wie ein Liebespaar …«

Ich weinte.

Niemals zuvor hatte ich ihn so gehasst.

23. Die Seele der Wächterin

In dieser Nacht, so hieß es, betrat zur tiefsten Stunde ein Mann den Tempel Soltars. Niemand konnte ihn beschreiben, denn sein Gesicht war die Nacht, seine Augen die Sterne, und er weinte Tränen wie Perlen aus Licht. Rauch und Dunkelheit wogten um ihn, als wären sie sein Gefolge, und in seinen Armen hielt er eine Seele.

Die Priester wichen vor ihm zurück, als er die Halle durchquerte, die heiligen Stufen erklomm und dann auf die Insel des Gottes trat, die kein sterblicher Fuß je berührt hatte.

Er legte die Seele Soltar zu Füßen.

So hieß es. Aber es war anders. Es mochte Mitternacht gewesen sein, als ich den Tempel meines Gottes betrat, aber ich sah niemanden, außer dem sturen Priester von vorhin.

»Was tut Ihr da, Havald?«, fragte er.

Ich ging weiter, beachtete ihn nicht, sondern schaute nur auf das Bild meines Gottes.

»Ich bringe die Seele, die er verlangt hat«, sagte ich. Die Halle war größer, als ich dachte, es war ein langer Weg, aber ich hätte Natalyia auch bis ans Ende der Welt getragen. Je weiter ich ging, desto dunkler wurde es, doch ich fürchtete die Nacht nicht mehr. Die Sterne gaben genug Licht.

»Ihr tragt ein Schwert, das ist nicht erlaubt.«

»Es ist seins.«

Ich ging weiter und sah die Stufen endlich näher kommen.

»Wo wollt Ihr hin? Diese Stufen führen zu Ihm«, sagte der Priester. »Nur die reinsten Seelen dürfen diese Insel betreten. Sie führt in Sein Reich.«

»Dann sind wir richtig. Ihre Seele ist rein genug. Ich will sicher sein, dass sie ihn erreicht.«

Ich stieg die Stufen empor, die fast eine Brücke über den Graben bildeten, nur der letzte Schritt fehlte. Ich tat ihn und stand vor der Statue. Kein Blitz traf mich. Es hätte sein Werk ja zunichte gemacht.

Ich sah hoch in den Sternenhimmel über uns, nur einmal zuvor hatte ich diese leuchtenden Bänder in einer solchen Klarheit erblickt, vor Kurzem erst, als Natalyia sie mir im Stein gezeigt hatte.

Ich legte sie sanft zu seinen Füßen ab und schaute auf zu ihm, doch er sah über mich hinweg in die Nacht der Tempelhalle, beachtete mich nicht. So war es ja schon immer gewesen.

»So könnt Ihr sie nicht liegen lassen, Havald.«

Der Priester stand hinter mir auf der Stufe, er musste der Hohepriester meines Gottes sein, denn nur sie durften jene letzte Stufe betreten.

Ich blickte auf Natalyia hinab, sie lag da wie eine zerbrochene Puppe. Nein, so konnte ich sie nicht liegen lassen.

Ich legte sie auf die Seite, bettete ihren Kopf sanft auf ihren Arm und ordnete ihre Gewänder. Ein Stilett rutschte aus einer Scheide zwischen ihrem Busen, ich schob es zurück.

Ihr Haar gefiel mir nicht, es hatte sich zum Teil aus dem Zopf gelöst. Ich löste ihn ganz und breitete ihr Haar über den Füßen meines Gottes aus. Es war noch nass, verknotet… Der Priester reichte mir wortlos einen goldenen Kamm.

Ich kämmte sie sorgfältig, wie ich es bei meiner Schwester getan hatte, vor so vielen Jahren, kurz bevor ich hoch zum Tempel gegangen war. Ich hatte sie fast vergessen. Sie war zwölf Jahre jünger als ich, mit langen, dunkelbraunen Haaren, die ich jeden Abend auskämmte, bevor ich meine Schwester ins Bett brachte. Es war ein Ritual.

»Wo gehst du hin, Roddy?«, fragte Natalyia schläfrig.

»Ich muss etwas tun.«

»Kommst du bald wieder?«, fragte sie.

Ich dachte an das Tor, durch das ich gehen sollte. »Ja«, log ich.

»Das ist gut, sonst muss ich dich suchen.«

»Schlaf jetzt«, sagte ich und gab ihr einen Kuss auf die Stirn.

Sie schloss ihre goldenen Augen, seufzte einmal und schlief

mit einem Lächeln ein. Ich steckte den Kamm seitlich in ihr Haar und schaute sie an. Sie lächelte im Schlaf und sah glücklich aus.

»Zufrieden, Havald?«, fragte der Priester. Ich wischte sanft eine Träne aus ihrem Gesicht. Ich hatte gar nicht gemerkt, dass ich noch immer weinte.

»Sie heißt Natalyia, sie ist das dritte Tuch der Nacht, aus dem Hause Berberach.«

»Ich weiß. Ich war zugegen, als sie getauft wurde.«

Ich erinnerte mich, er hatte sie nicht aus den Augen gelassen.

Ich stand auf und sah mich Soltar gegenüber. Andere Kulte gaben ihren Göttern die Größe von Titanen. Wir nicht.

»Nein«, sagte ich. »Zufrieden bin ich nicht. Aber das weiß er.«

Der Künstler hatte der Statue meine Größe gegeben. Aus der Nähe sah ich, dass die schwarzen Roben allmählich verblichen, dort an der Schulter löste sich sogar langsam eine Naht. Die Kapuze der Robe bedeckte sein Gesicht bis zur Nase, und so sah ich nur sein Kinn und seinen Mund. Er lächelte nicht.

Ich schaute ein letztes Mal auf Natalyia hinab, eine Haarsträhne war ihr wieder ins Gesicht gefallen und berührte ihren Mund. Ich wollte die Strähne richten.

»Nein, Havald, es ist so genau richtig.«

Es sah aus, als ob sie auf ihrem Haar kauen würde. Ich kannte mal ein Mädchen, das das getan hatte.

Ich drehte mich um, machte einen Schritt, ging die Stufen hinab und hinaus.

Als ich an der Spendenschale vorbeikam, ließ ich eine gespaltene Münze aus schwarzem Silber hineinfallen. Das war Spende genug. Ich ging die Stufen hinab und schaute nicht zurück.

Es hieß, es habe in dieser Nacht ein Wunder gegeben. Die Frau, die so friedlich zu Füßen des Gottes schlief, habe sich in den reinsten, weißesten Stein verwandelt. Ihre schlanken Hände hielten

Dolche aus Silber, und sie trug einen goldenen Kamm im offenem Haar. Nicht nur sie habe sich in Stein verwandelt, sondern auch ihre Gewänder, die einer Leibwächterin.

Man sagt, sie wache über ihn.

Das Geheimnis von Askir wird fortgesetzt in Band 5:

Havald und seine Gefährten brechen zur See nach Askir auf, um dort Unterstützung für die Rettung der Neuen Reiche zu finden.

Anhang

Die Freunde

Havald – ein Krieger im Zwist mit seinem Gott, Träger des Bannschwerts Seelenreißer

Leandra de Girancourt – Botschafterin von Illian, Maestra und Trägerin des Bannschwerts Steinherz

Serafine – Tochter des Wassers, ein Geist aus ferner Vergangenheit, aus dem Haus des Adlers, Tochter des letzten Gouverneurs

Helis – Schwester von Armin, Amme von Faraisa, der Nekromant Ordun raubte ihre Seele

Janos Dunkelhand – ein Mörder und Dieb oder Agent und Liebhaber, überzeugend in beidem

Varosch – Adept des Boron, Scharfschütze und Zokoras Liebhaber

Natalyia – das dritte Tuch der Nacht aus dem Hause Berberach, eine treue Freundin

Sieglinde – eine Wirtstochter, die auszog, um ein Reich zu retten

Zokora – eine Dunkelelfe mit vielen Talenten

Das Haus der Münzen (Botschaft von Illian)

Afala – Haushälterin

Darsan – Schreiber

Taruk – Seneschall

Der Palast der Monde

Falah – die Mutter des Emirs, Großmutter von Faihlyd und Marinae. Nicht zu alt, um an Prophezeiungen zu glauben

Erkul Fatra der Gerechte – letzter Emir von Gasalabad, Vater von Faihlyd und Marinae

Hahmed – Hüter des Protokolls des Palasts und Vertrauter von Falah

Perin da Halat – Leibarzt von Essera Falah
Faihlyd – Emira von Gasalabad, aus dem Haus des Löwen
Khemal – Hauptmann der Leibgarde des Emirs, ein verdienter Veteran
Marinae – Schwester von Faihlyd, aber Tochter des Baums, unbeugsam und stolz
Faraisa – Blüte des Baums, Tochter von Marinae, ein Säugling
Steinwolke – ein unverstandener Greif

Varlande

Magnus Torim – Botschafter der Varlande
Angus Wolfsbruder – Wirt der Schenke *Zur Stinkenden Wildsau*
Ragnar – Königssohn, Schmied und Freund von Havald

Askir

Askannon – einst Herrscher Askirs, legendärer Maestro
Oswald von Gering – Botschafter der Reichsstadt zu Gasalabad
Hillard – von Gerings Adjutant
Kasale – Schwertmajorin des Vierten Bullen

Bessarein

Jefar – ein geheimnisvoller Gewürzhändler
Hasur – ein Geldwechsler, der zu viel an Leidenschaft genoss
Armin di Basra – Gaukler und Verlobter von Faihlyd, aus dem Haus des Adlers
Tarsun – Prinz aus dem Haus des Turms, Sohn des Emirs von Janas
Sarak – ein Mann, der dem Haus des Turms dient
Kasir – Prinz aus dem Haus des Tigers
Rekul – Hauptmann der Reitergarde
Abdul el Farain – Bewahrer des Wissens, Archivar in Gasalabad

Illian

Eleonora – Königin, die Rose von Illian

Thalak

Kolaron Malorbian – Herrscher von Thalak, Nekromant und Maestro

Die Greifenreiter

Imra – Prinz der Elfen
Faril – Lasras Bruder
Reat – ein schweigsamer Elf
Conar – ein anderer Elf
Lasra – eine temperamentvolle Elfe

Die Adelshäuser Bessareins

Haus des Löwen – das Haus, dem Faihlyd und Jerbil Konai entstammten
Haus des Adlers – Armins und Serafines Haus
Haus des Tigers
Haus der Schlange
Haus des Turms
Haus des Baums
Haus der Palmen – ein kleines Haus in Bessarein, das einen Mörder hervorbrachte

Städte

Krimstinslag – die Kronstadt der Varlande
Illian – Kronstadt von Illian, Leandras Heimat
Janas – Stadt an der Küste von Bessarein, westlich von Gasalabad, Sitz des Turms
Kasdir – Stadt östlich von Gasalabad, Sitz des Baums
Kelar – Stadt in Letasan, Geburtsort von Havald, von Thalak zerstört
Coldenstatt – nördlichste und neueste Stadt der Südlande, liegt nördlich der Donnerfeste

Weitere Personen von Interesse

Ser Roderic, Graf von Thurgau – einst Paladin der Königin von Illian, starb mit vierzig Getreuen bei der Schlacht von Avincor

Jerbil Konai – legendäre Gestalt aus Gasalabad, die Säule der Ehre, Erbe des Hauses des Löwen, Generalsergeant und Anführer des Ersten Horns, ging mit der Zweiten Legion verloren

Gebäude

Haus der Hundert Brunnen – ein ganz besonderer Gasthof

Haus der Leidenschaft – ein Haus für den besonderen Geschmack

Haus der Genügsamkeit – ein anderes Haus der Leidenschaften

Tempel des Wissens – Archiv und Bibliothek von Gasalabad

Die bekannten Reiche

Varlande – die Heimat der Nordmänner, Altes Reich

Bessarein – Kalifat, Altes Reich

Illian – Südlande, Die Drei Reiche

Jasfar – Südlande, Die Drei Reiche

Letasan – Südlande, Die Drei Reiche

Thalak – das Dunkle Imperium

Kish – legendäres Reich jenseits des Meers der Stürme, angeblich von Echsen bewohnt

Xiangta – legendäres Reich im Südosten des Alten Reichs, die Straßen sind dort mit Gold gepflastert

Die Götter

Omagor – der Gott der tiefen Dunkelheit, Blutgott der Dunkelelfen

Boron – Gott der Gerechtigkeit, von Gewalt, Krieg und Feuer

Astarte – Göttin der Weisheit und der Liebe

Soltar – Gott des Todes und der Erneuerung

Solante – Astartes dunkle Schwester, von den Dunkelelfen verehrt